콜유어네임

콜 유어 네임

펴낸날 2020년 2월 28일 초판 1쇄
지은이 김지호 시리얼

펴낸이 차보현
펴낸곳 (주)연필
출판등록 제2017-000009호
전화 070-7566-7406
팩스 0303-3444-7406
이메일 editor@bookhb.com(편집부)
bookhb@bookhb.com(영업부)

ISBN 979-11- 6276-561-6 03810

: 김지호 · 시리얼 장편소설

콜유어네임

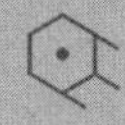

목차

콜 히즈 네임

Call his name

“나도 이제 아무나 가볍게 만나는 건 그만해야겠어.”

등 뒤에서 들려온 천진한 목소리에 하마터면 립스틱이 입술선 밖으로 삐져 나갈 뻔했다.

아무나. 가볍게.

그 단어들을 곱씹으며 거울 속 내 얼굴을 들여다봤다. 다행히 화장도 표정도 무너지지 않았다. 다만 윗입술 색이 눈에 띄게 짙어져서, 입술을 안으로 말아 아랫입술에 윗입술을 비벼 눌렀다.

“네가 퍽도 그러겠다.”

“진짜야. 왜 안 믿어 주지.”

거울에 비친 내 어깨너머로 여태 침대에 누워 있는 민준의 얼굴이 보였다. 그는 뭐가 그렇게 재밌는지 흥미 가득한 얼굴로 거울 속 나와 시선을 마주하고 있었다. 그럴 시간 있으면 옷이나 입지. 나는 작은 한숨과 함께 시선을 거둬들였다.

거울에 비친 내 입술은 끝이 살짝 뭉개진 립스틱보다도 색이

짙었다. 하는 수 없이 티슈를 뽑아 반으로 접고 접어 입술의 색을 뺐다. 아무리 그래도 그렇지 이건 너무 쥐 잡아먹은 꼴이라서.

"우리도 슬슬 결혼 생각할 나이 됐잖아. 이제 한 사람한테 정착해야지."

"정착?"

그 단어에 하마터면 웃음이 터질 뻔했다. 그도 그럴 게, 박민준이 한 사람에게 정착을 한다지 않는가. 진득한 연애를 해 본 적도 없이 여러 사람을 갈아치웠던 박민준이.

하지만 나에겐 그를 비웃을 자격이 없다. 여자친구가 없을 때, 그가 전화하면 기다렸다는 듯 달려나가 옆자리를 데워 주는 여자가 바로 나니까.

"정착을 하든 뭘 하든 그건 네 자유인데, 나까지 묶진 말아 줄래?"

"왜? 넌 결혼 생각 없어?"

"없어."

더불어 불륜 놀이에 어울려 줄 생각은 더더욱 없고.

박민준이 늦은 밤에 내게 전화를 거는 건 짧으면 한 달에 한 번, 길면 석 달에 한 번꼴로 일어나는 일이었다. 정확하게는 그가 여자친구와 헤어지고 새 여자친구를 사귀기 전에 일어나는 일.

불행 중 다행이라고 해야 할까? 박민준은 적어도 애인이 있을 때는 나를 불러내지 않았다. 물론 불러낸다 하더라도 안 나갔겠지만.

남들에게는 떳떳하게 밝힐 수 없는 이 관계를 벌써 3년째 유지하고 있는 주제에, 적어도 불륜이나 바람 같은 짓은 저지르지 않았다는 게 내 마지막 자존심이었다.

그나마도 이제는 끝인 모양이지만.

"왜 없는데?"

"왜긴 왜야. 난 혼자가 편해. 간섭하는 사람도 없고."

딱히 거짓말을 하는 것도 아닌데 왜 변명하는 것 같은 기분이 드는 걸까? 나는 달갑잖은 화제가 더 이어지기 전에 립스틱을 파우치에 넣고 자리에서 일어났다. 이어서 핸드백을 챙기고 구두를 신자 미적거리던 민준이 그제야 침대에서 내려왔다.

"왜 혼자 가려고 그래? 같이 가, 바래다줄게."

"됐어. 우리 스튜디오 들렀다가 방송국 가면 너 늦어."

"안 늦으니까 조금만 기다려. 5분이면 돼."

결국 나는 민준이 옷을 챙겨 입는 걸 가만히 서서 기다렸다. 둘러 표현하긴 했지만, 우리 관계는 이제 끝이라는 말까지 듣고서. 스스로가 한심하다고 생각하면서도 냉정하게 발을 뗄 수가 없다. 이럴 때면 내 몸이 내 몸 같지가 않았다.

"그런데 스튜디오 위치가 정확히 어디야? 한번 구경 좀 시켜 줘."

모텔 객실을 빠져나와 엘리베이터를 기다리던 중 민준이 문득 생각났다는 것처럼 내게 물었다. 내가 스튜디오를 차려 독립한 건 무려 반년 전 일이었다. 그런데 이제 와 새삼 궁금할 이유가 있나. 어떤 의도든 아무런 기대도 들지 않아 내 입에선 지루한 목소리가 흘러나갔다.

"나중에 시간 나면 한번 들르든가."

"그래. 시간 나면 한번 들를게."

시간이 나면. 반드시 지켜야 하는 말은 아니라는 점에서 무척이나 편리한 말이었다. 한때는 인사치레에 불과한 그 말을 순진하게 믿었던 적도 있었다. 그게 정확히 언제였는지 이제는 기억도 안 나지만.

"차 빼 올 테니까 기다려. 적어도 역까지는 데려다줄게."

민준이 내 어깨를 가볍게 감싸 쥐었다가 바람처럼 금방 멀어졌다. 나는 주차장을 향해 성큼성큼 걸어가는 그의 등을 바라보며 오른쪽 어깨를 손바닥으로 감쌌다. 그러자 희미하게 남아 있는 온기가 내 손 안으로 겹쳐 들어왔다.

그러나 그것도 잠시뿐. 애초에 존재하기나 했었나 싶을 정도로 빠르게, 너무도 덧없이 사그라지고 말았다. 마치 내 첫정처럼.

도대체 어쩌다 이렇게 돼 버린 걸까. 이렇게 아무것도 남기지 않고 끝나 버릴 줄은 몰랐는데.

아니, 어쩌면 생각은 하고 있었을지도 모르겠다. 단지 함께 있는 순간이 좋아서 모른 척 외면하고 있었던 것뿐. 헤어지고 나면 허무하더라도, 짧은 순간 함께할 수 있다면 그 기억만으로도 버텨 낼 수 있다 위로하면서.

하지만 곁을 지켜 주는 건 내 그림자 하나뿐인 이 삭막한 콘크리트 길 위에선 도저히 외로움을 떨쳐 낼 수가 없었다.

온기가 사라진 어깨에서부터 밀려드는 건 서러움 하나뿐이었다. 머리 위로 떠오른 햇빛은 다정하기만 한데, 아이처럼 주저앉아 울고만 싶은 아침이었다.

*

민준의 차를 얻어 타 큰길까지 나오고, 그곳에서 택시로 갈아탄 다음 스튜디오 근처에서 내렸다. 하지만 길을 걷는 도중에도 밑바닥까지 추락한 내 기분은 벌레처럼 바닥을 기기만 했다.

결혼을 한다고? 한 사람한테 정착을 해?

박민준을 알고 지낸 7년간 그가 사귄 여자친구의 수는 한 손으로 셀 수조차 없었다. 하지만 그중 사귄 기간이 석 달을 넘어가는 사람은 고작해야 두 명뿐이었다. 내가 이걸 알고 있는 이유는 별거 없었다. 그가 내게 연락하지 않은 지 석 달이 넘어갔을 때, 이런 관계마저도 이제는 끝이구나 하고 펑펑 울었으니까.

불행인지 다행인지 예상은 빗겨 나가고 박민준은 다시 나를 찾았다. 그때뿐이 아니었다. 이번엔 정말 끝인가 싶을 때마다 핸드폰 화면에 그의 이름이 떴다.

그 사실에 순진한 기대를 걸었던 적도 있지만, 이제는 아니다. 그가 늘 마지막에 나를 찾는 이유는, 단순히 내가 그를 귀찮게 하지 않는 몇 안 되는 사람 중 하나였기 때문이다. 박민준은 자신을 번거롭게 하는 사람을 유난히 못 견뎌 했다. 오래 사귄 애인이 없는 것도 아마 그 때문이리라.

하지만 몇 년 전에는 그 사실을 몰랐다. 몰라서 여자친구와 헤어지고 혼자 술을 마시고 있다는 민준의 전화를 받고 그의 집으로 갔다. 어쭙잖은 위로라도 해 주고 싶어서.

그 자리에 가는 게 아니었는데.

함께 술을 마셨고, 함께 취했다. 그대로 함께 누워 자고 말았다.

대학 시절부터 몇 년을 짝사랑했다. 입을 맞춰 오는데 피할 수가 없었다. 너무도 바라던 일이었으니까.

그대로 밤을 보내고 아침이 되면 우리 사이에 무언가가 커다랗게 변해 있을 줄 알았다. 무엇을 내주더라도 아깝지 않을 것만 같았다. 그래서 밀어내지 않았다.

다음 날 아침, 술에 취해 실수했다고 미안하다 사과하는 말에 내가 느낀 절망이 어떤 거였는지, 그는 죽었다 깨어나도 모를 것이다.

그때라도 정신을 차렸어야 했는데. 정말로 미안해하는 것만 같은 그 얼굴 앞에서 난 괜찮다고, 똑같이 실수한 거라고, 쿨하게 잊자고 말하는 게 아니었는데.

그다음에 사귄 여자친구랑 헤어지고 다시 전화가 왔을 때, 무슨 일이 일어날지 예감했음에도 순순히 그가 있는 곳으로 가는 게 아니었는데.

"개자식. 내 마음은 하나도 모르면서……."

정착을 어느 누구에게 하겠다는 건지는 모르겠지만 그 상대가 내가 아닌 것만은 분명했다. 만약 상대가 나였다면 진작에 사귀자는 말이든 연애하자는 말이든 했을 테니까.

하지만 그렇게 수많은 밤을 보냈음에도 나는 관계를 분명히 하는 말을 들은 적이 없다. 좋아한다는 말도, 사랑한다는 말도, 사귀자는 말도.

애초에 늦은 밤이 아니면 만나지 않는 사이였다. 그나마 집에서 잤던 것도 그 첫날뿐, 이후로 단둘이 술을 마시고 나오면 약속한 것처럼 모텔로 갔다. 다른 곳으로는 가 본 적이 없었다.

그래도 불평 한 번 안 했다. 욕심 한 번 안 냈다. 부르면 부르는 대로 달려 나갔다.

하자는 대로 다 맞춰 준 세월만 3년이었다. 그런데 어떻게, 이제 이 관계를 청산하자는 말을 이딴 식으로 하는지.

예의도 없고, 매너도 없고, 배려 같은 건 쥐뿔만큼도 없고.

하긴, 언제는 그런 게 있었던가? 박민준과 나 사이에.

"나쁜 새끼, 망할 새끼, 갈아 버려도 시원찮을 새끼."

씩씩거리며 스튜디오 건물로 향하는 와중에 전화벨이 울렸다. 딱히 전화 같은 거 받을 정신이 아니었는데 손이 반사적으로 움직여 가방 속에서 핸드폰을 꺼냈다.

"여보세요."

―선배, 어디쯤이에요?

내 마음속 그늘을 몰아내듯 마치 햇빛 같은 목소리가 부드럽게 내 귓속을 메웠다. 한창 진창 속을 구르던 중에 들으니 그 따스함이 어찌나 아득하게 느껴지던지, 나는 조금 전까지 내가 무슨 생각을 하고 있었는지 까맣게 잊고 말았다.

이서윤. 내가 제일 아끼는 동생.

이 그늘 속에서 그 이름을 떠올리는 게 미안할 정도로 깨끗하고 착한 후배였다. 나는 나를 괴롭히는 잡념들을 의식적으로 밀어냈다. 아무것도 모르는 후배한테 내 기분을 전가시키고 싶지는 않았다. 나는 엉망진창인 기분이 티가 나지 않도록 애쓰며 입을 열었다.

"나 지금 출근 중인데, 왜?"

―저 지금 스튜디오 앞인데 아무도 없어서요.

"이 시간에? 무슨 일로?"

아무리 가까운 사이라고는 해도 갑자기 찾아오기엔 상당히 이른 시간이었다. 그런 생각이 내 목소리에 묻어났는지, 오히려 서윤이 되레 의아한 목소리로 내게 되물었다.

―무슨 일이냐니……. 어제 메시지 보냈잖아요. 벌써 까먹었어요?

"어……."

그 말을 듣고 나니 기억이 났다.

[전에 말했던 디퓨저 도착했어요. 내일 아침에 스튜디오로 가도 돼요?]

어제 민준과 함께 모텔로 들어가기 전, 서윤으로부터 분명히 그런 메시지를 받았다. 하지만 타이밍이 타이밍인지라 답장을 보낼 시간이 없어서 그대로 무시해 버렸다. 한데 서윤은 그걸 허락으로 받아들인 모양이었다. 이 시간에 스튜디오로 왔다는 걸 보면.

"미안, 완전히 잊고 있었네."

—선배…….

대놓고 풀 죽은 목소리가 귓가에 날아와 꽂혔다. 나는 메시지를 읽어놓고 무시한 것도 모자라 그대로 잊어버린 게 미안해서 달래는 목소리로 말했다.

"미안하다니까. 제발 그 비 맞은 강아지 같은 목소리 좀 그만 내면 안 돼?"

—안 돼요……. 제가 이렇게 기운이 없어야 선배 양심이 찔린다고 했잖아요…….

듣다 보니 억지로 꾸며낸 목소리라는 티가 났다. 그것도 재롱이면 재롱이라고 그 순간엔 입꼬리가 살짝 올라갔다. 스스로가 생각하기에도 기운 없던 목소리에 작게나마 웃음이 섞여 나왔다.

"그거 옛날에 약효 다 떨어졌거든? 궁상맞으니까 진짜 그만해."

—네. 아, 선배 보인다. 끊을게요.

그 말을 듣고 고개를 드니 멀리서 손을 흔드는 훤칠한 그림자가 보였다.

굳이 손을 흔들지 않았어도 바로 알아볼 수 있었을 것이다. 장신의 키에 맵시 있는 매무새가 더해지면 실루엣만으로도 존재감이라는 게 생기기 마련이니까. 거기에 푹 눌러 쓴 캡모자에 얼굴의 반을 가리는 커다란 마스크까지.

사실 거기까지만 보면 강도가 따로 없었지만, 양손에 하나씩 들고 있는 새하얀 쇼핑백과 커다란 꽃다발이 스스로의 무해함을 증명하듯 로맨틱한 분위기를 자아내고 있었다.

"선배!"

거리가 가까워진 순간 서윤이 꽃다발을 든 손을 머리 위로 크게 흔들었다. 그 힘이 어찌나 셌는지, 꽃다발에서 꽃잎이 팔랑팔랑 그의 머리 위로 떨어져 내렸다.

서윤은 그것도 모르고 환하게 웃고 있었다. 얼굴을 마스크로 가리고 있어도 둥글게 휘어진 눈을 보면 알 수 있었다. 그러다 뒤늦게 꽃잎이 떨어진 걸 알아차리고 화들짝 놀라 꽃다발을 조심히 안아 드는 모습이라니.

눈을 크게 뜨고 허둥지둥하고 있을 얼굴이 훤히 보였다. 덕분에 나는 우중충한 기분을 날려 버리고 잠시나마 웃을 수 있었다.

*

스튜디오 문을 열어 주자 서윤이 새처럼 재잘대며 안으로 들어왔다.

"일행도 없이 혼자 마스크 쓰고 어슬렁거리니까 다들 쳐다보고 가는 거 있죠. 꽃을 들고 있어서 그랬나, 무슨 스토커처럼 보였나 봐요."

"얼굴 알아본 건 아니고?"

"글쎄요. 말 거는 사람은 아무도 없던데."

모자를 벗고 마스크를 풀자 가려져 보이지 않던 밝은 적갈색 머리카락과 수려한 얼굴이 드러났다.

사실 수려하다는 말로는 좀 부족한 감이 있었다. 어릴 때부터 생긴 것만으로 교내에서 유명했던 앤데, 그때도 인형처럼 예뻤지만 나이가 드니 더 깊고 섬세해지기까지 했다.

덕분에 피사체로 탐냈던 때가 한두 번이 아니었다. 서윤이 실제로 거기에 어울리는 일을 하고 있기도 하고.

줄곧 모델로 활동하다가 몇 년 전에 배우로 전향한 이서윤은, 재작년에 조연을 맡은 드라마가 인기몰이를 하며 스포트라이트를 받기 시작했다.

그 기세를 이어 작년에는 모 드라마의 주연으로 발탁되었는데, 거기에선 고등학생에서 청년으로 넘어가며 여주인공을 절절하게 짝사랑하는 연하남을 연기했다. 그 배역과 드라마는 말 그대로 선풍적인 인기를 끌었고, 서윤 역시 스타 반열에 올랐다.

때문에 얼굴을 내놓고 다녀도 비교적 평온했던 재작년과 달리, 이제 그는 마스크나 모자 없이는 사람 많은 번화가를 그냥 다닐 수 없는 몸이 되었다.

내 후배가 스타가 되다니!

대학교 때는 물론 고등학교 때의 서윤을 알고 있는 나로선 그 사실이 영 신기하게만 느껴졌다. 어디에 놔둬도 눈에 띌 애라는 생각은 했지만, 설마 전광판에 광고가 걸리는 인물이 될 거라고는 생각 못 했으니까.

"사람들 쳐다보는 게 좀 그러면 여기 1층 카페에라도 들어가 있지."

"왠지 들어가서 앉으면 바로 선배 올 거 같아서요. 아, 이거요."

테이블 위에 쇼핑백을 내려놓은 서윤이 들고 있던 꽃다발을 내게 건넸다. 얼떨결에 꽃다발을 받아 든 나는 눈을 깜빡이며 서윤의 얼굴을 보다가 고개를 숙여 향기를 맡았다. 꽃잎이 떨어져 조금 엉망이 되긴 했지만, 소담하게 모여 있는 꽃송이는 저절로 눈길을 잡아끌 만큼 곱고 예뻤다.

"이게 뭐야? 아침부터 웬 꽃다발?"

"꽃집 지나가다가 색깔이 신기하길래 구경 좀 했거든요. 근데 점원 누나가 바로 나와서 막 이거저거 설명해 주는 거예요. 설명을 어찌나 열심히 해 주는지 도저히 안 살 수가 없어서."

그렇게 됐다며 서윤은 어깨를 으쓱거렸다.

"혹시 강매당한 건 아니지?"

"강매는 아니고, 서로 기분 좋게 나눈 거죠. 선배도 꽃 좋아하니까 잘 됐잖아요."

선하게 웃고 있는 서윤을 보자니 나도 웃음이 나왔다.

"그래, 기분이 좀 풀리긴 하네."

예쁜 색지로 포장된 장미는 흰색과 하늘색이 섞여 있었다. 세상이 많이 발전하긴 했는지 이젠 하늘색 장미꽃도 나오는 모양이었다.

꽂아 놓으면 예쁘겠네.

마침 스튜디오 소품으로 쓰려고 사 둔 꽃병이 있었다. 그걸 찾으러 사무실 안으로 들어가는데, 내 목적을 알아차렸는지 서윤이 뒤에서 말해 왔다.

"그거 물 안 줘도 된대요."

"물을 안 줘도 된다고? 꽃인데?"

“무슨 가공한 거라서요. 이름 되게 어려웠는데.”

고개를 갸웃거리던 서윤은 이내 떠올리기를 포기했는지 싱긋 웃고 말았다. 점원이 정말 열심히 설명했다더니 흘려듣지는 않은 모양이었다.

만약 민준이라면 하나도 안 들었을 텐데. 아니, 애초에 꽃구경 같은 걸 하지도 않았겠지.

겨우 잊고 있던 얼굴이 다시금 떠올라 내 머릿속을 장악하는 건 순식간이었다. 제발 좀 나가 줬으면 좋겠는데, 무겁게 자리 잡은 박민준은 내 가슴에서도 머리에서도 도통 나갈 생각을 하지 않았다.

“뭐 안 좋은 일 있었어요?”

“어?”

“기분이 좀 풀렸다면서요. 전엔 안 좋았다는 얘기 아니에요?”

얘는 어쩜 이렇게 눈치가 빠를까? 하긴, 그러니까 그 힘들다는 연예계에서 버티고 있겠지.

“뭐…… 월요일 아침이잖아. 기분 좋은 사람이 어디 있겠어.”

이 조잡한 핑계가 먹히기를 바라며 나는 그의 눈치를 슬쩍 살폈다. 서윤은 나를 보며 가만히 고개를 기울였지만, 다행히도 더 캐물을 생각은 없는 듯했다. 나는 조금 안도했다.

아무리 가까운 사이라 해도 나이 어린 후배한테 이 구질구질한 짝사랑 이야기를 터놓을 순 없었다. 물론 누구한테든 얘기할 수 없는 건 마찬가지지만, 서윤에게는 특히 더 그랬다.

그는 내 후배이기도 하지만 민준의 후배이기도 했다. 그냥 대학이 같은 정도가 아니라, 같은 동아리에서 활동한 선후배 사이 말이다.

서로 모르는 사이가 아닌 만큼, 털어놓는 순간 남의 이야기가 아니게 될 것이다. 이런 질척질척한 치정 이야기로 아무것도 모르는 순진한 후배에게 흙탕물을 튀기고 싶진 않았다.

게다가 말해 봤자 믿지도 못할 것이다. 민준도 이미지 관리를 잘한 덕에 바깥에서는 성실하고 매너가 좋단 평이 주를 이루었고, 나 역시 지금까지 지켜 온 선배로서의 이미지가 있으니까.

오래 간직해 온 첫사랑이 실시간으로 박살 나는 와중에 나한테 남은 건 그것뿐이었다. 그거라도 지키고 싶었다.

"선배, 이건 어디다 놓을까요?"

"응? 아……."

잠깐 생각에 잠겨 있는 사이 서윤은 어느새 쇼핑백에서 디퓨저를 꺼내 세팅을 다 끝내 놓은 상태였다.

튤립 모양의 병에 꽂힌 세 개의 분홍색 스틱은 새하얀 안개꽃과 어우러져 그 자체로 한 송이 꽃처럼 화사했다. 친누나가 인테리어샵을 한다더니 서윤은 아기자기하고 예쁜 소품을 참 잘도 구해 왔다. 덕분에 3층에 있는 자연광 스튜디오도 쉽게 꾸몄다.

"룸에는 벌써 하나씩 있고…… 그냥 내 책상에 놓을까?"

"선배 책상에요?"

"응. 기분 전환도 될 것 같고."

말 나온 김에 갖다 놓자 싶어 사무실 책상 위에 디퓨저를 갖다 놓았다.

그런데 이 디퓨저는 내 기분뿐만 아니라 서윤의 기분도 전환시켜 줬는지, 내 뒤를 졸졸 따라다니는 그의 얼굴이 눈에 띄게 밝아 보였다.

"그럼 꽃다발은 어디 둘까요?"

"현관 앞에 둘래. 애들이랑 손님들도 볼 수 있게."

물만 안 주면 되는 거니 꽃병에 꽂아 두는 건 상관없을 거다.

꽃병을 찾아온 나는 꽃다발의 포장지를 풀고 조심조심 꽃을 옮겼다. 색이 다른 두 종류의 꽃이 균형에 맞게 자리하도록 조심스레 만져 주다 보니 어느새 잡생각도 사라졌다. 은은하게 피어오르는 장미향도 도움이 된 것 같았다.

"그러고 보니 저 프로필 촬영 새로 하자는 얘기 나오던데."

의자에 앉아 내가 꽃을 만지는 걸 보고 있던 서윤이 불쑥 말을 꺼냈다. 나는 꽃에서 손을 떼고 그를 바라봤다.

"프로필?"

"좀 오래되긴 했죠. 데뷔 당시에 찍은 거니까요."

그야 물론 기억은 하고 있었다. 당시에 합을 맞춘 사진작가가 다름 아닌 나였으니까.

그때는 이서윤도 무명이었고, 나도 경험이 일천하던 때라 사실상 구색 맞추기용 촬영에 가까웠다. 그래도 모델이 괜찮아 사진 자체는 깔끔하게 잘 나왔지만, 요새 스타일링에 비하면 아무래도 수수하기는 했다. 이젠 대표작이라고 할 만한 필모도 생겼으니 프로필 바꾸자는 말이 나올 만도 하지.

그럼 이번엔 다른 작가랑 찍으려나? 그런 생각을 하고 있는데, 마치 내 속을 읽기라도 한 것처럼 서윤이 말했다.

"저는 이번에도 선배가 찍어 줬으면 하는데. 선배는 어때요?"

"나?"

그 제안은 솔직히 좀 의외였다. 보통은 이 작가랑 찍었으면 저 작가랑도 찍어 보고 싶어 하기 마련이니까.

"나야 좋은데, 그거 네 맘대로 결정해도 되는 거야?"

"개인 촬영인데요, 뭐. 그리고 원하는 작가 있다고 하면 그 정도는 맞춰 줄 거예요."

본인은 이미 결정이 끝난 듯한 말투였다. 나는 혹시 몰라 조그맣게 덧붙였다.

"스튜디오에 일 늘려 주고 싶어서 그러는 거면 안 그래도 돼."

"그런 거 아니에요. 그냥 선배랑 다시 일해 보고 싶어서요. 예전 프로필 촬영 이후로 선배랑 합 맞춰 본 적 한 번도 없잖아요."

서윤은 회전의자에 앉아 한 바퀴 빙그르르 돌았다.

"저 선배 사진 좋아하거든요. 그래서 엄청 기대하고 있어요."

해맑게 웃는 얼굴은 마치 놀이공원에 놀러 온 어린아이 같았다. 이렇게 예쁜 얼굴로 예쁜 말만 하는데 어떻게 앨 미워할 수 있을까? 근심 걱정 없는 얼굴을 보고 있자니 나도 덩달아 기분이 풀어졌다.

"하여간 말은 항상…… 잠깐만."

주머니 속에서 핸드폰이 짧게 진동했다. 꺼내 보니 민준에게서 메시지가 한 통 도착해 있었다.

[저녁에 뭐 해? 약속 없으면 만나자. 저녁 살게.]

얘가 웬일로 이런 메시지를 다 보냈지?

어제도 아니고 오늘 아침, 그것도 이제 막 헤어진 참이었다. 이제까지 헤어진 그날에 바로 불러낸 적은 한 번도 없었다. 게다가 저녁을 함께하자니.

흔히 있는 일이 아니라 조금 당황스럽긴 했지만 기분은 나쁘지 않았다. 아니, 오히려 들떴다.

뭐라고 답장하지? 바로 보내면 너무 좋아하는 것처럼 보이려나? 오늘 저녁 일정을 확인하는 척 시간을 조금 끌다가…….

그때 핸드폰 화면이 꺼지고 액정이 까매졌다. 까매진 화면은 거울처럼 내 얼굴을 비췄다. 속도 없이 웃고 있는 내 얼굴을.

그 순간 찬물을 뒤집어쓴 것처럼 정신이 번쩍 들었다.

"선배?"

"어, 어?"

부름에 당황해 고개를 치켜들자 서윤이 걱정스러운 눈으로 지켜보고 있었다.

"왜 그래요? 뭐 급한 연락이에요?"

"어…… 아니, 별거 아냐."

나는 고개를 흔들며 핸드폰을 황급히 주머니 속에 쑤셔 넣었다. 답장은 이따가 보내자고 생각하는데, 내 얼굴을 빤히 보던 서윤이 고개를 기울이다가 아, 하고 입을 열었다.

"선배 오늘 저녁에 바빠요?"

"오늘……?"

하필이면 오늘 저녁?

바쁘다는 말도, 바쁘지 않다는 말도 선뜻 나가지 않았다. 이상하게 보일 걸 알면서도 입술만 우물거리고 있는데, 내 망설임을 다른 쪽으로 해석했는지 서윤이 서둘러 질문의 이유를 설명했다.

"오늘 혜은 선배랑 지민이랑 다 같이 모이기로 했거든요. 선배도 같이 안 갈래요?"

서윤의 입에서 나온 건 대학교 때 같은 동아리였던 동기와 후배의 이름이었다.

동아리 애들끼리 오늘 모이는 건가? 하지만 나는 그런 말을 들은 적이 없었다. 공식 모임이라면 진작 단체방이든 어디든 공지가 올라왔을 텐데.

"……나 일부러 안 부른 거 아냐? 눈치 없이 끼는 거 싫은데."

"에이, 설마요. 어제 혜은 선배가 갑자기 얘기 꺼내서 결정된 거고, 선배한테는 제가 직접 물어본다고 한 거예요. 어차피 아침에 찾아오기로 했으니까."

그런 거였구나. 하지만 선뜻 고개를 끄덕이기엔 아직도 걸리는 게 있었다. 바로, 조금 전에 나한테 같이 저녁 먹자고 메시지를 보낸 박민준.

"누구누구 오는데?"

"영준이랑, 아람이랑, 다빈 선배도 오고. 아, 민준 선배는 안 와요."

몇 초 동안 머리가 휙휙 돌아갔다.

아침에 모텔에서 나눴던 대화. 조금 전에 핸드폰으로 도착한 메시지. 그리고 눈앞의 서윤.

잠깐의 망설임 끝에 결정을 내렸다. 나로서는 조금 힘겨운 결정이었다.

"그래, 가지 뭐. 나도 오늘은 별일 없으니까."

내 말에 서윤은 환하게 웃었다.

"와, 잘됐다! 저 그럼 애들한테 연락할게요. 선배 온다고 하면 다들 좋아할걸요?"

"비행기 적당히 태워."

"진심인데. 선배가 우리 동아리에서 제일 인기 많잖아요."

서윤의 얼굴은 나름 진지하긴 했지만, 그 말이 곧이들리지는 않았다. 지금 누가 누구한테 인기 운운하는 건지.

"내가 인기가 아무리 많아 봤자 마스크 없이는 번화가도 못 나오는 연예인 씨 만큼은 아닐걸."

"에이, 저야 뭐 거품이죠."

거품 같은 소리 한다. 나는 서윤의 말을 흘려들으며 민준에게 답장을 보냈다.

[미안. 저녁엔 선약 있어.]

발송 버튼을 누르는 손이 잠깐 멈칫거리긴 했지만, 보내고 나니 속이 조금 시원하기는 했다.

앞으로도 오늘만큼만 하자. 딱 오늘만큼만.

나는 그렇게 스스로를 달래며 핸드폰을 가방 속에 넣었다. 그러고 고개를 드는데 문득 시계가 눈에 들어왔다.

"너 슬슬 가야 하지 않니? 우리 애들 출근할 시간인데."

"벌써요? 음, 좀 더 있으려고 했는데."

"애들이랑 마주쳐도 상관없으면 좀 더 있든가."

스튜디오를 차려 독립하면서 고용한 직원들은 전부 내 후배들이었다. 친분의 영향이 아예 없었다고는 말 못 하지만, 그래도 실력 없는 애를 오로지 인맥 하나만 따져서 데려다 놓지는 않았다.

그중에서도 예지는 후배들 중 제일 눈여겨보고 있는 두 살 어린 동생인데, 희한하게도 서윤만 보면 못 잡아먹어 안달이었다. 좋아해서 부끄러워하는 게 아니라, 진짜로 싫어해서.

"……역시 그냥 갈래요."

"예지랑 마주치기 무서워서?"

"네."

서윤은 소름 돋는다는 듯 팔을 문질렀다. 그 기분을 이해 못 할 것도 아니라 나는 고개만 끄덕였다.

별거 아닌 일로 트집을 잡아 사사건건 서윤을 못 살 게 구는 예지와 그런 그녀를 피해 다니는 서윤은 동아리 내에서도 소문난 앙숙이었다. 아니, 사실 앙숙이란 단어는 서윤에게 억울한 감이 없잖아 있었다. 서윤이 먼저 예지에게 시비를 건 적은 한 번도 없었으니까.

"예지는 너한테 왜 그런다니?"

"알면 억울하지라도 않게요."

길게 한숨을 내쉰 서윤은 진짜로 예지와 마주치기 전에 가야겠다며 다시 마스크와 모자를 썼다.

"그럼 저녁에 봐요, 선배. 장소는 이따 메시지로 보내 드릴게요."

서윤은 손으로 경례하며 장난스럽게 인사했다. 나는 그를 문 앞까지 배웅해주었고, 서윤은 걸으면서도 손을 크게 흔들다가 사라졌다.

"후우……."

문을 닫고 뒤를 돌자 스튜디오의 공기가 바람 빠진 풍선처럼 허전해졌다. 든 자리는 몰라도 난 자리는 안다지만, 그런 경우가 아니더라도 서윤은 언제 어디서든 독보적인 존재감을 자랑했다. 프로 모델의 저력이라는 건지 뭔지.

아이들이 출근하길 기다리며 사무실의 창문을 열어 공기를 환기하는데 가방 안에서 핸드폰이 짧게 울렸다. 나는 서윤인가 생각하며 핸드폰을 꺼냈다.

[그래? 그럼 주말은?]

그러나 메시지의 주인은 민준이었다. 아, 꺼내지 말걸. 나는 손끝으로 이마를 잠깐 문지르다 벽에 걸린 달력을 쳐다봤다. 이번 주 토요일엔 빨간색 동그라미가 그려져 있었다.

[토요일은 촬영 잡혀 있어서 안 돼.]

죄책감 없이 답장할 수 있어 다행이라고 생각한 건 겨우 몇 분뿐이었다.

수신 확인이 된 건 분명한데 답장이 없었다. 민준은 메시지를 확인하면 답장을 거의 바로 보내는 편이었다. 이런 식으로 답을 미루는 일은 거의 없었다. 문득 겁이 났다.

아까부터 계속 너무 연달아 거절했나? 그래서 기분이 상했나?

이런 걸 걱정하는 자신이 바보 같은데, 안 그러려고 해도 자꾸 신경이 쓰였다.

아예 잊어버리자고 핸드폰을 2층에 두고 3층에 올라갔다가, 겨우 5분이 지나기도 전에 다시 2층으로 내려와 핸드폰을 손에 쥐었다. 하지만 그때에도 답장은 도착하지 않았고, 나는 박민준의 생각을 읽을 수가 없어 미쳐 버릴 지경이었다.

빈정이 상한 걸까. 좀 돌려서 거절을 해야 했나. 아니면 오늘 아침에 결혼 이야길 듣고 그를 멀리하려고 마음먹은 걸 눈치챈 걸까. 혹시 내 마음까지…….

그때 손에 쥐고 있던 핸드폰이 짧게 진동했다. 나는 덜컥 내려앉은 가슴을 진정시키며 핸드폰을 확인했다.

[아, 미안. 갑자기 불려서 대답이 늦었네. 그럼 일요일은 되는 거지?]

나는 차마, 그가 화가 난 게 아니라 다행이라고 안도하는 스스로를 비웃을 수 없었다.

더 이상은 민준의 제안을 거절할 수도 없었다. 옛날에 내다 버려 흙투성이가 된 자존심을 이제 와 주워 챙기기엔, 박민준을 좋아해 온 기간이 너무 길었다.

나는 아직도 그를 너무 사랑한다. 그래서 그가 두려웠다.

[응.]

[그럼 그때 보자. 토요일 저녁에 연락할게.]

[그래.]

머저리 같은 임지수.

나는 빛이 사라진 핸드폰을 어쩌지도 못하고 한참 동안 그 자리에 서 있었다. 까만 화면에 비친 내 얼굴이 마치 어둠 속에서 길을 잃은 모습처럼 보였다.

*

동아리 모임이 열리는 곳은 대학교 때부터 자주 가던 고깃집이었다. 덕분에 길을 몰라 헤맬 일은 없었지만, 예정되어 있던 스튜디오 촬영이 늦어지는 바람에 약속 시각보다 조금 늦고 말았다. 때문에 직원의 안내를 받아 예약룸에 들어갔을 땐 나를 제외한 여섯 명이 모두 자리에 앉아 있었다.

"선배!"

제일 먼저 손을 들고 나를 반긴 건 서윤이었다. 기척을 내기도 전이었는데, 이 소란통에 어떻게 바로 눈치를 챘는지 모르겠다. 기다리고 있었나?

서윤의 외침에 뒤늦게 이쪽으로 고개를 돌린 아이들이 오랜만이다, 왜 이렇게 늦었냐 말하며 나를 반겨 주었다.

나도 똑같이 오랜만이라고 하나하나 인사를 돌려주는데, 서윤이 들고 있던 고기 집게를 내버리고 자리에서 벌떡 일어나 내 쪽으로 왔다.

"선배, 이쪽으로 오세요. 우리 테이블에 한 자리 비었어요."

"언니랑은 내가 앉을 건데?"

내 뒤에 있던 예지가 불쑥 고개를 내밀었고, 그녀를 본 서윤의 얼굴이 순식간에 굳어 버렸다. 계단을 올라올 때부터 내 뒤에 꼭꼭 숨어 있더라니, 이러려고 그런 모양이었다.

"어? 예지 못 온다더니?"

서윤이 버린 집게를 대신 주워 들고 고기를 뒤집던 혜은이 목을 길게 빼며 물었다. 예지는 그렇게 됐다고 작게 투덜거렸다.

"가족끼리 식사하기로 했는데 파투났어요. 오빠가 야근한다고."

"따라와도 되냐길래 데려왔어. 괜찮지?"

"그럼, 괜찮지."

미리 와 있던 여섯 명은 네 명이 앉을 수 있는 테이블을 셋씩 나누어 쓰고 있었다. 예지와 내가 갈라져 빈자리에 들어갈 수도 있었지만, 남는 테이블 하나 있겠다, 나와 예지는 빈 테이블에 앉기로 했다.

예지가 수저와 물컵을 세팅하는 동안 서윤이 직원을 불러 상을 차려 달라고 부탁했다. 곧 상 위엔 밑반찬이 차려지고 중앙의 불판으로 숯불이 들어왔다. 무슨 고기를 먹을까 벽에 걸린 메뉴판을 보고 있는데 맞은편에 앉은 예지에게서 뾰족한 목소리가 들려왔다.

"네가 왜 거기 앉아?"

"선배 고기 구워 드리려고."

못마땅한 표정의 예지와는 달리 서윤은 즐거워 보였다. 아직 익히지 않은 고기를 들고 예지의 옆에 앉은 서윤은 아예 제가 쓰던 접시와 젓가락까지 가져왔다. 슬쩍 서윤이 앉아 있던 옆 테이블을 바라보니 혜은과 준영은 오히려 잘됐다고 좋아하고 있었다.

"준영아, 고기 남은 거 다 구워 버려. 이서윤 돌아오기 전에 얼른 먹어 치우자."

"넵! 김준영 출동합니다."

준영이 남은 고기를 전부 불판 위로 쏟아부었다. 혜은이 집게를 들고 신이 나서 고기를 뒤집는 동안 서윤과 예지는 눈빛으로 기싸움을 했다.

"어휴, 진짜."

결국 서윤을 쫓아내는 데 실패한 예지가 컵과 수저를 들고 벌떡 일어나 내 옆으로 왔다. 그사이 서윤은 조금 전 예지의 자리, 그러니까 내 맞은편으로 자리를 옮겼다. 예지와 마주 보고 앉는 건 싫은 모양이었다.

얘네는 대체 언제쯤 사이가 좋아질까? 딱히 끼어들 일은 아니라 모르는 척 물만 마시는데 저 끝의 테이블에 앉아 있던 다빈이 몸을 뒤로 빼며 내게 말을 걸었다.

"여, 임지수. 점점 더 예뻐진다?"

대학교 때부터 여자애들 앞에서 어쭙잖게 건들거리다 눈총을 사는 게 일이더니 나이 서른이 되어서도 아직 그 버릇을 못 고쳤다. 쯧 한 번 혀를 찬 나는 예지가 준 물티슈로 손을 닦으며 대꾸했다.

"그러게. 넌 점점 더 추레해지는데."

"풉."

고기를 굽던 혜은이 급하게 입을 틀어막았다. 테이블 건너 나와 다빈 사이에 낀 그녀에게로 여러 사람의 시선이 모였다. 그녀를 보는 다빈의 얼굴은 어느새 시뻘겋게 달아올라 있었지만, 후배들 다 보는 앞에서 큰 소리를 낼 수는 없었는지 억지로 입꼬리를 끌어 올렸다.

"야근하다 와서 그래. 직장인이니까 프리랜서랑은 다르지."

"프리랜서가 더 자기관리 빡세요, 선배. 시키는 사람 없이 혼자 하는 게 얼마나 어려운데요."

예지가 서윤이 들고 있던 집게를 빼앗으며 말했다. 방심하고 있던 사이 집게를 빼앗긴 서윤은 황당한 얼굴로 예지를 바라봤다. 그는 다시 집게를 빼앗으려 했지만, 예지의 손은 아주 잽쌌다.

서윤이 혜은의 테이블에서 들고 온 고기는 양이 적었다. 자기 테이블에서 구워진 고기를 내게 조금 덜어 준 혜은이 세 테이블의 고기 접시가 모두 빈 걸 확인하고는 준영에게 말을 건넸다.

"입도 많아졌는데 고기 더 시키자. 벨 눌러."

그 말에 얼른 벨을 누른 건 다빈의 맞은편에 앉아 있는 지민이었다.

"뭘로 시킬까요? 삼겹살? 항정살?"

"아무거나 많이. 종류별로 다."

패기 넘치는 그 말은 서윤의 입에서 나왔다. 곳곳에서 오오, 하는 함성이 터져 나왔지만, 내 옆에 앉은 예지의 입에서 나온 건 뾰족한 타박이었다.

"헛소리하지 마. 네가 낼 거야? 안 그래도 많이 먹는 게."

서윤은 이미 고등학교 때 인근 무한 리필 식당에 시간제한 룰을 만들게 한 전적이 있는 대식가였다. 혼자서 기본 4~5인분, 고깃집 같은 곳에서는 작정하고 먹으면 10인분까지도 먹어 치우다 보니 그는 이렇게 다 같이 먹는 회식이나 모임 자리에선 적당히 조절해서 먹고는 했다.

그런 서윤을 예지도 알 텐데, 굳이 저렇게 쏘아붙이는 걸 보면 딱히 트집 잡을 만한 게 없었던 모양이다. 다행히 서윤도 예지의 핀잔을 진지하게 받아들이는 대신 나오지도 않는 눈물을 찍어 내는 척, 소매를 손등까지 내려 눈꺼풀을 문질렀다.

"더럽고 치사해서 진짜. 그래, 내가 먹은 건 전부 내가 낸다."

"언니, 우리 제일 비싼 걸로 시켜요."

예지가 내 어깨에 찰싹 달라붙으며 눈을 빛냈다. 자기가 먹은 것만 낸다잖아, 하고 말하기도 전에 혜은이 흥미로운 목소리로 우리 테이블의 대화에 끼어들었다.

"그래? 오늘 우리 은성이가 쏘는 거야?"

은성은 서윤이 맡았던 배역의 이름으로, 그를 스타 반열에 오르게 한 영광된 이름이었다.

이 모임에서 그 이름이 나온 게 퍽 당황스러웠는지 서윤은 어쩔 줄을 몰라 했다. 그가 뭐라고 하기도 전에 혜은이 직원에게 메뉴판을 달라고 했고, 반대쪽 테이블에 있던 아람과 지민이 우르르 혜은의 옆으로 몰려와 메뉴판을 구경하기 시작했다.

"혜은 언니, 우리 한우 시켜요, 한우."

"이거 어때요? 1인분 3만 5천 원짜리."

1인분 3만 5천 원 소리를 들은 후에야 정신이 번쩍 든 모양이었다. 기겁한 서윤이 테이블과 테이블 사이의 공간에 손을 넣고 흔들었다.

"저 제가 먹은 것만 낸다고 했거든요? 이 불판 바깥은 다 예외

입니다. 분명히 말씀드렸어요."

"그럼 거기에서 굽고 다른 불판으로 옮기자."

"노동도 이서윤이 하고 계산도 이서윤이 하는 거예요? 최고다."

"아니, 제가 사는데 제가 굽기까지 해요?"

시끌벅적 왁자지껄하게 떠드는 동기와 후배들을 보고 있자니 나도 끼어들고 싶어졌다. 나는 예지에게서 건네받은 집게를 엿장수 가위처럼 짤각거리며 서윤을 바라봤다.

"그럼 고기는 내가 구울게."

"그냥 제가 다 하겠습니다!"

이서윤 놀리기는 거기서 끝이 났다. 한 테이블에 한 접시씩 한우를 시키기는 했지만, 그 외에 추가로 더 주문한 건 삼겹살이었다.

자기가 먹은 건 자기가 낸다고 공언한 서윤은 삼겹살을 5인분이나 더 주문했다. 그걸 보고 예지가 질색하긴 했지만, 옆구리를 쿡 찔러 주자 아무 소리도 하지 않았다. 덕분에 평화로운 분위기 속에서 저녁 식사를 할 수 있었다.

이 멤버로 모이는 게 오랜만이긴 했는지 근황을 묻는 목소리가 여기저기서 들려왔다. 확실히 나도 우리 스튜디오에서 일하는 예지나 자주 놀러 오는 서윤을 제외하고는 전부 오랜만이었다.

옆 테이블에 앉은 혜은, 준영과 이야기를 나누고, 저쪽 테이블에 앉은 지민과 아람과도 이야기를 나누고.

사람이 많다 보니 한 잔씩만 주고받아도 어느새 소주 한 병이었다. 이 정도로는 별로 취하지 않는 게 다행이었다. 하지만 술기운이 오르긴 오르는 모양이라, 나는 벽에 등을 기댄 채 다른 아이들이 떠들고 노는 모습을 구경하듯 지켜봤다.

그러다 눈에 띈 건 구석에 앉아 핸드폰을 만지작거리고 있는 다빈이었다. 오랜만에 만난 자리에서 핸드폰을 붙잡고 있을 정도면 상대가 누구일지는 대충 짐작이 갔다. 아마 아내가 아닐까.

몇 년 전에 결혼한 다빈은 올해로 벌써 세 살인가 네 살이 된 아이도 있었다. 대학교 때 동기들끼리 우르르 몰려다니며 3차에 4차에 동방에서 새벽까지 술 마시고 놀던 황다빈이 이제는 아이 아빠라니.

정말로 어울리지 않았지만, 애초에 아이 아빠는 어울리는 사람이 되는 게 아니었다. 결혼해서 애 낳으면 저절로 되는 거지.

아마 박민준도 될 거다. 아이 아빠.

"선배? 괜찮아요?"

"응? 응."

깊게 생각하지 않고 대충 고개만 끄덕이는데 건성이라는 게 티가 난 모양이었다. 서윤이 걱정스러운 얼굴로 내 얼굴을 들여다봤다. 안색이 많이 안 좋았는지 당장이라도 내 이마를 짚어 보고 싶어 하는 얼굴이었다.

"취한 거 아니에요?"

"아냐. 그냥 딴생각 좀 하느라고."

내 말에 서윤이 뭐라고 더 대꾸하려던 순간 그의 등 뒤로 룸의 문이 열렸다. 모두의 시선과 함께 내 시선도 그쪽으로 향했다.

바람을 맞았는지 약간 헝클어진 머리를 하고 서 있는 건, 박민준이었다.

얼어붙은 내 등 뒤로 황다빈의 목소리가 들려왔다.

"왔냐?"

그의 갑작스러운 등장에 모두가 놀란 와중, 유일하게 단 한 명, 다빈만이 손을 번쩍 들어 민준을 반겼다. 고개를 끄덕인 민준은 흐트러진 앞머리를 손으로 매만지며 룸 안으로 들어왔다.

"미안, 일이 좀 늦게 끝나서."

"등장 타이밍 봐라. 주인공이 따로 없네."

"어서 오세요!"

여기저기서 민준을 반가워하는 목소리가 들렸다. 민준은 그 인사에 일일이 화답해 주며 사람 좋게 웃었다. 그 와중에도 나는 뻣뻣하게 굳어 눈도 깜빡할 수가 없었다.

그때 바로 앞에서 서윤의 시선이 느껴졌다. 나는 필사적으로 얼굴 근육을 수습했지만, 잘 됐는지는 알 수 없었다. 그저 내가 이상하게 보이지 않기만을 바랄 뿐이었다.

다행히 서윤은 내게 무언가를 묻는 대신 민준을 향해 웃는 얼굴로 말했다. 평소보다는 조금 건조하게 들리는 목소리였다.

"못 온다고 하지 않으셨어요?"

"마침 운 좋게 일정이 취소됐거든."

민준이 부드럽게 말했다. 서윤은 더 묻지 않고 고개를 돌렸다. 그런 서윤 대신 누군가가 환영 어린 외침을 내뱉었다.

"이번에 못 뵐 줄 알고 아쉬웠는데, 잘됐어요! 앉으세요, 선배!"

민준이 고개를 끄덕이며 빈자리를 찾아 고개를 두리번거렸다. 나도 덩달아 주변을 둘러봤다.

지금 비어 있는 자리는 지민과 아람과 다빈이 앉은 테이블에 하나, 준영과 혜은이 앉아 있는 자리에 둘, 그리고 나와 예지, 서윤이 앉은 자리에 하나였다.

누가 봐도 민준은 준영과 혜은이 앉아 있는 테이블에 앉아야 했다. 다빈도 똑같은 생각을 했는지 나를 향해 손짓했다.

"지수랑 예지랑 너네 앞으로 좀 당겨 봐, 민준이 안으로 들어오게."

"네?"

"윤혜은 옆자리 비잖아. 사람도 둘이고. 인원수 맞춰야지."

그러나 나는 그 제안이 마땅치 않았다. 혜은의 옆자리는 내 옆자리이기도 했으니까.

이럴 줄 알았으면 그냥 처음부터 혜은의 옆에 앉는 건데, 괜히 새 테이블에 앉는다고 떨어져 앉아서.

그때 서윤이 번쩍 손을 들었다.

"어, 제 옆자리도 비었는데. 안으로 들어가기 힘드시잖아요. 그냥 여기 앉으세요. 제가 원래 자리 갈게요."

서윤이 당장 자리에서 일어날 것처럼 바닥을 짚었다. 하지만 그가 젓가락과 접시를 들기도 전에 혜은이 어허! 장난스럽게 호통을 쳤다.

"오긴 어딜 와? 나도 마음 편하게 좀 먹자. 그냥 박민준 네가 이쪽으로 와. 불편한 건 늦게 온 사람이 감수해야지."

"그래, 알았어."

눈을 접어 웃은 민준이 기어코 예지와 내 등 뒤를 지나 혜은의 옆자리에 앉았다. 같은 테이블에 앉은 혜은과 준영과 인사를 주고받은 그는 이어서 옆에 있는 내게도 말을 건네왔다.

"오늘 선약 있다던 게 여기였어?"

"……어."

"말을 하지. 같이 오면 좋았잖아."

좋긴 뭐가 좋아.

마치 불덩어리를 집어삼킨 것처럼 속이 뜨거웠다. 나는 그런 티를 내지 않으려 애써 아무렇지 않은 척 찬물을 마셨다.

"넌 벌써 거절했다길래. 뭐 하러 두 번 물어봐, 내가 물어본다고 달라지는 것도 아니고."

그것도 그렇다고 고개를 끄덕인 민준은 제게 말을 걸어오는 후배들에게 미소를 지어 주며 그들의 질문을 다 받아 주었다.

후배들 사이에서 인망 좋은 선배의 모습을 보고 있자니 점점 속이 뒤틀리기 시작했다. 옆에서 예지가 뭐라고 말을 걸어오는데 잘 들리지 않았다. 얹힌 것처럼 속이 답답했다. 나는 앞에 놓여 있는 술을 입안에 털어 넣고 자리에서 일어났다.

"나 담배 한 대만 피우고 올게."

의아해하는 얼굴로 날 보던 예지가 고개를 끄덕이며 자리를 비켜주었다. 나는 곧장 룸에서 벗어나 건물 밖으로 나갔다.

담배를 입에 물고, 불을 붙이고, 힘껏 빨고 내뱉었다. 허공에서 흩어지는 새하얀 연기와 달리 내 속은 새까맣게 뒤엉켰다.

젠장, 젠장!

애꿎은 전봇대를 걷어차고 있으려니 괜히 서윤에게 화가 났다. 박민준 안 온다며. 그래서 온 건데.

아니, 서윤에게는 잘못이 없었다. 다른 애들도 똑같이 박민준이 오는 걸 모르고 있었다. 알고 있는 건 오로지 황다빈 한 명뿐이었다. 혹시 그 새끼가 부른 건가? 친구 없어서 심심했으면 집에 일찍 들어가서 애나 보지!

"짜증 나……."

박민준도 웃기는 새끼였다. 나한테 같이 저녁 먹자고 한 걸 보면 일은 원래 없었던 게 틀림없다. 그런데도 일 핑계로 이 모임을 거절해 놓고 이쪽으로 온 거다.

대체 왜? 설마 내가 있는 걸 알고? 하루 사이 그게 또 간지러워져서?

만약에 박민준이 2차 핑계를 대며 둘이 술 한 잔 더 하자고 제안하면 나는 그걸 거절할 수 있을까?

술 마시다가 밤을 같이 보내자고 하면? 그건 거절할 수 있나?

답은 뻔했다. 이제는 지긋지긋하다 못해 아주 넌더리가 났다. 이 끝없는 악순환이, 그걸 알면서도 끝끝내 희망을 버리지 못하고 질척대는 나 자신이.

*

담배를 연달아 두 대를 태우고 자리로 돌아온 나는 옆에 있는 박민준을 신경 쓰지 않으려 들입다 술만 퍼마셨다.

평소보다 무리하는 내 모습은 오랜만에 모인 자리가 즐거워 그런 것으로 오해받았다. 그건 다행이었지만, 단시간 내에 너무 많은 술을 받아들인 내 위는 뒤집어지려 하고 있었다.

그 때문인지 고깃집에 진동하는 돼지기름 냄새가 역하게 느껴졌다. 식사가 끝나고 로비로 내려왔을 때쯤엔 목 아래에서 구토감이 맴돌았다. 혹시나 가게에 실례되는 일을 해 버리진 않을까, 아이들이 신발을 신고 카운터 앞에 모이는 동안 나는 구석진 자리에서 장식용 화분처럼 조용히 서 있었다.

문득 시선이 느껴졌다. 반사적으로 고개를 들자 계산대 앞에서 있는 서윤과 눈이 마주쳤다. 그는 퍽 걱정스러운 눈으로 날 보고 있었는데, 솔직히 말하면 고까웠다.

나쁜 놈. 이게 다 너 때문이야.

노려보는 내 시선이 따가웠는지 서윤은 반대쪽으로 고개를 돌렸다. 실은 옆에 있는 혜은의 말에 반응한 것뿐이었지만.

"계산 어떻게 할래? 그냥 한 사람이 결제하고 단체방에 올릴까?"

"어, 제가 사는 거 아니었어요?"

"아이고, 됐네요. 우리도 양심이 있지, 뜯어 먹을 사람이 없어서 후배를 뜯어먹겠냐."

등을 두드리는 손바닥에 서윤이 아프다고 엄살을 피웠다. 그는 곧 머쓱한 얼굴로 목덜미를 긁적거렸다.

"그럼 제가 죄송해지는데. 저 제가 사는 줄 알고 진짜 많이 먹었어요."

"됐다니까, 넣어 둬."

"그냥 내가 살게."

혜은과 서윤 사이로 끼어든 건 민준이었다. 그는 주머니에서 지갑을 꺼내며 예의 그 사람 좋은 미소를 지어 보였다.

"우리 동아리에서 스타가 나왔는데 선배가 뭐라도 해 줘야지."

"오올, 박민준 멋있는 척."

입술을 모아 휘파람을 분 혜은은 이윽고 민준의 옆에 있던 다빈과 구석에 서 있는 날 돌아봤다.

"그럼 그냥 선배들 넷이 나눠 낼까?"

"그러든가."

"뭐?"

선선히 고개를 끄덕인 나와 달리 다빈은 인상을 썼다.

"그럴 거면 처음부터 말을……."
"아니, 내가 낼게. 대신 2차는 얻어먹어도 되지?"
분위기가 썰렁해지기 전에 민준이 얼른 나서서 수습했다. 선배들 눈치만 보는 후배들 사이에서 총대를 메고 나선 건 처음부터 자기가 낸다고 나섰던 서윤이었다.
"안 그러셔도 돼요. 여기 가격도 좀 있잖아요."
시비 거는 건가? 어투가 묘하게 들리는데.
그러나 그렇게 느낀 건 나뿐인지 다른 후배들은 맞아요 맞아요 하며 저희 한우도 먹었어요 하고 맞장구를 쳐 댔다.
"이 정도는 괜찮아. 무리일 것 같으면 처음부터 나서지도 않았지."
민준은 서윤을 보며 미소 지었다. 잠깐 눈치를 보던 서윤은 결국 고개를 끄덕였다.
"그럼, 감사히 얻어먹겠습니다!"
서윤은 두 손을 배꼽 위에 모은 채 공손히 허리를 숙였다. 그 과장된 인사를 다른 후배들 역시 너도나도 따라 했다. 그렇게 화기애애해진 분위기 속에서 민준은 카드를 긁었다.
어느새 9시가 넘어, 가게 밖은 어두컴컴했다. 휘황찬란한 간판들 아래에서 동기와 후배들은 2차를 어디로 갈까 떠들고 있었다. 나는 마치 모르는 사이처럼 떨어져서 그들이 소란스럽게 떠드는 걸 지켜보기만 했다. 그런 내 옆으로 서윤이 다가왔다.
"선배, 괜찮아요?"
얜 왜 자꾸 내 안부를 물어 대는 걸까.
"괜찮아. 아까부터 왜 자꾸 물어?"
"평소보다 무리하시는 것 같아서……."

"2차 어디 갈까? 투표!"

서윤의 작은 목소리를 뚫고 혜은의 우렁찬 목소리가 들려왔다. 곧 후배들이 각자 손을 들고 외치기 시작했다.

"노래방!"

"호프집!"

"둘 다!"

정말로 기운 좋은 녀석들이었다. 좋을 때라고 생각하며 나도 살짝 손을 들었다. 곧 이쪽을 향하는 시선들 속에서, 나는 내 말이 분위기를 깨지 않길 바라며 조용히 말했다.

"난 이만 가 볼게. 좀 피곤해서."

"언니, 벌써 가시려고요? 좀만 더 놀다 가시지."

"맞아요, 오랜만에 봤는데."

팔짱을 끼고 있던 지민과 아람이 내 앞으로 다가와 한마디씩 했다. 나는 두 손으로 지민과 아람의 머리를 동시에 쓰다듬어 주었다.

"술을 갑자기 많이 마셨더니 몸이 안 받아 주네. 나중에 한 번 더 보자."

자기도 쓰다듬어 달라고 지민과 아람 사이로 끼어드는 예지에게도 한마디 했다.

"넌 더 놀다 와. 내일 출근 좀 늦어도 봐줄게."

"그럼 내가 바래다줄게. 혼자 보내기도 그러니까."

민준이 내게 다가오며 말했다. 필요 없다고 말하기도 전에 서윤이 그와 내 사이로 끼어들었다.

"에이, 1차를 선배가 냈는데 먼저 가시면 안 되죠. 지수 선배는 제가 바래다 드릴 테니까 선배는 2차 얻어 드세요."

"맞아요, 민준 선배는 더 드셔야죠."

그렇게 거들고 나선 건 예지였다. 살다 보니 손예지가 이서윤 편을 드는 날이 다 온다. 그게 신기한 건 나뿐이었는지 혜은이 고개를 끄덕이며 두 사람의 말에 맞장구를 쳤다.

"그래, 돈만 내고 사라지면 우리가 뭐가 되냐? 넌 2차 가야지."

그때 황다빈이 얼굴 가득 인상을 쓰며 끼어들었다.

"데려다주겠다는데 뭘 말려? 그냥 같이 보내."

오늘만큼은 박민준과 단둘이 남는 걸 극구 사양하고 싶은 내 입장에선 정말이지 듣기 싫은 소리였다. 하기야, 황다빈 입에서 내 마음에 드는 소리가 나왔던 적이 있어야 말이지.

그런 내 마음을 알았는지 똑같이 인상을 구긴 예지가 짜증을 숨기지 않은 목소리로 톡 쏘아붙였다.

"2차 쏘기 싫어서 그러세요? 그럼 그냥 선배가 빠져요. 우린 민준 선배 데려갈 거니까."

"뭐? 이게 근데 선배한테 말버릇이……."

"야."

다빈이 험악한 얼굴로 예지에게 한 발 다가가는 순간 내가 입을 열었다.

취기 때문인지 생각보다 낮게 나온 목소리에 이쪽으로 이목이 쏠렸다. 차라리 잘 됐다 싶어 목소리를 한층 더 낮게 깔았다.

"내가 내 집에 가겠다는데 왜 남자들이 말이 많아? 내 귀갓길 너네한테 맡겨 놨어?"

목소리를 깐 효과가 있는지 내가 데려다주니 네가 데려다주니 옥신각신하던 남자들 입이 동시에 다물어졌다.

그 틈에서 준영이 '난 아무 말도 안 했는데…….' 눈치 없이 중얼거리다 아람의 손에 옆구리를 찔렸다. 하여튼 귀여운 녀석들이었다.

나는 실수로라도 표정이 풀어질까 일부러 얼굴을 굳힌 채 남자들 얼굴을 돌아봤다.

다빈은 내 눈을 피했고, 민준은 내 눈을 피하진 않았지만 당황한 표정을 수습하지 못하고 있었다. 그리고 서윤은 마치 죄지은 사람처럼 두 손을 공손하게 모은 채 내 눈치를 보고 있었다.

그 처량한 모습을 보고 있자니 조금 미안해졌다. 생각해 보면 얘는 잘못한 게 하나도 없었다. 그런데 하루 종일 나나 다른 애들 틈바구니에서 눈칫밥만 배 터지게 먹었다.

"이서윤."

"네?"

가까이 오라고 까딱까딱 손짓을 하자 서윤이 아무 말 없이 내게 다가왔다. 하여튼 말 하나는 기가 막히게 잘 듣는 녀석이었다. 나는 꼭 대형견 같은 녀석의 손에 내 핸드백을 넘겼다.

"밑 빠진 독은 내가 데려갈 테니까 너네끼리 놀아. 간다."

"가세요, 선배! 내일 봬요!"

내가 만든 분위기가 불편했는지 예지가 냉큼 고개를 숙였다. 다른 후배들도 예지를 따라 다 같이 내게 인사를 했다.

그 상황이 되어서도 날 바래다주니 어쩌니 하는 소리는 못 하겠던지 민준도 내게 조심해서 들어가라고 말을 건넸다. 나는 대답하지 않았다.

일행들에게서 뒤돌아선 나는 앞만 보고 성큼성큼 걸었다. 노래방을 가자고 아이들을 리드하는 민준의 목소리가 들리지 않게 되었을 때, 나는 조용히 내 뒤를 따르는 서윤에게 말을 건넸다.

"이서윤, 배 찼니?"
"네? 아, 네. 저 많이 먹어서."
나는 코웃음을 한 번 쳤다.
"손목 걸고 말해."
"어……. 사실 먹다 말았어요. 눈치 보여서."
그럴 줄 알았다. 서윤은 다른 사람보다 양이 많을 뿐이지 식탐을 부리는 건 아니었다. 혜은이나 예지도 핀잔을 줄 생각이 아니라 그냥 놀릴 생각으로 그런 말을 했을 것이다.
하지만 듣기 좋은 꽃노래도 한두 번이지, 여기서 한마디 듣고 저기서 두 마디 듣는데 아무리 무던한 서윤이라도 속이 편할 리가 없었다.
그래, 선배가 돼서 이렇게 예쁜 후배한테 눈칫밥만 먹이는 게 말이 되나.
"좋아, 2차 가자."
"2차요? 더 드시게요?"
"왜? 싫어?"
부족하다며? 하는 눈으로 납작한 배를 한 번 바라봐 주자 서윤이 짧게 웃음을 터뜨렸다.
눈꼬리를 접어 웃는 게 어째서인지 조금 기뻐 보였다. 그는 그 얼굴 그대로 고개를 끄덕였다.
"네. 가요, 2차."

*

내 기억이 맞다면 오늘은 월요일이 틀림없다. 그런데.

“어떻게 자리 있는 데가 하나도 없어?”

이걸로 벌써 네 번째. 가는 집마다 자리가 만석이거나 재료가 소진돼서 주문을 못 받는단다. 불타는 금요일이나 주말에 이랬으면 이해라도 하지. 치킨집, 피자집, 하다못해 부대찌개 집도 자리가 없었다. 월요일인데!

“워낙 사람 많은 동네라 그런가 봐요. 게다가 룸이나 칸막이 있는 데만 찾으니까.”

얼굴의 반을 가린 마스크 안에서 서윤이 말을 웅얼거렸다. 얼굴이 거의 보이지 않는데도, 그 목소리 덕분에 서윤이 미안해하고 있다는 게 느껴졌다.

“전 아무 데나 가도 상관없는데.”

“안 돼. 너 얼굴 팔리잖아.”

“그치만 자리가 없잖아요.”

“그렇다고 사람들 다 보는 데서 단둘이 밥을 먹자고?”

연예인의 팬이 되어 본 적은 없지만, 그런 나라도 스캔들의 위험성 정도는 알고 있었다.

사실 서윤이 유명해진 후에는 둘이서 만나는 것도 자중하려고 했었다. 그 의사를 말로 전했더니 서운하다며 지어 보이는 표정이 내 양심을 천 갈래로 찢어 놓지만 않았어도 실행에 옮겼을 것이다.

그때 내가 뱉은 말을 취소하기까지 10초도 안 걸렸지, 아마.

생각해 보면 고등학생 때부터 손이 참 많이 가는 녀석이었다. 나는 푹 눌러 쓴 모자 아래로 살짝 보이는 그의 눈을 흘끗거리다 푸념조로 내뱉었다.

“너랑 스캔들 나면 쪽팔려서 안 돼.”

"……저 쪽팔려요?"

"아니, 내가."

너의 그 빛나는 외모가 나를 해산물로 만든다 구구절절 설명하는 대신 나는 근처에 있는 가게를 둘러봤다. 하지만 어느 가게나 다 사람이 가득 차 있었고, 그나마 자리가 있는 데는 나도 들어가기 싫을 만큼 영 별로인 곳뿐이었다.

차라리 동네를 옮겨 볼까. 고민하는 중에 옆에서 서윤의 목소리가 들려왔다.

"그냥 오늘은 집에 가는 게 어때요? 오늘만 날인 것도 아닌데."

집? 그 단어를 듣는 순간 나는 무심코 손뼉을 한 번 쳤다. 왜 그 생각을 못 했을까?

"그래, 집에 가자."

"그래요. 오늘은 일찍 들어가서 쉬는 게……."

"술은 편의점에서 사고, 안주는 그냥 포장해 가자. 천잰데?"

"네?"

이렇게 기특한 생각을 내놓다니. 머리라도 쓰다듬어 주고 싶었지만, 서윤이 모자를 눌러 쓴 데다 키 차이가 커서 그건 포기했다.

"가게에 자리가 없으면 집에서 마시면 되잖아. 우리 집 넓어. 가자."

안주는 뭘로 할까 고민하다 보니 저 멀리에 치킨집이 보였다. 그래, 오늘은 치킨이 좋겠다. 생각해 보니 치킨을 먹은 지도 오래됐다. 일이 이렇게 되니 음식점에서 네 번이나 쫓겨난 것도 오늘은 꼭 치킨을 먹으라는 하늘의 계시 같았다. 나는 서윤의 팔을 잡고 거의 끌고 가다시피 큰길가로 향했다.

"잠깐, 선……배."

"가자!"

취기 때문에 그런가, 아니면 치킨 먹을 생각에 들떠서 그런가.

희한하게 기분이 좋아진 나는 당장에 택시를 잡았다. 뭐가 잘 되려는 건지 택시도 바로 잡혔다.

집까지 그렇게 멀지 않은 거리라 자주 가는 치킨집에 미리 주문을 넣었다. 같이 먹을 사람이 밑 빠진 독인 걸 감안해 특별히 세 마리로. 덕분에 택시에서 내리자마자 갓 튀겨진 치킨을 바로 받을 수 있었다.

치킨을 서윤에게 맡긴 나는 바로 근처 편의점으로 쳐들어갔다. 치킨에는 소주보다 맥주가 낫겠지. 서윤이 무슨 맥주를 좋아하는지는 잘 몰라서 평소 내가 마시는 브랜드로 싹 쓸어 담았다. 혹시 안 마시겠다고 할 때를 대비해서 콜라도 큰 걸로 샀다.

이것저것 사다 보니 짐이 굉장히 많아졌다. 무작정 맡길 수는 없어서 적어도 반은 내가 들려고 했는데, 내가 비틀거리는 걸 보고 서윤이 모조리 다 들고 갔다.

양심이 찔려 내 핸드백이라도 가져오려 했지만 서윤은 그것마저 내게 주지 않았다. 짐이란 짐은 다 떠맡겨 버리는 바람에 조금 민망했지만, 그래도 후배 하나는 잘 키웠다 싶어 기분이 우쭐해졌다.

그래! 내가 인생을 잘못 살진 않았어!

집으로 향하는 발걸음이 유난히 가벼웠다. 횡단보도도 안 기다리고 한 번에 건넜는데 심지어 엘리베이터까지 1층에 있었다. 오늘은 뭐가 되려는 날인가 싶어 얼른 엘리베이터에 올라타는데 옆자리가 허전했다.

"이서윤?"

얘가 어디서 뭐 하나 싶어 엘리베이터 밖으로 고개를 내밀었더니, 서윤이 그제야 뒤늦게 이쪽으로 걸어왔다.

"왜 이렇게 느려? 뭐 했어?"

"아뇨, 조금 놀라서……. 선배 여기 사세요?"

"응, 여기 살아."

그러고 보니 대학교 동기나 선후배들을 집으로 부른 적은 없었다. 당연히 서윤을 여기 데려온 것도 처음이었고, 그 사실을 감안하니 얘가 놀란 것도 어느 정도 이해가 됐다.

내 입으로 말하기 뭐하지만, 이 오피스텔은 나이 서른의 젊은 여자가 살기엔 집값이 많이 비쌌다. 부모님이 아니었다면 나 혼자서는 꿈도 못 꿨을 만큼.

운 좋게 능력 있는 부모님을 만난 덕에 편히 살고 있지만, 딱히 자랑할 일은 아니라 어디다 말하고 다닌 적은 없었다. 덕택에 내 주변에서 우리 집의 금전 사정에 대해 아는 사람은 거의 없었다. 서윤도 마찬가지였고.

혹시 이것 때문에 태도가 달라지진 않겠지.

조금 불안한 마음에 서윤의 얼굴을 힐끔 살펴봤지만, 눈만으로는 그의 속내를 짐작할 수가 없었다. 도중에 누가 엘리베이터에 탈지 모르니 마스크 좀 벗으라고 할 수도 없고. 나는 엘리베이터가 얼른 23층에 도착하기를 바랐다.

"다 왔다! 자, 얼른 내려."

"……."

나는 말이 없는 서윤을 뒤에 두고 도어락의 비밀번호를 눌렀다. 경쾌한 소리를 내며 잠금이 해제된 문을 활짝 열어젖히고 나는 서윤을 돌아봤다. 비밀번호를 누르고 있었기 때문인지 그는 내게 등을 보이고 있었다. 고지식하다고 해야 할지, 정직하다고 해야 할지.

"얼른 들어와, 치킨 식겠다."

난 아직도 등을 돌리고 있는 서윤의 어깨를 두드렸다. 하지만 머뭇거리며 돌아서는 서윤의 목소리는 예상만큼 밝지 않았다.

"저…… 선배."

"응?"

"이건 좀 아닌 거 같아요."

조심스럽게 현관 안쪽에 치킨과 맥주를 내려놓은 서윤이 뒤로 물러났다.

턱 끝으로 잡아 내린 마스크 위로 난색을 표하는 얼굴이 드러났다. 처음이었다. 이서윤이 내 앞에서 저런 표정 짓는 거.

"저 그냥 갈게요. 시간도 너무 늦었고, 선배 혼자 사는 집인데 제가 들어가기는……."

"왜? 괜찮은데. 우리 집 아무도 없어. 눈치 안 봐도 돼."

그러나 걱정할 것 없다는 내 말에도 서윤의 표정은 점점 어두워지기만 했다. 혹시 어디 아픈가 싶어 그에게 한 발 다가가려는데, 서윤이 바닥에 시선을 둔 채 입을 열었다.

"원래 이렇게 경계심이 없어요?"

"……어?"

평소보다 가라앉은 목소리.

술기운 때문일까? 나는 그 말을 바로 이해하지 못했다. 귓가에 맴도는 그 말이 무슨 뜻인지 다시 한번 곱씹으려는 찰나, 서윤이 눈을 들어 나를 바라봤다. 그의 눈은 그의 어깨를 감싼 어둠만큼이나 짙은 빛을 띠고 있었다.

"선배 지금 취했잖아요. 게다가 혼자 사는 집인데. ……저라서 괜찮은 거예요? 아무리 후배라지만 저도 남잔데, 제가 무슨 짓을 할 줄 알고요?"

"뭐?"

순간 머리가 차갑게 식었다. 동시에 온몸을 떠돌던 술기운이 하얗게 증발했다. 얘가 지금 나한테 뭐라고 한 건지, 기가 막혀서 헛웃음이 터졌다.

"야."

그래도 이서윤이 나를 완전히 우습게 여긴 건 아닌 모양이었다. 겨우 목소리 좀 깐 것 가지고 긴장한 걸 보면.

하지만 늘 귀엽게 봐줬던 그 얼굴이 지금 이 순간만큼은 도저히 귀여워 보이지 않았다. 얼굴로 먹고사는 직업 아니었으면 뺨을 한 대 쳤을지도 모른다.

"고개 들어. 내 얼굴 똑바로 봐. 너 지금 네가 하는 말이 무슨 뜻인지는 알고 말하는 거야?"

"저는……."

"술 취해서 혼자 사는 집에 아무나 들이는 여자라고? 이놈 저놈 가릴 거 없이 흘리고 다니는 가벼운 년이라고 말하고 싶은 거야, 지금?"

그 말에 이서윤의 얼굴이 사색이 됐다.

"아니, 그런 뜻으로 한 말이 아니라."

"아니긴 뭐가 아니야. 지금 이 상황에서 무슨 일 일어나면 다 내 탓인데 왜 조심 안 하냐 이거잖아. 이제 네 눈에 난 선배가 아니라 혼자 사는 여자로 보여? 그래서 단속하고 싶니? 훈계하고 싫어? 건드려도 되는 년인데 안 건드리는 넌 착한 놈이니까, 그래도 되는 것 같니?"

어쩜 이렇게 다 똑같지? 한 꺼풀만 벗기면 다른 생각을 가진 놈이 하나도 없다. 귀엽고 예쁘기만 하던 후배가 이 순간만큼은 아침에 나를 울린 그 개자식하고 똑같이 겹쳐 보였다.

박민준하고 있었던 일을 알게 되면 얘도 내 잘못이라고 말하겠지. 그 상황에서 어떤 남자가 달려들지 않겠냐고 내 탓을 할 게 뻔했다. 너무도 투명하게 보였다.

흔해 빠져서 이제는 새로울 것도 없는 말들. 단둘이 아닐 땐 믿으라고 종용하면서 단둘이 남을 땐 그걸 왜 믿냐고 따지는 이중적인 인간들.

그래도 넌 다를 줄 알았는데.

내 잘못이 아니라고 말해 줄 줄 알았는데.

"선배."

"꺼져. 나도 너 필요 없어."

은혜도 모르는 새끼.

중얼거리며 등을 돌리는데 눈물이 새어 나왔다. 아직도 이런 뻔한 일로 눈물이 났다. 눈물샘을 걸어 잠그는 건 대체 언제쯤에야 가능해지는 걸까.

이런 상황에 우는 모습까지 보이고 싶진 않아 서둘러 문을 닫으려는데, 순식간에 거리를 좁힌 서윤이 문틈으로 손을 밀어 넣었다.

조심성 없는 그 행동에 나는 깜짝 놀라 잡고 있던 손잡이를 놓쳤다. 그랬더니 이번엔 서윤이 현관 안으로 발을 들여 문을 닫지 못하게 만들었다. 그가 다급한 얼굴로 내게 물었다.

"선배, 울어요?"

감췄다고 생각했는데 그러질 못한 모양이었다. 아직 화가 가라앉지 않았는데 거기에 수치심까지 더해지자 이젠 정말로 이서윤이 꼴도 보기 싫어졌다.

"나가! 들어오랄 땐 안 들어오고 왜 나가라니까 들어와?"

하지만 이서윤은 이번에도 내 말을 듣지 않았다. 그는 손을 뻗어 내 뺨을 만지려는 듯한 행동을 취했다.

손은 닿지 않았고, 가까운 곳에서 멈췄다. 그런데도 난 그에게 붙잡힌 것처럼 꼼짝없이 눈물 젖은 얼굴을 다 보여 주고 말았다.

"선배……."

서윤은 내 눈가가 젖은 걸 확인하고는 어쩔 줄을 몰라 했다. 그렇겠지. 후배들 앞에서는, 특히나 남자 후배들 앞에서는 단 한 번도 눈물을 보인 적이 없었다.

그깟 것도 자존심이라고 깨진 게 부끄러웠다. 그래서 얼른 돌아서려는데 다시 한번 손을 뻗은 그가 날 제 품으로 끌어당겼다.

"뭐야, 너 지금 뭐 해?"

"죄송해요. 잘못했어요."

나는 서윤을 밀어냈다. 아니, 밀어내려 했다. 나를 끌어안은 그의 팔에 실린 힘이 조금만 셌어도 그렇게 했을 거다.

하지만 마치 설탕 인형을 끌어안기라도 한 것처럼 그의 팔은 조심스러웠고, 손으로는 주먹을 쥔 채 그 어느 손가락도 내 몸에 닿지 않으려고 노력하는 게 느껴졌다. 무엇보다도, 꺼지라고 매몰차게 밀어내기엔 서윤의 품이 너무 따뜻했다.

사람과 마지막으로 포옹한 게 언제였더라?

그게 인사였던 유학 시절을 빼면 없는 것 같았다. 심지어 박민준과도 해 본 적이 없었다. 생각해 보니 정말로 그랬다.

침대 위에서 별짓을 다 했는데 포옹만큼은 안 해 봤다. 행위가 끝난 뒤 가벼운 후회로, 아니면 잠결에라도 끌어안을 수 있었을 텐데 박민준은 그것조차 내게 해 주지 않았다. 당연한 일이었다. 나는 그런 감정적 교류를 나눌 만한 상대가 아니었으니까.

하지만 아무리 그래도 그렇지. 어떻게 단 한 번도, 어떻게 실수로라도.

정말 한 번쯤은 곁을 내어주지 않을까 생각하게 만들어 놓고서는 단 한 번도 날 잡아 주지 않았다.

그런데도 왜 나는, 놓을 수가 없어서.

"제가 잘못했어요. 제가 죽일 놈이에요. 선배는 잘못한 거 없어요. 아무것도 선배 탓 아니에요."

"너는…… 진짜로 너는 나한테 그러면 안 되는 거야."

"맞아요. 제가 그러면 안 되는데, 제가 미쳤었어요. 죄송해요, 죄송해요, 선배."

제가 잘못했다고 끊임없이 비는 목소리를 듣고 있으려니 결국 눈에서 눈물이 새어 나왔다.

한번 터진 이후엔 걷잡을 수가 없었다. 나는 서윤의 옷자락을 손에 쥔 채 이를 악물고 온몸을 떨었다.

울고 싶지 않았는데. 박민준 그 개새끼 때문에 울고 싶지 않았는데. 그 새끼 때문에 울기엔 내 눈물이 너무 아까운데. 하지만 울지 않기엔 서윤의 품이 따뜻했다.

이제야 알았다. 나는 사람의 온기에 약했다. 내가 주는 모든 걸 당연하다는 듯 누린 주제에 나에게는 아무것도 베풀지 않은 박민준 때문에 나는 내가 어떤 사람인지, 어떤 사람으로 변해 가는지도 알지 못했다.

내가 나를 소홀히 한 탓에 나는 내가 알지 못하는 사이 너무도 약한 여자가 되어 버렸다. 겨우 한 줌의 온기에 무너지는 약한 여자가.

나를 아껴 주지 않는 남자에게 내 인생을 소모한 대가였다. 그러니 이건 내 잘못이다.

"선배 탓이 아니에요. 그러니까 울지 마세요……."

그런데도 내 탓이 아니라는 말에 자꾸만 눈물이 새어 나왔다. 알고 하는 말 아닌 거 아는데도, 오히려 그렇기 때문에 더.

덕분에 알았다. 나는 그냥 내 편을 들어 줄 사람이 필요했던 거다. 그게 뭐든 간에 묻지 않고 내 잘못이 아니라고 말해 줄 사람이.

"죄송해요, 죄송해요, 선배……."

"흐윽……."

결국 나는 생각하기를 그만두었다. 방금 전까지만 해도 눈물이 부끄럽다고 생각했으면서, 나를 안은 품에 매달려 정신없이 울음을 쏟아 냈다.

이성을 붙잡고 버티기엔 그간 흘리지 못하고 쌓아 둔 눈물의 무게가 너무 무거워서. 이제는 모두 흘려 버리고 홀가분해지고 싶었다.

*

한참을 울고 난 후에야 정신이 돌아왔다. 펑펑 쏟아 낸 눈물로 화장이 지워져 얼굴은 엉망이 됐다. 그리고 내 눈물을 그대로 받아 낸 서윤의 옷은 그보다 훨씬 엉망진창이었다.

화장품으로 얼룩덜룩해진 서윤의 옷은 티슈로 닦아 낸다고 해결이 될 수준이 아니었다. 겉옷이 있으면 가리기라도 할 텐데, 아직 날이 더운 탓에 서윤이 입은 옷은 얇은 셔츠 하나뿐이었다.

옷을 저 모양 저 꼴로 만들어 놓고 집으로 보냈다간 지나가는 사람들의 시선을 전부 강탈할 게 틀림없었다. 나는 별수 없이 서윤을 집에 들이고 말았다.

"이걸로 갈아입어."

옷장에서 커다란 박스티를 꺼내 서윤에게 건네줬다. 그는 내가 준 옷을 펼쳐주고 제 몸에 대보더니 물었다.

"이건 누구 옷이에요?"

"내 집에 있는데 내 옷이지. 뭐 그렇게 궁금한 게 많아?"

톡 쏴붙인 말에 서윤은 별말 없이 웃옷을 벗었다. 생각 없이 지켜보던 나는 눈앞에 드러난 맨살에 깜짝 놀라 등을 돌렸다.

쟤는 수치심도 없나, 아님 내가 사람으로 안 보이나. 어떻게 저렇게 일말의 망설임도 없이 옷을 벗지?

아, 수치심이 없겠구나.

지금은 배우로 전향했지만 원래 서윤은 모델이었다. 남들 앞에서 옷 갈아입는 걸 부끄러워해서야 모델 일은 못 한다. 하지만 관계자가 아닌 여자 앞에선 조금 부끄러워해 주면 좋겠는데.

아무리 친한 동생이라지만 맨몸을 보고도 아무렇지도 않을 정도는 아니었다. 나는 씻는다는 핑계를 대고 욕실로 들어왔다.

깨끗하게 세수를 하고, 편한 옷으로 갈아입은 다음 밖으로 나갔다. 내가 준 옷으로 갈아입은 서윤은 거실에 앉아 있었다.

그는 멀쩡한 소파를 두고 그 소파를 등받이 삼아 바닥에 앉아 있었다. 그의 맞은편에는 TV가 있었지만 틀어 놓지는 않은 상태였다.

내가 욕실에서 나오는 소리를 들었을 텐데 그는 이쪽을 돌아보지도 않았다. 내리깐 눈을 보아하니 어떤 생각에 잠겨 있는 모양이었다. 덕분에 집에는 침묵만 맴돌았고, 나는 그게 마음에 들지 않아 리모컨을 집어 들고 TV를 켰다.

"뭐라도 볼래?"

"아무거나요."

질문이 성의 없다 보니 돌아오는 답도 성의 없었다. 나는 바닥에 앉아 있는 서윤과 달리 소파에 앉아 채널을 이리저리 돌렸다.

100개가 넘는 TV 채널 중 내가 선택한 건 영화 채널이었다. 제목은 기억나지 않지만, 음악과 로맨스가 섞인 저 영화는 몇 년 전에 재미있게 봤던 거였다. 물론 지금 이 상황에 재미를 기대하는 건 아니었다. 그저 배경 음악 역할만 해 주면 더 바랄 게 없을 뿐.

나는 잠깐 TV를 보다가 흘끔 옆을 돌아봤다. 한쪽 다리를 세우고 그 위에 팔꿈치를 올린 서윤은 주먹 쥔 손에 머리를 기댄 채 TV를 보고 있었다. 말 그대로 보고만 있는 상태였다. 딱히 내용을 머리에 넣을 생각은 없어 보였다.

호흡으로 목울대가 약간 움직이는 것 빼고는 표정에조차 아무런 감정도 올라와 있지 않았다. 그 모습에 저절로 한숨이 새어 나왔다.

서윤은 착하고 쾌활한 후배인 동시에 나를 잘 따랐다. 그래서 그와 단둘이 있는 순간이 어색하거나 불편했던 적은 한 번도 없었다. ……딱 한 시간 전까지는.

"후……."

언제 옮겨다 놓은 건지 소파 앞의 테이블에는 맥주와 치킨이 가지런히 놓여 있었다. 그 와중에 이걸 또 정리해 놨다. 차라리 잘 됐다 싶어 맥주를 하나 집어 들었다. 캔은 그새 미지근해져 있었다.

나는 열어 본 흔적도 없는 치킨박스에 잠깐 시선을 두었다. 서윤의 주변을 둘러보니 치킨은커녕 맥주도 딴 게 없었다. 침묵을 깨고 싶은데 달리 다른 화제가 없어서 나는 괜히 그것들을 걸고 넘어졌다.

“왜 안 먹어?”

“입맛이 없어서요.”

사람이 목 놓아 우는 걸 눈앞에서 봤으니 입맛이 떨어질 만도 했다. 나는 애써 모르는 척 시선을 돌렸다.

“이서윤이 입맛이 없어? 오늘 하늘 무너지겠네.”

“이미 무너졌어요.”

무슨 뜻이지?

물어보고 싶은데 서윤의 얼굴이 너무 딱딱했다. 알고 지낸 지가 벌써 10년이 넘었는데 저렇게 표정 없는 얼굴은 처음이었다. 무슨 일이 있어도 항상 웃고 다니는 녀석이었는데.

혹시 나 때문인가.

가슴이 따끔따끔했다. 아까 전의 일은 분명 이서윤이 잘못했지만, 그 일을 차치하더라도 내가 녀석에게 안 좋은 영향을 끼친 것 같아 기분이 가라앉았다.

차라리 내가 이 애처럼 밝은 성격이었다면 얼마나 좋았을까. 그랬다면 이 분위기도 어떻게든 바꿀 수 있었을 텐데.

하지만 나는 이런 상황에서 어떡하면 좋은지 아는 게 전혀 없었다. 괜히 분위기를 띄운답시고 나섰다가 더 어색하게 만들지나 않으면 다행이었다. 결국 나는 아무것도 못 하고 맥주만 마셨다.

내가 맥주를 마시는 동안 서윤은 꼼짝도 안 했다. 나처럼 술을 마시지도 않고, 치킨에 손을 대지도 않고. 그는 입을 꾹 다문 채 그냥 앞만 바라봤다. 그렇다고 TV를 보는 것도 아니었다. 영화 속 배우들이 춤을 추든 키스를 하든 눈 하나 깜짝 안 했으니까.

"후……."

손에 든 캔이 비었다. 나는 빈 캔을 내려놓고 새 캔을 집어 들었다. 마실 생각으로 따기는 땄는데 막상 입에 대려니 생각이 없어졌다. 결국 나는 캔을 내려놓았다.

"서윤아."

"네."

그 와중에 대답은 참 잘도 했다. 나는 손바닥으로 얼굴을 한 번 쓸고 입을 열었다.

"너 그냥 집에 가도 돼."

그 말을 듣고서야 서윤은 나를 돌아보았다. 하지만 얼굴은 여전히 무표정했다. 무슨 생각을 하는지 도무지 알 수가 없었다.

"저 갔으면 좋겠어요?"

글쎄. 나는 잠깐 생각에 잠겼다. 만약 이서윤이 이대로 집에 가 버리면.

어색한 분위기가 사라질 테니 오히려 마음 편하려나. 아니면 적막한 분위기에 혼자 남아서 숨이 막히려나.

잘 모르겠다. 나는 고개를 흔들었다.

"너 좋을 대로 해."

"그럼 그냥 있을래요."

그냥 보내는 게 나았으려나. 얕은 후회가 발목을 적셨다. 여기 있겠다는 애한테 뒤늦게 너 그냥 집에 가라 소리를 하지도 못하고 나는 따 놓은 맥주만 입으로 가져갔다.

서윤은 다시 TV로 시선을 돌렸다. 나도 같이 TV를 바라봤다.

여자가 남자의 품에 안겨 웃고 있었다. 세상을 다 가진 것처럼 행복해 보이는 웃음이었다.

나는 언제 저렇게 웃어 봤더라.

적어도 최근 3년간은 없는 것 같았다. 당연한 일이었다. 나를 사랑하지 않는 남자에게 내 사랑을 바닥까지 소모했으니까.

문득 눈이 따끔따끔했다. 나는 맥주캔을 내려놓고 주먹 쥔 손으로 눈을 비볐다. 눈이 더 따가워졌다. 나는 몇 번 더 눈을 문지르다 손을 아래로 내렸다. 눈앞이 뿌옜다. 술기운 때문이었다. 누가 뭐라고 하는 사람도 없는데 나는 그렇게 속으로 혼자 주장했다.

추하다.

진짜 추하다, 임지수.

"……네가 보기에도 그래?"

"뭐가요?"

서윤이 날 돌아보는 게 시선으로 느껴졌다. 하지만 난 서윤을 보지 못했다. 눈이 마주치면 아까처럼 또 눈물을 쏟아 낼 것 같았다.

"평소에도 내가…… 가벼워 보여? 그런 거에 아무 생각도 없는 사람 같고 그래?"

"아닌 거 선배도 알잖아요. 아까 제가 한 말은 개소리라고 생각하고 그냥 무시해요. 두고두고 곱씹으면서 이불 발로 걷어차야 하는 건 저예요, 선배가 아니라."

고저 없는 목소리라서 오히려 더 진심으로 들렸다. 그런데도 그 말을 온몸으로 부정하고 싶었다.

"아니야. 어쩌면 네 말이 맞을지도 몰라."

"선배."

서윤이 묵직한 목소리로 나를 불렀다. 나는 천천히 고개를 돌려 서윤을 바라봤다. 그는 웃음기 없는 얼굴로 나를 보고 있었다.

"선배는 잘못한 거 없어요. 집에 도둑이 들었으면 도둑질한 사람이 잘못한 거지, 문 안 잠근 사람이 잘못한 게 아니잖아요. 선배도 그렇게 생각해서 저한테 화낸 거 아니에요?"

"아니야. 너 때문이 아니야."

"선배?"

나는 너한테 화풀이를 했어.

그 말을 하지 못한 채 나는 애꿎은 입술만 깨물었다. 서윤은 걱정스러운 눈으로 나를 보고 있었다. 나를 살피는 그 눈빛엔 죄책감이 얼룩덜룩하게 묻어 있었다. 참 착한 녀석이었다. 그래서 나는 정신 못 차리고 또 기대를 하게 됐다.

애한테라면 털어놓아도 괜찮지 않을까, 하고.

당연히 안 괜찮았다. 상대가 아무리 나를 잘 따르는 착한 후배라 해도, 아니, 오히려 그렇기 때문에 절대로 입을 열어서는 안 됐다.

하지만 이대로 혼자 끌어안고 무덤까지 가기엔 내 속이 너무 곪아 있었다. 썩고 썩어서 풍기기 시작한 악취에 이제는 숨쉬기도 힘들었다. 내가 나를 싫어하게 된 게 언제부터인지도 가물가

물했다. 이대로라면 이 세상에 나를 사랑하는 사람은 한 명도 남게 되지 않을 게 분명했다.

누구보다도 나를 사랑해야 할 내가 그러지 못하고 있는데, 도대체 누가 날 사랑하겠어.

"있잖아, 나 너한테 못할 말이 있어."

"뭔데요?"

"못 할 말인데 어떻게 해. 이 얘기 들으면 너도 나 더럽다고 할걸."

"안 그래요."

"어떻게 확신해? 너 오늘 아침에 내가 어디에 있었는지도 모르잖아."

그 말에 담긴 뉘앙스를 알아차린 걸까. 서윤은 말이 없었다. 나는 고개를 돌려 그를 외면했다. 도저히 아끼는 후배의 얼굴을 볼 자신이 없었다.

이 이야기를 하면 분명 이서윤은 나한테 실망할 거다. 뻔한 일이었다. 아무리 착하다 귀엽다 해도 이서윤 역시 남자였다.

남자들은 다 그렇다. 자기랑 자면 착하다고 하고 다른 놈이랑 자면 더럽다고 한다. 이서윤도 별반 다르지 않으리라. 이건 추측이 아니라 확신에 가까웠다.

나는 나를 경멸하는 이서윤의 얼굴을 떠올려 봤다. 하지만 좀처럼 윤곽이 잡히지 않았다.

그는 내 앞에선 항상 밝게 웃었다. 내가 아무리 우중충한 그늘 속으로 파고들어도 그걸 다 물리쳐 주는 햇살 같은 애였다. 내가 아는 동생 중에 제일 착한 동생이고 내가 아는 남자 중에 제일 착한 남자였다. 그러니 이서윤이라면 다르지 않을까.

아니다. 생각해 보면 박민준도 바깥에서는 착하고 성실한 사람이라며 인망이 높았다. 그런데도 나한테는 그랬다. 그러니 이서윤한테도 내가 모르는 뭔가가 있을지도 모른다.

그런데, 그런데도. 기대하게 됐다.

내 탓이 아니라고 말해 준 서윤이라면, 정말 다를지도 모른다고.

"나 어제저녁부터 오늘 아침까지 민준이랑 같이 있었어."

충동적으로 내뱉은 말에 나도 놀랐다. 하지만 나보다 더 놀라야 할 서윤은 아무 말도 없었다.

판도라의 상자라는 걸 알면서, 나는 결국 호기심에 져서 서윤의 얼굴을 바라봤다.

다행히도 나를 경멸하는 표정은 아니었다. 대신 속이 텅 빈 것처럼 공허한 얼굴을 한 채 땅바닥만 내려다보고 있었다. 나는 그 표정이 의미하는 바를 알 수가 없어 또 묻고 말았다.

"안 놀라?"

"놀라긴요. ……그럴 수도 있죠. 성인인데."

무감각한 답에 조금 오기가 생겼다. 나는 내가 서윤에게서 기대하는 반응이 어떤 건지도 모른 채 그를 자극했다.

"오늘만 그런 거 아냐. 몇 년이나 그랬어. 걔 여자친구 없을 때는 내가 걔랑 잤어. 그렇다고 사귄 건 아니야. 그냥 밤만 같이 보냈어."

서윤이 입을 연 건 내가 그렇게 말을 막 내뱉은 후 한참이 지나서였다.

"왜요?"

"내가 걜 좋아해. 근데 걘 아니야. 그래서 걔는 나랑 아무것도 안 하고, 그냥 잠만 잤어."

박민준과 내 관계가 이렇게나 쉽게 설명되는 거였나.

말로 가둬 놓으니 상상보다도 더 가벼워서 환멸이 났다. 몇 년을 끌려다녔는데 말로 설명하니 몇 초 만에 끝난다. 세상 모든 관계가 다 그렇겠지만, 그래도.

내 말이 끝난 이후엔 다시 침묵이 찾아왔다. 배경 음악으로 흐르는 TV 소리가 무척이나 거슬렸다.

"그런 얘기 저한테 해도 돼요?"

"왜, 퍼뜨리게?"

"안 그래요."

"퍼뜨려도 상관없어. 아니, 그냥 퍼뜨리는 게 속 시원할지도 모르겠다. 솔직히 아무 데나 막 말하고 싶었거든. 대나무숲 같은 데다."

"그럼 제가 앞으로 선배 대나무숲 할게요."

농담인 것 같은데 서윤은 전혀 웃고 있지 않았다. 그래서 나는 그 말에 맞장구쳐 웃음을 터뜨려야 할지, 아니면 진지하게 고맙다고 해야 할지 판단이 서지 않았다.

전자든 후자든 내게는 참 고마운 일이었다. 이왕 생긴 대나무숲, 조금 더 써 볼까 싶어 나는 아직 아물지 않은 상처를 겉으로 꺼내 놓았다.

"걔가 오늘 뭐랬는지 알아? 자긴 이제 결혼할 거래. 한 사람한테 정착한다나 뭐라나."

그 말을 떠올리니 눈에서 또 눈물이 비어져 나왔다. 이놈의 눈물샘은 어떻게 된 게 마르지도 않는다. 나는 어떻게든 박민준 때문에 더 울지 않으려 손으로 눈을 세게 문질렀다.

"정착이라니, 이제 나랑은 아무것도 안 하겠다는 뜻이잖아."

애인을 그렇게 많이 사귀었으면서, 나랑은 아무것도 안 하고. 그렇게 수많은 여자에게 준 기회를 어떻게 나한테는 한 번도 안 주고.

"그렇게 오래 봤으면, 그냥 한 번쯤은 애도 괜찮지 않을까, 그런 생각 들 법하지 않니? 근데 내가 걔한텐 그 정도도 아니었나 봐. 아니면 내가 너무 쉬웠거나."

말을 하다 보니 감정이 복받쳐 끝내 눈물을 참지 못했다. 나는 젖어 드는 눈을 가리기 위해 두 손에 얼굴을 묻었다. 흐느끼는 소리를 참기 위해 입술을 깨물었다. 블록버스터 영화를 틀어 놓을 걸 그랬다. 그랬으면 무너지고 부서지는 소리에 다 묻혔을 텐데.

어느새 내 옆으로 다가온 서윤이 내 얼굴에 손을 뻗었다. 애초에 서윤에게 들키지 않으려 얼굴을 가린 손이었는데, 나는 그가 건네준 온기에 너무도 쉽게 무너졌다. 그가 눈물을 닦아 주는 손길에 북받치는 감정을 주체하지 못했다.

"울지 마요, 선배."

이서윤은 나에 대해 몰라도 너무 몰랐다. 정말로 내가 울지 않기를 원한다면, 내 눈물을 닦아 줘서는 안 됐다.

나는 이를 악물었다. 여기서 더는 추해지고 싶지 않았다.

"개 같은 새끼……. 이젠 진짜 그만하고 싶은데……."

"잊으면 되잖아요. 뭐 하러 붙잡고 있어요?"

"안 잊혀져."

나는 숨을 크게 들이쉰 다음 겨우 말을 이어 나갔다. 꽉 깨문 잇새로 흐느낌이 먼저 흘렀다.

"그냥, 계속 생각이 나. 만나자고 하면 거절할 수가 없어. 미움

받을까 봐 무서워. 그래서 만나면, 포기가 안 돼. 가자고 하면 그냥 따라가게 돼. 너무 거지 같아."

흐느껴 우는 내 얼굴을 서윤이 두 손으로 감쌌다. 그 손을 내가 다시 두 손으로 감쌌다. 그 손에 의지한 채 얼마인지 모를 시간을 울먹이고 있는데, 한참 동안 말이 없던 서윤이 무언가를 결심한 듯한 얼굴을 했다.

"선배. 진짜 잊고 싶어요?"

나는 힘없이 고개를 끄덕였다. 서윤은 내게로 좀 더 거리를 좁혔다. 안 그래도 가깝던 얼굴이 이제 거의 코앞에 있었다.

"얼마나 절실해요?"

"많이, 엄청 많이."

울음을 삼키며 꺼낸 말에 서윤은 반응이 없었다. 대신 그는 앞으로 흘러내린 내 머리카락을 뒤로 쓸어 넘겼다.

뺨을 스치는 서윤의 엄지에 얼굴이 달아올랐다. 너무 울어서 열이 오르는 건지, 아니면 술기운 때문인지 모를 일이었다.

"그럼 제가 도와줄게요."

예상하지 못한 말에 나는 눈만 몇 번 깜빡거렸다. 그때마다 눈물이 떨어졌다. 눈물이 지나간 자리를 서윤이 엄지로 덧쓸었다. 나는 그사이 그가 한 말을 이해하려 애썼다.

"날 도와주겠다고? 어떻게?"

"저랑 자요."

순간 숨 쉬는 걸 잊어버렸다. 아주 잠깐 동안 생각이 아예 멈춰버렸다.

텅 빈 자리를 파도처럼 메꾼 것은 분노였다.

문 앞에서 서윤이 한 말실수로 내가 느꼈던 배신감은 귀여운

수준이었다. 만약 서윤에게 손이 잡혀 있지 않았다면 나는 그의 뺨을 후려갈겼을 거다.

"그래. 너도 내가 쉽지?"

"선배."

"왜, 다른 남자랑 잤다니까 너도 잘 수 있을 거 같고 그래?"

"그런 얘기 하지 마세요. 아무리 선배라도, 선배에 대해서 그렇게 얘기하는 거 저 듣기 힘들어요."

날 위하는 척하는 목소리가 그렇게 같잖을 수가 없었다. 나는 머리끝까지 열이 올라 제대로 된 사고조차 할 수가 없었다.

그래도 나는, 믿었다. 이서윤을.

그런데 어떻게 이렇게 바로 얼굴 바꿔 달려든단 말인가.

박민준이랑 다를 게 뭐야. 아니, 박민준보다 더 나쁜 놈이었다. 치밀어오르는 배신감에 숨이 막혔다.

나는 그러고 있는데, 충격에 눈물조차 안 나오고 있는데. 이서윤은 여전히 침착한 얼굴로, 조용한 목소리로 날 설득하려 들었다. 가증스럽게도.

"선배 저한테 쉬운 사람이었던 적 없어요. 그런 일로 사람이 쉬워진다고도 생각한 적도 없고요."

"아니면 뭔데."

"절 이용해요. 도구로 써요. 박민준이 미치도록 절실한 날이면, 대신 절 불러요. 절 박민준 대신으로 쓴다고 생각해요."

"……뭐?"

"잊고 싶다면서요. 절실하다면서요. 그러면 무슨 방법이든 써야죠."

얘가 지금 무슨 소리를 하는 거지? 열이 올라서 그런지 도저히 머리가 돌아가지 않았다. 마치 말이 조각조각 나서 의미 없는 단어의 나열들로 들리는 느낌이었다.

"잊고 싶은데 안 잊힌다면서요. 그래서 부를 때마다 달려가고, 그럼 얼굴 보니까 또 생각나고. 그거 반복하면 결국 제자리걸음이에요."

그래서 박민준 대신 딴 남자를 두라고?

그렇게 잊힐 수가 있는 건가. 그렇게 간단하게 해낼 수 있을 리가 없는데. 그럴 리가 없는데.

머리로는 그렇게 생각하는데, 입 밖으로는 부정의 말이 나오지 않았다. 이유는 뻔했다. 나는 그 자식 하나를 잊으려고 정말이지 온갖 수를 다 써 봤다. 단 하나, 이서윤이 말한 방법만을 제외하고.

"오늘도 봐요. 박민준 나타나자마자 선배 평정심 잃었잖아요."

"그런 적 없어."

"진심으로 하는 말이에요?"

나는 나도 모르게 서윤의 눈을 피하고 말았다. 그럴 수밖에 없었다. 그가 무언가를 아는 듯한 눈빛을 하고 있었으니까.

그러니까, 내가 박민준을 좋아해서 그와 자고 다닌다는 사실을 몰랐을 때부터 이미 이서윤은 내가 그에게 동요하고 있단 사실을 알고 있었던 거다.

그렇게 티가 났나. 아무것도 모르는 남이 보기에도 나는 이상해져 있었나. 내가 그렇게까지 망가졌다는 걸 나만 모르고 있었나.

"무섭지 않아요?"

"……뭐가."

"선배는 박민준이 결혼하면 다시는 선배를 안 부를 거라고 했지만, 만약 아니면요?"

순간 가슴이 섬뜩해졌다. 스멀스멀 기어 올라온 불안감이 어느새 내 몸을 잠식했다.

설마. 아무리 박민준이 양심이 없어도 그러지는 않겠지.

하지만 정말 아닐까.

제일 처음 실수를 했던 그 밤. 그다음 날 박민준은 나에게 미안하다고 사과를 했다. 실수였다고 말했다. 하지만 겨우 두 번 만에 박민준은 내게 실수라고도, 미안하다고도 하지 않았다. 그렇게 세 번째 네 번째가 반복되며 나는 박민준이 부르면 나가는 사람이 됐다. 박민준 역시 아주 당연하게 나를 불렀고.

그보다 더 한 일이라고 해서 과연 안 일어날까. 주면 주는 대로 받아갔던 박민준이 정말로 여기서 멈출까.

박민준이 멈추지 않으면, 그럼 난 멈출 수 있을까.

"오늘도 흔들렸는데 내일이라고 다르겠어요? 내일이 다르지 않으면 모레는요? 다음 주에 다시 불러내면 안 갈 수 있어요?"

가게 될 거다. 내일이든 모레든, 다음 주든 다음 달이든.

오늘 아침에 그렇게 박민준 욕을 해 놓고 나는 그가 보낸 문자에 일희일비했다. 만나자는 제안을 거절하지 못했다.

그런 나를 알기에 서윤의 말에 아니라고 부정할 수가 없었다. 그래서 그가 원망스러웠다. 나를 알몸보다 더 수치스럽게 발가벗기는 그가.

"선배."

이제 나는 나를 부르는 말에 대답조차 할 수 없었다.

고개를 숙인 내 머리 위로 서윤의 시선이 내려앉았다. 그 시선은 한순간도 내게서 떨어지지 않았다.

"솔직히…… 그 사람 옆에 있고 싶죠."

"……."

"그래서 만나는 거잖아요. 보고 싶어서, 같이 있고 싶어서."

그래, 맞다. 보고 싶어서 만났다. 곁에 있고 싶어서 자꾸 끌려다녔다. 머릿속으로는 이러면 안 되는 걸 아는데, 겨우 아는 정도로는 어쩌지를 못했다.

박민준이 머릿속에서 떠나지를 않는다. 나는 그 자식과 헤어지고 나서도 계속 그 자식만 생각하고 있다. 이렇게 간절하게 원하는데 대신할 수 있는 게 아무것도 없으니까.

"그러니까 대신할 사람을 찾아요."

나는 숨을 쉬는 것도 잊고 고개를 들어 서윤을 바라봤다.

방금 내가 속으로 생각하던 걸 입 밖으로 냈나? 아닌데. 아무 말도 안 했는데.

얼어붙은 나를 아는지 모르는지 서윤은 내 손을 조심스럽게 잡아 내렸다. 그는 속을 알 수 없는 얼굴로 나를 내려다보고 있었다.

"꼭 사랑할 수 있는 사람 아니어도 돼요. 그 사람이 보고 싶을 때 대신 옆에 둘 정도만 돼도 괜찮아요. 그 사람 대신 선배를 안아 주고, 그 사람한테 뛰쳐나가려고 하는 선배를 붙잡아 줄 사람이요."

보다 아래로 내려간 서윤의 시선은 눈물로 젖은 내 손을 바라보고 있었다. 그는 내 손바닥에 묻은 눈물을 엄지로 문질렀다.

"대신할 수 있는 게 생기면…… 그다음은 쉬워요. 처음만 좀 어렵겠죠. 나중에는 선배 스스로도 깜짝 놀랄 만큼 아무렇지도 않아질 거예요."

"……."

"제가 그 새끼 잊게 해 줄게요."

그 말은 마치 형체를 가진 것처럼 너무도 또렷하게 내 귀에 꽂혔다.

"그러니까 아무것도 생각하지 말고, 저만 믿어요. 제가 다 해 줄 테니까."

"……왜? 네가 왜 그렇게까지 해?"

내가 진창 속에 스스로 발을 들이민 건 그러지 않고서는 버틸 수 없을 만큼 박민준이 좋기 때문이었다.

목이 말라 죽을 것 같음에 어쩔 수 없이 바닷물을 마시고, 뒤이어 찾아드는 타는 듯한 갈증에 안 된다는 걸 알면서 다시금 바닷물을 머금는 악순환.

나는 이미 바닥없는 늪 속에 목까지 잠겨 들었다. 이서윤 눈에는 숨만 겨우 쉬는 내가 보이지 않는 걸까? 어떻게 이 속에 들어오겠다는 말을 할 수가 있지?

"남자들은 원래 그렇게 쉬워? 마음에도 없는 사람이랑, 그러는 게?"

서윤은 말이 없었다. 할 말이 없겠지. 나는 헛웃음을 참으며 고개를 흔들었다.

"난 아냐. 사랑하지 않는 남자랑은…… 못 해."

나는 서윤의 손안에서 내 손을 빼냈다. 하지만 완전히 빼내기 전에 다시 붙들렸다.

"그 새끼라고 생각해요."

"……뭐?"

"그 새끼 이름 불러도 돼요. 저는 그냥 대체품이니까. 말했잖아요. 도구로 생각하라고."

서윤이 내게 속삭였다.

"그 사람 선배가 못 잊을 만큼 그렇게 대단한 사람 아니에요. 박민준 아니라 다른 사람이어도 괜찮다는 거 알게 되면 자연스럽게 잊을 수 있을 거예요. 그러니까."

서윤이 내 뺨을 손으로 감쌌다. 나는 눈을 움직여 그를 바라봤다. 10년을 넘게 봤는데, 이서윤의 얼굴이 오늘만큼 낯설게 느껴진 적은 처음이었다.

"선배 내키는 대로 절 써요. 그 새끼 잊을 때까지."

속삭이는 목소리가 점점 가까워졌다. 속도는 아주 느렸다.

밀어내려면 얼마든지 밀어낼 수 있었다. 실제로 날 붙잡고 있는 힘은 무척이나 약했다. 강제성은 느껴지지 않았다. 선택은 오로지 내 몫이었다.

나는 서윤을 무척이나 좋아했다. 제일 아끼는 후배고 제일 아끼는 동생이었다. 이대로 입술이 닿으면 우리가 여태껏 쌓아 온 관계는 무너지고 부식되고 말 것이었다.

하지만, 하지만.

"눈 감아요."

나는 어쩔 수 없는 것처럼 그 말을 순순히 따랐다. 힘껏 내리감은 눈꺼풀 위로 머리카락의 간지러운 감촉이 느껴졌다. 그의 옷을 쥔 손에 힘이 잔뜩 들어갔지만 결국 그를 밀어내지는 못했다.

그렇게 박민준이 아닌 다른 남자와 키스를 했다. 내가 좋아하는 남자가 아닌, 좋아하지 않는 남자와.

입술 위로 까슬한 감촉이 닿은 순간 나는 숨소리조차 내지 못

했다. 그건 서윤 역시 마찬가지였다. 긴장감이 가득한 이 공기를 채우는 건 TV에서 들려오는 감미로운 클래식 음악뿐이었다.

나는 아랫입술을 깨무는 감촉을 느끼며 감은 눈 속으로 민준의 얼굴을 떠올렸다. 그 덕분일까. 10년을 친동생처럼 아껴 온 후배와 입을 맞추면서도 거부감을 느끼지 못했다. 그래서 나는 소파 위로 내 몸을 눕히는 서윤의 손을 밀어내지 않았다.

오로지 그만이 키스했던 입술에 다른 남자의 입술이 닿고, 그만이 올라탔던 몸 위로 다른 남자가 올라왔다. 나는 내 옷을 벗기는 서윤의 손을 눈을 감은 채 방관했다.

오로지 그만이 유일했던. 특별했던.

그런 찬란한 수식어들에 파묻혀 있었기에 내 마음은 단단했을지도 모른다. 그것들을 몽땅 깨뜨리고 나면 달라지는 게 있을지도 모른다.

나는 그런 생각을 하며 서윤의 목에 팔을 감았다.

이 순간 이후로 수없이 많은 게 부서지고 깨질 것이다. 나는 거기에 부디 내 마음이 포함되기를 바라며 눈을 감았다.

온전하게 남은 것 없이 모조리 다 망가져 버렸으면 좋겠다.

손으로 쓸어모을 수도 없게, 먼지처럼 산산이.

*

"흐읏……."

나는 내가 낸 소리에 놀라 소파 시트를 손으로 꽉 틀어쥐었다. 입술을 벌리면 더 이상한 소리가 흘러나갈 것 같아서 그만두라는 말도 못 했다.

그런 나를 알 리 없는 서윤은 내 뺨에 키스하며 목선을 더듬어 내렸다. 그의 손가락이 이렇게 길다는 걸 나는 오늘 처음 알았다. 마치 악기를 연주하듯 섬세하게 어깨를 쓸던 손가락은 어느 순간 그보다 좀 더 아래로 내려갔다.

그가 손에 힘을 줄 때마다 입술을 깨문 이에 힘이 들어갔다. 내 입에서 샌 안타까운 숨을 알아차렸는지 서윤이 목덜미에 입술을 떨어뜨렸다. 순간 등골을 오싹하게 스치고 지나가는 전율에 나는 이를 악물었다.

내 몸이 이렇게 쉽게 흥분할 수 있다는 사실을 나는 처음 깨달았다. 솔직히 말하면, 나는 민준에게 안길 때 내가 좋아하는 사람의 품에 있다는 사실을 제외하고 그 어떤 순간에도 성적인 쾌감을 누리지 못했다. 그래서 어쩌면 나는 둔감증인 게 아닐까 하는 의혹을 가진 적도 있었다. 민준이 내게 쾌락을 주지 않는 게 아니라, 그가 주는 걸 내가 몰랐던 게 아닐까, 하는.

아니었다.

차이가 너무 명백해서 부정을 하려야 할 수가 없었다. 똑같은 곳에 닿은 손길이라도, 제가 만지고 싶은 대로 만지는 것과 상대방을 위한 움직임은 달라도 너무 달랐다.

"하아……."

이서윤은 틀렸다. 박민준을 잊게 해 주겠다던 그의 말은 틀렸다.

무엇보다 내 몸이 느끼고 있었다. 조심스럽게 내 몸을 어루만지고 살결에 입술을 떨어뜨리는 그의 몸짓은 하나부터 열까지 박민준을 떠올리게 했다. 온몸을 떠도는 열감이 부르짖고 있었다. 지금 날 안고 있는 남자는 박민준이 아니라고.

"민, 준아……."

결국 나는 참지 못하고 그 이름을 내뱉고 말았다. 지금 내 위에 있는 남자가 이서윤이라는 사실을 실감하고 싶지 않았다. 아니, 정말로 솔직한 심정으로는 내 위에 있는 남자가 그이기를 바랐다.

마치 나를 사랑하기라도 하는 것처럼, 손가락 사이와 어깨 끝에 부드럽게 입 맞춰 주는 그가 박민준이기를 바랐다.

질끈 내리감은 눈꺼풀 새로 눈물이 샘솟았다. 그걸 알아차렸는지 내 허리를 쓸어내리던 손이 멈추었다.

하지만 망설임은 아주 잠시였다. 서윤은 마치 아무 일도 없었던 것처럼 다시 내 몸을 어루만지기 시작했다. 나는 그의 외면이 너무도 고마웠다.

내가 겨우겨우 눈물을 삼키는 사이 서윤의 손이 점차 아래로 내려갔다. 뜨끈한 손바닥에서부터 번진 열은 내게로 번져와 몸 안쪽에 열을 피웠다.

발목에서부터 시작해 천천히 거리를 좁혀 오는 부드러운 입술에 손끝이 움찔거리며 떨렸다. 나도 모르게 그를 피해 몸을 뒤로 물렸지만, 서윤은 그걸 허락하지 않았다.

그는 계속해서 내 몸을 부드럽게 어루만졌다. 한 번도 느껴 본 적 없는 감각이 온몸을 짜릿하게 훑고 지나갔다. 나는 그게 두렵고 또 무서웠다. 그런 나를 알아차린 것처럼 서윤이 내게서 떨어졌다.

아니, 아니었다. 서윤이 내게서 떨어진 건 이제야말로 본격적인 행위를 하기 위함이었다.

지금이라도 그만두자고 하면 서윤은 그만둘까. 아니, 그만둔다고 뭐가 달라지기는 할까. 우리는 이미 선을 넘었다. 전으로는 돌아갈 수 없다.

내가 지금이라도 그만두자 말하지 않은 것처럼, 서윤 역시 내게 지금이라도 그만둘까 묻지 않았다. 침묵 속에서 서윤이 내 허리를 끌어안았다.

열과 열이 이어졌다. 이유 없이 눈물이 흐르던 순간, 커다란 손이 내 눈을 덮었다.

"불러요."

입을 맞춘 이후 처음 듣는 목소리였다. 지독히도 낯선 그 목소리는 서윤의 것으로 들리지 않아, 나는 아주 잠깐이나마 착각 속에 빠져들었다.

"괜찮으니까, 불러요."

"……민준아."

그에 답하는 것처럼 서윤이 움직이기 시작했다. 내 눈을 덮은 서윤의 손이 뜨겁게 젖어 들었다.

"민, 준아. 민준아, 흑, 민준……."

서윤의 움직임은 너무 부드러웠다. 나는 차마 그에게 나를 거칠게 다뤄 달라고 말할 수가 없었다. 내가 사랑하는 남자에게, 그렇게까지 지독히도 사랑받지 못했다고 말할 수가 없었다. 내가 할 수 있는 거라곤 그저 이름을 부르는 것뿐이었다.

"민준, 윽, 민준아, 민준아……."

나는 위로 손을 뻗어 서윤의 목을 끌어안았다. 내 얼굴 위로 떨어지는 그의 숨은 그의 체온만큼이나 뜨거웠다. 비단 호흡뿐만이 아니었다. 나와 서윤을 감싼 방 안의 공기 역시 달아올랐다.

그때 내 눈을 가린 그의 손에 힘이 잔뜩 들어가는 게 느껴졌다.

동시에 내 뺨 위로 뜨거운 물방울 하나가 떨어졌다. 아마도 땀일 터였다.

"하아……."

허무하다. 이게 이렇게까지 덧없는 일이었던가.

머릿속으로 그런 생각을 하고 있을 때, 내 몸 위로 서윤이 닿아 왔다. 나는 아무 말도 하지 않았고, 그건 서윤도 마찬가지였다.

나는 천천히 손을 들어 서윤의 머리를 끌어안았다. 고마움인지 미안함인지, 네가 이렇게까지 했어야 하냐는 질책인지. 나조차도 모를 뜻을 담아 그렇게 한참을 그의 머리만 쓰다듬어 주었다. 지쳐 잠들기 전까지, 아주 오랫동안.

너에게 안겨 잠드는 밤

꿈인가? 그 생각은 곧 '꿈이었으면 좋겠다'로 이어졌다. 하지만 주마등처럼 머릿속을 스치고 지나가는 모든 기억은 불행히도 현실이었다.

그 사실을 알리듯 욕실에서 샤워기 소리가 들려왔다. 지금 기억나는 모든 일이 정말 꿈이라면 샤워기가 혼자 알아서 움직일 리가 없었다. 그 샤워기 아래에 서 있을 남자의 얼굴을 떠올리자 자괴감이 물밀 듯이 밀려들었다. 나는 몸을 새우처럼 웅크리며 눈을 질끈 감았다.

미쳤지. 미쳤어.

서윤과는 한두 해 본 사이가 아니었다. 고등학교 때부터 지금까지 무려 10년을 넘게 알고 지냈다. 좋은 후배는 이서윤 말고도 많지만, 그는 그중에서 내가 제일 아끼는 동생이었다. 그런데 돈 주고도 살 수 없는 그 귀한 걸 내 손으로 망쳐 버렸다.

바보, 멍청이.

술에 취했다는 변명은 내가 생각하기에도 지긋지긋했다. 어떻게 할 게 없어서 술 먹고 후배와 잘 생각을 했을까.

단 하룻밤은 남녀 사이에 많은 걸 바꿔 놓기에 충분한 시간이었다. 박민준과는 처음 잤을 때 어렴풋이 느꼈고, 두 번째에 확신했다. 그리고 그 생각은 오늘에 이르러 더욱 강해졌다.

아마 이서윤과도 그렇게 되겠지. 무슨 짓을 해도 예전의 관계로는 돌아갈 수 없을 것이다. 선배, 선배, 하고 웃으며 따르던 성격 좋던 그 후배는 이제 기억 속에서만 찾을 수 있게 될 거다.

제발, 누가 어젯밤으로 시간을 돌려 줬으면. 그런 생각에 손으로 얼굴만 문지르고 있는데 샤워기 소리가 꺼졌다.

나는 반사적으로 이불을 끌어 올려 내 몸을 덮었다. 이미 지나간 일로 자학할 시간에 옷부터 입는 건데, 나는 또 다른 후회를 하며 문이 열리는 욕실을 바라봤다.

완벽한 알몸인 나와 달리 서윤은 옷을 다 갖춰 입은 상태였다. 바지는 그의 것이었지만 위의 셔츠는 내가 준 거였다. 왜 저걸 입었을까 생각하다 보니 어제 내가 보인 다른 추태가 떠올랐다.

이제 나는 불면증에 시달릴 거다. 하룻밤 새 흑역사를 대체 몇 개나 쌓은 건지.

"선배?"

수건으로 젖은 머리를 털며 나오던 서윤이 나를 불렀다. 그는 조금 놀란 얼굴이었다.

왜 저렇게 놀라지? 아직 일어나기엔 이른 시간인 건가? 나는 시계를 찾으려다 포기했다. 그러려면 이 방을 나가야 해서.

"언제 일어났어?"

"한 30분 전쯤……? 잠이 더 안 와서 그냥 일어났어요."

서윤은 침대가 아닌 바닥에 쪼그리고 앉아 누워 있는 나와 눈높이를 맞췄다.

"욕실 마음대로 써서 죄송해요. 허락받고 빌렸어야 했는데 선배 깨우기가 좀 그래서."

"상관없어. 수건만 세탁기 옆에 놔."

"네."

작게 웃은 서윤이 참, 하고 내게 물었다.

"선배 아침은 먹어요? 괜찮으면 저 냉장고 좀 써도 돼요?"

"어제 치킨 안 먹은 거 있잖아."

"아침에 먹기는 좀 그렇지 않아요? 전 괜찮은데 선배가."

아침으로 치킨은 퍽 신선한 메뉴라는 걸 떠나서 나는 아침을 먹는 타입이 아니었다. 하지만 그 사실을 말하면 얘도 내 눈치 본다고 안 먹을 거 같아서, 그냥 대충 고개를 끄덕였다.

"맘대로 해."

"네."

고개를 끄덕인 서윤이 수건을 들고 방에서 나갔다. 문을 확실하게 닫고 나가는 걸 보니 내가 침대에서 왜 못 일어나고 있었는지 아는 모양이었다.

아, 근데 어제 내가 입었던 옷이랑 속옷은 거실에 있지 않나?

"……죽고 싶다, 진짜."

나는 한참 동안 이불 속에 파묻혀 있다가 뒤늦게 자리에서 일어났다.

욱신거리고 삐걱거리는 몸은 마치 망가진 마네킹 같았다. 나는 옷장에서 옷을 겨우 꺼내 욕실로 들어갔다. 임지수가 살면서 잘한 일이라고는 침실에 욕실이 붙어 있는 집을 산 것밖엔 없는 것 같았다.

*

욕실에서 씻고 나오자 거실에는 그럴듯한 냄새가 풍기고 있었다. 쓴다길래 쓰라고는 했지만, 냉장고 안엔 변변한 게 없었을 텐데. 그 예상이 틀리진 않았는지 서윤이 내 얼굴을 보자마자 말했다.

"선배, 요리 같은 건 별로 안 하나 봐요."

딱히 지적하는 말투는 아니었지만, 나는 지레 찔려 그의 시선을 피했다.

"별거 없지? 그래도 계란 정도는 있을 텐데."

그건 확실하게 기억나는데 계란 말곤 뭐가 있는지 모르겠다. 냉장고 문을 한번 열어 볼까 하다가 괜히 눈치가 보여서 그냥 의자에 앉았다.

"냉동실에 소시지 있길래 그거 꺼냈어요. 식빵 있던 거랑."

내가 언제 냉동실에 소시지를 넣어 놨지?

머리를 열심히 굴렸지만 딱히 떠오르는 게 없었다. 그래도 냉동실에 넣어 둔 거니까 괜찮겠지.

나는 서윤이 소시지를 굽는 동안 그가 미리 구워 둔 식빵 하나를 집어 들었다. 구운 지 얼마 안 돼 따끈따끈한 거라 뭘 바르지 않아도 그럭저럭 먹을 만했다. 나는 식빵을 손으로 뜯어 입에 넣으며 서윤을 바라봤다.

가스레인지 앞에 서서 프라이팬을 흔들고 있는 그는 내게 등을 보이고 있었다. 짧게 친 머리카락 아래로 훤히 드러난 목선을 보고 있자니 문득 어제 일이 떠올랐다.

'민준아…….'

눈앞이 아찔해졌다. 나도 모르게 으스러져라 쥔 손마디 안에서 빵이 구겨졌다. 나는 빵조각을 입안에 욱여넣고 서윤의 눈치를 한 번 살폈다. 그러다 어젯밤의 일이 다시 떠올라 이번엔 고개를 세차게 흔들었다.

떠올리지 말자, 잊자, 제발 잊어버리자.

내가 자기 최면을 하는 동안 서윤은 요리를 마치고 식탁으로 커다란 그릇을 가져왔다.

구운 소시지에 계란프라이, 데친 시금치. 거기에 내가 먼저 집어 먹은 구운 식빵까지. 흡사 브런치 카페에서나 볼 법한 이미지였다.

그나저나 계란은 그렇다 치고 시금치가 도대체 어디서 났는지 모르겠다. 저것도 냉동실에 있었나, 고민하다 보니 며칠 전 이모한테 끌려간 마트에서 억지로 카트에 담았던 게 생각났다. 아마 봉지째로 석 달 정도 보관하다가 그대로 쓰레기통에 처박지 않을까 싶었는데. 다행히 임자를 만났다.

"드세요."

"응, 고마워."

음식들은 맛이 썩 괜찮았다. 그러고 보면 집에서 자주 요리를 한다고 했지. 집에 혼자 있을 땐 요리 프로그램 같은 걸 즐겨 보는 편이라고도 했던 것 같고.

"근데 너 그거 먹고 괜찮니? 적어 보이는데."

두 접시에 담긴 음식은 양이 비슷했다. 조금 남은 거나마 내 걸 덜어 줄까 물으니 서윤은 고개를 흔들었다.

"하루 종일 이것만 먹는 건 아니니까요. 저 원래 아침은 많이 안 먹어요."

"그래? 너 동아리에서 MT 갔을 땐 라면을 거의 여섯 봉을 끓여 먹지 않았어?"

"그땐 점심이었잖아요."

"그랬나?"

하긴, 다들 술에 떡이 돼서 해가 중천에 떠서야 눈을 떴던 거 같다.

그렇구나. 얘는 원래 아침엔 적게 먹는구나.

10년을 넘게 알고 지냈는데 이제 와 처음 알게 된 사실이 있다는 게 신기하기도 하고 기분이 묘하기도 했다.

뭐, 얘도 나에 대해 10년 만에 처음 알게 된 사실이 있으니까.

그런 생각을 하다 보니 입맛이 떨어졌다. 음식이 조금 남아 있었지만 나는 포크를 내려놓았다. 여기서 더 먹으면 얹힐 것 같았다.

"서윤아."

"네."

"어제 일 말인데."

서윤이 손을 멈추고 나를 바라봤다. 나는 차마 그를 마주 보지 못하고 시선을 떨어뜨렸다.

밀려오는 자괴감에 가슴이 옥죄어 왔다.

설마 내 입에서 이 말이 또 나올 줄은 몰랐다. 나는 눈을 질끈 감았다.

"실수였어. 어제 술을 너무 많이 마셨었나 봐. 그러니까……."

"다 잊고 없던 일로 하자고요?"

딴에는 고심해서 내뱉은 말이었다. 그런데 서윤의 입으로 들으니 뻔하디뻔한 레퍼토리로만 느껴졌다. 그렇게 말하는 게 최선이라 여겼던 생각이 먼지가 되어 흩어졌다. 동시에.

"전 실수 아니었어요."

들려온 목소리가 믿기지 않아 나는 고개를 치켜들고 이서윤을 바라봤다. 그는 변명도 자책도 핑계도 아무것도 없이 덤덤한 목소리를 이어 나갔다.

"맨정신이었어요, 저. 제가 한 말, 행동 다 기억하고 있고, 했던 당시에도 분명하게 인지하고 있었어요. 그런 걸 실수라고 하진 않잖아요."

차라리 실수였다고 말해 주지.

잊어 달라고 다시 한번 말하면, 끄덕여 줄까?

머릿속이 멍했다. 내가 부린 추태를 전부 기억한다는 애에게 무슨 말을 해야 할지 머리가 안 돌아갔다.

그때 서윤이 포크로 접시를 건드렸다. 그 소리를 듣고서야 정신이 들었다. 나를 빤히 바라보는 서윤의 시선 역시 그제야 느껴졌다.

"저는 어제 한 말 전부 진심이었어요. 선배는 아니었어요?"

"무슨, 말?"

목이 메어서 말이 제대로 나오지 않았다. 그런 나를 서윤이 똑바로 바라봤다.

"잊고 싶다고 했잖아요. 그거 진심 아니었어요?"

진심이었다. 그리고 지금도 진심이다.

하지만 그건 내가 벌인 일에 내가 매듭지을 일이었다. 내가 이 진흙탕에서 구르는 꼴을 보고도 어떻게 이곳으로 뛰어들겠단 소리를 하는지 나는 이서윤이 도저히 이해가 되지 않았다.

게다가, 나는 무서웠다. 이서윤이 박민준처럼 될까 봐.

내게 이서윤은 참 밝고 예쁜 동생이었다. 좋아하는 영화에 나왔던 배우, 좋아하는 노래를 불렀던 가수들이 추억 속에 예쁘게만 박제되는 것처럼 그 역시 그렇게 남아 주길 바랐다. 햇빛 아래에 서서 세상에는 이런 아름다움도 있다는 걸 증명해 주길 바랐다. 그에게 그늘을 만들어 주고 싶지 않았다. 더더군다나 그 그늘이 내가 되고 싶지는 않았다. 어둡고 초라한 건 나 하나로 충분했다.

아니, 정확하게는.

박민준 앞에서 나는 쉬운 여자지만 이서윤 앞에서는 멋진 선배였다. 깨지고 조각난 자존심을 어떻게든 끌어모으고 살 수 있었던 건 그의 덕이 컸다. 그런데 그런 이서윤 앞에서마저 쉬운 여자가 되어버리면, 나는 그대로 무너져 내릴 거다. 모래처럼 바스러져서 다시는 일어나지도 못할 거다.

그런 구구절절한 말들이 목 끝까지 치밀어 올랐다. 하지만 입 밖으로 내뱉을 수는 없었다. 그렇게까지 비참해지고 싶지는 않았다.

도대체 뭐라고 달래야 이서윤으로부터 그냥 잊자는 소리를 들을 수 있을까. 머리가 어지러웠다. 잠깐 눈을 감고 숨을 몰아쉬는데 멀리서 핸드폰 벨소리가 들렸다. 내 핸드폰이었다.

"잠깐만."

차라리 잘 됐다. 나는 핸드폰을 핑계 대며 자리에서 일어났다.

전화였으면 좋았겠지만, 핸드폰에 도착한 건 메시지였다. 그거라도 어딘가 싶어 나는 소파 아래에 널브러져 있는 핸드백 속에서 핸드폰을 꺼냈다. 메시지를 보낸 사람은 민준이었다.

[어제 잘 들어갔어? 별일 없었지?]

선심 쓰듯 건네는 자그마한 호의. 이건 보통 모텔에서 자고 난 다음 날 보내는 문자였다. 나는 순간 어제 잔 사람이 정말로 서윤이 아니라 민준이었나 1초 정도 착각했다. 하지만 1초도 긴 착각이었다. 도대체 어디까지 추락하려고 이러는 건지.

내가 핸드폰을 쥔 채 쓰게 웃는 사이, 부엌에 있던 서윤이 거실로 나왔다.

"박민준이에요?"

그가 내게로 다가오긴 했지만, 핸드폰이 보일 만큼 거리가 가까워진 건 아니었다. 아마 내 표정을 보고 알아차린 듯했다.

나는 입을 다문 채 손으로 뒷덜미만 매만졌다. 처음부터 답을 들을 생각은 없었는지 서윤은 내게 손을 내밀었다.

"잠깐 줘 볼래요?"

나는 망설임 끝에 핸드폰을 건네줬다. 어차피 별로 중요한 내용도, 보여줘서 수치스러울 내용도 아니었다.

하지만 내용이 궁금해서 달라고 했을 거란 내 예상과 달리, 서윤의 목적은 그저 보는 것으로 그치지 않았다. 내게서 핸드폰을 받아 든 그는 잽싸게 손을 놀려 무언가를 작성하기 시작했다.

[빨리도 물어본다.]

나는 식겁해서 손을 뻗었다.

"미쳤어? 뭐 하는 거야!"

핸드폰을 빼앗으려 했는데 키 차이가 너무 커서 뺏을 수가 없었다. 어디 가서 키로는 서러워 본 적 없는 난데, 상대가 상대다 보니 키로는 승부가 안 됐다.

내게서 핸드폰을 사수한 서윤은 부엌까지 도망가서 기어코 전송 버튼을 눌렀다. 나는 서윤의 등을 있는 힘껏 때렸다.

"아파요!"

"맞아도 싸!"

서윤이 아프다고 엄살을 떠는 사이 나는 그제야 겨우 핸드폰을 되찾을 수 있었다. 하지만 이미 보내 버린 메시지를 지우는 건 불가능했다.

메시지를 확인한 민준에게선 답장도 오지 않고 있었다. 나는 초조한 마음에 손톱을 물어뜯었다.

"틀린 말 한 것도 아닌데 뭘 그렇게 걱정해요? 진짜 걱정되면 어제 보냈어야지. 그거 분명 속셈 따로 있는 거예요."

"쪼끄만 게 뭘 알아?"

"그 소리 오랜만에 듣네요."

중얼거린 서윤이 식탁 의자에 주저앉듯 앉았다. 그는 뭐가 그렇게 억울한지 못마땅한 얼굴로 나를 바라봤다.

"메시지 하나에 안절부절못하면서 도대체 언제 어떻게 잊으려고요?"

"시끄러."

"지금 선배한테 필요한 건 단호함이에요. 약간의 용기랑."

서윤에게 한소리 하려고 했는데 답장이 도착했다. 내가 내용을 확인하는 사이 어느새 일어난 서윤 역시 내 등 뒤로 다가왔다.

[서윤이가 바래다준다길래 더 걱정 안 했지. 무슨 일 있었어?]

"와, 사람을 뭘로 보고."

서윤의 표정은 약간 굳어 있었다. 나는 그 얼굴에 대고 톡 쏴붙였다.

"왜? 무슨 일 있었던 거 맞잖아."

"아니."

서윤의 얼굴이 순식간에 벌게졌다. 사람 있는 대로 괴롭힐 땐 언제고, 이제 와 저렇게 순진한 척하면 도대체 어느 장단에 맞추라는 건지.

"선배."

내 눈치를 보던 서윤이 나를 불렀지만, 나는 그의 부름을 무시하고 답장을 썼다.

[없었어. 왜?]

답장은 바로 도착했다.

[일요일 낮에 들러야 할 데가 생겨서 그런데, 저녁도 괜찮아? 식당은 내가 예약할게.]

메시지를 다 읽고 난 후, 나는 자각 없이 서윤의 눈치를 봤다.

내 예상대로 그새 메시지를 훔쳐본 서윤이 눈을 크게 뜨고 나와 핸드폰을 번갈아 바라봤다. 어떻게 그럴 수가 있냐는 표정이었다.

"선배 박민준이랑 일요일에 만나기로 했어요?"

내가 박민준이랑 일요일에 만나든 월요일에 만나든 서윤의 눈치를 볼 일은 아니었다. 그런데 나도 모르게 눈치를 보게 됐다. 정말로 알 수 없는 일이었다.

"아니…… 두 번이나 거절했는데 날짜를 바꿔서 계속 물어보잖아."

"두 번이 아니라 열 번을 바꿔도 끝까지 거절해야죠. 그게 정리하겠다는 사람의 태도예요?"

하나부터 열까지 전부 맞는 말이라 뭐라고 반박을 하지 못했다. 나는 이쪽저쪽으로 눈동자만 굴리다가 핸드폰을 쥐고 답장을 쓰기 시작했다.

[괜찮아.]

그렇게 쓰는 도중 내 손에서 핸드폰이 사라졌다. 고개를 드니 서윤이 내 핸드폰을 든 채 기가 막힌 얼굴로 나를 보고 있었다.

"괜찮긴 뭐가 괜찮아요? 저녁에 보자고 하는데."

"저녁만 먹자고 하는 걸 수도 있잖아."

"지금까지 그런 적 있었어요?"

없었다. 나는 대꾸할 말이 없어 입술만 잘근잘근 깨물었다.

"……지금까지가 무슨 상관이야. 안 닥치면 모르는 건데."

"말 안 되는 거 알고 하는 말 맞죠?"

서윤의 입에서 한숨이 새어 나왔다. 잠시 침묵을 지키던 그는 설마 하는 어조로 내게 물었다.

"보고 싶어서 그래요?"

순간 울컥 치솟은 감정의 이름이 분함인지, 억울함인지, 아니면 슬픔인지.

나는 놀란 표정을 짓는 서윤을 밀어내고 그 자리를 벗어났다. 서윤이 선배, 하고 부르면서 쫓아오는 소리가 들렸지만 못 들은 척 무시했다.

차라리 내 집이 아니라 바깥이었으면 좀 나았을까? 장소가 장소다 보니 도망갈 곳도 없었다. 결국 멀리 가지도 못하고 거실의 한구석에서 멈춰야 했다.

여기까지 나를 쫓아온 서윤은 내 눈치만 보며 아무 말도 못 했다. 나는 한쪽 팔로 내 몸을 감싸고 남은 손으로 이마를 짚었다. 머리가 뜨거웠다.

"머저리 같은 거 나도 알아. 그래도, 너까지 비웃을 건 없잖아."

"비웃은 거 아니에요."

아니긴 뭐가 아냐. 나는 그렇게 말하지 못했다. 까딱하면 눈물이 날 것 같아 뒤를 돌아볼 수도 없었다.

"나도…… 나도 거절하는 게 맞는 거라는 거 알아. 근데 안 돼. 이번엔 다를지도 모른다고 자꾸 생각하게 되니까. 그렇게 갔다가 막상 똑같으면 그냥 끌려가고…… 되게 한심한 일인 거 나도 아는데."

등 뒤의 서윤은 아무런 말도 없었다. 하지만 나는 그가 속으로 무슨 생각을 하는지 알 것 같았다.

우유부단하고 멍청한 여자라고 생각하겠지. 그거 하나 거절하는 게 뭐가 어려워서 이러나 이해가 안 되겠지. 나도 내가 짜증나는데 지켜보는 쟤는 오죽할까.

"그럼 이렇게 해요."

그때 서윤이 입을 열었다. 예상과 달리 나를 한심해하거나 조롱하는 어조는 아니었다. 단지 나를 신경 쓰는지 조심스럽기만 했다.

"박민준 만나는 대신, 그날 저녁에 저랑도 약속 잡아요."

나는 고개를 돌려 서윤을 바라봤다. 그제야 내게 한 발짝 다가온 서윤이 내 손에 핸드폰을 돌려주었다.

"선배 말대로 이번엔 다를지도 모르니까, 그냥 저녁만 먹고 나오는 걸로 해요."

"……."

"대신 혹시라도 어디로 더 데려가려는 것 같으면 약속 있다고 하고 빠져나와요. 전 근처에서 선배 오는 거 기다릴게요."

나는 손에 쥔 핸드폰만 만지작거렸다. 이상하게 눈물이 날 것 같았다.

"……네가 왜?"

"도와주겠다고 했잖아요."

서윤이 내게 새끼손가락을 내밀었다. 나는 길게 뻗은 그 손가락을 물끄러미 바라봤다.

얘는 대체 왜 날 도와준다는 걸까.

내가 불쌍해서? 아니면 혹시, 예전에 내가 구해 준 것 때문에?

하지만 그건 벌써 10년이나 지난 이야기였다. 사골로 우려먹고 또 우려먹다 이제는 맹물밖에 나오지 않는, 오래돼도 너무 오래된 이야기.

"약속해요. 그날 꼭 제 얼굴 보고 집에 가는 거예요."

서윤이 내 눈앞에서 손가락을 흔들었다.

새끼손가락 걸고 약속하는 건 초등학교를 졸업한 이후로 해 본 적이 없었다. 유치하다고 생각하면서도, 나는 마지 못한 척 서윤의 손가락에 내 손가락을 걸었다.

'그 새끼 제가 잊게 해 줄게요.'

나는 그렇게 말하던 서윤의 얼굴을 떠올렸다. 그가 해 준 말과 내 눈을 눌러 준 손의 온기가 그의 새끼손가락과 함께 단단히 얽혔다.

내가 정말로 박민준을 밀어낼 수 있을까?

아직도 자신이 없었다. 하지만 나 자신조차도 갈피를 잡을 수 없을 만큼 이리저리 흔들리던 마음이 이 새끼손가락을 통해 조금은 단단해진 기분이었다.

*

시간은 순식간에 지나갔다.

박민준과 약속한 날을 하루 앞둔 토요일, 잠깐 시간 괜찮냐고 서윤이 오전 10시쯤 메시지를 보내왔다.

촬영 스케줄이 있어서 스튜디오로 출근한 참이었지만, 그래도 약속 시각까지는 아직 여유가 있어 1층 카페로 오라고 답장을 보냈다. 그리고 카페로 갔더니 평소처럼 사장님이 반겨 주었다.

"어머, 오랜만이에요, 지수 씨. 같은 건물에서 일하는데 왜 이렇게 얼굴 보기가 힘들어?"

"그러게요. 요즘 장사 잘 돼요?"

"입에 풀칠할 정도는 돼요. 오늘도 아이스 아메리카노?"

"네."

1층을 제외하고 지하 1층부터 3층까지 전부 스튜디오인 이 건물의 주인은 나였다. 이 카페의 주인으로부터 월세금을 받는 사람도 나였고. 덕분에 사장님이 종종 공짜 커피를 주기도 했다.

늘 마시는 커피를 입에 물고 또 늘 앉는 자리에 앉았다. 기다리는 동안 마땅히 할 게 없어 핸드폰을 들여다보고 있는데, 얼마 지나지 않아 카페의 문이 열렸다. 서윤이었다.

그는 내가 앉은 자리를 눈으로 확인하고는 바로 카운터로 갔다. 유명 인사님은 오늘도 마스크와 모자를 쓰고 있었지만, 사장님은 그를 알아본 듯 반가운 표정을 지었다.

하지만 그건 연예인 이서윤이 아니라 단골손님 이서윤을 향한 것이었다. 그녀는 내게 그랬던 것처럼 먼저 주문을 확인하고 바로 오렌지 에이드를 만들기 시작했다. 서윤은 직접 유리컵을 들고 와서 내 앞에 앉은 후에야 마스크를 벗었다.

"몇 시에 만나기로 했어요?"

서윤이 대뜸 물은 질문엔 목적어가 빠져 있었지만, 나는 어렵지 않게 알아들었다.

"여섯 시."

"그럼 시간 맞춰서 근처에 나가 있을게요."

나는 고개를 끄덕이며 빨대를 입에 물었다. 처음엔 서윤과 따로 약속을 잡는 게 의미가 있을까 싶었는데, 그가 구체적으로 시간과 장소를 묻고 정확히 어디에 있겠다고 말을 해 주자 조금은 자신감이 생겼다.

만약 저녁을 먹고 박민준이 나를 붙잡으면 나는 그에게 한마디만 하면 되는 것이다. 나 약속 있어, 라고.

그건 거짓말도 핑계도 아니니 입 밖으로 내지 못할 이유가 없었다. 내가 암만 박민준한테 정신이 팔렸어도 날 기다리고 있을 이서윤을 바람맞히진 못할 거다. 이번엔 정말 무슨 일이 있어도 박민준을 거절할 수 있을 것이다.

"늦어도 여덟 시엔 나오겠네요."

"식사만 하는 거면 더 일찍 끝나지 않으려나? 식당은 예약해놨다고 했으니까 웨이팅 기다릴 일도 없고."

"평소엔 어디로 갔는데요?"

"글쎄. 걔랑 술만 마셨지 둘이서 밥 먹은 적은 없어서."

그 말에 서윤의 표정이 굳어졌다. 나는 못 본 척 창밖으로 시선을 돌렸다.

그래, 이게 말이 안 되는 일이 맞기는 했구나. 관계가 그렇게 굳어진 지 워낙 오래돼서 이제는 그런 감각마저 희미해지던 차였다.

정말로, 박민준한테 난 대체 뭐였을까?

"선배는 대체 박민준 어디가 좋아요?"

도저히 이해를 못 하겠다는 어조에 나는 조금 욱했지만, 서윤의 입장에선 당연한 질문이었다. 솔직히 내가 생각하기에도 그런 대우를 받으면서 어떻게 아직 좋아하나 싶었으니까.

박민준이 대체 어디가 좋아서 나는 이러고 있을까. 나는 빨대로 커피를 휘저으며 새삼 생각을 정리했다.

"잘생겨서?"

툭 내뱉은 말에 서윤의 얼굴은 내가 예상한 대로 일그러졌다. 그 얼굴이 입 대신 내게 묻고 있었다. 그거 진심이냐고. 배우라서 그런지 얼굴 쓰는 솜씨가 참 탁월했다.

"잘생겼다고요? 그게?"

"왜? 민준이 인기 많아."

이건 내 눈에 콩깍지가 낀 게 아니라 사실이었다.

동아리 여자애들끼리 술 마시면 세 번에 한 번 정도는 나왔던 이야기가 박민준 멋있다였다. 후배들 중에 좋아한다고 쫓아다니던 애들도 당장 생각나는 것만 대여섯은 됐고.

애초에 인기가 없었으면 몇 달 걸러 한 번씩 애인을 바꾸는 짓은 꿈도 못 꾼다. 비단 여자애들뿐만이 아니었다. 박민준은 남자애들 사이에서도 인기가 많았다. 형형 하며 따르는 후배들도 많고…….

그러고 보면 의외였다. 사교성이라면 타의 추종을 불허하는 게 바로 이서윤인데, 그가 민준을 따르는 모습은 본 적이 없는 것 같았다. 내가 있을 땐 나한테 와서 그런가?

"잘생긴 남자가 지천에 널렸는데 그거 좀 생겼다고 포기가 안 될 정도예요?"

생각에 잠겨 있던 내게 서윤이 재차 물었다. 나는 그 질문을 곱씹다가 그에게 되물었다.

"지천에 널렸다고?"

나는 테이블에 팔을 올리고 서윤에게로 상체를 기울였다. 그리고 손으로 입을 가린 채 그에게 귓속말을 했다.

"주위 한번 둘러봐 봐. 괜찮은 남자 하나라도 발견하면 만 원 줄게."

그 말에 서윤이 주위를 둘러봤다. 유동인구가 많은 거리에 위치한 카페엔 사람이 많았다. 꼭 카페 안뿐만이 아니더라도, 창밖을 지나가는 사람들의 수도 적지 않았다. 하지만 사람들의 얼굴을 보면 볼수록 서윤의 표정은 좋지 않아졌다.

그래, 마땅한 사람이 그렇게 쉽게 나타났으면 내가 몇 년이나 그 고생을 했겠니.

내가 커피를 쭉 빨아들이는 동안 서윤은 몇 번이고 주위를 둘러보다가 검지를 세워 내 뒤를 가리켰다.

"저 남자는요?"

나는 슬그머니 뒤로 시선을 주었다. 서윤이 가리킨 남자는 품이 넓은 반팔티를 입고 있었다. 일자로 자른 앞머리는 염색을 하지 않은 검은색이었고, 그 아래로 드러난 얼굴은 어려 보이는 인상이었다. 확실히 이목구비는 뚜렷한 편이었지만.

"안 돼, 키가 작아."

많이 봐줘야 175센티미터쯤 될까 싶었다. 내가 고개를 절레절레 흔들자 서윤이 맹점을 찔린 표정을 지었다.

"키도 봐요?"

"키를 제일 먼저 봐."

"커트라인이 몇인데요?"

"나보다 15센티미터는 커야 해."

내 키는 170센티미터로, 결코 작은 키가 아니었다. 그런 내 키에 15센티미터를 얹으면 185센티미터. 서윤이 당황하는 것도 무리는 아니었다.

"박민준이 185센티미터나 돼요?"

"딱 그 키야. 네 키가 너무 크니까 다른 사람 키는 큰 줄도 모르겠지?"

그러고 보면 얘는 키가 몇인지 모르겠다. 185센티미터보다 큰 건 확실하고…… 190센티미터도 넘나?

"제 주변에 185 넘는 사람 많은데. 왜 여기 오니까 보이질 않지."

내가 서윤의 키를 가늠하는 동안 그는 미간을 찌푸린 채 이쪽 저쪽을 살피고 있었다. 애초부터 별 기대가 없었던 나는 남의 일처럼 감흥 없이 중얼거렸다.

"너야 직업이 직업이니까 그런 사람들만 모이겠지."

하지만 그런 나와 달리 서윤은 이 일에 완전히 몰입한 모양이었다. 다시 주변을 돌아보는 그의 얼굴은 약간 초조해 보였다.

하여튼 쓸데없이 성실해 가지곤.

나는 비죽 웃음이 튀어나오려는 걸 참고 다시 빨대를 물었다. 찾으란다고 정말로 열심히 찾고 있는 서윤도 웃긴데, 정말로 마땅한 사람이 안 보이는 것도 웃겼다.

"그럼 저쪽은요?"

서윤이 이번에 가리킨 곳은 창밖이었다. 나는 서윤의 손가락을 따라 창틀 위로 고개를 쭉 뺐다.

그곳엔 여자친구인 듯 보이는 사람과 함께 걸어가고 있는 남자가 보였다. 나는 그를 위아래로 훑어보다 또 한 번 고개를 흔들었다.

"옷이 저게 뭐야."

"옷이 왜요? 저 정도면 깔끔한 거 같은데."

"정도가 있지. 데이트할 때 슬리퍼가 웬 말이야?"

내 말에 서윤의 시선이 테이블 아래로 내려가는 게 보였다. 나도 그 시선을 따라 서윤의 발을 바라봤다. 스니커즈. 그걸 확인한 서윤의 눈과 내 눈이 허공에서 마주쳤다. 서윤은 민망한 듯 목덜미를 한 번 쓸더니 다시 한번 바깥을 가리켰다.

"그럼 저 사람."

나는 그곳을 향해 시선을 주었다. 열심히 찾아 주는 서윤의 성의를 봐서 이번엔 길게 관찰했지만, 결과는 아까와 다르지 않았다.

"체격이 좀 크네. 난 날씬한 사람이 좋은데."

결국 서윤의 입에선 한숨이 나왔다.

"선배 얼굴만 보는 게 아니네요. 키에, 체격에, 패션 감각에, 얼굴까지."

"거봐. 내가 눈이 낮아서 이러고 있는 게 아니라니까."

"너무 높아서 그러고 있는 거잖아요."

그 높은 눈으로 고른 게 박민준이라는 사실을 떠올렸는지 서윤은 몹시 마뜩잖은 표정을 지었다. 그는 얼음이 반쯤 녹은 오렌지 에이드를 단번에 쭉 빨아당기고는 뭔가가 떠오른 얼굴로 날 쳐다봤다.
"그럼 전 어때요?"
"너?"
서윤은 쥐고 있던 컵을 놓고 손가락을 하나하나 접기 시작했다.
"키도 크고, TPO도 알고, 날씬하잖아요."
그러고는 두 팔꿈치를 테이블 위에 대고 턱을 괴었다. 양옆으로 활짝 펼친 손바닥 위에서 그가 지은 미소는 흡사 CF에나 나올 법한 싱그러운 미소였다.
"게다가 잘생겼고."
장난기 하나 없는 당당함 앞에서 나는 팔짱을 끼고 소파 등받이에 등을 기댔다.
나는 그 상태로 서윤의 얼굴을 빤히 바라봤다. 그 상태로 겨우 몇 초가 지나자, 서윤은 자기가 도발한 주제에 내 눈을 피해 버렸다.
허공을 이리저리 배회하던 그의 시선은 결국 테이블 위로 얌전하게 내려앉았다. 턱을 받쳤던 두 손도 공손하게 아래로 내려갔다. 흘끔흘끔 내 눈치를 보는 그는 누가 봐도 긴장한 얼굴을 하고 있었다. 나는 그때가 되어서야 느릿하게 고개를 끄덕였다.
"그래, 넌 합격점이다. 인정."
"정말요?"
"근데 넌 연예인이잖아."
순간 반색했던 얼굴은 내 한마디에 다시 굳어 버렸다.
"직업도 봐요? ……연예인은 별로예요? 귀찮아서?"
"그게 아니라."

나는 살짝 눈을 굴렸다.

"연예인이 잘생긴 건…… 별로 자랑이 아니지 않니?"

말하면서도 조금 웃겼고, 동시에 미안했다. 서윤은 세상이 나에겐 이럴 순 없다는 표정을 짓고 있었다. 나는 터져 나오려는 웃음을 참기 위해 입술까지 깨물어야 했다. 그러다 도저히 안 될 거 같아서 빨대가 아닌 유리컵을 입으로 가져가 얼음을 입에 넣었다.

"연예인은 뭐, 다 잘생긴 줄 아세요? 아무리 연예인이라도 저만큼 생기기 힘들어요."

그 말을 한 게 이서윤이 아니었다면 냉정한 얼굴로 한껏 비웃어 줬을 텐데, 일단 이서윤은 그런 말을 할 자격이 있었다. 하지만 그 말이 맞다고 긍정해 주면 이 귀여운 후배가 한껏 기고만장해질 것 같아서 나는 애써 연예인 중에 잘생긴 남자를 떠올렸다.

"왜? 잘생긴 사람 많던데. 정선우라거나."

정선우는 대한민국을 대표하는 인기 배우였다. 화면발이 안 받는다, 실제로 보면 더 잘생겼다, 뒤에서 후광이 비친다. 실물 목격담만 봐도 알 수 있듯 잘생긴 사람들이 모여 있는 배우계에서도 독보적인 외모를 자랑하는 미남 배우.

탑 중에서도 탑에 위치한 이름을 꺼내서일까? 서윤의 표정이 안 좋아졌다.

"정선우가 여럿이에요? 대한민국에 연예인이 몇인데 어떻게 한 사람 가지고."

뚱한 얼굴로 투덜거리던 서윤은 갑자기 태도를 싹 바꾸더니 엄격하고 근엄하고 진지한 얼굴로 입을 열었다.

"선배, 선배는 지금 문제가 심각해요. 다른 이유도 아니고 박민준보다 더 나은 남자가 없어서 아직도 좋아한다는 건 진짜 말이 안 되는 거라고요. 좀 떨어져서, 제삼자의 시선으로 그 인간을 관찰할 필요가 있어요. 그 사람 진짜 선배 생각만큼 그렇게 대단한 인간 아니에요."

"잘생겼고, 키도 크고, 날씬하고, 옷도 잘 입는데?"

"그 조건들 전부 제가 더 낫거든요?"

"그것만 있는 건 아냐. ……나한테 잘해 줬어. 예전에는."

정말 예전 일이긴 하지만.

어쩌면 그때의 기억이 있어서 아직도 기대를 버리기 힘든 걸지도 모르겠다. 흐르는 침묵 속에서 나는 애꿎은 유리컵만 만지작거렸다.

서윤은 할 말이 없는 건지, 아니면 너무 많아서 무슨 말을 못 하겠는지 아무 말도 없다가 남아 있는 에이드를 벌컥벌컥 들이켰다.

"어쨌든 지금은 개새끼잖아요."

"……뭐, 그렇지."

"그러니까 내일 만나면 진지하게 뜯어봐요. 정말 그렇게 목맬 가치가 있어 보이는지, 어떤지."

그러다 더 좋아지면?

내가 생각하기에도 뒷목 잡고 넘어갈 질문이었다. 나는 애초에 떠올린 적 없었던 것처럼 그 질문을 속으로 삼켰다.

그래, 뜯어보면 뭐가 다를 수도 있겠지. 작게 한숨을 내쉰 나는 손목시계를 확인했다. 슬슬 일어나야 할 시간이었다.

"나 그만 가 봐야겠다. 사람들 올 때 됐어."

"전 좀 더 앉아 있다 갈게요. 지금 출발하면 시간이 좀 떠서."

"그래, 그럼. 아, 맞다."

나는 지갑을 열어 그 안에서 만 원짜리 지폐를 한 장 꺼냈다. 서윤은 자신의 앞에 놓이는 지폐를 멀뚱멀뚱 바라보다 내게 물었다.

"이거 뭐예요?"

"아까 괜찮은 남자 하나 찾으면 만 원 준다고 했잖아. 하나 찾았으니까."

서윤은 뒤통수를 한 대 얻어맞은 듯한 표정을 지었다. 나는 그 얼굴이 귀여워 서윤의 머리를 모자 위로 쓰다듬은 다음 핸드백을 챙겼다.

"내일 보자. 출발하면서 연락할게."

나는 서윤을 두고 먼저 카페에서 나오며 그가 한 말을 곱씹었다. 제삼자의 시선으로 박민준을 관찰한다라.

그게 될까? 된다고 해도 뭔가 달라지는 게 있을까? 달라질 거라고 확실하게 말해 줄 사람이 옆에 없으니 또 마음이 약해졌다.

2층으로 올라가는 계단을 향해 건물의 외곽을 빙 두르는데, 문득 유리창 너머로 아까 앉아 있던 자리가 보였다. 그 앞을 지나치며 슬쩍 안을 들여다보니 서윤이 꼭 어디 아픈 사람처럼 머리를 감싸 쥐고 엎드려 있었다.

쟤가 왜 저러지?

나는 고개를 갸웃거리다가 핸드폰이 진동하는 걸 느끼고 서둘러 2층으로 올라갔다.

*

하루 동안 별별 가정을 다 해 봤다.

밥 먹고 쉬자고 하면 집에서 쉬겠다고 해야지. 바래다주겠다고 하면 들를 데 있다고 해야지. 술이라도 한잔 더 하자고 하면 새벽 촬영 있다고 거짓말이라도 해야지.

정말 오만가지 전개를 전부 다 돌려보고 왔는데, 설마 이 상황까지는 예상하지 못했다.

"입에 안 맞아?"

나는 나이프질을 하다 말고 민준을 흘끔 바라봤다. 내 기분 같은 건 전혀 짐작도 못 하고 있는 얼굴에 조금 속이 꼬여 나는 찬물로 입을 헹궜다.

"아니, 음식은 맛있는데……. 좀 불편해서."

"뭐가?"

네가 설마 호텔 레스토랑으로 날 데려올 줄은 몰랐거든.

처음 차에 태워 데려간 곳이 호텔이었을 때는 이 새끼가 이젠 밑밥도 없이 사람을 방으로 데려가는구나 싶어 그냥 걷어차고 도망가버릴까 했다. 그런데 막상 도착한 곳은 호텔의 룸이 아니라 레스토랑이었다.

민준과 이런 곳에 오는 건 처음이었다. 아니, 호텔 레스토랑 자체가 가족이랑 와 본 적은 있어도 남자랑 와 보는 건 처음이었다.

대체 얘는 무슨 생각으로 날 여기에 데려온 걸까. 밥 먹고 방으로 올라가자 이건가? 근사한 저녁 식사 뒤에 스위트룸? 박민준이랑 내가?

그렇게 많은 밤을 보냈는데도 우리는 호텔에 온 적이 한 번도 없었다. 매번 모텔이었다. 당연한 일이었다. 우리는 연인 같은 게 아니었고, 남자는 사랑하지 않는 여자에게 돈을 쓰지 않으니까.

나는 지난 3년으로 그 사실을 익히 잘 알았다. 그래서 이 상황이 도저히 이해가 되지 않았다. 여기서 그냥 밥만 먹고 돌아가든, 아니면 식사 후엔 룸으로 올라가든 박민준은 나한테 그렇게 정성을 쏟을 애가 아니었다. 애초에 우리는 그렇게 정다운 관계가 아니었고.

……아, 속 쓰려.

나는 와인잔을 손에 들었다.

"이런 데로 올 거면 말이나 좀 해 주지 그랬어. 신경도 전혀 안 쓰고 나왔는데."

잡념을 떨쳐 버린 나는 애꿎은 차림새 핑계를 댔다. 그러자 민준이 고개를 갸웃거리며 날 바라봤다. 곧 그의 입가에 미소가 그려졌다.

"미안, 내가 그 생각을 못 했네. 네가 캐주얼하게 나오는 걸 거의 못 봐서 평소 모습으로 괜찮겠거니 했어."

그의 시선이 내 얼굴 아래로 내려갔다.

"지금도 괜찮은 것 같은데?"

그렇겠지. 아주 가끔 정장 바지를 입을 때가 아니면 거의 대부분은 정장 치마만 입었다. 아니면 폭이 좁은 원피스나 투피스. 청바지 같은 건 입지도 않고 가지고 있지도 않았다. 지금도 내가 입고 있는 건 무릎 위로 내려오는 검은색 정장 원피스였다.

원래 내 취향이 그런 것도 있지만, 알려나 모르겠다. 모텔로 들어가면 벗어 던질 옷이라도, 그전까지는 예쁘게 보이고자 최선을 다해 꾸민다는 걸.

곱씹으면 곱씹을수록 위에 구멍이 뚫렸다. 나는 시선을 다른 곳에 둔 채 와인만 들이켰다. 오늘은 무슨 일이 있어도 취하면 안 되는데 입으로는 자꾸 술이 들어갔다.

아, 진짜. 정신 차리자 임지수.

"너 혹시 나한테 할 말 있니?"

"할 말?"

"갑자기 안 오던 델 데려오니까 이상해서."

그냥 해 본 말인 척 나는 나이프를 쥐고 고기를 썰었다. 더 먹을 생각은 들지 않았지만, 시선을 돌리기 위해 어쩔 수 없는 선택이었다.

이렇게 나는 질문 하나에도 긴장해 손바닥 안으로 땀을 쥐고 있는데, 박민준의 대답은 가볍게 돌아왔다.

"그냥. 별 이유 없어."

"그냥?"

"생각해 보니 너랑 식사 한 번 제대로 한 기억이 없어서."

그걸 생각씩이나 한 다음에야 알았니? 그것도 3년 만에?

서러움에 눈물이 날 것만 같았다. 나는 그런 충동을 달래려 애꿎은 와인만 물처럼 들이켰다.

"이런 건 싫어? 따로 만나는 거."

참 빨리도 묻는다. 핀잔이라도 주고 싶은 마음을 꾹 눌러 참고 애써 아무렇지도 않은 척 입을 열었다.

"잘…… 모르겠네. 낯설어서."

"그럼 익숙해지는 게 먼저겠네."

그렇게 말한 민준이 내 쪽으로 상체를 조금 기울였다. 호선으로 휘어진 눈이 내게서 떨어지지 않았다.

"난 밖에서 네 얼굴 보니까 좋은데. 너만 괜찮으면 가끔 이렇게 만나자."

나는 떨리는 손을 무릎 위에서 꾹 말아쥐었다. 절제 없이 날뛰는 심장 소리가 시끄러웠다.

무슨 생각으로 저런 말을 하는 거지? 사귀자는 소린가?

멀리 갈 것도 없었다. 딱 일주일 전이었으면 나는 생각할 것도 없이 그러든가, 라고 했을 거다. 앞에서는 그렇게 무심한 척 연기하고 집에 돌아가서는 혼자 울며 기뻐했을 거다. 그랬을 내가 지금도 이렇게 선명하게 상상이 되는데.

왜 하필 오늘이야. 나는 오늘 널 끊어 내려고 했는데.

아냐, 고작 일주일이잖아. 겨우 일주일밖에 안 됐잖아. 7일 사이에 뭐가 그렇게 많이 달라졌다고. 나는 여전히 민준이를 좋아하는데, 민준이가 지금 나한테 만나자고 하잖아.

어쩌면…… 정착하겠다고 말한 사람이 나일 수도 있는 거잖아.

거기까지 생각한 순간 정신이 번쩍 들었다. 갑작스레 울려 퍼진 핸드폰 벨소리 때문이었다. 얼마나 놀랐는지 하마터면 와인잔을 엎을 뻔했다.

허둥지둥 와인잔을 제대로 세운 나는 핸드백에서 핸드폰을 꺼냈다. 서윤의 전화였다. 그의 이름을 본 순간 마치 꿈에서 깬 듯한 기분이 들었다.

"전화야?"

지금 이 순간에도 벨소리는 계속해서 울리고 있었다. 그 소리가 뻔히 들릴 텐데 굳이 물어보는 건 지금 받아야 하는 전화냐고 물어보는 거였다. 나는 망설이다가 자리에서 일어났다.

"나 잠깐…… 전화 좀 받고 올게. 급한 연락 같아서."

민준은 어쩔 수 없다는 얼굴로 고개를 끄덕였다.

"그래, 다녀와."

핸드폰을 들고 밖으로 나가는데 아직도 심장이 쿵쾅거리고 혼란스러웠다. 지금 내가 똑바로 걷고 있는 건지도 모르겠다. 술기운 때문일까? 나는 혼자서 거의 반을 비웠던 와인병을 떠올리다 고개를 흔들었다. 그 와중에도 벨소리는 계속해서 울리고 있었다.

전화할 만한 곳을 찾아 겨우 도착한 곳은 화장실이었다. 나는 화장실에 사람이 없는 걸 확인하고도 칸 안으로 들어가 굳이 소리를 죽여서 전화를 받았다.

"여보세요?"

—저예요. 메시지를 전혀 안 읽길래 걱정돼서.

나는 귀에 대고 있던 핸드폰을 떼고 화면을 확인했다. 시간은 어느새 7시 반이었다. 그러니까 여섯 시부터 근처에 있겠다고 한 서윤은 벌써 한 시간 반이나 날 기다린 셈이었다.

그동안 그는 잘 도착했냐, 박민준을 만났냐, 밥 먹고 있냐, 괜찮냐, 등등의 메시지를 내게 보내 놓은 상태였다. 그런데 나는 그걸 하나도 못 봤다.

메시지 알람은 울리지 않게 설정해 놔서 메시지가 온 것도 몰랐고, 호텔 레스토랑에 들어온 순간부터 머리가 복잡해 핸드폰을 확인할 생각이 들지 않아 생긴 불상사였다. 그나마 전화 벨소리라도 켜 놔서 다행이었다.

"미안, 아직 식사 중이라서."

—그래요? 생각보다 오래 걸리네…… 뭐 말이 많아요?

그 물음에 반가운 마음이 드는 건 내 머릿속이 보통 복잡한 게 아니기 때문일 것이다.

유일하게 내 사정을 아는 사람에게 당장 이 모든 걸 토로하고 싶었다. 하지만 막상 얘기하자니 무슨 얘기를 어떻게 해야 좋을지 감이 잡히지 않아 벽에 등을 기댄 채 말없이 이마만 손으로 문질렀다. 그러다 핸드폰 너머에서 날 부르는 목소리를 듣고 겨우 입술을 뗐다.

"그게…… 좀 이상해."

—뭐가요?

"분위기도 좀 다르고…… 평소 같지가 않아."

제대로 된 설명이 아니라는 걸 나도 알았다. 이걸 어떻게 말하면 좋을까 다시 한번 말을 고르는데, 내가 목소리를 이상하게 냈는지 서윤의 목소리가 조금 불안해졌다.

—무슨 소리예요? 지금 어딘데 그래요?

"지금, 호텔……."

—네?

레스토랑이란 말을 내뱉기도 전에 서윤이 비명 지르듯 높은 목소리를 냈다.

—어쩌다 거기까지 갔어요? 당장 나와요!

"아니, 식사 중이라고 했잖아. 지금 레스토랑이야. 방은 아직 안 잡…… 았나? 벌써 잡았나? 그건 모르겠어."

내가 듣기에도 굉장히 멍청한 말이었다. 서윤도 생각이 다르지는 않은지 빽 소리를 질렀다.

—방을 잡았는지 안 잡았는지가 뭐가 중요해요? 아니, 그 자식이 사람을 호텔까지 데려가 놓고 그냥 보내겠어요? 지금까지 한 짓이 있는데 진짜 그렇게 믿는 거예요?

"……지금까지는 이렇게 만난 일이 아예 없었으니까."

내 망설임을 눈치챈 걸까. 서윤은 한동안 말이 없었다. 그러다가.

—선배, 그냥 나와요.

"뭐? 지금?"

—그냥 나와요. 아니면 제가 데리러 갈게요. 어딘지만 말해요.

"지금 온다고?"

하지만 아직 식사도 안 끝났는데. 중간에 일어나 버리는 건 셰프한테 실례 아닌가.

멍청하게 그런 생각이나 하고 있는데 서윤이 말했다.

—선배. 만약 거기에 있다가 박민준이 같이 방으로 올라가자고 하면 그땐 어쩔 거예요?

나는 아무 말도 못 했다. 서윤이 그런 내게 재차 물었다.

—그냥 손잡고 따라갈 거예요? 저 여기에서 기다리고 있는데? 어제까지만 해도 그 자식 뿌리치겠다고 벼르고 있었잖아요. 잊었어요?

안 잊었다. 안 잊었는데…….

—선배 바람대로, 박민준이 더 요구하는 거 없이 오늘은 식사만 하고 헤어진다고 쳐요. 그렇다고 그 자식이 지금까지 선배한테 한 짓이 없어져요? 선배 상처가 그까짓 식사 한 번으로 전부 용서될 만큼 가벼운 거였어요?

"……."

—밥 한번 먹은 게 뭐가 그렇게 대단하다고. 그 까짓거 남이랑은 수십 번도 더 하는데 지금까지 안 한 게 이상한 거지.

핸드폰을 쥔 손에 힘이 들어갔다. 서윤의 말은 틀린 게 하나도 없었다. 그의 말이 전부 맞았다.

그래, 지금까지 겪은 게 얼만데.

일주일 전, 아니, 바로 몇 시간 전까지만 해도 이 지긋지긋한 관계 전부 끝내 버릴 거라고 벼르고 있었으면서. 그깟 말 몇 마디에 그새 또 멍청하게 설레서는.

—아니면, 그 자식이 사과라도 했어요? 지금까지 그런 짓 해서 미안했대요? 용서해 달래요?

"……아니."

—거봐요. 한 게 아무것도 없는데 왜 선배가 나서서 용서해요. 그 자식은 아무것도 안 변했어요. 일주일 전에 선배가 울면서 욕했던 박민준 그대로라고요.

그 말을 듣고 나니 일주일 전, 서윤에게 매달려 울었던 게 생각났다.

그래, 그렇게 쉽게 잊힐 게 아니었다. 쉽게 잊어서는 안 되는 거였다. 나는 눈물이 비어져 나오려는 걸 이를 악물고 참았다.

서윤의 전화를 받지 않았다면 또 어영부영 박민준이 원하는 대로 다 해 줬겠지. 너무 쉽게 상상이 됐다. 이미 3년을 그렇게 살았으니까.

겨우 마음을 굳힌 나는 한숨을 한 번 내쉬고 칸 안에서 나왔다. 다행히 눈물이 나온 흔적은 없었다. 나는 심호흡으로 모든 감정을 가라앉혔다. 냉정해진 내 얼굴을 바라보며 나는 평소의 임지수를 떠올렸다. 박민준만 얽히면 우유부단해지는 임지수가 아니라, 평소의 나.

—선배, 제 말 듣고 있어요?

"알아들었으니까 그만해. 지금 나갈게."

—정말이죠?

"그래. 이만 일어난다고 하고 바로 나올 거야."

—전화는 끊지 말아요.

얘도 내가 어지간히 못 미더운 모양이었다. 나는 알았다고 대답하고 전화를 끊지 않은 채 핸드폰을 손에 쥐고 화장실에서 나왔다.

다시 식당으로 들어가니 민준의 뒷모습이 보였다. 그는 왼손으로 턱을 괸 채 창밖을 바라보고 있었다.

뒷모습이라도, 예전엔 그냥 이렇게 바라보는 것만으로도 가슴이 뛰었는데. 지금은 좋은 것보다 원망스러운 마음이 더 컸다.

나는 잠깐 동안 자리에 서서 민준을 바라보다가 심호흡을 하고 걸음을 옮겼다. 테이블로 가까이 다가가자 기척을 느낀 민준이 나를 돌아봤다.

"왔어?"

나는 자리에 앉지 않고 핸드백을 챙겼다.

"미안, 나 지금 가 봐야 할 것 같아. 급하게 찾네."

"지금?"

민준이 놀란 얼굴로 나를 바라봤다. 나는 마치 외워 놓은 대사를 읊는 것처럼 속사포로 말을 내뱉었다.

"식사 마저 못해서 미안해. 계산은 내가 할게."

나는 마치 도망치듯 몸을 돌렸다. 그런데 민준이 자리에서 일어나 내 손목을 붙잡았다.

"무슨 일인데 그래? 바래다줄게."

평소라면 그 말에 못 이기는 척 고개를 끄덕였겠지만, 오늘은 그러면 안 됐다. 나는 민준에게 잡힌 손을 어렵게 떼어 냈다.

"괜찮아. 바래다주기 힘들 거야."

"어디로 가길래?"

네가 없는 곳.

나는 마치 다독이는 것처럼 민준의 팔을 한 번 잡았다. 네가 내 손 한번 잡아 주기를 그렇게 바랐었는데. 겨우 일주일, 그 짧은 시간 만에 내 마음은 다신 되돌릴 수 없을 만큼 썩어 문드러졌다. 이제는 너무 늦었다.

"식사 마저 하고 나와. 즐거웠어."

민준은 더 이상 나를 붙잡지 않았다. 나는 거의 달리다시피 레스토랑을 빠져나와 큰길에서 택시를 잡았다. 운 좋게 택시가 바로 잡혔다. 나는 서윤이 날 기다리고 있는 장소를 말하고 차 시트에 등을 기댔다.

백미러 너머로 호텔이 멀어지는 게 보였다. 텅 빈 마음 안으로 안도감과 묘한 해방감이 차올랐다. 가슴이 두근거리는 것과 동시에 서러움이 물밀 듯이 밀려왔다.

드디어 떠났다. 박민준한테서.

*

서윤이 있는 곳은 바로 근처라 택시는 겨우 10분밖에 달리지 않았다. 나는 기본요금만 내고 택시에서 내렸다.

"사람 왜 이렇게 많아?"

생각해 보니 이곳은 원래도 번화가인데 시간까지 주말 저녁이었다. 사람이 많을 수밖에 없었다. 그나마 강남 같은 만남의 광장이 아니기에 망정이지, 하마터면 사람 물결에 휩쓸릴 뻔했다.

나는 그중에서도 사람이 별로 없는 곳을 골라 길을 걸었다. 어깨에서 자꾸만 흘러내리는 가방끈을 움켜쥐고 생각 없이 길을 걷는데 저 앞에서 불쑥 나타난 사람 그림자가 내게 손을 흔들었다. 나는 별 감흥 없이 고개를 들어 그쪽을 봤다가 깜짝 놀랐다.

"이서윤?"

"선배!"

원래 만나기로 한 장소는 이런 길 한복판이 아니었다. 그런데 이서윤은 내가 이쪽으로 오는 걸 어떻게 알고 나타나 내게 달려오고 있었다. 그것만으로도 놀라운 사실인데.

"너 머리가 왜 그래?"

푹 눌러쓴 캡모자 아래로 삐죽 튀어나온 머리카락은 어제까지만 해도 밝은 적갈색이었건만, 지금은 애쉬그레이였다. 거기다 마스크 대신 낀 안경은 그의 인상을 평소보다 지적이고 차분하게 보이게 했다. 한마디로 완전히 다른 사람 같았다.

내가 놀라서 입도 못 다물고 있자, 그런 내 반응에 멋쩍어졌는지 서윤은 안 그래도 눌러 쓴 모자를 더욱 깊게 눌러썼다.

"화보 촬영 때문에, 잠깐 이렇게 됐어요."

"염색한 거야?"

"아뇨, 컬러 스프레이예요. 감으면 없어져요."

"만져 봐도 돼?"

내 물음에 서윤은 별말 없이 모자를 벗고 고개를 숙여 주었다. 나는 손을 높이 뻗어 서윤의 머리카락을 만져 봤다. 스프레이를 뿌렸다더니, 약간 뻣뻣하고 까슬까슬한 감이 남아 있었다.

"신기하다."

"그래요? 화보 촬영할 때 종종 쓰니까 선배도 아는 줄 알았는데."

"듣기야 많이 들었지. 그런데 쓰는 건 처음 봐."

나는 신기한 마음에 서윤의 머리카락을 계속 만지작거리다가 손을 뗐다. 서윤은 주변 시선을 의식했는지 바로 모자를 눌러썼다.

"선배, 집에 갈 거죠? 같이 가요. 저도 어차피 택시 잡아야 하니까."

"뭐?"

집에 간다고? 이대로?

"너 먼저 들어가."

"네?"

"난 좀 돌아다닐래."

애써 한구석에 밀어 두고 있지만, 서윤과 대화를 나누는 지금에도 민준이 했던 말들이 자꾸만 불쑥불쑥 머리를 치켜들었다. 이대로 집에 들어가서 잠들면 꿈에서 민준의 얼굴을 보게 될 것 같았다.

지금 내게 필요한 건 조용한 평화와 휴식이 아니었다. 잡생각을 못 하게끔 막아 줄 소음이야말로 지금의 내겐 절실했다.

"피곤하지 않겠어요? 선배 내일 출근도 해야 하잖아요."

그런 내 생각을 알 리 없는 서윤이 걱정스러운 얼굴로 내게 물어왔다. 나는 잘게 고개만 흔들었다.

"몰라. 지금 기분으론 그냥, 마음이 복잡해서 그런가, 소리나 좀 지르고 싶어."

"……복잡해요?"

나는 고개를 끄덕이지도 흔들지도 못했다.

박민준의 제안을 한 번이라도 거절하면, 그에게서 떨어져 나오면 차라리 속이 시원해질 줄 알았다.

하지만 상상과 현실은 달랐다. 마치 스무 살 생일을 맞았을 때처럼, 무언가 커다란 변화가 생길 것만 같았던 예감은 흐지부지하게 사라지고 아무런 통쾌함도 성취감도 없이 그저 착잡하기만 했다.

효과가 있을지는 모르겠지만, 일단 지금의 내게는 마음을 정리할 시간이 필요했다. 나는 서윤에게 손을 흔들었다.

"오늘 고마웠어. 나중에 밥이라도 한번 살게."

"잠깐만요, 선배."

걸음을 떼기가 무섭게 서윤이 나를 뒤쫓아왔다.

"같이 가요. 저도 옆에 있을게요."

"안 그래도 돼. 너 얼굴도 안 가렸잖아. 붙어 있는 거 남들이 보면 어쩌려고."

이제 슬슬 인기 얻어서 잘 되려는 애가 괜히 나랑 붙어 다니다가 사진 찍히고 스캔들 나고 인기 잃고 일도 잃고 가정도 잃고 사회도 잃고 몽땅 다 잃으면 어쩌나, 딴에는 걱정해서 한 말이었다. 하지만 서윤은 뭐 그런 걸 다 걱정하냐는 얼굴로 웃기만 했다.

"해도 졌겠다, 머리 바꾸고 안경만 써도 바깥에서 알아보는 사람 잘 없어요. 그리고 누가 보면 어때요. 나쁜 짓 하는 것도 아닌데."

"나쁜 짓 아니긴? 이서윤 열애 다섯 글자 뜨는 것만으로 소녀 누나 팬들한텐 충분히 나쁜 짓이거든? 소속사에서 뭐라고 안 해?"

"제가 뭐 아이돌도 아니고……. 같은 연예인이랑 돌아다니는 거면 몰라도 요즘 기자들 일반인이랑 엮어서는 기사 잘 안 내요. 요새는 가십거리도 안 돼서."

"그래?"

요즘엔 진짜 그런가? 그러고 보면 연예인 누구가 다른 연예인 누구랑 연애한다는 기사만 봤지, 일반인이랑 연애한다는 기사는 못 본 것 같았다. 넋 놓고 그런 생각을 하고 있는데 서윤이 한 걸음 앞장섰다.

"가요, 선배."

"어디로 가게?"

"소리 지르고 싶다면서요. 그럼 질러야죠."

말릴 새도 없이 서윤이 먼저 걷기 시작했다. 나는 재가 대체 무슨 생각인가 하면서도 하릴없이 그 뒤를 따랐다.

서윤은 길을 이미 알고 있는지 도중에 멈추지도 않고 척척 걸어갔다. 골목을 몇 번 꺾어서 그가 날 데려간 곳은 바로 코인노래방이었다. 내가 잠깐 멈칫한 사이 서윤은 계단을 성큼성큼 내려갔다. 나는 주변을 둘러보다가 얼른 그 뒤를 쫓아갔다.

"이런 데 사람 많지 않아?"

"여기 무인이라서 지키는 사람 없어요."

나는 그 말에 조금 놀라서 대꾸했다.

"와 본 적 있어?"

"가끔 친구들이랑 와요. 혼자서 올 때도 있고."

유리문을 밀어 연 서윤은 문을 잡은 채 내게 자리를 비켜 주었다. 그 안으로 조심스레 발을 내딛자 부스 곳곳에서 들리는 노랫소리가 사방에서 내 귀를 찔러 댔다.

복도는 텅텅 비어 있었고, 좁은 로비엔 지폐 교환기와 음료수

자판기만 있을 뿐 카운터도 없고 지키고 선 사람도 없었다.

내가 주변을 둘러보는 사이 서윤은 빈방을 찾아 바로 안으로 들어갔다. 나는 다 똑같이 생긴 부스들 사이에서 서윤을 잃을까 얼른 그 뒤를 쫓아 들어갔다.

이렇게 막 들어와도 되나? 나는 생전 처음 와보는 장소에서 어쩔 줄을 모르다가 서윤에게 뒤늦게 고백했다.

"나 노래 못해. 노래방도 고등학교 때 이후로 온 적 없어."

"진짜요?"

서윤이 놀란 얼굴로 내게 되물었다. 동아리 모임에서 노래방에 갈 일이 있으면 제사 핑계를 대서라도 자리를 빠졌던 나를 기억 못 할 리 없는데. 나는 서윤의 눈을 피해 다른 곳을 보며 작게 중얼거렸다.

"노래 못 한다니까. 잘 부르지도 못하는데 노래방을 왜 와."

"노래를 잘할 것 같으면 노래방이 아니라 오디션을 나가야죠. 그냥 소리 지르러 왔다고 생각해요."

서윤은 그렇게 말하며 지갑에서 지폐를 꺼내 기계 안에 넣었다. 간판엔 분명히 코인노래방이라고 쓰여 있었는데 저건 왜 지폐를 먹는 거지. 조금 주저하긴 했지만, 결국 나는 서윤을 따라 의자에 앉았다.

확실히 사람 여럿이서 올 데는 아닌지 사람 두 명이 앉은 것만으로 부스가 꽉 찼다. 나는 그 답답함이 마음에 들지 않아 자꾸 고개를 두리번거리게 됐다.

그렇게 내가 적응을 못 하고 있는 사이, 서윤은 기계와 벽 사이의 좁은 공간에 꽂혀 있는 책을 꺼내더니 익숙하게 노래를 찾았다. 친구들이랑 자주 왔다더니 거짓말이 아닌 모양이었다.

서윤이 번호를 입력하고 시작 버튼을 누르자 곧 시끄러운 반주가 시작됐다. 화면에 뜬 제목은 낯선데 멜로디는 어딘지 모르게 익숙했다. 조금 곱씹다 보니 기억이 났다. 몇 년 전에 크게 유행했던 록밴드의 히트곡이었다.

멍하니 화면을 보고 있는데 4, 3, 2, 1 숫자가 뜨고 가사가 흘러가기 시작했다. 동시에 마이크를 휘어잡은 서윤의 입에서도 노래가 시작됐다. 잠시 후, 나는 놀라 입을 떡 벌렸다.

"너 왜 이렇게 잘해?"

반주가 시끄러운 통에 서로 이야기를 하려면 소리를 높여야 했다. 하지만 소리를 꽤 크게 냈음에도 내 목소리는 반주에 묻혔고, 그게 아니라도 노래에 열중한 서윤은 내 말 같은 건 듣지 못하는 듯했다. 그는 계속해서 노래를 했다.

노래방 모임은 죄다 빠진 탓에 나는 서윤이 노래 부르는 걸 오늘 처음 들었다. 성량도 그렇고 고음이 올라가는 것도 그렇고 도무지 아마추어 같지가 않았다. 그렇게 끝도 없이 감탄하는 내게 서윤이 하나 남은 마이크를 내밀었다.

"선배도 불러요!"

마이크에 대고 말한 덕에 그의 목소리가 쩌렁쩌렁하게 울렸다. 간주가 연주되고 있는 틈을 타 나도 마이크에 대고 말했다.

"나 노래 잘 못 한다니까!"

"그냥 소리만 질러요! 이거 원래 그러려고 부르는 거예요!"

그의 말이 사실인지 후렴구에서 성량이 엄청나게 높아졌다. 머뭇거리는 내게 서윤이 계속 손짓했다. 나는 못 이기는 척 마이크에 입을 대고 화면의 가사를 읽었다.

작게 낸 내 목소리는 서윤의 목소리에 묻혀 조금도 들리지 않았다. 그래서 못하는 게 별로 티가 나지 않았다. 덕분에 자신감이 생겨 목소리가 점점 커지기 시작했다.

이렇게 큰소리를 내는 건 태어나 처음인 것 같은데, 서윤은 내게 계속 더 크게 소리를 내라고 손짓했다. 나는 얼떨결에 좀 더 큰 목소리를 냈다. 종래엔 지금 내 귀에 들리는 게 누구의 목소린지 구별이 안 갈 정도였다.

그 뒤론 계속 그런 식이었다. 서윤은 노래를 잘 모르는 나도 따라부를 수 있을 만큼 유명한 곡들만 선곡했고, 내가 입 다물고 가만히 앉아 있는 걸 두고 보지 않았다. 사람을 따라오게 하는 게 얼마나 능숙한지 나는 한 곡도 쉬지 못했다.

록을 부를 땐 머리를 흔들고 댄스곡을 부를 땐 몸을 흔들었다. 소리를 지를 땐 배에 힘을 줘야 한다는 말에 계속 서 있었더니 나중에는 발이 아팠다. 나는 구두까지 벗고 맨발로 소리를 질렀다. 가끔가다 웃긴 가사가 있어 웃느라 나가떨어지기도 했다. 그러다가 너무 지쳐서, 잠시 앉아서 쉬고 있는데 서윤이 내게 물었다.

"선배, 뭐 듣고 싶은 거 없어요?"

뭐든 다 불러 주겠다고 말하는 얼굴이 그렇게 자신만만할 수가 없었다. 나는 그를 골려 주고 싶은 마음에 음이 엄청 높은 걸로 유명한 여자 가수 노래를 골라 바로 시작 버튼을 눌러 버렸다.

그런데 그 어려운 걸 이서윤이 또 해냈다. 한 번이라도 음 이탈이 나면 배를 잡고 웃어 줄 생각이었는데 그런 일은 일어나지 않았다. 하지만 힘이 들지 않은 건 아닌지 노래가 다 끝났을 때 서윤은 얼굴이 새빨개져 있었다.

나는 그 얼굴이 너무 웃겨서 계속해서 다른 노래들을 예약했다. 그러다가 한번 불러 보고 싶었는데 혼자서는 도저히 용기가 나지 않는 것도 예약했는데, 내가 요청하지 않아도 서윤이 옆에서 같이 불러 줬다. 그는 모르는 노래마저 대충 음을 붙여 따라 불러 줬다. 내가 마이크를 놓지 않도록.

그렇게 만 원짜리 지폐를 두 장은 썼다. 콘서트장이라도 온 것처럼 뛰면서 부른 건 서윤인데도, 체력이 먼저 방전된 건 나였다.

소리를 하도 질렀더니 목이 아프고, 하도 웃었더니 배가 아프고, 계속 서 있었더니 다리도 아팠다. 마지막엔 너무 지쳐서 나는 그냥 앉아 있기만 했다. 하지만 아직 남은 곡이 아까워 서윤에게 발라드를 불러 달라고 요구했다. 예상대로 이서윤은 발라드도 잘 불렀다.

참 신기한 노릇이 아닐 수가 없었다. 그냥 노래방 반주에 맞춰 노래를 부르는 것뿐인데, 잘 불러서 그런지 음반으로 듣는 것과는 느낌이 엄청 달랐다. 나는 내가 좋아하는 노래들을 계속해서 예약했다. 그는 모르는 노래 빼고는 전부 잘 불렀다.

이런 게 바로 감미로운 목소리구나. 내가 감탄하며 너 가수 해도 되겠다 했더니 서윤은 진짜 가수들은 훨씬 더 잘 부른다고 손을 내저었다.

진짜 가수의 노래를 바로 옆에서 들어 본 적은 없지만, 서윤이 그보다 못할 것 같지는 않았다. 하지만 라이브 콘서트 같은 데는 한번 가 보고 싶다는 생각이 들었다. 이왕이면 이서윤도 같이. 나보다 더 크게 소리를 질러 내 목소리가 묻히게 해 줄 테니까.

우리는 마지막 한 곡까지 깔끔하게 부르고 노래방 기계의 배웅을 받으며 밖으로 나왔다. 어느새 열한 시였다. 시간이 이렇게 빨리 간다는 게 믿기지가 않았다.

"와, 진짜. 어떻게 그렇게 악랄한 것만 골라서 시켜요?"

"어떡해. 너 목이 다 쉬었어."

나는 웃음이 나오려는 걸 꾹 참고 말했다. 그에 서윤이 토라진 표정을 지었다.

"다 선배 때문이잖아요."

"내일 뭐, 목 써야 할 일 없지?"

"없어요. 천만다행이지."

서윤이 부러 엄살을 떨며 말하는 게 느껴졌다. 나는 그냥 웃어 버렸다.

시원하게 소리만 질렀는데 꼭 술에 취한 것처럼 기분이 들떴다. 그래서인지 별것도 아닌 게 다 웃겼다. 하늘에 뜬 달이 찌그러진 모양인 것도 웃겼고, 가게의 간판이 노랗게 빛났다가 빨갛게 변하는 것마저도 웃겼다.

그렇게 계속 웃고 있는데 서윤이 내게 손을 내밀었다. 나는 아무 생각 없이 그 손을 잡고 흔들었다. 꼭 유치원 때로 돌아간 기분이었다. 옆에 있는 친구랑 사이좋게 손을 잡아요. 하나둘, 셋 넷, 참새, 짹짹. 병아리, 삐약삐약.

"이제 어디 가지?"

"또 가게요?"

서윤이 놀란 얼굴로 내게 물었다. 그 말에 나만 들뜬 건가 싶어 조금 기가 죽었다.

"어…… 시간이 너무 늦었나?"

박민준과 만나는 날은 항상 외박을 했다. 그래서 열한 시가 늦은 시간이라는 걸 생각 못 했다.

아, 또 박민준.

나는 그새 또 생각을 비집고 나온 이름 석 자를 얼른 떨쳐 냈다.

집에 들어가고 싶지 않았다. 지금 기분이 딱 좋은데. 그냥 이대로 정신없어질 때까지 놀다가 지쳐서 나가떨어지고 싶은데.

"지금 집에 들어가도 열두 시는 될 텐데, 얼른 들어가서 쉬는 게 낫지 않겠어요?"

"……그런가?"

맞는 말인데 망설여졌다. 자꾸 어디 갈 데 없나 주변을 둘러보게 됐다. 그런 나를 눈치챘는지 서윤이 내게 물어왔다.

"들어가기 싫어서 그래요?"

"좀, 그래. 뭐라도 더 하고 싶은데."

내가 입술을 우물거리자 서윤도 덩달아 주변을 둘러보기 시작했다. 그는 모자를 약간 들어 올려 높은 건물을 올려다보다가 말했다.

"그럼 그냥 방을 잡을까요? 어차피 스튜디오도 여기에서 가까우니까 근처에서 자고 출근하는 것도 괜찮은 것 같은데."

"어?"

순간 머리가 얼어붙었다.

……지금 이게 무슨 뜻이지? 나는 놀고 싶다는 거지 자고 싶다는 게 아니었는데.

입가에 떠돌던 웃음기가 완전히 사라졌다. 얼굴 근육이 딱딱하게 굳어버린 게 내 피부로 느껴졌다.

내가 아무 말도 없는 게 의아했는지, 서윤이 날 돌아봤다.

"선배?"

나는 표정을 어찌하지 못한 채 그대로 그를 올려다봤다. 나를 본 서윤의 얼굴이 잠깐 경직되었다. 그는 여태껏 잡고 있던 내 손을 놓고 황급히 손사래를 쳤다.

"아니, 제 말은, 그냥 숙박을 하자는 뜻이었어요. 선배 집이 머니까, 여기에 계속 있을 거면 그냥 시간 아낄 겸 근처에서 쉬자는 뜻으로."

지금 그걸 믿으라고? 나는 입을 꾹 다문 채 서윤을 바라보기만 했다. 푹 눌러쓴 모자 아래로 식은땀이 흘러내리는 게 내 눈에 보였다.

방금 전까지만 해도 들떠 있던 분위기는 찬물을 뒤집어쓴 듯 다 식어 버렸다. 서윤은 손으로 코 아래쪽을 문지르다 내게서 고개를 돌렸다.

"그냥 집에 가요. 나가서 택시 잡으면 그래도 좀 일찍 들어갈 수 있을 거예요."

서윤이 내게서 등을 돌려 먼저 걸어갔다. 그 뒷모습을 보는 순간, 나는 문득 강렬한 충동에 사로잡혔다.

"아냐. 그냥 방 잡자."

내가 그의 등에 대고 한 말에 서윤이 나를 돌아봤다. 나는 그와 눈을 마주하는 대신 주변을 둘러보는 척했다.

"모텔만 아니면 돼. 어차피 집 가면 바로 자고 일어나서 출근해야 할 텐데 시간도 아깝고."

"……선배?"

"그냥 숙박만 하자며. 방 내가 잡을게. 호실 알려 줄 테니까 넌 좀 뒤에서 따라 들어와."

마침 저쪽에 호텔 건물이 보였다. 나는 잘 됐다 생각하며 등 뒤에 서윤을 둔 채 걸음을 옮겼다.

안 그래도 너무 열심히 놀아 발이 아프던 참이었다. 그런 발로 약간 내리막인 아스팔트 길을 걷자니 구두를 신은 발이 유난히 더 아팠다. 하지만 그 통증에도 나는 생각을 멈추지 않았다. 그나마 다행인 건, 내 머리를 꽉 채운 게 박민준이 아닌 이서윤이라는 거였다.

그냥 숙박만 하자고.

글쎄, 같은 방까지 들어가 놓고서도 이서윤이 그 말을 지킬까. 박민준이라면 절대로 안 그럴 텐데.

이유는 몰랐다. 이유는 몰랐지만, 나는 이서윤을 한번 시험해 보고 싶었다.

내뱉은 말을 그대로 지켜서 안 건드린다고 하면 그건 다행인 일일까. 잘 모르겠다. 솔직히 기쁘기보단 조금 허무할 것 같았다. 박민준한테 끌려다녔던 그간의 세월이.

그럼 말이 바뀌어서 하자고 달려들면? 별로 걱정은 되지 않았다. 한 번이나 두 번이나 다를 것도 없으니까. 솔직히 저번에 했을 때도 별로 기분 나쁘지는 않았고.

어쩌면 오늘이야말로 '서로' 즐길 수 있을지도 모르겠다. 게다가 이서윤은 박민준과는 경우가 다르다. 그를 사랑하는 것도 아니니 다음이나 다다음번에 구애받을 것도 없었다. 그저 이서윤도 박민준이랑 크게 다르진 않은 남자라는 걸 확인하게 될 뿐.

"후우……."

이쯤 되니 한 가지 사실만은 인정하지 않을 수 없었다.

나는 분명 어딘가가 망가졌다. 이제 와선 돌이킬 수도 없고, 할 수 있대도 돌이키고 싶은지도 잘 모르겠다.

근데, 서윤아. 네가 그랬잖아. 이 진흙탕에 굳이 발 내밀어 주겠다고.

내 망가진 부분을 네가 똑바로 봤으면 좋겠어. 그리고 너도 조금은 망가졌으면 좋겠어. 네가 박민준처럼 되는 건 바라지 않았는데, 막상 이렇게 되니까 그래도 조금은 닮은 부분이 있었으면 좋겠어.

내가 그렇게 끌려다닌 게 박민준이 나빠서가 아니라 그저 내가 미련하고 멍청해서였다고. 세상 어느 남자를 만나더라도 내가 그렇게 굴면 그렇게 당할 수밖에 없었다고.

모든 게 다 내 탓이었다고 하면 차라리 멍청한 날 욕하면서 홀가분해질 수 있을 것 같은데, 만약 그게 아니었다면. 다른 사람이었다면 겪지 않아도 될 일이었다고 하면.

그건 너무 슬프지 않니.

*

호텔에서 룸을 잡고 서윤에게 메시지를 보냈다. 그는 1인실 두 개를 잡으라고 했지만, 나는 일부러 2인실을 잡았다. 그것도 침대가 하나뿐인 더블베드 룸으로.

그 때문인지 내가 들어오고 20분 뒤 룸으로 들어온 서윤은 당황한 표정을 지었다. 그는 잠시 머뭇거렸지만, 그래도 등을 돌려 나가지는 않았다. 대신 방값을 자기가 내겠다고 헛소리하는 걸 대꾸도 안 하고 등을 떠밀어 욕실로 보냈다.

서윤이 씻고 나온 다음엔 내가 들어갔다. 나는 샤워 후 다 벗은 몸으로 욕실에 있는 거울을 봤다.

화장을 지운 얼굴, 젖은 머리카락, 그 아래로 물방울이 맺힌 새하얀 나신이 보였다. 나는 내 몸을 얼마 못 보고 눈을 감아 버렸다. 언제부턴가 거울에 비친 맨몸을 똑바로 바라볼 수가 없게 됐다. 내 몸이 내 몸 같지가 않아서.

나는 희미한 거부감을 억누르며 수건으로 몸의 물기를 닦아 냈다. 옷은 입고 나가야 할까. 먼저 씻은 이서윤은 다 입고 나왔는데.

나는 벗어 둔 옷가지를 바라보다가 결국 바구니 안에 비치된 목욕가운을 입었다. 속옷은 입지 않았다. 허리끈을 풀면, 아니, 옷깃을 살짝 젖히기만 해도 맨가슴이 바로 보이겠지.

"무슨 생각을 하는 거야."

허탈하게 웃은 나는 젖은 머리 위에 수건을 얹고, 옷가지를 손에 든 채 욕실에서 나왔다.

방으로 들어가자 서윤이 침대 위에 엎드려 핸드폰을 보고 있는 게 눈에 들어왔다. 내 기척을 느꼈는지 그는 핸드폰에 시선을 둔 채 내게 말을 걸었다.

"선배, 이거 한번 해 볼……."

이쪽을 돌아보던 서윤이 순간 돌처럼 굳었다. 벌어진 입 역시 아무 말도 내뱉지 못하고 있었다. 나는 그런 그를 보지 못한 척 옷가지를 정리해 짐과 같이 두고 침대에 앉았다. 수건을 든 손으로 머리를 말리며 그를 바라봤다.

"뭔데?"

"그, 게임인데……. 보드게임 같은 게 있으면 좋은데 없으니까, 한번 해 볼까 해서요."

아까 뭐라도 더 하고 싶다고 한 걸 계속 신경 쓰고 있었던 모양이다. 나는 서윤의 옆으로 상체를 기울여 그의 핸드폰을 들여다봤다.

"핸드폰 게임은 혼자 하는 거 아냐?"

"아, 이건 친구랑 편 먹고 할 수 있어요. 친구랑만 할 수도 있고, 온라인 매칭도 되고."

설명을 들어 보니 블루마블 비슷한 종류인 것 같았다. 나는 서윤의 옆에 나란히 엎드려서 내 핸드폰에도 게임을 설치했다. 처음 보는 게임이 신기해 이것저것 만지작거리는데, 그런 내 옆에서 서윤이 목덜미를 한 번 쓸더니 조심스레 입을 열었다.

"선배, 근데…… 안 추워요? 감기 걸릴 것 같은데."

"여름인데 뭐가 추워. 이게 더 편해."

나는 서윤을 쳐다보지도 않고 대답했다. 게임 튜토리얼이 복잡해서 그걸 읽느라 정신이 없었다.

내가 화면에 뜬 글을 천천히 읽어내리는 동안 서윤은 옆에서 제 머리카락만 만지작거리고 있었다. 그가 내 옆에서 약간 떨어지는 게 느껴졌다. 나는 모르는 척 무시했다.

게임의 룰은 예상 그대로였다. 서윤과 내가 같은 편을 하고 다른 사람이랑 대전하는 방식으로 진행했는데, 처음 한두 판은 이기더니 이후로는 내리 졌다. 이길 때는 재미있었는데 계속 지니까 승부욕이 불타올랐다. 그러고도 계속 지자 나중에는 화가 났다.

"주사위 좀 제대로 던져 봐."

"제가 던지는 게 아니라 핸드폰이 하는 건데……."

"어쨌든 네 손가락이 누르는 거잖아."

말도 안 되는 소리라는 걸 알았지만, 지금 내 눈앞에 있는 건 이서윤뿐이었다. 고로 화풀이할 사람도 그뿐이라는 거였다.

계속 그렇게 구박을 하자 서윤도 욱했는지 선배도 잘 좀 던져 보라고 대들기 시작했다. 그렇게 옥신각신하며 주사위를 던지다가, 우리는 집념을 불태워 겨우 한 번 이겼다.

얼마나 많이 졌는지 간신히 WIN이란 단어를 봤을 땐 시간이 벌써 새벽 한 시였다. 나는 눈이 아파서 핸드폰을 꺼 버렸다. 사실은 눈이 문제가 아니라 또 지면 또 이길 때까지 계속할 것 같아서 끈 거였다. 서윤도 같은 생각인지 군말 않고 게임을 껐다.

계속 엎드려 있었더니 명치가 조여 왔다. 나는 몸을 돌려 똑바로 누웠다. 가슴 위가 서늘한 게 엎드려 있는 동안 목욕가운이 벌어진 듯했다. 나는 허리끈을 추스르는 대신 팔로 감은 눈을 눌렀다.

그렇게 뻐근한 눈을 진정시키는데 어느 순간 몸이 따뜻해졌다. 팔을 들어보니 가슴 위로 이불이 올라와 있었다.

옆을 보니 서윤은 그새 핸드폰을 들여다보고 있었다. 다시 게임을 하는 것 같지는 않고, 다른 걸 하는 모양이었다. 나는 그의 옆얼굴을 말없이 쳐다봤다. 시선을 느꼈는지 서윤이 핸드폰에 시선을 둔 채 내게 말을 걸었다.

"선배, 내일 여기에서 몇 시에 출발해야 해요?"

"스튜디오랑 가까우니까…… 아홉 시 반쯤?"

"그럼 여덟 시 반으로 알람 맞춰 놓을게요."

서윤은 몇 번 만지작거린 핸드폰을 내려놓고 리모컨으로 침실의 불을 껐다. 사이드 테이블의 조명도 끄려는지 그가 일어나 앉아서 손을 뻗는 게 보였다.

"그냥 게임 하지 말 걸 그랬나 봐요. 자는 시간만 늦어졌네."

"아냐, 재밌었어."

"그럼 다행이고요. 쉬세요. 전 소파에서 잘게요."

서윤이 사이드 등을 끄고 자리에서 일어나는 기척이 느껴졌다. 나는 반사적으로 손을 뻗어 그를 붙잡았다. 어두워서 잘 보이지 않았지만 아마 팔을 붙잡은 것 같았다.

"왜?"

내 행동에 놀랐는지 서윤은 말이 없었다. 나는 그가 지금 짓고 있을 표정이 보고 싶었다. 하지만 불이 이제 막 꺼진 터라 눈이 어둠에 익지 않았다. 내 눈에 보이는 건 흐릿한 윤곽뿐이었다.

한참 후에야 머뭇거리는 목소리가 들렸다.

"선배가…… 불편할 것 같아서요."

"괜찮아. 그냥 옆에서 자."

서윤은 한참 동안 그냥 그 자세로 있었다. 내 손을 뿌리치지도 않고, 달리 움직이지도 않고.

조용한 침실 안에선 숨소리만 맴돌았다. 눈이 어둠에 익숙해질 때쯤이 되어서야 서윤은 말없이 침대 위로 누웠다. 그가 이불까지 덮은 후에야 나는 팔을 놓아주었다.

그리고 침묵이 흘렀다. 나는 그 침묵 속에서 속으로 열을 셌다. 그리고 그 열이 지나고 또 열이 지나는 동안 서윤은 내게 아무것도 하지 않았다. 말도 걸지 않았다.

진짜 이대로 자는 걸까? 아무것도 안 하고?

믿기지 않았다. 이 상황이 내게는 너무 비현실적이고 말도 안 되게 느껴졌다. 서윤은 지금 무슨 생각 중일까. 머릿속으로 뭘 상상하고 있을까.

문득 나는 그의 심장 소리가 듣고 싶어졌다.

그러고 보면 서윤과 처음으로 잤던 날, 그다음 날 아침에 침대 위에서 혼자 일어나는 바람에 잊어버렸는데, 행위가 끝나고 나서 잠들 때 그가 안아 줬었다. 그건 꿈이 아니었다. 분명히 안겨서 잠들었다.

그때는 술에 취해 있었고, 다음 날에도 잊고 싶다는 생각만 가득했기에 나도 모르게 정말 잊어버린 모양이었다. 쿵쿵대는 심장 소리를.

"서윤아."

그가 나를 돌아보는 게 느껴졌다. 나는 자그마한 목소리로 물었다.

"나 너 안고 자도 되니?"

잠시 동안은 반응이 없었다. 어느 정도의 시간이 흐른 뒤에야 서윤이 조용히 손을 뻗어 왔다.

나는 내게 열린 그 품 안으로 조금씩 몸을 움직여 안겼다. 손이 가운 안으로 들어와도 그냥 가만히 있으려고 했는데, 그의 손은 정말로 내 어깨만 안아 주었다.

나는 조심스럽게 그의 가슴에 얼굴을 기댔다. 여름옷이라 재질이 얇아서일까. 귀를 통해 선명하게 들려왔다. 그의 심장이 뛰는 소리가.

조금 빠른 박동. 이게 뭐라고 이렇게 안심이 되는지.

처음부터 박민준을 속인 내 잘못이라고, 그 상황이면 누구라도 나를 그렇게 대했을 거라고. 그냥 그렇게 결정지어졌다면 차라리 마음 편할까 했는데 아니었나 보다.

박민준도, 마음만 먹었으면 아무것도 안 할 수 있었을 거다. 그런데 그냥 한 거다. 심장이 이렇게 뛰어도 아무것도 안 할 수 있는데, 걔는 나한테 심장 한 번 뛴 적이 없으면서 그렇게 했던 거다. 내가 그딴 식으로 쉽게 굴었더라도 안 할 사람이라면 안 했을 텐데, 그냥 박민준은 아니었던 것뿐이다.

나는 내가 좋아하는 사람이 실제로는 형편없는 놈이었단 사실을 인정하고 나면 내 상처가 더 쓰라릴 줄 알았다. 그런데 막상 그 사실을 인정하고 나니 스스로를 향한 자책보단 다른 생각이 더 먼저 들었다. 내가 겪어야 했던 그 모든 일이…… 온전한 내 탓은 아니었구나 하는 생각. 그건 내게 한 줄기 위안이 되었다.

그래. 전부 내 잘못은 아니었던 거다. 임지수가 멍청해서 벌어진 일이 아니니까…… 내일부터는 내 탓을 조금 덜 해 볼까.

나는 괜히 서러워져서 서윤의 품 안으로 더 파고들었다. 사람 품이 이렇게 따뜻하다는 걸 미리 알았더라면, 그랬다면 조금은 달라졌을까.

머리 위로 서윤이 숨결이 느껴졌다. 나는 그의 가슴에서 귀를 떼지 않은 채 눈을 감았다.

어째서인지 마음이 놓였다. 꿈도 꾸지 않고 잠들 수 있을 것 같았다.

눈을 뜬 갈라테이아

그 밤은 우리 사이의 무언가를 크게 바꿔 놓았다.

한 침대에 누워 아무것도 하지 않고 잠들었던 그날 이후, 나는 서윤을 계속 만났다. 물론, 예전과는 다른 의미로.

둘 다 한가할 때는 거의 항상 만나는 편이었지만, 서로의 스케줄이 불규칙적이어서 날짜로 따져 보면 그렇게 많이 만나는 건 아니었다. 나도 나지만 특히 서윤의 일정이 아침저녁으로 널을 뛰어서.

하지만 박민준에게서 연락이 올 때면 거의 반드시라고 해도 좋을 확률로 서윤과 만났다. 아마 그에 대한 생각을 이서윤으로 지우고 싶었던 것 같다. 그 사실을 깨달은 날 서윤에게 솔직하게 얘기했더니 그는 그럴 수 있으면 그러라고 했다. 서윤은 아무 대가도 없이 자신이 약속한 말을 지켜 주고 있었다. 박민준을 잊는 걸 도와주겠다는 그 말을.

덕분에 나는 최근에 새로운 취미가 생겼다. 만나면 무조건 잘

생각만 했던 누군가와 달리 서윤은 나와 만날 때마다 새로운 놀거리를 제안했다. 그렇게 집에 살림이 하나둘 늘어나기 시작했고, 최근에 우리가 열중하고 있는 건 퍼즐이었다.

천 피스짜리 퍼즐은 하루아침에 맞출 수 있는 게 아니었다. 그래서 요즘 우리는 만나면 항상 퍼즐 조각을 늘어놓고 모서리 맞추기에 바빴다. 서윤이 돌아가고 난 뒤 혼자서라도 진도를 나가면 진작 완성됐을지도 모르지만, 그와 같이하는 일은 대부분 혼자 하면 재미가 없었다. 그래서 퍼즐 역시 서윤과 있을 때만 진도가 나갔다.

그 이상은, 내킬 때는 하고 내키지 않을 때는 안 했다. 희한하게도 내키지 않는 날보단 내키는 날이 더 많았지만, 그렇다고 항상 내키는 건 아니었다. 더 중요한 사실은 그 행위가 우리 사이에 아무런 영향을 끼치지 않는다는 거였다.

서윤은 내게 손을 뻗기 전에 항상 괜찮냐는 질문을 던졌지만, 거절당한다고 해서 유감을 갖진 않았다. 나도 마찬가지였다. 적어도 내 생각에는, 우리는 서로가 원하지 않을 때 서로를 가진 적이 없다. 그 사실은 나에게 묘한 해방감을 안겨 주었다.

만남에 의무감을 갖지 않아도 된다는 사실이 이토록 마음 편한 일인 줄 이전에는 몰랐다. 내가 그에게 무언가를 주지 않아도 그는 여전히 내 곁에 있었다. 그 사실이 나로 하여금 이서윤이라는 남자에게 완전히 마음을 놓아 버리도록 만들었다. 또 그렇기에 더더욱, 나는 이제 그와 갖는 잠자리를 거리낌 없이 기꺼워하고 있었다.

딱히 계획성 있게 하는 것도 아니고, 그냥 같이 있다가 그런 마음이 들면 누가 먼저랄 것도 없이 손을 내밀었다. 게다가 서윤은 전희에 공을 들이는 타입이라 기분이 좋았기 때문에 더 붙어 있으려고 했던 것 같기도 했다. 그리고 내가 만지면 만지는 대로 반응하는 이서윤도 좋았다. 이제까진 주도권을 가진 일이 없었으니까.

그리고 이 모든 변화에도 불구하고, 나는 아직도 가끔 서윤이 아닌 민준의 이름을 불렀다.

그래서인지 나는 무의식중에 눈을 감거나 가리려고 했다. 요즘에는 거의 민준의 이름을 부르지 않게 되었지만, 그래도 제로는 아니었다. 그런 내가 스스로도 환멸이 났다. 왜 아직도 정리가 안 된 걸까. 이제는 박민준하고 자는 일도 없어졌는데. 어떻게 해도 고쳐지질 않는 나쁜 습관 같았다.

그렇게 고민하는 사이 시간은 어느덧 두 달이나 흘러, 날짜는 10월 말을 향해 가고 있었다.

기승을 부리던 더위는 온데간데없고 갑자기 날씨가 쌀쌀해져서 요새는 소매가 길고 두꺼운 옷을 입었다. 나는 침대 밑에 흩어진 옷가지를 정리하다가 발밑에서 굴러다니는 흰색 와이셔츠를 집어 들었다. 서윤의 옷이었다.

"……이게 왜 이렇게 됐지?"

서윤이 입고 있을 때까지만 해도 주름 하나 없었는데, 어제 너무 무자비하게 벗겨 낸 탓일까? 옷이 다 구겨져 있었다.

손으로 탁탁 털어 봤지만 딱히 변화는 없었다. 내가 이래 놨으니 내가 다림질을 해 줘야 하나? 하지만 다림질엔 재주가 없는데. 세탁소에 맡기자니 시간이 없고.

나는 끙끙대다 와이셔츠를 넓게 펼쳐 봤다. 그런데 내가 생각했던 것보다 품이 꽤 컸다. 꼭 서윤의 몸처럼.

그는 겉으로 보면 상당히 날씬해 보이지만, 키랑 골격 때문인지 벗겨 보면 확실히 체격이 컸다. 몸 선은 예쁜데 근육은 또 엄청 붙어 있고.

바로 어젯밤에도 본 몸을 상상하다가 그의 와이셔츠를 내 몸에 걸쳐 봤다. 키가 작은 것도 아닌데 내 몸은 우스울 정도로 서윤의 셔츠에 폭 감싸졌다.

입고 있는 박스티까지 순식간에 가린 기장은 허벅지 아래로 내려왔고, 소매 밑에 있는 손은 보이지도 않았다. 방에 있는 화장대 거울 앞에 서니 그에 비치는 내 꼴이 상당히 웃겼다.

언제 이렇게 컸을까. 고등학교 때는 나보다 키가 작았는데.

멍하니 거울을 보고 있으려니 욕실 문이 열리고 서윤이 나왔다. 그는 하의만 입고 있었다. 나는 마른 근육이 보기 좋게 자리 잡은 서윤의 맨 상체를 빤히 바라봤다. 그러다 그와 눈이 마주쳤다.

"……선배?"

지금 뭐 하고 있냐는 눈빛이었다. 뒤늦게 내가 지금 무슨 꼴인지 떠올린 나는 너무 당황한 나머지 돌처럼 굳어 버렸다. 그러다 가까스로 정신을 차리고 입고 있던 옷을 벗었다.

"그…… 미안. 다림질해서 줄게."

나는 서윤의 답을 들을 새도 없이 옷을 들고 도망치듯 거실로 나왔다.

내가 이상한 짓을 한 건 나도 안다. 그래도 그렇게 이상한 사람 보는 눈으로 볼 건 없잖아. 나이에 안 어울리는 짓이란 건 나도 안다고, 젠장.

나는 화끈화끈 달아오르는 얼굴을 무시하고 세탁기가 있는 곳으로 달려가 옷가지를 바구니에 처넣었다. 그나마 서윤이 이 집에 다른 옷을 두고 다녀서 다행이었다.

나는 그가 아직 침실에 있는 동안 거실에 붙어 있는 다른 욕실로 들어갔다. 찬물을 맞으니 얼굴의 열도 조금은 가라앉았다. 하지만 부끄러움은 가시지 않아서, 나는 샤워를 마치고도 한참을 욕실 안에서 서성거렸다.

만약 서윤이 날 놀리면 그 와이셔츠로 목을 졸라 버릴 생각으로 겨우 발을 뗐는데, 나를 맞이한 건 서윤의 웃는 얼굴이 아니라 맛있는 음식 냄새였다. 어느새 아침을 먹는 일에도 익숙해진 내 배가 마침 꼬르륵 소리를 냈다. 나는 얼굴에 철판을 깔고 부엌으로 들어갔다.

"얼른 와서 앉아요, 선배. 오늘은 핫케이크 구워 봤어요."

"아, 응. 잘 먹을게."

그 어느 때보다 평화롭게 아침 식사를 마친 다음, 우린 나란히 소파에 앉아서 TV를 봤다.

어젯밤에 늦게 자서인지 자꾸 하품이 나왔다. 나는 몸을 꿈지럭거리다 서윤의 어깨에 머리를 기댔다. 그는 그런 내 머리카락을 장난치듯 만지작거렸다.

그 감촉이 기분 좋아서 계속 눈이 감겼다. 그런 나를 재우려는 건지, 아니면 깨우려는 건지 서윤이 조곤조곤한 목소리로 말했다.

"저 이번에 내려가면 사흘 정도는 서울에 없어요. 일찍 끝나면 금방 올라올 수도 있을 거라는데 확실치가 않아서."

얼마 전에 한 번 들었던 얘기라 별로 놀랍지는 않았다. 아마 어떤 가수의 뮤직비디오 촬영이라고 했던 것 같은데, 야외에서 아침부터 밤까지의 씬이 전부 있는 데다 지방에서 하는 촬영이라 일정이 길게 잡혔다고 했다.

날씨에 따라서는 짧게 끝나기는커녕 더 길어질 수도 있었다. 분야는 다르지만, 야외촬영의 번거로움을 익히 잘 아는 나는 대꾸 없이 고개만 끄덕였다.

그런데 그 행동이 영 성의 없다고 느껴진 걸까? 서윤이 괜히 더 말을 걸며 내 주의를 끌었다.

"선배, 무슨 생각 해요?"

"그냥, 너 없으면 심심하겠다는 생각."

기대고 있는 어깨를 통해 서윤이 살짝 웃는 게 느껴졌다. 그는 내 머리카락을 만지작거리던 손을 내려 내 어깨를 끌어안았다. 나는 조금 아쉬운 마음에 눈을 살짝 뜨고 고개를 들었다.

좀 더 만져 주지. 좋았는데.

그런 생각도 서윤이 목덜미로 입술을 떨어뜨린 순간 전부 사라졌다. 나는 그를 밀어내는 대신 그의 목을 끌어안았다.

어젯밤 내내 같이 있었는데 어떻게 아침부터 그런 생각이 또 들 수가 있을까. 반쯤은 미친 게 아닐까 하는 생각이 들었다. 너나 할 것 없이 우리 두 사람 다.

"틈날 때 연락할게요. 선배도 생각나면 전화해요."

나는 대답 대신 서윤의 뺨을 붙잡고 그에게 입 맞췄다.

이제는 키스도 익숙해졌다. 이 애가 내 삶에 너무 깊이 들어왔다는 생각이 드는데도 도무지 뿌리치고 싶지가 않았다.

이러다 이서윤이 갑자기 증발해 버리면 나는 어떻게 되는 걸까.

하지만 그 고민도 오래 이어지지 않았다. 나는 내 옷 안으로 들어오는 서윤의 손에 몸을 맡긴 채 눈을 감았다.

전원을 끄지 않은 TV에서 세레나데가 들려왔다. 사랑은 없지만, 무척이나 로맨틱한 아침이었다.

*

차린 지 1년도 안 된 내 스튜디오는 쌓아 둔 인맥으로 겨우 자리를 잡아 가는 중이었다. 그러니 일이 들어온다는 것 자체만으로 감사해야 하지만, 일정이 한꺼번에 몰릴 땐 역시 부담스러웠다. 물론 그만큼 해치웠을 때의 성취감도 크긴 하지만.

계약한 잡지 촬영 마감을 끝으로 당장 급한 일은 전부 끝났다. 아직 최종 컨펌이 남아 있긴 하지만 그래도 사진을 확인한 편집자가 만족스러워했으니 무난하게 통과할 것 같았다.

자잘하게 남은 일들을 처리하고 있는데 주머니 속에서 핸드폰이 울렸다. 서윤이 보낸 메시지였다. 아니, 정확하게는 메시지가 아니라 사진이었다. 커다란 곰인형을 안고 찍은. 보자마자 탄성이 절로 나왔다.

"와, 진짜 못 찍었네."

"네?"

"아니, 너한테 한 말 아냐."

보정 결과물을 점검하던 예지에게 대충 손짓을 한 나는 핸드폰을 들고 스튜디오 구석으로 향했다. 그사이 서윤에게서 메시지가 한 통 더 도착했다.

[인형 뽑기로 경품 탔어요! 이거 선배네 집에 놔둬도 돼요?]

집에 놔둔다고? 오늘 오겠다는 소린가? 지방 내려가는 게 오늘 저녁이라고 들었던 것 같은데.

[언제 오려고? 너 오늘 지방 내려간다며.]

[내려가기 전에 잠깐 들를 수는 있을 거예요.]

[그거 들고 우리 집에 오겠다고? 너무 긴장감 없는 거 아니야?]

곰인형도 큰데 이서윤은 그것보다 훨씬 컸다. 키가 190센티미터에 가까운 남자가 이런 인형을 들고 돌아다니면 지나가던 비둘기도 쳐다볼 거다.

[어…… 한밤중이면 괜찮지 않을까요? 이거 선배 주려고 뽑은 건데ㅜㅜ]

한밤중이면 더 위험하지 않나? 아니, 그것보다 한밤중에 집에 오면 지방엔 언제 내려가려고.

하지만 필요 없다고 말하기는 좀 그랬다. 나는 잠깐 고민하다가 서윤에게 답장을 보냈다.

[택배로 보내.]

서윤을 위해서라도, 그리고 나를 위해서라도 그게 최선이라고 생각했는데 이서윤은 아닌 모양이었다. 메시지를 확인하고도 잠시 답이 없던 그가 끝내 전화를 걸어왔다. 얼떨결에 통화 버튼을 누르자마자 핸드폰 너머에서 평소보다 한 톤 높은 목소리가 들려왔다.

—너무한 거 아니에요? 누가 보면 선배가 저 싫어하는 줄 알겠어요.

모른 척을 하려야 할 수가 없을 정도로 명백하게 토라진 기색이었다. 나는 당황한 나머지 괜히 주변을 둘러보다 핸드폰에 대고 소리 죽여 말했다.

"걱정돼서 한 소리지. 내가 널 왜 싫어해."

그렇게 말했더니 서윤은 또 대답이 없었다.

내가 너무 기분 나쁘게 말했나? 그래도 선물해 주겠다고 연락한 건데 택배 운운한 건 너무 냉정했던 것 같기도 하고. 나는 말이 없는 서윤이 몹시도 신경 쓰였다.

—혹시 인형 싫어해요? 싫어하는 거면 그냥 말해 줘요. 앞으로 참고할게요.

잠시 후, 핸드폰 속에서 들려온 목소리는 아까보다 누그러져 있었다. 화가 난 건 아닌 모양이었다. 다행이라고 안도의 한숨을 내쉬는데 주변에서 시선이 느껴졌다.

나는 나를 바라보는 직원들에게 알아서 할 일들 하라고 손짓한 후 사람이 없는 빈 스튜디오로 이동했다. 아무리 사장이라도 그렇지 직원들 일하는 앞에서 계속 핸드폰 붙들고 떠들기엔 눈치가 좀 보였다.

"딱히 싫어하는 건 아닌데……. 말했잖아. 그렇게 큰 거 들고 돌아다니면 눈에 너무 띈다니까."

인형은 딱히 좋아하지도 않지만 그렇다고 싫어하지도 않았다. 그 이전에 호오를 생각해 본 적이 한 번도 없었다. 선물로 준다는 사람이 없었으니까.

그래도 서윤이 준다는 게 싫지는 않으니 나는 인형을 좋아하는 편에 속하는 걸까. 멍하니 그런 생각을 하고 있는데 핸드폰 너머에서 서윤이 수긍하는 목소리가 들려왔다. 진짜로 납득했다기보단 어쩔 수 없이 고개를 끄덕이는 그런 느낌이었다.

—그렇긴 해요. 한 자리에 오래 있어서 그런가 인형 뽑는 동안 사진 엄청 찍히기도 했고.

"거봐."

너는 이제 일반인이 아니라 이름이 알려진 배우다, 네 사생활은 너 혼자만의 것이 아니다, 배우로서의 자각을 좀 가져라. 나름 생각해서 한 잔소린데 서윤은 내 말을 들은 척도 안 했다.

—퀵으로 보낼게요, 그럼. 경비실에 맡기면 그건 찾아갈 수 있죠?

"뭐? 굳이?"

나는 스튜디오의 빈 의자에 앉으며 오늘 날짜를 곱씹어 봤다. 하지만 아무리 생각해 봐도 오늘은 선물을 주고받을 만한 기념일이 아니었다. 달력상으로도, 내 개인적으로도.

"꼭 오늘 받아야 하는 거야? 그냥 택배 부치지."

—제가 오늘 주고 싶어서 그래요. 저 없는 동안 얘 보면서 제 생각 해 달라고.

재차 물어봐도 서윤은 그 이유가 전부라고 말했다. 나는 어이가 없어서 웃음이 나왔다.

"너 어디 전쟁 나가니? 고작 사흘 가지고 무슨."

—그래도, 멀리 떨어진 적 별로 없잖아요. 그동안은 부르면 달려갈 수 있는 곳에만 있었는데.

확실히 지난 두 달간은 그랬다. 하지만 그 두 달 동안 매일 만난 건 아니었다. 사흘 동안 못 보는 일은 얼마든지 있었다. 그런데 해외 장기 출장도 아니고 고작해야 지방 촬영 정도로…….

거기까지 생각하던 나는 문득 기분이 이상해지는 걸 느꼈다. 그리고 기분이 이상해지는 내가 또 이상하게 느껴졌다. 아무래도 이서윤한테 물든 모양이었다.

"정 그러면 퀵으로 보내. 들어가면서 찾아가면 되니까."

—그럴게요. 인증사진 찍어서 보내 주세요!

인증사진. 그 단어를 들으니 생각이 났다.

"맞다, 너 여전히 사진 못 찍더라."

—왜요? 저 그거 진짜 잘 나온 걸로 보낸 건데.

"잘 나왔다고? 얼굴 아까운 소리 한다."

—그 정도는 아닌 것 같은데…….

약하게 흐려지던 목소리는 기회를 잡았다는 것처럼 냉큼 커졌다.

—그럼 나중에 선배가 찍어 줘요. 저 찍히는 건 자신 있으니까.

"내가?"

—선배는 찍는 거 전문이고 전 찍히는 거 전문이잖아요.

그렇게 사진 이야기를 조금 더 나누다가 서윤이 이제 그만 끊어야겠다고 해서 통화를 종료했다. 체감상으로는 2분 남짓인 것 같은데 실제 통화 시간은 10분이 넘었다. 괜히 민망한 마음에 핸드폰을 주머니 속에 넣고 다시 정리 중인 스튜디오로 돌아갔다.

내가 서윤과 통화를 하는 사이 스튜디오는 이미 정리가 다 끝나 있었다. 직원들에게 수고했단 인사를 건네고 사무실로 돌아가자 먼저 돌아와 앉아 있던 스튜디오 매니저, 선영이 웃으며 내게 말을 건넸다.

"언니, 연애하시나 봐요."

"연애?"

그게 무슨 소린가 싶어 고개를 기울이는데 선영이 다 안다는 얼굴로 눈웃음을 쳤다.

"방금 애인 전화 아니에요? 분위기가 딱 그렇던데."

"아니…… 애인 아니야."

"에이, 뭘 숨기고 그러세요. 연애하는 게 뭐 어떻다고."

아닌 걸 아니라고 말하는데 뭘 숨긴다고 하는지 모르겠다. 이 상황에서 뭐라고 말을 해야 할지 몰라 나는 입을 다물었다.

아니, 사실은 그럴 필요가 없는 일이었다. 예지와 마찬가지로 내 후배인 선영은 서윤을 알고 있었다. 그러니 그냥 애인 같은 게 아니라 서윤이라고 말하면 되는 일인데, 내 의지와는 상관없이 뺨의 근육이 경직됐다.

"그런 거 아니라니까. 득 볼 게 뭐가 있다고 이런 일로 거짓말을 해."

"아……. 죄송해요. 제가 오해했나 봐요."

선영이 살짝 당황한 얼굴로 애써 웃었다. 그 얼굴을 보고 있자니 쓸데없이 분위기를 망쳐 버린 것 같아 조금 미안해졌다.

"됐어, 뭘 사과까지 하고 그래. 진짜 그냥 아는 동생이었어."

뭐라고 더 말을 덧붙일까 하다가 뭔가 변명하는 모양새가 되는 것 같아 그냥 입을 다물었다.

나와 선영, 그리고 예지까지 앉아 있는 사무실에 고요한 적막이 가라앉았다. 이건 무조건 나 때문이었다. 대체 왜 그렇게 과민 반응을 해 버린 걸까.

속으로 끙끙 앓고 있는데 내 눈치를 보던 선영이 자리에서 일어났다. 역시 이 분위기가 불편했던 건 나 혼자만이 아니었던 모양이다. 선영이 웃으며 말했다.

"1층에서 커피 좀 사 올게요. 두 분 뭐 드실래요?"

별로 내키지 않았지만 여기서 거절하면 더 어색해질 터였다. 나는 조금 전에 아무 일도 없었던 것처럼 아무렇지 않은 목소리를 냈다.

"난 아이스 아메리카노."

"전 카페라떼 따뜻한 거요."

선영은 고개를 끄덕이더니 곧장 밖으로 나가려 했다. 나는 그런 그녀를 불러 세운 뒤 지갑에서 꺼낸 카드를 내밀었다.

"이걸로 계산해. 가는 김에 쿠키도 좀 사다 줄래? 아무거나 괜찮아."

"네, 다녀올게요."

선영이 밖으로 나가고 사무실에는 나와 예지 두 사람이 남았다.

예지가 입을 열지 않아 사무실에는 다시 침묵이 내려앉았다. 그 침묵 속에서 나는 다시 한번 자책했다. 선배가 되어 가지고 후배 앞에서 왜 그랬을까. 한숨을 내쉬며 이마를 문지르는데 옆에서 예지의 목소리가 들려왔다.

"이서윤 인형뽑기 가게에 있었나 봐요."

"어, 어?"

순간 심장이 떨어지는 줄 알았다. 너무 놀란 나머지 큰 소리를 내버렸는데, 예지는 다행히 그런 나를 이상하게 생각하지 않았다.

"실시간이라면서 SNS에 떴어요. 사진까지 찍혔네."

예지가 나에게 핸드폰을 보여 줬다. SNS의 일반인 계정으로 추정되는 페이지에 얼굴이 모자이크 처리된 여자와 서윤이 함께 찍은 사진이 올라와 있었다. 짧은 글도 함께였다.

[인형뽑기 하러 들어갔다가 서윤 봄ㅠㅠ 사진 찍어도 되냐고 했는데 된다고 하길래 같이 찍었다. 1시간 반 동안 인형 왕창 뽑아서 결국 큰 인형으로 바꿨다고 함ㅋㅋㅋㅋ 대단.]

"와…… 이런 거 진짜로 올라오는구나."

"얘도 은근히 조심성이 없네요. 인형 그냥 사면 되지, 뭘 한 시간 반이나 들여서 뽑기를 했담."

"재미로 했을 수도 있지. 스케줄이 잠깐 비어서 시간 때울 겸 했다거나."

생각 없이 서윤의 편을 들었다가 혼자 흠칫해서 예지의 눈치를 살폈다. 다행히 그녀는 핸드폰을 들여다보며 머리카락만 만지작거리고 있었다.

아까부터 이게 뭐 하는 짓인지 모르겠다. 나는 여태 두근거리는 가슴을 진정시키며 내 컴퓨터로 시선을 돌렸다. 하던 일이나 마저 하려는데, 옆에서 예지의 목소리가 다시 들려왔다.

"언니는 이서윤 어떻게 생각하세요?"

"어떻게 생각하냐니……."

혹시 뭘 알고 말하는 건가? 나는 차마 예지가 있는 방향으로 눈도 돌리지 못했다.

"그냥 뭐, 귀엽지. 착하고. ……그건 왜?"

"그냥요. 다른 사람 눈엔 어떻게 보이나 해서."

저건 무슨 뜻으로 한 말일까. 나는 평소 서윤을 대하던 예지의 태도를 떠올려보다 조심스럽게 물었다.

"예지 넌…… 서윤이가 싫으니?"

"딱히 싫어하진 않아요."

바로 나온 예지의 답은, 솔직히 조금 의외였다.

"그래? 나는 네가 서윤이 별로 안 좋아하는 줄 알았는데."

"안 좋아하는 거랑 싫어하는 건 좀 다르잖아요. 윤리관이 나쁜 애는 아니라고 생각해요. 눈치 없는 척을 하니까 얄미워서 그렇지."

"눈치 없는 척?"

눈치가 없는 것도 아니고 눈치 없는 척은 뭐지. 고개를 갸웃거리는데 예지가 한쪽 눈을 찡그리며 설명을 덧붙였다.

"대학교 때 기억 안 나세요? 저랑 언니랑 둘이서 다닐 때, 점심시간만 되면 어디에서 나타나 가지고는 꼭 끼어들었잖아요."

"어, 그랬나……."

"저 모르는 사람이랑 밥 먹는 거 안 좋아하는데 얼굴도 처음 보는 남자애가 계속 밥 같이 먹어도 되냐 그래서 되게 별로였어요. 자기 과도 내버려 두고 타과 여자애들이랑 같이 먹으려고 드니까 뭐 흑심 있나 싶기도 했고."

중간에 2년 휴학하는 바람에 나는 3, 4학년 땐 예지와 같이 대학을 다녔다. 예지와는 어쩌다 친해져서 자연스럽게 같이 다니게 됐는데, 그 무렵 제대하고 복학한 서윤이 학교에 아는 사람이 없다며 같이 밥을 먹어 달라고 자주 달라붙었었다.

그래도 2년 내내 그런 건 아니고 학기 초반 때만 그랬는데, 서윤이 그러는 걸 예지가 싫어했을 줄은 몰랐다. 예지는 드러내 놓고 짜증 낼 때 외에는 표정 변화가 거의 없는 편이라서.

"그런 거 아니야. 그냥 걔가, 고등학교 때부터 날 따라서."

"알죠. 근데 문제는, 걔는 제가 자기 불편해하는 거 알고 있었다는 거예요."

"어?"

"그걸 알면서도 계속 끼어든 거예요. 왜? 자기도 언니랑 친해지고 싶은데 과가 다르니까, 점심시간밖에 겹칠 만한 시간이 없으니까."

"……."

"같은 동아리 들고나서부터는 그런 일 없어지긴 했는데 그거 생각하면 아직도 걔가 좀 별로예요. 남들은 다 걔가 착하다고 하는데, 자기 하고 싶은 거 때문에 남이 기분 안 좋은 거 알면서 모르는 척하는 건 착한 사람이 하는 행동이 아니잖아요. 영악한 사람이 하는 행동이지."

내게 있어 이서윤은 착하고 쾌활한 후배였고, 주변의 평가 역시 대체로 그런 편이었다. 그에 대해 이런 말을 들은 건 처음이라 나는 무슨 말을 꺼내야 할지 알 수가 없었다.

"서윤이가…… 영악해?"

"제가 볼 때 순진하지는 않아요. 뭐, 순진하기만 해서 어떻게 그 바닥에서 버티겠어요."

불평한다고 하기엔 평이한 어조였다. 나는 뭐라고 할 말이 없어 눈만 굴리다가, 예지가 불편한 걸 참은 게 나 때문이었을 거라 생각하니 곧 미안해졌다. 선배로서 먼저 눈치채고 중재했어야 했는데, 왜 몰랐을까.

"나는 네가 서윤일 그런 이유로 꺼리는 줄은 몰랐어. 미안해, 내가 더 신경 써야 했는데."

"왜 사과를 하세요. 진짜 언니 탓 아니라니까요?"

"그래도……."

"솔직히 말하면, 전 언니랑 같이 있고 싶은데 자꾸 나타나서 언니랑 친해지려고 하니까 괜히 더 꼴 보기 싫었던 것 같기도 해요."

거기까지 말한 예지는 말없이 책상 위에 둔 핸드폰을 내려다봤다.

"……그래도 제가 자기 별로 안 좋아하는 거 알고 저한테 엄청 노력하긴 했죠. 제가 그렇게 틱틱대는데 나쁜 소리 한 번 안 하고. 그런 걸 착하다고 하는 건가 싶어요, 요즘은."

둘러서 표현하긴 했지만 어쨌든 칭찬하는 거였다.

칭찬에 인색한 손예지가 다른 사람도 아니고 이서윤을 칭찬하다니. 아닐 거라 생각하면서도 혹시나 하는 마음이 스멀스멀 솟아났다.

"혹시…… 서윤이한테 관심 있어?"

만약에 예지가 그렇다고 대답하면 어쩌지.

순간 가슴이 불안하게 뛰는데, 예지가 인상을 찡그리며 그런 기분 나쁜 소리는 하지도 말라고 딱 잘라 말했다.

"걔 제 타입 아니에요. 전 좀 수수한 사람이 좋아요. 책 좋아하고 목소리 안 큰 사람."

서윤이 책을 좋아했던가. 하지만 수수하지 않은 건 확실했다. 목소리도 작지 않았고.

그런 사실들을 되새기자 불안하게 뛰던 가슴이 조금씩 진정되었다. 예지에게 뭔가를 더 물어보고 싶었지만, 선영이 돌아오는 바람에 대화는 거기에서 끊기고 말았다.

"언니, 여기요. 머랭쿠키는 사장님이 서비스로 주셨어요."

"고마워. 너희도 같이 먹자."

잠깐의 간식 타임을 가진 다음 우리는 다시 자리에 앉아 일을 시작했다. 하지만 나는 모니터에 사진을 띄워 놓은 채 아무것도 하지 못했다. 이서윤과 손예지, 후배들의 이름으로 머리가 너무 복잡해서.

예지가 서윤을 좋아하는 게 아니라니 다행이었다. 다행인데,

이게 왜 다행인지 도통 알 수가 없었다. 나는 그 원인을 찾아 생각의 가지를 뻗쳐 나가다가 문득 그런 의문을 떠올렸다.

이서윤과 임지수는 사귀기는커녕 딱히 서로 좋아하는 것도 아니었다. 그런데 만약, 이서윤에게 좋아하는 사람이 생긴다면?

지금 유지하고 있는 이 말도 안 되는 관계는 바로 청산될 게 틀림없었다. 그건 해가 동쪽에서 뜨는 것처럼 당연한 일인데, 그 당연한 사실을 자각한 것만으로 앞이 깜깜하게 느껴지고 가슴이 철렁 내려앉았다.

이러면 안 되는데. 진짜 안 되는데.

더 늦기 전에, 지금이라도 그만두는 게 맞지 않을까?

나는 책상 위에 올려둔 핸드폰을 내려다보았다. 폭풍우가 휘몰아치는 내 속을 아는지 모르는지, 서윤에게선 더 연락이 오지 않았다.

*

무슨 정신으로 퇴근했는지 모르겠다. 예지가 같이 저녁 먹자는 것도 거절하고 그대로 집으로 돌아온 나는 심란한 마음을 달랠 겸 맥주만 두 캔 사 왔다. 그러다 하마터면 곰인형도 잊어버릴 뻔했다.

겨우 경비실에서 찾아온 곰인형을 소파에 앉혀 놓고, 나는 복잡한 생각을 몽땅 다 씻어 버릴 겸 일단 욕실로 들어갔다. 뜨거운 물을 맞으니 그나마 좀 기분이 나아졌다. 덕분에 샤워는 평소보다 길어졌다.

젖은 머리를 대충 말린 다음 맥주와 마른안주를 들고 거실 소파에 앉았다. 맥주를 한 번에 반쯤 들이켜고 오징어 다리를 질겅질겅 씹는데, 기다란 소파 위에 비스듬하게 누워 있는 곰인형에 시선이 닿았다.

나는 손바닥을 넓게 펼쳐 곰인형의 길이를 대충 가늠해 봤다. 사진으로 볼 때는 이렇게까지 큰 줄 몰랐는데 실제로 보니 내 몸보다 컸다.

진짜 이거 하나 얻을 목적으로 한 시간 반을 쓴 건 아니겠지만, 그래도 열심히 구했다고 하니 그 성의를 봐서라도 홀대는 하면 안 되겠지.

나는 내 품 안에 다 들어오지도 않는 곰인형을 낑낑대며 끌어안고 다시 맥주를 홀짝였다. 그러다 심심해져서 TV를 틀었다. 그런데 어느 채널을 틀어도 볼 만한 게 없었다. 나는 영화 채널을 틀어 놓은 채 핸드폰을 들고 웹서핑을 했다.

그런데 문제는 TV가 아니라 나였는지, 뭘 봐도 재미가 없고 집중이 안 됐다. 결국 TV고 핸드폰이고 다 끄고 치워 버린 나는 곰인형을 끌어안은 채 소파에 드러누웠다.

아침엔 여기에 이서윤이 있었는데.

곰인형은 서윤의 몸과는 비교가 안 될 정도로 부드럽고 푹신푹신했다. 하지만 온기는 전혀 없었다. 나는 북실북실한 털을 만지작거리다가 곰인형의 얼굴을 빤히 바라봤다.

체크무늬 귀에 웃고 있는 얼굴. 초등학교 때 이후로 인형을 가지는 건 처음이었다. 순간 인형이 못 견디게 낯설어져 딱딱한 코를 괜히 한 번 꼬집었다.

"뭘 봐?"

당연히 돌아오는 대답은 없었다. 나는 곰인형의 몸 여기저기를 손가락으로 쿡쿡 찌르다 이내 흥미를 잃고 상체를 일으켜 앉았다.

소파 아래에 던져둔 핸드폰을 다시 집어 들어 확인했지만 그 잠깐 사이에 도착한 메시지는 없었다. 아마 촬영 때문에 바쁜 모양이었다. 나는 곰인형을 끌어안은 채 낮에 주고받았던 메시지를 다시 읽었다.

"아, 맞다."

하마터면 깜빡할 뻔했다. 나는 곰인형을 소파에 내버려 두고 방으로 들어가 카메라를 가져왔다.

처음에는 그냥 곰인형만 찍으려고 했는데, 구도를 어떻게 잡아도 별로 마음에 들지 않았다. 아무리 보는 사람이 한 명이라고 해도 찍는 게 전문이란 말까지 들었는데 대충 찍어서 보낼 수는 없었다. 나는 집에 있는 소품들을 이것저것 가져와 소파와 테이블을 꾸미기 시작했다. 내친김에 아예 조명까지 가져왔다.

세팅에만 무려 30분이 걸렸다. 그제야 좀 찍을 만한 구도가 잡혀 나는 만족스럽게 카메라를 들었다.

역시라고 해야 할지. 사진을 찍을 땐 잡생각이 사라져서 좋다.

5분 만에 촬영을 끝낸 나는 데이터를 핸드폰으로 옮겼다. 소파 위에 올려 두었던 소품들은 발로 다 밀어 떨어뜨리고 빈자리에 드러누웠다. 품에는 다시 곰인형을 안았다.

아예 보정까지 해 버려? 하지만 그러기엔 시간이 너무 오래 걸릴 것 같았다. 그래도 조명이 환한 덕에 곰인형의 털이 눈처럼 하얗게 잘 나왔다. 나는 열 개가 조금 넘는 사진 중 제일 마음에 드는 걸 골라 서윤에게 보냈다. 그 와중에 메시지는 또 뭐라고 보낼까 고민이 됐다.

[인형 받았어. 귀엽다.]

고민까지 해 놓고 결국 보낸 건 그게 다였다.

나는 핸드폰을 내려놓고 마시던 맥주를 다시 마시기 시작했다. 다시 TV를 틀긴 했지만 내 시선은 TV보단 핸드폰에 더 오래 머물러 있었다.

나는 묵묵부답인 핸드폰을 만지작거리다 혹시 메시지가 도착한 걸 모르고 넘어갈까 알림음까지 켜 놨다. 띠딩띵 소리가 들린 건 보는 둥 마는 둥 했던 영화의 도입부가 끝날 때쯤이었다. 곧장 확인한 핸드폰에는 역시 서윤의 이름이 떠 있었다.

[와, 진짜 사진이 다르긴 다르네요. 이건 인정.]

이어서 엄지를 치켜드는 이모티콘이 날아오더니 곧바로 다음 메시지가 떴다.

[근데 왜 선배 사진은 없어요?]

나는 잠깐 멈칫했다.

[내 사진은 왜?]

[전 셀카로 보냈잖아요. 선배도 똑같이 셀카로 보내 줄 줄 알았는데.]

[인형 잘 받았는지 확인하고 싶은 거 아니었어?]

메시지를 몇 번을 썼다 지웠다를 반복하다 그렇게 보내자, 서윤에게선 답장이 약간 늦게 도착했다.

[선배 사진이 보고 싶다는 뜻이었어요.]

이건 또 무슨 뜻이지. 내 사진이 보고 싶다는 건, 그러니까 내가 보고 싶다는 건가?

그냥 농담으로 한 말을 내가 확대해석하는 건지, 아니면 진짜 내가 보고 싶어서 이런 말을 하는 건지. 안 그래도 복잡한 머리가 더 복잡해졌다. 서윤의 메시지를 몇 번을 곱씹고 또 곱씹은 끝에 내 생각은 자그맣게 피어오른 의문에 종착했다.

보고 싶어 해도 괜찮은 사이인가, 우리.

나는 그 긴 시간이 지나도록 아무런 답장도 보내지 못했다. 그러자 서윤으로부터 한 통의 메시지가 더 날아왔다.

[저 잠깐 핸드폰 놔야 해서ㅠㅠ 이따 연락할게요. 미안해요, 선배]

그 말에 나는 겨우 '들어가'라고만 답장했다.

소파에 내려놓은 핸드폰은 곧 화면이 꺼졌다. 나는 무릎을 끌어안은 채 물끄러미 핸드폰을 내려다봤다. 새까만 화면은 마치 거울처럼 내 얼굴을 비췄다. 그 속에서 나는 웃는 것도 우는 것도 아닌, 뭐라 형용하기 어려운 표정을 짓고 있었다.

문득 선영이 했던 말이 떠올랐다. 연애하냐고 물어봤었지. 서윤과 통화를 할 때의 나는 어떤 표정을 짓고 있었을까. 남들 눈에는 내가 남자친구와 통화를 하는 것처럼 보였던 걸까.

아주 어처구니없는 말도 아니긴 했다. 주기적으로 만나서 데이트하고 잠자리하고 서로 연락하면서 선물까지 주고받는 사이를 연인 외에 달리 뭐라 칭하겠는가.

하지만, 연인이라고 하기엔. 임지수와 이서윤은 사랑해서 시작한 관계가 아니었다. 심지어 나한테는 따로 사랑하는 남자가 있었다. 이서윤도 그걸 알았다. 심지어 그는 이 관계가 시작되기 전에 분명히 말했었다. 자기를 도구로 쓰라고.

"……아, 우울해."

속을 떠돌던 말을 입 밖으로 꺼내니 기분이 더 우울해졌다. 나는 곰인형을 있는 힘껏 끌어안고 통통한 배에 얼굴을 파묻었다.

서윤은 이 곰인형을 보면서 자기를 떠올리라고 했지만, 글쎄. 이 곰인형은 분명 부드럽고 포근하지만 이서윤 대신으로는 느껴지지가 않았다. 따뜻하지도 않고, 날 안아 주지도 않으니까.

나는 이 곰인형 때문에 이서윤을 생각하는 걸까. 아니면 이서윤 생각을 하는데 곰인형 핑계를 대고 싶은 걸까. 지금 내가 하는 꼴을 보자면 아마 후자일 확률이 높은데, 그렇게 생각하니 귀여운 후배가 괘씸해져서 곰인형 탓을 하고 싶어졌다.

그런 마음에 곰인형의 통통한 발을 괜히 검지로 이리저리 찌르던 때였다. 아직 진동으로 돌려놓지 않은 메시지 알람이 짧게 울렸다. 잠깐 핸드폰을 놔야 한다더니 정말 잠깐만에 왔다 싶어 나는 얼른 핸드폰을 집어 들었다.

[잠깐 통화 괜찮아?]

하지만 도착한 메시지는 서윤의 것이 아니었다.

박민준.

보낸 사람의 이름에는 그렇게 쓰여 있었다. 그 연락이 상당히 오랜만이라는 걸 상기하기도 전에 나는 밀려드는 실망감에 한숨을 내쉬었다. 서윤이는 여전히 바쁜가. ……그리고 내가 떠올린 생각의 의미를 깨닫고는 얼어붙었다.

실망을 했다. 내가. 이 이름 세 글자에 반가워한 게 아니라.

민준과는 호텔 레스토랑에서 헤어진 이후 한 번도 만나지 않았다. 연락은 몇 번 주고받긴 했지만 그게 다였다. 최근에 그의 연락을 받았을 땐 먼저 서윤을 떠올리기까지 했다. 이따가 만나야겠다고.

그건 마치 밥을 먹은 다음엔 커피를 마시는 것처럼 수차례 반복돼 습관처럼 굳어진 일이었다. 그래서 자각 없이 당연하게 서윤을 만나 그와 밥을 먹고, 놀고, 잤다. 이제와 생각해 보면 서윤의 품에 안겨서 박민준의 이름을 부르던 것 정말 그가 떠올라서라기보단 그저 습관의 일부였던 것 같다.

당장 오늘만 해도 나는 박민준을 떠올리지 않았다. 내가 핸드폰을 들여다보며 언제쯤 연락이 올까 기다린 사람은 이서윤이었다. 박민준이 아니라.

'대신할 수 있는 게 생기면, 그다음은 쉬워요. 나중에는 선배 스스로도 깜짝 놀랄 만큼 아무렇지도 않아질 거예요.'

……그게, 정말로 가능한 거였나? 아무리 그래도 그렇지, 이렇게 빨리?

나는 다시 핸드폰을 내려다봤다. 메시지를 확인했으니 일단 답장을 해야 하는데 별로 내키지가 않았다. 나는 그런 나 자신을 낯설게 여기며 천천히 자판을 두드렸다.

[미안, 지금 뭐 하는 중이라서. 급한 일이야?]

예전이라면 당장 통화 버튼을 눌렀을 텐데. 나는 그런 생각을 하며 멍하니 핸드폰을 내려다봤다.

[아, 그런 건 아니고. 혹시 전시회 관심 있나 해서.]

[전시회?]

[오르세 미술관 전. 작품 수가 꽤 많은 것 같길래 시간 날 때 가보려고 했거든. 근데 네 생각이 나서. 너도 미술전시회 좋아한다고 했잖아.]

내가 언제 얘한테 그런 말을 했지? 곰곰이 생각해 보니 유학 마치고 온 지 얼마 안 됐을 때 그 향수에 취해서 몇 번 떠들었던 것 같다. 무슨 박물관의 무슨 작품이 좋았고, 어쩌고저쩌고. 그걸 이서윤도 아니고 박민준이 기억하고 있을 줄은 꿈에도 몰랐지만.

그래도, 이건 우연이겠지.

오르세 미술관 전. 관심이 있다 못해 잡지 마감이 끝나면 시간 내서 다녀올 생각을 하고 있었다. 일이 몰아치는 바람에 완전히 잊어버리고 있었지만.

나는 같이 가자고 제안하는 민준의 메시지를 물끄러미 내려다봤다. 예전이라면 당장 그러자고 승낙했을 텐데, 지금은 선뜻 내키지가 않았다.

같이 가고 싶은데 나는 얘를 잊기로 결심했으니까 가지 않을 거야, 는 아니었다. 그냥 가고 싶은 마음 자체가 들지 않았고, 만약에 갔을 경우 서윤이 뭐라고 할지도 신경이 쓰였다. 걔는 내가 박민준이랑 연락을 주고받기만 해도 떨떠름한 기색을 보였으니까…….

그리고 문득, 깨달았다.

나는 이제 민준이 아닌 서윤의 눈치를 더 많이 보고 있었다. 박민준의 기분이 아닌 이서윤의 기분을 신경 쓰고 있는 것이다.

바라던 일이긴 한데. 이걸 목적으로 서윤이와 함께 지냈던 건데.

'선배 내키는 대로 절 써요. 그 새끼 잊을 때까지.'

잊을 때까지.

서윤은 분명히 그렇게 말했다. 잊을 때까지라면, 그럼 잊고 난 다음은?

그에 대해선 들은 적이 없다. 이서윤은 말해 주지 않았다. 박민준을 잊기 위해 임지수가 이서윤을 도구로 쓰고. 그래서 이서윤이 도구로서의 효용이 다한 뒤에는.

임지수가 이서윤을 버리나? 아니면 도구가 아니라 사람이 된 이서윤이 임지수를 떠나나? 그렇게 이 이상한 관계는 끝나고 우리는 예전으로 돌아가나?

돌아갈 수는, 있나?

만약 돌아가지 못하면? 그럼 우리는 어떻게 되는 거지.

머리가 복잡했다. 나는 열이 오르는 머리를 두 손으로 끌어안고 입술을 잘근거리다가 핸드폰 화면을 들여다봤다.

"……아냐. 아직 몰라."

너무 사랑해서 진창에 굴렀던 기간이 3년이었다. 그렇게 처절하게 사랑했는데 고작 두 달 만에 잊었을 리가 없다. 그동안 너무 바빠서, 이서윤이랑만 놀아서, 외로울 새가 없고 박민준을 떠올릴 여유조차도 없어서, 그래서.

나는 아직 박민준을 잊지 못했다. 아직은 아니다. 그러니까 나한테는, 아직 이서윤이 필요하다. 그런 생각을 하면서 나는 답장을 작성했다.

[언제 가려고?]

[모레로 생각하고 있는데, 네 일정 봐서 옮겨도 괜찮고.]

모레라. 서윤은 오늘 내려갔다. 그리고 사흘 동안 촬영을 한다고 했으니 빨라도 글피에나 돌아올 것이다. 나는 손톱을 깨물다가 답장을 썼다.

[모레로 하자. 오후면 시간 낼 수 있을 거야.]

민준에게선 곧바로 좋다는 답장이 도착했다. 내친김에 몇 시에 만날지 시간까지 정했다. 잘 자란 인사를 마지막으로 민준과의 연락은 끝났다. 나는 핸드폰을 바닥에 내버려 두고 무릎을 끌어안았다. 머리가 터질 것 같았다.

내가 지금 뭘 하고 있는 거지. 그래서 박민준을 잊었으면 좋겠다는 거야, 아니면 못 잊었으면 좋겠다는 거야. 도대체 누구 때문에.

메시지 알람은 여전히 켜져 있는데도 핸드폰은 울리지 않았다.

자는 건 아닐 텐데. 촬영이 길어지는 걸까. 그의 잠깐은 도대체 몇 시간인 걸까.

나는 웅크려 앉은 채로 계속해서 핸드폰을 내려다봤다. 커피를 잘못 마신 것처럼 심장이 불안하게 뛰었다. 왠지 오늘은 한숨도 못 잘 것 같다는 예감이 들었다.

*

서윤은 내가 잠들기 직전에야 다시 연락을 해 왔다. 숙소에 도착하기까지 무슨 일이 있었고, 도착해서는 뭘 하고 있고, 이제부터는 뭘 할 거라는 메시지를 줄기차게 보내던 그는 급기야 자판을 치는 게 귀찮아졌는지 전화까지 걸어왔다.

나는 눈이 저절로 감기기 전까지 서윤과 긴 시간을 통화했지만, 박민준을 만나기로 했다는 이야기는 하지 않았다. 서윤에게는 알리고 싶지 않았다. 박민준을 향한 감정이 정리됐을 때, 이서윤과는 어떻게 되는지 아직도 알 수 없었으니까.

머리가 복잡한 와중에도 시간은 잘 갔다. 틈나면 연락한다는 말은 틈날 때마다 연락한다는 뜻이었는지, 서윤은 촬영 중간중간 메시지를 보내왔다. 덕분에 나는 서윤의 빈자리를 느낄 수가 없었고, 오히려 언젠가는 느끼게 될 그의 빈자리가 두려워졌다.

나는 그 감정이 억울한 한편, 서윤이 조금은 괘씸하기까지 해서 밤이 되면 그가 준 곰인형을 괴롭히며 잠들었다. 그런 화풀이에도 불구하고 이틀이 지나도록 심란한 마음은 가시지 않았다. 박민준과의 약속 날짜는 그렇게 순식간에 다가왔다.

그와 약속을 잡은 목요일은 마침 바쁜 일도 마무리되고 촬영도 없는 날이었다. 타이트한 일정으로 다들 고생이 많았으니 여유 있을 때 쉬게 해 줄 겸 오늘은 전부 일찍 퇴근시켰다. 스튜디오의 문단속은 내가 하고 나왔다.

오후 네 시. 점심과 저녁 사이의 애매한 시간. 시간도 시간인데 요일도 평일인 데다 전시가 내려가기까지는 아직 날짜가 많이 남아 있었다. 이런 요인들이 겹쳐 미술관은 생각보다 한산한 편이었다. 의도한 건 아니었지만, 날짜를 잘 잡았다는 생각이 들었다.

"지수야, 여기."

"언제 온 거야? 일찍 왔네."

"나도 방금 왔어. 들어가자. 날 많이 추워졌네."

민준이 그렇게 말하기가 무섭게 맞은편에서 찬바람이 불어왔다. 나는 코트 자락을 여미며 그의 뒤를 따라 미술관 안으로 들어갔다.

건물 안은 조용했지만 사람이 한 명도 없는 건 아니었다. 홀로, 혹은 둘씩 짝지어 온 사람들은 작품과 작품 사이에 적당한 간격을 두고 그림을 관람하고 있었다. 나와 민준 역시 조용히 작품을 관람하며 천천히 걸었다. 한 관을 돌았을 때쯤 내가 느낀 감상은 생각 외로 눈길 끄는 작품이 별로 없다는 것이었다. 하긴, 정말 마음에 드는 작품 한 점만 발견해도 남는 게 바로 전시회니까.

"지수 넌 거의 본 작품이지?"

"뭐, 그렇지."

나는 새삼 주변을 둘러봤다. 적어도 내 시야 안에 있는 작품들은 유학 갔을 때 한 번 본 것들이었다.

전공은 사진을 택했지만, 고등학교 때에는 미술에도 관심이 있었다. 하지만 흥미를 느끼는 것과 적성에 맞는 건 전혀 다른 이야기라 나는 미술 학원을 겨우 두 달 다니다 관두고 말았다. 그래도 관심은 식지 않아서 사진 유학을 마치고 짧게나마 여행을 다니기도 했다. 저명한 미술작품들을 두 눈으로 보고 싶다는 이유 하나만으로.

그림과 사진은 한 폭에 담겨 있다는 점에서는 일맥상통하는 면이 있다. 다만 다른 점은, 사진은 상상이 아니라 실제로 존재하는 삶의 일부분이라는 것이었다. 그 일부분을 조각내어 간직할 수 있다는 점이 좋아 나는 카메라를 들었다.

똑같은 사진은 절대로 두 번 찍을 수 없다. 셔터를 누르는 순간 그 장면은 이미 과거의 것이 되어 버리니까.

놓친 것은 두 번 다시 돌아오지 않는다. 비슷한 기회는 또 올 수 있지만, 이미 지나간 기회는 영원히 사라진다. 그런 의미로 볼 때 사진은 역시 사람의 인생과 닮아 있다.

그리고 그와 정반대의 의미로, 나는 그림 역시 좋아했다. 그림은 현실에 없는 상상을 다른 사람과 공유할 수 있게 만들어 주니까. 현실에 존재하는 문제들을 현실에는 존재하지 않는 형태로 표현할 수도 있다는 게 재밌게 느껴지기도 했다.

"그런데, 난 민준이 네가 그림에도 관심 있는 줄은 몰랐는데."

"있지 왜 없어. 그림이나 사진이나 영상이나, 화면 안에 존재한다는 점에서는 비슷하지 않아?"

나와는 비슷한 듯 조금은 다르게, 민준은 고등학교 때까지는 사진에 관심이 있었지만 대학 입시 전에 영상으로 진로를 바꿨다고 했다. 그러나 사진 역시 계속 좋아했기 때문에 사진 동아리에 들어왔다고.

내가 민준을 처음 만난 것도 동아리에서였다. 나는 다 지난 옛날 일들을 새삼 떠올리며 물었다.

"그럼 너 그림도 그려 본 적 있어?"

"잠깐? 그런데 금방 그만뒀어. 기술 숙련도라고 해야 하나, 그런 걸 쌓는 데 시간이 너무 오래 걸리잖아. 10년을 그림만 그려도 원하는 대로는 못 그린다는 말을 들었더니 사기가 꺾이더라고. 참을성이 없었던 거지."

"영상이라고 쉬운 건 아니잖아."

"적어도 내가 강아지를 찍었는데 사람들이 고양이라고 오해하진 않으니까."

약 10년 전, 고등학교 때의 임지수 역시 정확하게 똑같은 이유로 그림을 그만뒀다. 나는 그 사실이 유쾌해 소리를 죽인 채 조금 웃었다. 그 웃음 덕분에 알게 모르게 긴장했던 마음이 풀어졌다.

호텔 레스토랑에서 그렇게 헤어지고 민준과는 오늘이 처음 만나는 거였다. 그래서 당연히 그때 못다 한 대화가 이어질 줄 알았건만, 그의 입에서 나오는 건 그림과 관련된 화제가 전부였다.

역시 가끔 이렇게 만나자던 그 말은 아무 의미 없는 말이었을까. 나는 그 사실에 실망한 걸까, 아니면 안도한 걸까.

그때 민준이 갑자기 걸음을 멈추었다. 잠깐 딴생각에 빠져 있던 나는 그를 두 걸음 지나친 후에야 그 사실을 알아차렸다.

뒤를 돌아보니 그는 작품 하나에 시선을 고정한 채 꼼짝도 않고 있었다. 나는 그의 시선을 좇아 그가 보고 있는 그림을 바라봤다.

귀스타브 모로의 갈라테이아.

반가운 마음이 물씬 샘솟았다. 내가 제일 좋아하는 작품이었다. 아마도 대부분의 미술품이 그러하겠지만, 그중에서도 특히 이 작품은 실물을 봐야 비로소 그 진가를 알 수 있었다.

필치의 섬세함이나 신비로운 색감도 단연코 눈길을 사로잡지만, 재료에서 표현되는 입체감이 특히나 그랬다. 입체감 있게 쌓아 올린 물감의 매끄러운 표면, 그것들이 빛을 받아 새하얗게 반짝일 때는 흡사 흩뿌려 놓은 별빛을 보는 듯했다. 마치 공들여 세공된 보석처럼, 조명과 보는 각도에 따라서도 한 걸음마다 그 느낌이 사뭇 달라진다. 사진으로는 잡아낼 수 없다. 적어도 나는 불가능했다.

나는 이 그림을 처음 봤을 때 느꼈던 감동을 새삼 곱씹다가 흘끗 민준의 얼굴을 살폈다. 그가 무언가를 이렇게 넋 놓고 보는 건 처음이었다. 그 대상이 내가 제일 좋아하는 작품이라는 사실에 나는 왠지 모르게 들떴다.

"마음에 들어?"

민준은 그제야 정신이 든 얼굴로 내게 잠깐 시선을 주었다가 다시 그림을 돌아봤다.

"어…… 뭐랄까, 굉장하네."

맞다. 이 그림은 굉장했다. 나는 소리가 높아지지 않도록 애써 고양된 감정을 진정시켰다.

"나도 이 그림 좋아해. 흡입력이 있잖아, 어쩐지."

내가 느낀 걸 그 역시 느낀 건지 민준은 여전히 그림에서 눈을 떼지 못하고 있었다. 이 그림을 처음 봤을 때의 나도 그랬다. 파는 물건이 아니니 살 수도 없고, 내가 할 수 있는 건 고작해야 눈에 새길 듯 뚫어져라 보는 것뿐이었다.

그때 느꼈던 기분을 되살리며 계속 그림을 바라보는데 옆에서 민준이 말을 걸었다. 시선은 계속 그림에 둔 채로.

"그런 거 느껴 본 적 있어?"

"그런 거?"

"그림이든 사진이든, 정지된 한 화면에 압도당하는 그런 기분."

왜 없을까. 그것 때문에 사진을 시작했는데.

하지만 나는 민준이 무슨 말을 하려고 그런 걸 묻는지 몰라 그냥 입을 다물고 있었다. 아니나 다를까. 내 대답이 중요한 건 아니었는지 그의 입은 금방 다시 열렸다.

"신기하지. 아무리 잘 갖춰져 있어도 따지고 보면 그냥 하나의 화면인데, 그걸 보는 것만으로도 기쁘거나 슬퍼진다는 게. 단지 아름다운 장면 하나를 보는 것만으로도 살아가는 기쁨 같은 걸 느끼잖아, 사람들은."

그의 말끝으로 옅은 한숨이 이어졌다. 민준은 드디어 그림에서 눈을 떼고 다시 걷기 시작했다. 나는 한발 늦게 그의 뒤를 따라갔다. 그래서 그의 얼굴을 볼 수가 없었다.

"얼마 전에 네 사진 본 적 있어."

순간 내가 찍힌 사진을 봤다는 건 줄 알았지만, 나는 그가 말하는 게 내가 찍은 사진을 뜻한다는 걸 바로 알아차렸다. 그걸 눈치채기까지 걸린 시간은 아주 짧았지만, 그렇다 해도 전혀 소란하지 않은 내 가슴이 나는 신기하기보다 이상하게 느껴졌다. 나는 괜히 가슴 위를 꾹꾹 누르며 입을 열었다.

"어디서? 잡지?"

"아니, 대학 때 받은 포트폴리오."

그게 대체 몇 년 전에 찍은 거더라? 그 당시엔 최선을 다해 찍은 사진이었고, 실력도 없지는 않았다고 생각하지만 아무래도 예전 작품이다 보니 조금은 민망한 게 사실이었다.

나는 대체 왜 그걸 얘한테 줬을까. 하긴, 한창 사랑에 빠져 앞뒤 구분 못 할 때였다. 포폴이 아니라 더한 걸 줬대도 이상하지 않았다.

그러니까, 이상한 건 임지수가 아니라 박민준이었다. 그 포폴은 얇은 책자다 보니 냄비 받침으로 써먹기도 애매했다. 달리 쓸 곳이 있지도 않았을 텐데, 대체 그걸 왜 아직도 가지고 있는 건지.

그 의문이 내 표정으로 드러난 걸까. 나를 잠깐 바라본 민준이 설명하듯 말을 덧붙였다.

"책 정리하다가 생각나서 오랜만에 한번 꺼내 봤거든. 다시 보니까 좋더라."

"……그래?"

"옛날 생각도 나더라고. 그때 우리 많이 친했잖아."

그래, 친했다. 여자친구와 헤어지고 나서 제일 먼저 전화한 게 나였을 정도로, 그 말에 위로한답시고 한달음에 달려가는 내가 이상하지 않을 정도로.

아이러니하지. 아무것도 없었던 그때가 몸을 섞고 난 지금보다 정신적으로는 더 가까웠다.

아무도 우리가 친하게 지내는 걸 이상하게 생각하지 않았다. 동아리 내 같은 학번에서, 다빈은 책임감이 전혀 없고 혜은은 너무 기분파라 대부분의 일을 민준과 내가 계획하고 추진했다. 그땐 늘 함께였다. 우리 둘은 같이 무언가를 이루어나가는 과정 한가운데에 있었다.

당시의 나는 내가 생각해도 참 밝았다. 반짝반짝 빛났고, 실수에도 스스로를 자책하지 않았다. 그런 자신을 나 스스로가 예쁘다고 여겼다.

"그립다고 생각했어. 너무 까마득하게 느껴지더라."

"아……."

생각났다. 내가 왜 그에게 내 포트폴리오를 줬는지.

그 포트폴리오의 일부분은 민준의 사진이었다. 아마도 내 서툰 사심이 들어 있었을. 내가 그에게 준 건 내 마음이었다. 그걸 알아주길 바랐다.

나는 민준의 뒷모습에 시선을 둔 채 걸음을 멈췄다. 지금 내 눈에 보이는 그의 뒷모습이 대학 때의 모습과 겹쳐 보였다.

마치 영화 속의 한 장면을 보는 듯했다. 가슴 떨리게 좋아했었던 그 남자애가, 너무 오래 잊고 있었던 그 사람이 돌아온 듯한 느낌이 들었다. 그제야 나는 확신할 수 있었다.

나, 이 애를 더 이상 좋아하지 않는구나.

아주 오래된 사진첩을 꺼냈을 때의 느낌이었다. 그땐 그랬었지, 내게도 이런 때가 있었지. 추억이나 그리움은 남아 있지만, 그 당시의 기쁨이나 슬픔은 더 이상 현재의 것이 아닌. 그냥 과거에 박제되어 버린. 되찾으려야 되찾을 수 없는 그런 것.

서윤아, 나 어떡하지.

이렇게 허무하게 끝날 줄은 몰랐는데. 속이 시원할 줄 알았는데.

오히려 슬펐다. 서러웠다. 기다리던 끝이 다가왔다는 것에 마음이 놓이기는커녕 앞으로가 두렵기만 했다.

사랑이 끝났으니 이제는 비어 있어야 할 자리가, 나 자신도 눈치채지 못한 사이에 벌써 메워져 있어서.

잊게 만들어 준다고 했고, 정말로 잊었으니, 너는 이제 네 스스로 걸어 나갈 텐데. 그 빈자리를 나는 어떻게 견뎌야 하는 걸까.

어떤 사랑은 누군가의 죽음을 불러오고, 또 어떤 사랑은 온기 없는 조각상에 생명을 불어넣는데.

상대가 바뀌어도 내 사랑은 그저 홀로 외로울 모양이다. 그 사실이 정말로 사무치게 외로웠다.

*

전시회 관람이 끝난 후 민준이 저녁을 먹자고 제안해 왔다. 그냥 집으로 들어가고 싶은 마음이 굴뚝 같았지만, 정리해야 하는 말이 남았단 생각에 결국은 고개를 끄덕였다. 그러니까, 이제는 더 연락하지 말라는 말.

지긋지긋했지만 그래도 첫사랑이었다. 과정과 끝은 그리 좋지 않지만 간직할 추억이 아예 없지도 않았다. 같이 걷는 동안 옛날 일이 생각나서인지 제대로 선을 그어 마무리하고 싶은 마음이 들었다. 또, 그래야만 서윤에 대한 마음도 좀 더 거리낄 것 없이 고민할 수 있을 것 같았고.

물론, 제대로 정리하지 않으면 앞으로가 번거로울 것 같다는 생각도 없는 건 아니었다. 어영부영 헤어지면 또 연락하려 들 테고, 고작 끝내자는 말을 위해 다시 시간을 내어줄 정성도 없다. 그러니 얼굴 보고 있을 때 해치워야지. 나는 어느새 민준을 어질러진 방쯤으로 느끼고 있는 스스로를 발견하고 묘한 기분에 사로잡혔다.

하지만 저녁을 먹는 내내 타이밍을 제대로 잡지 못했다. 자꾸 딴생각이 들어 도저히 대화에 집중하지 못한 탓이었다. 민준의 한마디 한마디에 신경을 곤두세웠던 예전 일이 거짓말 같게도, 이젠 그가 내뱉는 말 중 어떤 단어도 내 머릿속을 비집고 들어오질 못했다.

이렇게 명확하게 분리된 내 마음을 직시할 때마다 계속해서 서윤이 떠올랐다.

더 이상 부정할 수도 없는 분명한 결론을 서윤에게는 어떻게 얘기할지, 나는 계속 그것만 생각했다. 내가 이럴 수도 있었구나 하는 생각에 나도 내가 신기하게 느껴졌다. 더불어 그런 생각도 함께 들었다. 내가 정말로 이서윤을 좋아하게 된 게 맞을까.

분명 나는 지금의 서윤을 잃고 싶지 않았다. 하지만 그게 정말로 그를 좋아하게 돼서인지, 아니면 박민준이 뽑혀 나간 빈자리를 비워 둔 채로는 도저히 스스로를 지탱할 수가 없어 그라도 대신 앉혀 놓고 싶은 건지 알 수가 없었다.

만약 후자라면, 나는 박민준을 잊기 위해 이서윤을 이용할 대로 이용해 놓고 그를 더 도구로 써먹으려는 나쁜 년이었다. 그래서 그런 스스로를 변호하기 위해 애써 전자로 몰아가려는 거라면. 그런 거라면.

머리 터지게 고민해 봐도 확신이 서지 않았다. 서윤과는 딱히 드라마틱한 뭔가가 있었던 것도 아니라 더욱 그랬다.

함께 있으면 편하기야 했지만, 특별히 설레거나 했던 순간이 있었던 것도 아닌데. 아니, 어쩌면 내가 기억하지 못하는 그런 순간들이 있었던 걸까. 그래서 물 흐르듯 자연스럽게 젖어 들게 된 걸까.

내가 민준을 좋아한다고 처음으로 자각했던 순간엔 그게 사랑인 줄 어떻게 알았을까. 너무 오랫동안 한 사람만 좋아해서 첫 시작이 어땠는지 잘 기억나지 않았다.

사랑이라는 게 원래 이렇게 부지불식간에 생겨날 수 있는 거였나?

짝사랑 같은 건 이제 지긋지긋한데.

"집이 정확히 어디야? 거의 다 온 것 같은데."

갑작스런 물음에 정신이 번쩍 들었다. 나는 뒤늦게 차창 밖을 바라봤다.

4차선을 달리던 차가 어느새 2차선으로 접어들어 있었다. 그러고 보면 어느새 밤 10시가 넘었다. 저녁을 먹고 집까지 오는 동안에도 계속 딴생각을 하느라 시간이 이렇게 되는 것도 모르고 있었다.

창밖 풍경을 보니 어느새 집이 코앞이었다. 여기서 조금 더 가면 내가 사는 오피스텔이 나온다. 하지만 그 말을 입 밖으로 꺼내는 게 망설여졌다. 그에게 내 집을 알려 주는 게 영 내키지 않았다.

"그냥 근처에 내려 줘. 여기까지 왔으면 걸어가도 돼."

"발 아프다며? 오늘 계속 걸었잖아."

나는 나도 모르게 구두를 신은 발을 내려다봤다. 민준을 만날 때면 습관처럼 찾아 신었던 하이힐이 오늘따라 영 어색해 보였다. 나는 창밖으로 시선을 돌리며 입술을 우물거렸다.

"그럼 골목까지만 들어가 줘. 너무 들어가면 너 차 빼기 힘들어."

차가 도로에서 골목 안으로 들어갔다. 느린 속도로 조금 더 달린 차는 가로등 몇 개 빼고는 빛이 거의 없는 어두운 골목길로 접어들었다. 조금만 더 가면 오피스텔이 밀집한 주거지역이라 이 시간엔 인적도 거의 없었다. 여기서 내려 주면 된다는 내 말에 민준이 적당한 곳에 차를 세웠다.

"길이 너무 어두워서 걱정되네."

"걸어서 금방이야. 바래다줘서 고마워."

나는 바로 내리지 못하고 잠시 안전벨트를 만지작거렸다. 헤어지기 직전이니 지금은 말해야 한다. 나는 여전히 나를 괴롭히는 상념을 애써 떨쳐 버리고 해야 할 말을 준비했다.

"그리고, 너한테 할 말 있는데."

"드디어?"

예상 못 한 반응에 나는 눈을 동그랗게 떴다.

"어?"

잠시 미소 짓던 민준이 내게 손을 뻗어 왔다. 놀라서 굳어 있는 사이 그의 손이 안전벨트의 잠금쇠에 닿았다. 만류할 틈도 없었다.

되도 않게 갑자기 무슨 친절인지 모르겠다. 안전벨트를 풀어낸 그가 얼른 물러나길 기다리고 있는데, 내 생각과 달리 그는 내게 상체를 기울인 상태로 입을 열었다.

"그때 호텔에서."

그때? 호텔?

마지막으로 만났던 때 말하는 건가. 느닷없이 치고 들어오는 화제가 솔직히 좀 당황스러웠다. 그런 내 마음이 표정으로 드러났는지 어땠는지, 민준은 뒤로 조금 물러나 시트 등받이에 등을 기댔다. 나는 어색함에 눈동자만 굴렸다.

"대답하려던 거 아니었어? 내가 가끔 한 번씩 보자고 제안했던 거."

"어……."

생각도 못 한 화제에 나는 내비게이션에 표시되는 시각과 민준의 얼굴을 한 번씩 쳐다봤다. 아무도 없는 골목길. 집으로 오는 동안 라디오나 음악도 틀지 않아 차 안은 조용했다. 그 고요 속에서 민준이 다시 입을 열었다.

"그러고 보니까 그때 그 일은 잘 해결됐어? 급하게 나갔었잖아."

딱히 질책하는 말투는 아니었다. 그러나 관성처럼 심장이 불안하게 뛰어 나는 슬쩍 그의 시선을 피했다.

"그냥 뭐…… 그땐 미안했어. 식사도 다 못 끝내고 가서."

"그건 이미 사과했잖아."

민준이 웃으며 내게 말했다. 나는 그 웃음에 말문이 막혀 아무 말도 하지 못했다.

착각인가, 아니면 어두워서 그런가. 그것도 아니면 화제 때문일까.

분위기가 조금 이상했다. 그 속에서 내가 계속 입을 다물고 있자 민준이 재차 이야기를 꺼냈다.

"생각할 시간이 필요한 것 같아서 그동안 아무 말 안 하고 있었는데……. 아무리 그래도 두 달은 너무 긴 것 같아서, 혹시 잊어 버렸나 했어."

솔직히 말하면, 그 말이 맞았다. 나는 민준이 내게 했던 말을 까맣게 잊고 있었다.

박민준을 잊자고 자기 최면한 탓도 있었고, 이서윤 덕분에 그에 대해 생각할 틈이 없었던 것도 있지만, 무엇보다도 나는 그 말 자체를 깊게 생각하고 싶지 않았다. 얘는 그냥 한 말인데 나 혼자 진지하게 받아들이면 괜히 스스로만 더 한심해질 것 같아서.

하지만 바로 그 장본인 앞에서 어떻게 그런 이야기를 구구절절 털어놓겠는가. 나는 우물쭈물하다 대충 얼버무렸다.

"나는…… 그게 대답이 필요한 질문이라고 생각을 못 했어."

고개를 살짝 기울인 민준이 가만히 웃으며 나를 바라봤다.

"괜찮아. 어쨌든 오늘은 나와 줬잖아."

나 오늘 안 나왔어야 했던 건가?

불현듯 불길한 예감이 들었다. 술렁이는 심장을 진정시키려 애쓰는데 민준이 내게 다시 손을 뻗었다. 머리카락에 닿는 손에 반사적으로 고개를 틀었지만 그는 물러나지 않았다.

"좀 더 일찍 연락할 걸 그랬네. 우리 너무 오랜만에 만났지."

머릿속이 혼란스러운 와중에 민준이 내게 고개를 숙였다. 나도 모르게 움찔해 고개를 뒤로 뺐는데, 카시트 때문에 오히려 의자에 기댄 꼴이 되었다. 그사이 그의 얼굴이 점점 더 가까워졌다.

그때 차창 너머로 언뜻 사람 그림자 비슷한 게 보였다. 그 순간 정신이 번쩍 들었다.

"뭐 하는 거야!"

"어?"

내 손에 뒤로 확 밀려난 민준은 놀란 얼굴로 눈만 깜빡거렸다. 내가 거절할 줄은 몰랐다는 얼굴이었다. 그렇겠지. 멍청해 빠진 임지수는 단 한 번도 박민준의 스킨십을 거절한 적이 없었으니까.

순간 짜증이 확 밀려왔다. 나는 그새 내 허벅지 위로 올라온 손을 거칠게 떼어 내고 잠금장치를 열었다. 차에서 내려 있는 힘껏 문을 쾅 닫아 버리는 동안에도 민준은 나를 붙잡지 않았다. 현명한 선택이었다. 그랬으면 어디가 됐든 발로 한 번 걷어찼을 테니까.

나는 미련 없이 돌아서서 집 쪽으로 걸어갔다. 가슴이 기분 나쁘게 두근거리고 진정이 되지 않았다. 나는 털어 내듯 머리카락을 쓸어 넘기며 주변을 둘러봤다. 아까 분명 사람을 본 것 같았는데 골목길엔 아무도 없었다. 잘못 본 모양이었다.

그래, 그게 이서윤일 리가 없지.

서울에 있지도 않은 애가 우리 집 근처에서 서성일 리가 없었다. 그 사실을 인지하고 나니 소란스럽던 가슴이 조금은 진정되었지만, 그래도 기분은 여전히 나빴다.

박민준의 숨이 닿았던 입술을 거칠게 문지르자 손등에 립이 묻어 나왔다. 그것도 짜증이 났다. 도저히 화를 주체할 수가 없었다.

대체 뭐야. 말도 없이. 그것도 이런 골목길에서. 누가 보기라도 하면 어쩌려고. 다른 데도 아니고 내가 사는 동네인데. 하다하다 이젠 모텔비도 아까워졌나?

"개 같은 새끼."

온갖 생각들과 욕설들이 한꺼번에 떠올랐다가 사라졌다. 잠깐이나마 그 자식을 추억으로 포장하려고 했다니 내 머리가 어떻게 된 게 틀림없었다. 이쯤 했으면, 이제 그만 정신 차릴 때도 안 됐냐고.

박민준은 추억 같은 게 될 수 없다. 추억은 단단하게 박제되는 대신 아무 구속력이 없지만, 그 자식은 현재진행형으로 내게 영향을 끼치니까. 그것도 더럽게 안 좋은 쪽으로.

더는 연락하지 말고 내 인생에서 꺼지라는 말을 제대로 해야 했는데. 그 자식이 느닷없이 헛소리를 하는 바람에 도망친 꼴이 된 것도 화가 났다.

분노가 솟구쳤다. 주체가 안 됐다. 마치 맨살에 벌레가 닿은 것처럼 박민준이 닿았던 모든 부분이 끔찍하고 소름 끼쳤다.

그동안 이걸 어떻게 참아 온 거지. 심지어 기뻐한 적도 있다는 게 믿기지가 않았다. 그동안은 정신이 나가 있었던 게 아닐까. 아니면 뭐에 홀려 있었다거나.

집까지 올라가는 길이 너무 멀었다. 발이 너무 아팠다. 집에 가면 당장 이 구두부터 갖다 버려야겠다. 습관으로도 다시는 찾아 신지 못하게.

*

엘리베이터에 올랐을 때 박민준에게서 전화가 왔다. 이름만 봐도 기분이 나빠서 바로 통화 거부 버튼을 눌렀다. 그러자 메시지가 도착했다.

[미안해. 싫어할 줄은 몰랐어.]

그렇겠지. 나한테 거절을 당해 봤어야 내가 싫어할 줄도 안다는 걸 배웠을 텐데 내가 그랬던 적이 없으니까.

내가 정말 등신같이 굴기는 했구나. 새삼 실감이 났다.

박민준한테 화가 나고 짜증이 나는 만큼 과거의 자신에게도 환멸이 났다. 나는 박민준의 메시지를 그대로 무시하려 했지만, 그 뒤로도 연달아 날아오는 사과의 메시지에 결국 답장을 보내고 말았다.

[피곤해. 나중에 얘기하자.]

나중이 있을지 없을지는 모르겠지만, 그렇게 답장을 보내고 핸드폰을 가방에 던져 넣었더니 그새 또 전화가 왔다. 나중에 얘기하자는 내 말이 말 같지도 않은 모양이었다. 나는 짜증이 나서 아예 핸드폰 전원을 꺼 버렸다.

드디어 조용해진 핸드폰을 가방째로 소파 위에 던져 놓고 나는 바로 욕실에 들어갔다. 옷을 벗어 던지고 샤워기 아래에서 발을 확인해 보니 물집이 잡혀 있었다. 이러니 당연히 아프지.

평소보다 오래 샤워했는데도 기분이 나아지질 않았다. 나는 방에서 약을 가지고 나와 거실에 앉았다. 발에 잡힌 물집은 건드리면 건드릴수록 쓰렸다. 그런데도 계속 문지르게 됐다. 아예 그냥 터뜨려버릴 요량으로 꾹 눌렀는데, 터지기는커녕 아프기만 아팠다. 눈물이 찔끔 나올 정도였다.

결국 약이고 뭐고 다 포기한 채 한동안 멍하니 앉아 있었다. 그러다 시간을 확인할 겸 핸드폰을 다시 켰는데 부재중 전화 두 개와 함께 메시지가 세 개 와 있었다. 당연히 박민준일 거라 생각했던 발신자는, 자세히 보니 이서윤이었다.

[선배? 혹시 무슨 일 있어요?]

[신호가 갔다가 갑자기 끊겨서 메시지 남겨요. 저 촬영이 예정

보다 일찍 끝나서 지금 올라가고 있어요. 도로가 한산해서 금방 도착할 것 같아요.]

[메시지 보면 연락 좀 해 줘요.]

아까 무작정 끊은 게 박민준 전화가 아니라 서윤의 전화였나. 지금 답장을 보내면 바로 전화가 걸려올 것 같은데, 당장은 서윤과 아무렇지 않게 통화를 할 기분이 아니었다.

어쩌지.

나는 한참을 망설이다가 그래도 답장은 보내야 할 것 같아 결국 핸드폰 액정을 두드렸다.

[미안, 배터리가 다 닳아서. 조심해서 와.]

전송 버튼을 누르고 1분이 채 지나기도 전에 핸드폰이 울렸다. 역시 내 예상대로 메시지가 아니라 전화였다. 나는 서윤의 이름이 뜬 핸드폰을 물끄러미 바라보다가 벨소리의 한 소절이 다 끝날 때쯤에야 전화를 받았다.

"……여보세요?"

—선배?

"어…… 뭐 할 얘기라도 있어? 시간도 늦었는데 전화까지 하고."

애써 아무렇지 않은 목소리로 말했는데 서윤에게서는 아무런 대답도 없었다. 내 기분이 엉망진창이라는 게 티가 난 걸까. 나는 애꿎은 목덜미만 만지작거리며 핸드폰에 귀를 기울였다.

침묵은 생각보다 길어졌다. 그 속의 희미한 숨소리를 들으며 나는 입술을 감쳐물었다.

전화는 이래서 불편했다. 얼굴이 전혀 안 보이니 상대가 말을 하지 않으면 무슨 생각을 하고 있는지 유추할 수가 없었다. 꼭 가면 쓴 상대랑 대화하는 것 같은 단절감이었다.

—그냥요. 하루 종일 답장이 없길래 무슨 일 있나 했어요. 많이 바빴어요?

잠시 후 들려온 서윤의 목소리는 평소와 다를 게 없었다. 나는 내심 다행이라 생각하며 다시 태연한 척 말했다.

"그런 건 아니고, 누구랑 좀 만났어."

—누구요?

"있어. 말해도 모를 거야."

말을 마치고 나니 가슴 한쪽이 아릿해졌다. 이런 게 죄책감인가. 애꿎은 입술만 깨무는데 서윤이 바로 대꾸해 왔다.

—그래서 연락이 없었구나. 걱정했어요. 선배 혼자 사는데 사고라도 난 거 아닌가 하고.

"사고는 무슨……. 이 건물 보안 좋아."

—욕실에서 발이 미끄러졌다거나, 인터넷 뉴스 보면 그런 거 많잖아요.

"쓸데없이 그런 거나 보고. 뭐 그런 걸 걱정하고 그래."

—몰랐어요? 저 맨날 선배 걱정해요. 너무 요령 없이 사니까.

"요령이 없다고? 내가?"

살면서 처음 듣는 소리였다. 그러나 서윤은 괜히 한번 해 본 소리가 아니라는 듯 담담하게 말을 이었다.

—없어요. 거짓말도 잘 못 하고. 목소리만 들어도 알아요.

나는 한숨과 함께 손으로 이마를 짚었다. 다 들켰으니 자진 납세하라는 얘기를 이렇게 돌려 말하는 애도 흔치 않을 거다.

문득 예지가 했던 말이 생각났다. 이서윤은 착한 게 아니라 영악한 거라는. 아무리 그래도 그 정도까진 아닌 것 같지만, 눈치가 빠르다는 점만은 부인할 수 없었다.

—별일 없는 거면 됐어요. 쉬어요, 피곤할 텐데.

"잠깐만."

나는 전화를 끊으려는 서윤을 붙잡았다. 할 말이 있었다기보다는 거의 반사적인 행동이었다. 그래서 바로 말을 내뱉지 못했는데, 서윤은 전화를 끊지 않고 내 말을 기다려 주었다.

그 침묵 속에서 나는 목소리를 애써 가다듬었다. 지금만큼은 정말 떨리지 않길 바라며 나는 목에 힘을 주었다.

"……아까 그거 거짓말이었어. 너도 아는 사람 만났어."

—누군데요?

눈치챘으면서 굳이 묻는다. 나는 이서윤이 착하지 않다는 예지의 말에 동의하기로 했다. 결국 이 이름을 내 입으로 말하게 하다니.

"……박민준."

내가 한숨처럼 꺼내 놓은 말에 서윤은 답이 없었다.

화내려나?

하긴, 나 같아도 짜증 나겠다. 박민준 잊는 거 도와주겠다고 두 달을 끌려다녔는데 잠깐 자리 비운 사이에 쪼르르 달려가 만났으니.

하지만 그런 내 예상과 달리 서윤은 짜증을 내지도 화를 내지도 않았다. 그저 차분한 목소리로 내게 물을 뿐이었다.

—괜찮았어요?

괜찮았냐고.

박민준을 만나고도 괜찮았냐고 묻는 걸까. 그런 걸 왜 궁금해하는지 모르겠다. 아무렇지도 않았다는 이야기가 듣고 싶은 건가?

아무렇지도 않으면, 이제 이런 광대놀음은 그만둬도 괜찮지 않냐고? 혹시 그걸 확인하고 싶은 거야 지금?

역시 이럴 때는 전화가 싫다. 나는 서윤이 짓고 있을 표정을 상상하다 머리카락을 거칠게 쓸어넘겼다. 애써 가라앉혔던 짜증이 다시 슬금슬금 고개를 쳐들었다.

"몰라. 괜찮았나 보지. 어쨌든 아무 일 없었으니까. 있을 뻔하긴 했지만."

—……선배.

"집에 올 때 걔 차 얻어탔거든."

생각하니 우스웠다. 나는 피식피식 웃으며 말을 이었다.

"골목길에 세우더니 차에서 하려고 들더라. 이젠 모텔에서 하는 것도 지겹나 봐. 내가 더 버텼으면 나중엔 담벼락에서도 하자고 들었을까?"

내 입에선 결국 웃음이 터졌다. 그런데 내가 웃든 말든 서윤은 아무 말도 없었다. 나는 그 침묵이 야속해 기분이 상했다.

왜 안 웃어. 이만한 코미디가 어딨다고. 어차피 너도 내가 우습다고 생각하잖아.

나는 아랫입술을 깨물었다. 기분이 사정없이 널을 뛰었다. 그렇게 웃음이 나오더니 지금은 또 갑자기 눈물이 날 것 같았다.

"오려면 와."

나는 대답도 듣지 않고 바로 전화를 끊어 버렸다. 그 상태로 잠시 기다렸지만 전화는 다시 걸려오지 않았다. 메시지도 마찬가지였다.

나는 애꿎은 머리카락만 헤집어 대다 가방에서 담배를 꺼내 입에 물었다. 원래는 잘 안 피우는데 머리가 복잡할 땐 한두 번씩 찾게 됐다.

흡연자라고 하기엔 뭐하고, 그렇다고 비흡연자는 더더욱 아니고. 마치 내 인생 같았다. 이도 저도 아닌 애매한 것투성이.

결국 담배도 피우다가 말아 버리고 창문을 열어 공기를 환기시켰다. 재떨이도 비우고, 양치도 하고. 잘 시간이 되었지만 나는 침실로 들어가는 대신 다시 거실 소파로 돌아왔다. 피곤했다. 그래서 자고 싶은 유혹도 들었는데 침대에 눕고 싶지가 않았다. 조용하기만 한 핸드폰에 자꾸 시선이 갔다.

"……안 오려나."

안 오겠지, 당연히. 예쁜 말로 초대한 것도 아니고 되도 않는 화풀이를 했다. 뺨은 저기에서 맞아놓고 소리는 자기한테 질렀는데 아무리 이서윤이라도 그걸 어떻게 참아 주겠어.

헛된 생각 말고 그냥 자자. 내일 출근할 걸 생각해서라도 그래야 했다. 그런데 몸은 내 의지와 상관없이 소파에 딱 달라붙어 있었다. 어쩌면 몸이야말로 내 의지에 충실하게 따르고 있는 건지도 모르겠다.

잠도 자지 못한 채로 속절없이 시간만 흘러갔다. 제대로 쉬지도 못하고, 그렇다고 해결되는 일도 없이 반복되는 시계 초침 소리가 답답했다. 그렇게 웅크리다 어느 틈에 소파에 비스듬히 누워 잠깐 졸았던 것 같다. 갑자기 들려온 초인종 소리에 정신이 번쩍 들었다.

나는 화들짝 놀라 몸을 반쯤 일으켰다가, 자다가 꿈을 꾼 건가 싶어 어정쩡한 자세로 현관을 바라봤다. 잠시 후, 초인종 소리가 분명하게 다시 들려왔다. 나는 일어나서 현관으로 나갔다. 문을 열자 그곳엔 서윤이 서 있었다.

이게 지금 꿈인지 현실인지 분간이 안 갔다. 현관 바깥에 서 있는 서윤은 늘 보여 주는 풍부한 표정이 아닌 거의 무감정에 가까워 보이는 얼굴을 하고 있었다. 꼭 딴 사람 같았다. 전에도 이런 생각을 한 적이 있는 것 같은데.

그때 서윤이 현관 안으로 한 발 들어왔다. 나는 무의식중에 뒤로 한걸음 물러났다. 그러자 한 손으로 등 뒤의 현관문을 닫은 그가 남은 한 손으로 내 뺨을 감싸 쥐었다.

무언가를 생각할 겨를도 없이 바로 입술이 붙어 왔다. 아무 인삿말도 없이, 무작정. 하지만 싫다는 생각은 조금도 들지 않았다.

순순히 벌린 입술 사이로 그의 혀가 들어왔다. 뺨에 닿는 숨결은 차분한데, 내 입안으로 파고드는 혀놀림은 무척 난폭했다. 나는 그 간극에 하릴없이 그의 옷자락만 움켜쥐었다.

숨이 가빠졌을 때쯤에야 입술이 떨어졌다. 서윤은 내 허리를 가두듯이 품에 안고 나지막한 목소리를 냈다. 거리가 너무 가까워서 오히려 표정이 잘 보이지 않았다.

"쫓아내려면 지금 쫓아내요."

내가? 너를?

쫓아낼 수 있을 리가 없잖아. 오늘만큼 네가 절실했던 날이 없어.

나는 그에게 먼저 매달려 키스했다. 맞닿은 입술로 온기를 훔쳐 내는 순간에야 무엇으로도 지우지 못한 생각들을 떨쳐 낼 수 있었다. 동시에 나는 생각했다. 그냥 이대로 시간이 멈춰 버렸으면 좋겠다고.

*

나는 서윤이 내 애매한 태도에 질렸을 거라고 생각했다. 하지만 그는 내가 왜 박민준을 만났는지, 어디서 뭘 했는지 캐묻지 않았다.

그 일이 전혀 신경 쓰이지 않아서 그런다기엔 기분이 좋지 않아 보였다. 서윤은 드러내놓고 화를 내진 않았지만, 평소처럼 웃어 주지도 않았다. 처음엔 짜증이 난 거라고 생각했다.

하지만 그가 나를 침대로 데려가 내 옷을 벗기고 제 옷을 벗어 던지는 모습에서 생각이 살짝 바뀌었다. 그는 내가 아닌 다른 무언가에 신경이 곤두서서 웃음을 꾸며낼 여유가 없는 것 같았다. 그런 것들이 태도에서 드러났다.

"잠, 깐만, 천천히……!"

원래는 이렇게까지 몰아붙이지도, 애를 태우지도 않았다. 내가 피곤하다거나 힘에 부친다는 티를 내면 적당히 쉬는 편이었는데 오늘은 그렇지 않았다.

몸을 조금만 뒤로 빼려고 하면 도로 끌고 가서는 어르고 달래가며 제 욕심을 다 채우려 들었다. 나 또한 이 애를 원하는 것만 아니었더라면 솔직히 버티기 힘들었을 거다.

"제발, 좀 쉬었다 하자."

"한 번만 더 하고요."

분명한 건, 그가 내게 조금도 양보해 줄 생각이 없다는 거였다. 동시에 나는 그가 평소에 내게 얼마나 많은 부분을 양보하고 있었는지 뼈저리게 깨달을 수 있었다.

이런 관계가 시작된 두 달 전부터, 아니, 어쩌면 그 이전부터 서윤은 내게 많은 것을 양보하고 있었던 것이다. 그 사실을 알아차린 순간 나는 쓸데없는 오기가 샘솟았다.

지금까지 그래 왔다면, 적어도 오늘만큼은 서윤에게 양보받고 싶지 않았다. 그래서 중간중간엔 없는 힘을 쥐어짜 서윤의 등을 손톱으로 긁기도 했다. 당분간은 옷을 벗고 하는 촬영이 없다는 그의 말만 믿고.

그렇게 우리는 한참이 지나서야 서로를 놓아주었다. 나는 기진맥진한 채 그의 품 안에 꼼짝 않고 안겨 누웠다. 솔직히 널브러졌다는 표현이 더 맞는 것 같았다.

목도 아프고 눈도 조금 부은 것 같고 아무튼 손가락 하나 까딱할 힘이 없었다. 나는 금방이라도 잠들 것처럼 색색거렸지만, 솔직히 잠은 이미 다 깨 버린 상태였다.

나를 안은 손가락이 뒷덜미를 간지럽히는 게 느껴졌다. 서윤은 현관문에서 내게 키스했을 때부터 지금까지 내 피부에서 한 순간도 떨어지지 않고 있었다. 나는 그 손길을 느끼다 눈을 가늘게 뜨고 그를 올려다봤다. 서윤은 남은 팔로 제 머리를 받친 채 가만히 허공을 바라보고 있었다. 여전히 표정 없는 얼굴로.

아직도 기분이 안 좋은 모양이었다. 그래도 끝에 가서는 몸짓이 평소처럼 부드러웠는데, 그건 내 착각이었을까. 하루 종일 안 웃는 이서윤이라니 뭔가 이상했다.

"서윤아."

속삭이듯 부른 내 목소리에 서윤이 고개를 기울여 나를 바라봤다. 나는 힘이 들어가지 않는 몸을 억지로 움직여 그의 가슴에 머리를 기댔다. 내 뒷머리를 가만히 끌어안는 손길이 느껴졌다.

"혹시 화났어?"

"……화요?"

얼굴은 보이지 않지만, 그의 목소리에선 어리둥절해하는 느낌이 났다. 내가 느낀 건 다 착각이었을까? 그렇게 생각하면서도 나는 조심스럽게 말을 이었다.

"표정이 계속 안 좋길래."

"아……."

슬쩍 들어 확인한 그의 얼굴은 아까보다 흐려져 있었다. 하지만 내가 눈을 한 번 깜빡인 후, 서윤의 얼굴에선 구름이 개어 있었다. 평소에 보던 그 얼굴이었다.

"잠깐 뭐 좀 생각하느라고요. 별거 아니에요."

위화감은 조금도 느껴지지 않는 그 얼굴에, 어쩌면 나는 서윤이 평소에 보여 줬던 그 웃음들이 사실은 진심에서 우러나온 게 아니라 그저 꾸며낸 것들이었을지도 모르겠다는 생각이 들었다.

하지만 이내 나는 고개를 흔들었다. 그럴 리가 없지. 내가 이 서윤이랑 알고 지낸 세월이 얼만데.

나는 다시 서윤의 가슴에 머리를 기댄 채 작게 긴 숨을 내뱉었다. 그 숨결을 느꼈는지 똑바로 누워 있던 그가 내 쪽으로 몸을 돌렸다. 고개를 살짝 들자 서윤이 평소처럼 웃는 얼굴로 내 머리카락을 귀 뒤로 넘겨 주었다.

"화난 것처럼 보였어요?"

"그냥, 안 웃으니까. 그리고 내가 좀 짜증 나게 굴긴 했잖아."

서윤은 긍정인지 부정인지 알 수 없는 미소만 띤 채로 말이 없었다. 나는 그에게 뭔가 물어볼까 하다가 그냥 그만두었다. 대신 검지를 살짝 들어 서윤의 입술을 만져 봤다.

평소에도 생각했던 건데, 참 예쁜 입술이었다. 선이 선명하고,

도톰하고, 색도 마치 립을 바른 것처럼 진하고. 나는 그의 아랫입술을 장난치듯 살짝살짝 눌렀다. 살짝 벌어진 서윤의 입술 사이로 간지러운 웃음이 흘러나왔다. 나는 폭신폭신 부드러운 그의 입술을 계속해서 만지작거렸다.

“난 솔직히 너 안 올 줄 알았어. 나한테 실망해서.”

“선배 애쓰는 거 알아요. 그러니까 선배 탓은 안 해요.”

내 탓은? 그 말은 꼭, 내가 아닌 다른 누군가는 탓하고 있다는 뜻 같았다. 그에 대해 더 묻고 싶었지만, 그 말을 할 때 서윤이 언뜻 보여 준 표정이 너무도 자조적이라 뭐라 말을 꺼낼 수가 없었다.

대신 무슨 말을 할까 고민하는 사이 그의 입술을 톡톡 건드리던 내 손가락이 그의 입술이 벌어진 틈 안으로 쏙 들어갔다. 놀라서 얼른 빼내려고 했는데 서윤이 오히려 내 손가락 끝을 혀로 핥아 왔다. 내가 움찔해 굳어 있는 사이 서윤은 입꼬리를 늘여 웃고는 눈을 아래로 내리깔았다. 동시에 그의 입은 내 손가락을 한 마디 더 깊게 물었다.

축축한 혀가 살과 지문이 있는 쪽을 부드럽게 핥아 올렸다. 장난기가 샘솟아 그의 혀를 톡 건드리자 부드러운 살덩이가 놀란 듯 뒤로 물러났다. 하지만 그건 1초도 안 되는 짧은 순간으로, 서윤은 윗입술과 아랫입술로 내 손가락을 붙잡은 채 그 끝을 다시 핥기 시작했다.

물기를 가득 머금은 채 손가락을 핥아 올리는 소리가 꽤나 선정적이었지만, 그와 별개로 나는 간지러움을 느꼈다. 참다가 참다가 결국 손가락을 뒤로 빼내려고 하자 서윤이 커다란 손으로 내 손목을 틀어쥐었다.

그리고 그는 손가락만이 아니라 내 손바닥이며 손목을 핥고, 키스했다. 팔뚝을 지나 팔꿈치 위로 올라온 입술은 어느새 내 입술까지 점령했고, 결국엔 입술뿐만이 아니라 189센티미터의 건장한 체구가 내 몸 위로 올라타 나를 덮쳤다.

처음에 그의 키스를 받아 준 건 어디까지나 키스뿐이라고 생각했기 때문이었다. 하지만 그의 손길에선 뒤이어질 일이 분명히 느껴졌다. 나는 식겁해서 그를 밀어냈다.

"그만해, 너 내일 스케줄 없어?"

"없어요. 내려갔던 거 일찍 끝났잖아요."

"그래도. 지금 시간이 몇 시야."

그 말을 듣고서야 서윤은 뒤로 물러났다.

"피곤해요?"

"안 피곤하게 생겼니."

부러 투덜거리자 서윤이 나지막이 웃으며 내 관자놀이 부근에 입을 맞췄다. 나는 그게 간지러워서 짧게 웃었다.

솔직한 마음으로는, 체력적인 문제가 아니라면 이대로 멈추고 싶지 않았다. 하지만 그러기엔 시간이 너무 늦은 상태였다.

그렇게 갈등하는 나를 아는지 모르는지 서윤은 내 몸 위에서 내려가 옆에 누웠다. 손으로는 내 허리를 끌어안고.

"자려면 씻고 자는 게 나을 텐데. 선배 내일, 아니, 오늘 아침에 일찍 못 일어날걸요."

일찍 못 일어나게 만든 사람이 할 말인가 싶었다. 나는 피식 웃으며 침대 위로 몸을 늘어뜨렸다.

"아까 집 오자마자 씻긴 했는데."

그러자 서윤이 장난스럽게 웃으며 내게 물었다.

"씻겨 줄까요?"

그 말을 듣는 순간 내가 어떤 표정을 지었는진 모르겠지만, 허리를 끌어안은 팔에서 힘이 살짝 풀린 걸 보니 아마 좋은 표정은 짓지 않은 듯했다. 날 바라보던 서윤이 눈을 몇 번 깜빡이다 조심스럽게 물어왔다.

"그런 건 싫어해요?"

"아니⋯⋯ 싫어한다기보단⋯⋯."

욕실에 있는 거울이 생각나서 잠깐 멈칫한 것뿐이었다. 그 사실은 굳이 말하고 싶지 않았는데, 서윤은 두 눈에 의아함을 담아 집요하게 나를 바라보고 있었다. 결국 내 입에선 한숨이 새어 나왔다.

"뭐라고 해야 하나⋯⋯. 너 모텔 가 본 적 있지?"

서윤은 뜬금없이 왜 모텔 소리가 나오는지 모르겠다는 얼굴로 고개를 흔들었다.

"없어요. 친구들이랑 펜션 잡은 적은 있지만."

"그래?"

솔직히 말해서 의외였다. 여자친구랑 가 본 적 없나?

하긴, 두 달 동안 함께하는 사이 우리 둘은 모텔에 간 적이 없었다. 얘도 모텔이 싫은 걸까? 나는 그의 속을 가늠하다가 천천히 입술을 뗐다.

"그럼 그거 알아? 모텔 중에 천장에 거울 붙어 있는 곳도 있는 거."

서윤은 애매한 표정을 지은 채 고개를 끄덕였다.

"들어 보긴 했어요."

"난 본 적도 있어. 진짜 침대 위 천장에 엄청 크게 붙어 있더라.

전신이 다 보이게."

다시 떠올려 봐도 나오는 건 헛웃음뿐이었다. 서윤의 얼굴에선 점점 표정이 없어졌다. 나는 그 얼굴을 외면하며 천장으로 시선을 돌렸다. 그곳에 자신이 비치던 장면을 떠올리며 나는 눈을 감았다.

"처음엔 몰랐는데, 천장을 올려다보니까 거울이 보이는 거야. 그런데 그게 뭐랄까, 꼭 무슨 마네킹 같더라."

그날은 내가 좋아하는 사람에게 안기고 있다는 실감조차 느끼지 못했다. 그리고 관계가 끝난 후, 나는 잠든 민준의 옆에서 몸을 웅크린 채 옆으로 누워 잠들었다. 몸이 아무리 불편해도 정면으로 고쳐 누울 생각은 한 번도 하지 못하고.

"그래서 아직도 샤워할 때 거울을 잘 못 봐. 거울에 내 맨몸 비치는 거 보면 자꾸 그때 생각이 나서."

서윤은 말이 없었다. 나는 그가 무슨 표정을 짓고 있을지 보고 싶지 않은 마음 반, 반대로 무슨 표정을 짓고 있을지 궁금한 마음 반이 들었다. 그중 이긴 건 후자였다. 나는 천천히 눈을 떠 서윤에게로 시선을 옮겼다.

"이상하게 구는 거 티 날까 봐 누구랑 같이 욕실 쓴 적 없어. 쓸 일 자체가 없기도 했지만."

서윤의 얼굴엔 어떤 것도 떠올라 있지 않았다. 나는 다행이라 안도하면서 뭔지 모를 아쉬움을 느꼈다. 그 감정이 무엇인지 추측하는 것도 지금은 힘들었다.

나는 왜 이서윤한테 이런 이야기를 하고 있는 걸까. 말을 다 하고 나니 뒤늦게 후회도 되고 걱정도 들었다. 그래서 부러 장난스럽게 말을 이었다.

"이거 아무한테도 말한 적 없는 거야. 어디 가서 얘기하면 안 돼."

"저 그렇게 형편없진 않아요."

아무런 감정도 엿보이지 않는 얼굴과 달리, 서윤의 목소리엔 약간의 착잡함이 섞여 있었다. 그리고 그는 뭔가를 생각하는 듯 말이 없어졌다. 나는 그 침묵 속에서 역시 괜한 이야기를 했다고 후회했다.

이게 다 늦은 시간까지 사람을 재우지 않은 이서윤 탓이었다. 사람을 제정신이 아니게 만드는 새벽이란 시간대가 아니었으면, 내가 내 입으로 이런 이야기를 꺼내는 일도 없었을 텐데.

그때 서윤이 옆에서 몸을 일으키며 내 손을 잡아끌었다. 나는 뭔가 싫으면서도 그가 이끄는 대로 상체를 일으켰다. 그러자 아예 침대에서 내려간 서윤이 나를 보며 미소 지었다.

"잠깐 와 볼래요?"

그의 목소리는 무척이나 다정하고 또 달콤했지만, 반대로 나는 위협을 당한 것처럼 불안함을 느꼈다.

"왜? 어디 가려고?"

"선배 드레스룸에 거울 있었죠?"

"뭐?"

나는 그 한마디로 이서윤이 뭘 하려는 건지 눈치챌 수 있었다. 화들짝 놀라 손을 뒤로 뺐지만, 내가 손을 거두기도 전에 되레 손목이 붙잡혔다. 나는 나를 놔주지 않는 그를 바라보며 도리질을 쳤다.

"아냐, 싫어."

"괜찮아요."

"안 괜찮아. 진짜 싫어."

급기야 내 입에서 날카로운 목소리가 튀어 나갔다. 그에 서윤이 내게 다가왔다.

침대 맡에 무릎을 굽힌 그는 나와 눈높이를 맞추고 두 손으로 내 뺨을 감싸 쥐었다. 그가 내게 보내는 눈길과 나를 다루는 손길은 이렇게 상냥하고 부드러울 수가 없는데, 도저히 꼼짝을 할 수가 없었다.

"약속했잖아요. 잊게 해 준다고."

천천히 다가온 서윤이 나와 이마를 맞댔다. 그에게선 나와 엇비슷한 체온이 느껴졌다. 그렇게 거리가 가까워진 만큼 서윤의 목소리가 선명하게 귀에 꽂혔다. 이전에는 들어 본 적 없는, 희미하게 타오르는 듯한 목소리였다.

"선배 머릿속에 남아 있는 거 모조리 다 빼내 줄게요. 하나도 남김없이."

그 말을 들은 순간, 나는 더 이상 그의 손길을 거절할 수 없게 되었다.

*

드레스룸은 문 정면에 커다란 전신 거울이 있고 그 양옆으로 가방 수납장과 옷장이 있는 구조였다. 기어코 이곳으로 들어온 서윤은 나를 거울 앞으로 이끌었다.

"서 봐요."

서윤이 내 어깨를 잡고 나를 그의 앞에 세웠다. 나는 마지 못해 그와 거울 사이에 섰다.

그나마 위안이 되는 거라곤 내가 지금 알몸이 아니라는 거였다. 하지만 내 몸을 가려 주는 건 엉덩이 아래까지 내려오는 박스티 한 장뿐이었다. 게다가 서윤은 바지만 입은 채 상반신을 드러내고 있었다. 나는 내 뒤로 거울에 비치는 그의 몸을 보고 있을 자신이 없어 슬며시 고개를 떨궜다. 그러자 서윤이 등 뒤로 바짝 붙어 오며 내 귀에 대고 속삭였다.

"제대로 봐요. 이 거울 보려고 세워 둔 거잖아요."

그의 입김이 닿은 귓불이 간지러워 나는 나도 모르게 몸을 움찔 떨었다.

"옷 입은 거 보려고 세워 둔 거지…… 이런 거 하려고 세워 둔 게 아니야."

"이런 게 뭔데요?"

서윤이 집요하게 물어왔다. 나는 입술을 깨물었다. 오늘따라 왜 이렇게 짓궂게 구는지 모르겠다고 생각하는데, 그가 내 어깨를 잡고 있던 손을 내려 등을 쓸어내렸다.

"궁금한 적 없어요? 선배 어떤 표정 짓는지."

옷 위로 천천히 등을 문지르던 손이 아래로 이동했다. 옷 위긴 하지만 은밀한 부분을 언뜻 스쳐 가는 손길에 나는 어쩔 줄을 모르고 주먹만 틀어쥐었다.

"궁금한 적…… 없어. 어차피 이상할 거 아는데."

"상상해 본 적은 있구나?"

"일부러 떠올리는 게 아니라, 그냥, 아는 거지. 내 표정이니까, 느낌으로……."

"눈 제대로 떠야죠."

서윤이 타이르듯 내게 말했다. 나는 움찔거리면서도 그의 말을 고분고분 따랐다.

서윤의 손은 어느새 어깨 위로 올라와 내 목덜미를 지분거리고 있었다. 나는 움찔움찔 떨며 거울 속의 나와 눈을 마주했다. 그러나 나는 거울 속 얼굴이 새빨개진 여자와 눈을 더 마주치지 못하고 눈꺼풀을 내리감았다.

"못 보겠어."

"왜요?"

"이상해."

"어떤 게?"

"그냥, 다. 내 표정도…… 잘 모르겠어."

"그래도 나한텐 자주 보여 주잖아요."

얼굴에 번지던 열이 순식간에 온몸으로 번져 나갔다. 그랬나? 나는 지금까지 이런 꼴을 서윤에게 보이고 있었나? 혹시 되게 별로였던 건 아닐까, 나는 나도 모르게 서윤의 얼굴을 살피게 됐다. 그러다 문득 깨달았다.

서윤에게 그렇게 안겼는데 나는 그가 흥분한 얼굴을 본 적이 없었다. 처음 했을 땐 그가 내 눈을 가려 줬고, 그다음부터는 계속 눈을 감아 버렸기 때문이었다. 정말로, 지금이 처음 보는 거였다.

그 생각을 하니 눈을 뜰 수 있게 됐다. 나는 멍하니 거울 속 서윤을 쳐다봤다. 그런 나를 알았는지 멈춰 있던 그의 손이 다시 움직이기 시작했다. 나는 그의 손이 내 팔꿈치를 감싼 채 팔뚝 위로 미끄러지는 걸 지켜보다가 그의 얼굴로 시선을 돌렸다.

거울 속 그는 눈을 내리깐 채 내 목덜미에 입술을 묻고 있었다. 따끔한 통증과 함께 점점 아래로 내려가던 그의 입술을 눈으로 좇던 중, 어느 순간 눈을 뜬 그와 시선이 마주쳤다. 그 순간 기습적으로 몸이 뒤집혀 거울로 밀쳐졌다.

등 전체로 거울의 차가운 감촉이 느껴지는 것과 동시에 입술로 따스한 체온이 붙어 왔다. 아니, 온몸이 붙었다. 서윤은 나를 거울 속에 넣어 버리기라도 할 것처럼 내게 몸을 붙여 왔다. 벌어진 입술 사이로 그의 혀가 밀려 들어오고, 그는 내게 정신없이 키스했다.

잡아먹을 듯이 키스를 이어 가던 서윤이 다시 내 몸을 돌려세운 건, 차갑던 거울이 내 체온으로 데워졌을 때였다. 서윤의 힘에 밀려 넘어지듯 거울을 향해 세워진 나는 두 손으로 거울을 짚은 채 가쁜 숨을 내뱉었다. 그런 나를 뒤에서 끌어안은 서윤이 내 목덜미와 날개뼈에 입을 맞추기 시작했다.

나는 상체를 숙인 채 고개를 들어 어떻게든 서윤의 얼굴을 보려 애썼다. 거울 속 그는 눈을 감은 채 내 몸 곳곳에 입을 맞추고 있었다. 그러다 천천히 눈을 뜬 그와 거울 너머로 눈이 마주쳤다. 뜨겁게 타오르는 그의 눈은 지독한 열망으로 잠식되어 있었다.

그가 나를 원하고 있다. 나는 침을 한 번 삼켰다. 나는 그에게 시선으로 옭매여 꼼짝도 하지 못했다.

서윤의 눈동자는 일순 붉은색이란 착각이 들 정도로 열망으로 가득했다. 그는 당장이라도 나를 잡아먹을 듯 안달이 난 눈으로 나를 괴롭히고 있었다. 무엇보다 기가 막힌 건 그 눈빛에 더 흥분해 버리는 나였다.

분명 내 얼굴인데도 태어나 한 번도 본 적이 없는 모습이었다. 거친 손끝이 내 피부를 스칠 때마다 내 뺨이 달아오르고 있었다. 헉헉 내뱉는 숨으로 하얗게 가려졌다 다시 보이는 거울 속에서 나는 분명하게 흥분해 있었다. 남자의 손에 달아올라 자기 자신을 주체하지 못하는 저 여자가 바로 나였다.

그 사실을 깨닫는 순간 나는 이서윤이 미치도록 부족해졌다.

서윤은 그동안 나를 안으면서 항상 이런 눈을 했던 걸까. 나는 왜 그런 그를 이제야 알게 된 걸까.

어떻게 이런 눈으로, 이렇게 거대한 욕망에 헤집어지면서 다른 남자의 이름을 부를 수 있었을까. 나는 지금까지 그에게 안긴 시간들이 너무도 아득해졌다.

"선배."

서윤은 늘 그랬던 것처럼 내 등 뒤에 있었다. 그러나 지금 우리는 서로의 눈을 마주 보고 있었다.

"봐요, 지금 거울 속 선배가 얼마나 예쁜지."

"아!"

"마네킹이 아니라 살아있는 사람이라는 걸…… 똑똑히 기억해요."

그러나 나는 내 얼굴을 보고 있을 새가 없었다. 나와 마찬가지로 버거운 숨을 내뱉으며, 어떻게든 내게 닿으려 애쓰는 사내의 얼굴에 시선이 빼앗겼기 때문이었다.

온통 땀에 젖은 채 한쪽 눈을 찌푸린 얼굴을 본 순간 머릿속이 아찔해졌다. 그는 눈을 내리깐 채 내 몸에 모든 신경을 집중하고 있었다. 그에 넋이 빠진 나는 그 순간엔 그가 몸을 흔드는 대로 흔들리기만 했다. 마치 그 언젠가 그랬던 것처럼.

그러나 나는 거울에 비친 내 모습을 보며 다시 모멸감에 젖어 들진 않았다. 힘없이 흔들리더라도, 저 몸이 어떻게 인형일 수 있을까. 식은 몸에 체온을 전하려 쉬지 않고 입술을 떨어뜨리는 사

내가 저토록 열망 어린 눈으로 갈구하는 몸인데.

"선배……."

"아……!"

거울의 매끈한 면 위로 내 손가락이 구부러졌다. 마디 관절에 잔뜩 힘이 들어가 마치 긁어내리듯이 미끄러졌다. 나는 두 손만으로 몸을 지탱하는 게 어려워 뺨까지 거울에 붙여야 했다.

좋다. 좋아서 죽을 거 같다.

내 등 위로 꽉 억눌린 숨이 내려앉았다. 나는 두 손에 힘을 줘 간신히 거울에서 뺨을 떼어 냈다. 붉게 상기된 내 얼굴 뒤로 서윤의 얼굴이 보였다.

또 한 번, 눈이 마주쳤다. 서로를 향한 열망을 고스란히 담은 두 눈이.

"아!"

그는 내게서 눈을 떼지 않았다. 그 상태로 내 허리를 힘껏 틀어쥐었다. 내 몸은 내 의지와 상관없이 그에게로 끌려갔다.

미칠 것 같았다. 다시는 일상생활로 돌아가지 못하는 거 아닐까 겁이 날 정도로 서윤에게 닿은 지금이 너무 좋았다.

깜빡이는 눈동자 너머로 여전히 내게 시선을 둔 서윤의 얼굴이 보였다. 그 얼굴이 너무도 선명해서 나는 다른 남자의 이름을 떠올릴 새가 없었다. 아니, 아무리 저 얼굴을 보지 못했다 해도 어떻게 다른 남자를 떠올릴 수 있었을까 싶었다.

"선배……!"

"아아!"

온몸의 근육에 힘이 잔뜩 들어가던 순간, 나는 그때마저 그와 마주하고 있을 자신이 없어 눈을 감았다.

하지만 차라리 보는 게 나았다. 감은 눈 너머로 떠오르는 건 서윤의 얼굴이었다. 내 앞에서 늘 해맑게 웃던 후배가 아닌, 땀과 욕망에 젖은 얼굴로 날 내려다보고 있는 남자 이서윤.

"씻겨 드릴게요."

잠깐의 여운이 지난 뒤, 서윤이 작게 속삭이며 내게서 떨어졌다. 그 순간에마저 허전함과 아쉬움을 느끼는 내가 나도 미친 것 같았다.

"어땠어요?"

그가 욕실로 이동하며 드물게 감상을 물었다. 하지만 나는 아무런 말도 하지 못했다. 그럴 기운이 없는 걸 떠나서, 지금 입을 열면 거울 너머의 눈을 통해 알아 버린 사실을 소리 내어 물을 것 같았기 때문이었다.

너는, 혹시 나를…….

"선배?"

"……아니야. 아무것도."

나는 서윤의 가슴에 머리를 기댄 채 눈을 감았다.

그저 욕망만으로 여자를 대하는 남자가 어떤 표정을 짓는지 잘 알고 있다. 그 누구보다도 그 표정을 잘 아는 나이기에, 오히려 그와 정반대에 위치한 감정마저도 뼈저리게 알 수 있었다. 어떻게 모르겠는가.

절정에 달한 직후, 배출한 욕망에 대한 허무함과 그러고도 더 닿으려 하는 간절함의 차이를.

*

우리는 샤워기로 가볍게 몸을 씻어 내고 함께 욕조에 들어갔다. 내 집의 욕조는 1인용치고는 조금 크긴 했지만, 그래 봤자 1인용이었다. 게다가 서윤의 키가 큰 탓에 두 사람이 들어가니 물이 대량으로 흘러넘쳤다.

비좁아진 욕조에서 자세를 어떻게 할까 고민하다가 먼저 욕조에 등을 대고 앉은 서윤의 위로 겹쳐 앉았다. 그가 날 뒤에서 끌어안은 자세였다.

서윤의 가슴에 등을 기댄 채 다리를 쭉 펴고 앉으니 저절로 눈이 감겼다. 따뜻한 물도, 서윤의 체온도 기분이 좋았다. 이대로 조금만 더 있으면 잠들 수 있을 것 같았다.

하지만 그러기엔 귀에 닿는 숨이 너무 간지러웠다. 나는 키득대며 웃다가 도저히 간지러움을 참을 수가 없어서 뒤를 돌아봤다. 그러자 그러기만을 기다렸다는 듯 서윤이 내게 이마를 맞대왔다. 이어서 자연스럽게 입술이 맞물렸다.

혀와 혀를 섞는 진한 키스는 아니고, 그냥 입술과 입술만 닿은 가벼운 입맞춤이었다. 나는 서윤의 입술을 살짝살짝 깨물고 빨다가 그의 어깨를 잡았던 손을 미끄러뜨려 일자로 쭉 뻗은 그의 쇄골을 만지작거렸다.

"남겨도 돼?"

"해요."

고민도 안 하고 떨어진 답에 나는 서윤의 쇄골 윗부분을 힘껏 빨아 키스마크를 남겼다. 입술을 떼고 보니 셔츠의 단추를 하나만 풀어도 보일지 모르는 아슬아슬한 위치였다. 그런데도 서윤은 웃기만 했다.

언제까지 웃을 수 있나 보자 하고 서윤의 어깨와 가슴 여기저기에 자국을 남겼지만 그는 장난치듯 내 가슴만 주무를 뿐이었다. 결국 속으로 항복을 외친 나는 장난을 그만두고 다시 서윤의 가슴에 등을 기댔다.

그러자 이번엔 서윤이 내 몸 곳곳을 어루만지며 장난을 시작했다. 물속에서 닿아 오는 손길은 잔잔한 물결만큼이나 부드러워서 딱히 간지러움을 느끼지는 않았다. 오히려 잠이 쏟아질 만큼 편안했다.

몸을 옆으로 살짝 기울여 서윤의 어깨에 머리를 기대자 그가 마사지하듯 내 목덜미를 주물러 줬다. 나는 나도 모르게 잇새로 가느다란 신음을 내뱉었다.

"좋아요?"

"응……."

물이 따뜻한 것도 좋고, 서윤에게 안겨 있는 것도 좋고, 그가 뒷목을 주물러주는 손길도 좋았다. 몸이 피곤한 것만 빼면 전부 다 좋았다.

"그냥 이대로 자고 싶다."

중얼거린 말을 들었는지 서윤이 작게 웃었다.

"자도 되는데. 닦고 침대로 옮기는 것까지 다 해 줄게요."

얘는 천산가? 나는 감고 있던 눈을 떠 서윤을 바라봤다. 그의 얼굴에 장난기라곤 요만큼도 없었다. 나는 잠깐 망설이다가 조심스레 입술을 뗐다.

"……원래는 그래?"

"뭐가요?"

"너 전에는 그런 적 없잖아. 같이 씻자고 한 적도 없고…… 조른 적도 없고."

연애하듯이 굴긴 했지만 진짜로 연애를 한 건 아니었다. 나와 서윤 사이에는 확실한 선이 존재했고, 서로 그걸 넘어서지 않으려 애썼다.

내키지 않는다고 하면 담백하게 물러섰고, 서로가 하는 일에 간섭하지도 않았다. 요구하는 것 외에 굳이 뭔가를 더 해서 더 잘 보이려고 하지도 않았다. 마치 남남 사이에 민폐 끼치지 않으려고 조심하는 것처럼. 너무 받지도 너무 주지도 않게.

내가 지난 두 달을 곱씹는 동안 서윤은 말이 없었다. 뒤늦게 그 사실을 알아채고 뒤를 돌아보는데, 동시에 목덜미를 주무르던 손이 떨어져 나갔다. 그는 두 팔로 내 몸을 끌어안은 채 내 어깨 위로 입술을 문질렀다.

"그러면 안 돼요?"

"그렇다기보다…… 갑자기 안 하던 걸 하니까."

나는 뒤이을 말을 찾지 못해 손장난만 쳤다. 참방참방 물소리만 울리던 욕조 위로 서윤의 목소리가 나지막하게 떨어졌다.

"선배."

"응."

"저랑 같이 있는 거 어때요?"

나는 머릿속에 떠오른 단어를 곧장 내뱉으려다 잠시 망설였다.

"싫진 않아…… 좋아."

그 말을 들은 서윤은 나를 조금 더 세게 끌어안았다.

"그럼요…… 이제 그 사람 안 만나면 안 돼요?"

이름이 나온 건 아니지만 그 사람이라는 게 누구를 가리키는 건지는 뻔하디뻔했다. 나는 그 이름을 입에 올려 확인차 되묻는 대신 서윤의 얼굴을 바라봤다.

"안 만났으면 좋겠니?"

"네."

"왜?"

서윤은 아무 말도 하지 않았다. 나는 아닌 걸 알면서도, 확인하고 싶은 마음에 굳이 물어봤다.

"이제 그만하고 싶어? 내 연락받고 나한테 오는 거?"

"아뇨."

그 대답만큼은 즉시 떨어졌다. 나는 뒤이어질 말을 어쩐지 알 것 같았다.

"선배가 그 사람 만나는 게 싫어요."

아무리 눈치가 없어도 여기까지 들었으면 확신을 할 수밖에 없었다. 나는 시선을 아래로 내려 물 위로 반쯤 드러난 내 무릎을 바라봤다. 마치 외로운 섬 같은 두 무릎에 나는 따뜻한 물을 끼얹었다.

"서윤아."

"네."

"내가 좋아?"

참방. 참방.

가벼운 물소리 뒤로 이어지는 건 지독한 정적이었다. 나는 그가 지금 무슨 표정을 짓고 있는지 보고 싶었지만, 내 몸을 끌어안은 힘이 너무 세서 몸을 움직일 수가 없었다.

나는 물장난을 그만두고 투명한 물 너머로 내 허리를 끌어안은 팔을 들여다보았다. 참방대는 물소리마저 끊겨 고요해도 너무 고요해진 침묵 속에서, 드디어.

"네."
선배가 좋아요.
서윤의 목소리가 분명하게 들려왔다. 나는 눈을 감아 버렸다.
내가 서윤을 처음 본 건 10년도 더 전의 일이었다. 무언가 변화가 일어나려면 진작에 일어났어야 했다. 전조 없는 급격한 지각변동엔 원인이 있기 마련이다. 그 원인이 뭔지는 불 보듯 뻔했다.
나는 이 상황이 조금 우습게 느껴졌다. 서윤과 나 사이에 변한 거라곤 정말로 하나밖에 없었다. 잠자리를 같이하게 됐다는 것. 그것도 고작 두 달 동안.
박민준과 임지수는 3년을 해도 안 됐는데, 임지수와 이서윤은 고작 두 달 만에 됐다.
도대체 뭐가 달랐던 걸까.
다만 한 가지. 확실하게 말할 수 있는 건, 만약 내가 이서윤과 같이 자는 일이 없었다면 그는 내게 아직도 귀엽기만 한 후배였을 거라는 거였다.
그리고 이서윤도. 나랑 자는 일이 없었더라면 새삼스럽게 내가 좋아지진 않았겠지.
"……난 잘 모르겠어."
줏대 없이 내뱉은 말은 목소리마저 떨리고 있었다.
서윤은 말이 없었다. 그러다 한참 만에 그가 내뱉은 목소리는 내가 낸 목소리보다 훨씬 떨리고 있었다. 아니, 욕실이라 소리가 울려서 그렇게 들리는 걸지도 몰랐다.
"나로는 안 돼요?"
"그건 아냐. ……네가 싫은 건 아닌데."
참 우스운 답이었다. 내가 서윤이었으면 난 바로 짜증을 냈을 거다. 도대체 어쩌자는 건지.

하지만, 그게 내 솔직한 심정이었다.

이서윤이 싫지는 않다. 하지만 이게 사랑이냐고 물으면 그게 맞는지는 잘 모르겠다. 함께해도 괜찮겠다는 생각은 들지만 절실하게 함께하고 싶냐고 묻는다면 동그라미나 엑스가 아닌 물음표가 가장 먼저 떠올랐다.

희망 없는 사랑에 갈급했던 시간이 너무 길었다. 이제 그만 쉴 곳을 찾고 싶어 하는 마음을 섣불리 애정으로 착각하고 있는 건 아닌지 겁이 나기도 했다.

이렇게 나 자신도 헷갈리는 상황에서 무작정 함께하기로 결정했다가, 나중에 가서 보니 그렇게 결정할 게 아니었다는 생각이 들면?

나는 이제 상처받는 게 무서웠다. 하지만 그것보다 더 무서운 건, 내가 이 애한테 상처가 되는 거였다. 그건 더 큰 상처로 내게 돌아올 테니까.

"싫은 게 아니면, 그럼 그냥 시작해 봐도 괜찮잖아요."

한참 동안 말이 없는 내게 서윤이 어렵게 말을 꺼냈다. 어떻게든 나를 설득하려는 느낌이 다분한 목소리였다. 거기에 대고 그래, 라고 대답할 수 있으면 참 좋을 텐데. 나는 차마 그러지 못했다.

"그냥…… 확신이 안 서. 그래도 되는지."

내 목소리는 내가 들어도 형편없을 정도로 떨렸다. 그 목소리가 우는 것처럼 들렸던 걸까. 서윤은 마치 달래듯 누그러진 목소리를 냈다.

"그럼 기다릴게요."

내가 그 말에 아무런 대답도 못 하자, 서윤이 재차 말했다.

"선배가 좋다고 할 때까지 기다릴게요. 대신 하나만 약속해요."

서윤이 물속에서 손을 꺼내 내게 새끼손가락을 내밀었다. 언젠가 흔들리던 내 마음을 단단하게 잡아 주었던 것처럼.

"꼭 저한테 오는 거예요. 허락이든 거절이든, 저랑 정리되기 전까지는 다른 사람 안 만나는 거예요. 선배한테 제가 제일 먼저일 거라고 약속해요."

그것만 약속해 주면 언제까지든 기다릴 수 있어요.

고스란히 내 머릿속에 들어온 그 말을 곱씹으며 나는 고개를 끄덕였다.

어차피 다른 사람 같은 건 생각할 여유도 없었다. 내가 뒤늦게 새끼손가락을 걸자 서윤이 안심한 듯 웃는 소리가 들려왔다. 나는 다시금 나를 안아 오는 팔에 머리를 기댔다. 그 위로 서윤의 나지막한 목소리가 부드럽게 내 귀를 덮었다.

"좋아해요, 선배."

다른 건 몰라도 이것 하나만은 확실했다.

훗날 우리의 관계가 어떻게 되든, 지금 들은 이 말이 내 삶의 아주 많은 부분을 지탱해 주리라는 것만은.

시선을 마주치다

달력이 넘어가면서 어느덧 가을도 무르익었다. 이제 긴 소매만으로는 쌀쌀해서 얇은 코트를 꼭 챙겨 입어야 했다.

내 옷차림이 그렇게 변하는 동안 서윤과의 관계는 특별히 달라지지 않았다. 우리는 여전히 가끔 만나고, 여차하면 한 침대를 쓰고, 데이트 비슷한 것도 했다. 다만 단 한 가지, 섹스는 안 하게 됐다.

지금 우리 관계를 굳이 정의 내리자면 한쪽은 고백을 했고 다른 한쪽은 확실한 답을 주지 않은 상황이었다. 그러다 보니 분위기가 무르익어도 브레이크가 걸렸다. 예전 같았으면 그럴 마음이 들었을 때 서윤이 먼저 손을 뻗든 내가 먼저 그를 넘어뜨리든 했겠지만, 우리는 마치 약속이라도 한 것처럼 더 이상 선을 넘지 않게 됐다. 그러니까, 육체의 선만.

그런 애매한 관계가 지속되는 동안 나는 생각을 정리하기는커녕 오히려 머리가 더 복잡해졌다. 어떤 때는 시간이 더 흐르기 전에 확실히 붙잡고 싶다가도, 또 어떤 때는 지금의 이도 저도 아닌 상황에 안주하고 싶고.

정말 어쩌자는 건지. 이제는 나도 나를 알 수가 없었다.

그 와중에 스튜디오는 다시 또 일이 몰아치는 시기가 됐다. 서윤 역시 스케줄이 규칙적으로 정해져 있는 게 아니다 보니 최근엔 거의 만나지 못하고 전화로만 안부를 나누는 실정이었다.

그러다 월말이 가까워져 드디어 약속을 잡았건만.

"이모…… 이게 다 뭐야?"

"옷장 정리할 때 됐잖니. 너 입으라고 좀 들고 왔지."

이모가 거실 테이블에 한가득 내려놓은 쇼핑백을 보며 나는 작게 한숨을 내쉬었다.

느닷없이 이모가 집으로 찾아오겠다고 하는 바람에 서윤과의 약속이 보류된 게 아쉽기는 했지만, 지금 나오는 한숨은 그 때문만은 아니었다.

계절이 바뀌었으니 옷 정리할 때가 된 건 사실이고, 나 역시 새 옷을 좋아하긴 했다. 하지만 어릴 때처럼 새거라고 마냥 좋아할 순 없었다. 저 쇼핑백에 뭐가 들었을지 뻔히 예상되니까.

내가 원하는 옷을 선물하려면 매장으로 불러서 직접 고르라고 하는 게 맞았다. 하지만 그러지 않고 집으로 가져왔다는 건 저것들이 내 손으로는 고를 리 없는 옷들이라는 걸 뜻했다. 아마 나한테 입히고 싶은 옷을 가지고 왔겠지.

이모와 나는 다른 취향은 거의 다 맞는데 옷만큼은 유난히 안 맞았다. 옷이 안 맞으니 구두 취향도 맞을 리 없고, 액세서리는 말할 필요도 없고.

"봐, 예쁘지?"

이모가 쇼핑백에서 원피스 하나를 꺼내 펼쳐 들며 내게 물었다. 플라워 패턴의 A라인 원피스. 나는 나도 모르게 애매한 표정을 짓고 말았다.

원피스를 좋아하긴 하지만 내가 입는 건 거의 단색의 무늬 없는 종류였다. 천에 장식이라고는 포인트 바이어스 정도가 고작인, 정장풍 원피스 종류.

그렇게 단정하고 심플한 걸 좋아하는 나와 달리 이모는 화려하거나 독특한 걸 좋아했다. 말하자면 우리의 취향은 극과 극을 달렸다.

하지만 그걸 알면서도 왜 이런 걸 사 왔냐 투덜거릴 수는 없었다. 그러기엔 나는 이모를 너무 좋아하니까. 이모 역시 마찬가지고.

굳이 비하자면 이모는 내게 부모님보다 더 부모님 같은 존재였다.

바빠서 눈코 뜰 새 없었던 부모님 대신 학교 행사란 행사는 이모가 다 챙겨 줬다. 모르는 애들은 이모가 내 엄마인 줄 알았을 정도로 이모는 내 유년 시절에 큰 영향을 끼쳤다. 공부밖에 모르는 부모님 밑에서 자란 내가 사진을 시작한 것도 이모의 영향이었고.

"반응이 왜 그래? 마음에 안 들어?"

다 알면서 굳이 물어보는 이모에 그저 웃음만 나왔다. 나는 이모가 건네준 원피스를 앞뒤로 살펴보며 반항 아닌 반항을 해 봤다.

"뭘 올 때마다 이렇게 사 오고 그래. 난 이모만 와도 좋은데."

"너 아니면 내가 누구한테 이런 걸 입히니? 빨리 입고 나와 봐,

어울리나 보게."

역시나, 내 말은 씨알도 안 먹혔다.

결혼을 안 해서 자식이 없는 이모는 어릴 때부터 돌봐 준 나를 딸처럼 여겼고, 그 마음이 한 번쯤 폭발할 때 이런 식으로 내 집에 들이닥치곤 했다.

오늘도 그런 날이겠거니 생각하며 나는 순순히 드레스룸으로 들어갔다. 애초에 이런 식으로 때아닌 패션쇼를 한 게 한두 번도 아니었다. 하루만 시간을 내주면 적어도 한 계절은 만족해할 이모를 알기에, 나는 오늘도 군말 없이 져 주기로 했다.

"이모는 왜 이런 걸 좋아할까."

하지만 역시 이모의 패션 취향까지는 이해해 줄 수가 없을 것 같았다. 직접 입어 보니 그냥 봤을 때보다는 좀 괜찮은 것 같긴 하지만, 이걸 입고 밖에 나간다 생각하니 솜털이 곤두서는 느낌이었다.

길이도 영 짧은 게 아무래도 어색해서 자꾸 치맛자락을 당기게 됐다. 이모한테 보여 주고 얼른 벗어야지, 그렇게 생각하며 밖으로 나갔는데 이모가 보이지 않았다. 나는 조금 놀라서 주위를 둘러봤다.

"이모?"

"애, 너 이리 와 봐!"

그때 부엌에서 이모의 호들갑 떠는 목소리가 들려왔다. 대체 무슨 일인가 하며 부엌으로 들어가자 이모가 냉장고 문을 붙잡고 안을 들여다보고 있는 게 보였다. 내 인기척을 느꼈는지 이모는 냉큼 문을 닫고 상기된 얼굴로 나를 돌아봤다.

"너 남자친구 생겼니?"

"뭐?"

"맞지? 너 집에서 음식 안 해 먹잖아."

순간 내 입이 딱 벌어졌다. 맞다, 냉장고 치우는 걸 깜빡했다.

집에 오면 늘 창틀이나 가전제품 위에 쌓인 먼지부터 훑어보는 이모인지라 냉장고를 비워야 한다는 생각은 미처 하지 못했다. 내가 혼자 저렇게 재료 사서 해 먹었다고 하면 절대 안 믿을 텐데.

하지만 이모는 내가 그럴듯한 변명을 떠올릴 시간 따윈 주지 않았다. 그러기는커녕 혼자 멋대로 결론을 내리고는 내게 속사포처럼 물어왔다.

"누구야? 어떻게 만났어? 사람은 괜찮아?"

"그게……."

"그렇게 남자엔 관심 없다 관심 없다 하더니, 대체 어떤 남자가 네 관심을 끈 거야? 응?"

그거야 좋아하는 사람이 있으니 소개팅 거절하려고 한 말이었고.

나는 뭐라고 해야 할지 몰라 애꿎은 입술만 잘근거렸다. 아직까지 서윤은 딱히 남자친구 같은 게 아니었다. 하지만 집에 누군가가 드나든다는 걸 들킨 마당에 애인은 아니라고 하면 상황이 심각해질 것이다.

사귀지도 않는데 벌써 선까지 넘었다는 걸 알면 아마 이모는 뒷목 잡고 넘어갈 테지. 그 나잇대 어른 치고 상당히 열려 있긴 하지만, 아무리 그래도 그런 얘기까지 아무렇지 않아 할 정도는 아니었다. 게다가 이건 세대 차이를 떠나서 또래 친구들한테 말하기도 영 떳떳한 일은 아니니까.

나는 이 상황을 어떻게 넘길까 고민하다가 그냥 대충 둘러대기로 마음먹었다.

"그냥…… 얼마 안 됐어. 어쩌다 보니까 그렇게 돼서."

"네 엄마 알면 뒤로 넘어가겠다. 이리 와서 얘기 좀 더 해 봐."

이모가 식탁에 앉아 내게 손짓했다. 나는 이모의 눈을 피해 괜히 차를 끓인다며 티팟에 물을 올리고 찻잎을 꺼낸다며 부산을 떨었다.

"별로 얘기할 거 없는데…… 그냥 일하다 만났어."

"동종업계야?"

이건 뭐라고 설명하지. 등골을 타고 땀이 한 방울 쭉 흘렀다.

"비슷하긴 한데…… 프리랜서야."

"뭐 어때. 다들 어시부터 시작하잖아. 자기 몸 하나 건사할 줄 알면 됐지."

비슷한 업계 프리랜서라는 말에 스튜디오 어시를 떠올린 모양이었다. 나는 거기다 대고 뭐라 더 덧붙이기 애매해 이모의 착각을 그냥 내버려 뒀다.

"부모님 얘기는 아직 안 했지? 돈 보고 덤비는 남자 골치 아파. 꼭 해야 할 타이밍 아니면 그냥 하지 마."

엄마에게 듣기로, 이모는 예전에 그런 비슷한 일로 속 썩은 적이 있다고 했다. 그래서 그런지 이모는 잊을 만하면 나한테 절대 남자한테 돈 얘기하지 말라고 신신당부를 하고는 했다.

어려서부터 하도 그 이야기를 듣고 산 덕에 나도 주변에 집안 이야기는 잘 안 하게 됐다. 서윤에게도 부모님이 무슨 일을 하신다 말한 적은 없다. 하지만 이 집에 처음 왔을 때 놀랐던 표정을 생각하면 어느 정도 짐작은 하고 있지 않을까. 물론 나는 그 이야기는 쏙 빼고 서윤의 편을 들었다.

"걱정 안 해도 돼. 걔 그럴 애 아니야."

"어머, 얘 좀 봐. 너 설마 벌써 말한 거니?"

"그런 거 아니라니까. 애초에 나 밖에서는 집안 얘기 잘 안 해. 어차피 내가 번 돈도 아닌데."

사실 내가 어렸을 땐 이렇게까지 잘사는 집이 아니었다.

친가는 원래 잘 사는 집이었던 모양이지만, 엄마는 없는 살림에 공부해서 사법고시를 패스한 개천용이었다. 덕분에 결혼할 때 반대가 심했고, 결국 아버지는 친가랑 인연을 끊기까지 했다고 했다.

두 분은 변호사로 각자 일하며 벌다가 내가 유치원에 들어갈 때쯤 아예 법률사무소를 차렸다. 겨우 두 분으로 시작한 그 사무소는, 25년이 지난 지금은 몰라보게 커져서 이름을 얘기하면 모르는 사람이 없을 정도로 큰 로펌이 되어 버렸다.

그사이 통장에 차곡차곡 쌓인 돈은 억 소리가 나올 만큼 어마어마했는데, 바쁘다는 핑계로 내게 신경 써 주지 못한 걸 미안해하는 두 분은 대신에 내가 하고 싶다고 하는 건 전폭적으로 지원해 주셨다. 내가 이 나이에 땅값 비싼 동네에서 내 명의로 된 스튜디오 건물을 차릴 수 있었던 건 그 덕분이다.

그 은혜에 감사하긴 하지만, 한편으로는 자수성가한 부모님 앞에서 작아지는 느낌이 드는 것도 사실이었다. 게다가 두 분 다 변호사다 보니 당신들의 딸인 나 역시 그쪽으로 진학하지 않을까 내심 기대하셨는데, 안타깝게도 난 그쪽으로는 전혀 흥미가 없었다.

만약 이모가 아니었으면 나는 적성에도 안 맞는 로스쿨 진학을 했을지도 모른다. 나 혼자였다면 절대 그 은근한 기대를 무시하지 못했을 테니까. 그런 걸 생각하면 역시 이모한테 잘해야 했다.

작게 한숨을 내쉬는 것과 동시에 물이 다 끓었음을 알리는 알림음이 울렸다. 특별히 이모가 좋아하는 찻잎으로 차를 탔는데, 정작 이모는 차에는 관심이 없고 싱글벙글 웃는 얼굴로 내게 캐묻기 바빴다.

"말하는 거 보니까 동갑 아니면 연하인가 본데."

"연하야. 두 살 어려."

살짝 체념한 듯 말하자 이모가 눈을 반짝이며 호들갑을 떨었다. 나는 그 눈이 부담스러워 다른 곳으로 시선을 돌리며 찻잔을 입으로 가져갔다.

"좋을 때네! 결혼은? 할 거야?"

"결혼?"

느닷없는 단어에 들고 있던 찻잔을 급하게 내려놓았다. 하마터면 사레들릴 뻔했다.

"지수 너 결혼은 일찍 하고 싶다고 했잖아."

내가 언제 그런 말을 했지? 곰곰이 생각해 보니, 확실히 중고등학교 땐 그런 말을 했던 것 같기도 했다. 부모님들은 왜 십 년 전 일을 어제 일처럼 얘기하는 걸까. 작게 한숨이 나왔다.

"언제 적 얘길 하고 있어. 그리고 우리…… 그런 얘기 할 단계는 아니야."

아직 사귀고 있는 것도 아니니까.

그 말은 찻물과 함께 목구멍으로 삼켰다. 늘어나는 거짓말에 자꾸 양심이 찔렸다.

이서윤이랑 결혼? 세상에서 제일 안 어울리는 단어를 나란히 붙여놓은 것 같았다. 무엇보다 나이가 문제였다.

남자들, 아니, 그냥 남자도 아니고 남자 연예인은 특히 결혼이 늦은 편이었다. 아예 안 하는 사람도 많았고.

서윤은 과연 어느 쪽일까?

문득 턱시도를 입은 서윤의 모습이 머릿속에 떠올랐다. 그리고 그 옆에 함께 서 있는 여자는 얼굴을 알 수 없는, 내가 아닌 다른 여자였다. 좀 더 예쁘고, 어리고, 밝고, 구김 없는. 꼭 이서윤 같은.

갑자기 착잡해졌다. 나도 모르게 한숨을 내쉬었더니 이모가 재차 추궁해 왔다.

“성격은 어때. 너한테 잘해 줘?”

“응, 착해.”

“얼굴은? 잘생겼어?”

그 말에 내가 무슨 표정을 지었는지, 이모가 깔깔 웃으면서 내 팔을 찰싹 때렸다.

“좋아 죽네, 아주. 말로는 표현이 안 될 만큼 잘생겼나 봐?”

“내가 언제 그런 말을 했어.”

소심하게 항변했지만 이모는 들은 척도 안 했다.

“사진 찍어 놓은 거 없어? 이모도 얼굴 한번 보자.”

“나중에. 지금은 없어.”

직업이 직업이다 보니 이모는 웬만큼 유명한 모델은 거의 다 알고 있었다. 게다가 서윤은 TV에 노출도 많이 됐다. 사진을 보여 주면 바로 알아볼 것이다.

그리고 그게 아니더라도, 아직 진짜로 사귀기로 한 것도 아닌데 사진을 막 보여 줄 수는 없었다. 결국 잘 안 될지도 모르니까.

그런 내 복잡한 속을 알 리 없는 이모는 그저 흐뭇한 표정만 짓고 있다가, 기특하다는 듯 웃고는 내 머리를 쓰다듬었다.

“이모 뒤꽁무니 쫓아다니면서 엉엉 울던 게 엊그제 같은데, 언제 이렇게 예쁘게 컸을까.”

“예쁘긴 뭐가.”

어렸을 때는 몰라도 나이 서른 돼서 예쁘다는 소리를 듣고 있으려니 귀가 너무 간지러웠다. 나는 괜히 뺨을 긁다가 찻잔을 들었다.

“자꾸 그런 소리 하지 마. 나한테 예쁘다고 하는 사람 이모밖에 없어.”

멋쩍어서 그냥 둘러댄 말에 이모의 표정이 확 굳었다.

“왜 나밖에 없어? 그놈이 너한테 예쁘다는 말 안 해?”

순간 말문이 막혀서 대답을 못 하자 이모가 나를 혼내듯 흘겨봤다. 나는 입술을 말아 물고 찻잔을 내려놓았다. 역시나 이모의 잔소리가 시작됐다.

“너 깎아내리거나, 그런 놈 만나는 거 아니지? 이모 억장 무너져. 네가 세상에서 제일 귀하다고 하는 사람 만나. 아닌 놈은 쳐다도 보지 말고.”

그 말에 몇 년에 걸쳐 날 너덜너덜하게 만들었던 짝사랑이 떠올랐다. 만약 이모가 박민준 얘기를 알게 되면 대체 뭐라고 할까. 어차피 말할 생각은 없지만, 무슨 일이 있어도 무덤까지 안고 가야겠다는 생각이 새삼 들었다.

“……엄마 말은 다르던데.”

“언니가? 뭐라고 했는데?”

"어차피 남자는 최악 아니면 차악이래. 결국엔 다 똑같아지니까 너밖에 없다는 남자 절대 믿지 말라고."

그 말에 이모는 웃음을 터뜨렸다.

"그래서 네가 보기엔 어떻던데? 걘 차악인 것 같아?"

"걔는."

순간 말문이 막혔다. 나는 괜히 목덜미만 만지작거리다 이모의 눈치를 보며 어물어물 대답했다.

"악……은 아닌 것 같은데. 걔 착해, 진짜."

"으이그, 벌써 편드는 것 봐."

이모가 내 볼을 살짝 꼬집었다. 나는 할 말이 없어 그저 손으로 뺨만 문질렀다.

갑자기 조금 우울해졌다. 아예 아니라고 부정도 못 하고, 대놓고 내 애인 잘생기고 착하다고 자랑도 못 하고. 이놈의 애매한 인생은 대체 언제쯤에야 분명한 색을 띠려는지 모르겠다.

"이모, 저녁에 일정 있어?"

"아니? 왜?"

"데이트하자. 맛있는 거 먹고 싶어."

내 제안에 이모는 활짝 웃었다.

"좋지! 새 옷도 있고 잘됐네. 아휴, 누구 딸이라 이렇게 예뻐."

이모는 뒤늦게 옷이 잘 어울린다 칭찬하며 다른 것도 얼른 입어 보라고 재촉했다. 나는 그 장단에 맞추면서 분명히 같은 핏줄인데 엄마랑 이모랑 왜 이렇게 성격이 다를까 생각했다. 엄마는 무뚝뚝해서 웃는 일도 별로 없는데.

나는 이모의 성화에 못 이겨 거실에서 패션쇼를 한 다음 제일 잘 어울린다고 골라 준 옷을 입고 집을 나섰다. 화려한 플라워 패턴의 원피스는 평소 안 입는 스타일이라 조금 어색했지만, 그래도 싫지는 않았다. 적어도 기분 전환은 확실하게 되었다.

이모는 나이가 믿기지 않을 만큼 활동적이어서 같이 돌아다니면 심심할 일이 없었다. 처음 놀이공원에 데려다준 것도 이모였는데, 다 크고 나서는 바쁘다는 핑계로 시간을 많이 못 냈다. 이 참에 실컷 놀아야지.

이모가 전에 봐 두었다고 하는 식당에서 식사도 하고, 영화도 보고, 다른 사람한테는 부릴 일 없는 애교도 실컷 부렸다. 스튜디오나 이서윤 생각은 일부러 안 했다.

그동안은 몰랐는데, 아무래도 스트레스가 많이 쌓이긴 한 모양이었다. 확실히 그동안 여러 가지 일이 순식간에 몰아치긴 했다.

그래, 임지수한테는 휴식이 필요했다. 나는 이모와 함께 몸 풀러 간 스파에 누워 가만히 생각했다.

지금 일정만 좀 정리되면, 여행이라도 갈까.

익숙한 곳에서 떠나 있으면 조금은 생각이 정리될지도 모르는 일이었다. 나에 대해서, 그리고 이서윤에 대해서.

*

한번 모습을 드러낸 충동은 생각보다 생명력이 질겼다. 바쁠 때는 정신없이 일에 매달려 있다가, 집에 와 쉬다 보면 어느새 또 여행 생각을 하고 있었다.

진짜로 갔다 와?

국내 여행, 혹은 외국이라도 가까운 곳이라면 주말만으로 충분히 다녀올 수 있었다. 내친김에 당장 이번 주 주말에 다녀올 생각을 하고 있는데, 서윤이 딱 그날의 일정을 물어 왔다.

"어…… 나 그날 여행 갈까 하고 있었는데."

밖에서 만나기엔 애매하게 늦은 시간이라 서윤이 우리 집에 와 있었다. 각자 저녁은 먹은 참이라 가벼운 간식과 함께 커피를 끓였는데, 서윤은 마시라고 내준 커피에는 관심도 없이 내 얼굴만 뚫어져라 쳐다봤다.

"여행이요? 어디로?"

"그냥, 가까운 데 아무 데나. 아직 안 정했어."

나는 서윤의 맞은편에 앉으며 커피잔의 손잡이에 손가락을 끼웠다. 끓인 지 얼마 안 된 탓에 잔은 뜨거웠다. 조심스레 쥐고 입으로 가져가는데, 커피잔 너머로 서윤의 얼굴이 슬쩍 보였다. 그는 마치 시위라도 하는 듯 턱을 괸 채 입술을 삐죽 내밀고 있었다. 아무런 말도 안 하고.

"삐쳤어?"

"네."

살짝 눈치를 보며 물었더니 서윤이 냉큼 답해 왔다. 나는 이리저리 눈만 굴렸다.

"다른 날에 만나면 되지, 왜."

"못 만나서 그러는 게 아니라요."

서윤은 옅은 한숨과 함께 머리카락을 뒤로 쓸어 넘겼다. 왼손으로 비스듬하게 턱을 괸 그는 다른 손 검지로 커피잔 가장자리를 동그랗게 쓰다듬었다. 그렇다고 말을 꺼내는 대신, 온몸으로 섭섭해 죽겠다고 표현하는 저것도 재주라면 재주였다.

"제가 안 물어봤으면 끝까지 말 안 했을 거잖아요. 전 지방 잠깐 내려가는 것도 다 말했는데."

그리고 서윤이 서울에서 사라지자마자 바로 박민준을 만나러 갔지.

순간 떠오른 생각에 어마어마한 죄책감이 밀려들었다. 나는 서윤의 눈치를 보다가 달래는 목소리를 냈다.

"말을 왜 안 해. 당연히 하지."

"그럼 언제 말하려고 했는데요?"

"……도착해서 인증사진 보낼 때?"

순간 놀리고 만 건 내 의지가 아니었다. 진짜로.

마치 시저라도 된 것처럼 배신감 가득한 얼굴로 날 바라보던 서윤은 연극풍의 과한 몸놀림으로 테이블 위로 엎어졌다. 그 모습에 하마터면 꾹 참고 있던 웃음을 터뜨릴 뻔했다. 나는 간신히 웃음을 진정시켰지만, 입꼬리 새로 바람이 살짝살짝 새는 것만은 막지 못했다.

"농담이야, 농담. 오늘 얘기하려고 했어. 진짜야."

"됐어요……. 오늘 입은 마음의 상처는 못 해도 한 달은 갈 것 같으니까……."

"그럼 한 달 뒤에 볼까?"

"진짜 너무한 거 아니에요?"

서윤이 상체를 벌떡 일으키며 항의했다. 나는 피식 웃으며 커피잔을 내려다봤다. 밤처럼 새까만 물 위로 내 얼굴이 어른어른 비치는 순간, 갑자기 그런 충동이 들었다.

"같이 갈래?"

"……같이요?"

"안 내키면 말고."

흘끔 서윤의 얼굴을 보자 그는 뭐가 망설여지는지 눈꼬리를 길게 늘어뜨리고 있었다. 다만 내 제안이 곤란하다거나 기분이 나쁜 건 아니었는지, 조심스레 묻는 목소리는 아까보다 많이 부드러워져 있었다.

"안 내키는 게 아니라…… 선배 혼자 가고 싶었던 거 아니에요? 저 말 안 해 준 게 섭섭한 거지 같이 못 가서 섭섭한 건 아니에요."

참 이서윤다운 말이었다. 나는 나도 모르게 조금 웃고 말았다.

"원래는 혼자 갈까 했는데…… 생각해 보니까, 여행 가면 맛있는 것도 많이 먹어야 하는데 혼자 가면 한 번에 하나밖에 못 먹잖아."

"그거 또 하게요?"

"요즘 뜸하지 않았니?"

예전에, 우리가 그냥 선후배 사이였고 이서윤이 지금보다 덜 유명했을 때 자주 했던 일이었다.

레스토랑이든 디저트 카페든 가고 싶은 맛집을 찾아가 보면 꼭 두 개 이상의 메뉴가 신경 쓰이곤 했다. 그런데 혼자서는 다 먹을 엄두가 안 나고, 남기기는 아깝고, 다시 찾아오기도 귀찮고.

그런 곳을 어쩌다 서윤과 같이 간 적이 있었는데, 그때 나는 생각도 못 한 해답을 얻었다. 다양한 걸 조금씩 먹고 싶어 하는 나와 진공청소기 소리를 들을 정도로 많이 먹는 이서윤.

자기가 다 먹을 테니 걱정 말고 시키라기에 작정하고 다섯 개를 시켰더니 그걸 깔끔하게 다 먹어 치웠다. 내가 조금씩 덜어간 걸 감안해도 족히 4인분은 되었을 그 양을.

이서윤이 대식가라는 걸 새삼 실감한 그 일이 있은 후, 나는 신경 쓰이는 가게가 생기면 서윤을 불러서 같이 가고는 했다.

한동안 그렇게 점심 식사만 하고 헤어졌던 적이 꽤 있는데, 요새는 그러지 못했다. 서윤이 너무 유명해진 탓이었다. 아예 밖에서 만난 일 자체가 거의 없어진 것도 그 때문이었고.

서윤은 잠시 턱을 만지작거리며 생각에 빠졌다.

"잠깐만요…… 생각 좀 해 보고요."

나를 슬쩍 살피는 얼굴을 보아하니 일부러 뜸을 들이는 것 같았다. 그의 눈에 감도는 희미한 장난기를 본 나는 괜히 팔짱을 낀 채 입술을 톡톡 두드렸다.

"흠, 생각해 보니까 그냥 혼자 가는 게 나으려나……. 너랑 같이 가면 거의 못 돌아다닐 테고."

"왜요?"

"사람들이 다 너 알아볼 거 아냐. 그냥 데이트도 아니고 단둘이 여행은 좀 그렇지 않아?"

내 말을 진심으로 받아들인 건지, 서윤이 진지한 얼굴로 즉각 답해 왔다.

"해외로 가면 되죠. 현지에서 만나면 알아보는 사람 아무도 없을걸요."

조급함이 느껴지는 목소리에 나는 소리 내어 웃었다.

"생각 좀 해 보신다며?"

"아까 전에 끝났어요. 어디가 좋아요?"

아, 진짜. 귀여워 죽겠네. 나는 순간 든 생각을 들키지 않으려 입술에 힘을 꾹 줬다.

"너무 먼 데는 말고. 비행기 오래 안 탔으면 좋겠어."

"그럼 일본이나 중국? 대만도 괜찮겠네요."

"나 셋 다 안 가봤는데."

그 말에 서윤이 놀란 표정을 지었다.

"진짜요? 선배 여행 꽤 많이 다녔으니까 다 가 봤을 줄 알았는데."

"해외로 간 건 거의 다 유럽이었어. 그쪽 건축양식이 좋았거든. 동화 같잖아."

그러고 보면 바로 옆에 있는 나라들을 놔두고 먼 데만 다녔다. 왜 그랬을까 생각해 보니, 이왕 비행기 타는 거 내가 좋아하는 나라에 갔다 오자고 마음먹었던 것 같다. 당시에는 서양의 건축양식과 예술에 푹 빠져 있었으니까.

"그럼 대만 어때요? 몇 번 가 봤는데 좋더라고요. 외곽으로 빠지면 경치도 좋고."

"그래?"

대만에 간 적 있냐고 물으니 서윤이 서너 번이라고 답해 왔다.

"저 어렸을 때 중국어를 좀 배웠거든요. 그 김에 중국도 한두 번 가 봤는데, 저는 그냥 대만이 낫더라고요. 적당히 둘러보기도 편하고."

"중국어도 했었어? 몰랐는데."

"뭐, 평소엔 쓸 일이 없으니까요."

"얼마나 배웠는데? 지금도 잘해?"

"잘한다고 하기는 그렇고요…… 현지에서 대충 의사소통할 정도는 돼요."

그를 증명할 요량인지 서윤이 한국 사람들도 웬만큼은 다 아는 인사말을 줄지어 내뱉었다. 과연, 확실히 억양이 중국어 좀 배웠구나 싶었다.

"그럼 너만 믿고 가도 돼? 나 영어랑 스페인어는 좀 하는데 중국어는 니하오마랑 셰셰밖에 몰라."

"그럼요, 저만 믿어요. 저 3개 국어 가능하거든요."

"3개 국어?"

"한국어, 중국어, 몸으로 말해요."

손가락을 하나씩 세 개 접은 서윤이 두 손으로 배를 잡은 채 온 얼굴을 찌푸리며 급하다는 티를 냈다.

누가 봐도 당장 화장실에 가지 않으면 큰일 날 사람이었다. 그 익살맞은 연기에 과연 연극부 출신이라고 나는 깔깔대며 웃었다.

"그래, 그럼 대만 가자. 근데 대만은 뭐가 유명해?"

"글쎄요. 당장 생각나는 건 펑리수랑 밀크 버블티, 망고 빙수나 지파이, 취두부……."

"아니, 아니. 먹는 거 말고. 혹시 대만에도 온천 같은 거 있나? 나 온천 가고 싶은데."

"온천이요?"

"응. 관광보다는, 많이 안 돌아다니고 그냥 좀 쉬다 오고 싶어서. 원래 온천 있는 데로 가려고 생각하고 있었거든. 가능하면 사람 많이 없는 곳으로."

내 말에 가만히 생각에 잠겨 있던 서윤이 부드럽게 미소 지었다.

"그럼 제가 골라도 돼요?"

"아는 데 있어?"

"예전에 한번 가 본 덴데, 경치도 괜찮고 관광객도 많이 없는 데 있어요. 대신 도심에서 좀 많이 떨어져 있긴 하지만."

이름을 까먹었다고 핸드폰을 뒤지던 서윤은 몇 분이 지난 뒤에야 찾았다며 내게 사진을 보여 줬다.

야트막한 산에 위치한 노천 온천은 확실히 풍경도 예쁘고 괜찮아 보였다. 무엇보다 전에 한 번 가봤다고 하니 길을 헤맬 염려도 없을 것 같고.

"그럼 예약 같은 거 다 맡겨도 돼?"

"그럼요. 대신 저 가이드는 잘 못 할 수도 있어요. 누구랑 같이 다녀본 적은 거의 없어서."

그렇게 말하는 얼굴은 언제 시무룩했냐는 듯 싱글벙글 웃고 있었다. 저렇게 웃는 걸 보니 나도 괜히 기분이 좋아졌다.

들고 있던 핸드폰을 테이블에 내려놓은 서윤이 내게 손을 뻗어왔다. 나는 자연스럽게 그 손을 맞잡아 주었다.

"같이 여행가는 게 그렇게 좋아?"

"그것도 그런데."

서윤은 가만히 있다가 나지막한 목소리로 말을 이었다.

"그냥 지금 이렇게…… 같이 있는 게 좋아요. 계속 같이 있었으면 좋겠어요."

서윤은 시선을 아래로 떨어뜨린 채 계속 내 손을 만지작거렸다. 나는 내 손을 잡은 그의 손을 바라봤다.

살짝살짝 닿았다 떨어지는 그의 손길 때문일까. 가슴이 두근거렸다. 조금 간질간질한 것 같기도 했고.

좋은 건 나 역시 마찬가지였다. 서윤이 말한 대로 나 역시 그와 계속 같이 있고 싶었다.

사귀자고 할까.

솔직히 말하면 단둘이 해외여행까지 가는 주제에 사귀지 않는다는 게 더 웃겼다. 아니, 생각해 보면 사귄다고 말만 안 했다뿐이지 이미 사귀고 있는 걸지도 몰랐다.

그냥 말도 해 버릴까. 싫은 게 하나도 없는데. 앞으로도 싫은 게 없을 것 같은데. 드는 거라곤 좋은 예감밖에 없는데.

"서……."

"아, 잠시만요."

그때 테이블 위에 엎어 놓은 서윤의 핸드폰이 짧게 울렸다. 매니저 형이 보낸 거라고 짧게 투덜거린 그는 곧장 답장을 보내고 다시 핸드폰을 내려놓았다.

"왜요?"

"아냐, 아무것도."

이 타이밍에서 얘기하긴 좀 그러려나. 나는 고개를 흔들며 커피잔을 입으로 가져갔다.

하긴, 아무리 사이좋은 커플이라도 여행 한 번 갔다 오면 크게 싸우고 헤어지는 일이 비일비재하다고 했다. 혹시나 그렇게 될지도 모르는 일이니까.

아무 탈 없이 여행을 다녀오면 그때 제대로 정리를 해야겠다. 나는 이번에도 그렇게 타협하며 결론 내리기를 뒤로 밀었다.

*

가까운 나라 특성상 대만 공항에는 한국인이 많았다. 나는 곳곳에서 들려오는 한국어에 서윤과 숙소 근처에서 따로 만나기로 한 걸 잘했다고 생각했다.

그래도 비행기는 같은 걸 탔으니 스쳐 가듯 마주치려면 마주칠 수도 있을 것 같았는데, 비행기 앞쪽에 타서 먼저 내린 서윤은 입국심사장에서도 짐을 찾는 곳에서도 볼 수가 없었다. 나는 공항 내부를 이리저리 둘러보다가 알아서 먼저 나갔겠거니 싶어 뒤늦게 택시 정류장을 찾았다.

말이 통하지 않는 상황이라 나는 잔뜩 긴장한 채 번역기 앱을 켜놓은 핸드폰을 쥐고 택시에 올랐다. 다행히 택시 기사는 내가 보여 준 메모지만 보고도 고개를 끄덕였다. 천천히 달리기 시작한 차창 너머로 바깥 풍경이 스쳐 지나갔다.

비가 오면 어쩌나 걱정한 것과 달리 날씨는 좋았다. 기온도 한국보다 약간 따뜻하달까, 더운 편이었고. 나는 겉옷을 벗어 무릎 위에 올려놓은 뒤 계속 창밖을 구경했다.

"오토바이가 진짜 많네……."

인구 대비 오토바이 보유 수가 세계 1위라더니 눈을 한 번 깜빡일 때마다 오토바이가 빠른 속도로 창밖을 지나쳤다. 나는 손가락을 접어 가며 오토바이의 수를 세다가 스물다섯에서 포기했다. 확실히 오토바이 천국이구나 싶었다.

약 20분 뒤 택시가 목적지에 도착했다. 나는 캐리어를 끌고 서윤과 만나기로 한 공원 안으로 들어갔다. 공원이라고 해서 크기가 작을 줄 알았는데, 막상 도착한 곳은 지도를 따로 붙여 놨을 정도로 규모가 큰 곳이었다.

나는 핸드폰을 꺼내 서윤에게 전화를 걸며 길을 따라 걸었다. 그런데 그도 택시를 타고 비슷한 곳에서 내린 건지, 전화가 연결되는 것보다 벤치에 앉아 있는 그를 발견한 게 먼저였다. 손을 크게 흔들자 서윤이 내게로 고개를 돌렸다.

"선배!"

벌떡 일어난 그가 나를 보며 두 손을 크게 흔들었다. 핸드폰을 가방에 집어넣고 그쪽으로 다가갔더니, 서윤이 포옹이라도 하려는 듯 두 팔을 양옆으로 넓게 벌렸다.

그 모습을 보는데 왜 웃음이 나오는지. 옛다, 싶은 생각에 두 팔을 마주 벌려 주자 성큼 다가온 서윤이 나를 번쩍 안아 들고는 그 자리에서 휙하고 한 바퀴 돌았다.

"엄마야!"

나는 깜짝 놀라서 서윤의 어깨에 매달렸다가 발이 땅에 닿고 나서야 그의 어깨를 한 대 때렸다.

"뭐 하는 거야!"

"미안해요. 너무 반가워서 그만."

말과는 달리 전혀 안 미안한 얼굴로 웃은 서윤은 내게서 떨어져 뒤로 한 걸음 물러났다. 뭐 하나 싶어 그의 시선을 따라갔더니 내가 입고 있는 치마가 눈에 들어왔다. 오늘 입고 나온 건 이모가 놓고 간 것 중에 유일하게 무늬가 없는 회색 플레어스커트였다.

"웬일이에요? 플레어 잘 안 입잖아요."

"그냥, 돌아다니기 편할 것 같아서. 이상해?"

"아뇨, 잘 어울려요. 예뻐요."

서윤의 입가에 마치 그린 듯한 미소가 떠올랐다. 그가 내 발치에서 뒹구는 캐리어를 일으켜 세우는 동안 나는 괜히 다리를 앞뒤로 움직여 스커트 자락을 들썩였다.

너무 신경 썼나?

괜히 의기소침해진 나는 서윤이 입고 있는 옷을 살폈다. 딱히 튀지도 않고 이상할 것도 없이 평소에 입고 다니는 그대로였다. 하긴, 이서윤도 흰 티에 청바지가 자부심이라는 모델 출신이었다. 거적때기를 입혀 놔도 빈티지로 소화시키겠지.

"가요, 여기서 택시 한 번 더 타야 해요."

"멀어?"

"조금? 한 30분 정도 걸릴 거예요."

사람이 별로 없는 곳이라더니 택시는 도심지를 떠나서 나무가 많은 강변으로 접어들었다.

택시가 멈춘 곳에서 보이는 건물이라곤 우리가 예약한 여관뿐이었다. 멀찍이 떨어진 곳에 나무로 지은 가옥이 보이기는 했지만 민가로 보였고, 그 외엔 흔한 편의점 하나도 보이지 않았다.

"여긴 진짜 쉬러 오는 덴가 보다."

"그쵸. 관광할 데도 없고, 쇼핑할 데도 없고. 그러다 보니까 현지인들이나 가끔 오는 것 같더라고요."

그래도 경관이 좋아서 날이 저물기 전에 산책 나오기는 좋을 것 같았다.

이따 저녁에 뭐 할까 계속 나누던 이야기는 여관 문 앞에서 직원과 눈이 마주친 순간 자연스럽게 중단되었다. 그녀는 부담스러울 정도로 상냥하게 웃으며 우리 두 사람을 안내해 주었다.

처음 그녀는 내게도 몇 번 말을 건넸지만, 이내 말이 통하는 게 서윤 한 명이라는 걸 알았는지 그에게만 말을 건넸다.

직원이 하는 말에 곧장 대꾸하는 서윤은 중국어를 그냥 조금 하는 정도가 아니라 무진장 잘하는 것 같았다. 내가 그들의 대화를 전혀 알아듣지 못하고 있어서 그렇게 느끼는 걸지도 몰랐지만.

"여기 3층에 있는 공동 노천탕은 24시간 운영이라 언제든지 가도 되는데, 2층에 있는 노천탕은 새벽 여섯 시부터 밤 열두 시까지만 열어 놓는데요."

"그럼 3층은 청소 안 해?"

"한대요. 하루에 세 번. 청소 시간은 정해져 있으니까 그때만 피하면 될 거예요."

여기서 할 거라곤 온천뿐이니 설명은 그걸로 끝난 줄 알았는데, 방에 도착해서도 직원은 꽤 많은 말을 했다. 서윤은 중간중간 내게 그 말들을 통역해 주었는데, 그러다 무슨 말을 들었는지 갑자기 웃음을 터뜨렸다.

"뭐야? 뭐라고 했는데?"

"아무것도 아니에요."

고개를 흔든 서윤은 아직 웃음기가 남아 있는 목소리로 마루 쪽에 개인 노천탕이 따로 있다고 알려 주었다. 나는 그런 것보단 직원이 뭐라고 말했는지가 궁금해 그녀가 나가자마자 얼른 서윤에게 캐물었다.

"아까 무슨 얘기 했어?"

"아무것도 아니라니까요."

"아무것도 아닌데 왜 웃어?"

"진짠데……."

서윤은 캐리어 두 개를 나란히 놓으며 약간 말을 끌었다. 이쪽을 흘끔 보는 게 눈치를 보는 것 같기도 했다. 나는 눈을 가늘게 뜬 채 서윤을 바라봤다.

"내 얘기 했지? 바른대로 말해."

그거 말고는 망설일 이유가 없었다. 얼른 말 안 하면 옆구리에 구멍을 내버릴 거라고 검지로 쿡쿡 찌르자, 간지럽다고 웃음을 터뜨리던 서윤이 끝내 입을 열었다.

“그게, 우리가 신혼부부인 줄 알더라고요.”

“뭐?”

신혼부부? 나랑? 이서윤이?

생각해 보면 그렇게 놀랄 일은 아니었다. 외국인 남녀 단둘이 온천으로 여행을 온 데다 결혼을 했어도 이상하지 않을 나이니까.

하지만 아무리 그래도 그렇지, 애인도 아니고 부부라니.

“그래서 뭐라고 했는데?”

“아니라고 했죠, 뭐.”

“그게 다야?”

그런 것치곤 대화가 좀 길었던 것 같은데. 의심이 가득한 얼굴로 바라보자 내 눈을 피하던 서윤이 결국 이실직고했다.

“조만간 결혼한다고 말했…… 악!”

그럼 그렇지. 그러니까 그렇게 웃었지.

내가 흘겨보는 시선을 아는지 모르는지 서윤은 내가 꼬집은 팔을 문지르며 과장되게 아프단 소리를 했다. 엄살임이 틀림없는 그 소리를 나는 들은 척도 안 했다.

“그냥 넘어가는 법이 없지?”

“뭐 어때요? 다신 안 볼 사인데.”

“낮말은 새가 듣고 밤말은 쥐가 듣는단 소리 몰라?”

아무래 그래도 그렇지 연예인이라는 애가 이렇게 조심성이 없어서 어쩌려는 걸까. 이쯤 되면 정말로 조심성이 없는 건지, 아니면 일부러 이러는 건지 헷갈릴 지경이었다.

그런 근심에 한층 어두워진 내 얼굴이 신경 쓰인 걸까. 서윤은 마치 달래듯 내 어깨를 잡고는 나를 앞세웠다.

"일부러 먼 데까지 왔잖아요. 괜한 걱정 말고 맛있는 거나 먹으러 가요, 우리."

애처럼 천하태평 한 애가 연예인 같은 직업을 해도 되는 걸까. 나는 절로 나오는 한숨을 막지 못했다.

"너 진짜 스캔들 나서 잘려도 내 탓 하지 마."

"좀 나 봤으면 좋겠네요, 스캔들. 기자들은 왜 나한테 관심이 없나 몰라."

농담인지 진담인지 모르겠다. 나는 얼른 밖에 나가자고 등을 떠미는 서윤을 가까스로 멈춰 세운 뒤 캐리어에서 카메라를 꺼냈다. 본격적으로 렌즈까지 챙기는 나를 보며 서윤은 고개를 절레절레 흔들었다.

"하여간 직업병."

"있어야 마음이 편해."

카메라가 무거워 보였는지 서윤이 들어 주겠다고 손을 내밀었다. 하지만 나는 괜찮다고 거절했다. 이래 봬도 밥줄이었다. 어깨가 빠지면 빠졌지 남에게 맡길 수는 없었다.

"배는 안 고파요?"

"난 딱히."

기내식 먹은 지 얼마 안 돼서 배가 아주 고프진 않았다. 넌 어떠냐고 물으니 서윤도 그다지 배가 고픈 건 아니라 했다. 시간도 이제 네 시라 뭔가 먹으러 들어가기엔 애매해서, 우리는 산책이나 하기로 했다.

숙소가 외진 곳에 있는 만큼 확실히 풍경은 예뻤다. 공기가 맑아서 푸른 하늘이 잘 보이고, 차가 별로 안 지나다녀서 소음도 없고. 그리 크지 않은 강변을 따라 줄지어 심어 놓은 나무에선 바람이 불 때마다 나뭇잎이 스치는 소리가 났다. 서로 어우러지는 바람 소리와 물소리 위로 지저귀는 새소리가 스며들었다. 마음이 저절로 평화로워졌다.

"선배는 결혼 생각 있어요?"

잡은 손을 앞뒤로 흔들며 걷던 도중, 서윤이 뜬금없이 내게 물어왔다. 문득 얼마 전에 이모한테서 비슷한 질문을 받았던 게 생각나 서윤을 돌아봤다.

"갑자기 왜?"

"그냥, 아까 신혼부부 얘기 들었던 거 생각나서요."

입가는 호선을 그리고 있었지만, 딱히 웃고 있는 건 아니었다. 그가 무슨 생각으로 그런 걸 묻는지 짐작할 수가 없었다. 덕분에 내 대답도 조금 애매하게 나갔다.

"잘 모르겠어. 예전에는 일찍 결혼하고 싶었는데."

일찍이란 말에 서윤이 미간을 찌푸렸다. 아니, 내 말 때문이 아니라 강한 햇빛 때문이었는지 그는 손을 들어 눈 위를 가렸다. 모자라도 가지고 올 걸 그랬나.

"생각이 변한 이유라도 있어요?"

"아이가 갖고 싶었거든. 그때는 아이 낳아 키우려면 꼭 결혼해야 하는 줄 알았어."

스물 중반 때의 이야기였다. 정확하게는 박민준이랑 자게 되기 전에.

그때는 서른 정도 되면 이미 결혼해서 두 살배기 아이 하나는 있을 줄 알았다. 하지만 박민준이랑 그런 관계가 되면서 일찍 결혼한다는 전제는 포기하게 됐고, 그렇게 3년을 보내면서 아예 결혼 자체에 회의적으로 바뀌었다.

나는 순간 발치에 걸리는 돌멩이 하나를 뻥 걷어찼다. 갑자기 속이 답답해졌다.

"근데 생각해 보니까 아이 갖는데 꼭 남편이 필요한 건 아니더라고."

"……그럼요?"

"정자은행 있잖아."

그렇게 말을 내뱉고 난 뒤 나는 눈치를 보듯 서윤의 얼굴을 흘끗 살폈다. 그는 여전히 무슨 생각을 하는지 알 수 없는 표정을 짓고 있었다. 나는 나를 향하는 그의 눈길을 외면하며 강 반대편으로 시선을 돌렸다.

"진심이에요?"

"진심이야. 한국에선 불임부부만 이용할 수 있나 본데 해외에선 미혼 여자라도 가능한가 보더라고. 늦어도 서른넷에는 가지고 싶어. 혼자서라도 키울 거야."

아이를 갖겠다는 생각은 변한 적이 없다. 하지만 박민준의 아이만은 죽어도 낳기 싫었다. 그래서 몇 년이나 짝사랑했음에도 불구하고 피임만은 누구보다 철저하게 했다.

모텔에서 주는 콘돔은 쓰지도 않았고, 혹시나 하는 생각에 피임 시술도 받았다. 나중에 아이를 가질 때 문제가 되지 않을까 걱정이 되긴 했지만, 박민준의 아이를 낳아 기르는 것보다는 나았다.

참 아이러니한 일이었다. 박민준 아이는 죽어도 낳기 싫은데, 그 와중에도 잠은 자고 다녔으니.

어쨌든 결혼과 아이를 분리해서 생각하게 된 결정적인 원인이 박민준이라는 건 부정할 수 없는 사실이었다. 서윤도 그 사실을 짐작했는지 그에 대해 자세히 캐묻지는 않았다.

"선배가 애들 좋아하는 줄은 몰랐는데."

"다 그 얘기 하더라. 의외인가 봐. 난 그냥 일에만 관심 있을 것 같대."

"일에 열정적인 거랑 아이에 관심 없는 건 좀 별개 아니에요?"

"너도 의외라고 생각한 거 아냐?"

"그냥 놀란 것뿐이에요. 아이 얘기는 전혀 한 적이 없으니까."

그도 그럴 게, 아무리 친하다고는 해도 남자 후배인 서윤과는 연애, 결혼, 출산에 관해서 이야기를 잘 나누지 않게 됐다.

그러고 보니 얘랑 만나면 주로 무슨 이야기를 했더라. 생각나는 거라곤 어느 식당이 맛있고, 어디 경치가 좋고, 어느 연극 영화가 재밌고 이런 게 전부였다.

덕분에 새삼 깨달았다. 박민준 외의 다른 일로는 별로 깊은 대화를 나눠 본 적이 없구나.

하지만 서윤에게만 그런 건 아니었다. 나는 아무리 친하다고 해도 다른 사람에게 속내를 잘 털어놓는 타입이 아니었다. 특히 약간이라도 의견이 부딪힐 만한 화제는 아무래도 피하게 되었다. 부모님 두 분이 변호사라는 게 놀라울 정도로 나는 언쟁을 좋아하지 않았다.

"넌 결혼 생각한 적 있어?"

"어떨 것 같아요?"

"글쎄……."

나는 목소리에 어떤 감정이 깃들지 않도록 에둘러 대답했다.

"하면 잘할 것 같은데. 아내한테도 아이한테도."

서윤은 희미하게 웃으며 답했다.

"결혼은 하고 싶어요. 아이는 모르겠지만."

나랑은 정반대였다. 그 사실을 인식한 순간 가슴이 조금 철렁했다. 나는 그런 티를 내지 않으려 애써 웃었다.

"애들 싫어해?"

"싫은 건 아닌데, 전 신혼이 좀 긴 게 좋아서요. 결혼은 사랑하니까 하는 거잖아요. 책임져야 하는 일은 어차피 산더미처럼 생길 텐데 둘이서 좋은 기억이라도 충분히 만들고 시작하고 싶어요."

"그럼 연애를 길게 하면 되는 거 아냐?"

"결혼이랑은 다르잖아요. 없던 가정을 새로 만드는 거니까."

나는 더 말하기를 그만두고 땅을 내려다봤다.

지금 사귄다고 해도 결혼은 각자 다른 사람이랑 하게 되는 수도 있을까? 하긴, 세상에는 결혼까지 가는 커플보다 헤어지는 커플이 훨씬 많았다.

언젠가 서윤과 등 돌리는 날이 오게 된다면, 그때는 또 그럴 만한 이유가 생긴 다음이겠지. 이미 한 번 박민준을 지워 낸 것처럼.

그럼 지금 이 순간을 후회하는 날도 올까.

서윤의 목소리도, 분위기도, 손을 잡을 때는 꼭 깍지 껴 잡는 거나 어깨를 곧게 펴고 걷는 이 걸음걸이까지 지금은 다 좋은데. 언젠가는 아무 감정 안 들게 되는 날도 오는 걸까.

나는 서윤을 한 번 쳐다봤다가 다시 하늘을 바라봤다. 하늘은 여전히 맑고 푸르렀다. 나는 둥둥 떠다니는 새하얀 구름을 보다가 서윤의 손을 놓았다. 갑자기 놔서인지 그가 나를 쳐다봤다. 나는 이유를 설명하듯 카메라를 꺼내 손에 쥐었다.

"저기 한번 서 볼래?"

"사진 찍게요?"

"응. 풍경 좋잖아. 빛도 잘 들고."

나는 카메라를 들고 약간 뒷걸음질을 쳤다. 카메라를 눈에 대고 배경으로 쓸 나무와의 거리를 재는데, 서윤이 옆에서 당황한 목소리를 냈다.

"여기까지 와서 일하게요?"

"언제는 꼭 찍어 달라며?"

"그거야 같이 일하고 싶다는 거였죠. 지금은 놀러 온 거잖아요."

"논다고 생각해, 그럼."

하지만 그렇게 생각할 수가 없는지, 서윤은 입술을 삐죽거렸다.

"대충은 안 찍을 거면서."

"대충 찍히고 싶어?"

그 말에 서윤은 별수 없다는 듯 작게 한숨을 쉬었다. 이내 미소를 지은 그는 내가 가리킨 나무로 걸어갔다. 기둥이 조금 휘어진 커다란 소나무 아래로.

나는 카메라를 눈앞으로 가져갔다. 떨떠름한 표정을 할 땐 언제고, 금방 분위기 잡고 포즈를 취하는 그를 보니 웃음이 비어져 나왔다.

"웃지 마요!"

"보였어?"

이왕 들킨 거, 나는 참던 걸 그만두고 더 크게 웃었다.

"노는 거잖아! 너도 웃어!"

그 말에 서윤이 웃음을 터뜨린 순간, 나는 무의식중에 셔터를 눌렀다. 한 번으로 멈추지 않고 계속해서 반복했다. 말마따나 노는 거니까 셔터에 인색하고 싶지 않았다.

조금이라도 더 행복할 때 하나라도 더 많이 잡아 놓고 싶었다.

어차피 다 지나가고, 빛바래질 순간들이니까.

*

사진을 찍으면 찍을수록 서윤은 처음에 빼던 사람이 맞나 싶을 정도로 신나게 포즈를 취해 댔다. 그러다 나중에는 자기도 찍어 보겠다며 내 카메라를 강탈하기까지 했다.

직종이 직종인 만큼 서윤은 카메라를 조심히 다루는 편이었다. 그래서 카메라를 걱정할 필요는 없었지만, 문제는 서윤이 사진을 못 찍는 만큼 나도 찍히는 건 전혀 못 한다는 거였다. 그렇게 두 사람이 만난 결과물은 말 그대로 환장의 콜라보였다.

"……이게 사진이야?"

"누군지 알아볼 수 있음 되는 거잖아요."

"그래, 임지수가 이서윤으로 보이지는 않는다."

내가 찍은 서윤의 사진과 서윤이 찍은 내 사진을 연달아 비교해보니 이건 뭐, 정물화와 추상화가 따로 없었다. 기가 막혀 웃음을 흘리는 내 옆에서 서윤은 둘이 찍은 사진이 없어 아쉽다는 말이나 하고 있었다.

"누가 지나가면 찍어 달라고 할 텐데 어떻게 사람이 한 명도 안 보이네요."

"일부러 사람 없는 데로 온 거잖아."

"그래도 한두 명은 있어야 하는 거 아니에요?"

"그렇게 아쉬우면 셀카라도…… 아니, 이걸론 무리겠다."

내가 가져온 카메라는 한 손으로 들고 셔터를 누를 수 있는 종류가 아니었다. 타이머 기능이 있긴 하지만 삼각대가 없어 무용지물이었고.

어디 카메라를 둘 만한 곳이 없나 주변을 두리번거리는데, 서윤이 활짝 웃으며 제 가방에 손을 넣었다.

"저 셀카봉 있어요! 핸드폰으로 찍어요."

"셀카봉? 그런 것도 들고 다녀?"

나도 모르게 '사진도 제대로 못 찍으면서?' 하는 눈으로 바라본 모양이었다. 나를 흘끗 본 서윤이 셀카봉에 핸드폰을 끼우며 입술을 삐죽거렸다.

"공항에서 팔길래 혹시나 하고 샀어요. 선배는 다른 사람 사진만 열심히 찍지 자기 사진은 거의 안 찍으니까, 이런 거 안 챙겼을 것 같아서."

"뭐, 나야 찍는 사람이지 찍히는 사람이 아니니까."

"요리하는 사람이 밥 안 먹는 거 아니잖아요."

"그거랑 이건 다르지."

"됐으니까 렌즈 봐요, 선배."

하나, 둘, 치즈! 하고 외치는 말에 내 시선이 저절로 서윤의 핸드폰을 향했다. 하지만 대충 들고 찍은 탓에 결과물은 엉망진창이었다. 초점은 흔들리고 나는 눈을 감기까지.

아무리 남의 핸드폰이라지만 이런 사진을 남기는 건 용납이 안 됐다. 나는 서윤에게서 셀카봉을 빼앗아 들고 여기저기서 셀카를 찍어 댔다. 처음에는 힘들었지만, 이것도 익숙해지니 요령이 생겼다.

"진짜 선배가 찍은 게 다르긴 하네요."

"장비 탓을 하는 순간 프로 실격인 거야."

그렇게 사진을 찍다 보니 어느새 저녁 시간이었다. 근처에는 식당이 보이지 않아 우리는 버스를 타고 번화가로 향했다.

번화가는 사실 말이 번화가지 시골 읍내에 가까운 분위기가 났다. 하지만 관광하러 온 게 아니라 쉬러 온 거니만큼 이렇게 소박하고 정겨운 분위기가 오히려 마음에 들었다. 우리는 길을 걷다가 몇 안 되는 식당 중 제일 커 보이는 식당으로 들어갔다.

자리에 앉아 받은 메뉴판은 당연히 중국어로 쓰여 있었다. 나는 서윤의 설명을 들으면서 메뉴판에 그려진 그림을 보고 대충 느낌만으로 메뉴를 골랐다. 그렇게 고른 메뉴는 함박 스테이크에 파스타였다.

여기까지 와서 들어온 게 하필이면 양식당이라니. 조금 아이러니하긴 했지만 음식이 맛있으니 됐다 싶었다. 외국 식당은 한국과 메뉴 이름이 같아도 구성이 전혀 다르게 나오는 경우가 있다는 것도 또 하나의 재미였고.

저녁을 먹은 다음에는 주변을 구경했다. 걷다 보니 언덕 위에 작은 절 같은 게 있어서 잠깐 구경하고, 내려오는 길에 잔뜩 줄지어 서 있는 포장마차에서 군것질도 했다.

옆에 밑 빠진 독이 있으니 뭘 먹을까 고민할 필요는 없었다. 나는 대충 맛있어 보인다 싶으면 고민하지 않고 전부 하나씩 사 들었다. 이것저것 손대 보긴 했지만 제일 별로였던 건 펑리수고, 의외로 마음에 든 건 망고 젤리였다.

"여기 좋다."

"뭐가요?"

"먹을 것도 많고 볼 것도 많잖아."

꽃과 나무를 키우는 집이 많아서 그런지 곳곳에서 정취가 느껴졌다. 높은 건물이 없다 보니 시야가 탁 트여서 멀리에 있는 하늘과 야트막한 산이 눈에 더 잘 들어오는 것도 한몫했다.

골목을 구경하며 이것저것 자잘한 공예품을 사다 보니 시간은 어느새 밤이 되어 있었다. 이 정도면 구경할 건 다 했다 싶어 우리는 택시를 타고 여관으로 돌아왔다. 거창하게 관광을 한 게 아니라서 그렇게 많이 돌아다녔다는 느낌은 없었는데, 신발을 벗고 바닥에 앉으니 그제야 피로가 몰려왔다. 나는 카메라부터 캐리어에 돌려놓고 다리를 주물렀다.

"온천 들어가고 싶다……."

"맞다, 그거 알아요? 여기 혼탕 있는 거."

"혼탕?"

순간 그게 뭔가 했다가, 너무 놀라서 입이 딱 벌어졌다.

"그게 진짜 있어?"

"작긴 한데 있더라고요. 대신 수영복 입고 들어가야 해요."

"아, 그렇구나."

그럼 그렇지. 요즘 세상에 다 벗고 들어가는 혼탕이 남아 있을 리가. 아니, 어딘가엔 아직 있을지도 모르는 일이었다. 나는 실수로 남자들이 가득한 혼탕에 들어가는 상상을 하다가 고개를 세차게 흔들었다. 생각만 해도 소름이 돋았다.

"그래도 좀 그렇다. 넌 들어가 봤어?"

"아뇨. 남탕 따로 있는데 뭐 하러 들어가요. 같이 들어갈 사람도 없었는데."

어째 말의 뉘앙스가 묘했다. 나는 설마 하며 물었다.

"……같이 가자는 거야?"

"궁금하면?"

그렇게 말하며 서윤은 장난스럽게 웃었다. 웬만하면 그의 장난에 어울려 줬겠지만, '혼탕'이라는 단어가 주는 느낌이 썩 달갑지 않아서 나는 찝찝한 표정을 풀지 못했다.

"별로…… 둘만 있는 것도 아니잖아."

방도 겨우 열 개 남짓일 정도로 여관 자체가 작기도 했고, 지금까지 다른 숙박객을 마주친 적이 없긴 했지만 혹시 모르니까.

생각해 보면 참 이상한 일이었다. 비키니 입고 사람 많은 수영장은 아무렇지 않게 들어가는데, 똑같이 수영복 입고 들어가는 혼탕은 왜 이렇게 꺼림칙할까. 노는 곳과 씻는 곳의 차이인가?

"그럼 각자 씻고 방에서 볼래요?"

그렇게 들어가고 싶은 건 아니었는지 서윤은 더 조르지 않고 그렇게 물었다. 나는 잠깐 망설였다.

"……잠깐만."

"네?"

곱씹다 보니 그렇게 나쁠 건 없지 않나 하는 생각이 들었다. 아무렴 벗은 몸을 다 드러내는 것도 아닌데, 여기가 수영장이라고 생각하면 까짓거.

"일찍 가면 괜찮을 거 같은데…… 새벽 다섯 시 이럴 때 가면 사람 없을 거 아냐."

내 말에 서윤은 눈만 몇 번 깜빡거리다 웃음을 터뜨렸다.

"가 보고 싶어요?"

"내가 아니라, 네가 먼저 말 꺼냈잖아."

사실 방에도 개인 노천탕이 딸려 있어서 같이 몸을 담그려면 담글 수는 있었다. 하지만 아무래도 객실에 딸린 거다 보니 크기가 작았다. 욕조라고 생각하면 조금 큰 정도? 둘이 들어가면 맘대로 다리 뻗기도 힘들 구조였다.

이왕 여기까지 왔으니 몸도 마음도 느긋하게 온천욕을 즐기고 싶었다. 또 혼자보다는 둘인 쪽이 심심하지도 않을 것 같고. 사람 없을 시간에 단둘이라면 아무리 혼탕이라도 거부감이 덜하지 않을까. 일단은 수영복도 입고 들어가니까.

그런 식으로 구구절절 설명하는 동안 서윤은 내내 고개를 끄덕거리기만 했다. 그것도 웃으면서.

"그럼 오늘은 가볍게 씻고 일찍 잘래요? 오늘 비행기도 탔고 많이 돌아다니기도 했으니까."

"그래."

나는 괜히 기분이 좋아져서 서윤의 손을 잡고 일어났다. 객실에서 나온 우리는 탕의 입구 앞에서 헤어져 각자 남탕 여탕으로 들어갔다.

여탕은 마치 객실처럼 조용하기만 했다. 여기는 사람이 있으려나 싶었는데 탈의실, 실내탕, 노천탕 그 어디에도 사람은 없었다. 덕분에 나는 전세라도 낸 것처럼 커다란 노천탕을 홀로 즐길 수 있었다.

야외라서 물 밖에 있을 때는 조금 춥긴 했지만, 어두운 밤하늘에 하얗게 빛나는 별을 보니 추위도 견딜 만하다는 생각이 들었다. 나는 탕 주변에 둘러놓은 돌 위에 머리를 기댄 채 밤하늘을 올려다보며 내가 유일하게 아는 국자 모양의 별자리를 찾았다.

하지만 별이 너무 많아서 국자가 어디에 있는지 찾을 수가 없었다. 손에 카메라가 없다는 것만이 유일한 아쉬움이었다. 이따 여관 밖으로 나가서 하늘이나 한번 찍어 볼까. 나는 그런 생각을 하다가 탕에서 나왔다.

객실로 돌아왔을 땐 두꺼운 이불이 나란히 깔려 있고, 서윤도 돌아와 있었다. 그는 이불 위에 엎드려 누워 핸드폰을 보고 있다가 나를 발견하고는 자리에서 일어났다.

"왔어요?"

"응. 뭐 봐?"

나는 아직 덜 마른 머리를 수건으로 털면서 서윤의 옆에 앉았다. 그는 내게 자신이 들고 있던 핸드폰을 보여 주었다.

"아까 사진 찍은 거 보고 있었어요. 추려서 선배한테 보내 주려고."

"추릴 게 있긴 해?"

"왜요? 다 잘 나왔는데."

서윤이 괜찮다고 보여 주는 대부분의 사진이 내 기준에는 한참이나 못 미쳤다. 그나마도 괜찮은 건 전부 내가 찍은 거였다. 서윤이 찍은 것 중에 살릴 만한 가치가 있는 건, 맹세컨대 단 한 장도 없었다.

"대체 잘 나왔다의 기준이 뭐야?"

"안 흔들리고 눈 안 감고 찍힌 거요."

명색이 모델인데 기준이 너무 유한 거 아닌가.

하긴, 일은 일이고 노는 건 노는 거니까. 그렇게 생각하면 이해 못 할 기준도 아니긴 하다. 나는 조금 포기한 심정으로 푹신한 이불 위에 누웠다.

내가 눕자 서윤도 같이 엎드려 누웠다. 나는 서윤의 핸드폰을 뺏어 들고 남길 사진을 추렸다. 아무리 기준을 유하게 잡더라도 같은 사진을 여러 번 찍은 게 많아 정리를 하긴 해야 했다.

그 결과, 서윤의 기준으로 지워야 될 사진의 수와 내 기준으로 남길 수 있는 사진의 수가 대충 비슷했다. 한마디로, 우리는 아주 많은 숫자의 사진을 두고 이건 지워야 된다, 지우긴 아깝다 한참 동안 갑론을박을 했다는 얘기다.

그래도 서윤이 한 번 져 주면 내가 한 번 져 주는 식의 순번이 반복되어, 서윤의 핸드폰엔 꽤 많은 수의 사진이 남았다. 그는 내가 말을 바꿀 게 걱정됐는지 얼른 나와의 개인 메신저 창에 사진을 올렸다. 그러고도 내 눈치를 보다가 내가 아무 말도 하지 않자 그제야 안심이 됐는지 입가에 미소를 그렸다.

"아깝다."

"뭐가? 지운 게?"

"아뇨……. 그냥, 이렇게 많이 찍었는데 자랑할 데가 없잖아요. 여행도 왔는데."

누구에게든, 자랑하는 순간 펼쳐지는 건 잘해야 가시밭길 못하면 지옥도였다. 나는 대한민국 전체에 이서윤의 열애설이 보도되는 상상을 하다가 어깨를 떨었다. 누군가의 입에 가십거리로 오르내리는 상황은 정말이지 사양하고 싶었다.

"넌 연애하면 여기저기 자랑하는 타입이야?"

"선배는요?"

"잘 모르겠어. 연애를 해 본 적이 없어서."

"……한 번도요?"

"응. 한 번도."

내 대답을 들은 서윤의 얼굴이 조금 이상해졌다. 나이 서른에 연애 경험 없다는 사실이 그렇게 이상할 일인가. 멋쩍어진 기분에 괜히 로션이나 발라야겠다고 가방에서 파우치를 꺼내는데, 옆에서 서윤의 조심스러운 목소리가 들려왔다.

"그러면, 혹시…… 박민준이…… 첫……."

서윤은 나와 눈이 마주친 순간 입을 다물었다. 나는 그가 내뱉지 못한 단어를 아무렇지 않게 내뱉으며 손에 스킨을 덜었다.

"첫사랑이야."

"……."

내가 스킨에 로션에 수분크림에 이것저것 챙겨 바르는 동안 서윤은 입을 꾹 다물고 있었다. 하지만 조용한 것 입뿐이었다. 복잡한 감정으로 가득한 그의 눈은 이 자리에 없는 누군가를 으깨어 버리고 싶다는 듯이 분주하게 타오르고 있었다. 나는 키득거리며 웃다가 서윤의 뺨을 검지로 쿡 찔렀다.

"인상 풀어. 놀러 온 거니까 괜한 생각 말자며."

그래도 서윤은 말이 없었다. 잠시 후 조용히 내 등 뒤로 다가온 그가 팔을 뻗어 내 어깨를 끌어안았다. 그는 내 목덜미에 이마를 대고는 나지막이 중얼거렸다.

"선배는 꼭 행복해져야 해요. 진짜로요."

나는 뭐라 대꾸해야 할지 몰라 그저 어깨 위로 올라온 그의 손을 맞잡았다. 그러고는 하릴없이 고개를 들어 천장을 바라봤다. 반점 하나 없이 깨끗한 면을 보고 있자니 복잡하던 머리가 조금은 가벼워졌다.

"생각해 보니까, 난 그냥 조용히 사귀는 게 좋은 것 같아. 특히 겹치는 친구 많은 사이에서 사귀다가 깨지면 너무 애매해지잖아."

“……전 알릴 사람한테는 알리는 게 좋아요. 비밀이 많아지면 괜히 뭐 켕기는 것 같잖아요.”

대놓고 말을 돌렸는데도 서윤은 별 반항 없이 따라 주었다. 나는 고개를 돌려 그를 한 번 쳐다봤다. 서윤은 여전히 복잡한 표정이었다. 나는 그의 옆얼굴을 물끄러미 바라보다가 입을 열었다.

“너랑 나랑 은근히 다른 것 같다.”

그 말에 서윤이 나를 돌아보았다.

“그래요?”

“결혼관도 그렇고 연애관도 그렇고. 실제로 닥치면 매번 싸울 것 같아.”

“싸우는 건 제일 마지막에 하는 거죠.”

“마지막?”

“일단은 상의부터 해야 하지 않겠어요? 세상에 하나부터 열까지 전부 맞는 사람이 어디 있겠어요. 안 맞는 건 맞춰 가는 거지.”

“그런가……”

하긴, 그 말도 맞는 말이었다. 같은 집에서 같이 자란 가족끼리도 매일같이 싸운다. 하물며 다른 환경에서 다른 방식으로 자라 온 남은 어떻겠는가.

그런 생각을 하던 중 입에서 하품이 나왔다. 졸리다. 그 사실을 자각하고 나니 삽시간에 눈꺼풀이 감겼다. 하긴, 오늘 비행기도 타고 돌아다니기도 하고 뜨거운 물에 몸도 담갔다. 여정을 생각하면 피곤하지 않은 게 이상한 거였다.

자야겠다고 중얼거리며 이불 속으로 들어가자 서윤이 불을 끄고 내 옆에 따라 누웠다. 나는 나를 보고 누운 서윤의 얼굴을 마주 보며 입을 열었다. 내 의지와는 상관없이 부지불식간에 튀어

나간 물음이었다.

"넌 안 무서워? 막상 같이 있다 보면 내가 네 생각하고는 전혀 다른 사람일 수도 있잖아."

왜 그런 질문을 했는지 스스로도 잘 모르겠다. 그저 잠결이라는 생각이 들었다.

잠시 말이 없던 서윤이 가만히 고개를 기울이며 되물어 왔다.

"선배는 제가 선배 생각이랑 달라서 무서웠던 적 있어요?"

문득, 언젠가 서윤이 진심으로 웃는 것 같지 않다고 생각했던 때가 떠올랐다.

나는 그게 무서웠던가?

"아니…… 그냥 궁금했던 것 같아."

서윤은 대답이 없었다. 매끄럽게 이어진 침묵 속에서 나는 반쯤 눈을 감았다. 무거운 눈꺼풀을 억지로 밀어 올리는 중에 서윤의 목소리가 희미하게 들려왔다.

"선배가 제가 바라는 사람이길 원한 적 없어요. 저는 선배를 좋아하는 거지 제 이상형을 좋아하는 게 아니니까."

그렇구나…….

그렇게 대답하려는데 말이 나오지 않았다. 이어서 서윤이 말하는 소리가 들렸지만 내용을 전혀 알아들을 수 없었다. 뜻을 알 수 없는 낱말들이 흩어지다가 점점 멀어졌다. 그 감각을 끝으로 나는 수마에 빠져들었다.

*

"선배."

작게 속삭여오는 목소리에 꿈에서 깨어났다.

"선배, 일어나요."

어깨를 살짝 흔드는 손에 눈이 뜨였다. 분명히 조금 전까지 어떤 꿈을 꾸고 있었는데, 눈을 뜨는 것과 동시에 기억이 전부 날아가 버렸다.

창 너머에서 새어 들어온 어슴푸레한 빛에 서윤의 얼굴 윤곽이 희미하게 보였다. 나는 눈을 몇 번 깜빡이며 얘가 왜 내 옆에 있는지를 생각했다. 서윤의 뒤로 흐릿하게 보이는 풍경이 낯설었다.

아, 여행 왔지 참.

"몇 시야?"

분명히 내 목소리인데, 자다 막 깬 탓에 푹 잠긴 목소리는 내가 듣기에도 어색하게 느껴졌다. 일부러 헛기침을 몇 번 하자 옆에서 서윤이 내게 컵을 내밀었다. 온기를 나눠 주는 따뜻한 물에 목이 편안해졌다.

"다섯 시 반이요."

"벌써?"

그렇게 오래 잔 것 같지도 않은데 벌써 그 시간이라니.

내가 놀란 이유를 알았는지 서윤은 내게서 컵을 받아 들며 나지막이 웃었다.

"아직 피곤해요?"

네 아니오로 대답하자면 네였다. 하지만 그렇게 답해 버리면 서윤은 분명 더 자라고 할 터였다. 나는 뻑뻑한 눈꺼풀을 손으로 비비며 자리에서 일어났다.

"좀 피곤하긴 한데……. 괜찮아."

"그럼 더 자요. 내일 아침도 있으니까."

"아냐, 일어날래. 너 피곤해?"

"전 괜찮아요."

"그럼 가 보자. 궁금해."

장난치듯 손을 뻗자 서윤이 피식 웃고는 내 손을 잡아 일으켜 주었다. 잠에서 깰 겸 욕실에서 잠깐 세수만 하고 나온 다음 우리는 객실에서 나왔다. 시간이 시간이라서인지, 아니면 원래 사람이 없는지 혼탕까지 가는 동안 마주친 사람은 없었다.

"안에 아무도 없어요."

"그래?"

안에 사람이 있나 먼저 확인하러 들어갔던 서윤이 반가운 소식을 전해 왔다. 역시 이른 시간에 오길 잘한 모양이었다.

"그럼 안에서 만나요."

"응."

혼탕이긴 하지만 탈의실은 따로 있어서 우리는 다른 입구로 들어가야 했다.

여관에서 구입한 수영복은 소매가 없는 래시가드 형태였다. 비키니와 비교하면 부담이 훨씬 적었지만, 들어가는 곳이 수영장이 아니라 혼탕이다 보니 괜히 목욕 가운을 걸치게 됐다.

"으, 추워."

탕으로 나가는 문을 열자 차가운 공기가 온몸을 감싸왔다. 한국과 비교하면 대만은 여름 날씬데, 위치가 산 위인 데다 공기가 새벽 공기라 몸이 떨리는 것 같았다. 나는 어깨를 잔뜩 웅송그린 채 탕을 향해 빠르게 걸었다.

"왔어요?"

"너 되게 빠르다."

먼저 도착해 온천물에 발을 담그고 있던 서윤이 나를 보며 손을 흔들었다. 역시 프로 모델의 옷 갈아입는 속도는 따라갈 수가 없는 모양이다. 나는 고개를 한 번 흔든 후 서윤의 옆으로 가서 앉았다.

"으, 뜨거워."

"조금 있으면 따뜻해질 거예요. 공기가 차가워서."

"그러게……."

뜨거운 건 발뿐이고 나머지는 찬 공기에 노출되어 있었다. 그런데 발에서부터 온기가 올라오는지, 아까보단 춥다는 생각이 들지 않았다. 이래서 족욕을 하나? 나는 발을 살짝살짝 움직이며 주변을 둘러봤다.

탕 자체는 별로 크지 않다더니 확실히 그 말대로였다. 대중목욕탕의 조금 큰 욕탕과 비슷한 느낌. 그래도 하늘이 뻥 뚫려 있고 건물이 없는 쪽에는 높은 산이 보여서 운치는 제법 좋았다. 어두워서 잘 안 보이기는 했지만.

"뭐랄까, 온천이 아니라 계곡에 온 것 같네."

"한 번쯤은 올 만하죠?"

"그래도 모르는 사람이랑은 싫어."

나는 한동안 작게 물장구만 치며 주위를 구경했다. 그러다 서윤이 먼저 탕 안으로 들어갔고, 나는 목욕가운을 벗은 후 그가 내민 손을 잡고 탕으로 들어갔다.

"으으……."

확실히 발만 담글 때와는 달랐다. 몸 전체를 감싸는 열기에 온몸이 잔뜩 경직되었다. 다행히 열기가 온기로 바뀌는 시간은 그리 길지 않았다. 뺨에 닿는 찬 공기를 인식하고, 몸이 따뜻하다고 느껴질 때쯤 긴장이 서서히 풀렸다.

"좋다……."

내 입에서 잔뜩 풀어진 목소리가 나오자 서윤이 웃음을 흘렸다.

우리는 탕 가장자리에 있는 돌단에 나란히 앉았다. 나는 몸을 좀 틀어 탕 바깥에 팔을 걸쳤고, 서윤은 탕 가장자리에 등을 기댔다. 우리는 둘 다 다리를 펴고 앉았는데, 나란한 네 개의 다리를 보다 보니 뚜렷하게 느껴지는 다리 길이 차이가 참 새삼스러웠다.

"선배? 무슨 생각 해요?"

"응? 아니……."

투명한 물속으로 어른어른 보이는 서윤의 다리를 지나 수영복이 그의 몸에 달라붙어 있는 모습을 보자니 문득 떠오르는 게 있었다.

"그때 생각나서."

"그때?"

"너 물에 빠질 뻔했을 때."

고등학교 때, 연극부에서 엠티를 갔을 때 일어난 일이었다.

원래 3학년은 동아리 활동을 거의 하지 않지만, 청소년 연극제를 앞두고 가는 여름 엠티 만큼은 참가하는 편이었다. 후배들의 연기를 지켜보고 조언을 해 주기 위해서…… 라는 건 핑계고, 그냥 공부하다 지쳐서 쉬러 가는 거였다. 그래서 3학년이 꼭 갈 필요는 없지만, 나를 비롯해 내 동기들 몇몇은 함께 갔었다. 공부하기 싫어서.

물론 3학년만 그런 불순한 목적으로 가는 건 아니었다. 연기 연습도 하긴 하지만, 정말 연습만 할 생각이었으면 애초에 장소를 시원한 계곡으로 정하지 않았을 거다.

'오늘은 놀고, 내일부터 열심히 연습하자!'

동아리 부장의 선언에 이의를 제기하는 사람은 아무도 없었다. 선배 후배 할 것 없이 다들 신이 나서 짐을 풀어놓고 계곡으로 놀러 나갔다.

물에 들어간 애들은 물고기를 잡겠답시고 빈 페트병을 들고 이리저리 설치고, 바위 위에 앉은 애들은 발로 물장구를 치면서 놀고, 평상에 자리를 잡은 사람들은 간식을 먹으며 수다를 떨고.

높아지는 웃음소리에 분위기가 무르익은 바로 그때였다. 2학년 애들이 조금 위험한 장난을 시작한 건.

'야, 재네 좀 봐.'

'응?'

어깨를 두드린 동기의 손짓을 따라 고개를 돌리니 2학년 애들이 바위 위에 앉아 있던 애들을 들어다 물에 던지고 있었다.

'꺅! 하지 말라니까!'

'계곡에 왔는데 물에 들어가야지! 발만 담그는 게 말이 되냐?'

물에 빠진 여자애는 화를 내고, 얼굴에 장난기 가득한 남자애들은 낄낄대며 다른 먹잇감을 찾고.

'저거 좀 위험한 거 아냐?'

'위험하긴. 물 얕으니까 괜찮을 거야.'

'그런가?'

하지만 괜히 신경이 쓰여서 2학년 애들이 그러고 노는 걸 계속 지켜보게 됐다. 주로 여자애들만 노리던 남자애들은, 몇 차례 반복된 장난에 애들이 전부 도망가자 타깃을 남자로 돌리기 시작했다. 그리고 거기에 걸린 게 바로 서윤이었다. 누구랑 말 한마디 섞지 않고 바위 위에 앉아 있었다는 이유로.

그렇다 하더라도, 만약 서윤이 지금과 같은 체격이었다면 그런 장난에 휘말리지는 않았을 거다.

하지만 당시에 갓 중학교를 졸업한 나이였던 서윤은 키가 165센티미터 정도로, 지금의 모습에선 상상도 안 될 만큼 체격이 작았다. 그래서 그는 선배들에게 붙잡혔을 때 제대로 반항조차 하지 못하고 물에 던져졌으며, 내던져진 다음에는 중심을 잡지 못해 물속에서 넘어졌다.

문제는 그거였다. 서윤이 앉아 있던 곳이 조금 안쪽이었고, 그래서 던져진 곳 역시 계곡 안쪽이었다는 것. 하필 서윤이 넘어진 곳에서부터 비스듬하게 물이 깊어지는 지형이라 딴에는 균형을 잡으려고 뒷걸음질을 친 게 더 깊은 곳으로 들어가 버린 꼴이 됐다. 결정적으로, 그때의 이서윤은 수영을 할 줄 몰랐고.

그렇게 물에 빠져 버린 애를, 정작 던진 애들은 다른 먹잇감을 찾는답시고 정신이 팔려 발견하지 못했다. 서윤이 빠진 걸 본 건 애들이 그러고 노는 게 신경이 쓰여 보고 있던 나뿐이었다.

나는 서윤의 머리가 물 밑으로 한 번 가라앉은 순간 먹고 있던 수박을 던져 버리고 자리에서 일어났다. 물에 빠져 허우적대는 애를 어떻게 끄집어냈는지 그 과정은 잘 기억나지 않았다. 다만 물을 먹었는지 계속해서 쿨럭거리던 서윤이 몸을 덜덜 떨고 있던 것만은 아직도 선명하게 기억났다. 그도 그럴 게, 서윤을 덮쳐든 공포는 내게도 전염되었으니까. 하마터면 죽었을지도 모른다는.

2학년 후배들을 세워 놓고 불벼락을 떨어뜨린 건 그 때문이었다.

"저, 선배 그렇게 화내는 거 처음 봤어요."

"나도 처음이었어."

하마터면 큰 사고로 이어졌을지도 모르는 일이었다. 그래서 나도 조절을 못 했고, 동기들도 나를 못 말렸다. 덕분에 그해 여름 엠티는 완전히 망해 버렸다.

정신이 돌아온 건 집으로 돌아온 후였다. 감정이 가라앉고 사건을 좀 더 객관적으로 볼 수 있게 되니 그제야 좀 너무했나? 싶은 생각이 들었다.

내가 필요 이상으로 화를 낸 탓에 서윤과 다른 1, 2학년들 사이가 어색해지지는 않을까. 걱정되는 마음에 그 뒤로는 3학년이 참가하는 자리가 있을 때마다 서윤을 자주 챙겼다.

만약 그때의 이서윤이 지금처럼 활발했다면 나도 따로 걱정하진 않았을 텐데. 사춘기라 그랬던 건지 뭔지, 고등학교 때의 서윤은 사교성도 없고 표정도 무뚝뚝한 데다 예민하기까지 했다.

"나 사실 그 일 있고 나서 네가 연극부 그만둘 줄 알았어."

"왜요? 그건 그냥 사고였잖아요."

"그래도, 난 너 연극부 별로 안 좋아하는 줄 알았거든. 맨날 웃지도 않고 뚱한 표정으로 앉아 있어서."

과거의 일을 한번 떠올리니 그 뒤의 일도 줄줄이 떠오르기 시작했다.

서윤을 동아리로 끌어들인 건 나였다. 늘 가입 희망자가 많아 연극부는 매해 오디션을 보고 부원을 뽑았는데, 서윤이 입학한 해에는 어떻게 된 일인지 부원 미달이었다. 그래서 3학년들까지

나서서 동아리 미가입자를 찾아다녔고, 그때 내 눈에 띈 게 바로 서윤이었다.

싫다는 걸 하자고, 하자고 꼬셔 대서 그랬을까. 당시의 서윤은 정말로 까칠했었다. 그래서 내가 연극부로 데려와 놓고도 괜히 데려왔나 후회한 적도 있었다. 그나마 2학기쯤 되어서는 분위기가 많이 풀어졌지만, 그래도 사교성 없는 건 어디 가지 않았었는데.

"생각해 보니까 너 성격 진짜 많이 변했다. 그땐 귀염성이라고는 정말 눈곱만큼도 없었는데."

대학교 들어와서 친화력 좋아진 모습을 몇 년이나 봐 왔더니 예전 모습을 다 까먹고 있었다. 그때의 이서윤은 지금의 이서윤과 다른 사람이라고 해도 믿을 수 있을 정도로 완전 딴판인데, 지금까지 어떻게 그 모습을 잊고 있었는지 모르겠다.

그 생각에 나름 심각해진 나를 아는지 모르는지, 서윤은 웃음을 터뜨리고 있었다.

"그래서 지금은 좀 귀여워졌어요?"

"사람 됐지, 완전. 나 그래서 너 대학에서 다시 봤을 때 못 알아봤잖아. 애가 너무 달라져서."

"전 바로 알아봤는데."

"난 별로 달라진 것도 없었는데 뭐."

그 말에 서윤은 그저 웃기만 했다. 그러다 물 위로 손을 꺼내 참방거리는 소리를 내며 작게 손장난을 쳤다. 그는 자신의 손에 튕겨 나가는 물방울을 보며 입을 열었다.

"저 그때는 자고 일어나면 키가 딱 10센티미터만 커져 있으면 좋겠다는 생각밖에 안 했을 때였어요."

"음, 작긴 했지."

"처음이었어요. 누구처럼 되고 싶다고 생각한 건."

서윤이 이쪽으로 튕긴 물이 작은 물결을 일으켰다. 내게 닿지 못하고 중간에 사라진 그 물결을, 나는 강한 손길로 되돌려 보냈다.

"누가 되고 싶었는데?"

"선배요. 선배처럼 되고 싶었어요. 워낙 주변 사람을 잘 챙기니까."

"……내가 주변을 잘 챙겨?"

평소에 의식한 적 없는 말에 의아해하며 되묻자, 서윤이 희미하게 웃으며 내게로 물을 튕기기 시작했다. 뜨거운 온천물이라 둘 다 움직임이 작았던 거지, 만약 장소가 그때의 계곡이었으면 두 사람 다 진작 물을 뒤집어썼을 거다.

"저 물에 빠진 것도 선배만 바로 봤잖아요."

"딱히…… 그때는 애들이 장난을 좀 심하게 친다 싶어서 신경 쓰고 있었던 건데."

"그러니까 그런 걸 말하는 거예요. 다른 사람이 뭐 하고 있나 살피지 않았으면 그렇게 장난치는 것도 몰랐겠죠."

다른 선배들이 무신경했다는 말을 하려는 건 아니고. 서윤은 그렇게 중얼거리며 나를 바라봤다.

"너무 내 세계에만 빠져 있으면 볼 수 있는 것도 못 보겠다 싶더라고요. 한번 그런 생각을 했더니 내가 너무 내 세계에만 갇혀 있었구나 싶어지고, 그래서 다른 세계에도 눈 돌리고 싶어졌고."

"……."

"결론은 그거였어요. 남한테 좋은 사람은 못 되더라도 불편한 사람은 되지 말자."

질풍노도의 시기였던 이서윤에게 내가 그렇게 좋은 영향을 끼쳤다 이거지.

이걸 지금 부끄러워해야 할지, 뿌듯해해야 할지, 아니면 잘했다고 칭찬을 해 줘야 할지. 어느 쪽이든 선택하기 민망해 눈만 굴리다가, 나는 괜히 장난스러운 목소리를 냈다.

"그래서 그때부터 날 그렇게 쫓아다닌 거야?"

"와, 이건 좀 억울한데. 제가 언제 쫓아다녔어요? 그때는 선배가 절 끌고 다녔지."

"내가?"

의아해하며 되묻자 서윤이 어떻게 그걸 기억 못 할 수가 있냐고 기가 막힌 표정을 지었다.

"매번 뭐 할 때마다 저 어디 있냐고 물어보고 다녔잖아요. 그것 때문에 땡땡이치기도 힘들었어요. 선배 오면 이서윤 찾는다고 다들 제 위치부터 파악해 두니까."

"그거야…… 겉돌까 봐 그랬지."

나름 챙겨 준다고 챙겨 준 거였는데 그게 부담스러웠나. 이제야 알아차린 진실에 나는 괜히 머쓱해졌다. 그런 나를 알았는지 서윤이 웃음기 섞인 목소리로 말을 건네 왔다.

"잠깐은 선배가 저 좋아하나 싶어서 무서웠는데."

뭐, 곤란한 것도 아니고 무서워?

"나 눈 높거든?"

"그렇더라고요. 졸업하자마자 칼같이 연락 끊어 버리는 거 보고 확실하게 알았어요. 스승의 날이나 그럴 때 혹시 올까 싶었는데 얼굴 한 번도 안 비추고."

"그거야, 졸업생이 얼굴 비추면 애들이 얼마나 부담스럽겠어. 특히 얼굴도 모르는 1학년은."

"연극부가 지긋지긋해서는 아니었고요?"

"그것도 있긴 했지."

단순 C.A.가 아니라 대외활동을 하는 동아리에 적을 둔다는 건 생각보다 피곤한 일이었다. 아침저녁으로 짬을 내서 연습이나 공연준비에 시간을 들여야 하고, 방학에도 따로 학교에 나와야 하고.

그러다 보니 같은 반 친구보다 동아리 멤버들끼리 친해질 기회가 많기도 했다. 동시에 마찰이 생길 기회도 많았고. 특히나 동아리가 동아리인지라 하나같이 개성이 강했던 탓에, 한번 마찰이 생기면 절대로 두 사람만의 문제로 안 끝났다.

그렇다고 동기만 신경 쓰면 되느냐. 선후배 간의 기강이야말로 가장 머리 아프게 만드는 존재였다.

재밌는 일도 많았고 좋은 추억도 많이 남겼지만, 아마 그때로 다시 돌아가면 연극부는 절대로 안 들어갈 거다.

"아무튼, 이서윤 대단하네. 바뀌자고 마음먹어서 정말로 바뀌는 사람 많지 않은데."

기특하다고 머리를 쓰다듬어 줬더니 서윤이 애매하게 웃었다. 그는 머리를 쓰다듬어 주던 내 손을 잡아 내리고는 제 뺨을 감싸 쥐게 하다가 이어서 손바닥 안쪽에 입을 맞추었다.

"만약에요……."

손이 젖어 있어서일까. 입술이 붙었다 떨어지는 소리가 제법 크게 울렸다.

"제가 그때 그대로였으면, 그래도 선배가 저 예뻐했을까요?"

"글쎄……."

바로 대답을 안 했더니 서윤이 내 손을 놓으며 나를 피하듯 다른 곳으로 시선을 돌렸다. 나는 반사적으로 손을 뻗어 조금 전처럼 그의 뺨을 감쌌다. 그리고 그가 나를 보게끔 했다.

"그런 말 있잖아. 흘러가는 대로 놔두라고. 나 요즘엔 그 말 자주 생각한다?"

서윤의 뺨을 감싼 손의 엄지로 그의 입술을 문질렀다. 그는 시선을 내리깔고 내 손의 움직임을 좇다가 내 눈을 바라봤다. 나는 짧게 한 번 웃었다.

"좋아할 만한 이유가 있으니까 좋아하게 되는 거고, 싫어할 만한 이유가 있으니까 싫어하게 되는 거잖아."

"……그렇죠, 대부분은."

"그리고 그런 것들은 보통 내가 일으키는 일이 아니라 그냥 주변에서 일어나는 일이니까, 억지로 어떻게 해 보려고 해도 어쩔 수가 없는 것 같아. 그러니까 네가 지금이랑 다른 사람이었어도 좋아했을까는 잘 모르겠어."

어디에서 들었더라, 눈을 맞추는 것도 스킨십의 일종이라고 어느 다큐멘터리에서 봤던 것 같다.

눈을 들여다보는 건 그 사람의 영혼을 들여다보는 일이라고, 그러면 아주 높은 확률로 사랑에 빠지게 된다고.

왜일까. 그냥 마주 보는 것뿐인데.

그러고 보면 서윤과는 그렇게 많이 관계를 가졌는데 이렇게 오랫동안, 사심 없이 바라보기만 하는 건 처음인 것 같았다. 나는 붉은 머리카락이 젖은 이마에 가늘게 달라붙어 있는 모습이나, 물 온도 때문에 조금 상기된 뺨 같은 것들을 하나하나 눈에 새기

듯 바라봤다.

지금 내가 보고 있는 이 얼굴을 한 장의 종이에 박제하고 싶은 열망 반, 오로지 내 기억에 새기고 싶은 욕심 반. 그 치열한 다툼 속에서 나는 하염없이 눈을 깜빡였다.

"그냥, 지금은…… 널 다시 만나서 다행이라고 생각해."

누가 누구에게, 라고 할 것 없이 천천히 얼굴이 가까워졌다. 눈꺼풀이 내리감기며 입술이 거의 닿으려는 순간이었다. 뺨에 뭔가 차가운 게 떨어져 나는 깜짝 놀라 뒤로 물러났다. 서윤도 같은 걸 느꼈는지 찡그린 얼굴로 하늘을 올려다봤다.

"방금 비 오지 않았어요?"

"설마."

똑같이 하늘을 쳐다보는데, 확실히 새벽인 걸 감안해도 어둡다 싶더니 먹구름이 끼어 있었다. 하늘에는 전혀 신경을 안 써서 먹구름이 낀 것도 몰랐다. 어이가 없어서 헛웃음을 흘리는데 빗방울이 점점 더 많이 떨어지기 시작했다. 서윤도 어처구니없는 얼굴로 머리를 쓸어 넘겼다.

"비 온단 얘기 없었는데."

"소나기일지도 몰라. 일단 나가자."

나는 먼저 탕 밖으로 나가 서윤에게 손을 내밀었다. 함께 지붕 안쪽으로 들어오자 거짓말처럼 비가 쏟아지기 시작했다. 빗줄기가 바닥에 부딪히는 시원한 소리를 들으며 우리는 누가 먼저랄 것 없이 웃음을 터뜨렸다. 이 상황이 너무 웃겼다.

"어떡할래요? 비 맞으면서 하는 온천욕도 제법 운치 있을 거 같은데."

"운치는 무슨. 슬슬 사람 올 거 같기도 하고, 난 그냥 방에서 찬물 좀 끼얹을래. 꽤 있었더니 덥다."

예전보다 나아지긴 했지만, 아직도 모르는 사람이랑 같은 욕실을 쓰는 건 피할 수 있으면 피하고 있었다. 그런 사실은 숨긴 채 그냥 객실로 돌아가겠다고 하자, 그럼 서윤이 자신도 그러겠다고 해서 우리는 각자 옷을 갈아입은 다음 방으로 돌아왔다.

*

나는 방에 들어오자마자 욕실로 들어와 샤워기로 찬물을 틀었다. 생각보다 탕이 뜨겁긴 했는지, 잠깐 비를 맞았는데도 불구하고 몸 위로 떨어지는 찬물이 소름 끼치지 않았다. 오히려 이제야 좀 살 것 같았다. 나는 쏟아지는 물속에 서서 서윤과 나눴던 대화를 곱씹었다.

자기가 지금과 달랐더라면, 그래도 아꼈을 것 같냐고.

내게서 무슨 대답을 기대한 걸까? 아니, 답을 기대하긴 했을까? 어쩌면 단순한 감정의 표출이었을지도 모른다. 불안함이란 이름의 감정.

확실히 누군가를 좋아하면 겁이 많아지긴 한다. 단순한 손짓, 눈짓, 미소 하나에도 기분이 구름 위로 둥둥 떴다가 땅바닥으로 처박힌다. 박민준의 곁에서 하루에도 몇 번이고 상승과 추락을 경험한 만큼 거기에 대해선 누구보다도 잘 안다고 자신할 수 있었다.

하지만 난 그게 내가 약해서라고 생각했는데. 남들도 그럴 거라곤 생각해 본 적 없는데. 심지어 그 이유가 나를 좋아하기 때문이라니.

누군가가 나를 잃을까 봐 두려워한다니 현실감이 느껴지지 않았다. 그런 가정 자체가 마냥 이상하게 느껴졌다. 특히나 그 대상이 이서윤이라니 더욱더.

평소에도 그랬고, 나한테 그런 제안을 했을 때도 그렇고…… 그는 항상 여유만만한 편 아니었나. 딱 한 번, 서울 떠난 사이에 박민준하고 만났다고 했을 때를 제외하고는…….

"하아……."

그때 일을 생각하니 가슴이 저릿해졌다. 잊고 있었던 죄책감이 고개를 쳐들었다. 표리부동한 내 태도에 넌더리를 낼 거라고 생각했는데, 그러기는커녕 그는 날 좋아한다고 말해 줬다.

그에 비해 나는…….

이도 저도 아닌 관계에 안주해서 여전히 좋다 싫다 말 한마디 못 하고 있다.

나도 이런 내가 답답한데, 어떻게 날 좋아할 수가 있어.

솔직히 그때나 지금이나 서윤이 날 좋아한다고 말하는 걸 완벽하게 믿기는 힘들었다. 이서윤의 방식은 임지수의 방식과 달라도 너무 달라서.

미움받을까 봐 싫은 걸 좋은 척하지도 않고, 아니라고 생각하는 걸 그렇다고 얘기하지도 않는다. 임지수한테는 누굴 좋아한다는 게 비참함의 연속이었는데 이서윤은 늘 좋은 것만 얘기하고 좋은 것만 꿈꾼다.

그런 것도 사랑인가. 그런 게 사랑일 수가 있나. ……아니, 오히려 그쪽이 더.

문득 오한이 들었다. 부르르 떨리는 몸을 감싸 안은 나는 고개를 돌리다가 거울 속 여자와 눈이 마주쳐 그대로 멈추었다. 쏟아지는 물줄기 때문에 흐릿한 시야 속에서 비쩍 마른 여자가 쫄딱 젖은 채 서 있는 게 보였다. 샤워기를 잠그고 축 늘어진 머리카락을 하나로 모아 물기를 짜내던 나는 어떤 기시감을 느꼈다.

비슷한 상황이 예전에 한 번 있었던 거 같은데.

정확하게는 잘 기억이 나지 않았다. 나는 멍하니 거울 속 내 얼굴을 들여다보다가 문을 살짝 열어 그 틈으로 방 안을 훔쳐봤다.

서윤은 내가 있는 방향, 그러니까 욕실을 등진 채 툇마루에 앉아 있었다. 그 역시 탕이 더웠는지 내리는 비를 바라보며 느릿하게 부채질을 하고 있었다.

그는 여관에서 나눠 주는 잠옷용 천옷을 입고 한쪽 다리를 세우고 앉아 있었는데, 자세와 옷 때문에 등 뒤에서도 길게 뻗은 맨다리가 보였다. 툇마루 바깥에 벽이 세워져 있어서 행동거지에 긴장감이 없는 듯했다.

끊이지 않고 이어지는 빗소리와 느긋한 그의 분위기가 불협화음 없이 잘 어우러졌다. 나는 그 모습을 한참 동안 바라보다가 충동적으로 입을 열었다.

"서윤아."

그가 나를 돌아봤다. 나는 욕실 문간을 잡은 채 눈만 내놓고 이어서 말했다.

"같이 씻을래?"

그 말이 의외였는지 서윤이 눈을 동그랗게 뜨고 나를 쳐다봤다. 그는 선뜻 대답하지 못하고 입술을 몇 번 깨물며 목덜미만 문질렀다. 그 반응에 나는 의기소침해졌다.

"싫으면 말고."

"싫은 게 아니라……."

말끝을 흐린 서윤은 잠시 망설이는 듯하더니 고개를 몇 번 흔들고는 자리에서 일어났다. 나는 그가 옷을 벗는 걸 확인하고 도로 욕실로 들어왔다.

옆으로 살짝 돌아간 샤워기의 방향을 다시 잡고 있는데 그새 들어온 서윤이 내 어깨를 붙잡았다. 닿은 부분이 뜨거워 놀라 뒤를 돌아봤더니 그는 나보다 더 놀란 얼굴을 하고 있었다. 이윽고 그는 샤워기를 틀어 물의 온도를 확인했다.

"이거 계속 맞고 있었어요?"

"응."

"너무 찬데."

서윤은 샤워기를 빼 들고 온수를 틀었다. 그러고는 제 손을 적셔 가며 적절한 온도를 맞췄다. 나는 벽에 머리를 기댄 채 그 모습을 가만히 바라보기만 했다.

"이리 와요."

그는 수도꼭지를 몇 번을 만지작거리다가 겨우 제 마음에 드는 온도를 맞췄는지 내게 손을 내밀었다. 내가 그 손을 잡자 서윤은 내 손에서부터 팔을 타고 올라와 어깨 위로 물을 뿌려 주었다. 그가 날 위해 맞춘 온도는 뜨겁지 않고 따뜻했다.

"안 추워요? 몸이 얼음장인데."

"딱히……. 온천수가 좀 더웠나 봐."

사실 조금 춥긴 했다고 말하면 기가 막힌 눈으로 날 볼 것 같아서 대충 둘러댔다. 서윤은 내 핑계를 알아차리지 못하고 내 어깨며 팔을 안마하듯 주물러 줬다. 그러면 조금이라도 빨리 따뜻해질 것 같았나 보다.

내 몸이 적당히 데워진 후에는 샤워기를 벽에 고정시키고 샤워 타올에 바디 워시를 짰다. 나는 '같이 씻을래?'라고 물었지 '씻겨 주면 안 돼?'라고 묻지 않았는데. 서윤은 애초부터 그런 부탁을 받고 들어온 것처럼 팔에서부터 어깨까지, 내게 온기를 주던 것처럼 내 몸에 거품을 묻히기 시작했다.

보들보들한 샤워 타올의 감촉이 간지러워 키득대는 웃음이 절로 흘러나왔다. 그게 뭐가 웃겼는지 서윤도 피식 웃으며 입매를 끌어 올렸다.

왠지 기분이 좋아졌다. 아니, 좋다기보단 들떴다에 가까웠다. 콧노래를 흥얼거리고 싶은 충동을 참던 그때 서윤이 자세를 낮추려 무릎을 꿇었다. 오갈 데 없어진 내 손은 자연스럽게 그의 어깨 위로 올라갔다.

눈이 마주쳤다.

나는 묘한 기대감이 피어올라 그의 어깨 위에 얹은 손을 움직여 머리카락 아래로 드러난 목덜미를 조금 간지럽혔다. 그러나 돌아오는 반응은, 서윤은 애매한 표정으로 날 올려다보다가 다시 고개를 내렸다.

명백한 외면이었다. 깨닫고 나서 나는 잠시 얼어붙었다. 곧이어 민망함과 창피함이 동시에 밀려들었다. 그러거나 말거나 맡은 바 임무를 충실히 수행한 서윤이 무릎을 펴고 일어났다. 그는 다시 샤워기를 손에 쥐고 내 몸을 머리부터 발끝까지 꼼꼼히 헹궈 주면서도 나와 눈을 마주치지 않았다.

아까 온천에서는 키스하려고 했으면서. 그냥 착각이었나?

그러면 안 된다는 걸 알면서도 서운해졌다. 나는 부루퉁한 얼굴로 서윤이 움직이는 걸 바라봤다. 그러다 그의 손이 멈춘 순간 샤워타올을 향해 손을 뻗었다.

나는 알았다. 그는 내 손을 피하려 했다. 하지만 그의 움직임보다 내 손이 더 빨랐다.

나는 아무것도 눈치채지 못한 것처럼 거품을 낸 샤워 타올로 서윤의 어깨를 문질렀다. 그는 마치 얼어붙은 것처럼 숨까지 멈추고 있다가 겨우 목소리를 쥐어짜 냈다.

"제가 할게요."

"왜?"

"왜냐니……."

그의 가슴팍에 얹어졌던 내 손이 아랫배로 미끄러진 순간 서윤은 입을 다물었다. 함께 잔 날이 하루 이틀도 아니건만 그는 이따금씩 숫총각처럼 굴고는 했다. 내 입가에 저절로 미소가 피어올랐다.

날씬한 허리선도, 도드라진 근육과 마디마디마다 움푹 파인 곳들도 다 보기 좋았다.

이렇게까지 완벽한 건 몸 만드는 게 직업이라서 그런 거겠지?

이 잘생긴 몸을 다른 사람들도 본다고 생각하니 기분이 조금 묘했다. 나만 보고 싶은…… 건가. 나는 지금 이서윤한테 독점욕을 느끼는 건가?

생소한 느낌에 기분이 이상해졌다. 그래서 나는 샴푸 칠에 집중하지 못했고, 내 손은 의미 없이 그의 허리께에 머물러 있었다. 그런데 그게 서윤을 곤란하게 만든 모양이었다.

"선배."

서윤이 손을 뻗어 내 팔을 붙잡았다. 눈짓도 손짓도 내게 그만두라 종용하고 있었으나 나는 그걸 무시했다.

서윤이 초조해하거나 말거나 비누칠을 마저 끝낸 다음 샤워기를 들어 그의 몸을 씻겨 주었다. 그러고는 손에 샴푸를 짜서 그에게 고개를 숙이라고 손짓했다. 내게 뭐라고 하려던 그는 체념한 듯 입을 다물고 내 앞에서 고개를 숙였다.

나는 살짝 승리한 기분에 젖은 채 그의 머리카락 속으로 손을 넣어 거품을 냈다. 최근에 스프레이나 염색 같은 걸 많이 한 탓인지 서윤의 머릿결은 그렇게 좋은 편이 아니었다. 그래도 잔뜩 일어난 거품 덕분에 티가 많이 나지는 않았다. 나는 씻겨 준다는 느낌보다는 갖고 논다는 느낌으로 그의 머리를 하얀 산으로 만들었다.

그러는 도중 손가락 끝으로 언뜻언뜻 그의 귀 끝이나 목덜미 같은 게 스치기는 했는데.

하늘에 맹세코 일부러 보려고 본 건 아니었다. 얼른 고개를 들자 벽을 짚은 손에 힘이 들어가는 게 보였다. 나는 그의 손등 위로 불거진 두꺼운 핏줄에 잠시 시선을 뺏겼다가 무의식중에 다시 아래로 시선을 주었다.

무시하기엔 존재감이 너무 크잖아.

그렇게 생각하며 서윤의 정수리를 힐끗 보는데 거품투성이 머리카락 아래로 귀가 새빨개진 게 보였다. 나와 눈이 마주칠까 봐 고개를 들지도 못하고, 바닥의 타일만 뚫어져라 노려보는 그를 발견하고 나니 조금 미안해졌다. 장난이 너무 심했나?

슬슬 적당히 해야겠다 생각하며 샤워기를 손에 쥐었다. 그의 머리카락을 쓸어 올리면서 거품을 씻어 내는데 서윤이 갑자기 샤워기를 뺏어 들더니 물을 냉수로 바꿔 자기 머리 위에 뿌렸다.

"엄마야!"

나는 그의 몸을 맞고 산산이 튀는 찬물에 놀라 뒤로 살짝 물러났다. 내가 그러거나 말거나 서윤은 여전히 찬물을 맞으면서 나로부터 등을 돌렸다.

"먼저 나가요. 제가 정리할게요."

"혼자 하려고?"

내가 그렇게 물을 거라곤 생각을 못 한 모양이었다. 서윤의 손에서 미끄러진 샤워기가 와장창 소리를 내며 바닥에 부딪혔다. 저를 잡아 주는 힘을 잃은 샤워기는 마치 뱀처럼 온몸을 뒤틀기 시작했다. 놀란 서윤이 얼른 샤워기를 주워 들었지만 이미 내 다리와 배는 물론이고 얼굴까지 찬물로 젖은 후였다.

"선배…… 괜찮아요?"

"나는 괜찮은데 타일은 안 괜찮지 않을까?"

샤워기가 떨어졌던 바닥을 가리키며 말하자 서윤의 목덜미가 빨개졌다.

"그만 좀, 놀려요."

딱히 놀리려던 건 아니었는데 본인은 그렇게 느낀 모양이었다.

물을 끄고 샤워기를 제자리에 돌려놓은 서윤은 욕실 벽에 고개를 처박은 채 이쪽을 돌아보지 않았다. 빨리 여기서 나가 달라는 제스처로 보였으나, 나는 밖으로 나가는 대신 그의 어깨를 두드렸다.

하지만 서윤은 반응하지 않았다. 나는 약간 오기가 샘솟아 그의 어깨를 대놓고 만지기 시작했다. 단단하고 매끄러운 어깨는 조금 전 찬물을 맞아 차가웠으나, 피부밑에서부터 몸을 잔뜩 웅크린 열기가 느껴지는 듯했다.

"왜 피하는데?"

안 내켜서 피하는 거면 그런가 보다 하겠는데, 이건 아무리 봐도 억지로 참고 있는 모습이었다.

내 질문에 그는 숨을 몇 번 고르다가 마지못해 돌아섰다. 고개를 푹 숙이고 있는 모습을 보니 이해가 안 되는 것과는 별개로 조금 안쓰럽긴 했다. 나는 두 손으로 서윤의 뺨을 쓰다듬었다.

그때 그가 손을 올려 내 손등을 감쌌다. 그가 내 손에 뺨을 비비는 건지, 아닌 건지. 따뜻함을 느끼기도 전에 그의 온기가 자꾸 닿았다 멀어졌다를 반복했다. 살짝 약이 올라 손에 힘을 줘 그의 얼굴을 붙잡는데, 동시에 그의 입이 열렸다.

"싫은 건 아니에요."

그런 건 반응만 봐도 알 수 있었다. 좀 더 설명해 보라고 뺨을 조물딱거리자 서윤이 입술을 달싹거리다 말을 꺼냈다.

"고민하고 싶지 않아서요."

"고민?"

숨이 닿을 만큼 가까운 거리라 의도치 않게 속삭이는 듯한 목소리가 됐다. 서윤은 나와 시선을 맞춘 채 눈을 몇 번 깜빡이다가 조용히 시선을 깔았다.

"선배 아직 저한테 아무 대답도 안 했잖아요."

그의 손이 내 손등 아래로 미끄러져 두 팔을 매만지듯 붙잡았다. 긴 손가락이 팔꿈치 부근을 아슬아슬하게 스쳤다.

"좋다고도 안 하고 싫다고도 안 했죠. 그런데 이런 건 해도 괜찮아요?"

아픈 데를 콕 찔렸다. 말문이 막힌 내가 입을 열지 못하는 사이 서윤이 다시 시선을 올려 내 눈을 들여다봤다. 그렇게 나를 붙든 채 재차 물었다.

"……어떻게 괜찮아요?"

어떻게라니? 네가 좋으니까.

순간 내가 한 생각에 내가 놀라 살짝 얼어붙고 말았다. 그런데 그걸 다른 이유 때문이라 생각했는지 서윤의 얼굴이 조금 흐려졌다.

"선배가 절 보는 건지…… 아니면 아직도 날 통해서 다른 사람을 보는 건지 고민하기 싫어요."

서윤의 입에서 작은 한숨이 흘러나왔다.

"선배가 아직 저한테 확신 없는 거 알아요. 그래서 기다리겠다고 한 거고요. 그러니까…… 조급하게 결정하지 않았으면 좋겠어요."

서윤이 손을 놓고 등을 돌리려 했다. 멀어지는 온기에 정신이 번쩍 든 나는 다급히 그의 손을 붙잡았다.

서윤이 약간 놀란 얼굴로 나를 돌아봤다. 나는 그 눈을 직시하며 분명한 목소리로 말했다.

"나 너랑 박민준 헷갈린 적 없어."

내 입에서 박민준의 이름이 나온 순간 서윤의 손에 힘이 들어갔다. 본인 역시 그 사실을 자각했는지 그는 조금 움찔하며 손에서 힘을 뺐다. 그러나 고개를 내저으며 꺼낸 목소리는 보다 냉담해져 있었다.

"그건 변명 안 해도 돼요."

"변명이 아니라 사실이야. 헷갈릴 수가 없었어."

이전이었다면 아무래도 상관없었겠지만, 지금 이 상황에서는 절대로 오해받고 싶지 않았다. 그런 생각 때문인지 내 목소리는 평소보다 단호하게 흘러나왔다.

"하나부터 열까지 전부 다 달랐으니까. 넌 그 자식이 날 어떻게 대했는지 하나도 모르잖아."

타박하는 걸로 들린 걸까? 서윤이 시선을 낮게 떨어뜨렸다. 나는 그게 신경 쓰여서 조금 누그러진 손길로 그의 뺨을 매만졌다.

찬물을 뒤집어쓴 그의 뺨은 아직 차가웠다. 나는 그 위를 내 손의 온기로 덮으며 말을 골랐다. 천천히, 신중하게.

"네가 날 대해 주는 게 좋았어. 그래서 네가 걔였으면 하고 바랐던 적도 있어. 그런데 결국은 아니더라. 닮은 구석이 손톱만큼이라도 있었어야 헷갈리든 말든 할 텐데, 하나부터 열까지 모든 게 다 달랐어. 그래서 내 눈앞에 있는 게 누구인지 잊고 싶어도 안 잊혔어."

분명 이서윤한테 하는 말인데 나 스스로에게 하는 말처럼 느껴졌다. 나는 조금 전에 내가 한 말을 몇 번이고 곱씹다가 다시 입을 열었다.

"그런데도 너랑 같이 있는 게 좋았어."

문득 잠자리에서 한 번도 서윤의 이름을 불러 본 적이 없다는 게 떠올랐다.

그가 언제부터 마음을 연 건지 나로서는 알 길이 없다. 하지만 내게 고백했을 때의 그는 적어도 자기 마음을 확신하고 있었다. 그러니 그 무렵의 서윤은 이미 나를 견디기 힘들어하고 있었을 것이다. 잊겠다고 약속했으면서, 자리를 비우자마자 그 사람을 만나고 왔다고 고백하는 임지수를.

내가 진짜 못 할 짓을 하긴 했구나.

죄책감에 가슴이 미어졌다. 동시에 이보다 더 가슴 찢어졌을 서윤을 생각하니 이 세상에서 그냥 사라져 버리고 싶었다.

나는 이서윤에게 박민준이 내게 했던 짓과 똑같은 짓을 했다. 아니, 그보다 더 심한 짓을 했다. 기다리겠다고 말하는 그의 배려를 방패 삼아서 겁쟁이처럼 아무 결론도 내리지 못하는 나 자신을 합리화했다.

조금 더 일찍 깨달았으면 좋았을 텐데.

그래도 너무 늦지 않게 깨달아서 다행이었다. 이 말을 할 수 있다는 게 무엇보다 가장 다행이었다.

나는 고개를 숙여 서윤의 어깨에 이마를 기댔다. 마른 침을 몇 번이고 삼켜가면서 나는 겨우겨우 말을 꺼냈다.

"이서윤."

서윤의 몸이 살짝 굳는 게 느껴졌다. 나는 그의 팔을 붙들고 용기 내어 혀끝으로 입천장을 튕겼다.

"네가 좋아."

겨우 그 한마디 말을 하는데 가슴이 터져 죽을 것 같았다. 세상 사람들 전부 다 이런 기분을 느껴 가며 연애를 하는 걸까? 어떻게 그럴 수가 있을까. 나는 두 번은 못 할 것 같은데.

나는 벌벌 떨리는 손을 몇 번이고 쥐었다 폈다 반복했다. 이상하게 숨이 막혀 왔다. 평소에 내가 숨을 어떻게 쉬었는지 모르겠을 정도로 숨쉬기가 어려웠다. 이러다 죽을 것 같아서 겨우겨우 숨을 내뱉는데, 그때에야 서윤이 짧게 숨을 들이켜는 게 느껴졌다.

천천히 내 등허리를 감싸는 손 역시 조금씩 떨리고 있었다. 그걸 느끼고 고개를 들었지만, 서윤이 내 어깨에 코가 닿을 정도로 고개를 푹 숙이고 있어 그의 얼굴이 보이지 않았다. 대신 희미하게 떨리는 그의 목소리가 들려왔다.

"정말이에요?"

서윤이 간신히 꺼내 놓은 목소리는 그게 전부였다.

그는 지금 무슨 생각을 하고 있을까?

머릿속을 다 헤집어서 확인해 보고 싶다. 하고 있는 생각의 파편 하나까지 낱낱이 다 알려 줬으면 좋겠다. 말 한마디로 모든 걸 다 알아채기에 사람의 말은 너무 짧고 단순하다는 생각이 들었다.

나는 물에 젖어 달라붙은 서윤의 머리카락을 만지작거리다가, 그의 가슴에 기대듯 귀를 대 봤다. 쿵쾅거리는 맥박 소리가 내 귀를 힘차게 두드려 댔다. 그에 안심이 돼서 나는 비로소 긴장을 풀 수 있었다.

"네 말대로 나 확신 없는 거 맞아. 내가 너한테 괜찮은 사람일지, 우리가 결국 잘 될지 안 될지도 모르겠고……."

굳이 입 밖으로 꺼내어 말하진 않았지만, 만약 미래에 우리 두 사람이 엇갈린다면 그건 이서윤보다는 임지수 때문일 거라는 생각이 들었다. 이서윤이야 성격도 좋고 사람과 잘 지내는 법을 알지만, 임지수는 성격도 좋지 못하고 자존감도 형편없으니까.

그뿐이랴. 용기가 있는 것도 아니고, 대단한 신념이 있는 것도 아니고, 이 사람 저 사람 말에 늘상 휘둘리기만 한다. 이런 날 좋다고 하는 이서윤이 이해가 안 될 정도였다.

어쩌면 나중에는 이서윤마저 지치게 만드는 날이 올지도 모른다. 하지만, 그래도…….

"그래도 네가 좋아."

꺼질 듯한 내 목소리 뒤로 물기 어린 한숨 소리가 이어졌다. 혹시 우는 건가 싶어서 확인하려 했지만 서윤이 너무 단단하게 안고 있어서 고개를 들 수가 없었다. 나는 고개를 드는 대신 다시 서윤의 가슴에 귀를 댔다. 그의 가슴은 여전히 나를 안심시켜 주고 있었다.

"너 심장 소리 엄청 빠른 거 알아?"

"그거야 당연히……."

제 목소리가 그렇게 떨려서 나올 줄은 몰랐는지 서윤은 중간에 말하기를 포기했다. 아닌 척 들려오는 헛기침 소리에 나는 나지막이 웃었다.

서윤은 무언가 더 말을 하는 대신 내 허리만 꽉 끌어안고 있었다. 마치 현실인지 꿈인지 확인하려는 사람처럼. 아니, 만약 꿈이라면 그거라도 깨지지 않게 붙들고 있으려는 것처럼.

그 간절함은 심장박동으로 내게 전해졌다. 나는 나를 향하는 그의 감정이, 그것을 실감할 수 있다는 사실이 좋아 한참을 그렇게 안겨 있었다.

"근데 있잖아……."

의미 없이 꼼지락대던 내 손이 그의 팔꿈치를 스쳤다. 그걸 답답해한다고 생각했는지 서윤이 팔에서 힘을 풀었다. 나는 해방감과 아쉬움을 동시에 느끼며 고개를 살짝 들어 물었다.

"나 진짜 먼저 나가?"

내 눈을 들여다보던 서윤의 얼굴에 열없는 웃음이 번져 나갔다. 그러다 단숨에 손을 뻗어 내 뺨을 붙잡고 입술을 삼켜 왔다. 나는 그가 밀고 들어오는 걸 받아 주다가 얼결에 벽까지 밀려났다.

그는 아예 물어뜯을 것처럼 내 입술을 삼켰다. 타액을 섞어 가며 강하게 빨다가, 두꺼운 혀로 진득하게 핥다가.

숨 막히도록 집요하게 파고드는 키스에 입술이 아릿한 통증으로 욱신거렸다. 이렇게 우악스러운 키스는 처음이었지만 싫지 않았다. 그와 나 사이를 경계 짓던 무언가가 완전히 무너진 것 같아서.

"선배……."

"으응……."

계속되는 키스에 숨이 막혔다. 단단한 가슴을 밀어냈지만 그가 쉽게 떨어지지 않아 결국 어깨를 때려야 했다.

내게 철썩 달라붙어 있던 몸이 미적거리며 멀어졌다. 숨을 헐떡이며 고개를 들자 아쉬움 가득한 얼굴로 나를 내려다보는 그와 눈이 마주쳤다. 거친 숨을 내뱉는 그와.

그 얼굴을 보고 있자니 예전에 거울을 통해서 봤던 그의 얼굴이 생각났다. 살을 맞대는 중에 얼굴을 본 건 그때가 처음이었지. 열에 들뜬 그 얼굴을 다시 한번 제대로 보고 싶다는 생각이 밀려들었다.

그때 서윤이 다급한 손길로 내 몸을 돌려세우려 했다. 버릇과도 같은 그 행동을 나는 얼른 막았다.

흥분해 붉어진 눈이 나를 향했다. 덩달아 가슴 속에 열꽃이 피는 걸 느끼며 그의 뺨을 손으로 감쌌다.

"네 얼굴 보고 싶어."

그는 내 말이 잘 이해가 되지 않는다는 얼굴로 눈을 깜빡이다가 곧 기쁜 듯이 웃었다.

마치 먹구름 사이를 헤쳐나온 햇살 같은 미소였다. 나는 스스로를 좀먹던 모든 암적인 감정을 잊고 그처럼 따라 웃었다.

애정을 구걸하기 위해서가 아니라, 위로를 얻기 위해서가 아니라.

사랑을 나누기 위해 그에게 손을 뻗었다. 그저 주는 것도 아니고 받는 것도 아닌, 나눌 수 있음에 감사하면서.

*

우리는 욕실 벽에 기대서 입술이 부르트도록 키스를 했다. 키스만 했다. 마치 애인이랑 처음 입을 맞춰 보고 좋아서 주체 못 하는 애들처럼.

물론 좋아서 주체 못 한 건 우리도 마찬가지였다. 다만 나나 서윤이나, 우리가 입술을 맞댄 채 푸슬푸슬 웃음을 참지 못한 건 자꾸만 마주치는 시선 때문이었다. 웃겨서가 아니라 좋아서. 우리는 서로를 마주한 채 계속 웃었다.

"혹시 어디 간지러운 건 아니죠?"

"내가 묻고 싶은 말이거든?"

시선을 맞추면서, 입술을 맞대면서. 서윤은 내 뺨과 목덜미, 어깨에서부터 옆구리로 이어지는 선을 섬세하게 감싸 어루만졌다. 내리깐 시선으로 날 집요하게 얽맨 채로.

"아!"

"항상 보고 싶었어요. 선배가 이런 소리를 낼 때마다 어떤 얼굴을 하는지."

놀리려 하는 말이 아님을 알았다. 그럼에도 부끄러워서 나는 할 수 있는 최대한 소리를 죽이려 애썼다.

서윤은 그런 내게 굳이 소리를 참지 말란 말을 하지 않았다. 대신 아랫입술을 잘근거리며 깨물다가, 내 몸을 번쩍 안아 들어 두꺼운 이불 위에 옮겨 눕혔다.

기다란 손가락은 매끄럽게 내 피부에 붙어 미끄러졌다. 동시에 그는 내게 입을 맞췄다. 벌어진 틈새로 숨이 섞이고, 그는 능수능란하게 내 입안을 장악했다.

"으응……!"

커튼으로 가려진 창문 너머로 토독토독 떨어지는 빗소리가 들렸다. 습해진 공기 속에서 서윤의 목소리가 나지막하게 울렸다.

"선배, 이름 불러 주세요."

"응, 서윤, 서윤아……!"

한 가지 간과한 게 있었다. 그동안 우리가 관계를 맺을 때 서윤이 내가 어떤 얼굴을 하는지 보지 못했다는 건, 나 역시 그가 나를 안으면서 어떤 얼굴을 하는지 못 봤다는 소리기도 했다.

육체적인 욕망을 풀기 위해서가 아니라, 정서적인 교류를 나누고 싶어 나를 안는 남자가 어떤 얼굴을 하는지.

거울에 반사된 눈빛이 아니라, 뜨거운 열기를 고스란히 간직한 눈동자와 마주한 순간 나는 숨이 막혀 아무런 소리도 내지 못했다.

"선배…… 제 이름 계속 불러 줘요."

오로지 나 하나만을 열망하는 남자의 눈에 담기는 쾌락은, 육체만을 탐하는 것과 결을 달리했다. 마른 침을 겨우 삼킨 나는 내게 몸을 붙여오는 그의 등을 끌어안은 채 신음처럼 그의 이름을 내뱉었다.

"서윤아…… 이서윤."

"더."

"이서윤, 흣!"

"더 불러 줘요, 더. 더."

내가 그의 이름을 부르는 동안 서윤은 내 몸 곳곳을 손과 입술로 만져 주었다. 그의 체온이 닿는 곳마다 내 피부엔 열꽃이 피어올랐다. 내가 못 견디고 그의 이름을 부를 때마다 서윤의 눈동자에 맺힌 빛이 더욱 깊어졌다.

나는 그게 좋아서 그의 이름을 더 열심히 불렀다. 그의 목을 끌어안은 채 귀에 대고 속삭이기도 했고, 흥분에 못 이기는 척 토막 내기도 하고.

내가 어떻게 부르든 서윤은 자신의 이름을 들을 때마다 눈에 띄는 반응을 보여 주었다. 그는 목울대를 울렁여 마른 침을 삼키기도 했고, 무언가를 참는 듯 눈을 찡그리기도 했으며, 거칠어진 숨을 다듬기도 했다. 그렇게 증폭된 열망은 고스란히 내 몸 위로 쏟아졌다.

"선배, 눈 떠요."

"흐……."

그는 내가 눈을 감는 걸 허용하지도 않았다. 좋아한다는 말론 충분하지 않았는지, 서윤은 내가 나를 안는 사람이 저라는 사실을 몇십 번이고 확인하게 만들었다.

부끄러우니까 제발 눈 좀 감게 해 달라는 말은 하지도 못했다. 혹여 서윤이 그 말을 다른 뜻으로 오해할까 봐.

그래서 나는 일부러 그의 목을 끌어안고 키스를 졸랐다. 적어도 키스하는 동안에는 눈을 감고 있어도 되니까.

"선배……."

"이서, 윤……!"

좋아한다는 말보다, 사랑한다는 말보다. 그저 이름을 부르는 속삭임이 더 달게 느껴지는 건 어째서일까.

그 밤 내내 우리는 질리지도 않고 서로를 속삭여 불렀다. 단순히 그 사실 하나만으로 우리가 수없이 해댔던 행위는 사랑을 나누는 행위가 되었고, 어떠한 단어로 단정 지을 수 없었던 우리의 관계에 간결한 이름표가 붙었다.

*

답답해…….

가물거리는 의식 속에서 나는 뻑뻑한 눈꺼풀을 애써 밀어 올렸다. 제일 먼저 보인 건 느슨하게 흘러내린 목욕가운 사이로 드러난 단단한 가슴이었다. 멍하니 그를 바라보던 나는 허리를 감싼 힘을 느끼고 고개를 들었다.

서윤은 이불을 어깨까지 끌어올린 채 날 끌어안고 잠들어 있었다. 이서윤 플러스 이불에 둘러싸였으니 당연히 답답할 수밖에.

몸을 뒤틀자 내 허리를 감싼 팔에서 힘이 살짝 풀렸다. 덕분에 나는 서윤이 깊은 잠에 빠져들었다는 걸 알 수 있었다. 아니었으면 겨우 이 정도 몸부림으로 풀려나지 못했을 테니까.

함께 덮은 이불도 허리 위까지 끌어내린 후에야 나는 겨우 고른 숨을 내뱉을 수 있었다. 몸이 편해지니 못 다 잔 잠기운이 다시 솔솔 쏟아졌다. 나는 서윤의 품 안에서 다시 자세를 잡다가 그의 어깨 너머로 보이는 툇마루에 시선을 주었다.

내가 잠든 사이에 서윤이 커튼을 걷었는지 바깥 풍경이 훤히 보였다. 그 너머의 풍경 속에선 어느새 땅거미가 지고 있었다.

해 질 녘이라 온갖 색들이 다 섞여 있어 분위기가 묘했다. 좋은 느낌도 나쁜 느낌도 아닌 혼탁한 느낌.

그새 비도 그쳤는지 공기가 맑고 고요했다. 그 속에서 물방울 떨어지는 소리가 똑, 똑 불규칙하게 울렸다. 어쩐지 그게 내 가슴을 두드리는 것 같아 나는 가만히 가슴 위로 손을 얹었다. 그러다 시선을 내려 서윤의 얼굴을 바라봤다.

잠들기 전까지는 정말 잠깐도 가만 놔두질 않더니 지금은 순진한 얼굴로 세상 모르게 잠들어 있었다. 하긴, 아무리 체력이 좋아도 피곤하긴 했을 거다. 녹아 내릴듯한 후희 때문에 금방 잠든 나와 달리 이것저것 뒤처리도 한 것 같으니까.

분명 알몸으로 잠들었는데 어느새 옷도 입고 있지, 땀이 말라 찝찝해야 할 몸도 쾌적하지, 이불도 제대로 정리돼서 반듯하게 덮여 있지. 생각해 보니 약간 민망했다. 아무리 그래도 이렇게 하나부터 열까지 다 내맡긴 적은 없었는데.

하지만 아침부터 온천에 가겠다고 새벽같이 일어난 데다가 체력도 방전되고 기분도 나른해서 잠들지 않을 수가 없었다. 오히려 서윤이 바로 잠들지 않은 게 놀라울 정도였다.

얘는 지치지도 않았던 걸까. 아니면 지쳤는데도 기어코 하나하나 붙들고 있었던 걸까.

어쩌면 이렇게 겪으면 겪을수록 신기하지.

나는 계속해서 서윤의 얼굴을 들여다보다가 그의 머리로 손을 뻗었다. 그의 머리카락을 물들였던 수많은 색이 주마등처럼 스쳐 지나갔다. 금색. 옅은 보라색. 애쉬그레이. 갈색. 빨간색도 했었던 것 같은데. 나중에는 녹색이나 파란색으로 염색한 걸 볼 수도 있으려나?

내가 한다고 생각하면 절로 몸서리가 쳐지는데 서윤이 하면 그게 무슨 색이든 다 잘 어울릴 것 같았다. 나는 서윤이 무지개색으로 염색한 걸 상상하며 키득키득 웃다가 그가 잠에서 깰까 얼른 입을 다물었다. 머리카락을 매만지던 손에서 힘도 풀었다. 대신 얼굴을 좀 더 자세히 뜯어봤다.

얇은 눈꺼풀과 완벽하게 자리 잡은 이목구비, 매끄러운 피부에 선명한 입술까지. 한마디로 표현하자면…….

"……잘생겼네."

솔직히 이전에는 주변 사람들이 이서윤에 대해 잘생겼다 떠들어 대도 쉽게 동조하지 못했다. 인정하기 싫었던 게 아니라, 후배를 이성으로 보는듯한 언행들이 좀 부담스러워서.

차라리 대학 때 처음 만난 사이였다면 괜찮았을지도 모르겠지만 내가 그를 처음 만난 건 고등학교 때였다. 이렇게 훌쩍 크기 전, 마냥 어린아이 같던 모습을 하고 있었을 때.

나는 그런 그를 거의 돌봐 주다시피 했다. 서윤이 그런 나를 어떻게 받아들였을지는 모르겠지만 나한테 그는 그저 후배이자 동생이었다. 그런 그를 남자로 칭찬하는 발언들에 내가 어떻게 맞장구를 칠 수 있었을까.

하지만 지금은 상황이 달라졌다. 이제 이서윤은 후배나 동생이 아닌 내 남자친구가 됐다. 그런 그를 두고 잘생겼다고 하는데 누가 뭐라고 하겠는가?

거기까지 생각하던 나는 남자친구라는 단어에 조금 움찔했다. 남자친구. 나한테 정말로 남자친구가 생기다니.

지금까지 비참한 짝사랑만 했던 탓에 연애라고 할 만한 걸 해본 적이 없었다. 퍼 주는 것만 알았지 누군가가 이렇게 정성껏 대해 주는 것도 처음이었고. 잠들기 전에 서윤이 몇 번이나 키스를 퍼부었던 일이나 지금 이렇게 안겨 있는 걸 떠올리니 얼굴이 조금 달아올랐다.

원래는 이런 게 일반적인 거겠지? 얘도 당연하다는 듯이 이렇게 행동하는 걸 보면 이전에 다른 사람들한테도 이랬을 테고.

그럼 역시 똑같이 대해 줘야……까지 생각한 순간 살짝 소름이 돋았다. 이서윤이 내게 하는 것처럼 내가 이서윤에게. 늘 마음을 숨기기에만 급급했지 드러내놓고 표현해 본 적이 없어서 상상만 해도 너무 어색하고 간지러웠다.

그렇지만, 계속 피하면 분명 실망하겠지.

살짝 망설이다가 용기 내서 그의 입술을 만져 봤다. 부드럽고 따뜻한 느낌. 꽃물처럼 예쁜 색을 내는 도톰한 입술은 누가 봐도 예쁘다고 말할 만한 모습이었다.

도저히 남자로 여겨지진 않았던 고등학생 때도 인형처럼 예뻤던 이서윤이다. 그랬던 애가 어느새 이렇게 훌쩍 커서 멋진 남자가 되었다. 물론, 꼭 생김새만 두고 말하는 건 아니었다.

다정하고, 충만한 사람.

넌 누구라도 사랑할 수 있을 거야. 또 누구라도 널 사랑할 거고.

그의 반듯한 이마를 가만히 매만지다가 나도 모르게 소리 내어 말했다.

"사랑해."

그때 서윤의 눈꺼풀이 움찔했다. 그 모습에 나는 찬물을 뒤집어쓴 것처럼 얼어붙어 있다가 정신이 확 들어 번뜩 손을 뗐다.

뭐야. 깨어 있었어?

"이서윤?"

그의 이름을 불렀지만 대답이 없었다. 아까는 움찔거렸던 눈꺼풀도 지금은 고요하기만 했다.

정말 자는 거 맞나? 나는 미심쩍은 눈으로 눈 감은 서윤의 얼굴을 바라보다가 낮은 목소리로 재차 그를 불렀다.

"야."

"……."

자는 얼굴 위로 식은땀이 흐르는 것 같은 건 내 착각인가? 책잡힐 일을 한 것도 아닌데 왠지 민망했다.

왜 다 들어 놓고 모른 척해? 아님 진짜 자는 건가.

어느 쪽도 마뜩잖았다. 나는 괜히 입술만 몇 번 깨물다가 결국 자리에서 일어났다.

그때 서윤이 귀신처럼 내 손을 잡아챘다. 그 움직임을 차마 예상 못 했던 나는 소스라치게 놀라 비명을 질렀다.

"꺄악!"

"괘, 괜찮아요?"

자기가 놀라게 해 놓고 미안했는지 서윤이 벌떡 일어나서 내 등을 문질렀다. 덕분에 놀란 가슴을 쉬이 진정시킬 수 있었지만, 나는 어처구니가 없어서 그를 쏘아봤다.

"자는 것도 아니면서 왜 자는 척을 해?"

"아니, 그냥 가볍게 놀려 주려고 했는데 어쩌다 보니 타이밍을 놓쳐서……."

그럼 애초에 잠든 적도 없는데 자는 척을 했다는 건가? 내가 한 혼잣말을 처음부터 다 들었다?

자꾸 올라가려는 입꼬리를 억지로 끌어 내리면서 한껏 미안한 척하는 걸 보니 진짜로 다 들은 게 틀림없었다. 나는 확 치솟아 오르는 민망함에 어쩔 줄 몰라 팽 돌아누웠다.

잠시 후 서윤이 조심스레 내 어깨를 두드려 왔다.

"선배, 화났어요?"

"안 났어."

"그런데 왜 등을 돌려요?"

"잘 거니까. 너도 잠이나 자."

"애인이 잘생겼는데 왜 아깝게 등을 돌리고 자요? 마주 보고 자야지."

……이 자식이 근데!

하마터면 도발에 넘어가 몸을 돌릴 뻔했다. 그 겨를에 들썩거린 몸을 계속 웅크린 채 등을 보이고 있자 서윤이 웃음기를 감추지 않고 말해 왔다.

"저 진짜 감동받았는데. 선배가 잘생겼다고 해 줘서."

그 얼굴로 그렇게 말해 봤자 별로 진심으로 들리지 않았다. 나는 여전히 등을 돌린 채 괜히 툴툴거렸다.

"살면서 지겹게 들었을 거면서 뭘 새삼."

"그야 그런데."

그야 그런데?

"연예인이 잘생긴 건 자랑도 아니지 않냐고 했던 누구누구가 그렇게 말해 주니 정말 눈물 나게 감격스러워서요."

……이래서 사람은 입조심을 하고 살아야 한다. 나이 서른에 깨닫기에는 너무 보편적인 진리였지만, 지금 이 순간만큼은 뼈저리게 느껴졌다. 옆에 이서윤이 있는 게 아니었으면 이불을 열 번은 걷어찼을 거다.

하지만 민망한 것도 잠시, 어느새 서운함이 밀려오기 시작했다. 지금 잘생겼다고 말한 게 중요한 게 아니지 않나? 설마 못 듣지는 않았을 텐데…….

잠깐 생각에 잠겨 있었더니 서윤이 보채듯이 내 어깨에 이마를 문질렀다.

"그만 놀릴 테니까 이쪽 보면 안 돼요?"

대단히 신뢰 가지 않는 목소리였지만 더 고집부려봐야 득될 게 없었다. 토라진 척도 이쯤이면 됐다 싶어 못 이기는 척 돌아누웠다. 하지만 얼굴 마주 볼 용기는 나질 않아서 그냥 천장만 바라봤다.

그러자 서윤이 내 허리를 끌어안고 좀 더 가까이 붙었다. 나는 그가 하는 대로 그냥 내버려 두었다. 그게 패착이었을까? 어느 순간 내 몸이 그쪽으로 돌아가 마주 보고 안긴 모양새가 되었다.

그때 눈이 마주쳤다. 그만 놀리겠다고 제 입으로 말했으면서. 날 바라보는 그의 눈은 둥글게 휘어져 있었다.

"그러게 왜 그런 말을 저 자고 있을 때 해요?"

이어지는 목소리엔 웃음기가 가득했다. 나는 이서윤의 잘나빠진 복부에 한 방 먹여 줄까 말까 고민하다가 손에서 힘을 풀었다. 이 잘난 몸에 흠집을 내는 건 아무래도 내 손해 같아서.

"……들으라고 한 말이 아니니까."

"들려 주는 거였으면 더 좋았을 텐데."

잘생겼다는 말이 그렇게 듣고 싶었나? 얘도 참 별나다는 생각이 들었지만, 이런 걸 받아 주는 것도 연상의 미덕이다 싶어 옜다 하고 던져 주었다.

"그래, 너 잘생겼어."

"그거 말고요."

연상의 여유로움이 순식간에 사라졌다.

거짓말처럼 할 말도 사라졌다. 뭐라고 해야 하지? 머리가 팽팽 돌아가며 심장박동이 빨라졌다.

방금 전까지는 어물쩍 넘어간다고 서운해했으면서. 왜 지금은 이서윤이 제발 입 좀 다물어 줬으면 싶은 걸까?

나도 나를 모르겠다. 도저히 서윤의 얼굴을 볼 자신이 없어서 괜히 굵게 도드라진 쇄골만 뚫어져라 쳐다봤다. 그러다 침묵을 견딜 수 없어 아무 말이나 내뱉었다.

"그건…… 그냥 해 본 거야."

"……그냥 해 봤다고요?"

서윤의 목소리가 미지근해지는 걸 들으니 식은땀이 절로 났다. 여기서 대꾸를 잘못했다간 분위기가 얼어붙어 쩍 하고 갈라질 것 같았다.

이건 뭐라고 말한다?

나는 마른 입술을 혀로 핥으며 이리저리 눈을 굴렸다. 하지만 마음이 초조한 탓인지 그럴듯한 말이 떠오르지 않았다. 좀 더 머리를 굴리고 싶었지만, 납덩이 같은 침묵이 너무 무거워 충동적으로 입을 열고 말았다.

"나중에 하려고…… 연습해 봤어."

나지막이 웃는 소리가 들리더니 서윤이 날 와락 끌어안고 정수리에 입을 맞췄다. 품에 갇힌 탓에 표정은 전혀 보이지 않았지만, 그의 기분이 좋아졌다는 건 알 수 있었다.

나는 조금 머뭇거리다가 서윤의 등을 마주 끌어안았다. 곧 머리 위로 신음 같은 한숨이 내려앉았다.

"아직도 꿈 같아요. 선배랑 이렇게 이어졌다는 게."

"뭐, 꿈까지야……."

"진짜로요."

내가 뭐 그렇게 대단한 사람이라고 이렇게까지 말하는 걸까. 주변을 조금만 둘러봐도 훨씬 나은 여자가 지천에 널렸을 텐데.

분위기 때문에 그냥 하는 말이겠지.

머리로는 그렇게 생각했지만 가슴 속에선 작은 기대감이 피어올랐다. 어쩌면 예상보다 조금 더 이서윤이 임지수를 좋아하고 있을지도 모른다는…….

"정말 오래 기다렸어요."

살짝 잠긴 목소리로 한 번 더 강조하는 목소리에 죄책감이 들었다. 다른 건 어쩔 수 없었다 치더라도, 조금이라도 더 일찍 대답하지 못한 건 분명한 내 탓이니까.

생각하니 새삼 미안해졌다. 나는 괜히 서윤의 옷자락을 만지작거리다가 입을 열었다.

"미안. 용기 내는 게 쉽지가 않았어. 이해하기 힘들겠지만……."

"제가 기다리겠다고 했던 거잖아요. 미안해할 필요 없어요."

서윤은 부드럽게 얘기하더니 다짐하듯이 말했다.

"결심해 줘서 고마워요. 절대 후회할 일 없게 할게요."

그러고는 조금 늦게 한마디를 덧붙였다.

"저도 사랑해요."

서윤이 내 얼굴을 못 봐서 다행이었다.

지금 내가 무슨 표정을 짓고 있을지 나조차도 짐작이 안 됐다. 누군가가 나한테 이런 말을 해줄 거라는 기대는 정말 오래전에 포기했는데.

상상해 본 적도 없는 상대한테서 상상해 본 적도 없는 형태로 듣게 되다니, 기분이 너무 이상했다. 하지만 한편으로는 묘하게 안심이 됐다.

결국은 이렇게 이어질 일이었다면, 내가 견뎌 온 시간도 아주 쓸모없지는 않았겠지.

지금까지는 어디에도 발 디딘 곳 없이 표류하고 있는 느낌이었는데. 이제야 있을 곳을 찾았다는 느낌이 들었다. 상대가 내 가장 어두운 부분을 이미 알고 있다는 것도, 기쁘거나 슬픈 걸 떠나서 마음이 놓였다. 아주 오랫동안 혼자서 전전긍긍해 왔는데 이제는 그럴 필요가 없으니까.

어쩐지 눈물이 났다.

나는 그 물방울이 뺨을 타고 흘러내리기 전에 서윤의 품 안으로 더 깊게 파고들었다.

*

애초부터 관광보다는 휴식에 중점을 두고 온 여행이었다. 하지만 그걸 감안해도 좀 너무하다 싶을 정도로 우린 숙소에만 틀어박혀서 시간을 보냈다. 이럴 거면 뭐 하러 비행기까지 탔나 싶기도 했지만, 한편으로는 우리를 아는 사람이 아무도 없다는 사실이 놀랄 만큼 마음에 여유를 줬다.

그렇게 우리는 실컷 숙소에서 뒹굴다가, 내키면 잠깐 산책하고, 배고프면 식사하고, 사진도 찍었다. 시간이 눈 깜짝할 새에 지나갔다.

"진짜 따로 갈 거예요?"

돌아가는 날. 짐을 다 챙기고 났더니 서윤이 내 허리를 감싸 안으며 물어 왔다. 나는 얘가 지금 무슨 소리를 하나 싶어 눈을 동그랗게 뜨고 뒤를 돌아봤다.

"올 때처럼 가야지. 공항엔 한국 사람 천지라 너 금방 알아볼 텐데."

"으음……."

이건 내가 같이 가자고 졸라도 서윤이 나를 달래야 하는 상황이었다. 커리어에 흠집 나는 건 이서윤이지 임지수가 아니니까.

그런데 왜 장본인이 저렇게 못마땅한 얼굴일까? 꼭 사탕 뺏긴 어린애처럼. 나는 입술을 삐죽 내민 얼굴이 귀여워서 괜히 그의 볼을 한 번 꼬집어 줬다.

"그러게 누가 그렇게 유명해지래?"

"먹고 살려고 열심히 일하다 보니 그만."

"잘났어, 아주."

픽 웃는 사이 서윤이 내 손을 붙잡아 손바닥에 키스했다. 나는 그 감촉이 간지러워 살짝 움찔했지만 손을 빼내지는 않았다.

"가면서 연락할 거죠?"

"상황 봐서."

내 두루뭉술한 대답에 서윤이 한숨을 내쉬었다.

"역시 그냥 좌석을 연석으로 끊었어야 했는데."

"너 모르는 사람인 척 절대 못 했을걸."

"저 배우거든요?"

어이구, 자존심이 상하셨어요? 나는 또 한 번 픽 웃었다.

"모르는 사람인 척하려면 어차피 말 한마디도 못 할 텐데 따로 가나 같이 가나 똑같잖아."

그러니 군말하지 말라고 손등을 도닥이는데 서윤이 장난기 어린 눈으로 빙그레 웃었다.

"그렇구나. 난 그냥 옆에 있는 것만으로도 좋던데."

나는 지지 않고 부드럽게 웃으며 맞받아쳤다.

"그래? 난 그냥 한 공간 안에만 있어도 좋더라."

서윤은 내 말에 한 대 얻어맞은 듯한 얼굴을 하더니 잠깐 신음을 흘렸다.

"진짜 같이 가면 안 돼요?"

"응, 안 돼."

나는 그렇게 말하고 도망치듯 먼저 숙소에서 나왔다. 뒤에서 서윤이 마지못해 뒤따라 나오는 소리가 들렸다.

숙소에서 출발하는 택시는 같이 탔지만, 왔을 때처럼 중간에서 헤어져 각자 공항으로 향했다.

"이따 봐요."

"그래."

나는 멀어지는 그의 뒷모습을 바라보다가, 문득 떠오른 생각에 핸드폰 카메라를 들었다. 촬영 버튼을 누른 건 지극히 충동적인 행동이었다.

날이 아주 화창했고, 때마침 바람이 불어왔다. 살짝 옆을 돌아보는 서윤의 뒷모습이 일상의 한 조각처럼 화면 안에 자연스럽게 남았다.

나는 남겨진 사진을 한참 동안 바라보았다. 내 나름대로 찍은 여행의 마침표였다.

돌아가는 길은 각자 혼자였지만, 헤어지면서부터 계속 메시지를 주고받은 터라 멀리 떨어졌다는 실감은 별로 들지 않았다.

공항에 도착한 후, 나는 바로 짐을 맡긴 다음 이미그레이션으로 갔다. 서윤은 면세품에 별로 관심이 없는지 늦게 체크인 하려는 듯했지만, 나는 시간도 남겠다 구경이나 할 생각이었다. 공항은 어차피 때 되면 오게 되는 곳이라 굳이 욕심낼 생각은 없고, 그냥 눈에 띄는 게 있으면 살까 싶은 정도?

가방이나 하나 살까 하며 가볍게 둘러보고 있는데 문득 옷 하나가 눈에 띄었다. 나는 홀린 것처럼 그쪽으로 발을 옮겼다.

품이 넓은 남자 셔츠. 조금 채도 높은 파란색에 감이 좋고 깔끔한 디자인이었다. 키 크고 몸 좋은 이서윤한테 참 잘 어울릴 것 같은데. 나는 그런 생각을 하다가 잠깐 멈칫했다.

음…… 역시 좀 그런가?

모델에게 옷을 선물하려니 영 엄두가 안 났다. 게다가 내가 안 사줘도 비슷한 옷이 이미 옷장 안에 있을 것 같고……. 사귀기로 한 지 며칠 되지도 않았는데 선물부터 안겨 주는 건 부담스러울 것 같지, 아무래도.

나는 옷과 매장을 한 번 둘러보다가 결국 자리를 떴다.

*

숙소에서 차 타고 한참을 이동하고, 공항에 짐을 맡긴 후에 또 다시 비행기로 몇 시간 동안 이동하고. 맡겼던 짐을 다시 찾아 들고 꾸역꾸역 택시를 탔더니 대부분의 시간을 앉아만 있었는데도 완전히 녹초가 됐다.

핸드폰 하나 드는 것조차 힘든 지경이었지만 그래도 엘리베이터에 올라 서윤에게 전화를 걸었다. 통화는 기다렸다는 듯 바로 연결됐다.

—잘 들어갔어요?

"응. 지금 엘리베이터."

—저녁은요?

"아직?"

—먹고 들어가지. 집에 별거 없을 텐데.

내가 집에서 해 먹는 제일 복잡한 음식이 라면이라는 걸 알고 하는 말이었다. 나는 말없이 엘리베이터 숫자가 올라가는 걸 바라보다가 겨우 대꾸할 말을 찾았다.

"비행기 탔더니 너무 피곤해서. 그냥 집에 빨리 오고 싶었어."

—체력도 약해서 걱정이고. 저 그냥 선배 집으로 갈까요? 뭐라도 만들어 줄게요.

"……너는 체력이 어떻게 그렇게 남아돌아?"

—전 운동 부족 아니거든요. 끼니도 안 걸러요.

"……."

은근히 사람 말문 막히게 하는데 일가견이 있었다. 내가 아무 말도 안 하고 있자 와도 괜찮다는 얘기로 받아들였는지 서윤이 이어서 말했다.

—금방 갈 테니까 조금만 기다릴래요? 지금 방향 틀면 30분이면 될 것 같은데.

그 말에 정신이 번쩍 들었다.

"아냐, 그냥 있어. 너도 피곤하잖아. 그리고 나 진짜 배 안 고파. 그냥 누워 자고 싶어."

—그래도…….

"어차피 너 와 봤자 나 그냥 자고 있을걸."

결국 포기했는지 건너편에서 작은 한숨 소리가 들려왔다.

—아쉽다. 보고 싶은데.

우리 몇 시간 전에 얼굴 봤거든? ……그렇게 받아치지 못한 건 그 말에 마음이 흔들렸기 때문이리라.

나도 보고 싶다고 말하고 싶은 마음이 굴뚝같았다. 하지만 그렇다고 똑같이 고생한 애를 여기로 부를 수는 없었다. 특히나 서윤은 내일 회사에 가 봐야 한다고 했으니까.

아무리 생각해도 지금은 내 욕심을 부릴 때가 아니었다. 게다가 아까 한 말이 빈말이 아니라서 지금은 정말로 엎어져 자고 싶었다.

"나중에 시간 내서 보면 되지. 무리할 거 없잖아."

—그야 그렇지만요.

그 사이 엘리베이터가 도착했다. 나는 내려서 현관문부터 열었다. 겨우 며칠 비웠는데 엄청 오랜만에 돌아온 것 같은 느낌이 들었다. 나는 집 냄새를 한번 들이켜고 구두를 벗었다.

"나 지금 집 들어왔어."

—피곤하겠다. 얼른 쉬어요.

"응, 너도. 내일 연락할게."

—잘 자요. 사랑해요.

"……나, 나도."

어색한 게 티가 났는지 낮게 웃음소리가 들려왔다. 나는 얼굴이 확 달아올라 재빨리 전화를 끊었다.

내가 적응이 느린 거야, 아니면 얘가 적응이 빠른 거야?

나는 괜히 입술을 깨물다가 집 안으로 들어왔다.

자려면 침대에 누워야겠지만 방에 들어가는 것조차 귀찮았다. 짐은 대충 현관 앞에 내려놓고 거실 소파에 풀썩 드러누웠다.

"아, 편하다."

그냥 이대로 잘까.

도저히 뿌리칠 수 없는 유혹에 한 1분쯤 꼼짝도 안 하고 있다가 벌떡 일어났다. 다른 건 몰라도 화장은 지워야 했다. 더불어 양치질도.

의지력을 바닥까지 긁어내서 겨우겨우 움직였다. 짐 정리는 과감하게 내일로 미루고 일단 샤워부터.

화장을 지우고, 양치도 하고. 뜨거운 물에 몸을 푹 담그면 피로가 풀릴 것 같았지만, 욕조에 물 받는 걸 기다리다가 잠들어 버릴 것 같았기에 그냥 샤워로 만족했다.

그래도 씻고 났더니 잠이 약간 깼다. 나는 핸드폰을 가지러 도로 거실로 나왔다. 그러다 아까 치워 둔 짐을 발견했다.

출발하기 전엔 없었던 쇼핑백이 캐리어 옆에 나란히 쓰러져 있었다. 공항에서 잠깐 고민했던 그 셔츠였다. 서윤과는 바로 헤어져서 어차피 줄 수 없었던.

"……."

나는 소파에 드러누워서 잠깐 쇼핑백을 바라봤다.

종종 집에서 자고 가니까, 그냥 그때 입으라고 모르는 척 줄까? 이런 걸 주고받는 사이가 아니었어서 뭐라고 반응할지 잘 짐작이 안 됐다. 취향에 맞았으면 좋겠는데…….

생각하다 보니 조금 신기했다. 이런 거 주면 이상하게 생각하지 않을까가 아니라 이걸 좋아할까 말까를 걱정하고 있다니.

이제는 그냥 다 하면 되는구나. 선물도, 좋아한다는 말도, 보고 싶다는 말도.

모든 게 너무 쉬워서 이상했다. 이 상황 자체가 비현실적으로 느껴졌다.

방금 전까지 서윤의 목소리를 듣고 있었기 때문일까? 아무 소리도 안 들리는 조용한 공간에 아무것도 안 하고 내던져져 있으니 갑자기 괴리감이 밀려왔다. 불만 환할 뿐 뭐라도 나올 것 같은 적막함이 더 그렇게 느껴지게 했다.

몸을 뒤척여 바로 누운 나는 멍하니 천장을 바라봤다. 내내 이 적막과 함께 살았다는 게 새삼 믿기지 않았다.

겨우 며칠 같이 있었을 뿐인데. 잠깐 없다고 엄청 허전하구나.

그렇게 피곤했는데 이상하게 잠이 오지 않았다. 나는 소파 위에서 몇 번 더 뒤척이다가 리모컨을 들어 TV를 켰다. 사람 목소리가 들리면 좀 나을까 싶어 방영 중인 예능 프로그램을 아무거나 작은 소리로 틀어 놓았다.

그래도 조금 허전해서 방에 있던 곰인형을 데리고 나와 옆에 앉혀놓았다. 나는 곰인형 머리를 툭툭 쓰다듬어 주고는 소파에 누워 한동안 TV 화면을 응시했다. TV에서 나오는 의미 없는 말들이 외이도를 그냥 통과했다.

문득 생각이 나서 핸드폰을 열어 봤다. 갤러리로 들어갔더니 마지막으로 찍은 사진이 보였다. 나는 우두커니 액정 속 사진을 문질렀다.

보고 싶다.

실감이 잘 나지 않았다. 떨어진 지 얼마나 됐다고 벌써 이렇게 보고 싶은 게. 보고 싶어 해도 괜찮은 사이라는 게. 심지어 이런 마음이 일방통행이 아니라는 게.

꿈꾸는 거 아니겠지. 정말 내가 누려도 되는 거겠지? 나 이제 괜찮은 거 맞는 거겠지?

불안하다기보다 그냥 믿기지가 않았다. 임지수 인생에 이런 순간이 실재한다는 게.

서윤이 눈앞에 있다면 아마 진짜라는 걸 확인시켜 줬을 텐데.

각자 집으로 헤어지는 게 아니라 같은 집으로 돌아오는 거면 좋았을 거라는 생각이 문득 들었다. 내가 이렇게 욕심이 많은 사람인 줄 처음 알았다.

들꽃이었으면 그냥 창가에다가 심어 버리는 건데. 사람이라 그럴 수가 없네.

나는 말도 안 되는 생각을 하다가 졸린 눈꺼풀을 몇 번 깜빡거렸다. 느리게 다가오는 졸음이 내 의식을 조용히 짓눌렀다. 나는 속절없이 눈을 감고 잠에 빠져들었다.

대면

"아이고, 힘들어……."

잠깐 다녀온 것도 여행이라고 정리할 게 제법 많았다. 그나마 다행인 건 밀린 촬영이 끝난 뒤라 스튜디오가 많이 한가하다는 사실이었다. 덕분에 귀국 후에도 다음 날까지는 쉴 수 있었지만, 그 이후부터는 출근이라 쉬는 하루 동안 모든 정리를 마쳐야 했다.

장기 여행이 아니었던지라 밀린 빨래나 짐 정리는 오전에 끝났다. 복병은 사진이었다. 평소답지 않게 무턱대고 막 찍은 사진.

이것도 대충하면 금방 끝났겠지만 그놈의 직업병이 문제였다. 조금이라도 이상한 사진은 내 갤러리에 보관할 수 없는 이놈의 직업병.

결국 하루 안에 다 못 끝내는 바람에 스튜디오에 출근하는 틈틈이 분류하고 보정하고 백업하느라 며칠이 지났다. 찍은 사람이 나여서 찍힌 사진은 대부분 서윤의 것이었다. 그래서 정리하는 속도가 더 늦어졌다.

"언니, 퇴근 안 하세요?"

"먼저들 가. 난 따로 할 게 있어서."

"네. 그럼 내일 뵐게요!"

"응. 조심해서 들어가."

직원들을 먼저 퇴근시킨 나는 오늘도 혼자 스튜디오에 남아 사진을 정리했다.

핸드폰에 있는 사진은 누가 발견할지 몰라 USB에 백업해 놓고 전부 삭제했다. 멀쩡한 카메라를 두고 핸드폰으로 찍은 사진은 대부분 서윤이 찍은 셀카였다. 그것도 나랑 함께 찍은 셀카. 그래서 절대 내 핸드폰에 놔둘 수가 없었다. USB도 내 집 서랍 속에 깊이 감춰 뒀다.

스튜디오에서 정리하는 사진은 풍경 사진 혹은 서윤의 독사진뿐이었다. 누가 본다고 해도 나와 서윤의 사이를 짐작할 수 없을 사진들.

"다 했다……."

겨우 작업을 끝낸 나는 서윤에게 보내 주기 전에 마지막으로 한 번씩 사진을 체크했다. 그러다 여행 마지막 날에 찍은 사진을 발견했다. 보고 있자니 절로 미소가 지어져 책상에 턱을 괴고 한참을 그 사진만 바라봤다.

왜인지 유독 이 사진이 마음에 들었다. 다른 사진들에는 찍히기 위한 노력이 들어가 있어서 그런가, 결과물은 훨씬 좋지만 임지수의 눈에 비치는 이서윤이라는 느낌은 별로 없었는데. 이건 왠지 임지수의 시선을 한 조각 잘라 내 가져온 것 같다는 느낌이 들었다.

바탕화면으로 해 놓긴 좀 그렇겠지? 핸드폰도 혹시 누가 볼지도 모르고……. 노트북도 가끔은 밖에 들고 나가서 좀 신경 쓰였다. 차라리 인화해서 액자로 세워 놓을까? 가족들 올 때만 숨기면 되니까.

이서윤 직업이 좀 평범했으면 이렇게까지 숨기진 않아도 됐을 텐데. 좀 아쉽긴 했지만, 생각해 보면 꼭 직업 때문이 아니더라도 가족들에게는 서윤의 존재를 숨겼을 것 같았다. 아무래도 결혼 이야기가 나올 확률이 높아서.

아직까지는 부모님에게 결혼을 재촉당한 적이 없다. 하지만 내 나이 앞자리가 3으로 바뀌었는데 애인까지 생겼다고 하면 어떻게 나오실지 알 수가 없었다.

솔직히 나도 기대가 없는 건 아니었다. 아니긴 하지만……. 우리는 이제 막 시작한 사이였다. 지금은 그런 걸 생각할 단계가 아니다. 나는 애써 상념을 지웠다.

이 사진은 역시 액자에 넣어 두는 게 좋겠다. 쇠뿔도 단김에 뽑으랬다고, 내친김에 사진을 인화하는데 핸드폰으로 메시지가 한 통 날아왔다.

[선배, 지금 어디에요?]

발신인은 이서윤이었다. 저녁 먹었냐도 아니고, 지금 어디냐는 메시지가 조금 생뚱맞게 느껴졌지만 일단 답장을 보냈다.

[나 아직 스튜디오. 왜?]

[다행이다.]

뭐가? 그렇게 묻기도 전에 다음 메시지가 날아왔다.

[저 지금 스튜디오 앞인데 문이 잠겨 있어서 혹시 불만 켜 놓고

퇴근한 건가 했어요. 문 열어 줄 수 있어요?]

문 앞이라고? 나는 놀라서 벌떡 일어났다. 오늘 조금 늦게까지 있을 거라고 얘기하긴 했지만, 설마 찾아올 거라고는.

사무실 바깥으로 나가자 투명한 문 너머로 서윤이 서 있는 모습이 보였다. 나는 그가 손을 흔드는 걸 보고 얼른 달려가 문을 열어주었다. 반가움에 웃음이 나왔다.

"올 거면 온다고 말을 하지."

"혹시 선배 기다리게 할까 봐요. 퇴근했으면 그냥 가려고 했거든요."

"좀 기다리면 어때서."

"제 일도 몇 시에 끝날지 확실하지가 않아서요. 저녁 먹었어요?"

이거 지금 저녁 먹자는 말인가? 나는 조금 놀라서 되물었다.

"너 저녁 아직 안 먹었어?"

"아뇨, 선배가 안 먹었을까 봐 물어본 거예요. 그럼 디저트 괜찮아요?"

서윤은 그렇게 말하며 손에 든 상자를 가볍게 흔들어 보였다.

"지나가는 길에 있길래 선물로 사 왔거든요. 좋아할 것 같아서."

상자 크기를 보니 조각 케이크 같았다. 같이 먹으려면 홀 케이크를 사 왔을 텐데, 혹시 체중 조절 시기인가?

아무튼 이서윤이 골랐다면 저 상자 안에 있는 건 내 입맛에 맞을 거다. 나는 일단 서윤을 스튜디오 안으로 들여보냈다.

그랬더니 문을 닫자마자 그가 나를 끌어안아 왔다. 좋기는 한데, 나는 살짝 당황해서 그를 밀어냈다.

"야, 밖에서 보여."
"선배가 작아서 안 보일걸요."
살다 살다 작다는 소리는 또 처음 들어 봤다. 너 고등학교 때 나보다 작았던 거 기억 안 나냐고 물으려는데, 그가 내 머리카락에 뺨을 부비며 말했다.
"혼자 있을 때 계속 선배 생각만 해요. 이렇게 멍하니 있는 시간 다 모아다가 선배 옆에서 쓰면 좋을 텐데, 하고."
얘는 대체 어떻게 이런 말을 얼굴색 하나 안 바꾸고 하지? 정작 이서윤 얼굴은 태연한데 애꿎은 내 얼굴만 화끈거렸다.
"뭐…… 괜찮으면, 집에서 자고 가도 되고……."
"응? 더 좋은 방법 있지 않아요?"
무슨 말이지? 심장 소리가 너무 시끄러워서 머리가 잘 안 돌아갔다.
그런 나를 알아차린 걸까. 내 이마에 입을 한 번 맞추고 곧장 놔준 서윤은 이어서 내 어깨를 감싸 안았다.
"일단 들어가요. 아직 더 할 거 남았어요?"
"아니, 거의 다 끝났어. 이건 먹고 갈 거야? 아님 들고?"
"선배 편한 대로요. 손으로 먹을 수 있는 거라 여기서 먹어도 되고."
"그럼 집에 가서 먹자."
일찍 집으로 데려가서 쉬게 하는 편이 더 낫겠지. 일단 서윤을 데리고 안으로 들어갔다. 정리는 아까 다 해 놔서 짐 챙기고 컴퓨터만 끄면 됐다.
"잠깐 앉아 있어."
의자를 향해 대충 손짓한 나는 컴퓨터 앞에 앉아 프로그램을 전부 끄고 시스템 종료 버튼을 눌렀다. 그리고 겉옷을 챙겨 입는데, 등 뒤에서 서윤이 느닷없이 물어 왔다.

"이거 뭐예요?"

"응?"

뒤를 돌아보자 서윤이 책상 위 어딘가를 멀뚱멀뚱 바라보고 있는 게 눈에 들어왔다. 그 모습을 보고 있자니 그가 오기 전까지 뭘 하고 있었는지 퍼뜩 떠올랐다. 나는 그의 사진을 인화하고 있었다!

아직 안 보여 준 사진인데. 게다가 누가 봐도 몰래 찍은 구도였다. 혹시 기분 나빠할까?

괜히 머리 굴리다가 더 기분 나쁘게 하느니 그냥 자진 납세 하는 게 나을 것 같았다. 나는 그의 눈치를 살피며 머뭇머뭇 입을 열었다.

"그러니까…… 귀국할 때 찍은 사진인데, 액자에 넣어 놓을까 싶어서……."

"그럼 저도 골라도 돼요?"

"……으응?"

내가 뭐라고 하기도 전에 서윤이 컴퓨터 앞으로 가서 앉았다. 그러고는 방금 종료한 컴퓨터의 전원을 다시 켰다. 싱글벙글 웃는 얼굴로.

"저도 선배 사진 고를래요. 파일 어디 있어요?"

하도 천진난만하게 물어와서 얼떨결에 폴더 위치를 알려 주고 말았다. 폴더를 연 그는 안에 있는 사진을 한 장 한 장, 퍽 심각하고 진지한 얼굴로 확인하기 시작했다.

그러다 한참 만에 툭 내뱉은 한마디가.

"내 사진 천지네."

"……."

그건 말이지, 내가 일부러 네 사진만 찍은 게 아니라 카메라를 든 사람이 나였고 내 일행은 너밖에 없었고 나는 원래 풍경보다는 인물을 찍는 걸 선호해서…….

변명해 봤자 너무 구차할 것 같았다. 나는 그냥 입을 다물었다.

"제가 찍은 건 다 어디 갔어요? 설마 쓸 만한 게 하나도 없었어요?"

"네가 찍은 건 거의 우리 둘 사진이라서…… 데이터 아예 안 가져왔지. 누가 볼지도 모르는데."

"그럼 선배 독사진은요?"

"그거는……."

진작 정리 끝냈지. 그 사진엔 직업병이 발동 안 했거든.

그 말을 할 수가 없어서 눈만 굴리는데 서윤이 퍽 시무룩한 어조로 중얼거렸다.

"저도 선배 사진 갖고 싶은데."

저런 얼굴로 하는 말을 어떻게 거절할까. 결국 나는 개인 웹하드로 들어가 서윤에게 사진을 고르게 했다. 그는 금방 신이 나서 한참을 고민하다가 사진 두 장을 골랐다.

"이건 명함 사이즈로요."

"명함? 왜?"

"지갑에 넣고 다니려고요."

지갑이라…….

"괜찮을까? 눈에 안 띄려나?"

"보이는 데 넣진 않을게요."

그렇다면야.

서윤이 고른 사진을 인화한 다음 내친김에 오늘 정리한 사진들도 이메일로 보내 줬다. 그 후 사무실을 마저 정리하고 나오는데, 서윤은 내내 싱글벙글한 얼굴로 사진을 손에서 놓지 못했다.

그 모습이 조금 어이없기도 하고, 귀엽기도 하고.

"그렇게 좋아?"

"네. 이런 게 계속 갖고 싶었거든요."

"계속? 언제부터?"

"선배가 좋아졌을 때부터?"

그 말을 들으니 조금 궁금해졌다.

"그게 언젠데?"

"선배보다는 먼저겠죠?"

뜻 모를 미소를 지은 서윤은 사진을 지갑 속에 집어넣었다. 그 사이 주차장에 도착했다.

서윤이 차를 가져와서 내 차는 내일 퇴근할 때 쓰기로 하고 그의 차에 함께 올랐다. 퇴근 시간은 이미 지나서 차는 덜 막혔다. 나는 손이 비는 김에 서윤이 가져온 케이크 상자를 열어 봤다.

"에클레어?"

"좋아하죠?"

좋아한다. 케이크나 마카롱에 비해 파는 데가 잘 없어서 그렇지.

손으로 먹을 수 있다더니 한입 크기로 동그랗게 만들어져 있어서 그랬던 거였다. 보통은 길쭉하게 만드는데 신기하네. 나는 하나를 집어 들고 서윤에게 내밀었다.

"자."

"괜찮아요. 선배 드세요."

음식에 한해서 서윤은 예의상 사양을 할 줄 몰랐다. 역시 체중 조절에 들어간 게 맞나 보다 짐작하며 에클레어를 내 입에 넣었다.

"음, 맛있다!"

깨물자마자 달콤한 크림이 입안에 가득 차는 게 느껴졌다. 겉은 살짝 바삭하고, 속은 부드럽고. 인공적인 향도 없었다. 적당한 당도에 기분이 좋아졌다.

"커피랑 같이 먹으면 더 좋았을 텐데, 아쉽다."

"나중에 또 사 올게요."

"가게가 어딘데?"

서윤이 상호명을 알려 줬지만 당연하게도 처음 듣는 곳이었다. 핸드폰으로 검색했더니 디저트 사진들이 나왔다. 위치를 봤더니 번화가에서 약간 떨어진 곳이었다.

"거기 키슈도 괜찮았어요. 디저트가 전반적으로 다 좋더라고요. 선배만 괜찮으면 같이 가고 싶은데 프라이빗룸은 없어서……."

"그럼……."

뭔가 말하려고 했는데 핸드폰으로 전화가 걸려왔다. 무심코 화면에 뜬 이름을 확인한 순간 나는 너무 놀라 내 눈을 의심했다.

[박민준]

뭐야, 갑자기?

머리로 뭔가를 생각하기도 전에 손이 먼저 움직였다. 통화 거부 버튼을 누른 덕에 전화는 바로 끊어졌지만, 놀란 가슴은 좀처럼 진정이 되지 않았다.

"선배?"

내 행동이 뭔가 이상했던 걸까? 서윤이 의아한 눈으로 날 바라봤다. 나는 눈을 깜빡이며 그의 눈치를 살폈다.

못 봤겠지?

진동이라 소리가 울리지 않은 덕분인지 서윤은 누구냐고 묻지 않았다. 그가 조금 전의 일을 눈치채지 못했다고 확신한 나는 핸드폰을 가방 속에 쑤셔 넣었다. 메시지 팝업이 몇 차례 뜨는 게 눈에 들어왔지만 그냥 무시했다.

이제 와서 박민준이라니. 완전히 잊고 있던 이름이라 꼭 죽은 사람이랑 다시 마주친 기분이었다. 하지만 곧 별거 아니라는 생각이 들고 소란스러웠던 가슴도 진정됐다.

그러느라 잠깐 잊고 말았다. 내가 서윤의 말에 아무 대답도 안 했다는 걸.

"밖에서 만나는 거 많이 신경 쓰여요? 전 좀 더 같이 돌아다니고 싶은데……."

"응?"

갑자기 무슨 소리지?

나는 뒤늦게 그와 무슨 이야기를 하고 있었는지 떠올렸다. 프라이빗룸 없는 카페에 같이 가고 싶다는 얘기였다. 나는 여전히 어지러운 머릿속에서 억지로 대답을 끄집어냈다.

"싫은 게 아니라 그냥 걱정되는 거지. 누구라도 알아보면 위험하잖아."

"전에도 말했지만 일반인 상대로 열애설 크게 뜨는 경우 잘 없어요. 사실 뜬다고 해도 크게 타격 없을 거고요."

"아이돌들은 열애설 한번 터지면 난리 나는 것 같던데."

"그렇게 따지면 열애 인정하고도 멀쩡하게 활동하는 배우도 많잖아요."

"그건 그렇지만……."

경우에 따라 다르다는 얘기는 거꾸로 이서윤의 경우에는 위험할 수도 있다는 얘기 아닌가? 현실적인 이야기를 하다 보니 머리가 급속도로 차분해졌다.

서윤의 말마따나 열애를 인정하고도 멀쩡하게 활동하는 배우가 없지는 않았다. 하지만 그들은 대부분 자리를 잡은 톱스타들이었다. 이제 겨우 이름을 알려 가는 이서윤과 달리.

솔직히 이건 본인이 더 조심해야 하는 문제였다. 정말로 스캔들에 별다른 타격을 입지 않는다 해도, 그의 커리어에 플러스가 되진 않을 테니까.

그래서 나는 그가 조심성 없이 행동하는 이유를 알 수가 없었다. 그러다 진짜 무슨 일이라도 생기면 어쩌려고.

"너 이제 겨우 자리 잡았잖아. 한동안은 조심하는 게 좋지 않겠어?"

"혹시나 해서 말해 두는 건데 저 배우 못 한다고 안 죽어요. 애초에 평생 직업이라고 생각한 적도 없고요."

"뭐?"

조금 놀라서 바라보자 자기 말이 너무 짧았다고 생각했는지 그가 설명을 덧붙였다.

"지금 하는 일이 어떻게 돼도 상관없다는 뜻은 아니에요. 한 분야에 평생을 두고 있는 사람들도 많고, 그런 사람들이 멋있다고 생각하기도 하는데, 전 그냥 모든 사람이 그렇게 살 필요는 없다고도 생각하거든요."

"……."

"먼 미래까지 다짐할 거 없이 그냥 지금 하는 일에 최선을 다하는 것도 삶의 방식이잖아요. 또 그렇게 1년 2년 이어 가다 보면 10년 20년 후에도 내가 있을 자리는 있을 거고요."

서윤은 숨을 한 번 삼키고 계속해서 말했다.

"단지 그 10년 20년 후에 하는 일이 반드시 연기가 아니어도 괜찮다는 거예요. 연기 그만두고 전혀 다른 일을 시작한다고 해도, 제가 거기에서 성취를 느끼고 그 일이 절 살아가게 한다면 그냥 그걸로 괜찮은 거잖아요."

그야, 일로써는 그렇지만……. 나는 무슨 말을 해야 할지 몰라 입을 열지 못했다. 그를 바라보는 시선에서 내 복잡한 기분을 느꼈는지 서윤이 가볍게 한숨을 내쉬었다.

"제 말은…… 그냥 너무 전전긍긍하지 않았으면 좋겠다는 거예요. 죄짓는 것도 아닌데 숨어 지낼 필요까지는 없잖아요. 그러다가 남들 다 누리는 거 놓치는 것도 슬프고요."

그 말도 맞기는 하지만…….

"누구든 이해해 줄 사람은 이해해 줄 거고, 욕할 사람은 욕하겠죠. 가십거리 되면 잠깐 힘들긴 하겠지만, 그거 피하자고 선배랑 틀어지면 전 그냥 힘든 게 아니라 불행해져요."

"……그런 걸로는 안 틀어져. 너 위하자고 하는 일로 너 원망할까 봐."

내가 그동안 너무 스캔들 스캔들 떠들어 댄 걸까? 그러고 보면 그 핑계로 단둘이 만나는 일도 줄이고 여행 가서도 남 눈치 많이 보기는 했다. 딴에는 위한다고 한 건데, 그게 싫었던 걸까.

죄책감이 스멀스멀 기어올라 왔다. 가만히 돌이켜 보면 서윤이 아예 티를 안 낸 것도 아니라 지금까지 몰라줬던 게 더 미안했다.

내가 그런 생각을 하는 동안 서윤이 좀 부드러워진 목소리로 말해 왔다.

"어쨌든, 지금 가는 길이 갑자기 막힌다고 해도 전 어떻게든 돌아갈 길 찾을 거예요. 그리고 꼭 선배랑 같이 있을 거고요. 그러니까 선배도 너무 겁먹지 않았으면 좋겠어요."

그런 말까지 들었는데 내 생각을 고집할 수는 없었다. 나는 시트 헤드에 머리를 기대며 작게 한숨을 내쉬었다.

"미안. 내가 너무 고지식하게 생각했나 봐."

"미안할 것까진 없고요."

잠깐 신호에 걸려 차가 멈춰 섰다. 그 틈을 타 서윤이 내 손을 잡으며 나를 돌아봤다. 그의 입에선 조금 걱정 어린 목소리가 흘러나왔다.

"혹시 저 때문이 아니라 선배가 주목받는 게 싫은 거면 그건 제가 자제할게요. 선배까지 휘말릴 필요는 없으니까……."

"그런 건 아니야."

아주 신경 쓰이지 않는다고 하면 거짓말이겠지만, 서윤의 말대로 숨어서 도망 다니고 싶을 정도는 아니었다. 나는 고개를 절레절레 흔들었다.

"그래, 괜히 숨어 다니기만 하다가 나중에 후회하느니 그냥 하고 싶은 거 다 하자. 별일 없을 수도 있고, 별일 있으면 뭐. 너 집도 절도 잃으면 그냥 내가 먹여 살려 줄게. 전업주부 해."

반쯤 진심을 담아 말했더니 어째서인지 서윤이 손을 움찔했다.

"혹시 그거 프러포즈……."

"뭐? 아니야."

너무 당황한 나머지 나도 모르게 그만 정색해 버렸다. 내 속을 알 리 없는 서윤은 입술을 삐죽이더니 다시 운전대를 잡았다.

"프러포즈였어도 안 받아 주려고 했거든요?"

뭐라고?

가슴이 콕콕 쑤셨다. 나랑 결혼은 안 할 거라고 돌려 말하는 건가? 괜히 상처받는 기분이라 힐끔 쳐다봤더니 서윤이 덧붙였다.

"저 프러포즈는 장미꽃 백 송이 밑으로는 안 받아요. 색깔은 빨간색 아니면 분홍색이어야 하고요."

"……응?"

"공개 이벤트 같은 거 좋아하니까 참고해도 돼요."

……진담인가? 농담이겠지?

분위기 파악이 안 돼서 눈만 이리저리 굴리는데 서윤이 갑자기 웃음을 터뜨렸다. 날 놀렸구나! 순간 열이 확 올라왔다.

체중 조절이고 뭐고 나는 남은 에클레어로 그의 입을 틀어막았다. 사레가 들렸는지 서윤이 켁켁대며 기침을 했다. 하지만 그 와중에도 눈으로는 웃고 있었기에, 나는 눈곱만큼도 미안하지 않았다. 쌤통이다!

*

나름대로 진솔한 대화를 나누기는 했지만, 그렇다고 모든 게 바로 괜찮아지는 건 아니었다. 나는 차에서 내리기 전에 서윤의 얼굴에 마스크며 모자를 뒤집어씌웠다. 서윤이 대단히 기막혀했지만, 나로선 어쩔 수 없는 일이었다.

"밖에 돌아다닐 때는 원래 하고 다니잖아. 그냥 안전장치라고 생각해."

주차장엔 아무도 없었고, 아마 서윤도 그걸 확인했을 거다. 하지만 그는 그냥 내 고집을 따라 주었다. 조그맣게 한숨 같은 걸 쉬기는 했지만.

서둘러 걸음을 재촉하는 내 뒤를 서윤이 성큼성큼 따라왔다. 밀폐된 엘리베이터에 단둘이 오르고 나자 그제야 조금 안심이 됐다. 내 표정이 풀리자 서윤도 콧등까지 가린 마스크를 내리고는 말했다.

"선배 은근히 겁 많은 거 알아요?"

"은근히가 아니라 나 완전 쫄보야. 나 같은 사람 많은지 요즘엔 유리 멘탈이라는 말도 생겼던데."

"유리 멘탈……."

"개복치라고도 하고."

"……개복치."

서윤이 허망하게 중얼거렸다. 나는 그에게 뭐라고 말을 하려다가 그냥 입을 다물었다.

내 소심함은 좋아하는 사람을 상대로 하면 걷잡을 수 없이 불어난다. 그 사실을 말할까 말까 고민하다가 결국엔 입을 다물었다. 그 말은, 그러니까 네가 이해하라는 말로 들릴 테니까. 게다가 굳이 내 입으로 말 안 해도 서윤은 이미 알고 있을 거다. 내가 얼마나 삽질을 잘하는지 옆에서 다 지켜봤으니.

그사이 엘리베이터가 도착하고 문이 열렸다. 현관문을 열고 안으로 들어가자 어느새 마스크와 모자를 벗은 서윤이 내 뒤를 따라 들어왔다.

거실의 불은 이미 켜져 있어서 난방만 틀었다. 빈집에 불이 켜져 있는 게 이상했는지 서윤이 고개를 갸웃거렸다.

"불이 왜 켜져 있어요?"

"내가 일부러 켜고 나갔어."

"일부러요?"

"요즘 집에 혼자 들어오면 조용한 게 좀 그렇더라고. 불만 켜져 있어도 좀 나아서."

서윤은 잠시 말이 없었다. 나는 그를 두고 거실로 들어가 TV의 전원을 켰다. 뭐 틀어 놓을 거 없나 하고 채널을 이리저리 돌리는데 서윤이 뒤에서 나를 끌어안았다. 이어서 목덜미로 떨어지는 입맞춤이 간지러워 나는 웃음을 터뜨렸다.

"하지 마, 일단 씻고 옷부터 갈아입어."

"같이 들어갈래요?"

대단히 유혹적인 제안이었지만, 나는 정중히 사양했다.

"나 화장 지우는 데만 한세월이야. 먼저 씻어."

"상관없는데. 저 기다리는 거 잘해요."

"기다리기만 하진 않을 거잖아."

"참는 것도 잘하는데?"

아무리 그래도 화장 지우는 것까지 보여 주고 싶진 않았다. 몸을 비틀어 그의 품 안에서 빠져나온 나는 서윤의 등을 욕실 쪽으로 떠밀었다.

"난 참는 거 잘 못 해서 안 돼. 빨리 들어가."

서윤은 조금 아쉬운 표정을 지었지만, 내가 휘말려 줄 생각이 없다는 걸 알았는지 더 조르지 않고 결국 시키는 대로 했다.

갈아입을 옷을 챙겨서 서윤을 욕실에 들여보낸 후 내 옷도 꺼냈다. 시간이 늦어서 다른 건 못하고 일찍 자야 할 것 같았다. 나는 정확히 몇 시쯤 됐나 확인할 요량으로 핸드폰을 꺼내다가 잠깐 멈칫했다. 아까 확인하지 않고 그냥 꺼 버린 메시지가 보인 탓이었다.

그러고 보니 박민준한테 전화가 왔었지…….

도착한 메시지는 총 5개였는데, 팝업창으로 확인할 수 있는 건 마지막 [기다릴게] 한마디뿐이었다.

그가 보낸 메시지를 확인하려면 채팅창을 열어야 하는데, 읽음 표시가 뜨는 게 내키지 않았다. 내가 통화 거부 버튼을 누른 걸 알 테니 아마 연락 기다리겠단 말이겠지만.

"참나, 기다리긴 뭘 기다려."

자기가 언제부터 나한테 전화씩이나 했다고.

갑자기 짜증이 확 치솟았다. 다른 때도 아니고 왜 하필 남자친구랑 있는데 전화질이야? 기분 나쁘게.

예전이었으면 꿈도 못 꿨을 생각을 아무렇지 않게 하며 알람을 모두 지워 버렸다. 대체 왜 전화했는진 모르겠지만, 그와 메시지를 주고받을 생각을 하니 시간도 아깝고 기력도 아까웠다. 무엇보다 서윤과 함께 있는 시간을 방해받고 싶지 않았다.

내일쯤 확실하게 정리하든가 해야지.

핸드폰을 대충 던져둔 나는 침실에 붙은 욕실로 들어갔다. 클렌징부터 하고 머리부터 발끝까지 꼼꼼하게 다 씻은 다음 마무리로 양치까지 하고 나왔더니 시간이 제법 지나 있었다.

편한 옷으로 갈아입고, 물에 젖은 머리를 가볍게 드라이하고 거실로 나갔다. 먼저 씻고 나온 서윤은 소파에 앉아 뭔가를 읽고 있었다. 나는 그에게 가까이 다가갔다.

"그게 뭐야?"

멀리서 봤을 땐 책인가 했는데 가까이서 보니 대본집 같았다.

서윤은 내가 온 걸 보고는 자리를 옆으로 비켜 주었다. 나는 그 옆에 앉는 대신 그의 허벅지를 베개 삼아 소파에 누웠다. "영차." 소리를 내며 자리를 잡았더니 서윤이 피식 웃으며 내 머리카락을 매만졌다.

"새 작품 들어가기로 했는데, 아직 캐릭터 분석이 덜 돼서요."

말은 그렇게 하면서 내가 눕자마자 대본을 덮어 한쪽으로 치웠다. 그러고는 허리를 숙여 내 입술에 키스했다. 나는 그의 목을 끌어안고 키득거리며 웃었다.

"계속 읽어도 되는데."

"남는 시간에 봐도 돼요. 일부 사전제작이라 준비 기간이 좀 길거든요."

"장르가 뭔데?"

"의학 드라마요. 미니시리즈."

그럼 의사 가운 입고 수술 집도도 하고 그러나? 멋있겠다…… 라고 속으로 감탄하는 게 티가 난 모양이었다.

"1년 차 레지던트 역할이에요. 제 페이스로 전문의 역은 좀 이를걸요."

"음…… 그런가? 좀 어려 보이긴 하지."

딱히 서윤만 그런 건 아니었다. 배우들이야 스물 후반에 교복을 입어도 위화감이 안 드는 사람 천지니까.

게다가 본인만 동안인 것도 아니고, 배우들 대부분이 자기보다 훨씬 어린 역할까지 소화하다 보니 동료들과도 나이 차이가 너무 크게 나 보이면 안 되는 문제도 있을 것이다. 본인도 그런 생각을 했는지 소파 등받이에 팔을 걸치며 가볍게 한숨을 내쉬었다.

"너무 어려 보이는 것도 좀 안 좋은 것 같아요. 저랑 비슷한 나이인데도 아직 교복밖에 못 입어 본 사람도 있거든요."

"그러고 보니 너도 교복 입었었지?"

"네. 게다가 무게감이 없어 보이는지 카리스마 있는 역할도 잘 안 들어오더라고요. 날 티 나는 역은 좀 있는데."

"날 티?"

감이 잘 안 와 고개를 갸웃거리자 서윤이 설명을 덧붙였다.

"부잣집 망나니 도련님 같은 거요. 아님 자수성가했지만 바람둥이라든지. 그것도 아니면 그냥 나이가 어리든지."

나는 서윤이 돈다발 뿌리는 장면을 상상하다가 그만 웃음을 터뜨리고 말았다. 깔깔대며 웃는 나를 서윤이 어처구니없다는 듯 내려다봤다.

"웃을 일이 아니라니까요? 나 같은 얼굴은 절대 성실하지 않을 거라는 편견을 내 얼굴로 조장하게 만든다고요. 내가 진짜 한 눈 한 번 안 팔고 얼마나 열심히 살았는데."

"그야 그렇지. 근데 좀…… 솔직히 어울리긴 한다."

"네에?"

어울린다는 게 불성실해 보인다는 뜻은 아니지만, 조금 패셔너블한 캐릭터가 어울리긴 했다. 아님 아예 순진한 역할이든가.

그런 내 생각을 모르는 서윤은 황당하다는 얼굴로 미간을 잔뜩 좁혔다. 나는 그 얼굴을 보고 또 한 번 웃음을 터뜨렸다. 그걸 보고 내가 자기를 놀리는 줄 알았는지 서윤이 콧등을 잔뜩 찌푸린 채 못마땅한 표정을 지었다. 나는 웃음을 간신히 눌러 참고 입을 열었다.

"근데 뭐, 나도 비슷한 거 있어. 다들 내가 무슨 까칠 도도 워커홀릭인 줄 알더라. 독신주의자에 남자관계 칼같이 자르고, 뭐 그런 쿨한 이미지 있잖아."

"선배가요? 선배보단 여름날 밖에 내놓은 아이스크림이 더 쿨할 텐데."

얘가 근데.

발끈한 나머지 뺨을 쓰다듬던 서윤의 손을 치워 버렸다. 전혀 쿨한 행동이 아니었지만, 상관없었다. 어차피 별로 안 쿨하니까.

서윤은 자기가 너무 놀렸다고 생각했는지 약간 미안한 표정으로 웃었다. 그러고는 나를 일으켜 자기 무릎 위에 앉히더니 달래듯 나를 끌어안았다.

"그래도 선배는 착하고 성실한 사람 좋아하잖아요. 나처럼."

"그걸 네가 어떻게 알아."

"아니에요?"

맞긴 한데 어쩜 이렇게 인정하기가 싫을까? 이서윤에게는 곧이곧대로 인정하기 싫게 만드는 신묘한 재주가 있는 것 같았다. 나는 그를 얄밉게 바라보다가 흥, 콧방귀를 뀌었다.

"아니거든? 난 잘 노는 사람 좋아하거든? 음주가무 잘하면서 막 분위기도 띄우고."

"그럼 난데?"

"뭐라고?"

"나잖아요. 내가 딱인데?"

서윤이 장난스레 웃으며 이마를 마주 대 왔다. 어이가 없어서 그냥 웃고만 있는데, 서윤이 내 뺨을 그러쥐고는 쪽쪽 소리가 나도록 입을 맞춰 왔다. 순간 피식하고 웃음이 샜다.

귀엽네, 진짜.

어쩜 이렇게 예쁜지 모르겠다. 나는 입술만 쏙 빼고 얼굴 전체에 입 맞추려 드는 서윤을 붙잡고 그의 입술에 키스했다. 깊지는 않지만 길게.

처음 한두 번은 그냥 받아 주기만 하던 서윤은 입술이 붙었다 떨어지기만 반복하자 결국 먼저 내 뺨을 붙잡고 키스해 왔다. 그의 힘에 의해 상체가 조금 뒤로 밀리더니 당연한 수순으로 소파 위에 반쯤 눕혀졌다. 서윤은 이어서 내 목덜미와 가슴 위쪽에 입을 맞추다가 나를 완전히 눕히려는지 잠시 상체를 세웠다.

나는 형광등 아래로 그림자가 진 서윤의 얼굴을 바라보다가 가만히 손을 들어 서윤의 뺨을 쓰다듬었다. 이 뒤에 있을 행위와는 조금 맥락이 다른 스킨십이어서인지 그가 잠깐 멈칫하더니 의아한 듯이 나를 내려다봤다. 나는 말없이 미소 짓다가 입을 열었다.

"너무 좋다."

서윤은 눈을 깜빡거리며 무슨 뜻이냐는 듯 나를 내려다보기만 했다. 나는 평온한 것처럼 보이는 그의 얼굴 가운데에서 살짝 흔들리는 눈동자를 똑바로 마주 봤다.

"네가 좋다고. 너랑 정말 오래…… 이렇게 같이 있었으면 좋겠어."

서윤은 한동안 말이 없다가 고개를 끄덕였다. 그러고는 기쁜 듯이 작게 웃는데, 열없어 보이기도 하고 울고 싶어 하는 것처럼 보이기도 했다. 속내야 어쨌든 내 눈에는 그저 사랑스럽게만 보였다.

서윤은 한 번 더 내 입술에 입을 맞추고는 내 등과 무릎 아래로 손을 넣었다. 그러고는 나를 보며 조금 장난스레 말했다.

"역시 침대가 편하겠죠?"

나는 웃으면서 순순히 서윤의 목에 팔을 감았다. 그는 나를 그대로 안아 들고 침실로 향했다.

*

이튿날 아침, 서윤은 당연하다는 듯 나를 스튜디오까지 바래다주었다.

아침에 다른 사람 차를 타고 출근하는 건 처음이었다. 남의 차에서 내리는 게 조금 낯설었지만, 딱히 나쁜 기분은 아니었다. 아니, 오히려 좋았다.

그래서 그런지 평소보다 조금 일찍 나왔는데도 피곤한 느낌은 없었다. 오히려 문득문득 웃음이 나왔다.

"그럼 조심해서 가."

"네. 이따가 연락할게요."

그렇게 서윤을 보내고 나서도 계속 웃음을 달고 다닌 모양이었다. 출근한 선영이 내 얼굴을 보자마자 좋은 일 있냐고 물어본 걸 보면.

"복권 당첨됐거든."

농담처럼 내뱉은 내 말에 선영이 눈을 휘둥그레 뜨고 되물었다.

"복권이요?"

"어. 이따 점심에 맛있는 거나 먹자."

선영은 농담인지 진담인지 약간 헷갈려 하는 듯했지만 내가 기분 좋은 걸로 됐다고 생각했는지 그냥 웃고 넘어갔다. 나도 구태여 더 설명하지 않았다.

예지도 마저 출근하고, 오전 시간은 별일 없이 지나갔다. 어차피 오늘은 일이랄 게 별로 없었다. 점심시간이 조금 지난 오후쯤에 간단한 촬영 하나만 있어서 직원들한테 맛있는 거나 먹여 놓고 느긋하게 준비를 시작했다.

"실례합니다…… 오늘 촬영하기로 했는데요."

"네, 최송연 씨죠? 이쪽으로 오시면 돼요."

규모가 작은 프로필 사진이라 촬영 자체는 오래 걸리진 않았다. 최송연 씨는 가야금 연주자라 한복을 입고 촬영했는데, 아무래도 드레스에 비해 빈도가 높지 않은 옷이라 신선하게 느껴졌다.

모델이 너무 소극적이면 촬영이 힘든 경우가 많은데 최송연 씨가 상당히 쾌활한 사람이라 금방 잘 끝났다. 스타일리스트도 포함해서 다 여자들끼리만 하는 촬영이라 좀 더 신난 것 같기도 했고.

"사진 마음에 드세요?"

"네, 마음에 쏙 들어요!"

"그럼 이대로 인화하고…… 메일 주소 적어 주시면 데이터 보내드릴게요."

"네, 감사합니다."

촬영 자체도 잘 끝났고, 결과물도 잘 나왔고.

게다가 내일부터는 주말이라 이서윤만 한가하면 하루 종일 같이 있을 수 있다. 생각하니 정말로 기분이 좋았다.

떠오른 김에 주말 일정 어떻게 되는지 한번 물어나 볼까?

나는 직원들 눈을 피해 잠깐 지하로 내려가 서윤에게 전화를 걸었다.

그런데 신호가 오래간다 싶더니 서윤은 전화를 받지 않았다. 한 번 더 전화를 걸어 볼까 고민하다가 그냥 포기했다. 정확히 뭘 하고 있을지는 모르겠지만, 만약 촬영 중이라면 아무래도 방해가 될 것 같다. 대신 메시지 하나만 보냈다.

[내일 시간 돼?]

혹시나 하는 생각에 잠깐 기다려 봤지만 결국 답장은 오지 않았다. 숫자 1이 사라지지 않는 걸 보니 메시지를 확인할 짬도 없는 것 같았다. 나중에 시간 나면 확인하겠지 싶어 나는 미련을 버리고 핸드폰을 주머니 속에 넣었다.

시간 되면 좋겠다. 잠깐 얼굴이라도 보게.

그런 생각을 하며 1층으로 올라가는데…… 나는 도중에 우뚝 멈춰 굳어 버리고 말았다.

"아, 왔네."

마치 그려 넣은 듯한 모습으로, 박민준이 나를 향해 미소 짓고 있었기 때문에.

*

왜지. 오늘 진짜 좋은 날이었는데. 앞으로도 좋은 일밖에 안 생길 것 같은 느낌이었는데.

왜 이 자식이 내 앞에 있지?

"뭘 사 와야 할지 몰라서 그냥 제 마음대로 골랐는데, 입맛에들 맞을까 모르겠네요."

박민준이 파티션 너머로 선영에게 케이크 상자를 내밀었다. 안 어울리게 왜 존댓말을 하나 싶었는데, 생각해 보니 선영은 내 과 후배일 뿐 동아리 활동은 하지 않았다. 그래서 박민준이랑은 모르는 사이였다.

"감사합니다, 잘 먹을게요."

나랑 아는 사이라는 게 경계심을 낮춘 걸까, 아니면 저 자식이 쓸데없이 겉모습은 멀쩡하기 때문일까.

선영은 어색해하면서도 기쁘게 그가 건네는 상자를 받았다. 살짝 달아오른 뺨이 그에게 호감이 있음을 알려 주고 있었다.

"예지야, 너도……."

"전 됐어요. 유제품 알레르기라."

그때 선영의 옆자리에 앉아 있던 예지가 싸늘한 목소리를 냈다. 그에 놀란 목소리를 낸 건 선영이었다.

"유제품 알레르기? 네가?"

"네."

예지는 인상을 쓰며 고개만 끄덕였다. 박민준은 흥미롭다는 듯이 그 아이들을 바라보다가 내게로 시선을 돌렸다. 나는 그제야 정신이 들어 입을 열었다. 내 입에선 갈라진 목소리가 흘러나왔다.

"네가 여긴 어떻게……."

"시간 날 때 들르라고 했었잖아. 갑자기 생각나서."

뭔 소리야. 내가 그런 미친 소리를 했었다고?

말도 안 되는 소리라고 생각했지만, 가만 생각해 보니 정신이 나가 있던 임지수가 했을 법한 말이긴 했다. 대체 언제 그딴 말을 한 걸까? 알고 싶었다. 딱 그때로 돌아가서 임지수 목을 졸라 버리게.

문득 시선이 느껴져서 옆을 흘끔거렸더니 예지가 믿을 수 없다는 눈으로 박민준과 나를 번갈아 보고 있었다. 걔도 박민준이 여기까지 온 게 의외인 모양이었다. 이상한 오해는 안 했으면 좋겠는데. 나는 작게 한숨을 쉬며 떨떠름한 목소리를 냈다.

"스튜디오 위치는 어떻게 알았어?"

"개업했을 때 명함 줬던 게 생각나서. 적혀 있지 않을까 하고 찾아봤더니 진짜 있더라."

박민준이 품속에서 명함 한 장을 꺼내 보여 줬다. 내 명함이 맞았다.

저건 또 언제 줬지. 참 별짓을 다 했다, 임지수. 당장 낚아채서 박박 찢어 버리고 싶은 내 충동을 어떻게 알았는지 박민준은 명함을 도로 집어넣었다. 그러고는 스튜디오를 둘러보기 시작했다.

"잘 꾸며 놨다. 진작 와 볼 걸 그랬나 봐. 신경 많이 썼네."

그러게. 올 거면 예전에 오든가 왜 이제 와서 찾아왔니. 머릿속이 복잡해지는 것과 동시에 약간 짜증이 났다.

"그래서, 갑자기 웬일이야? 연락이나 하고 오지."

"했지."

"……했다고?"

"메시지 안 읽더라."

메시지?

어제 받아 놓고 확인 못 한 메시지가 번뜩 생각났다. 핸드폰을 꺼내 메시지를 확인하는데 몇 발짝 떨어진 곳에서 박민준의 목소리가 들려왔다.

"전화라도 한 번 더 할까 하다가 일 방해할까 봐 못 했어. 막상 왔는데 바쁘면 뭐, 그냥 돌아가려고 했지."

[바빠?]

[할 얘기가 있어서 그런데, 혹시 내일 시간 괜찮아?]

[괜찮으면 내가 스튜디오로 찾아갈까 하는데.]

[확인하면 답장 한 번만 부탁해.]

[기다릴게.]

나중에 확인한다는 걸 그대로 잊고 말았다. 좀 짜증 났어도 어제 확인했으면, 아니, 그냥 아침에라도 확인했으면 이런 일은 없었을 텐데!

화를 억누르며 고개를 들자 박민준과 시선이 마주쳤다. 그의 눈빛은 부드러웠지만, 하루나 지난 메시지를 왜 아직도 확인 안 했냐고 묻는 것 같기도 했다. 문득 목이 졸리는 기분이 들었다.

"어제 너무 피곤해서……."

나는 반사적으로 변명하다가 그대로 입을 다물었다.

아니, 내가 왜 이런 걸로 변명을 해야 하지? 어쩌다 메시지 한 번 못 읽을 수도 있는 거잖아. 메시지 확인 안 한 거 뻔히 알면서 무작정 찾아온 쪽이 잘못한 거지.

그래, 난 죄인이 아니야.

게다가 할 말이 있기는 이쪽도 마찬가지였다. 나는 잠깐의 고민을 마치고 결심했다.

"아냐, 잘 왔어. 온 김에 잠깐 얘기 좀 해. 나도 마침 할 말 있었으니까."

"그래, 그럼."

나는 예지와 선영을 돌아보며 말했다.

"더 남은 일 없으면 먼저 퇴근들 해. 오늘 일찍 쉬자."

"아, 네……."

예지가 뭔가 복잡한 얼굴로 민준을 바라보며 대답했다. 선영도 분위기가 조금 이상하다는 걸 느꼈는지 말없이 고개만 끄덕였다.

사무실에서 얘기하는 것보다는 밖으로 나가는 게 낫겠지. 나는 박민준이 뒤따라오는 걸 확인하고 지갑과 핸드폰만 챙겨 앞장섰다.

*

한시라도 빨리 쫓아내고 싶은 기분이라, 멀리 갈 것도 없이 그냥 1층 카페로 향했다. 애매한 시간대라 그런지 카페도 제법 한산했다.

"어서 오세요, ……어머?"

들어가자마자 사장님이 호기심 어린 시선을 던졌지만 그냥 무시하고 커피를 주문했다.

못 보던 남자가 옆에 서 있는데 단둘이 왔고, 나이도 비슷해 보이는 데다 생긴 것도 그럴듯하니 오해하고 싶겠지.

실제로 둘이서 술집에 갔을 땐 꽤 많이 받은 오해였다. 그때는 그걸로도 기뻤지만 지금은 아니었다.

아이스 아메리카노 두 잔을 주문하고 비어 있는 구석 자리로 갔다. 박민준이 외투를 벗어 옆 의자에 걸쳐 놓는 동안 나는 시선을 창밖에만 두었다.

얼마 후 카페 주인이 다가와 커피 두 잔을 놓고 갔다. 서비스라면서 쿠키도 주고 갔는데, 평소 좋아하던 쿠키임에도 전혀 기쁘지 않았다.

내가 계속 말이 없는 게 의아했던 걸까? 제 몫의 커피를 가져가던 박민준이 고개를 기울이며 내게 물었다.

"아직 화 안 풀렸어?"

……뜬금없이 무슨 소리지?

영 생뚱맞은 말에 고개를 들어 박민준을 바라봤다. 그는 내 얼굴을 잠깐 보다가 짧은 한숨을 내뱉으며 테이블 위로 두 손을 맞잡았다.

"전에 그렇게 헤어지고 나서 계속 신경 쓰였어. 나중에 얘기하자더니 연락도 없고."

그러니까 대체 무슨 이야기를…… 아. 마지막으로 만났던 날 이야기를 하는 거구나.

그날 박민준과 미술 전시회를 보고, 저녁을 먹고, 차에서 키스하려 들기에 화를 내며 밀쳐 냈었다. 미안하다고 전화로 사과하기에 짜증이 나서 나중에 얘기하자고 끊어 버리고는 그대로 잊어버렸지.

박민준 입장에선 내가 여전히 화가 났다고 생각할 만도 했다. 나도 다시 생각하니 새삼 화가 치밀어오르는데, 그동안은 왜 이 일을 잊고 있었을까?

왜냐하면, 그날 서윤이 와서…….

나한테 좋아한다고…….

……잊어버릴 만했네.

살짝 겸연쩍은 마음에 커피잔을 들어 빨대를 입에 물었다. 차갑고 쓴 액체가 입안으로 들어가자 정신이 조금 들었다. 나는 박민준의 눈을 똑바로 바라봤다.

"바빠서 잊어버렸어. 그 얘기는 별로 안 하고 싶네. 벌써 다 잊었고."

네가 이렇게 들쑤셔 놓지만 않았어도 정말 다 잊었을 텐데.

새삼 화가 나서 도로 내려놓은 커피잔만 뚫어져라 바라봤다. 마음이 심란해서인지 담배 생각이 간절해졌다.

방금 자리에 앉았는데 얼른 일어나고 싶은 마음만 굴뚝 같았다. 애초에 미리 약속을 잡았던 것도 아닌데 저 새끼한테 성실할 필요가 뭐 있나 싶어, 박민준이 쓸데없는 소리를 늘어놓기 전에 본론부터 꺼냈다.

"할 말 있다고 했지? 별로 중요한 거 아니면 내가 먼저 말할게."

박민준은 말없이 날 보다가 그러라는 듯 고개를 끄덕였다. 이윽고 내 입에서 흘러나오는 목소리는 스스로가 놀랄 만큼 무미건조했다.

"이제 나한테 개인적으로 연락 안 했으면 좋겠어. 이렇게 따로 만나는 일도 앞으로는 없었으면 하고."

딱 거기까지 말했더니 더 할 말이 없었다. 그래도 이 정도로 말했으면 뜻은 충분히 전달되었으리라.

그런 생각을 하며 박민준을 보는데 그는 말이 없었다.

표정 역시 묘했다. 부드럽지만, 웃고 있지는 않은 얼굴. 내가 그의 속내를 채 짐작하기 전에 그의 입이 열렸다.

"좀 갑작스럽네. 이유는 알려 줄 수 있어?"

좋아하는 사람이 생겼거든.

순간 반사적으로 튀어 나갈 뻔한 그 말을 간신히 속으로 삼켰다. 어찌 되었든 서윤의 이야기는 빼놓는 게 좋을 것 같았다. 그 생각을 했더니 의도한 것도 아닌데 자연스레 한숨이 흘러나왔다.

"그냥, 다 지겨워져서."

박민준은 말이 없었다. 마치 계속 얘기해 보라는 듯한 침묵에 나는 또 한 번 한숨을 내쉬며 말을 보탰다.

"어차피 갑자기 시작한 관계였잖아. 갑자기 끝나도 이상할 거 없지. 게다가 3년이면 꽤 길었는데, 너도 슬슬 지겹지 않니?"

"내가 그래 보였어?"

"결혼 생각하고 있다며. 그럼 끝내는 게 맞지. 결혼할 여자한테 뭐라고 설명하게?"

박민준은 애매한 미소를 지었다.

"정말 눈치 못 챈 거야?"

"……뭘?"

"내가 너무 돌려 말했나 보네."

그는 마치 들으란 듯이 창밖을 향해 한숨을 내쉬었다. 심란해서 내쉬는 한숨이 아니라 살짝 곤란한 감정을 내색하려는 듯한 한숨이었다.

대체 무슨 소리를 하려고 저러지?

그러고 보니 애초에 무슨 일로 여기까지 찾아온 걸까. 지난 일 때문에 사과하려고 온 것 같진 않은데. 달리 꼭 만나서 얘기해야 할 용건이 있나?

내가 속으로 여러 가능성을 점치는 사이 박민준은 한 손으로 턱을 괴고 남은 손에 쥔 빨대로 커피를 휘저었다. 그러고는 얼핏 다정하게 들리는 목소리로 내게 말했다.

"결혼 얘기한 거, 너한테 한 말이었어. 전에 나랑 만나는 거 어떠냐고 물었었잖아."

"……뭐?"

"데이트 상대로는 어떠냐는 뜻이었는데. 내가 설명을 너무 생략했나?"

박민준이 나를 보며 싱긋 미소 지었다. 그 미소 앞에서 내가 할 수 있는 건 그저 얼빠진 얼굴로 그를 마주 보는 것뿐이었다.

결혼? 나랑?

'이제 한 사람한테 정착해야지.'

……그게 나한테 한 말이었다고?

뒤통수라도 한 대 얻어맞은 듯 머릿속이 새하얘졌다. 온갖 말이 목구멍 안쪽에서 떠도는데 한마디도 입 밖으로 내뱉을 수가 없었다.

지금 날 놀리는 건가?

하지만 아무리 박민준이 개새끼라도 이런 걸로 농담을 할 인간은 아니었다. 인성과는 별개로 그럴 성격이 아니다.

그걸 아는데, 도무지 진지하게 들리지가 않았다. 그냥 이 상황이 다 장난 같은 게 당장이라도 어딘가에서 사람들이 튀어나오며 몰래카메라! 하고 외칠 것만 같았다. 내가 대체 이 상황에서 뭐라고 대답을 해야 한단 말인가?

"네 말은, 그러니까……."

"나랑 사귀자, 지수야."

그 순간의 충격을 뭐라고 설명해야 할까.

연이어 쏟아지는 충격적인 발언에 나는 아예 얼어붙어 버렸다. 모르긴 몰라도 그 충격이 내 얼굴에도 충분히 드러난 모양이었다. 박민준은 날 보며 가만히 웃다가 쐐기를 박았다.

"이 말 하려고 왔어, 오늘."

"……."

사귀자고.

이제 와서.

3년을 내팽개쳤던 나한테.

박민준은 지금 그렇게 얘기하고 있는 거다. 그 사실을 납득하고 났더니 간신히 머릿속이 정리가 되며 이 자식이 하는 헛소리가 하나둘씩 이해되기 시작했다.

그러니까, 그날. 이제 그만 결혼을 생각해야 하지 않겠냐던 그 헛소리가 나한테 하는 말이었다 이거지.

난 그 말 때문에 널 포기하려고 마음먹었는데, 넌 그 말로 날 잡으려고 했던 거라 이거지.

다시 말하자면, 만약 내가 그날 이서윤을 만나지 않았더라면 지금쯤 아마 내 옆에 있는 건…….

마치 얼음을 한 움큼 집어삼킨 것처럼 두개골 안쪽이 띵했다.

그러니까 박민준은 지금, 내가 3년간 그렇게 바라마지 않았던 그 꿈이 바로 눈앞에 와 있었다고 말하는 거였다. 그런데도 나만 아무것도 몰라서, 필사적으로 등을 돌리고, 어쩌면 손에 쥘 수도 있었던 걸 그냥 내팽개친 거라고…….

장난해?

이제야 겨우 모든 걸 정리하고 새 출발을 시작했다. 그런데 이제 와서? 하필 이제 와서?

“엄청 놀란 눈치네. 내가 그렇게 애매하게 굴었나?”

“애매고 뭐고…….”

넌 항상 나한테 아무것도 준 적이 없잖아. 단 하나의 확신조차도.

내 그런 생각은 얼굴에 드러나지 않는지 박민준은 여전히 웃고만 있었다. 그래서 더 기분이 안 좋았다. 왜 다 끝난 다음에 찾아와 이런 얘기로 내 속을 뒤집어 놓는지.

하루 이틀도 아니고 무려 3년이었다. 그 긴 시간 동안엔 아무런 말도 없었으면서, 조금의 여지도 안 줬으면서. 어떻게 갑자기 생각이 바뀔 수가 있단 말인가? 어떻게 이제 와서 내가 좋아질 수가…….

아.

순간 벼락같은 깨달음이 내 뇌리를 관통했다.

그래, 그랬다. 박민준 말이 왜 이렇게 농담으로만 들리나 했더니, 그는 내게 좋아한다는 말은 전혀 안 하고 있었다.

보통은 사귀자는 말에 앞서서 마음을 고백하는 게 먼저 아닌가? 단순히 말할 타이밍을 놓친 거라기엔 그는 아예 긴장감조차 없어 보였다. 내가 거절할지도 모른다는 긴장감이.

비교를 안 하려고 해도 자꾸 누군가와 비교를 하게 됐다. 나는 기묘한 기분에 사로잡혀 마치 확인하듯 되물었다.

“갑자기 왜 나랑?”

“그럴 때 됐잖아. 난 네가 예상 못 한 게 더 놀라운데.”

마치 해가 진 다음엔 달이 뜬다는 얘기를 하는 것처럼 태연한 어조였다. 아무런 동요도 없이 평범하게 말하고 있어서 더 현실감이 없게 느껴졌다.

박민준이 동요하는 모습이라니 상상도 안 되긴 하지만, 평소에 말하는 어조와 조금의 다름도 없는 게 마치 사귀자는 말이 아니라 날씨 얘기라도 하는 것 같았다.

"누굴 만나든 결국 네 생각이 나더라. 더 방황할 거 없겠다 싶었어."

"……그래?"

좋아해서가 아니네.

깨닫는 순간 허탈감이 밀려왔다. 박민준이 갑자기 이러는 이유가 대충 짐작이 되자 어지러웠던 머릿속도 서서히 차분해졌다.

갑자기 내가 좋아진 게 아니라, 그냥, 이 여자 저 여자 만나는 게 다 귀찮고 번거로워진 거다. 그렇겠지. 임지수처럼 자기 맘대로 하게 내버려 두는 여자가 세상천지 어디에 있겠어.

집에서는 결혼 얘기가 나올 시기가 됐고, 무슨 짓을 해도 무덤덤한 여자가 또 겉으로는 그럴듯하니 그냥 눈이 갔겠지.

꼭 진심이 아니더라도 말이나 한번 해 볼까 싶었을 거다. 딱히 좋아하는 것도 아니니까, 거절당해도 손해 볼 건 없으니까. 그러니까 긴장할 이유조차 없는 거고.

끝까지 박민준다웠다. 어처구니가 없으면서도 묘하게 안심이 됐다.

앤 변하지 않겠구나.

내가 앞으로 몇 년을, 어쩌면 평생을 속앓이했었더라도 결국은 다 소용없는 일이었을 것이다. 어차피 박민준과 나는 안 되는 거였던 거다. 그렇게 결론을 내리자 차라리 홀가분해졌다.

동시에 가슴 한구석이 조금 서늘해지는 기분도 들었다. 만약 이 말을 서윤과 그렇게 되기 이전에 들었더라면, 난 아마 세상이라도 다 가진 것 같은 기분으로 고개를 끄덕였을 거다. 어쩌면 웨딩드레스까지 입고 난 뒤에야 내가 수렁으로 발을 들였다는 걸 깨달았을지도 모르지.

상상만으로도 깜깜한 기분이었다. 나는 나를 집어삼킬 절벽 바로 앞에서 간신히 걸음을 돌린 거다. 내 손을 잡아 준 누군가 덕분에.

감은 눈꺼풀 안쪽으로 그 애의 얼굴이 떠올랐다. 네가 아니었다면 아마 나는…….

눈을 뜨고 박민준의 얼굴을 똑바로 바라봤다. 거짓말처럼 아무것도 느껴지지 않는 게 스스로도 놀라웠다. 내 입에서 흘러나오는 목소리 역시 바짝 마른 모래처럼 건조하기만 했다.

"유감이지만 난 그럴 생각 없어."

과연 이런 답은 예상 못 한 모양인지 박민준이 조금 놀란 눈으로 나를 바라봤다. 조금만 더 일찍 이렇게 단호했더라면 좋았을 텐데.

혀끝이 쓰다.

"너랑은 아무것도 안 해. 하고 싶은 마음도 없고. 그냥 여기에서 정리하는 게 서로한테 좋을 거야."

차라리 좋아한다는 말이라도 해 봤으면 뭔가 달라졌을까?

조금이라도 용기 내서 확실하게 말하고, 속 시원하게 차였더라면. 그러면 그 지경까지는 가지 않아도 됐을 텐데. 3년이 아니라 하루면 끝났을 가슴앓이였을지도 모르는데.

이제 와서 돌아가고 싶은 건 아니지만 그냥 그런 생각이 들었다. 착잡한 마음에 괜히 손끝만 내려다보고 있었더니, 한참 만에 박민준의 목소리가 들려왔다.

"그래? 좀 의외네……."

아쉬운 것도, 그냥 납득하는 것도 아닌, 어떤 문제에 대해 정답이 아닌 오답을 들은 듯 의아한 목소리.

묘한 느낌이 들어 고개를 들었다. 박민준은 여전히 부드럽지만, 마치 떼쓰는 어린애를 타이르는 것 같은 표정을 짓고 있었다. 불현듯 드는 불길한 예감에 얼굴이 굳어졌다. 그와 동시에.

"나는 네가 분명 받아 줄 거라고 생각했는데."

"……무슨 소리야?"

"너한텐 나밖에 없었잖아."

순간 온몸이 얼어붙었다.

표정이 굳은 게 스스로도 느껴졌다. 가슴 안쪽에서 쿵쿵대기 시작한 심장 소리에 귀가 먹먹해질 지경이었다. 박민준의 말이 쉽사리 이해되지 않았다.

무슨 뜻이지. 내가 받아 줄 거라고 생각했다니, 왜? 어차피 나에 대해선 아무것도 몰랐으면서…….

그래, 그럴 리가 없다. 알 리가 없다.

박민준은 임지수에 대해 조금도 모른다. 모르니까 아무 생각 없이 한 침대에 누웠던 거지. 서로 그것만이 목적인 사이라고 믿었으니까, 아무 감정도 없으니 책임질 필요도 없다고…….

설마.

흐릿한 시야로 새하얗게 질린 손이 눈에 들어왔다. 아마 마찬가지일 얼굴을 손으로 가리듯 더듬는데 박민준이 자리에서 일어나 의자에 얹어 놨던 외투를 챙기는 게 보였다. 내 시끄러운 속과는 달리, 평소와 조금의 다름도 없이 흠집 하나 없는 표정이었다.

"나야 연애라도 좀 했지만, 넌 딱히 다른 사람을 만난 것도 아니었잖아. 그래서 난 내가 꽤 네 맘에 들었나 보다 하고 생각했지."

그런 거 아니라고 부정해야 하는데 입술은 파르르 떨리기만 했다. 마치 목이 무언가로 꽉 틀어막힌 것처럼 목소리가 나오지 않았다.

"뭐, 내가 넘겨짚은 거니까."

"……."

어깨를 으쓱이는 제스처는 다분히 연극적이었다.

나는 아닐 거라고 스스로를 끊임없이 다독이면서도 온몸이 불안감에 묶여 꼼짝도 할 수가 없었다.

진짜 다 알고 있었단 말이야? 대체 언제부터?

"혹시라도 마음 바뀌면 연락해. 사실 난 그다지 인내심이 없는 편인데……."

박민준이 나를 향해 허리를 숙였다. 그는 느릿하게 손을 움직여 내 뺨을 감싸 쥐고는 귓가에 입술을 붙인 채 속삭였다.

"네가 나한테 했던 걸 생각하면, 꽤 기다릴 수 있을 것 같아서."

눈이 마주쳤다. 내게는 무척이나 익숙한 미소였다. 마치 그린 것처럼, 무엇으로도 생채기 하나 낼 수 없을 것 같은 가면 같은 미소.

"기대할게."

박민준은 내 어깨를 가볍게 한 번 감싸 쥐더니 그대로 돌아 나갔다.

나는 그 자리에 홀로 남아 한참을 우두커니 앉아 있었다. 아주 한참을.

*

"괜찮으세요?"

그 한마디에 정신이 들었다. 고개를 들어 위를 쳐다보니 카페 사장님이 걱정스러운 얼굴로 나를 내려다보고 있었다. 나는 괜찮다는 뜻으로 대충 고개만 끄덕였다. 사장님은 몇 번이고 날 걱정하다가 카운터로 돌아갔다. 하지만 지금 나에겐 그 배려를 고맙게 받아들일 여유조차 없었다.

시간이 얼마나 지났지.

거의 마시지도 않은 커피잔 속의 얼음이 다 녹아 있었다. 창밖의 해 역시 기울어질 대로 기울어져 도로와 건물 위로 주홍빛 땅거미가 지고 있었다. 해 질 녘의 하늘을 바라보며 나는 마른침을 겨우 삼켰다. 참담함이 햇빛처럼 나를 덮쳤다.

무려 3년이었다. 혼자 좋아하기만 했던 시간까지 더하면 그보다도 훨씬 길었다.

그런데 그게 끝났다는 사실보다도, 박민준이 던져 놓고 간 말 몇 마디가 머릿속을 지독하게 맴돌았다. 아무리 시간이 지나도 사라지지 않았다.

기대하겠다고.

"……하."

분명 처음부터 다 알고 있었던 건 아닐 거다. 그렇게 믿고 싶었다. 하지만, 도중에 눈치챘다면 대체 언제부터? 중간부터? 아니면 최근?

요 근래 내 마음을 눈치채서, 그래서 내가 눈에 들어왔다 이건가? 감정적 교감을 나눠도 괜찮을 것 같다고?

지금으로서는 그게 가장 말이 되는 얘기였다. 하지만 그렇게 넘어가기엔 마음에 걸리는 게 너무 많았다. 특히 오래전부터 알고 있었다고 말하는 것 같은 그 태도가…….

불안감에 가슴이 꽉 조여 왔다. 벌써 한참을 이렇게 앉아서 생각만 했는데도 정리가 되지 않았다. 목이 바짝 마르는 느낌. 별 도움이 안 될 걸 알면서도 얼음이 다 녹은 커피를 몇 모금 들이켰다. 쓰고 또 밍밍한 액체에 속이 울렁거렸다.

술이었으면 좋았을 텐데. 나는 자꾸만 힘이 풀리는 다리에 억지로 힘을 주고 휘청휘청 자리에서 일어났다.

일단…… 집에 가자.

여기에 계속 앉아 있을 수도 없는 노릇이었다. 나는 다른 생각을 할 수가 없어서 애써 집에 돌아가겠다는 생각에만 집중했다.

조심해서 들어가라는 카페 사장님의 인사를 거의 무시하다시피하고 카페를 빠져나왔다. 온몸에 힘이 빠져나가서 지금 내가 제대로 걷고 있는 건지도 잘 모르겠다. 나는 간신히 스튜디오로 올라가는 계단 쪽으로 갔다.

이 시간이면 애들은 다 퇴근했을 거다. 마주치지 않아도 돼서 다행이었다. 나는 비척거리며 스튜디오 입구 쪽으로 걸어갔다. 그러다 멈칫했다.

코너를 돌았더니 익숙한 등이 보였다. 이서윤이었다.

뒷모습이지만 확실하게 알아볼 수 있었다. 오늘 아침에 헤어졌으니까. 그가 왜 여기 있는지는 고민할 생각도 못 해 보고, 나는 왈칵 안심이 돼서 그에게 다가갔다.

"서……."

"알아서 하겠다며?"

그때 날카로운 목소리가 내 발을 묶었다. 자세히 보니 서윤의 앞에 예지가 있었다. 원래도 두 사람은 사이가 안 좋았지만, 오늘따라 유독 분위기가 살벌하다는 게 공기로 느껴졌다. 아니나 다를까 서윤을 향해 따지는 예지의 목소리가 무척이나 매서웠다.

"왜 그 새끼가 여기까지 들락거리는데? 언니 정말 괜찮은 거 맞아?"

"나중에 얘기하자니까. 일단 선배부터 만나 봐야겠어."

"야!"

……쟤네 지금 내 얘기 중인 건가?

현실감이 사라져 멍하니 넋을 놓은 사이, 서윤이 예지를 뿌리치며 몸을 돌렸다. 그러다 나와 눈이 마주쳤다.

서윤의 표정이 얼어붙는 게 눈에 보였다. 뒤늦게 나를 발견한 예지 역시 화들짝 놀란 얼굴로 한 발짝 물러났다.

"선배."

먼저 정신을 차린 서윤이 내게 달려왔다. 그의 뒤로 예지가 어쩔 줄 몰라 하다가 고개를 꾸벅여 인사하고는 계단으로 올라가 버렸다. 마치 도망가듯이.

나는 기묘한 기분으로 그 모습을 보다가, 손을 붙드는 온기에 고개를 들었다. 서윤이 걱정스레 나를 내려다보고 있었다.

"선배, 괜찮아요?"

"뭐가?"

멍하니 물었더니 서윤이 말없이 내 기색을 살폈다. 어째서인지 눈동자가 불안으로 흔들리는 듯 보였다. 내가 불안해서 그렇게 보이는 건지, 아니면 서윤이 뭔가 알고 이러는 건지.

어쩐지 이 자리를 피하고 싶었다. 나는 팔에서 서윤의 손을 떼어 내고 애써 아무렇지 않게 물었다.

"일 바쁜 거 아니었어? 연락도 없이 무슨 일이야."

"그, 선배 메시지 보고 전화는 했는데 답이 없어서……."

"일단 들어가자."

나는 사람들 시선을 피하는 척 서윤을 지나쳐 계단을 올랐다.

스튜디오 안으로 들어가니 안쪽 파티션 너머로 예지가 앉아 있는 게 보였다. 분명 시선은 안 보이는데 어쩐 일인지 이쪽을 주시하고 있는 것 같다는 기분 나쁜 생각이 들었다.

아니, 그럴 리가 없잖아.

나는 고개를 내저으며 회의실로 들어갔다. 예지가 없었으면 스튜디오 어디든 상관없었을 텐데, 다른 사람의 눈과 귀를 피하려니 마땅히 있을 곳이 없었다.

서윤이 내 뒤로 따라 들어오며 회의실의 문을 닫았다. 공간이 밀폐되며 그와 나 사이에 묵직한 침묵이 가라앉았다. 우리는 둘 다 잠시 입을 열지 않았다.

어쩐지 피로감이 몰려왔다. 한숨과 함께 비어 있는 의자에 주저앉은 나는 어지러운 머리를 손으로 짚었다. 그러자 서윤이 내 옆자리로 와 내 손을 이마에서 떼어 냈다. 대신 제 손을 내 이마에 대면서 물어 왔다.

"무슨 일 있었어요?"

이 상황에서 보통은 어디 아프냐고 묻지 않나? 그는 내게 무슨 일이 있다는 걸 이미 알고 물어보는 것 같았다. 내 얼굴에서 티가 난 걸까, 아니면…….

아니, 이런 식의 피해망상적인 생각에 사로잡혀서는 제대로 된 대화를 할 수 없었다. 특히 박민준에 대한 이야기를 이런 기분으로 하고 싶지는 않았다. 어쩐지 꺼림칙한 기분이 들어서.

……아니, 무슨 생각을 하는 거야. 왜 얘를 상대로 그런 기분이 들어.

애초에 이서윤은 이미 나에 대해 다 알고 있다. 그러니 이제 와 숨기고 뭐고 할 것도 없었다. 그런데 왜 입을 여는 게 이렇게 힘든 걸까.

몇 번이고 입술을 열었다 닫았지만 그 어떤 말도 소리가 되지는 못했다. 하염없이 길어지는 침묵 속에서 우리를 둘러싼 공기만이 무거워졌다. 결국 나는 더 이상의 생각을 포기하고 있는 그대로의 사실을 혀 위에 올렸다.

"아까 박민준 왔다 갔어."

새삼 이 이름이 너무 낯설게 들렸다. 서윤은 그의 이름을 듣고도 한동안 말이 없다가 조금 화난 목소리로 내게 물었다.

"갑자기 무슨 일로요?"

"그냥, 할 얘기 있다고."

"또 무슨 헛소리를 하고 갔길래 선배 표정이 이래요? 당장 쓰러질 것 같잖아요."

내 얼굴이 그렇게 안 좋은가? 나는 내 뺨을 쓰다듬으며 고개를 가로저었다.

"별일 없었어. 영 귀찮게 굴 것 같길래 앞으로 연락하지 말라고 한 게 다야. 왔다가 금방 갔고……."

"정말이에요?"

정말이 아니면 뭐 거짓말이라도 한다는 건가. 어쩐지 추궁받는 기분에 순간적으로 짜증이 조금 났다.

"예지한테 물어보면 알 거 아냐."

"그걸 왜 예지한테 물어요. 선배 일인데."

변함없이 온기 어린 어조에 순간적으로 자괴감이 몰려왔다. 박민준 앞에선 아무 말도 못 했으면서, 왜 엄한 애한테 화풀이를 하고 있지.

정말 싫다. 아직도 변한 게 없는 것 같은 나 자신이.

나는 내 기분이 서윤의 탓이 아니라는 걸 알리기 위해 억지로 표정을 풀었다.

"미안. 나 지금 좀 예민했지."

잠시 내 눈치를 살피던 서윤이 내 손을 마주 잡으며 물어 왔다.

"박민준 마주 대하는 거 아직도 힘들어요?"

그 말을 듣는 순간 심장이 철렁 내려앉았다. 설마 내가 아직도 박민준한테 미련이 남았다고 오해하는 건가. 나는 두려움에 사로잡혀 다급히 고개를 흔들었다.

"그런 거 아니야."

"그렇다고 해도 화 안 내요. 그냥 솔직하게만 말해 줬으면 좋겠어요. 알고 싶어요, 선배 기분이 어떤지."

얜 어떻게 이렇게 끝도 없이 다정할 수가 있지.

믿어지지가 않으면서도 마음이 조금 놓였다. 그러자 그때까지 나를 잠식하고 있던 불안이 서서히 서러움으로 바뀌었다. 어떻게 해 볼 틈도 없이 눈시울이 뜨거워졌다.

"걔가……."

눈물이 툭 하고 떨어졌다. 나는 반사적으로 손을 들어 울음이 터지는 걸 막으려 했다. 하지만 한번 터지고 나니 참으려고 해도 소용이 없었다. 머릿속에만 고여있던 생각들이 기어코 눈물과 함께 입 밖으로 쏟아져 내렸다.

"걔가 아무래도…… 알고 있었던 것 같아. 내가 자기 좋아했던 거."

목소리가 형편없이 떨렸다. 그런 나를 지탱하듯 서윤이 맞잡은 손에 힘을 주었다.

"자기 입으로 그래요?"

"그건 아닌데, 분위기가…… 알지, 말로 안 해도 알 것 같은 그런 거."

참아 보려 해도 눈물이 계속 나왔다. 나는 더 이상 눈물 닦는 걸 포기하고 고개를 숙였다.

"진짜 그런 거면…… 나, 지금까지 대체, 뭘 한 거지?"

스스로가 비참했어도 자존심은 지켰다고 생각했다. 겪은 일이 달라지는 것도 아닌데 그깟 자존심이 뭐가 중요하냐고 말할 사람도 있겠지만, 나에게는 그렇지 않다.

내가 박민준을 좋아한다는 건 그 자식과 나 사이에 아무 일이 없었을 때나 설레는 비밀이었지, 한번 그런 관계로 떨어진 순간부터는 내 심장을 찌를 약점이 됐다.

누구라도 알게 된다면 내가 불쌍하다고 하겠지. 어쩌면 더럽다고 할지도 모르고, 혹은 한심하다고 할지도 모른다. 어느 쪽이든 얕잡혀 보일 것만은 분명했다.

사실을 알게 된 박민준이 어떤 표정을 지을지 상상하는 것만으로도 숨이 막히고는 했다. 죄의식과 연민, 그리고 약간의 멸시가 섞인 복잡한 눈을 떠올릴 때마다 그저 숨겨야 한다는 생각밖에는 들지 않았다.

박민준이든, 누구든 그 사실을 알게 되는 순간 임지수를 감싸고 있던 단단한 껍질은 흔적도 없이 녹아내릴 테니까. 그래서 더 꽁꽁 숨겨 왔는데, 그런데, 애당초 형체조차 없던 거였다니.

서러움에 울음이 그치지 않았다. 내가 말도 제대로 잇지 못하자 서윤이 달래려는 듯 내 등을 끌어안았다.

“자책하지 말아요. 선배 탓 아니에요.”

“내 탓이 아니면, 뭐가 달라져?”

나는 덜덜 떨리는 손으로 서윤을 밀어냈다.

“하루 이틀도 아니고 3년이었어. 너 같으면 그럴 수 있어? 네가 좋아서 침대에 눕겠다는 여자를 3년이나 모른 척할 수 있냐고. 그것도 몇 년을 얼굴 보면서 웃고 떠든 친구였는데, 어떻게…….”

말을 하다 보니 스스로가 한 말에 점점 더 분노가 치솟았다.

내가 그간의 처사를 참아 왔던 건, 박민준과 나 사이에 사랑은 없었을지라도 존중은 있다고 믿었기 때문이다. 몸만 탐하는 관계더라도, 그것만이 목적이었더라도, 내가 거기에 만족한다고 느끼기 때문에 박민준도 거부하지 않은 것뿐이라고. 만약 사실을 알게 되면 박민준은 분명 이 관계를 끝내려 할 거라고, 얼굴조차 다시 보려 하지 않을 거라고.

하지만 그게 아니라면. 내가 어떤 마음인지 다 알고서도 나를, 내 몸을 장난감 다루듯이 썼던 것뿐이라면.

“그 새끼는 날 친구로도 본 적이 없어. 아니, 그냥 같은 사람으로도 본 적이 없는 거야.”

정체조차 알 수 없었던 분노가 점점 더 형체를 갖추기 시작했다.

그래, 그 새끼는 그냥 날 가지고 논 거다. 다 알고서, 날 내려다

보면서, 자기 말 한마디에 벌벌 떠는 내 반응을 즐기면서.

차오르는 울분으로 손발이 떨렸다.

개새끼, 그걸 왜 그냥 보냈지? 머리채라도 잡았어야 했는데. 소리라도 질렀어야 했는데. 뭐라도, 뭐라도 해야 했는데.

그래 놓고 결혼이 어쩌고 하는 헛소리를 해? 나를 이렇게 만들어놓고, 아무 일도 없었던 것처럼 그냥 거저먹듯이 날 가지려고 했어?

내가 정신없이 울며 신음을 쏟아 내자 서윤이 다시 나를 끌어안았다. 나는 그에게서 몇 번 벗어나려고 시도했지만, 안고 있는 힘이 너무 강해서 밀어낼 수가 없었다.

대신 날 가둔 팔을 퍽퍽 내려치다가, 결국은 그에게 매달려서 울었다. 울음소리를 안 내려고 서윤의 어깨에 고개를 묻었더니 옷이 흠뻑 젖었다.

그렇게 한참이 지났다.

서서히 힘이 빠져 내 어깨의 들썩임이 잦아들자 서윤이 몸에서 힘을 뺐다. 그는 날 안은 팔을 푸는 대신 내 등을 다독였다. 나는 여전히 그의 어깨에 고개를 묻은 채 불분명한 목소리를 냈다. 울음은 잦아들었지만 머릿속은 여전히 새하 다.

"……어떻게 해야 할지 모르겠어."

"어떻게 하고 싶은데요?"

"모르겠어. 그냥 미칠 것 같아."

나는 서윤의 옷자락을 두 손으로 말아쥔 채 간신히 받은 숨을 내뱉었다. 마치 숨 쉬는 법을 잊어버리기라도 한 것처럼 호흡이 힘들었다.

"아까 걔가 나한테 와서 사귀자고 했어."

잠깐 굳어있던 서윤이 곧 살벌한 목소리를 냈다.

"뭐라고요?"

"그럴 생각 없다고 했는데 나한테 다시 생각하래. 협박 같은 거 하려고 하면 어쩌지?"

서러움과 분노가 약간이나마 진정되자 그 빈자리를 공포가 메웠다.

일이 어쩌다 이렇게 됐는지 눈앞이 깜깜했다. 박민준이 임지수를 존중할 가치조차 없는 물건으로 생각하고 있었다는 걸 깨닫고 나니 모든 게 다 의심스러웠다.

남의 얘기로만 전해 들었던 온갖 안 좋은 이야기들이 머릿속을 스쳐 지나갔다. 요즘 세상에 관계 몇 번 한 걸로 트집이 잡히진 않겠지만, 그 새끼가 입을 열면 지금 내가 가진 인간관계의 반은 싹둑 잘려 나갈 거다. 아니, 나는 그렇다 치더라도 서윤이. 서윤이가.

내가 추문에 시달리면 얘까지 끌려 나올 텐데. 주변의 누구 하나라도 이 애와 내 관계를 눈치채기라도 한다면.

다른 사람들 입에 이서윤이 그런 식으로 오르내릴 거라고 생각하자 갑자기 벼락 맞은 것처럼 정신이 들었다.

나는 황급히 서윤에게서 떨어졌다. 그 갑작스러운 반응에 서윤이 놀란 목소리를 냈다.

"선배?"

"대체 여긴 왜 왔어. 자꾸 불쑥불쑥 찾아오지 마. 나 혼자 있는 것도 아닌데."

느닷없는 타박에 서윤이 조금 당황한 얼굴을 했다.

"마주치면 어때서요. 모르는 사람들도 아닌데."

"너랑 나랑 무슨 사이인지는 모르잖아. 박민준도 거지같이 엮여서 어떻게 될지 모르는데 너까지 휘말리게 할 수는 없어. 와 준 건 고마운데, 일단 집에 가."

밖으로 나가려는 나를 서윤이 돌려세웠다. 그는 세상 제일 황당한 말을 들은 것처럼 기가 막힌 얼굴을 하고 있었다.

"제가 지금 어떻게 선배를 두고 혼자 가요?"

그는 날 걱정하는데, 나는 그의 목소리가 곧이곧대로 들리지 않았다. 밖에 있는 예지 때문이었다.

서윤과 단둘이 회의실로 들어온 것부터 소리 내 통곡한 것까지.

다 들었을까? 다 들었겠지? 뭐라고 생각하고 있을까.

"선배, 선배. 저 봐요."

그 말을 듣고도 딴생각에서 빠져나오지 못하는 나를, 서윤이 고개를 붙들어 자신을 보게 했다.

"약속했잖아요. 저 전부 다 같이 감당할 거예요. 절대 선배 혼자 두지 않을 거라고요. 잊었어요? 그 새끼랑 마주치는 날이면, 꼭 저한테 돌아오기로 했잖아요. 뭐든 간에 다 비워 내 주겠다고 했잖아요."

맞아, 그랬지. 박민준 때문에 마음이 잡히지 않는 날이면 반드시 서윤을 만났다. 그러면 복잡했던 마음도 내 것이 아닌 것처럼 느껴졌기 때문에.

그래서 오늘도…….

그 순간 나는 기묘한 기분에 사로잡혔다.

엉망진창으로 얽혀 있던 매듭 중 하나가 갑자기 제 색깔을 찾아 풀려 버린 느낌.

그런데 그 정체가 뭔지는 알 수 없었다. 잠깐 혼란에 빠진 시선이 허공을 맴돌자, 서윤은 그 반응을 허락이라고 오해했는지 내 뺨을 잡고 엄지로 문질렀다.

무척이나 따뜻하고 부드러운 손길이었다. 도저히 현실 같지 않은…….

"같이 있어요."

서서히 고개가 내려와 입술이 맞닿기 직전, 나는 서윤의 어깨를 떠밀었다. 그가 놀란 눈으로 나를 보는 게 느껴졌다.

왜인지 다시금 눈시울이 따가워졌다. 뭔지 모르겠지만 하나둘 떠오르기 시작하는 생각들이 비눗방울처럼 순서 없이 머릿속을 헤집었다. 이어서 나오는 목소리도 마치 어딘가를 부유하는 듯 느껴졌다.

"너…… 알고 왔어?"

거친 숨소리가 섞여 스스로도 알아듣기 힘든 목소리였다. 그런데도 서윤은 알아들은 것처럼 얼어붙었다. 나는 반걸음 뒤로 물러나 그의 품에서 완전히 떨어졌다.

"박민준이 우리 스튜디오 온 거 알고 왔어? 어떻게?"

서윤은 입술을 잠깐 다물었다가 도로 열었다. 하지만 소리가 되어 입 밖으로 내뱉어지는 말은 없었다. 그는 조금 당황한 눈초리였다.

혼란스러운 머릿속으로 그가 스튜디오 문 앞에서 예지와 실랑이하던 장면이 비집고 들어왔다.

그래, 내 얘기. 분명 내 얘기를 하고 있었는데.

발 디딘 땅으로부터 점점 현실감이 밀려오는 게 느껴졌다. 하나둘씩 제 자리를 찾아가는 의문들은, 하나같이 모두 부정하고 싶은 얘기들뿐이었다.

왜 이런 생각이 들지. 왜.

따가운 눈가를 한 번 문질렀다. 눈물이 더 쏟아지지는 않았다. 지금 발아래에서 소용돌이치는 감정이 두려움인지, 분노인지, 배신감인지 알 수 없었다. 전부 다인 것 같기도 하고 전부 다 아닌 것 같기도 했다. 그저 지금 휘몰아치는 의심을 확인해야겠다는 생각만이 들었다.

"예지가 너 불렀니?"

"……예지요?"

"너 아까 예지랑 내 얘기 하고 있었잖아. 나 괜찮은 거 맞냐고."

내가 대화 내용까지 짚어 내자 서윤의 얼굴 위로 희미하게 낭패한 기색이 스쳐 지나갔다.

"아뇨, 그건……."

"예지가 어떻게 널 부르지? 민준이랑 내 사이를 어떻게 알고 내가 힘들어할 걸 알아서. 너랑 내 사이는 또 어떻게 알고, 나한테 네가 필요할 걸 알아서."

그 순간 서윤은 마치 동아줄이라도 잡듯이 나를 붙잡으려 했다. 하지만 나는 손을 들어 그의 손길을 차단했다.

허공에서 가로막힌 그의 손을 보고 있자니 내가 이토록 명확하게 이서윤을 거부한 적이 있었던가 싶었다.

나는 마른침을 삼키며 눈을 한 번 깜빡였다. 눈앞에 보이는 서윤의 얼굴이 하얗게 질린 것 같은 느낌은 착각일까.

"……예지가 아니? 전부 다?"

서윤의 입은 열리지 않았다. 하지만 질문을 내뱉기도 전에 나는 답을 이미 직감하고 있었다.

다 아는구나.

전부 다. 박민준에 대한 것뿐만 아니라 이서윤에 대한 것까지.

목이 졸린 듯 숨이 꽉 막혀 왔다. 나는 가슴팍을 부여잡은 채 다급히 숨을 몰아쉬었다. 그 과정에서 내가 비틀거리자 얼어붙어 있던 서윤이 황급히 내게 다가왔다.

나는 그를 피해 휘청거리며 뒷걸음질 치다가 벽을 손톱으로 긁었다. 아픔은 없었다. 이제 그런 사소한 통증은 느껴지지도 않았다.

“어떻게…….”

어떻게 알지. 어떻게.

나는 박민준은 물론이고 이서윤에 대한 이야기조차 아무에게도 하지 않았다. 특히 서윤에 대한 이야기는, 행여 그에게 피해라도 줄까 봐 의식적으로라도 입을 다물었다.

그런데 어떻게 알 수가 있지.

혹시라도 박민준 그 새끼한테서 얘기가 나와 임지수와 박민준의 관계를 알았다 하더라도, 이서윤과 임지수의 관계까지 알 수는 없는데. 이걸 다 아는 건,

다 아는 건, 이서윤밖에 없는데.

“너, 설마 네가 말했…….”

“아니에요!”

서윤이 놀라서 소리쳤다. 거의 비명 같은 목소리로, 그는 내 가정을 단호하게 부인하며 재빠르게 말을 쏟아 냈다.

“그런 거 아니에요. 저 어디에도 선배 얘기 함부로 한 적 없어요. 정말이에요.”

“그럼 예지가 그걸 어떻게 알아! 난 너 말고는 아무한테도 얘기

한 적 없어!"

백번 양보해서 어쩌다가 나와 서윤의 사이를 알게 되었다 하더라도, 박민준과 나에 관한 얘기를 예지와 서윤이 공유하고 있는 건 도저히 이해가 안 됐다.

이야기를 공유한다는 건, 누군가 한 명은 상대방한테 얘기했다는 거잖아. 아니면 어떤 이유로 둘이 같이 알게 되었거나.

둘이 같이…….

문득 서윤에게 처음 박민준 얘기를 했던 날이 떠올랐다.

그런 얘길 들어 놓고 이상하리만치 침착했던 얼굴과, 내가 박민준을 의식하고 있다는 걸 이미 알고 있는 듯했던 그 말투들. 그런 짓을 저지르고도 아무런 동요도 없이 단호했던 태도.

마치, 몇 번이나 매만지고 다듬어 온 결심처럼…….

"너…… 너도 내가 얘기하기 전부터 이미 다 알고 있었어? 전부 다?"

서윤은 입술을 달싹이다가 아주 잠깐 시선을 내리깔았다.

순간이지만 명백한 회피의 눈짓이었다. 가슴이 덜컹 내려앉았다. 온몸의 피가 차갑게 식는 기분.

서윤이 뭔가 말을 하려 했지만 나는 그 말을 들어 줄 수 없었다. 나는 그를 외면한 채 그대로 몸을 돌려 회의실을 뛰쳐나갔다.

"선배!"

불러 세우는 목소리가 들렸지만 반응하지 않았다. 나는 컴퓨터 앞에 앉아 있는 예지에게로 성큼성큼 걸어가며 소리쳤다.

"손예지!"

예지가 깜짝 놀라 나를 쳐다봤다. 내 기세가 심상치 않은 걸 알아차렸는지 그녀는 곧 긴장한 얼굴로 자리에서 일어났다.

"언니."
"너 바른대로 말해. 이서윤은 왜 불렀어? 네가 부른 거 맞아? 박민준 때문에?"
바로 뒤쫓아온 서윤이 뒤에서 내 팔을 잡으며 예지를 향해 다급하게 말했다.
"예지야, 그냥 가."
"대답부터 해!"
"괜찮으니까 그냥 가. 선배랑은 내가 얘기……."
짝!
뺨 때리는 소리가 날카롭게 울렸다. 등 뒤에서 예지가 헉 하고 숨을 들이켜는 소리가 들렸지만 돌아보지 않았다. 머리끝까지 차오른 분노가 눈가를 타고 흐르는 게 느껴졌다.
"너, 네가 어떻게 날 속여?"
목소리는 더 이상 떨리지 않았다. 오로지 분노라는 감정 하나만으로 머릿속이 이렇게 하얘질 수 있나 싶었다.
그래, 이상하다는 걸 알았어야 했다. 그런 말을 들어 놓고 아무렇지 않았던 것부터, 그다음 그런 말도 안 되는 제안이 바로 따라온 것까지.
자신을 도구로 쓰라고? 제정신으로 할 수 있는 말이 아니었다. 그 사실을 나 자신도 제정신이 아닌 바람에 눈치채지 못했다. 아니, 그냥 모르는 척했다.
안대를 씌울 거면 끝까지 뒤집어쓰게 만들었어야지.
반강제로 풀어 헤쳐진 시야 속 빛이 너무 날카로워 눈이 따가웠다. 이대로 영원히 눈 감아 버리고 싶은 충동 속에서 나는 절규를 토해 냈다.

"거짓말은 한마디도 안 할 것처럼 굴어 놓고서 그게 다 연기였어? 애초부터 작정한 거야? 왜? 그 버러지 새끼가 가지고 놀았다니까 너도 그럴 수 있을 것 같아서?"

"그런 거 아니에요!"

서윤의 눈시울이 약간 붉어졌다. 눈물이 떨어지진 않았지만, 목소리는 조금 먹먹해졌다.

"제가 어떻게…… 제가 얼마나 선배를……."

"네 말을 어떻게 믿어."

"선배."

어떻게 그런 말을 할 수 있느냐는 듯한 얼굴로 서윤이 나를 바라봤다. 거울을 보여 주고 싶었다. 그에게 그 얼굴을 똑같이 돌려주고 싶어서.

"난 너한테 거짓말은 한 적 없어. 적어도 그날 이후로는. 그런데 넌……."

박민준과 나에 대한 일을 이미 알고 있었다는 것도, 심지어 다른 사람과 공유하고 있었다는 것도. 심지어 그 모든 걸 알면서도 입 다물고 있다가 내가 먼저 털어놓고 나서야 아무것도 모르는 척 손 내밀었다는 사실까지 모든 게 다 믿기지 않았다.

그중에서도 가장 충격적인 건, 내 감정과 내가 그런 취급을 당한다는 것까지 다 알고 있었으면서 아무것도 안 하고 그냥 지켜보기만 했다는 거다.

내가 정상이 아닌 거 알고 있었잖아. 무너지고 있다는 거 다 알고 있었잖아. 그런데 그냥 아무것도 모르는 척 웃기만 했어? 날 꺼내 줄 수백 번의 기회를 묵살하면서? 대체 뭘 지키고 싶어서?

너무 사적인 부분이었으니 선후배 사이에서는 함부로 나서기 어려운 일이라는 건 안다. 알고 있는데, 그렇게 이성적으로 생각을 하려 해도 잘 안 됐다. 예전이 어쨌든 간에 지금의 이서윤이 내게 너무 큰 의미가 되어 버려서.

믿음의 깊이 만큼 스멀스멀 올라오는 원망이 도무지 갈무리가 안 됐다. 예지보다도 서윤이 더 미웠다. 용서가 안 됐다.

"대체 그동안 내 얼굴은 어떻게 봤어? 어떻게 그렇게 아무렇지도 않게……."

나는 뒷말을 잇지 못하고 입술만 씹다가 뒤를 돌아봤다.

"손예지, 너도 알고 있었어?"

갑자기 제게 돌아온 화살에 예지가 몸을 움찔 떨었다. 그러나 나는 봐주지 않고 쏘아붙였다.

"나랑 박민준 얘기. 알든 모르든 사실대로 말해. 그냥 거짓말만 하지 마."

"저는……."

예지는 끝내 대답하지 못했다. 아이러니하게도, 그게 무엇보다 확실한 대답이 되었다.

"어떻게……."

어떻게 알았냐고 추궁하려는데, 딱 그 한마디가 나오자 목이 메어 더 이상 말이 안 나왔다. 하지만 툭 끊어져 나온 그 말이 무슨 뜻인지 이미 알았는지 예지가 옷자락을 말아쥐며 더듬거렸다.

"바, 박민준이……."

"박민준이…… 너희한테 얘기했다고?"

"그게 아니라……."

망설이던 예지가 이내 눈을 질끈 감고 내게 답했다.

"다른 사람이랑 얘기하는 걸, 들었어요. 어쩌다 보니……."

"……다른 사람?"

그러니까, 이서윤과 손예지 둘만 알고 있는 것도 아니란 말이었다. 나는 그만 다리에 힘이 풀려 그 자리에 주저앉고 말았다.

"선배!"

"너희 대체 뭐야?"

나를 부축하려는 서윤의 손을 있는 힘껏 뿌리쳤다. 이 손의 온기에 위안을 얻은 게 까마득한 옛날의 일로 느껴졌다.

"아무것도 모르는 척하면서 뒤에서는 너희들끼리 내 얘기를 하고 있었어? 나만 장님으로 만들어 놓고? 그래 놓고 이서윤, 너는 어떻게 나한테…… 너희들 다……."

나는 실이 끊어진 인형처럼 힘없이 바닥만 내려다봤다. 그러다 간신히 목소리를 쥐어짜 냈다.

"누가 얼마나 알고 있는 거야. 설마 동아리 애들 전부……."

"그건 아니에요."

그렇게 바로 답해 놓고, 예지는 확신 없이 덧붙였다.

"……아닐 거예요. 남들 다 자는 줄 알고 자기들끼리 얘기하는 거였으니까……."

"정확히 언제, 누가, 어떻게 얘기한 거야. 토씨 하나 빼놓지 말고 확실하게 말해. 전부 다 말해."

예지를 노려보며 짓씹듯이 말했다. 예지는 나와 서윤을 번갈아 바라봤다. 서윤이 내 눈치를 보며 고개를 가로저었지만, 예지는 한참의 망설임 끝에 속삭이듯 말했다.

"녹음 파일이 있어요."

"손예지!"

서윤의 날카로운 외침에 예지가 움찔했다. 하지만 그녀도 곧 강렬한 기세로 맞받아쳤다.

"아예 몰랐다면 모를까 이미 다 아시잖아! 이제 와서 숨기는 게 무슨 의미가 있는데?"

그래, 아무 의미 없지.

나는 책상다리를 붙들고 간신히 자리에서 일어나 예지를 바라봤다.

"파일 나한테 보내."

"선배, 들을 필요 없어요."

"네가 결정할 일 아니야. 내 일인데 왜 나한테 숨겨?"

"선배가 다치는 거 싫어서 그래요."

서윤이 내 손을 붙잡으며 애처롭게 말했다.

"그거 하나 듣는다고 지난 일이 달라지지는 않잖아요. 필요한 얘기는 제가 다 설명할게요. 다른 뜻 없어요, 정말이에요."

서윤의 목소리는 그렇게 절절할 수가 없었다. 그러나 나는 붙잡힌 손을 냉정하게 뿌리쳤다.

"아니, 이젠 네 말 못 믿어."

마치 사형 선고라도 들은 것처럼 서윤의 얼굴과 몸이 그대로 얼어붙었다. 나는 그런 그를 노려보다가 예지를 향해 차갑게 말했다.

"파일 나한테 보내. 지금 당장."

예지는 조금 당황한 얼굴로 나와 서윤을 번갈아 보다가 결국 핸드폰을 켰다. 나는 메시지 창으로 파일이 전송되는 걸 확인한 후 그대로 뒤를 돌아 스튜디오를 빠져나왔다.

*

재생 버튼을 누르자 옷이 스치는 소리인지 부스럭거리는 소리가 이어졌다. 거기에 숨소리 같은 것들이 뒤섞여 정체 모를 소리들이 되었다가 곧 조용해졌다. 노이즈가 잠잠해지고 나서야 겨우 알아들을 수 있을 만한 말소리가 들렸다. 거리가 좀 떨어져 있는지 살짝 불분명한 목소리였다.

—예지는 몰라도 이서윤은 아닐걸.

조용해서 알아듣기 힘들지만 확실히 박민준의 목소리였다. 뒤이어지는 건, 그래, 다빈의 목소리였다.

—왜? 저 새끼 은근 손예지한테 빌빌 기던데.

—부딪히기 싫어서 접어 주는 거랑 마음에 두는 건 다른 문제지.

박민준의 목소리는 건조하기 그지없었다. 그래서인지 이어지는 다빈의 말은 흥이 조금 식어 있었다.

—그러고 보니 딱히 손예지한테만 그러는 것도 아니긴 하네. 줏대도 없이 호구 노릇 하면서 여자애들한테만 들러붙잖아.

—손예지 혼자 좋아하는 걸 수도 있겠네요. 그래서 일부러 그렇게 틱틱대나?

이건 준영의 목소리였다. 그가 받아 주자 다빈의 목소리가 금세 올라갔다.

—야, 내가 봤을 때는 쟤도 내숭이야. 남들 앞에서는 꼬운 척하면서 지금은 딱 붙어서 자고 있잖아. 혹시 알아? 남들 모르게 뭔가 있을지. 안 그런 척하면서 다 똑같다니까, 저런 것들.

—아…… 임지수 아직도 그러고 살아요?

—장본인 놔두고 왜 나한테 물어?

감탄사와 웃음소리가 한데 뒤엉켰다. 준영과 다빈 사이에 얼마간의 욕설 섞인 음담패설이 오간 후 준영이 시끄럽게 웃으며 말했다.

—좀 불쌍하네요, 솔직히.

—뭐가 불쌍해? 누가 시킨 것도 아니고 그냥 부르기만 하면 지가 달려오는데. 그래 놓고는 꼴에 센 척하는 것도 꼴같잖아. 걔 대학 때부터 얘한테 쩔쩔맨 거 눈치 빠른 애들은 다 아는데. 근데 정작 지는 눈치가 없어서 남들이 다 아는 줄도 모르는 게 제일 웃겨.

—맞아, 그건 좀 웃기긴 해요. 차라리 대놓고 좋다고 매달리든가, 아닌 척은 왜 하지. 꿀리기 싫어서 그런가? 튕길 군번도 아닌 것 같은데 하여간 여자들 이해할 수가 없어.

시끄럽던 웃음소리가 조금 사그라들었다.

—야, 근데 그렇게 데리고 다닐 거면 그냥 결혼하는 게 낫지 않냐? 집에 박아 두고 딴 여자 만나도 뭐 찍소리도 못할 것 같은데. 성깔은 좀 있어도 너한테는 고분고분하고 생긴 것도 반반하고.

—에이, 그래도 결혼은 좀 하자 없는 사람이랑 해야죠. 집안도 얽히는데.

—하자 좀 있는 게 뭔 상관이야. 돈이 많잖아.

—집이야 민준 선배도 잘살잖아요.

—야, 걘 그냥 많은 게 아니야. 걔 앞으로만 건물이 몇 챈데. 유산까지 받으면 수십 배로 불어날걸.

마치 재생이 끊기기라도 한 듯 잠시 소리가 사라졌다.

—……진짜요? 하고 다니는 거 보면 별로…… 아니, 입는 거

보면 보세 같은 것도 그냥 쓰던데요. 밥 먹는 것도 그냥 다 더치하잖아요.

—뭐, 나도 우연히 걔 동창이라는 사람 만나서 들은 거라. 그래 봤자 그냥 부모를 존나 잘 만난 거지 지가 한 게 뭐가 있냐? 나도 애 때문에 발목 잡힌 것만 아니었어도 어떻게 한번 비벼 보는 건데.

—와, 이제라도 좀 잘 보여야겠다. 그 정도면 민준 선배도 그냥 사귀는 게 낫지 않아요? 결혼까진 좀 그래도, 그냥 사귀는 것 정도는.

한참 동안 말이 없던 민준이 그제야 높낮이 없는 목소리로 끼어들었다.

—글쎄, 그런 건 재미가 없어서. 난 여자애는 좀 부족한 게 귀엽더라.

—와, 이 복에 겨운 새끼! 굴러 들어온 빌딩을 걷어차네.

다빈이 낄낄 웃더니 잠시 후 숨을 한 번 내뱉고는 말했다.

—그냥 뱉을 거면 나 주든가.

—……지수를? 너한테?

—네가 시키면 나한테도 기회가 있을 것 같은데?

—그럴 애는 아니야.

—뭐가 아니야. 왜, 남 주기는 아깝냐?

—지수 성격에 결혼해서 자식까지 있는 남자랑 얽히고 싶어하진 않을 거라는 거지. 그리고 난 지수한테 억지로 뭘 시킨 적은 한 번도 없는데. 왜 내가 그런 걸 권할 거라고 생각해?

선을 긋는 듯 다소 냉정하게 들리는 어투 뒤로 침묵이 내려앉았다. 얼마 후 무언가를 따르는 액체의 소리가 들렸다.

—자식 얘기 하니까 생각나네. 애들은 잘 있어? 얼굴 못 본 지 꽤 됐네.

—뭐…… 애들이야 지 알아서 크는 거지.

다빈의 목소리가 떨떠름해졌다. 이후 가정사를 시작해서 의미 없는 잡담이 조금 오가더니 녹음 파일의 재생이 끊겼다.

*

녹음.mp3 라는 글자 밑으로 메시지가 쭉 이어졌다.

[처음부터 작정하고 녹음한 건 아니에요.]

[올해 초에 다 같이 펜션 갔을 때예요. 그때 언니는 당일에 일 생겨서 못 왔었을 때요.]

[다들 같이 술 마시고 있었을 때, 저 세 명만 마지막까지 깨어 있고 나머지는 방 안쪽에서 자고 있었거든요. 저랑 이서윤도 방 안에 있었고요. 저는 중간에 잠이 깼는데, 일어나기가 싫어서 그냥 누워있었어요.]

[그런데 그 새끼들이 저랑 이서윤을 엮어서 개 같은 소리를 해대더라고요. 화가 나서 증거 잡아 따질 생각으로 녹음하기 시작했던 건데…… 중간부터 언니 얘기가 나와서 저도 놀랐어요.]

[그때 이서윤도 깨어 있었어요. 저랑 이서윤만요.]

[서울로 돌아오고 나니까 이서윤이 먼저 연락하더라고요. 제가 핸드폰 켜서 녹음한 걸 봤다고요. 저는 이걸 언니한테 말해야 할지 말지도 확신이 없어서……]

[섣불리 나서기엔 너무 사적인 부분이라 무턱대고 간섭해도 좋을지 알 수가 없었어요. 그런데 그때 이서윤이 자기가 어떻게

든 하겠다고 하더라고요.]

[정확히 뭘 어떻게 한다는 건지는 몰랐어요. 그냥 언니를 박민준한테서 떼어 놓을 거라고만 했었는데…… 저는 언니가 사실을 모르고 다 해결된다면 차라리 그게 낫다고 생각했어요. 그리고, 사실 어떻게 하는 게 최선인지 도저히 모르겠어서…… 옆에서 나서 보겠다고 하니 그냥 두고 본 것도 사실이에요.]

[미리 말 못 해서 죄송해요.]

*

달리는 택시 안에서 나는 초점 잃은 눈으로 핸드폰만 내려다봤다. 예지의 메시지가 계속해서 이어졌지만 답장은 한마디도 하지 않았다. 그러자 예지도 더 말을 보태지는 않았다. 이후로 도착하는 메시지는 전부 서윤의 것이었다.

핸드폰 화면 위로 전화기 아이콘이 떴다. 이름은 이서윤. 나는 통화 거절 버튼을 눌렀다. 아예 핸드폰을 꺼 버리고 싶었지만 하려는 일이 있어서 그럴 수도 없었다.

[선배 어디에요?]

[전화 좀 받아요, 제발.]

서윤이 적어 올리는 모든 말들이 그저 무의미한 단어의 나열로만 느껴졌다. 나는 끝내 눈을 감고 머릿속에 둥둥 떠오르는 얼굴과 글자 위로 새까맣게 먹을 칠했다.

택시가 멈췄다. 다행히 나는 두 발로 똑바로 설 수 있었다.

시간이 늦어 하늘은 완전히 깜깜했다. 대신 네온사인과 가로등으로 길거리는 밝았다. 나는 길을 지나는 사람들을 스쳐 목적지인 카페로 들어갔다.

문을 열자 점원들의 인사 소리가 이어졌다. 나는 따끔거리는 눈두덩을 검지로 문지르며 주위를 둘러봤다.

저 안쪽 자리에 박민준이 앉아 있었다. 낮에 봤던 그 차림 그대로, 변함없는 얼굴로.

나는 이렇게 엉망진창이 됐는데, 너는 그렇게 흠집 하나 없이.

자리를 헤치고 그에게로 성큼성큼 걸어갔다. 박민준은 나를 보고 반가워하는 듯하다가 내 분위기를 눈치챘는지 입가에서 미소를 거뒀다. 나는 그 어떤 말도 없이 녹음 파일이 켜진 핸드폰을 던지듯이 테이블 위에 내려놓았다.

"해명해 봐."

"……."

박민준은 물끄러미 나를 보다가 순순히 이어폰을 귀에 꽂았다.

긴 손가락이 재생 버튼을 눌렀다. 나는 녹음 파일의 재생 시간이 점점 줄어드는 걸 독하게 노려보기만 했다.

박민준은 파일이 재생되는 내내 아무 말도 하지 않았다. 표정의 변화도 없었다. 그는 파일의 재생이 끝난 다음에야 귀에서 이어폰을 뺐다. 그러고도 아무 말이 없다가, 내가 말없이 노려보기만 하자 차분한 목소리로 말했다.

"깨어 있는 사람이 있었는지는 몰랐네."

"할 말이 그게 다야?"

"나가서 얘기할까? 보는 눈도 많은데."

박민준은 느긋하게 자리에서 일어났다. 나는 분노가 임계점을 넘으면 도리어 머리가 차가워진다는 말을 이제야 실감했다.

"듣는 귀 다 열어 놓고 이딴 말을 처해 놓고 보는 눈을 따져?"

목소리가 필요 이상으로 격양된 탓에 주변의 시선이 몰리는 게 느껴졌다. 그토록 남의 시선을 의식하던 나인데, 이 순간만큼은 조금도 신경 쓰이지 않았다. 나는 그저 이 공간에 둘만 있는 것처럼 박민준만 노려봤다.

날 이 꼴로 만들어 놓고, 왜 너는 이렇게 멀쩡한 건데.

모든 걸 망가뜨리고 싶다. 머리부터 발끝까지 성한 조각 하나 없이 다 무너뜨리고 싶은데, 왜 무너지는 건 항상 내 쪽인 거야.

입 안쪽에서 이가 부득 갈리는 소리가 들렸다.

"재밌었어? 3년 동안?"

"지수야."

"내가 얼마나 비참했는지 다 알고도 나랑 그럴 생각이 들었어? 대체 너한테 난 뭐였어? 도저히 마음이 안 갔으면 그냥 찼으면 됐잖아. 3년이나 질질 끌다가, 내 동기, 내 후배들한테까지 날 알몸으로 전시해 놓고, 이제 와서 나한테 집적댄 이유가 뭐야. 그것도 그냥 놀이였어? 가십거리 한번 삼아 보려고?"

내가 처절하게 악을 쓰는 동안 박민준은 가볍게 한숨만 내쉬었다. 머리카락을 매만지며 시선을 돌리는 게 약간 난처해 보이기도 했다. 하지만 일련의 동작 어디에서도 현실감은 찾아볼 수가 없었다. 이어지는 목소리 역시 마찬가지였다.

"네가 원했잖아."

"뭐?"

"처음부터 네가 원한 일이야. 난 장단 맞춰 준 것뿐이고."

박민준이 가까이 다가와 내 머리카락을 쓸어넘겼다.

내 의지와 상관없이 눈물이 뺨을 타고 흘렀다. 내가 무언가를 하기도 전에 박민준이 안쓰럽다는 눈으로 내 눈물이 지나는 길을 지켜봤다.

"네가…… 좀 절박해 보였어야지."

순간 눈앞에서 불이 튀었다. 철썩 소리와 함께 손바닥에서 얼얼한 감각이 올라오고 나서야 내가 뭘 했는지 깨달았다. 등 뒤에서 약한 비명 소리와 찍지 마, 미쳤어? 하는 소리들이 작게 들려왔다. 똑같이 그 소리를 들었을 박민준은 맞은 뺨을 어쩌지도 않고 미동도 없이 서 있었다.

나는 그 꼴을 보고도 분노로 새하얘진 머리를 어쩌지 못했다. 눈물이 줄줄 흐르는 얼굴 역시 마찬가지였다.

이런 나를 향해 건전치 못한 호기심으로 점철된 시선들이 계속해서 모여들었다. 뭘 보냐고 비명이라도 지르고 싶었다.

그때 박민준이 살짝 돌아간 고개를 원래 위치로 돌렸다. 그제야 뺨을 만지작거리며 이쪽을 보는 눈초리는 전에 없이 건조했다.

"진부하네, 좀."

"어. 넌 진부하다는 말도 아까운 개새끼고."

"있잖아. 뭐가 그렇게 문제야?"

박민준은 코트 주머니에 손을 찔러 넣었다. 그러고는 마치 어린아이한테 잘못이라도 설명하듯이 조용하고 차분하게 말했다.

"전부 다 너 스스로 한 일이었잖아. 네가 나한테 호감이 있다는 걸 알아서 내가 너한테 전화했고, 그래서 네가 나왔고, 그래서 뭐? 군말 없이 내 옆자리에 누운 건 너야."

"……."

"싫었으면 그냥 거절하지 그랬어. 네가 싫다고 하면 내가 널

겁탈이라도 했을까 봐."

마치 안쓰러워하는 것처럼 다정하고 조곤조곤한 목소리였다. 이유 없이 미쳐 날뛰고 있는 사람은 나고 선량한 박민준이 나를 달래려 한다는 착각마저 들 지경이었다. 적어도 모르는 사람들 눈에는 그렇게 보일 것만 같았다.

아찔한 현기증에 잠식된 사이, 박민준이 테이블 위에 놓인 내 핸드폰을 보다가 약하게 한숨을 쉬었다.

"다빈이랑 준영이가 알게 한 건 미안해. 처음 너랑 그렇게 됐을 때 다빈이는 벌써 눈치챘더라고. 하다못해 입단속이라도 시키고 싶었는데…… 너도 알다시피 걔가 말을 좀 경솔하게 하잖아."

정말로 뉘우치고 있기라도 한 것처럼 미간 사이로 죄책감이 묻어났다. 잘 만든 연극이라도 보고 있는 것 같았다.

그때 박민준이 입가를 한 번 매만지고는 내게로 한 걸음 다가왔다. 달아나고 싶은 충동이 하늘을 찔렀는데, 마치 포식자 앞에 선 피식 동물처럼 꼼짝도 할 수 없었다.

"하지만 그것 외에…… 3년 동안 있었던 일로 날 원망하는 건 방향이 안 맞지?"

박민준은 두 팔을 벌려 나를 품에 안았다. 익숙한 체향이 코를 찔렀다.

"그런 일을 하게 만든 건 너야. 내가 아니라."

아니야. 내가 아니야. 내가 아닌데…….

부정의 말들이 혀끝에서만 맴돌고 입 밖으로 나오질 않았다. 그가 하는 모든 말들이 원래 내가 했던 생각들이기 때문이다.

하지만 그렇다고 인정할 수는 없었다. 한번 인정해 버리면 지금 서 있는 벼랑 아래로 떨어져 버리고 말 거라는 예감이 내 발목을 진득하게 붙들고 늘어졌다.

"어차피 이렇게 됐잖아. 그냥 내 옆에 있어. 지금까지 나만큼 헌신할 수 있었던 사람도 없었잖아? 또…… 네 그런 면을 다 알고도 받아 줄 사람도 나밖에 없고."

아니, 있었어. 다 알고도 함께 있어 주겠다고 하는 사람이…… 받아 주겠다가 아니라 받아 달라고 말하던 사람이…….

박민준의 손이 머리카락을 어루만지는 게 느껴졌다. 그의 손이 닿은 곳마다 그저 가루처럼 바스러져 흩어져 버리고 싶었다.

"오늘 일은 그냥 용서해 줄게. 나도 미안한 게 없진 않으니까. 그러니까 지금까지 있었던 일은 다 잊고, 처음부터 다시 시작한다고 생각해. 이번엔 네가 원하는 것들 나도 다 줄 테니까."

긴 손가락이 뺨을 문질러 왔다. 그 순간 나는 숨을 멈췄다.

"어차피 나 없이는 아무것도 안 되잖아, 임지수."

그 순간 뒤에서 누군가가 나를 끌어당겼다. 단단한 벽 같은 것에 부딪혀 잠시 주춤거리는데 시야 너머로 박민준이 놀란 눈을 한 게 보였다. 이어서 그의 얼굴이 묘하게 일그러졌다.

"이서윤?"

그의 이름을 듣는 순간 음소거 되었던 주변의 웅성거림이 갑자기 귓가로 쏟아졌다.

나는 숨도 못 쉬고 등 뒤를 올려다봤다. 나를 끌어안은 남자는 내가 한 번도 보지 못한, 내게는 너무도 낯선 얼굴을 하고 있었다.

누군들 상상이나 할 수 있었을까. 마냥 따뜻하기만 하던 이서윤이 저토록 증오를 담아 누군가를 노려볼 수 있으리라고는.

눈을 의심하며 눈꺼풀을 깜빡이는 사이 서윤이 내 몸을 돌려 세웠다. 그리고 무언가로부터 보호하듯 내 어깨를 감싸 안았다.

"가요, 선배."

칼날처럼 차갑고 날카로운 목소리였다. 나를 향해 말하고 있지만, 내가 아닌 다른 사람을 공격하는 목소리.

나는 그대로 서윤의 손에 이끌려 카페를 벗어났다. 등 뒤로 소란스러운 소리들이 점점이 흩어져 사라졌다. 나는 뒤를 돌아보지 않았고, 박민준 역시 나를 쫓아오지 않았다.

*

어디로 가는지도 모르는 채 그냥 서윤이 데려가는 대로 끌려갔다. 올라타고 보니 서윤의 차였고, 시트에 머리를 기대고 보니 어디론가 달려가는 중이었다.

그는 아무것도 묻지 않았고 나 역시 아무 말도 하지 않았다. 그 통에 차 안엔 정적만이 맴돌았다.

그나마 서윤은 운전이라도 하고 있지, 아무것도 안 하고 그냥 실려 가고 있는 내 머릿속에선 온갖 생각들이 쓰레기처럼 나뒹굴었다.

신호에 걸리는 중간중간 서윤이 이쪽을 보는 게 느껴졌지만 반응하지 않았다. 싫어서가 아니라 그럴 의지가 생기지 않아서였다.

문득 카페에서 사람들이 쏘아 보내던 시선들이 떠올랐다.

알아봤겠지, 다들.

전부가 알아보지 못했더라도, 단 한 사람이라도 이서윤을 알아봤다면 소문은 순식간에 퍼질 것이다. 아무것도 아닌 내 사진을 찍는 사람도 있었는데 당연히 이서윤 사진도 누군들 한 장은 찍었겠지.

그러게 얘는 왜 모자도 안 쓰고 무작정 달려왔을까. 조심하라고 몇 번이나 말했는데. 나중에 기사 뜨고 나서야 후회하려고. 실없는 생각들이 꼬리에 꼬리를 물다가 결국 한군데로 고였다.

박민준.

뒤이어 가슴을 쥐어뜯는 듯한 통증이 이어졌다. 숨이 가빠지며 억지로 기도가 확장되는 느낌이 들었다. 급하게 숨을 몰아쉬며 몸을 웅크리자 서윤이 놀란 목소리로 나를 부르는 게 들렸다.

"선배?"

그런데 대답을 할 수가 없었다. 너무 아파서.

단순히 아픈 정도가 아니라 숨 쉬는 게 괴로워서 눈물이 고일 지경이었다. 그런데 숨이 멈춰지지가 않았다. 손으로 입을 막아도 가슴이며 어깨가 제멋대로 부풀고 들썩였다. 내 상태가 심상찮아 보였는지 서윤이 갓길에 차를 세우고 내 등을 문지르기 시작했다.

"선배, 괜찮아요?"

귀는 다 들리는데 호흡이 맘대로 되지 않으니 말을 할 수가 없었다. 하릴없이 거친 호흡만 내뱉는데 운전석 쪽에서 부스럭거리는 소리가 들리기 시작했다. 잠시 후 원하던 걸 찾았는지 그가 나에게 손을 내밀었다. 정확히는 종이봉투였다.

"여기에 대고 숨 쉬어요. 천천히요."

내 코와 입, 호흡기가 종이봉투로 덮였다. 숨이 맘대로 안 쉬어지는데 어떻게 천천히 쉬라는 거야. 너무 아파서 화까지 났지만,

나는 필사적으로 서윤이 시키는 대로 했다.

얼굴 위로 더운 숨이 쏟아지고 그 속에서 또 눈물이 떨어졌다. 가쁜 숨을 헐떡이며 나는 세상의 모든 것을 원망하고 저주했다.

대체 이게 뭐지. 내가 왜 이런 꼴을 당해야 해.

너무 아파.

숨소리가 잦아들고 조금씩 흐느낌으로 바뀔 때 즈음에야 찬 공기가 얼굴에 닿았다. 나는 날 감싸 오는 팔을 붙잡으며 계속해서 울었다.

등을 다독이는 손길이 느껴졌다. 계속해서 괜찮다고 속삭여 오는 목소리가 아득히 멀게 들렸다. 이대로 점이 되어 가라앉아 버리고 싶었다. 깊고 너무 깊어서, 어둠조차 보이지 않는 나락 속으로.

*

멍하니 눈을 깜빡이는데 초점이 흐린 시야 너머로 낯선 풍경이 펼쳐졌다.

잠들었었나? 아니면 잠깐 정신을 잃었었나.

여기가 어디고 왜 내가 여기에 와 있는지 중간과정이 생각나지 않았다. 나는 눈을 굴려 아무도 없는 방 안을 둘러봤다.

내가 누워 있는 침대 이외에 가구라고 할 만한 건 옷장밖에 없었다. 화장대 하나 정도는 있을 법한데 그마저도 없고, 그나마 있는 거라고는 침대 옆에 놓인 협탁뿐이었다.

그 협탁 위엔 작은 무드등과 읽다 만 책 한 권이 비스듬히 놓여 있었지만, 그걸로 끝이었다. 휑하다는 말이 적당하게 느껴질 정도로 방 안엔 아무것도 없었다. 침실을 정말 잠만 자는 곳으로 꾸며 놓은 모양이었다.

나는 무의식중에 숨을 깊게 들이마셨다. 이불에서 느껴지는 천의 온기보다도 그 안에서 맴돌고 있는 체향이 더 따뜻했다.

이서윤을 닮은 방.

그래, 분명 이서윤의 집이다. 전후 사정을 다 따져봐도 아닐 리가 없었다. 나는 괜히 이불을 끌어 올려 그 안에 코를 묻었다.

얼마간 그러고 있으려니 문이 열렸다. 나는 조금 놀라 고개를 들고 문이 있는 쪽을 쳐다봤다. 놀란 건 마찬가지인지 서윤 역시 조금 커진 눈으로 나를 보고 있었다.

"깼어요?"

내가 눈만 깜빡이는 사이 서윤은 내 옆에 걸터앉아 들고 온 쟁반을 협탁 위에 내려놓았다. 그러고는 컵에 물을 따라 내게 내밀었다.

컵을 향해 손을 뻗으려 했지만 몸에 힘이 들어가지 않았다. 덜덜 떨리는 손으로는 컵을 쥐어 봤자 엎지를 게 뻔해 그냥 고개를 흔들었다.

서윤은 잠시 내 얼굴을 들여다보다가 컵을 쟁반 위에 내려놓았다. 그리고 내 등 밑으로 손을 넣어 내 몸을 일으키고는 나를 한 팔로 품에 안았다. 다시 컵을 들어 올린 그가 곧 내 입안에 물을 천천히 흘려 넣어 줬다. 나는 반사적으로 그걸 받아마시다가 미간을 찌푸렸다.

"미지근해."

"찬물은 안 돼요. 지금은."

서윤은 컵은 도로 내려놓았지만 나를 품 안에서 떼어 놓지는 않았다. 나는 그의 어깨 너머로 삭막한 방 풍경을 이리저리 둘러보다가 입을 열었다.

"너희 집이야?"

"네. 원래는 선배네 집으로 가려고 했는데, 선배가 잠들어서……."

집 비밀번호까지 공유하진 않았으니 자기 집으로 데려올 수밖에 없었다는 얘기인가. 창밖을 보니 완전히 깜깜해서 몇 시인지도 가늠하기도 힘들었다.

방 안을 다시 둘러봐도 흔한 시계 하나 보이지 않았다. 나는 핸드폰을 찾으려다 박민준 앞에 내던지고 왔다는 걸 기억해 냈다. 입안에 욕지거리가 잔뜩 고였다.

"집에 갈래."

그 말과 함께 서윤을 밀어냈는데 그는 꼼짝도 안 했다.

"오늘은 그냥 여기 있어요. 불편하면 제가 거실에 있을게요."

"싫어."

필요 이상으로 냉담하게 내뱉어진 목소리에 서윤의 어깨가 움찔 떨렸다. 하지만 그는 날 설득하기를 포기하지 않았다.

"시간이 너무 늦었어요. 벌써 새벽이고……."

"몇 신데?"

"한 시요."

의심스럽다는 눈초리로 바라보자 서윤이 핸드폰을 꺼내 시계를 보여 줬다. 오전 12시 57분. 나는 서윤의 핸드폰을 부서져라 노려보다가 하는 수 없이 다시 침대에 누웠다.

옆에서 서윤이 약하게 한숨을 내쉬는 게 들렸다. 안도인지 착잡함인지는 모르겠지만.

나는 창밖을 뚫어지게 바라보다가 입을 열었다.

"예지가 어디까지 아니."

서윤은 대답이 없었다. 나는 시선을 거두어 다시 그를 올려다봤다.

"네가 나한테 어떻게 접근했는지도 알아?"

접근이라는 말이 입안에서 껄끄럽게 덜그럭거렸다. 서윤은 잠시 나를 내려다보다가 곧 별다른 반박 없이 시선을 회피했다.

"말했잖아요. 저 선배 얘기 함부로 한 적 없어요."

그 많은 일을 겪어 놓고도, 이 한마디를 믿고 싶은 나는 대체 어디서부터 어떻게 잘못된 걸까.

"예지는 그냥 제가 선배한테 매달리고 있는 줄 알아요. 사귀는 것도 몰랐고요. 아까도 사실…… 선배 위해서 저 부른 게 아니라 박민준이 아직도 선배를 찾아오니까 저한테 어떻게 된 일이냐고 따지려고 연락한 건데, 그냥 제가 놀라서 달려온 거예요. 선배 걱정돼서."

그래서. 내 후회로부터 날 지키고 싶어서 거기까지 쫓아왔니. 그 사람 많은 곳에서 누구 하나라도 알아보면 어쩌려고, 굳이 박민준이 널 눈치채게 해 가면서까지.

문득 그런 생각을 하는 스스로에게 환멸이 났다.

이 와중에도 남자가 좋다 이거지. 고작 처연한 얼굴로 고개 한 번 비껴 떨어뜨렸다고 안쓰러운 마음이 솟아난다 이거지.

나는 어쩔 줄을 모르고 가슴 한구석에서 맴도는 애정을 의식적으로 잡아 눌렀다. 다 덮고 사랑한다고 하기엔, 이서윤이 날 속인 게 너무 많았다. 다 잊고 다시 시작하자고 하기엔 숨긴 것도 너무 많았다. 어디에서부터 어디까지 물어야 할지도 짐작이 안 됐다.

나는 하릴없이 천장만 빤히 보다가 물었다.

"나한테 하고 싶은 말 없니?"

서윤은 쉽게 답하지 못했다.

"……많아요."

"그런데 왜 아무 말도 안 해."

"무슨 말부터 해야 할지 모르겠어서."

그래, 그렇겠지. 나부터가 뭘 물어야 할지 모르겠는데 너라고 뭐부터 해명해야 할지 알 수가 있겠니.

나는 쏟아지는 막막함을 눈꺼풀 위로 힘겹게 밀어냈다. 잠시 후, 가장 먼저 떠오르는 의문을 순서도 생각하지 않고 입 밖으로 내뱉었다.

"왜 그랬어?"

대답은 돌아오지 않았다. 해명해야 할 일이 너무 많아 뭘 묻고 있는 건지도 모르는 거겠지. 나는 힘없이 눈을 몇 번 깜빡이다가 느릿하게 이야기했다.

"올 초에 펜션 갔을 때 알았다며. 내가 너한테 박민준 얘기하기 몇 달도 전 일인데, 처음부터 다 알고 있었으면서 왜 모르는 척했어?"

"……말하면, 선배가 다칠 것 같았어요."

"내가 다칠까 봐 그 자식이 날 가지고 노는 걸 그냥 내버려 뒀다고?"

그렇구나 하고 넘기기엔 너무 얄팍한 변명이었다. 예지도 똑같이 말하기는 했지만, 이서윤에게는 다른 기회가 있었으니까.

"그럼 도와주겠다는 말은 왜 한 거야."

"……."

"너 다 알고 있었잖아. 날 그 자식한테서 떼어 놓고 싶으면 그냥 사실을 말하기만 하면 됐어. 그런 짓까지 할 필요도 없이."

내가 아무리 사랑에 미쳐 있었어도 정신은 똑바로 박혀 있었다. 박민준이 날 가지고 놀고 있다는 걸 뻔히 아는데, 심지어 다른 사람이랑 그런 얘기를 공유하고 있다는데 다시 침대 위에 누울 정도로 정신이 나가지는 않았다는 거다.

그건 얼마나 사랑하느냐의 문제가 아니라 제정신이냐 아니냐의 문제였다. 어떤 방식으로라도 알게 되었다면 다시 유학을 가는 한이 있더라도 박민준 옆으로 돌아가지는 않았을 거다.

그걸 이서윤이 몰랐을 리는 없다. 사리판단을 못 하는 애가 아니니까. 더더군다나 그런 상황에서 상대방을 도와주고 싶다면 누구나 사실을 말할 생각을 먼저 하지, 덮어놓고 날 대체재로 삼으라는 말은 하지 않을 거다. 처음부터 그게 목적이 아니었다면야.

문득 녹음 파일에서 들었던 목소리가 귓가에 울리는 것 같았다. 부르기만 하면 지가 와서 엎드린다거나, 뱉을 거면 나 주라던가.

너도 그랬니? 박민준이 아무렇지도 않게 물건처럼 대한다고 하니 너도 그럴 수 있을 것 같았니? 그래서 그렇게, 다정하게 날 가뒀니.

원망의 소리가 혀끝에서만 맴돈 채 나오지 않았다.

내가 그러는 동안에도 서윤은 말이 없었다. 하지만 나는 끈질기게 답을 기다렸다. 서윤이 먼저 말하기 전까지는 아무 말도 하고 싶지 않았다.

그때 서윤이 머리카락을 넘겨 주려는 듯 손가락을 내 이마에 가져다 댔다. 나는 반사적으로 고개를 틀었다. 생각보다 몸이 먼저 앞섰다.

서윤은 그런 나를 잠시 내려다보다가 말없이 손을 도로 내렸다.

"선배 곁에 있고 싶어서요."

간신히 들은 그 답은, 차분한 목소리보다도 말의 내용 때문에 내 성질을 돋웠다.

"나랑 자고 싶어서?"

"그런 뜻이 아니라……."

목이 멘 듯 말이 뚝 끊어졌다. 그러다 손으로 제 얼굴을 거칠게 문지르며 긴 한숨을 토해 냈다.

"제가 그날…… 그냥 사실을 말했으면, 선배 두 번 다시 제 얼굴 안 봤을 거잖아요."

무슨 뜻이지. 이해가 안 간다는 얼굴로 서윤을 올려다보는데 그 역시 나를 내려다보고 있었다. 빛 때문에 조금 그늘진 얼굴이 어째서인지 조금 냉담하게 보였다. 착각일까, 약간의 원망도 담겨 있는 것 같았다.

"그땐 선배한테 저 아무것도 아니었잖아요. 의지할 사람이 아니라 체면치레할 대상이었죠. 선배가 아니라 누구라도, 자기 치부를 다 알아 버린 후배를 곁에 두면서 연락하고 싶어 했겠어요?"

……이게 지금 무슨 소리지? 내가 이해한 게 맞나?

"그래서…… 지금 선후배 사이 지키자고 나랑 잤다는 얘기야?"

"그럼 안 돼요?"

그걸 지금 몰라서 묻는 거야? 기가 막혀서 헛웃음을 터뜨리는데 서윤은 얼굴색 하나 변하지 않은 채로 나를 바라보기만 했다. 그 시선으로부터 박민준과 마주쳤을 때 서윤의 얼굴이 떠올랐다.

선명한 증오를 두 눈 가득 적나라하게 내비쳤던 그 얼굴이 왜 떠오른 걸까. 지금은 이렇게 침착한 눈으로 날 바라보고 있는데.

"선배랑 저 사이에 그거 빼면 남는 게 없었어요. 그거 하나 지키자고 정신 나간 짓 좀 하면 안 돼요? 그럼 제가 뭘 해야 했어요? 그냥 사실을 전부 다 말하고 선배가 상처받는 거 지켜보고, 박민준 그 미친 새끼가 한 짓을 눈치챘다는 이유로 선배가 저까지 떠나서 두 번 다시 돌아오지 않는 걸 견뎠어야 해요? 내가 뭘 잘못해서? 더 원하는 것도 나고, 먼저 좋아한 것도 나인데, 왜 내가 하지도 않은 일로 선배를 잃어야 해요?"

서윤이 쏟아 내듯이 내뱉은 말에 나는 한 대 얻어맞은 것처럼 머리가 멍해졌다. 이윽고 내 입에선 스스로가 듣기에도 한심할 만큼 힘 빠진 목소리가 흘러나왔다.

"무슨 소리야, 그때는 너……."

"제가 먼저 선배 좋아했어요. 선배가 박민준 좋아한 것보다 제가 더 먼저였다고요. 제가 더 절박했고, 제가 더 비참했고, 제가 더 미쳐 있었어요. 선배만 몰랐죠."

냉정하게 쏟아 낸 서윤은 더 앉아 있을 수가 없는 듯 자리에서 일어났다. 나는 그런 그를 따라 간신히 상체만 일으켰다.

거칠게 숨을 내뱉던 서윤이 제 머리를 흩뜨리다가 흠칫거리며 내게서 물러났다. 그 모습은 마치 나를 두려워하는 것처럼 보이기도 했다. 나는 그의 태도도 태도지만, 그에게 들은 말이 너무 충격적이라 어떤 반응을 보여야 할지 알 수 없었다.

먼저였다고? 함께해서 좋아진 게 아니라, 좋아해서 함께 있으려고 했던 거라고?

서윤과 함께했던 수많은 시간이 마치 주마등처럼 한꺼번에 눈앞을 스쳐 지나갔다. 그러던 중, 어떤 기억 하나가 불쑥 솟아올라 내 숨을 틀어막았다.

그에게 안겨서 다른 남자의 이름을 불렀던…….

대체 뭘 한 거야, 너. 내가 무슨 짓을 하게 만든 거야.

"어차피 잃을 거 발악이라도 해 보려고 했어요. 다른 방법이 있었을지도 모르겠지만 그거 말고는 떠오르는 게 없었어요. 저한텐 시간이 없었고, 선배는 당장 그날 아침에도 그 새끼랑 있었다고 했고, 그 개자식이 무슨 생각을 하는지도 모르면서 선배는 울기만 하고. 그런데, 선배가 저한테 잊고 싶다고 했잖아요."

서윤의 눈이 점차 붉어졌다. 목소리도 떨렸다. 그의 뺨은 건조한데 날 보는 그의 눈빛이, 그가 짓고 있는 표정이 마치 처절하게 오열하는 것처럼 느껴졌다.

"잊을 수만 있으면 뭐든 하겠다고 했잖아요. 절박하다고 했잖아요. 그래서……."

"그래서 날 이용했니?"

내 입에서 흘러나온 목소리는 나조차도 놀랄 정도로 날카로웠다. 내 말에 어딘가를 베였는지 서윤은 거짓말처럼 입을 다물었다. 나는 그 모습을 보며 내가 낼 수 있을 거라고 생각도 못 한 날 선 목소리를 마구잡이로 쏟아 냈다.

"그렇게 절박해서, 있을지 없을지도 모르는 기회를 기다리느라 날 그냥 방치하고는, 내가 박민준이랑 똑같은 짓을 하게 만들었어? 내가 좋아서? 그런데 내가 널 쳐다보지도 않아서?"

변명이라도 해 주길 바랐지만 돌아오는 대답은 아무것도 없었다. 허탈함에 온몸의 기운이 다 빠져나갔다.

이렇게…… 나는 이렇게 아무것도 아는 게 없었구나.

지금 보여 주는 이서윤의 모습이 내가 알던 이서윤과 그 어느 곳도 닮아 있지 않아서 혼란스러웠다.

이러고도 내가 이 애를 좋아한다고 할 수 있나? 지금 샘솟는 이 감정들이 정말 이 애를 향한 거라고 확신할 수가 있나?

지금 나한테는 어느 때보다도 이서윤이 필요한데, 눈앞에 있는 남자가 누구인지 알 수 없었다. 내가 모르는 이서윤을 도저히 이서윤이라고 부를 수가 없었다.

"나 너 원망할 자격 없는 거 알아. 내 인생 시궁창에 처박은 건 나인데 거기에서 안 꺼내 줬다고 널 탓할 수는 없지. 그런데…… 그럴 거면, 끝까지 남으로 남았어야지."

차라리 남이었다면 내가 나설 일이 아닌 것 같아서 못 나섰다는 말에 그랬구나 납득했을 거다. 그러려고 애라도 썼을 거다.

그런데 이서윤 너는, 넌 그러면 안 되지.

네가 약할 때 내가 곁에 있어 주고 싶게 네가 만들었잖아.

내가 약할 때 네가 곁에 있어 줄 거라고 기대하게 네가 만들었잖아.

그래 놓고는 사실 줄곧 나를 내팽개쳤었다고 말하면, 그럼 난 대체 어떻게 해야 해.

"모르겠어. 지금은…… 널 어떻게 해야 할지 모르겠어."

나는 자리에서 일어나려 침대 밑으로 다리를 내렸다. 늦은 시간이긴 하지만, 큰길로 나가면 택시를 못 잡을 시간은 아니었다.

핸드폰이 없는 게 불안하긴 하지만…… 그러고 보니 가방도 스튜디오에 놓고 왔구나.

아무래도 집으로 돌아가려면 서윤의 도움이 필요할 것 같았다. 하지만 적어도 지금은 밑지고 싶지 않은데.

그것 때문에 잠깐 망설이고 있었더니 서윤이 곁으로 와 무릎을 꿇었다. 아직 가겠다고 말도 안 했는데 떠날 심산이라는 걸 눈치챘는지 그가 내 손을 붙잡아 왔다.

"선배, 오늘만요."

우는 것도 아닌데 가슴이 미어질 정도로 애처로운 목소리였다. 서윤은 내 손을 끌어당겨 두 손으로 쥐고는 기도라도 하듯이 제 이마에 갖다 댔다.

"그냥 오늘만 여기 있어요. 제발 오늘만…… 아니, 아침까지라도……."

"……이서윤."

"잘못했어요."

나는 붙잡힌 손을 어쩌지 못하고 서윤을 내려다보기만 했다. 그는 가느다란 목소리로 힘겹게 이어 말했다.

"무서워서 그랬어요. 선배한테 제가 아무것도 아닌 게 무서웠어요. 선배가 상처받는 것도 싫었어요. 선배가 그 새끼를…… 아무것도 아닌 걸로 기억했으면 했어요. 그냥 지우듯이 잊어버렸으면 했어요. 그래서 그랬어요. 그래서……."

말 잘하는 평소의 모습은 온데간데없었다. 그저 생각나는 말을 누덕누덕 기워 내뱉는 듯했다. 더불어 형편없이 떨리기까지 하는 목소리가 어쩐지 울음이라도 쏟아 내는 것처럼 보였다.

그렇게 오랫동안 알았어도 이렇게 무너지는 모습을 보여 준 적은 한 번도 없었는데.

"당장 용서해 달라고 안 할게요. 화 풀릴 때까지 기다리라고 하면 기다릴게요. 뭐든 견디라고 하면 견딜게요. 그냥, 제발, 이렇게는……."

우는 걸까.

네가 미워도, 그래도 네가 울지는 않았으면 하는데.

"제발, 이렇게만 가지 말아요……."

나는 한참을 대답 없이 그저 바라보기만 했다. 서윤은 고개도 들지 못한 채 숨을 몰아쉬기만 했다.

희미하게 떨리는 손은 슬픔보다도 두려움이, 두려움보다도 절실함이 더 커 보였다. 나는 웅크린 어깨 위로 그를 잠식한 감정의 깊이를 헤아리다 붙잡힌 손을 빼냈다.

내가 가차 없이 떠나려 한다고 생각했는지, 서윤의 숨소리가 크게 한 번 들렸다. 나는 그걸 굳이 말로 정정하는 대신 서윤으로부터 등을 돌렸다.

지금 서윤이 어떤 얼굴을 하고 있는지 확인하고 싶지 않았다. 더 이상 마음이 약해지는 것도 싫고, 이 이상 복잡한 생각들이 머릿속으로 스멀스멀 기어들어 오는 것도 견디기 힘들었다.

"아침에 데려다줘."

피곤한 목소리를 겨우 내뱉은 후 이불을 끌어 올렸다.

얼마 후, 자리에서 일어나는 소리가 들리더니 불이 꺼지고 문이 닫혔다.

이걸로 모든 이야기가 막을 내리고 웃으며 커튼콜을 할 수 있다면 얼마나 좋을까.

나는 불가능한 상상을 하며 눈을 감았다.

현실의 막은 내리지 않았지만, 눈꺼풀만은 내 의지로 닫을 수 있다. 그것만이 위안이었다.

*

애석하게도, 눈을 감은 채 침대 위에서 한참을 뒤척여도 잠은 오지 않았다. 몸은 피곤한데 생각이 많다 보니 의식이 밑바닥으로 가라앉지 않은 탓이었다. 하필이면 시간은 또 새벽 대라 영양가 없이 안 좋은 생각만 떠올랐다. 뭐, 해가 밝은 대낮이라고 좋은 생각이 떠올랐을까만은.

핸드폰이 없다 보니 마땅히 할 것도 없고, 생각을 그만두는 것도 마음대로 안 되고. 결국 뜬눈으로 해 뜨는 걸 지켜본 다음에야 자리에서 일어났다.

지금 몇 시쯤 됐지.

방에는 시계가 없어 시간을 확인하려면 밖으로 나가야 했다. 거실에는 시계가 있을까, 없으면 서윤의 핸드폰이라도 잠깐 켜 봐야겠다고 생각하며 방 밖으로 나갔다.

그런데 방문을 열자마자 거실 소파에 누워 있던 서윤이 바로 몸을 일으키는 게 보였다. 아무래도 그 역시 새벽 내내 잠들지 못한 모양이었다.

"안 잤어요?"

서윤이 살짝 놀란 얼굴로 내게 물었다. 그러는 너는, 하고 물으려다가 그냥 용건을 꺼냈다.

"지금 몇 시쯤 됐어?"

서윤은 잠깐 나를 보다가 옆에 놓여 있던 핸드폰을 확인했다.

"다섯 시 반이요."

"아침이네. ……집에 갈래, 이제."

사실 아침이라기보단 새벽에 가까운 시간이었다. 그러나 내가 그렇게 우겨도 서윤은 괜히 말꼬리를 잡거나 하진 않았다. 대신 다른 걸 요구했다.

"출근 시간 맞춰서 스튜디오에 데려다줄게요. 잠도 못 잔 것 같은데 좀 더 쉬어요."

내가 여기서 정말 쉴 수 있으리라고 생각하는 건가? 입꼬리엔 어쩔 수 없는 자조만 맺혔다.

"귀찮으면 그냥 차비만 빌려줘. 첫차 떴을 테니까."

내 속이야 어쨌건 서윤의 호의를 계속해서 거절한 건 사실이었다. 어쩌면 화를 낼지도 모른다고 생각했지만, 그는 표정 없이 내 발치 어딘가를 응시하고 있을 뿐이었다.

거실 불이 다 꺼져 있어서인가, 속눈썹 아래에 자리한 검은 눈동자가 마치 죽은 듯이 보였다. 나는 그 모습을 지켜보다 괜스레 팔짱을 꼈다. 길어지는 침묵에 묘한 반발감이 들었다.

속은 것도 나고, 화를 내야 하는 것도 나인데 왜 네가 상처받은 것처럼 굴어. 원망이나 저주를 퍼부은 것도 아니고 그냥 집에 돌아가겠다고 하는 것뿐이잖아.

끝까지 반응이 없으면 실제로 그렇게 따질 생각이었다. 그러나 서윤은 곧 무슨 생각인지 알 수 없는 얼굴로 이불을 걷어 내고 자리에서 일어났다.

"옷만 갈아입고 올게요. 잠깐만 기다려요."

한 점의 온기도 없는 삭막한 어조라 내가 알던 이서윤이 맞나 싶었다. 하지만 그런 의문을 겉으로 드러내는 대신 고개를 한 번 끄덕이고 문간에 비스듬히 몸을 기댔다.

그렇게 몇 분을 기다렸을까? 방으로 들어갔던 서윤이 간단한 외출복에, 세수라도 했는지 머리카락이 약간 젖은 채 다시 거실로 나왔다. 나는 서랍에서 차 키를 꺼내는 그를 바라보다 뒤늦게 조금 걱정이 됐다.

잠을 못 잔 건 재도 마찬가지 같은데 운전을 해도 괜찮은 건가? 나는 조금 망설이다가 서윤이 현관 앞에 섰을 때 말을 꺼냈다.

"그냥 차비만 빌려줘. 너 피곤해 보이는데."

그러자 서윤이 묘한 얼굴로 나를 바라봤다. 딱히 꿀릴 것도 없는데 나는 괜히 한마디 덧붙였다.

"졸음운전 하다가 사고 날까 봐 그래."

"……안 졸려요. 괜찮아요."

다소 누그러졌지만 여전히 무뚝뚝한 목소리였다. 그는 계속 머뭇거리는 나를 두고 앞장서서 집을 나섰다. 결국 나도 마지못한 척 그의 뒤를 따랐다.

주차장으로 내려가는 내내 나는 물론이고 서윤 역시 아무 말도 하지 않았다. 뿐인가. 눈도 마주치지 않았다. 이 좁은 엘리베이터를 가득 채운 침묵이 그렇게 무거울 수가 없었다.

차를 타고 가는 동안에는 또 얼마나 숨이 막힐까 걱정하는 나를 아는지 모르는지, 서윤은 차 문을 손수 열어 나를 조수석에 태웠다. 안전벨트를 매려고 했을 땐 손을 뻗어 손수 매 주기까지 했다. 너무 다정하고 애틋한 손길이라 서윤의 표정만 아니었다면 지금 처한 상황을 다 잊었을지도 몰랐다.

나는 서윤의 눈꺼풀만 물끄러미 내려다보다가, 그가 물러난 후엔 하릴없이 창밖만 노려봤다. 눈치 없이 날뛰는 심장이 싫어서 애꿎은 주먹만 힘주어 쥐고 있노라니 어느새 차가 출발했다.

처음에는 바로 집으로 가려 했지만 스튜디오에 가방을 두고 온 게 기억나 우선 그쪽으로 향했다.

새벽에 가까운 시간이라 스튜디오에는 아무도 없었다. 나는 가방만 찾고 도로 나왔다. 여기까지 온 김에 일정표까지 확인했는데, 오늘은 꼭 내가 없어도 되는 날이었다. 나는 의식할 새도 없이 안도의 한숨을 내뱉었다. 쉰다고 해결되는 건 아무것도 없겠지만, 그래도 내게는 쉴 시간이 필요했으니까.

지갑은 찾았지만 핸드폰은 잃어버린 채라 연락을 하려면 서윤의 핸드폰을 빌려야 했다. 그러나 그의 핸드폰엔 선영의 연락처가 없었다. 내키지 않았지만 예지한테 연락하는 수밖에 없었다.

[나 지수야. 하루만 쉴게. 선영이랑 알아서 해 줘.]

새벽이라 바로 답장이 오지는 않았다. 차라리 다행이었다. 대화하지 않아도 되니까.

지갑을 찾았으니 그냥 택시를 타고 돌아가도 됐지만, 서윤이 두고 보지 않을 분위기라 결국 집까지 같이 이동했다. 그러면서도 그는 여전히 필요한 이야기 외엔 한마디도 하지 않았다. 나 역시 입을 열지 않은 채 차창 밖으로 바뀌는 풍경만 바라봤다. 그러면서 하릴없이 수많은 생각 속으로 잠겨 들었다.

이렇게까지 됐는데 예전으로 돌아갈 수는 있을까.

어차피 헤어지게 될 거 아무 의미도 없이 옆자리만 차지하고 있는 거 아닐까? 무너진 하늘을 손바닥으로 막아 보겠다고 애쓰면서.

너도 혹시 같은 생각을 하고 있어? 그래서 말이 없는 거야?

그 말을 차마 묻지 못한 채 집에 도착했다. 나는 고맙다고도, 잘 가라고도 하지 않고 그냥 차에서 내렸다. 그런 내 등 뒤에 대고 서윤이 드디어 목소리를 들려줬다.

"저 포기 안 해요."

나는 우뚝 멈춰서 뒤를 돌아봤다. 서윤은 단호한 말투와 어울리지 않게 초조한 손길로 옷깃을 매만지고 있었다.

"절대 먼저 포기하지는 않아요. 그러니까 마음 정리되면 말해 줘요. 여러 번 말했지만, 기다릴 수 있어요."

그때 문득, 아침이 완전히 밝았다는 사실을 깨달았다.

햇살을 받은 서윤의 머리카락이 금빛으로 타오르는 게 보였다. 내가 말없이 바라보는 사이 서윤은 하루 내내 굳혔던 눈썹을 조금이나마 휘어 보였다.

언뜻 다정해 보이지만 다정하지만은 않은……. 이서윤의 진짜 표정을 지금에야 본 것 같다는 묘한 생각이 들었다.

이런 순간만 아니었다면, 널 사진으로 남기고 싶어 했을 텐데.

"무슨 결론이 나오든 기다릴게요. 그러니까…… 그냥 말없이 사라지지만 말아요."

나는 무슨 말을 해야 할지 몰라 그를 그저 바라보기만 했다.

그러겠다고 해야 할까, 어차피 다 소용없는 짓이니 기다리지 말라고 해야 할까. 아니면 이러고도 너랑 내가 예전과 같겠냐고 거꾸로 따져 볼까.

이 모든 게 진심인데, 그 모든 말을 표현할 어떤 단어도 떠오르지 않았다.

결국 나는 아무 말도 내뱉지 못한 채 그냥 돌아섰다. 도망치고 싶었기 때문에 그다지 망설이는 걸음도 아니었다. 나는 열린 자동문 틈새로 들어가 엘리베이터 버튼을 누르고 기다렸다.

마치 무언가를 놓고 온 것처럼 자꾸 뒤를 보고 싶었지만 그 감각을 애써 무시한 채 줄어가는 표시등의 숫자만 뚫어지게 쳐다봤다.

심장이 스무 번 정도 뛰었을 때 엘리베이터가 도착했다. 나는 엘리베이터에 올라 층 버튼과 닫힘 버튼을 차례로 누른 후 겨우 고개를 들어 앞을 바라봤다.

닫혀 가는 틈새 사이로 아직 그 자리에 서 있는 서윤이 보였다.

곧, 문이 닫혔다.

*

누구도 침범할 수 없는 내 공간으로 돌아왔다는 안도감 때문일까? 집에 들어오자마자 탈력감이 쏟아졌다. 나는 당장 쓰러지고 싶다고 비명을 지르는 몸을 억지로 움직였다.

욕실로 들어가 간신히 씻고 나온 나는 벗었던 옷가지를 그대로 바닥에 내버려 두고 침실로 들어갔다. 아까는 그렇게 잠이 안 왔는데, 서윤과 헤어지고 나니 거짓말처럼 졸음이 쏟아졌다.

그대로 마치 기절하듯 잠이 들었다. 언제 잠든 줄도 모르고 잠에 빠져들었다가 잠깐 눈을 떴을 땐 벌써 오후였다. 그러나 피로가 가시지 않아 물 한 모금만 마시고는 다시 잠들었다. 핸드폰이 없는 탓에 연락을 받을 수도 없고 집까지 찾아와 방해할 사람도 없었다. 겨우 눈을 떴을 때는 이미 해가 진 저녁이었다.

하루를 모조리 낭비한 후, 나는 눈을 뜬 채 멍하니 천장을 바라봤다. 어디선가 희미하게 빗소리가 들려왔다. 창밖을 보니 빗물이 투명한 창을 때리고 있는 게 보였다. 아무런 규칙도 없이 하염없이 이어지기만 하는 소리를 듣다가 문득 생각했다.

배고프네.

하지만 입맛은 없었다. 아니, 입맛이 없다기보다 뭔가를 먹고 싶다는 욕구가 생겨나질 않았다. 하지만 한번 인식한 허기를 계속 무시할 수도 없어서 결국 꾸물거리며 자리에서 일어났다. 제대로 말리지 않은 머리카락이 푸석하게 쏟아지는 게 느껴졌다.

시계를 보니 저녁 일곱 시 언저리였다. 집에 먹을 게 있기는 하던가. 비가 오니 어디 나가서 사 먹기도 그렇고, 시켜 먹기도 그렇고. 뭐라도 해 먹어야 하나. 원래라면 텅텅 비어 있어야 할 냉장고가 누구 덕분에 풍족하게 채워져 있으니…….

……아니, 아무래도 밥은 건너뛰어야겠다.

그나마 느껴지던 허기마저도 사라졌다. 대신 부엌으로 가 커피를 내렸다. 냉장고에 있던 우유를 스팀 기계에 넣어 내려진 에스프레소 위에 부었다. 찾아보면 같이 먹을 게 있을 것도 같은데 그냥 커피 한 잔만 들고 거실 소파에 앉았다. 혀가 쓰니 그냥 쓴 게 먹고 싶었다.

그렇게 앉아서, 한동안 창밖만 바라봤다.

담배가 생각나서 꺼내 피운 것 외에는 아무 일도 하지 않았다. 그냥 가만히 앉아서 줄담배만 피우다가 휴대용 재떨이에 재가 찰 때쯤 되어서는 소파 위에 다리를 뻗고 누웠다. 그사이에도 비는 그치지 않고 계속 내렸다. 뭐라도 씻어 내리고 싶은 것처럼.

아닌가. 그냥 내가 쓸려 나가고 싶은 건가.

오래 앉아 있었더니 목이 뻐근했다. 목덜미를 주무르다가 목을 둥글게 돌리던 중 소파 구석에 앉아 있던 곰인형과 눈이 마주쳤다.

빗소리만 들리는 거실에서 얼굴 가진 것과 단둘이 있으니 음산하다는 기분이 들었다. 예전에는 마냥 귀엽기만 했지, 한 번도 이렇게 느껴진 적이 없었는데.

나는 까맣게 반질거리는 눈동자를 외면하며 다 식은 커피를 들이켰다. 쓰다 못해 떫기까지 한 커피는 무언가를 잊기에 딱이었다. 나는 어둠에 잠겨 아무것도 보이지 않는 새까만 창문에만 의식적으로 시선을 두었다.

핸드폰을 잃어버린 게 조금은 다행인지도 모르겠다. 연락이 오든 말든 신경 쓸 필요도 없고, 신경 쓰지 않아도 되는 핑계가 있다는 게 마음이 편했다.

분명 내 집에 있는데 세상과 동떨어진 기분. 계속 흘러내리는 세상을 나 혼자 한 발 떨어져서 지켜보고 있는 기분.

그렇게 한참을 감상에 젖어 있다가 다시 곰인형을 바라봤다.

"……정리할까."

그래.

정리하자, 이참에.

나는 홀린 것처럼 자리에서 일어나 커다란 봉투 한 장을 들고 와서 생각나는 물건은 다 쓸어 담았다.

맞추다 만 퍼즐, 같이 읽었던 책들, 내 것이 아닌 옷들.

흑역사나 다름없는 대학 포트폴리오를 집 안을 다 뒤져서 찾아내 봉투 안에 던져 버리고, 고등학교와 대학교 졸업앨범도 버리고, 몇 년 전에 취직했다며 받은 명함을 명함집까지 찾아내어 집요하게 꺼내 찢고.

두 사람과 관련된 기억을 처음 만났을 때의 일부터 되짚으며 집에 있을 만한 모든 걸 끄집어냈다. 다행인지 뭔지 박민준에 대한 건 별로 없었다. 짝사랑에 불과했기 때문에, 나눈 게 없었기 때문에.

하지만 이서윤에 관련된 것들은 가짓수도 많고 부피도 컸다. 선후배로서도 꽤 오랜 시간을 함께 보낸 데다 잠깐이나마 집이라는 생활 공간을 공유한 탓에 방심하고 있던 부분에서까지 쏟아져 나왔다.

냉장고에 붙어 있던 메모지까지 다 떼어 내서 담아 버리자 큰 봉투가 두 개나 가득 찼다. 그 안에 곰인형까지 욱여넣었다.

얼굴이 있는 물건은 왜 이렇게 사람의 감정을 건드리는 걸까? 하얗고 복슬거리는 얼굴을 볼 때마다 이서윤이 떠올랐다. 어떤 의미로는 성공적인 선물이었다. 자기가 자리를 비웠을 때 자기 생각을 해 달라고 보낸 물건이었으니.

대체 무슨 마음으로 그랬을까. 잠깐 자리 비운 사이에 박민준과 만났다고 했을 때는 또 무슨 마음으로 돌아왔었던 걸까. 무슨 마음으로 좋아한다는 말 같은 걸 했을까. 대체 무슨 마음으로, 다른 남자 이름을 부르는 여자 따윌 안았을까. 대체 무슨 마음으로.

"헉, 허억……."

봉투를 다 여미고 나자 체력이 전부 떨어졌다. 나는 숨을 고르다가 거실 바닥에 대 자로 드러누웠다.

처음에는 박민준에 대한 분노로 제정신이 아니었는데, 지금은 이서윤에 대한 껄끄러운 죄책감이 심장 구석에서 바쁘게 굴러다녔다. 둘 중 어느 게 더 큰지 알 수 없었다.

박민준을 떠올리면 화가 나다가도, 이서윤을 떠올리면 침묵하게 되고. 그러다가 이서윤이 날 속인 걸 떠올리면 또 원망스럽고,

그러면 또 박민준이 떠오르고.

창밖에선 여전히 비가 내리고 있었다. 거실 구석에 있는 전자 시계는 벌써 자정을 넘겨 새벽이 됐음을 알리고 있었다. 나는 어둠 속에서 조용히 눈을 감았다.

그래, 사람을 대체재로 삼은 것부터가 잘못이었다.

사람에게서 도망치기 위해 다른 사람을 이용하려고 했던 결과가 이렇게 돌아온 거다. 내가 하지 못한 일을 남한테 떠넘기는 바람에 이런 상황에 놓이게 된 거였다. 그래서, 그래서…… 기껏 다른 사람을 좋아하게 됐는데도 내 마음에 스스로 떳떳할 수가 없었다.

온 힘을 다해 원망해야 할 놈이 생겼는데도 그 원망에 집중할 수가 없다. 나 자신이 당당하지 못해서. 마음에 걸리는 것들이 너무 많아서. 그 애를 사랑하지 않았던 그 순간들이, 내 잘못이 아닌데도 너무 미안해서.

그래, 그러니까 인정하자. 내가 놓인 상황과 감정을.

박민준이 끔찍하게 밉고, 황다빈과 김준영 그 개새끼들은 길 가다가 차에 치여 죽어 버렸으면 좋겠고. 예지의 얼굴을 더는 볼 자신이 없고, 동아리 사람들과도 더 연락하고 싶지 않고. 서윤에 대한 애정은 여전히 남아 있지만, 그 애가 원망스럽고, 또 그 이상으로 미안하다고.

부정하지 말고 다 인정하자.

나는 지금 그냥 그런 상태에 놓여 있는 거라고. 인정하고, 다 버리자.

지난 일은 하나씩 다 버리는 거다. 그렇게 하나씩 치워 나가다 보면 언젠가는 내 손에 들어있는 것들도 지금과는 완전히 다른 모양새가 되어 있겠지.

모든 게 다 정리되었을 때 내가 어떤 사람이 되어 있을지, 또 내 곁에 누가 있을지 알 수 없지만. 어쩌면 결국엔 혼자 남을지도 모르지만.

그래도 하나씩 정리하자. 하나씩. 아주 오랫동안 쥐고 있었던 것들이지만.

이젠 다 놓아주자.

이미 오래전에 버렸어야 했던 것들과 함께.

내딛는 걸음

다음 날 아침, 평소와 같은 시간에 출근했을 때 선영과 예지는 이미 나와 있었다. 날 보고 반갑게 인사하는 선영의 옆에서 예지는 머뭇거리다 고개를 숙였다.

"안녕하세요."

나는 잠시 예지를 바라보다가 평소와 다름없는 톤으로 대꾸했다.

"그래, 좋은 아침."

나는 그대로 내 자리로 가 일할 준비를 했다.

사실 촬영 외의 잡무는 직원들이 하는 거라 평소엔 상대적으로 할 게 없었다. 하지만 오늘만큼은 일부러 바쁜 척 없는 일까지 찾아서 했다. 몸이 힘들어야 머리가 쓸데없는 생각을 안 하니까.

예지는 오전만 해도 조금 긴장한 듯하더니 내가 평소와 같이 대하자 안심한 눈치였다. 혹시 이서윤한테 어떤 얘기를 듣지는 않았을까 했는데 그런 건 아닌 것 같았다. 확신할 수는 없지만.

다 같이 점심을 먹고 온 후엔 컴퓨터 앞에 앉아 화면을 뚫어지게 바라봤다. 정확하게는 메신저 창을.

단체방은 마지막 확인 이후 아무 대화도 올라와 있지 않았다. 사실 원래도 수시로 대화하던 방은 아니었다. 그냥 무슨 소식 생기면 알리고, 사진 관련 내용 있으면 정보 공유하고, 가끔 만나서 밥 먹는 게 전부였으니까.

생각해 보면 대학 때 인맥이 이렇게까지 이어지는 것도 흔한 일은 아닌 것 같은데……. 아마 어느 정도는 이서윤 때문이 아닌가 싶기도 했다. 평범하게 같이 학교 다니던 동기가 어느 날 갑자기 셀럽이 되어 버렸으니, 관심 없던 모임이라도 파하기 아쉬운 애들도 있겠지.

사실 나도 그런 애들 중 하나였다. 이서윤이 아니라 다른 사람이 목적이었지만.

나는 복잡한 마음을 끌어안은 채 한참을 모니터만 들여다봤다. 그러다 마침내 마우스를 움켜쥐었다.

달칵 소리가 나며 마우스 커서가 나가는 문 모양 버튼을 눌렀다. 고작 버튼 하나 누르는 일인데 마치 있던 세계 밖으로 나가는 듯한 묘한 기분이었다.

그 상태로 잠시 기다려 봤지만 별다른 반응은 없었다. 대화창에서 나가는 건 딱히 알람이 안 뜨니 사실 눈치챈 사람도 없을 것이다. 며칠 지나면 누군가는 알아차리겠지만.

나는 가벼운 한숨을 내쉬며 메신저 창을 아예 꺼 버렸다. 지금은 아무런 메시지도 받고 싶지 않았다. 사실 마음 같아서는 메신저 자체를 탈퇴해 버리고 싶은데, 그랬다간 친구들뿐 아니라 가족들까지 왜냐고 물을 게 뻔해서 차마 그러지는 못했다.

그러고 보니 핸드폰은 어쩐다.

혹시 몰라 그때 갔던 카페에도 연락해 봤지만 분실물로 들어온 건 없다고 했다. 사실 까짓 핸드폰쯤 하나 사면 그만이지만, 개인정보가 들어 있는 물건이라 좀 신경 쓰였다. 패턴으로 잠겨 있긴 하지만 마음만 먹으면 그런 거 푸는 건 일도 아니니까.

"하아……."

만약 박민준이 가져갔으면 어떡하지? 차라리 모르는 사람이 가져간 게 나았다. 확인을 위해 전화 한번 해 볼까 싶다가도, 진짜로 그 새끼가 받으면 뭐라고 말한단 말인가. 당장 내 핸드폰 내놔 개새끼야?

아무리 생각해도 지금 상태에선 이성적인 대화가 안 될 것 같았다. 핸드폰 돌려받자고 왈가왈부할 생각하면 그것부터 벌써 짜증 나기도 하고.

그래, 박민준이 가져간 건 아니겠지. 그렇게 생각하고 말아야겠다. 더 이상은 그 이름을 떠올리기도 싫었다.

나는 컴퓨터를 종료시키고 자리에서 일어났다. 어찌 됐든 연락처를 계속 불통으로 놔둘 수는 없으니 핸드폰은 새로 사야 했다. 사적으로만 쓰는 연락처면 상관없는데 일적으로도 쓰는 번호라서.

아니면 이참에 번호를 하나 더 만들어서 용도를 분리할까? 아예 핸드폰 번호를 바꾸는 것도 괜찮겠지만, 홈페이지에 올라간 번호는 물론이고 명함까지 바꿀 생각을 하면 너무 번거로웠다. 핸드폰과 함께 날아간 주소록의 사람들에게 바뀐 번호를 고지할 방법도 없고…….

역시 그냥 번호는 두고 기계만 새로 사야겠다. 생각난 김에 나갔다 올 요량으로 스케줄 표를 확인하니 시간이 꽤 여유로웠다. 나는 가방을 챙기며 선영과 예지에게 말했다.

"나 잠깐 나갔다 올게."

"다녀오세요."

두 사람이 동시에 대답했다. 나는 고개를 끄덕이며 그대로 나가려다가 잠시 멈춰 섰다. 그런 나를 선영이 의아한 눈으로 쳐다봤다. 예지와 선영을 번갈아 한번 본 나는 반쯤은 충동적으로 입을 열었다.

"커피 한 잔씩들 할래? 잠깐 카페 들를까 하는데. 뭐 마시고 싶은 거 있어?"

"음, 전 라떼요. 차가운 거."

"아, 저는……."

예지는 눈을 이리저리 굴리며 답을 망설였다. 평소에는 이런 걸로 머뭇거리는 성격이 아닌데. 아마 뭘 마실지가 고민되는 게 아니라 평소처럼 대답해도 되는지가 망설여지는 거겠지.

역시 이런 얘기는 빨리 끝내는 편이 낫다. 나는 일부러 예지를 향해 말했다.

"못 고르겠으면 같이 갈래? 나 어차피 들를 데 있거든. 예지가 가져와 주면 되겠다."

"아, 네. 그럴게요."

예지가 자리에서 벌떡 일어났다. 우리 사이에 흐르는 미묘한 기류를 알지 못한 채 선영이 잘 다녀오라고 손을 흔들었다.

*

카페로 들어온 나는 음료와 쿠키 몇 개를 주문하며 카페 사장님에게 말했다.

"저희 잠깐만 얘기하다가 나갈까 하는데."

"아, 그러면 테이크아웃 잔으로 드릴까요?"

"네. 부탁드려요."

예지는 아이스 아메리카노를 마시겠다고 말한 걸 제외하곤 아무 말 없이 내 옆에 서 있었다. 나는 그런 예지를 데리고 바깥 테이블로 갔다. 낮에는 아직 그렇게 춥지 않아서 야외 테라스도 기분 좋게 있을 만했다.

내가 먼저 자리를 잡자 예지가 맞은편 자리에 따라 앉았다. 아마 모르는 사람이 우리 두 사람을 봤다면 선생님과 학생을 연상하지 않았을까? 사고를 쳐서 이제 곧 선생님한테 혼날 예정인 학생.

예지는 그 정도로 안절부절못하고 있었다. 그 모습을 보고 있자니 조금 미안해졌다.

"요즘 일하는 건 어때?"

"아…… 그냥, 괜찮아요. 좋아요. 다 좋죠."

질문의 뉘앙스 때문인지 예지가 조금 당황해서 더듬더듬 대답했다. 나는 쓰게 웃으며 시선을 떨어뜨렸다.

"우리 스튜디오가 대우는 다른 곳보다 좀 나을지 몰라도 이름 있는 곳에 비하면 배울 건 별로 없잖아. 일도 적은 편이고. 덕분에 쉴 시간이야 좀 있는 편이지만 일적으로는 좀 그렇지."

어쨌든 인맥이 있다 보니 잡지사 계약은 순조로웠지만, 다른 유명 스튜디오에 비하면 엄청나게 바쁘진 않았다. 거기엔 여러 가지 이유가 있겠지만 아무래도 내가 더 욕심을 안 내는 탓이 컸다.

그게 직원 입장에서는 장점이기도 하고 단점이기도 할 거다. 여유시간이 있다는 건 장점이지만, 이 인맥들이 나중에는 자기 인맥이 될 걸 생각하면 좁은 데서 노는 것보다는 좀 더 큰 곳으로 가는 게 나을 수도 있었다.

그렇다고 해도, 이 얘기를 하는 건 그 이유 때문이 아니지만.

"아는 선배가 자리 하나를 봐 줄 수도 있다고 했거든. 너도 알지, 김하연 작가. 워낙 바쁜 데긴 하지만 넌 실력도 있으니까 금방 적응할 거야. 자립하는 데 도움도 더 될 거고."

"……언니."

"강요하는 건 아니야. 그냥 너한테 선택의 여지를 주고 싶었어."

너한테 도움이 될 거야, 하고 말을 꺼내긴 했지만 사실 속뜻은 그게 아니었다. 예지도 그걸 아는지 고개를 숙인 채 말이 없었다.

아마 고민이 좀 되긴 할 거다. 모르긴 몰라도 내가 어시 월급은 다른 데보다 더 많이 쳐주는 편이니까. 그런 의미에서 강요할 생각이 없다는 말은 진심이었다.

"네가 당장 일 그만둘 수 있는 상황 아니라는 거 알아. 네가 일로 사고 친 것도 아닌데 내 사정 때문에 너 쫓아낼 생각도 없고. 그런데, 예지야."

예지가 고개를 들어 나를 봤다. 나는 무의식중에 고개를 돌려 그녀의 시선을 피했다.

"네가 알고 있는 그건…… 내 치부야."

바람이 머리카락을 가볍게 훑고 지나갔다. 야외 테라스라 소란스러운 말소리와 자동차 소리들이 내 주변에서 한데 섞였다.

거기에 카페에서 나오는 음악까지 합쳐져 소음은 더욱 커졌다. 조용한 곳이 아니라서 다행이라는 생각이 들었다.

나는 고개를 돌려 예지를 바라봤다. 내가 시선을 한 번 피했는데도 예지는 계속해서 나를 보고 있었다. 이번에는 나도 눈을 피하지 않았다. 나는 머리카락을 쓸어 넘기며 한숨처럼 말했다.

"널 예전이랑 완전히 같게 대할 자신이 없어. 내가 그렇게 칼 같은 사람이었다면 그런 일이 일어나지도 않았을 거고."

"……."

"넌 우연히 그 사실을 알게 됐다는 거 말고는 아무것도 안 했지만, 나도 사람이잖아. 매일 같이 마주치는 상황에서 내가 너한테 상처 주지 않을 거라고 어떻게 장담하니."

사실 이서윤만큼은 아니지만 예지에게도 섭섭하지 않은 건 아니었다.

그야 물론 어려웠겠지. 심지어 그냥 선후배도 아니고 직장까지 같아 매일 얼굴 보는 사이니까 더더욱 끼어들기 힘들었을 거다. 게다가 옆에서 나서 보겠다고 하는 사람까지 있었으니까.

그렇다 해도 다 이해할 수 있는 건 아니었다. 어쨌든 나는 그 일로 인해 직접적으로 깎여 나갔으니까.

"난 너한테 좋은 선배이고 싶었어. 그건 아무래도 실패한 것 같지만……. 그래도 불편한 직장 상사까지 될 필요는 없잖아."

말을 끝낸 순간 카페 사장님이 커피를 들고 다가왔다. 차가운 커피 석 잔과 쿠키. 나누는 대화에 비해 참 안 어울리는 음식이라는 생각이 문득 들었다.

"맛있게 드세요."

이런 속내를 알 리 없는 카페 사장님이 그렇게 말하며 자리를 떴다. 하지만 딱히 손댈 생각이 들지 않아서 그냥 보고만 있는데, 예지의 목소리가 들려왔다.

"실패한 적 없어요."

나는 고개를 들어 예지를 바라봤다. 못 박힌 듯 제 무릎만 바라보는 눈에선 어느새 눈물이 뚝뚝 떨어지고 있었다.

"언니는 실패한 적 없어요. 항상 저한테 좋은 선배였어요. 언니가 좋았어요. 언니처럼 되고 싶었는데."

쏟아지는 눈물이 창피한지 예지는 손등으로 눈을 훔쳤다. 그래도 훌쩍이는 것까지 멈출 수 없었는지 어깨는 계속해서 들썩거렸다.

나는 착잡한 마음에 앞에 놓인 커피잔만 만지작거렸다. 이러니저러니 해도 예지는 내가 스튜디오까지 데려올 정도로 아끼던 후배였다. 그런 후배한테 원치 않는 말을 쏟아 내고, 울리기까지 했는데 기분이 좋을 리가.

그렇게 못된 선배한테 원망 하나 꺼내지 않고, 예지는 울음을 참으며 겨우겨우 말을 이어 나갔다.

"저 언니 아니면 사진 그만뒀을 거예요. 아시잖아요. 집안 지원 없이 카메라 잡는 게 얼마나 힘든지. 언니가 불러 주지 않았으면, 여기에서 일하는 게 아니었으면, 저 돈 때문에라도 다른 일 찾았어야 했을 거예요. 그치만 언니가……."

그 말을 듣고 있자니 대학교 때가 생각났다. 그래, 그때도 우리는 매일 붙어 다녔다. 고양이처럼 낯가림이 심한 애가 유난히 나를 따라서 가끔은 내가 뭐라고 얘가 이렇게까지 할까 하는 생각도 했었다.

집안 형편 때문에, 월세값도 얻기 힘든 어시 일을 버틸 상황은 못 되어서 졸업하자마자 다른 일을 찾으려는 예지를 일부러 데려온 것도 그 때문이었다. 예지에게는 도움받은 일이 많아서, 예지라면 맡길 수 있어서. 그리고 무엇보다…….

"제가 나가서 무슨 일을 하게 되더라도, 제 손안에 카메라 하나는 있었으면 좋겠다고, 그렇게 말씀하셨잖아요."

이 애의 사진이 좋아서. 남다른 시선이 이따금씩 부러울 정도로.

"언니 옆에 있고 싶어요. 독립하더라도 언니 옆에서 독립하고 싶어요. 그렇게 하고 싶어요."

"……."

나는 하릴없이 테이블 위만 내려다보다가 커피를 한 모금 들이켰다. 쓴 물이 목구멍 안으로 넘어가자 약간 정신이 드는 것도 같았다.

가능하면 과거와 관련된 것들은 다 버리고 싶었지만, 그래도 그중 몇 개는 안고 가야 할 거라는 생각은 했었다. 이 스튜디오나, 바꾸지 못한 핸드폰 번호처럼.

지난 몇 달간을 돌이켜 보면 그래도 예지는 예지 나름대로 동아리 남자들한테서 나를 떼어 놓고 싶어 했던 것 같다. 그냥 내가 둔해서 몰랐을 뿐.

미리 알았으면 얼마나 좋았을까? 하지만 예지는 원래도 그 인간들을 별로 좋아하지 않아서, 그냥 자기 호오의 연장선인 줄로만 알았지 그게 나 때문이라고는 꿈에도 생각 못 했다.

그런 식으로 과거 일을 되짚다 보니 생각의 가지가 한도 끝도 없이 부피를 늘려 나갔다. 나는 가벼운 한숨으로 그걸 모두 태워 버렸다.

이제 와서 후회한들 과거의 일은 바꿀 수 없다. 할 수 있는 건 앞으로의 일을 선택하는 것뿐이었다.

그래, 다른 것도 아닌 대표 사생활로 직원을 내쫓는 건 말도 안 되는 일이다. 보조 일을 도맡고 있는 예지를 내보내면 그 몫을 고스란히 채워 줄 사람을 새로 뽑는 것도 일이고.

……안고 가자. 나중엔 몰라도 당분간만이라도.

“아까도 말했듯이…… 강요는 아니야. 내 입으로 이런 말 하긴 좀 그렇지만 우리 스튜디오가 좀 별천지 같긴 하잖아. 내가 어시 생활을 안 거치고 스튜디오부터 차려서.”

애초에 아는 애들을 어시로 데려온 것도 그 때문이었다. 인맥이랑 돈 있다고 마음대로 굴리는 내 스튜디오는 솔직히 제대로 된 곳은 아니었다. 좋은 의미로도, 나쁜 의미로도.

이런 내 스튜디오의 제일 큰 장점은 역시 급여였다.

사진 스튜디오의 고질적인 노동 문제가 바로 해야 하는 일은 너무 많은데 군기는 바짝 잡고, 그에 비해 버는 돈은 무급이나 다름없는 거다.

그래서 보통 돈 있는 사람들은 굳이 이쪽으로 발을 안 들였다. 스튜디오에 어시로 들어가서 있는 고생 없는 고생 다 하느니 그냥 예술 쪽으로 빠지지.

나와 비슷한 생각을 했는지 예지가 젖은 눈가를 문지르며 말했다.

“언니가 왜 예술이 아니라 상업 쪽을 골랐는지 좀 궁금하긴 했어요.”

“뭐, 패션이랑 인물을 좋아하기도 하고……. 혼자 고민하는 것보다는 시끌벅적한 현장이 더 좋아서 이쪽으로 온 건데, 나중에도 그럴지는 모르겠다. 나중에 나 떠나면 네가 여기 물려받을래?"

"네?"

"당장은 아니니까 벌써 고민하지는 말고."

나는 아직도 훌쩍이고 있는 예지에게 티슈를 건넸다.

"그만 울어. 쫓아내겠다고 한 것도 아닌데 왜 계속 우니."

"저는, 언니가 저, 다시는 안 볼 줄 알고……."

그 말에 서윤이 했던 말이 생각나 잠시 멈칫했다. 예지는 눈물을 닦느라 그런 날 못 봤는지 계속 중얼거리듯 말했다.

"언니 그렇게 가 버리시고 출근도 안 하셔서…… 걱정했어요. 무슨 일이라도 날까 봐."

"……이서윤이 아무 말 안 했어?"

"그러니까요, 그 자식이, 언니 따라가 놓고는 아무것도 말 안 해줘서, 그래 놓고는 어제부터 연락 두절이고."

내 얘기 함부로 안 한다더니 사실이긴 했구나.

나는 머릿속에 저절로 떠오르는 얼굴을 애써 떨쳐 냈다. 일부러 시선을 돌리다 시계를 확인한 나는 어느새 시간이 꽤 지난 걸 보고 가방을 챙겼다.

"말이 길어졌네. 이만 가자. 선영이가 걱정하겠다."

아직도 눈물을 못 그친 예지를 달래서 손에 커피를 쥐여 주고 스튜디오로 올려보냈다.

혼자가 되고 나니 잠깐 담배 생각이 났지만, 피울 곳이 마땅찮아 포기했다. 나는 심란한 마음을 어찌하지 못한 채 일단 핸드폰부터 사러 갔다.

개인 연락용 핸드폰을 마련하는 건 일단 다음으로 미뤄 놓고 원래 쓰던 번호로 하나만 개통했다. 가장 먼저 메신저부터 깔았더니 그사이에 벌써 개인 메시지가 몇 개 도착해 있었다. 그 안에 서윤의 것은 없었다.

그대로 아무 일 없이 며칠이 지났다. 그사이에 사진 동아리 사람들한테서 몇 번 연락이 왔지만, 단톡방 탈퇴에 대해 묻는 것 같아 일부러 확인하지 않았다. 서윤으로부턴 여전히 연락이 오지 않았다. 메시지도, 전화도.

이대로 연락이 끊기면 인연도 끊기게 되는 걸까. 그렇게 되면 차라리 홀가분해질까. 종종 그런 생각을 하면서도 내가 먼저 연락을 하지는 않았다.

그러면서도 일없이 핸드폰을 확인하는 게 습관이 된 며칠 후. 뜻밖의 사람으로부터 연락이 왔다.

*

"나 먼저 간다. 다들 수고해."

"네. 조심히 들어가세요."

"내일 봬요!"

계단을 내려와 주차장으로 향하는데 하늘은 벌써 깜깜했다. 해가 짧아진 걸 보니 어느새 겨울이 된 모양이었다.

그나마 지금은 코트만 입어도 견딜 만하지만 이제 조금만 지나면 두꺼운 패딩을 입고도 덜덜 떨겠지. 그리고 또 한 살 더 먹게 될 거다. 내적으론 성장한 게 아무것도 없는 것 같은데 나이만 먹어가는 꼴이라니.

"아, 힘들다……."

집에 도착해서는 샤워를 마치고 버릇처럼 맥주 한 캔을 들고 거실 소파에 앉았다. 그리고 의미 없이 TV를 켜 채널을 돌리는데 핸드폰 벨소리가 울렸다.

이 시간에 누구지?

머릿속에 반사적으로 떠오른 얼굴들을 애써 지우며 핸드폰을 확인하는데, 액정에 뜬 이름은 전혀 상상도 못 한 사람의 것이었다.

[윤혜은]

사진 동아리 동기. 다 같이 고깃집 회식했을 때 본 게 마지막이었으니 정말 오랜만이었다.

특별히 연락할 일도 없는데 얘가 무슨 일로 전화를 걸었을까. 떠오르는 게 아무것도 없어서 선뜻 통화 버튼을 누르지 못했다.

아, 혹시 단톡방 탈퇴 때문인가? 걱정돼서?

설마.

본인한테는 말 못 할 이야기지만 솔직히 그렇게 다정다감한 애는 아니었다. 그렇다고 개인적으로 메시지를 주고받을 만큼 친한 사이도 아니고.

아무래도 다른 용건이 있는 것 같은데……. 그러고 보니 지금 혜은은 패션 에디터로 일하고 있었다. 일 관련으로 연락했을지도 모른단 생각이 들자 살짝 긴장이 풀렸다.

그래, 다짜고짜 쌍욕이라도 하겠어. 겁낼 필요 없다고 스스로를 다독이며 통화 버튼을 눌렀다.

"여보세요."

그러자 수화기 너머에서 조금 놀란 듯한 목소리가 들려왔다.

―어, 전화 받네? 다른 애들 메시지 안 받는다길래 내 전화도

안 받을 줄 알았는데.

역시 단톡방 관련으로 연락한 건가? 잇새로 절로 한숨이 흘러나왔다. 받지 말걸.

"그거 확인하려고 전화한 거야?"

—그건 아니고, 단톡방 터진 것 때문에.

뭐가 터져?

"동아리 단톡방? 터졌다고? 왜?"

—어? 몰라? 너는 다 아는 줄 알았는데. 그래서 나간 거 아니야?

이게 대체 무슨 소리지? 설마 내 얘기가 단톡방에 터졌나?

머리부터 발끝까지 온몸의 피가 식어 내렸다. 당장 이 전화를 끊고 싶은 걸 애써 참고 목소리를 짜냈다.

"나는…… 아는 게 없는데."

—그래? 너 나가고 나서, 애들끼리 너 왜 나갔냐고 수군수군하는데 예지가 갑자기 그러더라고. 단톡방 남자들 더러워서 같이 못 있겠으니 나도 나가겠다고. 애들이 무슨 소리냐고 하는데, 글쎄 박민준이.

예지랑 박민준. 그 이름들에 심장이 터질 것처럼 쿵쾅거렸다.

설마, 설마.

—그 새끼 지금까지 만났던 여자들 있잖아, 제대로 사귄 사람은 없고 다 악랄하게 가지고 논 거라고.

"……어?"

—걔 만나던 여자들이 생활이 어렵거나, 심적으로 여유가 없거나. 그런 사람들만 만나서 의지하게 만든 다음 한번 자고 모르는 척했다는 거야. 실수였다면서. 여자들이 거절 못 할 상황 만들

어 놓고는 잠자리하고 실컷 휘두르는 거 성범죄랑 다를 거 하나 없어 보인다는 거지.

내 이야기가 아니라는 사실에 안도하는 것도 잠시. 나는 혜은의 말을 곱씹으며 턱에 힘을 주었다.

실수였다고. 그 말로 선을 그은 사람이 나 하나가 아니었다고…….

—예지는 그렇게 말하는데 물증도 없고 사실 좀 애매하잖아. 박민준이 뭐 정신과 의사도 아니고 특별히 권위 세울 수 있는 직업도 아닌데 의지하게 만들어 봐야 얼마나 그러겠어. 게다가 진짜 다 그렇다기엔 여자들 만난 시간이 너무 짧기도 했고. 근데, 아 미친, 황다빈 그 새끼가.

혜은은 못 참겠다는 듯이 웃음을 터뜨렸다. 결코 긍정적인 웃음은 아니었다.

—지가 좋아서 잔 걸 가지고 무슨 범죄 타령이냐고, 꽃뱀들이나 그렇게 말하는 거라잖아. 그거 때문에 가만히 지켜보던 여자애들까지 난리가 나서 미쳤냐, 그 말 취소해라 하는데 그 와중에 박민준은 아무 말이 없고. 덕분에 손예지랑 황다빈만 욕에 욕에 쌍욕을 하면서 싸우는데 황다빈 그 새끼 말하는 게 점점 더 남들도 못 들어 줄 정도가 돼서.

"……."

—근데 거기서 이서윤이 나와서는 예지 편을 드는 바람에, 이서윤 안 좋게 보던 남자들도 갑자기 다 튀어나와서 민준이 형은 아무 말 안 하는데 왜 네가 난리냐고 또 싸우고. 아, 맞다. 김준영 걔 아람이랑 썸 탔던 거 알지? 단톡방에서 김준영이 남자들 편드는 바람에 아람이도 완전 빡쳐서 그 자리에서 깨졌어. 걘 군대 때

문에 학교도 1년 남았는데 여자애들 사이에서 평판 죽 쑤겠더라. 아무튼 그렇게 남자 여자 편 갈라서 싸우다가 결국 여자애들 다 단톡방 나와서 자기들끼리 새로 방 팠어. 난 너도 그것 때문에 나간 줄 알았는데.

들을수록 어마어마해서 입이 다물어지지 않았다. 예지도 예지인데, 이서윤? 대체 나 없는 데서 뭘 하고 있는 거야?

"그래서…… 그것 때문에 전화한 거야?"

—음, 뭐. 네가 제일 처음 나갔으니까 혹시 뭐 아는 거 있나 해서. 여자애들은 예지 말 믿는 눈치이긴 한데 사실 난 잘 모르겠거든. 물증도 딱히 없는 모양이고.

"……그럼 넌 박민준을 믿는 거야?"

—아니, 걔 싸패인 건 나도 아는데 예지 말이 전부 다 사실은 아닌 것 같다 이거지. 진짜로 그랬다 해도 그 여자들 전부가 다 그랬을 것 같지는 않고, 넌 그래도 박민준이랑 꽤 친했으니까 뭐라도 좀 알까 싶어서.

박민준에 대해 그다지 호의적인 태도는 아니었지만, 예지를 완전히 믿는 것도 아닌 것 같았다. 사실 나도 예지 말이 전부 다 사실인 것 같지는 않았다. 사실이 있다 해도 상당히 과장한 거겠지.

하지만, 지금 이 순간. 혜은이 박민준을 조금이라도 두둔하는 게 싫다는 생각이 강렬하게 들었다. 그래서였다.

"나도 있어."

—어?

"박민준이 실수라고 선 그은 여자들 중에, 나도 있다고."

거짓말처럼 목소리가 뚝 끊겼다. 혜은이 핸드폰 너머에서 어떤 표정을 짓고 있는지는 알 수 없지만, 공기가 굳은 것만큼은 확실하게 느껴졌다. 나는 마시다 만 맥주를 내려다보다가 쓰게 웃으며 물었다.

"시간 있어? 술 한잔할래?"

잠깐의 침묵이 지난 후. 혜은은 그러겠다고 답했다.

*

늦은 시간이라 술집 말고는 만날 곳이 없었다. 혜은이 자기 단골집에서 보자고 주소를 보내 줬는데, 나는 한 번도 가 본 적 없는 곳이었다. 혜은의 개인적 취향은 잘 알지 못해서 조금 걱정했는데 막상 와 보니 나쁘지 않았다.

프라이빗룸이 있는, 규모가 조금 있고 소란스럽지 않은 바.

직원의 안내를 받아 룸으로 들어가자 혜은은 이미 도착해서 주문까지 해 놓은 상태였다. 나는 그녀와 함께 술을 나누며 내 이야기를 풀어놓았다. 서윤에 대한 이야기는 빼고, 나와 박민준 사이에 있었던 일에 대해서만.

한 잔, 두 잔.

내가 이야기를 마친 건 테이블 위의 술을 다 마시고 새로 주문하기 위해 직원을 호출했을 때였다. 혜은은 표정 없는 얼굴로 입술에 담배를 물고 라이터를 켜다가 갑자기 피식거렸다.

"미친 새끼."

나는 그런 혜은을 바라보다가 따라서 담배를 물고 불을 붙였다. 사실 흡연자라고 하기도 무색할 만큼 드문드문 피우는 정도였는데, 요즘에 와서 손대는 일이 많아졌다. 이러다 헤비스모커

되면 어쩌나…… 뭐, 폐암 걸려 일찍 죽기밖에 더하겠어.

"또라이인 줄은 알았지만 얼굴을 강판에 갈아 버릴 놈인 줄은 또 몰랐네."

담담한 목소리로 내뱉는 말치곤 내용이 퍽 살벌했다. 대체 뭘 보고 그렇게 이야기하는 걸까? 박민준이 그래도 멀쩡한 연기는 꽤 잘했는데.

솔직히 난 혜은이 조금이라도 날 탓할 거라 생각했다. 그도 그럴 게, 내 팔자 내가 꼰 건 사실이니까. 그렇지 않더라도 네가 똑바로 행동했으면 겪지 않아도 됐을 일이라는 비난은 누구에게서든 나올 수 있는 거고.

시야 밖으로 번져 나가는 담배 냄새가 오늘따라 유난히 독했다. 왜일까. 늘 피우는 담밴데.

"나한테는 뭐라고 안 해?"

"뭘?"

"진작에 고백이라도 하고 그냥 속 시원히 차였으면 이런 일 안 겪었어도 됐을 테니까."

혜은은 내 자조적인 목소리를 듣고 쯧 혀를 찼다.

"개새끼한테 물렸으면 그냥 운이 나빴나 보다 하고 끝내야지. 그 길목으로 가지 말걸, 하고 따져 드는 거 아니야. 그럼 물어뜯은 놈만 더 기고만장해서 설친다고."

"……."

"그리고 네가 고백했으면, 박민준 그 새끼가 그냥 너 내버려 뒀을까 봐?"

나는 끝이 시꺼메진 담배를 재떨이로 가져가다가 고개를 들고 혜은을 쳐다봤다.

"무슨 소리야?"

"걘 자기한테 오는 사람 절대 거절 안 해. 그러니까 한 달이 멀다 하고 같이 다니는 여자가 바뀌는 게 가능하지."

혜은은 반쯤 타들어 간 담배를 재떨이에 비벼 끄고는 의자에 등을 기댔다.

"딱히 마음 없어도 자기 좋다는 여자는 일단 받아 주다가, 그쪽에서 지쳐서 나가떨어지면 붙잡지도 않는 거야. 그런데 절대 자기가 그만두지는 않아."

"……왜?"

"나도 몰라. 그 짓이 재밌나 보지. 아마 네가 사귀자고 했어도 금방 받아 줬을걸?"

"……."

"근데 그렇다고 딱히 더 잘해 주지는 않았을 거야. 네가 먼저 포기하지 않는 한은 계속 그대로였을걸."

혜은의 말은 내 폐부를 아주 깊숙하게 꿰뚫었다.

그동안과 별다를 것 없는 관계에서 사귄다는 타이틀만 달았다면. 그건 그거대로 끔찍한 일이었다. 상상만으로 기가 질렸다.

"아무튼, 박민준 그 새끼 완전 또라이야. 겉으로는 하도 멀쩡한 척을 잘해서 내가 혼자 예민한 건가 했는데 나 말고도 그런 촉 받은 애 몇 명 있더라. 이서윤도 걔 그래서 존나 싫어했잖아."

느닷없이 튀어나온 이름에 나는 표정 관리도 못 하고 반사적으로 되물었다.

"이서윤?"

"걔 못 어울리는 사람 거의 없는데 이상하게 박민준 무리는 피하더라고. 예전에 살짝 떠봤는데 박민준을 거의 사람으로 안 보는 것 같더라. 개새끼로 보지."

서윤이 박민준이랑 그다지 살가운 사이는 아니라는 건 알고 있었지만, 대놓고 싫어하는 줄은 얼마 전에야 알았다. 그런데 그걸 혜은이 이미 알고 있었다니 기분이 묘했다.

걔가 박민준을 그렇게 싫어하는 이유 중엔 내가 있다는 것도 알고 있을까? 짧아진 담배를 재떨이에 비벼 끄는 척, 슬쩍 혜은의 눈치를 살폈다. 다행히 그녀는 내 쪽엔 전혀 신경을 쓰지 않고 있었다. 아마 나와 서윤 사이에 오간 일은 짐작도 못 하겠지. 하긴, 예전부터 눈치 빠른 것치고는 연애 감정에 유독 무감하긴 했다.

내가 안도의 한숨을 내쉬는 사이 혜은은 조금 남은 술을 입에 털어 넣으며 이어 말했다.

"이서윤 은근히 그런 거 있어. 결벽이라고 하나? 여성 편력 지저분한 거 진짜 싫어해. 음담패설 나오면 표정 관리 안 되고, 바로 자리 피하고. 그래서 걔 싫어하는 남자애들 많잖아."

"……서윤이 싫어하는 남자애들이 그렇게 많아?"

"꽤 돼. 굳이 말하면 걔도 좀 사회생활 못 하는 타입이잖아. 종교도 없는데 술 안 마시지, 담배 안 피우지. 여자 얘기도 안 하지."

"그게 나쁜 건 아니잖아."

"나쁜 건 아니지. 근데 황다빈 같은 새끼들은 그런 타입 엄청 질색하잖아. 없는 자리에서 사람 하나 등신 만드는 거 금방이더라고."

"……."

"박민준 그 새끼도 고상 떠느라 지 입으론 저열한 얘기 안 하는데, 그래도 듣기는 하거든. 그러니까 황다빈 같은 애들이랑도 어울려 다녔지."

문득 예지가 준 녹음 파일이 떠올랐다. 고상한 척하면서 다른 놈들이 떠드는 저열한 이야기를 듣기는 듣는. 혜은의 평가는 아주 정확했다.

"그리고 걘 기본적으로 여자를 좀 우습게 봐. 그래서 그런가 자존감 센 여자는 은근히 피하잖아. 지 맘대로 조종 못 할 거 같은 여자."

"……그러고 보면 넌 박민준이랑 별로 얘기 안 했었지."

"어. 걔가 나 꺼려 한 것도 있는데 나도 나대로 통제욕 있는 남자 싫어해서. 미친, 황다빈은 웃기기라도 하지. 나 가끔 박민준이랑 얘기하면 속이 느글거렸어. 얼굴은 반반해서 더."

"왜 그런 얘기 한 번도 안 했어?"

그 질문에 혜은이 몰라서 묻느냐는 얼굴로 대꾸했다.

"너 나랑 안 친했잖아."

"……."

할 말이 없네.

"그렇다고 널 싫어한단 뜻은 아니니까 오해하지 말고. 너 싫어했으면 이런 얘기 안 하지. 그냥 속내 털어놓을 기회가 없었잖아. 너랑 내가."

그때 문 두드리는 소리가 들려 대화가 잠시 끊겼다.

문을 열고 들어온 직원은 추가로 주문한 칵테일을 테이블 위에 내려놓았다. 혜은은 병째로 킵해 놨던 술이 있어 얼음이 담긴 잔만 새로 받았다.

다 마신 잔들을 정리해서 직원이 나갈 때까지 우리 둘 다 아무 말도 하지 않았다. 혜은은 문이 닫힌 후에야 잔에 도로 술을 채우며 입을 열었다.

“아무튼, 그 새끼 정상 아닌 건 알고 있었는데 그렇게까지 사이코인 줄은 몰랐네. 예지 말도 다 맞는 거 아냐?”

“좀 과장은 됐어도 다 거짓말은 아닐 거야. 그렇게 사람 많은 데서 없는 말을 지어낼 정도로 생각 없는 애는 아니잖아.”

“하, 진짜…… 내가 이래서 남자를 안 만나요. 연애나 결혼 한 번 잘못했다가 일 꼬이는 여자가 대체 몇 명이야? 황다빈 와이프도 그렇고.”

고개를 절레절레 흔든 혜은이 술을 입으로 가져가며 중얼거리듯 덧붙였다. 나는 뜬금없이 튀어나온 인물에 어리둥절한 표정을 지었다.

“갑자기 황다빈 와이프 얘기가 왜 나와?”

“일단 단톡방 터진 거 자체가 황다빈 탓이 크잖아. 솔직히 박민준이 오해라고 잡아떼면 예지만 덤터기 쓸 수도 있었는데.”

모든 사감을 내려놓고 객관적으로 생각하면 혜은의 말이 옳았다. 어쨌거나 박민준의 대외적 이미지는 언제나 좋은 선배, 믿음직한 동기, 예의 바른 후배였으니까. 반면에 예지는 인간관계가 좁았고.

심지어 후배 대 선배였다. 이런 상황에서 유리한 건 당연히 선배다.

만약 박민준이 네가 오해한 거 같다는 식으로 피해자 코스프레를 했으면 예지가 곤란해졌을 거다. 아니, 원래는 그렇게 끝날 일이었다. 그걸 황다빈이 망쳐 놓은 거나 다름없었다. 본인 딴에는 편들어 주려고 한 거겠지만.

아무튼 황다빈이 박민준 실드를 치려다 팀킬 한 거랑 별개로,

그 새끼 와이프가 불쌍해질 일이 뭐가 있지? 그딴 남편을 둬서 불쌍하다는 건가? 확신이 안 들어 고개를 갸웃거리는데 혜은이 피식 웃으며 말했다.

"황다빈 걔 박민준한테 빚 엄청 졌거든. 사채까지 쓸 뻔한 거 차용증 쓰고 박민준이 빌려줬을걸."

"뭐?"

한 번도 들어 본 적 없는 이야기였다. 아니, 사실 꼭 그게 아니더라도 황다빈에 대해서는 아는 게 별로 없긴 했다. 별로 친하지 않아서 결혼식에도 안 갔으니까.

그래…… 생각해 보면 고깃집에서도 선배들이 돈 내자는 말에 엄청 예민하게 굴긴 했다. 그렇게 잊을 만하면 돈이 궁하다는 기색을 풍기고 다니긴 했지만, 애가 둘이나 되니 그런가 보다 했지 사채 이야기까지 나올 지경인 줄은 몰랐는데.

"황다빈 걔 사고 쳐서 결혼했잖아. 근데 걘 지원해 줄 집도 없지, 막 취직해서 모아 놓은 돈도 없지. 아니, 모아 놓은 돈만 없으면 다행이게? 걔 학자금 대출도 갚아야 되잖아."

"총체적 난국이네……."

"그렇다고 처가가 돈이 많냐 하면 그것도 아니거든. 근데 와이프는 임신해서 일도 못 하잖아? 걔 혼자 월급으로 어떻게 어떻게 버티다가 애 낳고 나서부터 통장에 구멍 뚫려서 결국 1금융, 2금융 내려가다가 사채까지 쓸 뻔한 거 박민준한테 손 벌렸다더라. 그것도 여러 번."

"……."

"지금까진 따까리 노릇 하니까 그냥 기다려 줬겠지만, 그거 한 번에 받아 내겠다고 하면 황다빈 걔 한강에서 뛰어내려야 할걸.

더는 대출도 안 돼서 진짜 사채 말고는 답이 없을 테니까."

그래서 그렇게 오버한 거였구나. 나는 쓰게 웃으며 눈앞에 놓인 잔을 내려다봤다. 청아한 빛깔의 푸른색 칵테일은 겉보기에 너무 고와서 지금 나누고 있는 이야기와 어울리지 않게 이질적으로 느껴졌다.

그렇게 말없이 칵테일 잔만 빙글빙글 돌리는 내가 신경 쓰인 걸까? 혜은이 내게 흘끗 시선을 주었다.

"별로 속 시원한 표정이 아니네?"

어쩐지 너무 개인적인 이야기를 스스럼없이 한다 싶더니 속 시원하라고 들려준 거였나. 고마운 마음과는 별개로 기분은 나아지지 않았다.

"황다빈은 별로 걱정 안 되는데, 애들이 너무 어려서."

"넌 예전부터 은근히 애들 좋아하더라. 그 쓰레기 애인데도 걱정이 돼?"

혜은이 나지막한 한숨과 함께 물었다. 한심하다고 질책이라도 받는 기분이었지만, 그에 대해 굳이 변명하지는 않았다. 벌 받을 새끼 벌 받는다는데 이 와중에 그런 거 걱정하고 있는 자신이 스스로도 좀 우습긴 해서.

그래, 신경 쓰지 말자. 나는 잔 안의 칵테일을 쭉 들이켰다.

솔직히 내가 걜 그렇게 만들었나? 지가 쓰레기 짓 하다가 쓰레기장으로 굴러 들어간 거지. 꿇리면 박민준한테 엎드려 빌든 죽는시늉을 하든 지가 알아서 해결할 일이었다. 죄 없는 와이프나 애들은 좀 불쌍하지만, 솔직히 내가 신경 쓸 일은 아니었다. 알게 뭐야. 난 아무것도 안 했는데.

나는 냉수로 입안을 헹군 후 괜히 빈 잔만 노려봤다. 술을 더

독한 걸로 시킬걸. 괜히 혀끝에 단맛만 맴돌아서 기분만 끈적거렸다. 그 생각을 눈치챘는지 혜은이 자기 술잔을 내밀었다. 나는 사양하지 않고 잔을 받아 입에 털어 넣었다.

"으윽."

혜은이 마시던 술은 생각보다 독했다. 쓴맛이 입안에 퍼지는 게 아니라 머리 전체로 퍼지는 것만 같았다. 저절로 인상 쓴 내 얼굴을 보며 혜은이 낄낄거리며 웃었다.

그녀를 한 번 노려본 나는 술잔을 내려놓고 급하게 체리를 입에 넣었다. 씨를 뱉어 내고 달콤한 과육을 씹다가, 문득 궁금해져 혜은에게 물었다.

"근데 넌 어떻게 그런 걸 다 알아?"

혜은은 빈 잔에 도로 술을 채우다 어깨를 으쓱였다.

"어떻게 알긴, 본인한테 들었지. 황다빈 와이프."

"원래 아는 사이였어?"

"아니. 첫째랑 둘째 출산할 때 이것저것 좀 해 줬거든. 그러다 몇 번 얘기할 기회가 생겨서."

혜은이 오징어 다리를 입에 물며 내게 더 마실래? 하고 물었다. 나는 고개를 흔들었다.

"그냥 돈을 빌렸다 정도만 알다가 차용증을 발견한 모양이더라고. 정확한 액수도 그때 알았나 봐. 박민준 그 사람 뭐 하는 사람이냐, 남편이 그 사람한테 큰돈을 빌렸는데 정말 대학 동기가 맞냐 묻더라. 친구 사이에 오갈 돈이 아니니까 걱정됐겠지."

"……그래도 그런 얘길 다 해?"

"글쎄. 왠지 다들 나한테는 이 얘기 저 얘기 다 하더라고. 너도 지금 나한테 별 얘기 다 하고 있잖아. 나 그렇게 입 무거운 편도 아닌데."

마치 떠보기라도 하는 듯한 말투였다. 나는 뚱한 얼굴로 혜은을 바라봤다.

애초에 기자를 업으로 삼고 있는 사람한테 침묵을 기대하진 않았다. 비밀이 지켜지길 바란다면 상대가 누구라도 입을 다무는 게 상식이었다. 얜 내가 그런 것도 모를 정도로 멍청하다고 생각하는 걸까.

그 불만의 시선을 혜은은 다른 의미로 해석했는지 이내 고개를 내저었다.

"걱정 마. 네 얘기는 어디 안 해."

"말해도 상관없어."

술이 독하긴 독한가, 칵테일만 마셨을 때는 멀쩡하던 머리가 조금 띵했다. 나는 혜은의 잔을 뺏어서 그 독한 술을 또 들이켰다.

"몰라, 될 대로 되라지. 어차피 동아리 애들이랑은 다 연락 끊을 거야. 솔직히 내가 불륜을 했어, 사람을 죽였어?"

나는 잘못한 게 하나도 없다. 그런데 왜 내가 피하고 왜 내가 기어야 해. 나는 피해잔데!

"개새끼…… 그 새끼 진짜 더럽게 못했는데."

내 중얼거림을 들었는지 혜은이 물 마시다 사레가 들려 죽을 것처럼 기침을 토해 냈다. 나는 그걸 무시하고 빈 잔에 술을 더 따랐다. 내가 또 술을 쭉 들이켜는 사이 겨우 기침을 가라앉힌 혜은이 눈물 맺힌 눈으로 내게 물었다.

"야, 너 벌써 취했어?"

"안 취했어."

혜은은 못 믿겠다는 눈으로 나를 보다가 고개를 절레절레 흔들었다. 그리고는 직원을 불러 얼음잔을 하나 더 갖다 달라고 주문했다.

"이거 깐 지 얼마 안 된 건데."

"새로 사 줄게."

"그러면 뭐."

혜은은 사양하는 기색도 없이 이미 반이나 빈 술병을 직접 들어 내 잔에 따라 주었다.

어느 순간 그렇게 주객전도가 되어 혜은의 술을 내가 독차지하고 그녀는 과일 안주만 집어 먹었다. 그러다가.

"내가 큰 건 못 해도, 박민준 그 새끼 엿은 좀 먹여 줄게."

나는 눈을 찡그리고 혜은을 바라봤다. 취기가 올라오는지 눈가가 좀 뿌옜다.

"뭘 어쩌게."

"나 발 넓거든. 알지?"

그야 그렇겠지. 유명 패션 잡지의 에디터 정도 되면 건너 건너 인맥으로 대통령은 무리더라도 정선우 연락처 정도는 딸 수 있을 거다. 근데 그게 뭐 어쨌다고.

"걔 일하는 방송국에 아는 사람 꽤 있거든. 그냥 소문 좀 퍼뜨려주려고. 뒷담에는 뒷담으로 대응해야지."

"무슨 소문? 자기 짝사랑하는 여자를 3년간 데리고 놀았다는 소문?"

날카롭게 묻는 내 목소리에 혜은은 고개를 저으며 담배를 새로 꺼내 불을 붙였다.

"아니, 걔 연애가 한 달을 못 가고 파탄 나는 거 밤에 더럽게 못

해서라는 소문.”

거짓말 안 하고, 하마터면 마시던 술잔을 엎을 뻔했다.

“야!”

“방금 네가 한 말이잖아. 막말로 손찌검할 타입은 아닌데 사귀는 여자마다 한 달을 못 갔다? 그거 진짜 한번 자 봤는데 재활용도 못 할 폐품이라는 이유밖에 없어.”

“그럼 난 뭐가 돼!”

“폐품 끼고 3년이나 참아 준 아량 넓은 주인님 되는 거지. 근데 슬슬 버려. 창고는 원래 주기적으로 비워 줘야 하는 거야. 집에 쌓인 짐을 버려야 마음의 짐도 덜어지는 거란다.”

더 대거리할 기력도 없어서 마시던 술을 마저 비우고 테이블 위로 엎어졌다. 내가 그러는 게 뭐가 그렇게 웃겼는지 옆에서 혜은이 깔깔거리며 웃었다.

“다 마셨어? 남은 거 내가 다 마신다?”

“기다려. 5분만 쉬다가 마실 거야.”

“그러든가.”

콧노래를 흥얼거리는 혜은을 보고 있자니 어쩐지 기분이 조금 들떴다. 나는 참지 못하고 피식거리며 웃었다.

제 잔에 술을 따르는 혜은을 보며 나도 내 잔을 내밀었다. 온더락으로밖에 못 마시는 독한 술인데, 어쩐지 새로 살 한 병마저도 오늘 안에 까게 될 것 같은 예감이 들었다.

*

“으, 머리야…….”

분명 알람을 듣고 잠에서 깼는데 소리가 거의 안 들렸다. 머리가 너무 아파서.

창 너머로 쏟아지는 아침 햇볕이 따갑게 느껴질 정도라 하룻밤 새에 내가 뱀파이어가 됐나 하는 생각마저 들었다. 그냥 콱 죽어 버리고 새 몸으로 다시 태어나고 싶었다.

"윤혜은 이 나쁜……."

비싼 술이라 숙취는 별로 없을 거라더니 뻥이잖아. 나한테 사기를 쳐?

나는 이를 갈면서 침대에서 내려왔다. 그런데 몸이 제대로 서지를 못하고 그냥 흘러내리는 게 술을 마시다가 마시다가 아예 술이 되어 버린 느낌이었다. 차라리 그냥 바닥이랑 한 몸이 되고 싶었다.

그렇게 한참을 바닥에 대 자로 드러누워 있다가 겨우 침대며 책상을 붙잡고 두 다리로 일어나 섰다. 아프다고 병가를 내고 싶은 마음이 굴뚝 같은데 오늘은 컨셉 회의가 있어서 그럴 수가 없었다. 젠장, 왜 내가 대표라서.

윤혜은부터 시작해서 머리 위에 떠 있는 해까지 세상에 존재하는 온갖 것들을 저주하며 욕실로 들어갔다. 그나마 찬물을 머리에 쏟아부으니 조금 살 것 같았다. 덕분에 씻는 건 겨우겨우 해냈는데 화장은 도저히 못 하겠다 싶었다. 이 상태로는 해 봐야 다 뜨고 난리 날 것 같았고.

그래도 귀신 꼴은 면해야겠다 싶어 입술에 연한 립스틱만 대충 발랐다. 옷도 간신히 추레하지 않은 정도로만 주워 입고 힐은 포기했다.

밖으로 나와서도 기운 못 차리고 헉헉대다가 편의점에서 숙취해소음료를 하나 사 먹고 겨우 인간으로 돌아왔다. 운전은 당연히 엄두도 못 내고 택시로 출근했다. 여러모로 엉망진창이었다.

"좋은 아침……."

은 개뿔. 그냥 바로 집에 가 버리고 싶다.

확실히 내 상태가 별로긴 했는지 선영이 나를 보고 조금 놀란 듯이 말했다.

"괜찮으세요? 몸 안 좋아 보이시는데."

"그게, 어제 좀 달렸더니……."

나는 이마를 문지르며 끙, 앓는 소리를 냈다.

"나 많이 추레하니?"

"추레……까진 아니고 그냥 평소보다 좀 캐주얼해 보이는 정도예요. 속은 좀 괜찮으세요?"

"으응, 숙취해소제 마셨어."

당장 1시간 후에 회의 시작이라 걱정이었는데 그래도 아주 끔찍하진 않은 모양이었다. 내가 작게 한숨을 내쉬자 선영이 걱정스러운 얼굴로 약이라도 사 올까 물었다. 나는 회의를 앞두고 컨디션 관리를 못 한 게 민망해서 대충 손만 내저었다.

그리고 자리에 와서 앉는데 핸드폰이 울렸다. 이따 회의 때문에 온 연락인가 했더니 혜은이 보낸 메시지였다.

[멀쩡하냐?]

나는 단어 하나만 쳐서 답장을 보냈다.

[아니.]

그래, 내가 이 모양인데 걔라고 괜찮겠어.

그나마 이 서울 땅에 좀비가 나 하나가 아니라는 게 위안이 되었다. 점심 때쯤 되면 좀 나아지려나?

하여간 웬수 같은 기집애. 왜 까먹었지? 애랑 단둘이 대작하면 술판이 안 끝난다는 걸. 하긴, 직접 마셔 본 게 아니라 애들이 말하는 걸 그냥 주워들은 거였으니.

"죽겠네, 진짜……."

선영이 약 사 준다고 할 때 그냥 고개를 끄덕일 걸 그랬나 보다. 아픈 속을 부여잡고 끙끙대는데 회의실에서 예지가 나왔다. 그 얼굴을 보고 잠시 굳은 나를 아는지 모르는지, 예지는 여상한 목소리로 내게 말을 건넸다.

"오셨어요? 회의 준비 다 끝냈어요."

"어어……."

내가 어색하게 대꾸하자 예지가 고개를 갸웃거렸다. 왜 그러는지 전혀 모르겠다는 표정이었다.

"아니, 내가 지금 숙취 때문에 상태가 안 좋아서……."

"아…… 괜찮으세요? 냉장고에 숙취해소음료 있는데 갖다 드릴까요?"

"아냐, 하나 먹고 왔어."

대충 둘러댄 나는 손짓으로 예지를 자리에 돌려보냈다. 예지는 잠깐 걱정스러운 눈으로 나를 보다가 자기 자리로 돌아갔다.

나는 그 뒷모습을 잠깐 응시하다가 고개를 흔들었다. 예지가 먼저 말할지도 모르니 일단 기다려 보자 싶었다. 일 때문에 얘기할 시간이 애매하기도 하고.

약속 시각에 사람들이 오고, 회의를 시작했다. 생각보다 이야기가 길어져서 점심시간을 약간 넘겼지만 진행 자체는 순조로웠다.

물론 회의가 아무리 순조로워 봤자 본격적으로 촬영을 시작하면 마감 끝날 때까지 몇 주 동안은 매일 야근일 거다. 그걸 알면서도 회의할 때만은 다들 생기가 넘치는 게 가끔은 신기했다. 일을 할 때보다 일을 계획할 때가 신나는 건 무슨 분야든 마찬가지인가 싶기도 하고.

그리고 사실, 정신없이 바쁜 직업이라는 게 도움이 되기도 했다. 헛생각할 여력을 안 주니까. 일이 몰아칠 거라고 생각하니 오히려 마음이 놓일 정도라면 말 다 한 거지.

"언니 속은 좀 괜찮으세요?"

"응, 이제 좀 살 만해."

늦은 점심을 먹고 스튜디오로 돌아오면서 예지의 눈치를 살폈다. 하지만 그녀는 아무 말도 꺼내지 않았고, 그럴 기미도 보이지 않았다. 결국 퇴근 시간이 가까워졌을 때쯤 더 참지 못하고 예지를 따로 불러냈다.

"예지야, 잠깐 들어와 봐."

회의실로 불러내자 촬영에 대한 일인 줄 알았는지 예지가 메모장을 들고 따라왔다. 그건 안 들고 와도 된다고 굳이 말하는 대신 그냥 자리에 앉았다. 문을 닫고 들어온 예지는 내 맞은편에 앉아 필기할 자세부터 갖췄다. 나는 그제야 손을 내저으며 눈을 가늘게 뜨고 물었다.

"너 나한테 할 말 없니?"

"네?"

내 물음에 예지는 살짝 긴장한 얼굴로 눈을 이리저리 굴렸다.

"데이터는 아까 다 정리해서 웹하드에 올렸는……."

"그거 말고."

아무래도 알아서 실토할 생각은 없는 모양이었다. 결국 내가 먼저 본론을 꺼냈다.

"얘기 들었어. 너희 단톡방에서 난리 쳤다며."

"아, 그건……."

눈동자가 흔들리는 것만 봐도 답은 대충 예상할 수 있었다. 나는 가볍게 한숨을 내쉬며 물었다.

"사실이야?"

예지는 머뭇거리다가 고개를 끄덕였다.

"네…… 죄송해요."

"아니, 단톡방에서 한 말이 사실이냐고. 박민준이 만나던 여자들, 일부러 자기한테 의지하게 해 놓고 잠자리하자마자 모르는 척했다는 거 진짜야?"

"그게, 어느 정도는 맞는데…… 사실 전부 다는 아니에요."

역시.

"자세히 말해 봐."

"그런 식으로 접근했던 사람들이 있긴 했어요. 금전적으로 어렵거나, 우울증에 시달리거나……. 도움에 좀 취약한 사람들이요. 그런데 전부는 아니에요. 제가 아는 건 두 명 정도……. 대부분은 그냥 호감 갖고 대시했다가 생각보다 안 맞아서 금방 깨진 사람들 같아요. 물론 만난 여자들을 다 아는 건 아니라서 어쩌면 더 있을지도 모르지만요."

불현듯 박민준과 만났던 기간이 꽤 길었던 두 명이 떠올랐다. 설마 그 사람들일까.

만나는 사람이 생겼다는 말만 들었지 당연히 얼굴은 본 적이 없다. 그 두 사람의 존재를 아는 것도 박민준의 연락이 장기간 끊겼기 때문이지, 그들을 소개받았기 때문이 아니었다.

딱히 그 사람들이 아니더라도 박민준은 자기랑 만나는 사람들을 스스로 전시한 일이 없었다. 메신저 프로필 사진이든 뭐든.

"한 번 자고 끝난 것도 아니고 꽤 여러 번 만나긴 했대요. 그런데 자기들 관계에 아무런 확답도 없고 그냥 그것만……."

그것참, 어디서 많이 듣던 이야기였다.

"그래도 특별한 관계라고 생각해서 참았는데 어느 날 갑자기 연락이 뚝 끊겼대요. 찾아가도 그냥 다 실수였다면서, 자긴 그럴 생각 없었다고. 당하는 입장에선 황당했겠죠. 납득할 수도 없었을 거고."

"……."

"어떻게 매달려서 사귀기는 했는데 오래가진 않았대요. 남 대하듯 하는 태도라서 오래갈 수가 없었다더라고요."

"나 하나가 아니었네."

"네?"

잘 못 들었다고 되묻는 예지에 나는 고개만 흔들었다.

그래, 나 하나가 아니었구나. 다른 사람으로 갈아타려고 시도했었던 게 분명했다. 그런데 뭐가 마음에 안 들어서 그만두고는 다시 날 불러낸 거고.

오란다고 간 나도 등신이지만, 그 새끼는 진짜 뭐가 문제지? 머리에 뭐가 든 거야?

"어쨌든 그럼 단체방에서 한 얘기는 거짓말이라는 거지."

"……완전히 거짓말은 아니죠. 어쨌든 둘은 진짜니까."

고집스레 대꾸하는 예지에 머리가 띵해졌다.

"너는 진짜, 그러다 큰일 나면 어쩌려고 그래? 막말로 고소라도 당하면 어쩌려고!"

"저 그렇게 문제 될만한 단어는 안 썼어요. 황다빈이 갑자기 미쳐 날뛰어 가지고 그렇게 보인 거지. 실컷 흘려 놓고 정작 낚이면 사람 마음 가지고 노는 거 쓰레기 같아서 못 봐 주겠다고 한 건데, 솔직히 그건 다 사실이잖아요."

"아니……."

"그리고 저 나중엔 말도 거의 안 했어요. 알아서들 싸우고 욕하고 난리던데."

단체방을 나와 버려서 대화 내용을 못 보여 주는 게 한이라고 예지가 덧붙였다.

"여자들끼리 판 단체방은 있는데 보여 드릴까요?"

내가 가타부타 말을 꺼내기도 전에 예지가 핸드폰을 꺼내 단체방을 보여 줬다. 개설된 지 며칠 안 된 방인데도 대화 로그가 엄청나게 길었다. 단편적인 텍스트들이 분 단위로도 십수 개씩 이어졌다.

민준 선배가 그럴 줄은 몰랐다, 나는 좀 꺼림칙하긴 했다, 여자 친구가 너무 자주 바뀌긴 했지, 황다빈 같은 애랑 어울리는데 끼리끼리인 거 아닌가, 솔직히 황다빈 음담패설에 안 당한 여자애가 어딨어, 지 상판이나 씻고 다닐 것이지 맨날 남의 얼평이나 하고.

[남이사 치마를 입든 바지를 입든 화장을 하든 말든 지가 뭐라고 자꾸 지랄이야. 박민준 그 새끼도 태클 한 번 안 걸었잖아.]

[아닌 척해 봤자 다 똑같은 새끼들이지. 남자 놈들 봐. 평소에 생존 신고도 안 하는 놈들까지 다 몰려와서 박민준 두둔하는 거. 미친놈들, 하도 열열해서 지들끼리 연애하는 줄 알았네.]

[황다빈 그 새끼가 제일 어이없어. 처자식도 있는 새끼가 사상

이 그래서 애들이 제대로 크긴 하겠냐? 애까지 있는 새끼가 자꾸 여기저기 치근덕대는 것도 진짜 꼴 보기 싫었는데.]

[아람이 넌 진짜 큰일 날 뻔했다. 김준영 그 새끼랑 거의 사귀기 직전 아니었어?]

[이 방에 금지어 설정 안 되나요? 썸이라는 단어로 엮였다는 사실 자체가 너무 수치스러우니까 제발 그 이름 꺼내지 말아 주세요. 아, 술 땡겨.]

[걱정 마, 아람아. 이 선배가 복수해 줬으니까.]

[복수요?]

[걔 나랑 같은 과잖아. 후배들한테 다 말해 놨어. 여초과에 다니면서 여자 무서운 줄을 몰라? 남은 1년이 아주 고달플 거다. 멸시와 혐오로 가득한 외로운 캠퍼스 생활 즐겨 보라지.]

[그런데 이서윤은?]

어쩐지 낯설게만 느껴지는 그 이름에 스크롤을 내리던 손이 멈췄다. 나는 아까보다 느리게 손가락을 움직였다.

[글쎄, 평소에도 걔네랑은 안 어울리긴 했지.]

[그렇다고 어떻게 안심해요. 걘 남자 아닌가.]

[맞아, 아까 남자 놈들 얘기하는 거 진짜 토 나올 뻔했는데.]

[근데 서윤이는 반대 입장 아니었어요?]

[청산가리 99개 있는데 미네랄워터 하나 섞여 있다고 그거 골라 마실래? 그냥 잊어.]

[좀 아깝긴 하다 근데……. 나 서윤 선배 얼굴 보려고 모임도 꾸준히 간 건데.]

[괜찮아. 너만 그런 거 아님. 심지어 남자애들 중에도 그런 애들 있어.]

[진짜 줏대도 없어 가지고. 지들끼리 있을 때는 욕하면서 정작 앞에서는 친한 척 못 해 안달이었잖아ㅋㅋ 그럼 뭐라도 떨어질 거라고 생각한 건지.]

[맞아요ㅋㅋ 이서윤이랑 친한 여자애들 맨날 욕하면서 지들은 여자 연옌 소개 한번 받아 보려고 간 쓸개 다 빼놓고 비빔.]

[아오 더러워 진짜.]

스크롤을 좀 더 내리니 나에 대한 이야기도 조금 있었다. 지수 선배도 단톡방 초대해야 하는 거 아니냐고, 누군가 물어보겠다고 나섰다. 하지만 내가 대답하지 않은 탓에 연락이 안 되네, 하고 끝났다.

나는 마지막 부분은 대충 넘기고 핸드폰을 도로 예지에게 넘겨줬다.

"좀 정신없죠."

"……서윤이 얘기도 있을 줄은 몰랐네."

"편들어 줄까 하긴 했는데 오히려 얘기 꼬일 것 같아서 그냥 가만히 있었어요. 이서윤도 이 정도 평판은 별로 신경 안 쓴다고 하더라고요. 어차피 친한 사람들도 아니었다고."

예지랑은 꾸준히 연락을 하는 모양이었다. 나한테는 메시지 하나 안 보내면서.

순간 뭔가가 날카롭게 가슴을 찢고 지나가는 기분이 들었다. 나는 좁아진 미간을 괜히 손가락으로 눌러 펴며 입을 열었다.

"박민준 얘기들은 다 어떻게 안 거야? 설마 그 사람들한테서 직접 들은 건 아닐 거고."

"아, 그게……."

예지는 머리카락을 만지작거리다가 내 눈치를 살피며 설명했다.

“이서윤이 그러더라고요. 사귀었던 사람들 중에 트러블 있었던 사람 분명 있을 거라고. 박민준 그 새끼, 언니 대할 때 아무 죄책감도 없이 뻔뻔했잖아요. 그런 자식이 연애라고 정상적으로 했을 리 없다면서.”

“그래서?”

“그래서…… 혹시 알아볼 방법 없을까 하다가…… 같이 인스타 뒤졌어요.”

“뭐?”

“박민준 다른 SNS는 안 하는데 인스타에 사진은 가끔 올리잖아요. 예전 댓글 뒤지니까 딱 봐도 여자친구인 것 같은 사람들이 있더라고요.”

예지는 말하는 중간중간 계속 내 눈치를 살폈다.

“빈계정인 것 같으면 같은 아이디로 다른 SNS도 좀 뒤지고……. 활동하는 거 있으면 미친년인 척 쪽지 보냈어요. 박민준 여친인데 이 새끼 양다리 걸치고 있는 거 안다고, 혹시 당신이냐고.”

상상을 초월하는 예지의 말에 입이 저절로 떡 벌어졌다.

“너, 너, 그게…….”

“한 두어 명한테 차단당하긴 했는데 대부분은 응원해 주거나 위로해 주거나 그러더라고요. 괜히 감정 소모하지 말고 헤어지라면서 충고하는 사람도 있었고.”

예지는 잠깐 머뭇거리다 덧붙였다.

“딱 두 명 빼고요.”

“…….”

"저도 제가 막무가내로 행동했다는 건 알아요. 그치만 화나잖아요. 그런 쓰레기를 다들 좋은 사람이라고 믿고 있는 게."

"그렇다 해도 그게 네가 나설 일이야? 그 두 사람은……."

"신상 노출만 안 되면 얘기하는 거야 상관없대요. 솔직히 그 사람들도 처음에나 내가 뭘 잘못했나 자책했지, 시간 좀 지나고 나니까 목 졸라 죽이고 싶다는 생각밖에 안 들었다나 봐요. 이런 건 고소도 안 되니까 엿이라도 먹일 수 있으면 속 시원하겠다고."

그 말에 머리가 다 어질어질했다. 나는 이마를 짚으며 한숨을 내쉬었다.

"이서윤 걔는 대체 옆에서 너 안 말리고 뭐 한 거야?"

"걔가 절 왜 말려요. 솔직히 지가 제일 날뛰고 싶었을 텐데."

그 거침없는 발언에 도끼눈을 뜨고 바라보자 예지가 움찔해서 어깨를 옹송그렸다.

"그…… 솔직히 말리긴 했어요. 근데 저도 당한 게 있으니까 가만있기 너무 억울해서."

"당한 거라니?"

"그 세 명이요. 저랑 이서윤 엮어서 온갖 더러운 소리 다 했던 거. 녹음 버튼을 늦게 눌러서 다 녹음되지는 않았지만 귀로는 다 들었단 말이에요. 그날이 처음도 아니고 이미 몇 번이나 그딴 식으로 말했던 거 분명해요. 그 세 명만이 아닐 수도 있고요."

"……."

그러고 보니 그 녹음본의 시작은 서윤과 예지에 대한 이야기였다. 예지가 녹음하겠다고 마음먹은 이유도 자기와 이서윤 얘기가 나와서였고.

떠올리고 나니 왜 남의 일에 네가 나서냐고 말하기도 좀 그랬다. 사실 단체방에서 내 얘기는 아예 나오지도 않았으니까.

그 녹음본도, 사실 예지 입장에선 자기가 당한 일을 해결하려다가 의도치 않게 나까지 얽혀 버려서 이도 저도 못 한 걸 거다.

“고소하려면 고소하라죠. 저도 성희롱으로 맞고소할 거예요. 이서윤도 같이 들었으니까 피해자가 저 하나도 아니고.”

“……이서윤은 뭐래. 자기도 고소하겠다고는 안 해?”

“걔야 직업이 있으니까 이런 일로 일 키워 봤자 좋을 게 없겠죠.”

예지는 문득 생각났다는 듯 내게 물었다.

“근데 언니, 이제 이서윤이랑은 연락 안 하세요?”

“……어?”

갑작스러운 질문에 당황한 나를 아는지 모르는지 예지가 내 눈치를 보며 머뭇머뭇 말했다.

“그냥…… 저는 봐주셨잖아요. 그런데 이서윤이랑은 아예 정리하신 건가 싶어서…….”

“…….”

그 말에 나는 아무런 대꾸도 할 수 없었다. 솔직히 나야말로 궁금했다. 지금 이서윤이랑 내 상태가 어떤 건지.

마음 같아서는 당장 전화해 나 없는 데에서 대체 뭘 하고 있는 거냐고 퍼붓고 싶었다. 내 일에 더 참견 말라고 으름장이라도 놓고 싶기도 했고, 서로 없어도 살 만한 것 같은데 그냥 끝내자 하고 싶기도 했고.

동시에 예지랑은 매일 같이 연락하면서 나한테는 잘못 보낸 메시지 하나 없는 게 야속하고, 지금 그 애의 생각이 궁금하고, 그 애의 기분을 살피고 싶고, 정말로 멀쩡하긴 한 건지 다른 사람

입을 통해서가 아니라 그 애의 목소리로 직접 듣고 싶기도 했다.

한마디로, 모르겠다는 거다. 이서윤이랑 뭘 하고 싶은지.

원망? 글쎄, 이제는 그러고 싶지 않았다. 그럼 용서? 하지만 난 내가 뭘 용서해야 하는지도 알 수 없었다.

지금 우리 관계에 대해 내가 알고 있는 건, 첫 단추를 잘못 꿰매는 바람에 마지막 단추를 쥔 손이 갈 곳을 잃었다는 것뿐이었다.

"이서윤이랑은…… 네가 신경 쓸 일 아니야. 그리고 박민준 일도 더는 참견 마. 너도 당한 게 있으니까 네 분을 풀겠다면 내가 말릴 일은 아니지만, 나 때문에 그러는 거라면 안 기뻐. 내 일은 내가 알아서 해."

예지는 잠시 내 눈치를 보다가 고개를 끄덕였다.

"네…… 놀라게 해 드려서 죄송해요."

사과하는 예지를 먼저 돌려보낸 후 잠시 그대로 회의실에 앉아 있었다. 마음이 무척이나 복잡했다. 나는 점점 어두워지는 창밖을 하염없이 바라보다가 핸드폰을 쥐고 전화번호부를 뒤적거렸다. 그다음엔 메신저 창도 여러 번 껐다가 켜기를 반복하다가 테이블 위로 엎드려 한숨만 내쉬었다.

이서윤에게서는 여전히 아무런 메시지도 없었다.

*

며칠 후 혜은에게서 연락이 왔다. 예지는 그날 이후로 동아리 사람들과 관련된 화제를 아예 꺼내지 않게 돼서, 내가 듣는 소식은 모두 혜은의 입에서 나왔다.

예상대로 사진 동아리는 그냥 와해된 듯했다. 적어도 남녀 통합으로는 말이다. 남자들은 박민준이나 황다빈을 중심으로 더 똘똘 뭉칠지 어떨지 모르겠지만, 여자들 사이엔 딱히 구심점 역할을 할 사람이 없었다. 그러니 모임을 잡을 사람도 없고, 아마 단톡방도 며칠 정도는 잡담을 하며 이어지겠지만 이후엔 그대로 조용해지지 않을까. 원래도 그랬으니까.

박민준이랑 틀어졌으니 큰일 날 거라던 혜은의 예상과 별개로 황다빈 쪽에선 별다른 액션이 없었다. 어쩌면 일은 진작 터졌는데 그냥 소식이 안 들려오는 걸지도 모른다. 진짜 박민준하고 갈라섰다고 해도 굳이 이쪽에 광고할 일은 없으니까. 혹시 돈이라도 빌리러 다니면 소문 정도는 퍼질지도 모르지만, 아직까지 그 정도는 아닌 모양이었다. 망했으면 좋겠는데.

그사이에 또 이런저런 얘기가 들렸지만 전부 다 기다리던 연락은 아니었다. 알람이 뜰 때마다 바로 메신저 창을 확인했지만 모두 일과 관련된 연락뿐이었다. 그나마도 자꾸 쏟아져서 이제는 쳐다보기도 싫을 정도였다. 물론 싫다고 해서 안 받을 수는 없는 노릇이지만.

지잉—

촬영 장비 세팅 중에 또 핸드폰 진동이 울렸다. 이번엔 또 누구야. 약간의 피로감을 느끼며 핸드폰을 여는데 화면에 뜬 이름을 보고 굳어 버렸다.

[핸드폰 찾아가. 내가 너무 오래 보관하고 있네.]

"진짜 이 새끼가 가지고 있었어?"

너무 어이가 없어서 한참을 핸드폰 화면만 노려봤다. 아니, 주웠으면 그냥 카페에 맡기면 될 것이지 그걸 왜 자기가 가져가? 가져가 놓고 한참을 가만히 있다가 이제야 연락하는 심보는 또 뭔데? 게다가 자기가 가져간 걸 내가 어떻게 안다고 너무 오래 보관하고 있네 마네야? 뭐 텔레파시라도 보냈어? 진짜 뭐 이런 또라이가 다 있지?

오만가지 생각이 다 들었지만, 다다다 쏴붙이고도 싶었지만 심호흡을 하며 간신히 참았다. 내가 박민준에게 보낸 답장은 단 한마디뿐이었다.

[택배로 보내.]

[내가 가져다줘?]

미친 새끼가?

[돌았어? 갑자기 왜 지랄이야. 택배비 아까우면 착불로 보내든가.]

[가져다줄게.]

진짜 돌았나? 나는 기겁을 하며 재빨리 핸드폰 타자를 눌렀다. 내 스튜디오에 이 쓰레기를 두 번 들일 수는 없었다.

[필요 없어. 그냥 한강에 버려.]

[쓰레기 투기하는 취미는 없는데.]

[지금 나랑 말장난해?]

"지수 씨!"

건너편에서 나를 부르는 소리가 들렸다. 나는 그쪽을 향해 크게 한 번 대답하고 신경질적으로 핸드폰을 내려다봤다. 그사이에 박민준의 답장이 도착해 있었다.

[핸드폰만 찾아가. 너도 이거 신경 쓰여서 나 아직 차단 안 한 거 아니야?]

나는 반사적으로 혀를 찼다. 굳이 차단을 안 했다기보다는 망설이다가 일이 바빠 까먹었다는 거에 가까웠다. 어쨌든 핸드폰 때문에 망설인 건 맞지만.

어떻게 할까. 그 핸드폰엔 백업 못 한 자료가 있는 것도 아니고, 남들이 봐서는 안 되는 사진이 있는 것도 아니었다. 여러 앱과 스케줄러에 저장된 약간의 사생활이 신경 쓰이지만 잠금을 못 푸는 한 박민준이 그걸 볼 일은 없었다.

혹시 어찌저찌 잠금을 풀어서 안을 본다고 해도 조금 찝찝할 뿐이지 신변에 문제될 건 없었다. 신변의 위협을 걱정한다면야, 이 미친놈이 내 핸드폰을 가지고 있다는 것보단 스튜디오 주소를 알고 있다는 게 더 큰 문제였다.

"……그냥 무시해?"

나는 말없이 핸드폰을 내려다봤다. 그때 나를 부르는 소리가 재차 들렸다. 더 이상은 무시할 수가 없어서, 결국 답장 없이 핸드폰을 주머니 속에 넣었다.

*

"후우……."

마지막 연기를 내뱉은 후 끝이 거의 다 타들어 간 담배를 휴지통에 비벼 껐다. 재떨이를 겸하는 이 휴지통은 길거리에선 쉽게 볼 수 없는 건데, 벤치 위에 지붕 하나 얹어 놓은 이곳에 갖다 놓은 걸 보니 점심시간 흡연인들의 핫플레이스인 모양이었다. 어쩌면 인과관계가 반대일 수도 있고.

불어오는 바람이 싸늘했다. 나는 어깨를 문지르며 주변을 둘러봤다. 한밤중이라 그런지 지나가는 사람은 많아도 벤치에 앉은 사람은 없었다. 슬슬 다리가 아파서 잠깐 앉을까 하고 고민하다가 그만뒀다. 행여나 곧 올 사람한테 오래 이야기하려 한다는 인상을 줄까 봐. 받을 것만 받고 그냥 가야지.

새로 꺼낸 담배가 삼분의 일 정도 줄었을 때쯤 멀찍이서 길쭉한 그림자가 다가왔다. 나는 바람결에 흩날리는 베이지색 코트를 무감하게 바라보다가 그 위에 붙어 있는 멀쩡한 낯짝을 올려다봤다.

"벌써 와 있네."

왜 멀쩡하지? 진짜 유감이다.

나는 담배를 입에 문 채 말없이 손만 내밀었다. 박민준은 내 손을 내려다보다가 빙그레 웃으며 주머니에서 핸드폰을 꺼냈다. 그가 주기 전에 내가 가져가려는데, 낚아채기 직전 박민준이 손을 거뒀다. 순간 짜증이 확 나서 쓰레기통에 담배를 내던지듯 버렸다.

"뭐야?"

"이서윤이 재미있는 짓을 하더라."

쌍욕을 퍼부으려다 못한 건 예상 밖의 이름이 나와서였다. 나는 저게 무슨 뜻일까 빠르게 머리를 굴렸다. 설마 단톡방 얘기를 하려는 건가? 그러면 왜 예지가 아니라 이서윤이지? 나서서 깽판 친 건 예지인데. 아니면 내가 모르는 다른 일이 있나?

혼자 짐작해 봐야 소용없는 일이었다. 나는 최대한 아무렇지 않은 얼굴을 가장한 채 팔짱을 꼈다.

"무슨 재밌는 짓? 단톡방?"

"그것도 있고."

"왜, 억울해? 너 또라이인 건 맞는데 뭘."

"그렇다고 그 말들이 다 사실이 되나."

박민준은 여유로운 목소리를 내며 벤치에 걸터앉았다. 나는 여전히 선 채로 그의 얼굴을 내려다봤다.

"그래서, 고소라도 하게?"

번거롭고 신경 거슬리는 일을 나서서 할 성격은 아니라고 생각했는데, 예지가 한 일이 역시 과하긴 했던 걸까. 걱정되는 마음에 미간을 조금 찡그리는데, 정작 박민준은 그 일에 대해서는 별 생각이 없는지 건조한 목소리로 말했다.

"번거로운 짓을 뭐 하러. 대학 동아리 모임 하나 사라진다고 내 인생 크게 안 달라져. 솔직히 좀 귀찮아지던 참이었고. 너도 귀찮아했잖아."

"난 왜 끌고 들어가?"

"아니야? 애초에 득될 것도 없는 모임이었어. 그런데도 다들 오프모임에 꼬박꼬박 나온 건 이서윤이 유명 인사가 돼서였지. 셀럽이랑 알고 지내는 자기 자신을 유지하고 싶어서. 다들 속이 빤히 보이는 게 좀 진절머리 나더라."

그렇게 말하며 입꼬리를 끌어 올리는데, 솔직히 조금 같잖았다. 덕분에 내 입에선 헛웃음이 터졌다.

"그럼 안 나오면 되는 걸 뭐 하러 꼬박꼬박 나와서 투덜거려?"

"내가 간다고 하면 너도 왔으니까."

나는 말없이 눈썹만 까딱였다. 그에 박민준이 나를 보며 조용히 말했다.

"너도 똑같았잖아. 나 때문에 왔지, 항상."

"……내가 그날 그렇게 가서 그런가. 아직 정신을 못 차렸네."

한숨처럼 말을 뱉은 후 박민준에게 다가갔다. 그리고 손가락으로 그의 어깨를 쓸어 올리자 그의 시선이 내 손을 따라 똑같이 움직였다. 나는 그 눈을 구경하듯 바라보며 천천히 입을 열었다.

"동아리 모임 하나 없어진다고 네 인생 크게 안 달라진다고 했지. 내가 할 말이야."

목소리가 조금 낮게 깔려서일까? 박민준의 어깨가 살짝 굳었다. 재밌는 일이 아닐 수 없었다. 예전엔 반대였는데.

박민준이 날 만지면 내가 꼼짝을 못 했지. 하지만 이젠 바로 가까이에서 숨이 맞붙는다고 해도 속눈썹 하나 안 떨릴 거다. 이제 박민준이란 인간이 촬영용 소품보다 더 사물처럼 느껴졌으니까.

"너 하나 얼쩡거린다고 내 인생에 실금 하나 안 가. 내가 아직도 네 말 한마디에 전전긍긍할 거라고 생각해? 예전엔 그랬다고 쳐도, 이제 와서 네가 날 상대로 뭘 할 수 있는데?"

박민준의 눈이 내 얼굴을 향했다. 나는 보란 듯 입꼬리를 끌어올렸다.

"넌 나한테 아무것도 못 해. 날 상처 줄 수도 없고, 날 협박할 수도 없어. 날 흔들 수도 없고."

말을 끝맺음과 동시에 허리를 숙여 박민준의 귓가 가까이로 입술을 가져다 댔다.

"민준아."

그러려고 의도한 건 아닌데, 내 입에선 자연스럽게 안쓰러워하는 목소리가 흘러나왔다.

"내가 안 좋아하는 넌 아무런 가치도 없어."

시선이 마주쳤다. 표정이 굳은 건 알겠는데, 딱히 무슨 생각을 하는지는 알 수 없었다. 사실 그다지 이해하고 싶다는 생각도 들지 않았다. 나와 아무 상관없는 다른 세계를 보는 것처럼.

이제 다시는 안 볼 사람인데 쓸데없이 이야기가 길어졌다. 나는 박민준의 코트 주머니 안으로 손을 넣었다.

"그러니까 괜한 수작으로 힘 빼지 말고 핸드폰이나 내놔. 집 가서 잠이나 자게."

냉정하게 핸드폰을 빼앗고 허리를 폈다. 확인차 전원을 켜 봤지만 불은 들어오지 않았다. 하긴, 잃어버린 게 벌써 지난주 일이었다. 따로 충전하지 않았다면 방전되는 게 맞는 거지.

받을 것도 받았겠다, 이제 돌아갈까.

"이서윤이 찾으러 왔었어."

그때 들려온 목소리가 내 발목을 붙잡았다. 멈춰서 뒤돌아보니 자리에서 일어나고 있는 박민준이 보였다.

"돌려 달라고 하더라고. 넌 다시 나 안 만날 테니까, 자기가 전하겠다고. 자기가 네 애인이니까 그럴 수 있다면서."

……이서윤이 그랬다고?

확실히 그 애는 내가 핸드폰을 잃어버린 걸 알고 있긴 했다. 그래도 무슨 생각으로 박민준을 찾아갔을까? 내가 박민준이랑 다시 마주치는 게 싫어서?

나는 괜히 꺼진 화면을 문지르다가 입을 열었다.

"근데 왜 안 줬어?"

"사실인지 아닌지 나야 모르잖아. 남의 물건을 어떻게 함부로 넘겨."

입발림 소리를 참 잘도 한다. 사실인지 아닌지 모른다고? 그렇게 형편없이 무너진 나를 서윤이 감싸는 걸 봤으면서?

문득 당시 서윤이 어떤 눈을 하고서 박민준을 봤는지가 떠올랐다. 내 핸드폰을 찾겠다고 혼자 찾아가서도 그런 눈으로 봤을까. 어떤 표정으로 무슨 말을 했을까. 딱히 이거다 하고 떠오르는 장면은 없지만, 지금까지 모두의 앞에서 잘 숨겨 왔던 것처럼 착한 후배 연기를 했을 것 같지는 않았다.

그런 서윤한테 박민준이 무슨 대답을 했을지, 도대체 무슨 답을 들었길래 결국 내 핸드폰을 돌려받지 못하고 돌아섰을지를 떠올리니 기분이 급속도로 안 좋아졌다. 그 탓에 박민준을 바라보는 내 얼굴이 조금 구겨졌다.

"그냥 넘겼어도 됐는데. 사실이니까."

박민준은 잠시 말이 없었다.

"언제부터?"

"알아서 뭐 하게?"

박민준이 내게 한 걸음 다가왔다. 나는 꺼진 핸드폰을 가방에 넣고 눈가를 조금 찡그렸다. 그사이 조금 더 가까워진 박민준이 두 손을 외투 주머니에 찔러 넣고는 이해하기 힘들다는 표정으로 말했다.

"왜 하필 이서윤이야?"

왜냐니? 그런 뜻으로 똑바로 쳐다보자 박민준이 재차 물어 왔다.

"너 좋다는 애들이 없었던 것도 아니잖아. 그중에서 제일 오래된 게 이서윤이고. 왜 이제 와서, 왜 하필 이서윤인데?"

나는 묘한 기분에 가방끈을 고쳐 잡았다. 서윤이 날 좋아하는 것도 알고 있었다고? 대체 걔는 어쩌다 들킨 거지? 나한테도, 다른 사람한테도 다 잘 숨겨 놓고는.

순간 둘 사이에 내가 모르는 뭔가가 있었을지도 모른다는 생각이 들었다. 설마 나한테 그랬던 것처럼 그 애의 감정을 약점으로 찌른 건 아니겠지. 설마.

그때 박민준이 한 걸음 더 다가왔다. 바람이 불면 옷깃이 닿을 만큼의 거리였다. 그가 날 내려다보며 말했다.

"마음도 낡아. 넌 이제 시작인데 이서윤은 너무 오래됐지. 같은 속도로는 절대 못 갈걸. 같은 크기일 수도 없고, 같은 질량일 수도 없고."

대체 뭔 말을 하려나 했더니.

"너나 잘해. 인성도 파탄 난 게 누굴 걱정해?"

박민준이 눈을 가늘게 뜨고 나를 바라봤다. 나는 그 눈을 피하지 않고 똑바로 응시했다.

"질량 크기 따지느라 너 좋다는 사람들을 다 그렇게 대했니? 속도가 달라서 같이 걷지도 못할까 봐?"

우습지도 않았다. 그런 건 함께하기로 결정한 사람들이나 고민할 문제지, 남의 마음에 간이나 찍어 보는 사람이 언급할 문제가 아니었다. 박민준은 그 문제에서만큼은 내가 아는 중에 제일 자격 없는 인간이었다.

"넌 평생 그렇게 살 거야. 누구한테 진심을 주지도 못하고, 주는 진심을 받는 법도 모르고. 사람 간에 애정이 어떻게 오가는지 이해조차 못 하겠지. 혹시 진짜 네가 원하는 게 생겨도 그냥 모른 채로 지나갈걸. 이해할 능력이 없으니까."

박민준의 입매가 조금 굳었다. 나는 제멋대로 흐트러진 박민준의 코트 앞섶을 닫아 주며 담담히 읊었다.

"넌 네가 불행하다는 것도 모를 거야. 그래도 네가 불행하길 바라. 눈 감는 순간까지도 네가 바라는 게 뭔지조차 모르는 채로 헤매다가 영문도 모르는 채로 죽었으면 해."

부디 바라건대, 네 평생의 모든 내일이 오늘보다 무가치하길.

나는 지을 수 있는 가장 예쁜 미소를 지으며 축복이라도 하듯이 말했다.

"그렇게 아무 의미 없이 살다가, 아무 의미 없이 죽어 버려. 아무것도 남기지 말고."

찬 바람이 불어왔다. 나는 흐트러진 머리칼 사이로 잠시 박민준을 응시하다가 그대로 뒤돌아 걸었다.

건널목에 도착하는 것보다 조금 더 일찍 신호등이 바뀌었다. 버스 중앙차로를 가운데에 두고 신호등이 두 개 있는 건널목이었다. 나는 신호가 바뀔까 봐 서둘러 걸음을 옮겼다. 반쯤 건넜을 때 뒤에서 외치는 소리가 들렸다.

"……지수야! 임지수!"

잠깐 돌아보니 박민준이 인파를 헤치고 거의 뛰다시피 쫓아오는 게 보였다. 나는 그쪽을 흘긋 보다가 멈추지 않고 끝까지 건너갔다.

내가 다 건너자마자 신호등이 바뀌었다. 혹시나 싶어 돌아보니 중앙차로에 갇혀 오도 가도 못 하는 박민준의 모습이 보였다. 달리는 차에 가려져 보였다 보이지 않는 그 모습을 두고 나는 몸을 돌렸다. 어쩐지 웃음이 났다.

그래, 거기에 그렇게 평생 갇혀 있어. 한 철 지난 가십거리답게.

나는 홀가분하게 걸음을 뗐다. 오늘은 떠나는 길 끝에서 기다리고 있겠다며 손 내미는 사람은 없지만, 그래도 상관없었다. 스스로 떠날 수 있으니까. 누군가와의 약속 같은 거에 기대지 않아도.

이젠 나 자신의 후회로부터 떠나는 데에 누구의 도움도 필요하지 않았다.

다시 처음부터

눈코 뜰 새 없이 바쁜 일정을 소화하다 보니 어느새 달력이 넘어갔다. 날짜를 실감하기도 전에 계절이 훅 하고 바뀌어 정신을 차려 보니 겨울이었다. 엊그제까지만 해도 가을이었던 것 같은데.

"아, 죽겠다……."

폭풍 같던 마감이 무사히 끝나고, 오늘부터 사흘 동안은 기다리고 기다리던 휴가였다. 나뿐만 아니라 스튜디오 직원 전체가.

그걸 어떻게 알았는지 이모가 집에 오겠다고 했다. 솔직히 집에서 늘어지게 잠이나 자고 싶었지만, 사흘이나 쉬니 하루쯤은 이모한테 쓰자 싶어 그냥 알겠다고 했다. 그리고 그 결정을 아침에 눈을 뜸과 동시에 후회했다.

"진짜 일어나기 싫다……."

밖에 나가는 것도 아니고 사람이 집으로 오는 건데도 이렇게 귀찮을 수가 있다니. 이번 스케줄이 빡빡하긴 진짜 빡빡했던 모양이다. 나는 이모한테 내일 오면 안 되냐고 묻고 싶은 충동을 꾹 참고 침대에서 일어났다.

눈을 뜬 것도 이른 시간은 아니었는데, 하도 게으름을 부리다 보니 해가 중천이었다. 어느새 오후 두 시. 나는 시계를 확인하고도 느릿느릿 씻고 옷을 갈아입었다. 그리고 대충 잔소리 듣지 않을 정도로만 집을 정리하는데 초인종이 딩동 울렸다. 나는 차라리 잘됐다 생각하며 현관으로 나갔다.

이모 기준에 안 맞게 지저분하면 한번 혼나고 말지 뭐. 그런 생각으로 문을 연 나는 앞에 서 있는 사람을 보고 조금 놀랐다. 이모가 아니라 엄마였던 것이다.

"엄마?"

"지영이가 못 간다고 해서."

묻기도 전에 다소 무뚝뚝한 목소리로 답한 엄마는 내 어깨 너머로 잠시 집 안을 둘러봤다. 나는 식은땀을 흘리며 엄마의 시선이 훑고 지나간 곳을 눈으로 따라 훑었다.

눈에 거슬리는 게 없는 건 아니었지만, 그래도 정리를 좀 하긴 해 놔서 다행이었다. 이모는 잔소리로 끝나지만 엄마는 당장 도우미를 붙일 사람이라서. 게다가 이모가 하는 건 내 애교로 어떻게든 무마할 수 있지만, 엄마한테는 씨알도 안 먹혔다. 애초에 엄마한테 애교를 떤다는 상상만으로도 몸이 부르르 떨렸다.

"일단…… 들어오세요."

다행히 엄마는 별말 없이 고개를 끄덕이며 집 안으로 발을 들였다.

어렸을 때 크게 혼난 기억이 있는 것도 아닌데 왜 나는 엄마 앞에선 이렇게 긴장을 하게 되는 걸까? 자식들이란 원래 다 이런 건가? 나는 엄마가 벗은 외투를 옷걸이에 걸면서 슬쩍 엄마의 눈치를 살폈다.

"무슨 일 있어? 이모가 못 온다고 굳이 엄마가 대신 오고……."

"별일 없어. 너 옷장 정리해야 할 것 같다고 지영이가 그래서."

"옷장 정리?"

그러고 보니 계절이 바뀌긴 했지. 또 그 시기인가.

대화를 주고받으며 엄마는 부엌으로 들어갔다. 설마 이모처럼 냉장고 검사를 하려는 건가? 살짝 긴장했는데 엄마는 부엌을 한 번 둘러보고는 식탁 의자에 앉았다. 거실 소파가 더 편할 텐데 왜 거기에 앉는 걸까. 그렇게 생각하면서도 굳이 거실로 가자고 하기도 그래서 커피 두 잔을 내렸다.

"근데 무슨 옷장 정리하려고 여기까지 와? 나 혼자 하면 되는데."

"너 혼자 하면 차일피일 미루다가 얼어 죽을 때 돼서야 코트 하나 꺼내겠지."

"……코트 정도는 꺼내 놨는데."

"올겨울 그 코트 하나로 나려고?"

"패딩이나 이런 건 뭐 더 추워지면 꺼내면 되고……."

"얼마 전에 첫눈 내린 거 안 봤니."

"눈이야 뭐. 4월에도 눈 내리는 나라인데."

그렇게 계속 말꼬리를 이었더니 엄마의 눈매가 조금 가늘어졌다. 나는 잔소리가 튀어나오기 전에 서둘러 커피잔을 내밀었다.

"아, 커피 맛있다……."

솔직히 방금 내린 거라 너무 뜨거워서 맛이고 뭐고 안 느껴졌다. 그래도 이 커피의 열기가 지금 내 뺨을 찌르는 시선보다는 부드러워서 하릴없이 커피만 홀짝거렸다. 그러다 혀에 감각이 없어졌을 때쯤.

"살 많이 빠졌네."

"응?"

"마감 때마다 잠도 제대로 못 잔다더니, 밥도 제대로 못 먹어?"

"어, 뭐……."

나는 별다른 대꾸를 꺼내지 못한 채 애꿎은 빰만 만지작거렸다. 그러자 엄마의 얼굴에 못마땅한 기색이 어렸다. 나는 그제야 정신을 차리고 요즘 일이 바빴다고 대충 얼버무렸다.

내가 스튜디오를 차리고 싶다고 했을 때, 엄마는 이런저런 방향으로 날 도와주긴 했지만 내 결정을 썩 마음에 들어하진 않았다. 스튜디오가 아니라 사진이 문제였다. 사실 엄마뿐만이 아니라 아빠까지, 두 분은 내가 자신들을 따라 법을 전공으로 선택하길 바라셨다.

하지만 두 분 다 자신의 의견을 내게 강요하지는 못했다. 이모가 내 편을 들어 준 것과 별개로, 두 분은 부모로서 나와 시간을 그리 길게 보내지 않아서.

그게 대학교 졸업할 때였나, 언제였나. 엄마와 단둘이 술을 마셨던 날. 중요할 땐 방치했다가 진로 결정할 때가 되어서야 참견하는 게 염치없게 느껴진다는 말을 취중에 들은 적이 있었다. 그 말을 들었을 땐 살짝 놀란 게 사실이지만, 솔직히 방치당한 입장에서는 그렇게 생각하실 필요 없다고 대인배처럼 굴 수가 없었다.

이모한테 하는 것처럼 애교 떨 생각은 죽어도 못하고, 평범하게 친한 척 굴기에는 또 조금 서먹하고. 배운 게 방치뿐이라 나도 똑같이 방치를 할 수밖에 없었다. 그래서 부모님과 나 사이에는 가까운 것보다는 멀고 먼 것보단 가까운 거리감이 있었다.

하지만 아무리 그래도 밥도 못 먹고 잠도 잘 못 잔다는 둥 엉망으로 살고 있다는 말은 하기가 조금 그랬다. 걱정을 끼치는 것도 끼치는 거지만, 기껏 반대를 무릅쓰고 선택한 진로인데 제대로 못 사는 것 같은 모습을 보이기도 싫어서.

그렇게 말없이 커피만 마시고 있으려니 엄마가 자리에서 일어나 냉장고 문을 열었다. 이어서 냉동실 문까지 열어 보는 엄마의 입에선 작게 한숨이 새어 나왔다.

그럴 만도 했다. 얼마 전에 대청소를 하면서 싹 비운 탓에 냉장고 안이 텅 비어 있었으니까. 그 이후엔 집에서 잠만 자다시피 한 탓에 뭔가를 사서 채워 넣을 새가 없었고.

음식물 쓰레기가 널려있는 것보단 낫지만, 오히려 엄마 입장에선 텅 빈 게 더 신경 쓰이겠지……. 나는 커피잔을 쥔 채 엄마의 눈치만 살폈다. 잠시 후, 자리로 돌아온 엄마가 커피를 한 모금 마시더니 청천벽력같은 소리를 꺼냈다.

"너 선이나 볼래?"

생각도 못 한 말에 하마터면 마시던 커피를 뿜을 뻔했다. 나는 급하게 삼킨 커피에 사레가 들려 켁켁대다가 겨우 입을 열었다.

"갑자기 무슨 소리야? 나 결혼 생각 없어."

"일찍 결혼하고 싶어 했잖아, 항상. 어릴 때부터."

"……."

그건 정말로 어렸을 때의 일이었다. 이모는 몰라도 엄마가 그걸 기억하고 있을 줄은 몰랐는데.

잠시 멈칫했던 나는 엄마의 시선을 눈치채고 서둘러 입을 열었다.

"됐어. 나 사귀는 사람 있어."

사실 사귀는 사람 있다고 당당하게 말하기엔 조금 양심에 찔리는 상태였다. 하지만 선을 거절하기에 이보다 더 확실한 말은 없으니까.

그리고 내가 내뱉은 그 말 때문에 나는 다시 한번 생각해 보게 됐다. 만약 서윤과 제대로 헤어진 상태였다면 나는 엄마 앞에서 선을 거절한답시고 사귀는 사람 있단 말을 꺼낼 수 있었을까?

아마 그러지는 못했겠지.

그렇다면 나는 서윤과 헤어진 게 아니라고 생각하고 있는 걸까? 그렇다기엔 얼굴을 본 것도, 연락을 주고받은 것도 한참 전인데.

아, 모르겠다.

흑과 백을 분명하게 가리기엔 정리되지 않은 감정의 찌꺼기가 아직도 증발되지 않은 채 남아 있었다. 나는 그 껄끄러운 감정을 의미 없이 더듬으며 새까만 커피잔을 내려다봤다.

그때.

"애인이랑 헤어진 거 아니야?"

"……어?"

너무 놀라 심장이 철렁 내려앉았다. 번뜩 고개를 들자 엄마는 무덤덤한 얼굴로 커피잔을 들고 있었다.

"네 이모가 그러던데. 애인 생기더니 그래도 냉장고 좀 채워 놓고 산다고. 지금은 텅 비어 있는 거 보니 챙겨 줄 사람이 없나 보지."

"……."

직업병인가? 우리 엄마지만 눈치 하나는 진짜 소름이 끼칠 정도였다. 나는 입술을 혀로 한 번 핥은 후 떨떠름하게 대답했다.

"청소해서 그래. 마감이었잖아. 집에서 뭘 못 먹었더니 유통기한 지난 게 많길래."

"딱히 냉장고뿐만이 아니라……. 안 그러던 애가 묘하게 시니컬해진 것도 그렇고. 남자 잘못 만나 고생한 사람처럼."

"내가?"

다른 건 몰라도 남자 잘못 만나 고생한 건 사실이었다. 그래서 뭐라 말을 못 하고 우물쭈물하는데 엄마가 커피를 홀짝이며 말을 이었다.

"넌 혼자 살면 엉망으로 살 타입이라 챙겨 줄 사람 있어야 해. 그러니까 남자 만나려거든 돈은 못 벌어도 자기 주제는 아는 놈으로 만나. 너한테 챙김받으려는 사람 말고 너 챙겨 줄 사람."

"아빠처럼?"

"너희 아빠는 주제 파악 못 해. 그러니까 주제도 모르고 내 발목을 잡았지."

엄마는 입꼬리를 살짝 올렸다. 나는 저 미소에 담긴 뜻이 뭘까 추측하는 대신 조용히 눈만 굴렸다.

결혼 초, 시댁 때문에 엄청 고생한 엄마는 지금도 종종 아빠에 대해 냉소적으로 얘기하곤 했다. 결국 시댁과는 오래전에 연을 끊었고, 아빠에 대한 정이 없는 것도 아니지만, 그렇다고 모든 앙금이 해소된 건 아닌 것 같았다. 그저 이제는 어쩔 도리가 없으니 그냥 안고 살아가는 것일 뿐.

그러고 보면, 그런 걸 안고도 어떻게든 살아갈 수는 있구나. 그것도 이렇게 오랜 세월을.

나는 아직 어른이 못 되어서 그냥 넘길 수 없는 건가? 그렇다고 치기엔 당시의 엄마는 나보다도 어린 나이였는데.

그럼 그냥, 안고 가는 것 외에 달리 방법이 없다고 생각했기 때문에 참을 수 있었던 걸까. 선택의 여지가 없어서.

그럼 반대로 선택의 여지가 있었다고 하면 엄마는 아빠를 포기했을까?

문득 드는 묘한 생각에 테이블 위로 비친 내 얼굴을 들여다봤다.

한참을 그러고 있는데 탁, 하고 커피잔이 테이블 위에 놓이는 소리가 들렸다. 고개를 들어 맞은편을 보니 엄마가 자리에서 일어나고 있었다. 커피잔은 비어 있었다.

엄마는 내게 말도 없이 드레스룸으로 향했다. 나는 그제야 정신을 차리고 따라 일어났다.

"엄마, 그냥 둬. 진짜 나 혼자 해도 돼."

"어차피 바빠서 오래 못 있어. 부족한 거나 채워 줄 테니까 정리는 알아서 해."

엄마는 그렇게 말하며 옷장 문을 열었다. 그 안엔 올봄 세탁소에서 비닐이 씌워져 온 그대로 걸어 놓은 겨울 외투들이 줄지어 늘어서 있었다. 엄마는 손가락 끝으로 외투들을 뒤적거리다 미간을 모았다.

"외투가 너무 없다. 나가서 좀 사야겠네."

"없다니? 많잖아."

"다 너무 얇잖아. 두꺼운 거 하나 정도는 있어야 무슨 일 생겼을 때 고생을 안 하지."

롱패딩 있는데. 하나뿐이지만.

그렇게 말해 봐야 씨알도 안 먹힐 테니 그냥 입을 다물고 있는 게 최선이었다. 엄마랑 이모는 마치 물과 불처럼 성격이 전혀 다른데, 하려고 마음먹은 건 기필코 해야 하는 성미만큼은 꼭 닮았다. 그걸 보면 확실히 자매는 자매인가 싶고.

내가 한숨을 내쉬는 사이 엄마는 본격적으로 팔을 걷어붙이고 옷장 정리를 시작했다. 말은 부족한 걸 채워 준다더니 있는 걸 내다 버리는 쪽으로.

덕분에 정리가 끝났을 때쯤엔 옷장이 냉장고처럼 텅 비어 버렸다. 엄마는 스웨터 등 웃옷의 종류가 얄팍해진 것과 너무 활동성 없는 치마만 잔뜩인 걸 지적하다가 구석으로 손을 뻗었다. 옷장 문에 기대어 서 있던 나는 엄마가 쇼핑백을 들어 올리고 나서야 그게 뭔지 알아차렸다.

"이건 뭔데 쇼핑백에서 꺼내지도 않았어?"

종종 가는 브랜드의 로고가 박힌 검은색 쇼핑백. 채 말리기도 전에 엄마가 그 안에 들어있는 물건을 꺼냈다.

새파란 셔츠. 남성용인 데다 반팔이라 사이즈는 물론 계절에도 맞지 않았다. 눈동자만 위아래로 움직여 옷을 확인한 엄마가 묘한 눈으로 나를 바라봤다. 나는 뻣뻣하게 굳은 혀를 간신히 움직였다.

"……집에서 입으려고 샀다가, 까먹어서."

"그래? 넌 차가운 색보다 따뜻한 색이 더 어울리는데."

"집에서 입을 건데 뭐."

대충 둘러댄 나는 엄마 손에서 셔츠를 낚아채 도로 쇼핑백에 넣었다. 그러고는 원래 있던 구석 자리에 처넣고 옷장 문을 닫았다.

"다 했으면 밥 먹자. 나 배고파."

그런 내 행동이 의심스러웠는지 엄마는 눈을 가늘게 뜨고 나를 봤지만, 별달리 추궁을 하진 않았다.

나는 일부러 부산을 떨며 엄마를 드레스룸에서 데리고 나왔다. 쇼핑백을 보고, 드레스룸에 있는 거울을 봤더니 뭔가가 떠올라서 도저히 엄마를 여기에 있게 할 수가 없었다.

다 식다 못해 잔의 안쪽 표면에 까만 줄을 남긴 커피를 싱크대에 부어 버리고 잔을 치운 뒤 옷을 챙겨 입었다. 엄마가 바쁘다고 해서 화장은 간단하게만 했다. 준비를 마치고 거실로 나갔더니 어느새 외투를 찾아 입은 엄마가 현관에서 기다리고 있었다.

식당은 엄마가 가자는 곳으로 그냥 따라갔다. 나한테는 첫 끼였지만, 시간이 애매해서 거의 점심도 아니고 저녁에 가까운 식사가 됐다.

기분이 심란한 걸 제외하면 식사는 다 좋았다. 조용한 분위기에, 격식 있는 차림에, 만족스러운 맛까지. 먹고 얘기하다 보니 복잡했던 마음이 조금 풀리기도 했다.

그 이후 엄마가 만족할 때까지 쇼핑에 어울려 줬더니 해가 떨어졌다. 바쁘다고 한 말이 거짓말은 아니었는지 엄마는 종종 시계를 확인했다. 그래도, 엄마가 이제 가야겠다는 말을 하기 전까지 굳이 시간 얘기는 꺼내지 않았다. 오랜만에 집까지 왔는데 굳이 쫓아내는 것처럼 보이고 싶지 않아서.

또, 사실 이 말은 이모한테 좀 미안했지만, 옷 취향은 이모보다 엄마랑 더 잘 맞았다. 그래서 쇼핑이 전혀 지루하지 않았다. 이래서 피는 못 속인다는 걸까.

돌아올 때는 엄마가 차로 집 앞까지 바래다줬다. 오랜만에 같이 시간을 보내서인지, 처음 엄마 얼굴을 보고 당황했던 게 무색

할 정도로 마음이 편했다.

"안까지 들어가지 말고, 그냥 이 앞에 세워 줘요."

차가 멈추고 안전벨트를 풀자 엄마가 같이 내리려 했다. 나는 그럴 거 없다고 손을 흔들었다.

"그냥 있어요. 바로 출발할 거잖아."

나는 뒷좌석으로 가서 나란히 놓인 쇼핑백들을 가지고 내렸다. 엄마는 운전석에 앉은 채 나를 쳐다보고 있었다. 나는 잘 가시라고 인사하기 위해 조수석에 바짝 붙어 그 너머로 엄마의 얼굴을 바라봤다.

"조심히 들어가세요. 들어가서 연락하고."

"그래. 저녁 거르지 말고."

방금 먹은 게 저녁 아니었냐고 묻는 대신 나는 그냥 말없이 웃었다.

착각일까? 엄마가 희미하게 한숨 비슷하게 내뱉는 소리가 들렸다. 나는 묘한 기분으로 엄마의 얼굴을 보다가 충동적으로 입을 열었다.

"엄마."

엄마가 나를 올려다봤다. 나는 이 질문이 엄마에게 어떻게 들릴지 몰라 잠시 망설였다. 하지만 이미 엄마를 불러 버렸고, 엄마는 내 말을 기다리고 있었다. 딱히 둘러댈 말을 찾지 못해 결국 머릿속에 떠올랐던 질문을 그대로 내뱉었다.

"아직 아빠 사랑해?"

"사랑하지."

생각보다 너무 명쾌하게 돌아온 답에 나는 눈만 깜빡였다. 왜 의외라고 생각했지? 두 분 사이가 안 좋은 것도 아닌데.

그런데 엄마가 잠시 백미러를 쳐다보다가 한마디를 덧붙였다.

"그런데 좋아하진 않아."

사랑하는데 좋아하진 않는다고?

그게 무슨 뜻인지 채 짐작하기도 전에 엄마가 내 쪽으로 손을 뻗었다. 마치 머리를 쓰다듬으려는 것 같아서 머리를 엄마 쪽으로 내밀었다. 그 행동에 엄마는 내 머리를 한 번 쓸어 주고는 미소 지었다.

"넌 같이 있는 게 좋은 사람이랑 만나. 사랑하니까 참아야 하는 사람 말고."

"……."

순간 내 눈동자가 흔들리는 게 느껴졌다. 손을 도로 거둔 엄마는 내게 물러나라 손짓하고는 창을 올렸다.

차창 위로 비친 내 모습이 엄마의 얼굴 위로 겹쳐 보였다. 한마디 말로는 설명하기 어려운, 하지만 어쩐지 목소리를 낼 수 없게 만드는 그런 얼굴이었다.

이윽고 차가 출발했다. 나는 마치 못 박힌 듯 그 자리에 서서 차가 멀어지는 모습을 보다가 몸을 돌려 걸었다.

*

집으로 들어온 나는 쇼핑백을 소파 위에 대충 올려놓고 소파에 앉았다. 불도 안 켜고, 외투도 벗지 않고.

그 상태로 멍하니 앉아 있다가 몸에서 힘을 풀었더니 거의 바닥에 흘러내리듯 몸이 미끄러졌다.

앉은 것도 누운 것도 아닌 불량한 자세로 소파에 한참을 기대 있었더니 허리가 아파 오기 시작했다. 그제야 소파 위로 기어 올라가 제대로 누운 나는 또 아무것도 하지 않은 채 멀거니 천장만 바라봤다.

해가 진 상태에서 불을 꺼 놓으니 그리 늦은 시간이 아닌데도 마치 한밤중 같았다. 이대로 눈을 감으면 그대로 잠들 수 있을 것 같았다.

그냥 잘까, 하는 충동이 들었지만 아직 외투도 벗기 전인 데다 화장도 지우지 않은 게 생각났다. 아, 그냥 한 번 닦으면 말끔하게 클렌징까지 되는 마법의 수건 같은 거 안 나오나. 누가 개발해 주면 얼마가 되든 살 텐데.

끙 소리를 내며 게으름을 부리던 나는 어차피 할 거 빨리하자고 이성을 총동원해 상체를 일으켰다. 분명 오늘 아침에 늦게 일어났는데 왜 이렇게 피곤할까? 그저 외출 한 번 했을 뿐인데 앞으로 해야 할 일이 많다는 것도 억울했다. 이제 욕실에 들어가서 씻고, 옷 갈아입고, 옷 정리를…… 그건 내일 하자. 딱 씻기만 하고 자야지.

"근데 정말 많이도 샀다……."

미적미적 몸을 일으키다가 크기도 색깔도 다양한 쇼핑백들에 시선을 주었다. 옷도 한 종류만 산 것도 아니고 코트에 치마에 참 다양하게 사서…… 저걸 정리하는 것도 일이 될 게 틀림없었다. 생각 같아서는 그냥 쇼핑백째로 옷장에 넣어 놓고 싶었다.

"……."

줄지어 늘어진 쇼핑백들을 보니 떠오르는 게 있었다. 잇새로 절로 흘러나오는 한숨을 흘려보낸 뒤 나는 무거운 몸을 일으켰다.

드레스룸으로 들어와 아까 엄마가 열었던 옷장 문을 다시 열었다. 던지듯이 처박아 놓은 쇼핑백이 구석진 곳에 자리해 있었다. 나는 그 안에 손을 넣어 내용물을 꺼냈다. 쇼핑백 자체를 험하게 취급한 탓인지 빳빳했던 새 옷은 여기저기가 다 구겨져 있었다. 나는 그걸 꺼내 넓게 펼쳐 봤다.

걔 품이 이렇게 컸던가. 나는 묘한 기분에 가만히 셔츠만 들여다보았다.

하긴, 가슴도 등도 넓기는 했다. 이제는 기억이 가물가물한 탓에 정확히 떠오르지는 않지만……. 생각해 보면 그것도 조금 신기했다. 날짜로 따지면 겨우 한두 달 정도밖에 안 된 일인데, 왜 머나먼 과거의 일처럼 아득하게 느껴지는 걸까.

나는 고개를 힘껏 흔들어 새삼스러운 감상을 떨쳐 냈다. 머나먼 과거의 일이면 어떻고 현재의 일이면 어떻단 말인가. 이제는 나랑 상관없는 일인데.

"이것도 버려야겠지……."

애초에 왜 생각이 안 났을까 싶었다. 관련된 물건은 다 버렸다고 생각했는데, 왜 이건. 함께 나눈 기억이 아니라서인가.

나는 들고 있던 옷을 내려놓고 옷장에 기대 거실을 바라봤다. 전등도 다 꺼져 있는데 어째서인지 불이라도 켜진 듯 환하게 보였다. 동시에 잊고 있던 목소리가 기억 너머에서 희미하게 들려왔다.

'선배.'

종종 이렇게, 기별도 없이 생각날 때가 있었다.

서로에게 몸을 기댔던 기억이 짙어서일까? 소파에 앉아서 TV 소리도 없이 가만히 있을 때면 종종 그때 생각이 났다. 소파뿐인가? 침실, 욕실, 부엌, 이 집 구석구석 이서윤의 기억이 없는 곳이 없었다. 심지어 이 드레스룸까지 쳐들어왔으니까. 그땐 진짜 식겁했는데.

"하아……."

또 이렇게 그 애 생각을 하고 있다. 한숨은 곧 헛웃음이 되었다.

그러니까, 집에 있는 짐을 가져다 버리는 걸로는 턱도 없었다. 아마 온 집 안의 가구를 다 갖다 버리고 새로 들여도 천장을 보면 생각날 거다. 그러고 보니 그런 일도 있었지, 하고.

처음부터 집에 들이지 말았어야 했던 걸까.

차라리 호텔 방만 전전하는 사이였더라면 쉽게 잊어버렸을지도 모르겠다. 임지수는 원래 미련을 못 버리는 성격이니 꼭 그러리란 법도 없지만, 그래도, 그런 걸 모두 감안하더라도 이서윤은 임지수의 일상에 너무 깊게 들어와 있었다. 그땐 사귀는 사이도 아니었는데 어설픈 애인 사이보다 더 가까웠으니까.

그럼 지금은 뭘까.

나는 여태 입고 있는 외투의 주머니를 뒤져 핸드폰을 꺼냈다. 메신저를 뒤져 이서윤의 이름을 찾는데 스크롤을 한참을 내려야 했다. 당연하게도, 마지막 메시지는 과거의 그 시간에 그대로 멈춰 있었다.

그동안 메시지를 보내 볼까 하는 생각을 안 해 본 건 아니다. 하지만 결국 전송 버튼을 한 번도 누르지 못하고 핸드폰을 꺼 버렸다. 지금은 바쁘다는, 누구도 묻지 않은 핑계를 스스로에게 대면서.

"……."

한숨이 나왔다.

그래, 이렇게 차일피일 미루다가 시간이 훌쩍 지나가 버린 거다. 서윤은 기다리겠다고 했고, 우리 둘 다 확실하게 헤어지자는 말을 안 했으니 아마 이건 고착상태에 가까운 거겠지.

하지만 서로에게 조금의 일상도 공유하지 않는 지금을 사귄다고 할 수 있을까? 애초에 헤어지자, 사귀자, 그런 말이 중요하긴 할까? 헤어지자는 말만 안 한 지금의 사이가 사귀자는 말만 안 한 그때의 사이보다 뭐가 낫다고.

사실은 이미 헤어진 걸 수도 있지. 내가 연락을 하든 말든 그런 건 아무 상관 없이, 어쩌면 이서윤은 벌써 날 잊었을 수도 있다. 이대로 조금만 더 머뭇거리면 그 애와 함께한 시간보다 대화 한 마디 안 나눈 시간이 더 길어질 거고, 그때쯤 되어서는 연락해 봐야 떨떠름한 반응만 돌아올 수도 있다.

그럴 바에는, 정리라도 확실하게 하는 게 맞지 않을까.

둘 다 새 시작이라도 할 수 있게. 그때 그랬어야 했다고 마음에 걸리는 거라도 남지 않도록. 문장을 맺는 데에 마침표가 필요하듯이 사람과의 관계에도 그런 게 필요할 때가 있으니까.

나는 잠시 핸드폰을 내려다봤다. 생각에 잠겨 엄지손가락으로 미끄러운 액정을 문지르다가…… 충동적으로 통화 버튼을 눌렀다.

심장이 뛰었다. 가슴속에서 울리는 그 소리가 어찌나 큰지 맥을 짚지도 않고 심박 수를 잴 수 있을 것 같았다. 그사이 통화음이 서너 번 정도 울리고, 전화가 연결됐다.

그 순간 나는 숨을 조금 가쁘게 내쉬었다. 무슨 말을 해야 할까. 머릿속이 하얘져서 망설이고 있는데, 수화기 너머에서 목소리가 들려왔다. 낯선 목소리가.

—네, 이서윤 씨 핸드폰입니다.

"……."

여자 같은데. 누구지?

예상 못 한 상황에 머리가 띵해져서, 아까와는 다른 이유로 입술이 얼어붙고 말았다. 나는 의미 없이 아, 하는 소리만 몇 번 내뱉다가 겨우 말다운 말을 내뱉을 수 있었다.

"저, 서윤이…… 대학 선배인데요. 서윤이는……."

—아, 저는 서윤 씨 매니저입니다. 서윤 씨가 지금은 통화가 곤란한 상황이라서요. 전하셔야 할 용건이 있으면 남겨 드릴게요.

대단히 사무적인 목소리였다. 그에 안도인지 불안인지 모를 감정들이 이리저리 뒤섞여 내 가슴을 뒤흔들었다. 나는 선불리 답을 못하고 괜히 머리카락만 만지작거리다 겨우 입을 뗐다.

"아뇨, 그냥 아무 말씀 말아 주세요. 나중에 따로 연락할게요."

—네, 알겠습니다.

"감사합니다."

나는 그렇게만 말하고 전화를 끊었다. 두근대는 심장이 아직도 잘 진정이 안 됐다.

화면이 꺼진 핸드폰을 쥐고 이마를 매만지다가, 다시 핸드폰을 내려다보다가. 나는 화면을 켜서 통화목록을 살폈다. 이서윤, 1분 12초. 역시 잘못 건 게 아니었다.

방금 뭐였지? 머릿속으로 이런저런 망상이 자꾸 뻗어 나갔지만 애써 차분하게 생각해 봤다.

괜히 꼬아서 추측할 거 없이 그냥 일하는 중이었을 확률이 높다. 촬영 중이라 핸드폰을 매니저한테 맡겨 놨다면 매니저가 대신 전화를 받는 것도 그리 이상한 일은 아니다. 늦은 시간이긴 하지만, 연예인 스케줄은 원래 밤낮이 없으니까.

"……."

아니지, 아니야. 촬영 중에 어떻게 전화를 받아. 일하는 중이라면 아예 안 받았어야 정상이지. 아니면 꺼 놓거나.

다른 데 연락 올 일이 있어서 받았다 하더라도, 일하는 중이면 주위에서 무슨 소리가 들렸어야 했는데 너무 조용했다. 게다가 일하는 중에 받은 통화라면 그냥 일하는 중이라 못 받는다고 하면 될 걸 굳이 곤란한 상황이라고 둘러댈 이유가 뭐지?

나는 손가락을 움직여 통화목록을 올렸다가 내렸다가를 반복했다. 통화 버튼에도 다시 손이 갔지만, 결국 누르지는 않았다. 다시 전화해 봐야 또 매니저가 받을 게 뻔하니까.

술렁이는 가슴을 어찌하지 못한 채 고개를 들어 거실 쪽을 바라봤다. 빛이 없는 그곳은 그저 깜깜하기만 했다. 불이 켜진 듯한 착각 같은 건 더 이상 들지 않았다.

*

혹시 몰라 기다려 봤지만, 자고 일어나서 점심이 가까워질 때까지 연락은 없었다. 그렇게 나는 점심이 다 되어서도 소파에 누워 핸드폰만 들여다봤다. 정리되지 않는 상념이 내 머릿속을 떠나지 않고 있었다.

부재중 통화목록을 아직 발견 못 한 걸까. 만약 발견했는데 연락이 없는 거라면 뭐라고 받아들여야 하지. 그냥 이렇게 끝나는 건가?

아니, 다른 사람은 몰라도 이서윤은 말없이 흐지부지 끝낼 성격이 아니었다. 오히려 잠수는…… 내가 탔지. 그런데 왜 이제 와서 이렇게 안절부절못하고 있는 걸까.

그런 스스로가 이제는 우습지도 않았다. 그동안 그렇게 일부러 무시하듯 생각 안 하려고 애썼으면서, 겨우 전화 한 번 제때 안 받았다고 핸드폰만 붙들고 있다니. 아무래도 임지수의 구질구질함에는 약이 없는 모양이었다. 그 난리를 겪고도 이러고 있는 거 보면.

그렇게 자학하면서도 나는 핸드폰을 손에서 놓지 못했다. 오히려 계속 전화번호부만 살피고 또 살폈다. 확실히 그동안은 바빠서 생각을 못 했던 게 맞는 모양이었다. 좀 한가해졌다고 바로 상념이 밀려드는 걸 보면.

하지만, 계속 미룰 수는 없는 거니까. 언젠가는 연락을 하긴 해야 했다. 정리해야 할 얘기가 있으니까.

"정리……."

지금 내가 하려는 게 정리인가? 확실하게 헤어지자고 도장을 찍어 버리면 이런 잡념들도 다 사라질까?

헤어진다.

어쩐지 심장 근처가 묵직하게 내려앉았다. 가슴께를 문지르다가 상체를 일으킨 나는 고민 끝에 메신저 창을 켰다. 해 볼 생각이었다. 연락을. 이서윤에게.

그렇게 결단을 내린 건 좋았지만, 나는 또 기나긴 고민에 빠졌다.

전화보다는 메시지가 나으려나. 메시지는 또 뭐라고 보내지. 뭐해? 잘 지냈어? 시간 돼? ……나는 그 말들을 썼다가 지우고 또 썼다가 지웠다. 생각나는 모든 말이 다 구질구질했다. 시간만 새벽 두 시였으면 딱 술 먹고 전화하는 구여친이었다.

"하아……."

그렇게 아무런 소득 없이 시간만 흘렀다. 아무도 재촉하지 않았는데, 나는 나 혼자 초조해져서 높이 든 핸드폰만 죽어라 노려봤다.

중요한 건 메시지 한번 보낸다고 끝이 아니라는 거였다. 무슨 내용이든 보냈다고 치자. 답이 돌아오면? 그래서 왜 연락했냐고 물으면? 만나자고 해야 하나? 만나서는 또 무슨 말을 하고?

'널 용서할게, 다시 사귀자?' 장난하는 것도 아니고 있던 정도 떨어질 거다.

'안 되겠어, 그만 정리하자.' 이건…… 싫었다. 그냥 싫었다.

그런데 그러면, 이 말도 못 하고 저 말도 안 하면 대체 무슨 말을 한단 말인가. 이 말 아니면 저 말은 꼭 해야 하는데.

하릴없이 입술만 잘근거리던 나는 죄 없는 핸드폰만 뚫어져라 보다가 문득 생각나는 말을 적었다.

[보고 싶어.]

"……."

아, 이건 아니다. 진짜 아니다.

이걸 이대로 보낸다고 생각하니 오싹 소름이 돋았다. 절대 이렇게는 못 보낸다. 고개를 흔들며 백스페이스 키에 손을 가져가는데.

"악!"

순간 핸드폰이 손에서 미끄러져 내 이마를 때리고는 소파 밑으로 튕겨 나갔다. 저 쪼그만 게 무거우면 얼마나 무겁다고, 맞은 이마가 너무 아파서 눈물이 찔끔 났다.
"운도 더럽게 없지……."
하필이면 왜 또 이마에 정통으로 떨어진단 말인가. 아무래도 올해 삼재인 게 틀림없…… 잠깐! 메시지!
나는 다급하게 일어나 바닥에 떨어진 핸드폰을 주워 들었다. 그 순간엔 통증이고 뭐고 없었다. 서둘러 버튼을 눌러 메신저 화면을 확인하는데…….
"미친!"
설마가 사람을 잡는다더니 메시지가 날아갔다. 하필이면, 하필이면 그런 말을 썼을 때 핸드폰을 떨어뜨려서! 또 하필이면 거기서 전송 버튼이 눌려 버려서!
인생 최대의 흑역사 적립 위기 앞에서 나는 바쁘게 머리를 굴렸다. 이걸 어떻게 하지. 삭제하면 되나. 아니, 삭제하면 삭제된 메시지라고 떴던 걸로 기억하는데.
"뭘 이따위로 만들어 놨어!"
삭제 기능을 이렇게 넣을 거면 대체 왜 넣은 거야! '삭제된 메시지가 있습니다'라니, 나 조금 전에 너한테 되게 이상한 메시지 보냈어, 하고 고백하는 거나 다름없잖아! 개발을 이따위로 하고도 월급을 받는단 말이지!
오만가지 욕을 다 쏟아 내는 머리와 달리 핸드폰을 쥔 손은 굳어서 움직이지를 않았다. 삭제를 할까 말까. 안 하면 이 뒤엔 또 뭐라고 하나. 사실 보고 싶은 건 네가 아니라…… 너 말고…….
생각나는 게 없었다. 결국 나는 진부한 말을 쓰기 시작했다.
잘못 보낸 거야.
그렇게 쓰고 보내려는데, 그 순간 메신저에 읽음 표시가 떴다.

그걸 보고 얼어붙은 사이 메시지가 날아왔다. 나는 눈도 깜빡이지 못하고 마른침만 겨우 삼켰다.

[어딘데요?]

"……."

긴장돼 잔뜩 올라가 있던 어깨가 툭 떨어졌다. 머릿속에 산발적으로 떠다니던 생각들이 순식간에 휘발되어 사라졌다.

텅 비어 버린 내 머릿속에 들어온 건 내가 쓰다만 메시지였다.

[잘못 보낸 거야.]

잘못 보낸 게 맞는데, 왜 이 말을 못 하겠지.

나는 괜히 화면을 문질렀다. 정확하게는, 어딘데요 하고 떠 있는 메시지를. 그 옆에 함께 뜬 오늘 날짜와 시간을.

사실 메시지 자체는 별 내용 아니었다. 나도 보고 싶어요도 아니고, 그냥 어디냐고 물었을 뿐인데.

그런데 왜 이렇게 정겹고 그리운 느낌이 드는 걸까.

스스로도 이해하지 못할 감정을 다스리려 나는 한참의 시간을 소비했다. 그런 내 사정을 알 리 없는 서윤은 내가 말이 없는 동안 또 한 통의 메시지를 보냈다.

[잘못 보냈어요?]

그 아래의 쓰다만 메시지와 정확하게 겹쳐지는 그 메시지가 내 심장을 조여 왔다. 망할 자식. 날 어떻게 이렇게 잘 알고 있는 거야. 이런 것까지 다 알 필요는 없는데.

문득 서윤과 처음 자고 난 다음 날, 내가 하려는 변명에 서윤이 다 안다는 듯 선수 쳤던 말이 생각났다.

'실수였다고요?'

성장한 줄 알았는데 실은 변한 게 없었던 걸까. 상황에 휩쓸려

저질러 놓고 감당하기 어렵다는 이유로 실수라고 얼버무리는 그 때와.

실수라고 변명하려는 나에게 자긴 실수하지 않았다며 뻔뻔하게 대답하던 이서윤이 생각났다. 자신이 저지른 일이 뭔지 분명하게 알고 있다고, 무르지도 도망치지도 않겠다고 하던.

그래, 확실히 넌…… 도망치진 않았지. 자기가 저지른 일에 부딪혀서 깎여 나갔지. 지금도 그러고 있는 중이고.

나는 조용히 화면을 응시하다가 천천히 자판을 두드렸다.

[나 집이야. 넌 어딘데?]

[저도 집이에요. 그쪽으로 갈까요?]

나는 잠시 생각하다가 답을 보냈다.

[아니, 중간에서 만나자. 갈 만한 데 있니?]

[찾아볼게요.]

그러고는 잠시 대화가 끊겼다. 입장 정리가 어떻게 될지도 모르는데 각자 집에서 만나는 것보다는 따로 장소를 찾는 게 맞겠지.

나는 핸드폰을 내려놓고 소파 테이블 위의 노트북을 열었다. 상대가 공인인 탓에 아무 데나 갈 수는 없으니 프라이빗 룸이 있는 곳을 찾아야 했다.

가능하면 조용한 동네가 좋겠는데.

그렇게 생각하며 포털사이트에 중간지점쯤의 역 이름과 프라이빗 룸을 입력했다. 그리고 검색 버튼을 누르려는데…… 문득 화면 오른쪽의 실시간 검색어가 눈에 들어왔다. 잘못 봤나? 롤링 배너라 휙 지나가 버려서 확신할 수가 없었다. 나는 미간을 굳히며 배너를 펼쳐 봤다.

16위쯤에 익숙한 이름이 있었다. 반사적으로 그 이름을 눌러서, 줄줄이 뜨는 기사를 읽어 본 나는, 그만 온몸이 싸늘하게 굳어서 순간 아무 생각도 하지 못했다.

[야 너희 집 어디야.]

생각하기도 전에 먼저 핸드폰으로 메시지를 입력하고 있었다. 나는 그대로 발송 버튼을 누르며 자리에서 벌떡 일어났다.

[네?]

[내가 간다고 집 주소 뭐냐고.]

당황한 듯한 그에게 다그치듯 메시지를 보내고는 단숨에 외투를 꺼내와 걸쳤다. 그리고 차 키만 챙겨서 집을 나섰다. 나는 조급하게 엘리베이터를 기다리며 필사적으로 이서윤의 집에 갔었던 기억을 떠올렸다.

길은 자세히 기억나지 않지만, 지나쳤던 역이름이 대충 기억났다. 거기까지 가면 찾아갈 수 있을 것 같다는 생각이 들자 몸이 알아서 움직였다.

단숨에 주차장으로 내려가서 내비게이션에 역이름을 입력하고 액셀부터 밟았다. 나중에서야 서윤에게서 도착한 메시지를 확인하고 경로를 변경했다. 내 머릿속엔 오직 한가지 생각뿐이었다.

"나쁜 새끼……!"

절대 가만 안 둬!

*

집 주소를 달라고 윽박지른 건 괜한 짓이었다. 마치 내 머릿속에 내비게이션이 설치된 것처럼 서윤의 집으로 가는 길이 정확하게 떠오른 것이다. 딱 한 번 가 본 길을 이렇게 정확하게 기억하다니, 내 기억력이 이렇게 좋은 줄은 나도 몰랐다.

하지만 너무 화가 난 상태라 감탄할 여력조차 없었다. 나는 보이는 주차장에 차를 대어 놓고 서윤의 집으로 달려갔다.

문 앞에 도착하자마자 미친 듯이 초인종을 눌렀다. 얼마 지나지 않아 도어락이 풀리는 소리가 들리고 문이 열렸다. 그 잠깐의 시간이 왜 이렇게 길게 느껴지는지. 이윽고 익숙하고도 낯선 느낌의 그림자가 내 얼굴 위로 드리워졌다.

이서윤이었다.

진짜 이서윤이었다. 환청도 아니고 환각도 아닌, 진짜 이서윤.

대낮이라 거실에서 쏟아지는 햇빛이 현관까지 들이쳐 그의 머리와 어깨 위로 하얗게 내려앉고 있었다.

이런 느낌이었던가. 이렇게 따스하고, 그립고, 정겨운 느낌이었던가.

그때까지 하던 생각은 물론 감정까지 모두 잊고 꼼짝도 할 수가 없었다.

아. 그냥 나온 말이 아니었구나.

나는 정말로 보고 싶었던 거야, 이 애가.

"……선배?"

가슴 안쪽에서부터 무언가가 차올랐다. 나는 눈을 깜빡이며 머뭇거리고 있는 서윤의 얼굴을 뜯어봤다.

언제 염색했는지 머리카락은 도로 검은색이 되어 있었고, 턱선은 마지막으로 봤을 때보다 조금 더 날렵해져 있었다. 살짝 창백한 피부, 다물린 입술, 깨끗한 목, 그리고…… 라운드 넥 한쪽에 조그맣게 삐져나온 거즈를 본 순간 잊고 있던 분노가 솟구쳐 올랐다.

"서, 선배?"

나는 두 손으로 이서윤을 밀쳐 그를 도로 집 안으로 처넣고는 안으로 따라 들어가 문을 세게 닫았다.

서윤이 놀라 주춤거리는 사이, 나는 그를 벽으로 몰아붙인 후 티셔츠를 잡아당겨 맨어깨를 드러냈다. 아니, 맨어깨가 아니었다. 내 눈에 들어온 건 반창고로 고정된 커다란 거즈였다.

"너 이거 뭐야."

"선배, 좀 진정……."

"뭐냐고. 대답해."

재차 다그치자 이리저리 눈을 굴리던 서윤이 내 눈치를 보며 입을 열었다.

"……별거 아니에요. 그냥 사고였어요."

그냥 사고? 별 게 아니야? 촬영장 조명이 무너져서 어깨가 찢어지고 그대로 구급차에 실려 가서 8센티미터나 되는 상처를 꿰맨 게 별거 아닌 사고라고?

"왜 연락 안 했어?"

지은 죄를 알기는 하는지, 내내 내 눈치를 보던 서윤이 그 말에는 조금 미묘한 표정을 지었다.

"왜냐니, 선배가……."

"내가 뭐."

"……기다리라고……."

"장난해? 사고 난 건 연락을 해야 할 거 아니야!"

이서윤은 괘씸하게도 여전히 억울한 표정이었다. 나는 너무 열이 받아서 다치지 않은 그의 어깨를 퍽 하고 쳤다. 별로 아프지도 않은지 떨떠름한 얼굴로 어깨를 문지르는 게 더 열 받았다.

"너 지금 시위해? 헤어졌다 이거야? 볼일 끝났으니까 이제 상관도 하지 말라 이거지!"

"아니 무슨…… 얘기가 왜 그렇게 돼요? 연락 끊긴 와중에 다쳤다고 말하는 것도 웃기잖아요. 아무리 급해도 자해공갈단 같은 짓은 하기 싫었다고요."

"알 게 뭐야! 사고도 아니고 입원도 아니고 퇴원 소식을 그것도 뉴스 기사로 알게 해? 아예 부고 문자를 보내지 그랬냐? 이 나쁜 놈아! 네 맘대로 해! 그냥 헤어져!"

"선배!"

너무 열이 받아서 되는 대로 소리치고 나가려는데, 서윤이 눈 깜짝할 새 문을 가로막고는 내 팔을 붙잡았다.

있는 힘껏 떨쳐 내자 서윤이 내 팔을 놓아주긴 했다. 하지만 문 앞에서 비켜서진 않았다. 그는 살벌하게 노려보는 시선에 꿈쩍도 안 하고, 도리어 달래는 어조로 내게 말했다.

"여기까지 와 놓고 무슨 결론이 그래요. 일단 진정 좀 해요."

"진정? 진정을 하라고?"

이서윤의 사고 뉴스는 내가 전화를 걸었다가 매니저가 받았던 바로 그때 올라왔다. 하필이면 휴일이라 다른 사람을 만나지도 않았고, 하루 종일 엄마랑 있느라 웹서핑 같은 걸 하지도 않아서 어쩌면 미리 알 수도 있었을 사고 소식을 이제야 안 거였다.

그러니까, 사람들이 다 이서윤에 대해 떠들고 있을 동안 나만 그에게 일어난 일을 몰랐던 거다. 나만.

아팠을 거면서. 내 생각도 분명히 했을 거면서. 그런데 왜 그렇게 아무렇지도 않은 얼굴을 해. 아픈 게 너라서? 내가 아니라서?

안 그래도 열 받는데 더 열이 받았다. 이걸 가라앉히기 위해 뭐라도 해야 할 것 같았다.

지금 이 순간 이서윤을 제일 빡치게 할 수 있는 말이 뭘까? 문득 엄마가 했던 말이 생각났다. 나는 필터도 거치지 않고 바로 소리 질렀다.

"나 선볼 거야!"

그러자 서윤이 어처구니없다는 표정을 지었다.

"갑자기 무슨 선이에요?"

"갑자기는 무슨 갑자기야. 나 예전부터 완전 결혼하고 싶었어. 잘생기고 키 크고 몸 좋은 남자랑."

"그 얘기 예전에 끝나지 않았어요? 옷 잘 입고 어리기까지 하면 금상첨화겠네."

"야!"

아, 빡쳐! 솟아오르는 분노에 머리가 다 띵해서 잠깐 비틀거리는데, 갑자기 몸이 붕 떴다. 정신을 차리고 보니 서윤이 날 어깨에 둘러매고 어딘가로 가고 있었다.

"뭐 해! 내려놔!"

혹시나 다친 어깨에 무리가 갈까 제대로 반항도 못 하고 허둥거리는 사이, 어느새 내 몸은 소파에 눕혀졌다. 당장 일어나려는데 서윤의 상체가 가까워졌다. 그걸 발로 막자 거기까진 예상 못 했는지 서윤의 얼굴에 살짝 금이 갔다. 덕분에 속이 좀 시원해졌다.

"하지 마. 어딜 감히."

내 의기양양한 목소리에 서윤의 눈이 가늘어졌다.

"뭘 하려는 줄 알고요?"

"뭐든 간에 하지 말라고."

"아무것도 안 해요."

서윤은 내 등 뒤로 손을 뻗어 소파 위에 있던 핸드폰을 집어 들었다. 뭘 하려고 저러나 지켜보는데, 서윤은 아무것도 안 하고 그걸 그냥 테이블 위로 치우기만 했다. 내가 그대로 소파에 누워 버리면 핸드폰이 등에 걸릴 것 같았나 보다.

서윤은 그대로 다시 소파 등받이에 기대어 앉았다. 자연스럽게 그의 상체를 막았던 내 두 발은 얼결에 그의 허벅지 위로 올라갔다. 내가 자세를 가다듬을 새도 없이 서윤이 자신의 어깨를 내려다보며 말했다.

"이거, 상처가 길어서 그렇지 그렇게 깊지는 않았어요. 수술 끝나고 바로 퇴원했고."

"그걸 변명이라고 해?"

"반대 상황이었으면 선배는 저한테 연락했겠어요? 화난 건 알겠는데 나 지금 아프니까 알고 있으라고?"

"……."

나는 할 말이 없어 입술을 꾹 다물었지만, 화난 표정을 풀지는 않았다. 대신 두 다리를 끌어모아 팔로 안았다.

서윤은 소파 위에 쪼그려 앉은 나를 물끄러미 보기만 했다. 그러다 이 침묵이 어색해질 때쯤 다시 물어 왔다.

"솔직히 말하면 조금 기대는 했어요. 어차피 기사 다 뜰 테니까, 선배가 보고 먼저 연락해 주지 않을까 하고."

그래서 그렇게 답이 빨랐던 건가?

"저 다친 거 알고 걱정돼서 연락해 준 거죠?"

"……아니거든. 연락하고 나서 알았어. 만날 곳 검색해 보려다가."

"그럼 그냥 마음이 바뀌어서 연락했던 거예요?"

괜히 뻗대는데 오히려 서윤은 말갛게 웃었다. 그 얼굴이 꽤 기뻐 보여서……. 고여 있던 분노는 갈 곳을 잃고 휘발되었다. 핀잔을 주려니 입도 안 떨어졌다. 나는 무릎을 끌어안은 채 하릴없이 한숨만 내뱉었다. 마음이 너무 복잡했다.

"몰라. 나 아직도 너 미워. 괘씸하고."

"그런데 보고는 싶고?"

"……그거 실수였거든."

"무슨 실수를 메시지 창 열고 타자 입력하고 전송 버튼까지 눌러가면서 해요."

"그러니까 전송 버튼은 내가 누른 게 아니라고……."

말을 하면 할수록 구차해지는 변명에 몸이 소파 아래로 푹 꺼졌다. 내 무덤을 내가 판다는 게 꼭 이런 기분일까. 시선을 피해 허공만 응시하는데 서윤이 소파 아래로 내려와 내 앞에 무릎을 꿇고 앉았다.

"선배."

그렇게 눈높이가 같아지고 얼굴마저 가까워졌다. 나는 그 시선을 피해 고개를 돌리다가 마음을 바꿔 그를 마주 바라봤다.

서윤은 어쩐지 기쁜 듯도 하고 슬픈 듯도 한 표정을 짓고 있었다. 그는 내 머리카락이며 이마, 눈썹 같은 곳에 차례로 시선을 주다가 천천히 입술을 달싹였다.

"실수였으면 그런 걸로 해요."

그 말이 왜 이렇게 마음 아픈지.

무슨 말이든 하려고 했는데 순간 목이 잠겨 소리를 내지 못했다. 그사이 서윤이 사뭇 다정한 목소리로 나를 달랬다.

"그래도 여기까지 왔으니까, 다시 돌아가더라도 잠깐만 있어요. 오늘 일어난 일 다 실수라고 치고."

마음이 너무 복잡했다. 이러지도 저러지도 못하고 있는데 서윤이 고개를 기울이며 내 얼굴을 들여다봤다. 내가 여전히 대답이 없자, 그는 어리광이라도 부리듯 눈꼬리를 늘어뜨리며 제 어깨를 가리켰다.

"저 진짜 아픈데."

"……."

"스무 바늘 넘게 꿰맸는데……."

나는 못 이기는 척 한숨을 내뱉고 눈을 감아 버렸다. 내 무언의 허락을 알아들었는지 옆에서 작게 웃는 소리가 들렸다.

잊고 있었던, 아니, 잊은 줄 알았던…… 그리운 웃음소리.

*

점심을 안 먹었다는 내 말에 서윤이 뭔가를 만들어 주겠다고 부엌으로 들어갔다. 그사이 나는 거실에 앉아 괜히 주변을 둘러봤다.

이 집이 이런 느낌이었나?

예전에 왔을 때는 제대로 둘러보지 못했더니 누워 있던 방 외에는 기억나는 게 없었다. 딱히 할 일도 없겠다, 나는 자리에서 일어나 이리 기웃 저리 기웃 거실을 돌아다녔다.

그러다가 장식장 위에 놓인 사진을 발견했다. 서윤이 혼자 찍힌 사진이라 그냥 봐선 별로 특별할 게 없어 보이지만, 나는 알고 있었다. 같이 여행 갔을 때의 사진이다. 내가 찍어서 직접 현상까지 해줬으니 못 알아볼 리 없었다.

"……."

내가 그런 것처럼 나와 관련된 물건을 전부 버렸을 거란 생각은 하지 않았지만……. 내 흔적이 남은 물건을 이렇게 눈에 잘 띄는 곳에 뒀을 거란 생각도 하지 않았다. 오며 가며 이 사진을 보다 보면 나를 떠올리지 않을 수 없었을 텐데. 그때마다 무슨 생각을 했을까.

심란한 마음에 사진을 외면한 나는 거실 반대편으로 걸음을 옮겼다. 그러다 벽 전면에 붙어 있는 전신 거울을 마주하고 그대로 굳어 버렸다.

"미친……."

이 꼴로 여기까지 왔단 말이야?

민낯인 건 그렇다 치고, 정신없이 달려오느라 반쯤 뻗친 머리에 옷차림은 집에서 입고 있던 옷 그대로였다. 다 구겨진 박스티에 밖에는 절대 못 입고 나갈 길이의 반바지. 그나마 손에 잡히는 대로 걸친 카디건이 종아리까지 내려와 다행이었다. 오는 길에 마주친 사람이 없었던 건 천운이었고.

아니, 천운은 무슨 천운이야. 이 꼴을 이서윤이 다 봤는데!

"미쳤어, 미쳤어……."

부엌이 있는 쪽을 흘끔거린 나는 얼른 화장실로 들어가 대충 머리만 정돈했다. 솔직한 마음으론 화장도 하고 싶고 옷도 갈아입고 싶었는데 이 집엔 내 물건이 하나도 없었다. 아…… 나는 왜 이 꼴로 집을 나왔지? 제발 딱 한 시간만 시간을 되돌릴 수 있다면 얼마나 좋을까.

그러나 그런 기적은 당연히 일어나지 않았고, 나는 거울을 보며 어떻게든 내 상태를 손보려 애쓰다가 포기하고 밖으로 나왔다. 그사이 집안에는 맛있는 냄새가 솔솔 퍼지고 있었다.

"선배, 다 됐어요."

"아, 응."

살짝 젖은 머리카락을 손으로 매만지며 부엌으로 들어왔다. 서윤은 식탁 위에 접시를 내려놓고 있었다.

잘 구워 낸 목살 스테이크에 구운 감자와 버섯을 가니쉬로 얹고는 그 옆에 익힌 채소까지. 집에서 만든 거라고는 도저히 믿기지 않는 이 플레이팅도 참 오랜만이었다. 나는 새삼 대단하다 생각하며 서윤이 권하는 자리에 앉았다.

"넌 집에서도 항상 이렇게 먹어?"

"심란할 때는요. 공들여 요리하다 보면 잡생각이 사라져서."

잡생각이 사라진다, 라. 나는 그 잡생각이 뭔지는 굳이 묻지 않았다. 대신 찬물로 입안을 헹구고 포크와 나이프를 집어 들었다. 그때 내 맞은편에 앉은 서윤이 식탁 위로 팔짱 낀 팔을 올리더니 나를 빤히 바라봤다.

"그런데 선배, 많이 급했나 봐요."

순간 식기를 쥔 손이 움찔 멈췄지만, 나는 아무렇지도 않은 척 고기를 썰었다.

"뭐. 별로 꾸밀 필요를 못 느껴서."

"슬리퍼도 짝짝이로 신고."

"……."

음식이 입으로 들어가는지 코로 들어가는지 모르겠다.

내가 아무 말도 하지 않자 서윤은 가만히 웃더니 더는 말을 걸지 않았다. 나는 식사에 집중한 척 계속해서 곁눈질로 서윤을 바라봤다.

착각인가. 기억하는 것보다 약간 더 야윈 것 같은데.

반쯤 내리깔린 얇은 눈꺼풀이 어딘가 예민하다는 인상을 줬다. 안색이 조금 창백한 건, 사고 때문에 놀라서 그런 건가. 설마 아직도 아픈 건 아니겠지. 자꾸 신경이 쓰였다.

그렇게 잡다한 상념을 이어가며 쉬지 않고 식기를 놀렸더니 어느새 그릇이 다 비워졌다. 서윤은 빈 그릇을 보고 살짝 웃으며 내게 물었다.

"더 줄까요?"

"아니…… 괜찮아. 배불러."

잘 먹었어, 하고 인사하자 서윤은 또 웃었다.

그가 빈 접시를 들고 자리에서 일어나길래 내가 정리하겠다고 따라 일어났지만, 그는 앉아 있으라며 냉장고에서 요구르트를 하나 꺼내주었다. 내가 애도 아니고. 중얼거리는 말을 들었는지 못 들었는지, 서윤은 싱크대 앞에 서서 설거지를 시작했다. 나는 그 뒷모습에 시선을 둔 채 요구르트를 홀짝였다.

"오늘은 스케줄 없어?"

"미룰 수 있는 건 다 미뤘어요. 그래도 며칠 못 쉬기는 하지만……. 일단 오늘은 괜찮아요."

"그럼 내일은?"

"비어 있을걸요."

"그럼 모레는."

"비우죠, 뭐."
얘 좀 봐.
"뭘 다 비어 있대. 너 잘렸니?"
"생각 중이에요."
뜻밖의 폭탄선언에 나는 깜짝 놀라 눈을 크게 떴다.
"은퇴하게?"
"당장은 아니고요. 연기하는 게 좋기는 한데 꼭 카메라 앞일 필요는 없지 않을까 싶어서."
"무대로 가려고?"
"모르죠. 하고 싶다고 맘대로 되는 것도 아니고. 그냥 가능성은 열어 두려고요. 시간이야 많으니까."
말을 마친 서윤은 그릇을 깨끗하게 닦고 가지런히 정리했다. 그냥 일상적인 움직임일 뿐인데 반듯하게 느껴지는 건 왜일까. 나는 그가 마른행주로 싱크대를 정리하고 손을 씻는 것까지 지켜봤다. 그러다 무심코 입을 열었다.
"서윤아."
내 목소리에 담긴 무게를 알아차린 걸까. 서윤은 잠시 멈칫했지만 이쪽을 돌아보지는 않았다. 나는 여전히 그의 등을 보며 말을 이어 나갔다.
"나 너 잊었어."
못 들었을 리가 없는데 그의 등은 그저 고요하기만 했다.
잠시 후 서윤이 돌아서더니 내게 다가왔다. 딱히…… 아무런 동요도 없는 얼굴이었다. 내 앞에 선 그는 손가락을 들어 내 머리카락을 조금 넘겨 줬다. 물기를 느끼고 살짝 웃은 그는 천천히 손가락을 움직여 이마에서부터 귀를 지나 목덜미까지 내려갔다.

이윽고 그의 입매가 부드럽게 호선을 그렸다.

"선배. 거짓말 잘 못 하잖아요."

순간 표정이 흔들렸다. 그러니까, 내 표정이.

나는 괜히 서윤을 노려보듯 올려다봤다. 그는 그냥 미소 짓기만 할 뿐 별말이 없었다. 나는 입술을 깨물다가 한숨을 내쉬고 물었다.

"넌 내가 용서가 돼?"

"제가 선배를 용서할 일이 뭐가 있다고."

"내가 계속 그 새끼 이름만 불러 댔잖아. 네 앞에서."

서윤은 잠깐 입을 다물고 있다가 말을 꺼냈다.

"합의한 일이었잖아요."

"합의는 그 새끼랑 나도 했어. 걔가 날 겁탈했니? 아니잖아. 그래도 난 걔가 미워. 용서가 안 돼."

이젠 다 흘려보낸 감정이라 생각했는데 다시 언급한 것만으로 눈시울이 붉어졌다. 그 사실이 억울해서 또 감정이 복받치려 하는데, 서윤이 두 손으로 내 뺨을 감싸 쥐었다.

너무 조심스럽고 또 아득하게 느껴지는 손길에 나는 그의 얼굴을 올려다봤다. 또 눈물이 나려는 걸 간신히 참았다.

"나랑 같이 있으면 그 일이 계속 생각날 거야. 애초에 첫 단추를 잘못 끼웠어. 대체 왜 그랬어. 하고 많은 방법 중에 왜 하필 그거였어."

"미안해요."

서윤은 딱 그 말만 하고 나를 조심히 끌어안았다. 나는 그를 밀어내지도, 마주 안지도 않은 채로 숨만 몰아쉬었다. 서윤은 그런 내 등을 가만히 쓸어 주면서 말했다.

"그런데 전 선배 미워한 적 없어요."

"거짓말."

"정말인데. 저도 사람이니까 야속하게 느껴진 적은 있지만…… 야속한 거랑 미운 건 다르잖아요."

나는 대답하지 않았다. 그러자 서윤이 한쪽 무릎을 꿇고 나와 눈높이를 맞췄다. 나는 행여라도 눈이 마주칠까 그의 시선을 피했다. 그렇게 도망가는 나를 그는 뒤쫓지 않았다. 대신 조심스레 내 손을 잡고 허벅지 위에 머리를 기댔다. 마치 온기를 나눠 주는 반려동물처럼.

"저는요, 그냥 선배한테 잘해 주고 싶었어요. 또 행복했으면 했고요. 슬프거나 힘든 일은 없었으면 좋겠고, 또 있더라도 거기에 의지가 되어 주고 싶었고……. 그리고 또, 그 모든 자리에 그냥, 같이 있고 싶었어요. 그러니까 선배랑 같이 있던 시간은 후회하지 않아요."

"……."

"후회하는 건 그거예요. 선배가 말한 대로, 선배 스스로 거기에서 빠져나오도록 하지 않은 거……. 그때는 그 방법뿐이라고 생각했는데 그건 제 욕심을 채우기 위한 최선의 방법이었던 거고……. 선배를 위한 최선을 생각했다면 그 길만은 선택해서는 안 됐던 게 맞죠."

나는 서윤을 내려다봤다. 그가 내 무릎 위에 엎드린 탓에 그의 얼굴이 보이지 않았다. 대신 그의 뒤통수만 내려다보며 나는 속으로 물었다.

그럼 다시 그날로 돌아가면 이번엔 다른 선택을 할 거야?

짐작건대 왠지 아닐 것 같았다. 다른 선택을 하는 게 아니라 했던 선택을 좀 더 보완하려 들겠지. 거의 성공할 뻔한 길을 놔두고 굳이 다른 길을 선택하려는 사람은 없으니까.

혹시 모든 사실을 말하고 정면에서 부딪히게 한다 해도 넌 여전히 너 자신을 수단으로 써서 날 그 지옥에서 빼내려고 했을 거야. 나 혼자서는 버틸 수 없었을 테니까.

그래, 버틸 수 없었을 거다. 혼자였다면 절대로. 난 나 자신을 자책하느라 나를 망친 그 새끼를 마음껏 미워하는 것조차 제대로 못 해내고 있었으니까.

넌 나를 이용해서 네 욕심을 채우려고 했지만, 동시에 너를 이용해서 내가 나 자신을 용서하게 만들었어. 나를 향한 나의 미움을 대신 다 뒤집어쓰면서.

"오히려 제가 묻고 싶어요. ……선배는 제가 용서가 돼요?"

그런 너를 내가 어떻게 미워할 수 있을까.

나는 우리가 첫 단추를 잘못 꿰었던 그날을 떠올렸다. 그때의 나는, 새파랗게 어린 후배가 잠자리를 제안하는데 왜 '너 나 좋아하니?'라는 말 한마디조차 떠올리지 못했을까.

답은 하나뿐이었다. 세상 그 누구도 임지수 같은 걸 진심으로 좋아하지는 않을 거라고 생각했으니까.

그래서 그 일이 네게 아무것도 아닌 거라고 생각했던 거다. 그래서 그렇게 쉽게 제안한 거라고. 오로지 그것뿐이라고.

그 순간에 날 좋아하는 거냐고 한 번이라도 물어봤다면 뭔가 달라졌을까?

"물어봐 주길 바란 적 없어? 혹시 나 좋아하냐고."

서윤은 바로 대답하지 못했다.

"잘 모르겠어요. 바란 것 같기도 하고……."

"그런데 왜 말을 안 했어."

조금의 원망이 담긴 말에 서윤은 희미한 웃음소리를 냈다.

"선배도 알잖아요. 왜 말 못 하는지."

"……."

"그래도 전 선배한테 좋아하는 사람만 없었으면 말해 봤을 거예요. 일단은 거절하더라도 날 신경은 썼을 테니까. 원래 연애라는 게 그렇게 시작하는 거잖아요. 괜히 신경 쓰는 것부터."

괜히 신경 쓰는 것.

괜히 보고 싶고, 괜히 목소리를 듣고 싶고, 괜히 생각나고…….

아무 이유 없이 괜히 그의 이름을 떠올렸던 날들을 곱씹으며 나는 손을 들어 서윤의 머리카락을 쓰다듬었다. 그러면서 나는 지금까지 서윤에게 연락하지 않았던 이유를 생각했다.

너무 쉽게 용서해 버릴 것 같아서.

마지막에 만났을 때조차도 그랬다. 조금 죄책감 어린 표정을 지어 보인다고 금세 안쓰러움을 느끼고, 그런 스스로에게 환멸까지 나고. 앞뒤 분간도 없이 그냥 넘어가 버리고 싶은 마음이 그냥 다 호르몬의 장난 같고 진짜 내 마음이 아닌 것 같아서. 진짜 내가 아닌 것에 휘둘리는 것만 같아서. 거리를 둬야만 생각도 마음도 정리가 될 것 같아서.

그리고 지금은…….

"실수 아니었어."

서윤의 어깨가 내 무릎 위에서 움찔 떨렸다. 잠시 후 그가 고개를 들어 나를 바라봤다. 이번에는 피하지 않고, 그의 눈을 보며 나는 다시 말했다.

"보고 싶다고 보낸 거. 실수 아니었다고."

서윤의 까만 눈동자 너머로 고요히 파문이 번져 나갔다. 그는 말없이 내 손을 잡아 자신의 뺨을 감싸게 했다. 그리고 눈을 감으며 꼭 체향이라도 맡듯이 내 손바닥에 입을 맞췄다. 어쩐지 그걸로 대답을 들은 것 같았다.

잠시 후 서윤이 무릎을 반쯤 폈다. 의자에 앉은 나와 그의 눈높이가 비슷해졌다. 그림자가 가까워지고, 숨이 닿을 것 같은 거리에서 우리는 그저 시선만 마주한 채 얼마간을 그러고 있었다.

눈을 감았다. 잠시 후 입술에 무언가 닿는 느낌이 났다.

동시에 나는 그를 끌어안았다. 그 역시 나를 끌어안고……. 우리는 그렇게 온기를 나누며 조금 웃었다.

"서윤아."

"네."

괜히 한번 불러 본 이름에 그는 곧바로 답을 돌려주었다. 여전히 거리가 가까워 웃을 때마다 입술이 자꾸 닿았는데, 그때마다 옮겨 온 온기가 허전했던 가슴 한구석을 조금씩 채워 주었다.

같은 크기에 같은 질량이 아니면 어때. 이렇게 나누면 되는걸.

나는 그를 끌어안은 팔에 힘을 주었다. 단 한 번도 누군가와 함께하는 미래를 그려 본 적이 없는 나지만, 지금은 비현실적인 공상을 마음껏 펼쳐도 될 것 같았다.

"그러고 보니까 너 박민준한테 내 핸드폰 돌려받으러 갔다며. 무슨 생각으로 그런 거야?"

"무슨 생각으로 그런 거긴요. 선배 물건 그 새끼가 가지고 있는 게 마음에 안 들어서 그랬죠."

"그런데 왜 못 돌려받았어?"

"사귀는 증거를 내놓으라는데 당장 내놓을 수 있는 게 없잖아요. 아, 선배 핸드폰이 켜지기만 했어도 사진 보여 줄 수 있었을 텐데."

"꿈 깨. 내 핸드폰에 네 사진 없거든?"

"왜요?"

"왜긴 왜야? 황다빈 같은 인간이 내 핸드폰 주워다가 퍼트릴까 봐 그랬지. 그리고 있었어도 못 봤을걸? 핸드폰 잠가 놔서."

"어, 저 패턴 아는데."

"뭐? 그걸 네가 어떻게 알아?"

"어떻게 알긴요. 옆에서 봤으…… 아, 아파요!"

"이게 아주 사생활 보호는 지나가던 개나 줬지? 고개 돌려. 당장 패턴 바꿀 거니까."

"사귀는 사이에 이 정도 사생활은…… 아야! 아, 알았어요. 안 볼게요."

"……."

"됐어요? 저 이제 고개 돌려도 돼요?"

"아직 기다려. 생각하는 중이니까. ……근데 나 뭐 하나 생각난 거 있는데."

"뭔데요?"

"너 저번에 지갑에 넣어 다닌다면서 명함 사이즈로 내 사진 받아간 거 있잖아. 그거 보여 줬으면 된 거 아냐?"

"에이, 그걸 어떻게 보여 줘요."

"왜 못 보여 줘?"

"그 사진 제가 엄청 심혈을 기울여서 고른 거거든요? 새삼 반하면 어쩌라고 그걸 보여 줘요? 나 보기도 아까운데."

"……."

"선배, 저 목 아픈데 아직도 고개 돌리면 안 돼요?"

"……안 돼, 아직. 좀 더 그러고 있어."

"이 위치에서도 선배 얼굴 빨개진 건 보이는데요. ……아야! 선배, 저 환자! 아!"

"매를 벌어요, 매를 벌어. 넌 맞아도 싸!"

"항복, 항복! 잘못했어요, 이제 안 할게요!"

그렇게 웃고, 화내고, 짜증도 내면서. 우리는 많은 이야기를 나누었다. 정확하게는 지나간 이야기들을.

마치 잘못 꿰어 어긋난 단추를 끝에서부터 다시 푸는 것처럼, 하루하루 거슬러 올라가며 그때 했던 생각들, 미처 하지 못했던 말들을 나누었다. 전하지 못한 마음과 함께.

마침내 이 모든 일의 시작이었던 첫 단추까지 풀었을 때, 창밖은 어두워져 있었다. 조금 지쳐서 자기 몸을 담요 삼은 나를 서윤이 다정하게 안아 주었다.

"신기하다."

"뭐가요?"

"박민준 이름 들어도 이제는 짜증이 하나도 안 나."

"잘됐네요. 이젠 짜증도 저한테 내요."

"싫어. 이제 너한텐 좋은 것만 주고 싶은데 왜 나쁜 것까지 달래."

"선배가 주는 거니까요."

"……."

"선배가 주는 건 다 좋아요. ……정말 다."

문득 웃음이 나왔다. 마지막으로 봤을 때 박민준이 했던 말이 떠올라서.

같은 속도로 못 걸을 거라고. 한 번도 남한테 맞춰 준 적 없으니 상상을 못 하는 거겠지. 그 자리에 서서 기다릴 생각, 뒤돌아서 따라갈 생각. 맞춰서 함께 걸을 생각.

과연 그 자식이 알게 되는 날이 올까? 조금 느리게 걷더라도, 제 속도를 내지 못하는 게 답답하더라도, 맞잡은 손의 온기 덕분에 지치지 않을 수 있다는 걸.

"사랑해요, 선배."

"……응, 나도."

손을 조금 들어 올리자 서윤이 당연하다는 듯 내 손을 잡아 왔다. 단단하게 깍지 껴 동그랗게 하나 된 우리의 손이 마침표임과 동시에 새로운 관계의 씨앗으로 느껴졌다.

우리가 이 손을 놓지 않는 이상, 이 씨앗은 싹이 되고 꽃이 되겠지.

이제부터는 함께 걷자. 뒤에 있지도 말고, 앞에 있지도 말고. 지금 맞잡은 이 손을 그대로 꼭 잡고 걷는 거야.

다시는 어긋나지 않게.

에필로그

콜 유어 네임

Call your name

서윤과 극적인 화해를 하고 며칠 뒤의 일이었다.

[웃기는 소식 하나 있음.]

퇴근 준비 중 혜은이 뜬금없이 메시지 하나를 보내왔다. 웃기는 소식이라니, 설마 얘가 나랑 농담 따먹기를 하자는 건 아닐 테고. 나는 혜은의 기준으로 웃긴 이야기라는 게 뭘까 잠깐 고민하다가 답장을 보냈다.

[뭔데?]

[황다빈한테서 돈 좀 빌려 달라고 연락 옴ㅋㅋㅋㅋㅋ]

"뭐?"

설마 이런 이야기일 줄은 몰랐다. 나는 황당해서 핸드폰 화면만 내려다보다가 어깨에 멨던 핸드백을 내려놓고 의자에 앉았다. 왠지 이야기가 길어질 것 같은 예감이 들었다.

[진짜 그거야? 차용증?]

[그럴 걸ㅋㅋㅋㅋ 한두 푼도 아닌데 한꺼번에 상환요구 했다

더라. 지금 여기저기에 다 돈 꿔 달라고 찌르는 중인가 본데 솔까 누가 걔한테 돈을 빌려주냐?]

메시지 전체에서 혜은이 유쾌해하는 티가 났다. 솔직히 나도 웃기긴 했다. 아무리 그래도 그렇지, 자기 기분 나쁘다고 진짜 그 큰돈을 한 번에 달라고 해? 박민준도 인간이 참 얄팍하다 싶었다.

[황다빈 걘 차용증 쓰면서 변제 기일도 작성 안 했대?]

[박민준이 또 사람 좋은 척했겠지. 뭘 기한을 정해, 그냥 여력 될 때 천천히 갚아 하면서. 황다빈이야 멍청해서 그냥 그런 줄 알고 넘어갔을 거고.]

[대체 얼마를 빌린 거야, 걘?]

[액수보다는 돈 끌어올 데가 없다는 게 더 문제일걸? 안 그래도 2금융권 대출도 안 돼서 사채에 손댈 뻔한 거 박민준한테 손 빌린 거였으니까ㅋㅋㅋ]

이걸 고소하다고 해야 하나? 그 재수 없는 낯짝을 생각하면 잘됐다 싶기도 한데, 처자식 때문에 빌린 돈이라 생각하면 좀 찜찜하기도 했다.

하지만 따지고 보면 자업자득이었다. 애먼 여자친구 임신시켜서 속도위반으로 결혼한 것도 자기고, 능력 없어서 남의 돈 빌린 것도 자기고. 박민준이 다른 것도 아니고 돈을 걸고넘어지는 게 좀 의외긴 하지만…… 뭐, 빌려준 돈 돌려받는 게 나쁜 일은 아니지.

[황다빈이 못 준다고 버티면 좀 골치 아파지겠네.]

[없어서 못 준다고 하면 결국 법정까지 가야 하니까. 근데 언제건 일어날 일이었어. 성실하게 갚아도 껄끄러운 게 채무 관계인

데 황다빈이 그럴 리도 없고.]

확실히, 황다빈 그 뺀질이는 대학교 때에도 오백 원, 천 원 갚으라 하기 애매한 금액을 여기저기서 빌려 모아 밥 사 먹고 커피 마시던 인간이었다. 동전 하나라도 돈은 돈인데, 내놓으라고 하면 버럭 소리 질러 가며 멀쩡한 사람 구두쇠로 만들기 일쑤였지.

그 적은 액수도 제대로 안 갚는 인간이 큰돈이라고 갚을 리가? 나는 쯧쯧 혀만 찼다.

[연말도 다가오는데 기분 좋으라고 말해 줌. 크리스마스 선물이라고 생각해. 해피 홀리 데이!]

혜은의 메시지는 그걸로 끝이었다. 아무리 그래도 그렇지, 나 기분 좋으라고 다른 사람 불행한 소식을 전해 주면 어떡하냐. 고맙게.

[너도 휴일 즐겁게 잘 보내.]

방긋 웃는 이모티콘과 함께 답장을 보낸 후, 나는 핸드폰을 집어넣고 가방을 다시 어깨에 멨다. 그러고 정말 퇴근을 하려 자리에서 일어나는데 나도 모르게 피식 웃은 모양이었다. 옆에서 조금 늦게 퇴근 준비를 하던 예지가 의아한 얼굴로 물은 걸 보면.

"뭐 좋은 일 있으세요?"

"응? 아니. 별거 아냐."

내 기분과 관계없이 좋은 일이라기보다는 어처구니없는 일이었고, 또 어디 떠벌리고 다닐 만한 일도 아니었다. 그런데 내가 말을 얼버무리는 걸 어떤 의미로 받아들인 건지 예지가 입술을 삐죽였다.

"안 숨기셔도 되는데."

"응?"

"이서윤이요. 걔한테서 온 연락 아니에요?"

예지의 입에서 너무 당연하게 나온 이름에 나는 눈만 한 번 깜빡였다. 그러고 보니 얘한테는 서윤이랑 사귄다고 말했었지. 괜히 어딘가가 간지러워져 나는 애먼 목덜미를 긁적거렸다.

"아니…… 서윤이한테 온 문자를 뭐 하러 숨겨. 혜은이 문자야."

"혜은 선배요?"

예지는 내 말에 상당히 의외라는 표정을 지었다. 하긴, 다른 동아리 애들이랑은 연락 다 끊은 마당에 혜은이랑 아직 연락하는 줄은 몰랐겠지.

"그나저나 너 아직도 서윤이랑 사이 별로니?"

"딱히 좋지도 나쁘지도 않아요. 애초에 따로 연락은 안 하던 사이였고……. 지금은 그냥 언니가 훨씬 아깝다는 생각밖에 안 들어요."

굳이 말하자면 내 칭찬이기는 한데, 뭐라고 대꾸해야 할지 모르겠어서 그냥 애매하게 웃었다. 그러자 자리에서 일어나며 가방을 집어 들던 예지가 화제를 바꿔 물었다.

"그럼 언니, 연휴에는 시간 안 비시겠네요."

"응?"

"전시회 관람권 있어서 드릴까 했거든요. 제 거 빼고도 남는데 이게 딱 올해까지라서, 이번 연휴 아니면 못 쓸 것 같아서요."

"아……."

전시회라. 묘한 기색을 내비쳤더니 예지가 잠깐 멈칫했다.

"드릴까요?"

"어, 아니. 괜찮아. 난 선약 있어서. 선영이한테 얘기해 보지,

왜.”

“얘기해 봤는데 남친 만나기로 해서 못 갈 거 같다더라고요. 어쩔 수 없죠, 뭐.”

“…….”

예지와는 같이 스튜디오 문단속을 한 후 크리스마스 잘 보내, 하고 서로 배웅하며 헤어졌다. 홀로 주차장으로 내려와 차 키를 꽂은 나는 문을 열지도 않고 잠깐 가만히 서 있었다. 입꼬리가 축 처진 게 느껴질 정도로 기분이 별로였다.

왜냐하면, 다른 사람은 크리스마스에 만나 함께 시간을 보낸다는 남친이, 내 인생에도 드디어 나타난 첫 남친이, 이번 달에 시작한 드라마 촬영으로 눈코 뜰 새 없이 바빠 연휴에 시간을 못 낼 것 같다고 바로 어제 연락을 했기 때문이었다.

*

너만 바쁘냐? 그래? 나도 연말연시라서 더 빡세진 촬영 때문에 몸이 다 갈려 나갔지만 어떻게든 그날은 사수해 보겠다고 밤을 지새웠거든? 어? 크리스마스잖아! 심지어 첫 연애인데! 그래도 나름 생각해서 바깥에도 안 나가고 얌전히 집에서 놀자고 하려고 했는데! 그것도 못 하겠다고! 네가 그러고도 남친이야!

……라고 다다다 쏴붙이고 싶었지만, 참았다. 왜냐하면 어른이니까.

“하……. 어른은 개뿔.”

드라마 촬영이라는 스케줄이 절대 배우 맘대로 되지 않는다는 것 정도는 안다. 촬영이라는 게 원래 예상보다 시간이 길어지기도 하고 짧아지기도 하는 거라 소요시간을 예측할 수 없다는 것도 알고.

게다가 이날은 꼭 비워야 한다고 뻗대기엔 이서윤이 아무리 주연이라도 본인을 제외한 주조연들 대부분이 상당한 경력의 선배들이었다. 그걸 다 아는 마당에 어떻게 너무하다고 뻗대겠어.

그래도 그게 전부였다면 한 번 정도는 투정을 부려 봤을지도 모르겠다. 적어도 지금의 이서윤이 '대신 다음 데이트는 근사하게 준비할게요.' 하고 넘어갈 깜냥만 됐다면.

예전의 이서윤이라면 그게 됐겠지. 하지만 아직 내 눈치를 보고 있는 지금의 이서윤은 절대 그런 말 못 한다에 내 전 재산을 걸 수 있었다. 자기 잘못도 아닌데 연휴에 시간 못 낼 것 같다는 말을 어찌나 저자세로 하던지. 만약 내가 농담으로라도 불평을 했으면 곧장 드라마 하차하러 가지 않았을까. 하하하…….

그러니까 아마도, 임지수가 이서윤을 용서한 것과 별개로 이서윤은 아직 스스로를 다 용서하지 않은 걸 거다.

그래서인지 화해하고 처음 다시 내 집에 왔을 때 자신의 흔적이 모두 사라진 걸 보고도 별다른 반응을 보이지 않았다. 예전이었다면 자기가 준 거 다 버렸냐고 우는 시늉 정돈 했을 텐데……. 마치 그 물건들은 처음부터 없었던 것처럼 굴어서, 나도 굳이 지난 일에 대해 이야기를 꺼내기 뭐해졌다. 그렇게 우리 둘은 의식적으로 예전 이야기를 피하게 됐다.

사실 그게 특별히 나쁜 건 아니었다. 이미 다 지난 얘기를 꺼냈다가 분위기가 이상해지는 것보다는, 그냥 앞으로 뭘 할지를 얘기하며 서로 끌어안는 게 마음이 더 편했으니까.

하지만 안 하는 것과 못 하는 건 전혀 다른 이야기였다. 분명 시작이 잘못되긴 했지만, 그래도 그 애와 나 사이에 있었던 일이 전부 잊고 싶은 기억으로 채워진 건 아니었다. 개중엔 참 예쁘고 반짝반짝한 추억도 있는데, 그런 이야기가 나오기만 해도 녹슨 로봇처럼 삐거덕거리는 건 문제 아니냐고.

"이걸 어떻게 푼다……."

나오느니 한숨뿐이었다. 고개를 절레절레 흔든 나는 주차장에 차를 대고 엘리베이터에 탔다.

층수가 바뀌는 동안 핸드폰을 꺼내 확인했다. 그사이에 서윤한테서 연락이 와 있었다. 우는 이모티콘으로 점철된 메시지였다. 연휴에 만나지 못하는 걸 또 한 번 사과하는.

"후우……."

그러니까, 나 아직 한마디도 안 했거든? 아직 가벼운 투정 한마디 내뱉지도 않았는데 알아서 넙죽 기는 이 녀석을 내가 대체 어쩌면 좋으냐고.

[너 자꾸 울면 산타 할아버지가 선물 안 주는 것도 몰라?]

[저 올해 크리스마스에 선물 못 받아요?]

[못 받아. 너무 많이 울었어.]

[ㅠㅠㅠㅠㅠㅠ]

[또 운다, 또. 너 그러다 내년 크리스마스에도 선물 못 받는다?]

서윤은 그제야 웃는 이모티콘을 한가득 보냈다. 그래, 웃으니 얼마나 좋아. 나는 서윤이 또 우는소리를 하기 전에 지금도 촬영중이냐, 밥은 먹었냐, 안 힘드냐 줄줄이 메시지를 보내다가 오늘도 힘내라고 서둘러 마무리를 지었다.

[네, 선배도 푹 쉬세요.]

[그래.]

핸드폰을 다시 가방에 넣고, 진작 도착한 엘리베이터에서 내린 나는 무거운 한숨을 내뱉었다. 그래, 바쁜 애인한테 가볍게라도 투정 한번 부려 볼까 했던 내 죄지, 내 죄야.

"크리스마스가 뭐 별거라고……."

생각해 보면 임지수 평생을 통틀어 크리스마스를 특별하게 보냈던 적은 한 번도 없었다. 매년 가족이랑 있거나 혼자 보낸 게 전부였고, 그마저도 집에서 빈둥거리며 철 지난 아동용 영화를 보거나 혼자 치맥을 즐겼다. 그렇게 매해 크리스마스를 매주 돌아오는 일요일처럼 즐겼던 주제에 남자친구 하나 생겼다고 기분 축 처진 것부터가 에러였다.

게다가 나는 크리스마스에 늘어지게 늦잠이나 자다가 느지막하게 일어나 빈둥거릴 예정이지만 이서윤은 촬영장에서 제대로 쉬지도 못하고…….

"어?"

무심히 열어젖힌 현관문 안쪽에서 환한 빛이 쏟아지고 있었다.

요즘에는 불을 끄고 다니는데, 아침에 급하게 나오느라 불 끄는 걸 잊었던가? 고민하며 시선을 내리는데 종류별로 늘어놓은 신발들 안쪽으로 내 것이 아닌 가죽 구두 한 켤레가 보였다. 한 번도 본 적 없는 물건이지만 주인이 누구인지 유추하기는 어렵지 않았다. 나는 신발을 벗고 들어가 거실 안을 들여다봤다.

"이모?"

"왔어?"

소리는 부엌 안쪽에서 들려왔다. 방금 온 건지, 외투를 대충 벗어 의자에 걸쳐 놓은 이모는 소매를 반쯤 걷어 올린 채 냉장고 안에 무언가를 넣고 있었다. 상자가 큰 걸 보니 케이크인가?

"무슨 일이야? 연락도 없이."

"그냥 잠깐 냉장고만 채워 주고 가려고 했지. 휴일이라고 또 맥주만 마실까 봐."

과연 식탁 위에 아직 냉장고로 들어가지 않은 음식들이 잔뜩 보였다. 나는 그중 롤케이크 상자를 열어 플라스틱 칼로 한 조각 잘라 입에 넣었다.

"음, 맛있다."

"애 좀 봐! 접시에 덜어 먹지, 지금 손도 안 씻고 그걸 그렇게 집어 먹어?"

"안 죽어, 안 죽어. 근데 이거 어디서 샀어? 처음 보는 브랜든데."

"친구가 가게 냈대서 몇 개 사 와 본 거야. 크리스마스라고 빵집마다 난리더라."

"고마워요. 역시 이모밖에 없다니까? 엄마랑 아빠는 문자도 안 하던데."

"먼저 해 보지, 왜."

나는 손에 묻은 생크림을 쪽쪽 빨며 어깨를 으쓱거렸다.

"한 스물다섯까지 먼저 보내다가 빈정 상해서 그만뒀어. 맨날 나만 보내잖아."

그런 걸로 서운해할 나이도 지났고, 이제는 아무렇지도 않은데 이모는 괜히 자기가 미안해하면서 자기가 한바탕 잔소리해 주겠다고 호들갑을 떨었다. 나는 그럴 필요 없다고 이모를 좋게 말렸다. 잔소리로 바뀔 부모님이 아니기도 하고, 이제 와서는 그분들이 바뀌길 기대하지도 않으니까.

"그런데, 이모."
"응?"
냉장고 정리를 마친 이모는 같이 먹으라고 우유 한 잔을 따라 주고 롤케이크를 잘라 접시에 더 담아 주었다. 나는 그녀가 건넨 포크를 손에 쥔 채 머뭇거리며 말을 이었다.
"다음부터 우리 집 올 땐 먼저 연락하고 와 주면 안 될까?"
"어머? 없을 땐 그냥 막 다녀가라고 비밀번호까지 알려 줘 놓고는."
"뭐, 그때는 그래도 괜찮았는데…… 이젠 좀, 잘못하면 서로 민망한 상황이 생길지도 몰라서."
이게 대체 무슨 수치 플레인지 모르겠다. 민망한 상황은 이미 생긴 것 같아서 괜히 헛기침만 하는데, 이모가 눈을 동그랗게 뜨고 내게 물었다.
"너 애인이랑 헤어졌다지 않았어?"
"으응?"
"너희 엄마가 그러던데. 헤어진 것 같다고."
이모의 말에 기가 막히고 코가 막혀 헛웃음만 나왔다. 아니, 안 헤어졌다고 말했는데도 자기 맘대로 단정 지은 건 그렇다 쳐. 그걸 그새 동생한테 일러바치는 건 대체 무슨 경우야?
"헤어진 거 아냐. 지금 잘 만나는데."
"진짜야? 너희 엄마 성격은 별로여도 감은 꽤 좋은데."
"진짜라니까? 엄마가 착각한 거야."
그러자 이모가 눈을 가늘게 뜨고 말했다.
"설마 애인한테 집 비밀번호 알려 준 건 아니지?"
"안 알려 줬어, 그건."

"절대 알려 주지 마. 결혼해서 아예 같이 살기 전까지는 안 돼. 알았어?"

"그 정도는 나도 알거든요?"

롤케이크를 먹으며 웅얼거리자 이모가 다 먹고 말하라면서 잔소리를 했다. 딱히 할 말이 없어서 입에 든 게 떨어지지 않도록 계속 롤케이크며 우유를 입안으로 밀어 넣는데, 그런 내 속을 아는지 모르는지 이모가 가볍게 한숨을 내쉬었다.

"그럼 크리스마스는 바쁘겠네? 조카랑 놀까 했더니."

"으음…… 뭐."

바로 조금 전에 사이좋다고 말했는데 크리스마스는 혼자 보낸다고 말하면 이모가 의심을 할까, 안 할까. 답은 뻔했다. 그래서 대충 고개만 끄덕이는데 자리에 앉은 이모가 테이블에 턱을 괴고 날 보다가 문득 말했다.

"진짜 진지하면 이모한테도 소개해 줘 봐."

"……응?"

"그렇게까지 진지하진 않아? 결혼까진 아니야?"

"어어, 글쎄……."

뭐라 답하기 애매해서 나는 대충 답을 얼버무렸다. 이래저래 일이 많았지만 서윤과 난 정식으로 사귀게 된 지 얼마 되지 않았다. 당연히 결혼 같은 건 생각해 본 적 없었다. 그런 이야기를 나눠 본 적도 없고.

하지만 그런 사정을 알 리 없는 이모는 가볍게 혀를 한 번 찼다. 그 소리에 괜히 기가 죽은 나를 안 걸까? 이모가 나름 위로의 말을 건넸다.

"뭐, 꼭 결혼이 필수인 건 아니니까. 연애만 하는 것도 나쁠 건 없지."

평생을 비혼주의자로 살아오신 어른의 말씀이라 그런지 무게감이 남달랐다. 만약에 정말 수틀리면 비혼으로 사는 것도 나쁘지 않겠지. 그런 생각을 하면서도 머릿속 한구석으론 서윤의 얼굴을 떠올렸다.

결혼이라.

생각을 해 본 적이 없어서가 아니라, 아직 서로에 대해 모르는 게 많아서 이렇다 저렇다 결론을 내리기 어려운 문제였다. 일단 그런 화제를 꺼내는 것부터가 사귄 지 2, 3년은 되어야 하지 않나? 주변 이야기 들어 보면 만난 지 한두 달 만에 초고속으로 결혼하는 사람도 있지만……. 아직은 깊게 생각하고 싶지 않을뿐더러, 이서윤 역시 결혼을 생각하기엔 어렸다. 실질적인 나이도 나인데, 아무래도 직업이 직업이다 보니.

"그럼 이모는 이만 가 볼게."

"벌써?"

"벌써는? 아까 그거 얼른 비켜 달라고 겸사겸사 꺼낸 말 아냐?"

이모가 흘겨보며 건네는 말에 나는 어색하게 웃기만 했다. 그러고 보니 오늘이 크리스마스 이브였지. 아무래도 내가 저녁에 남자친구랑 데이트하는 줄 아는 모양이었다. 그것도 집에서.

"조심해서 가, 이모."

"그래, 다음에 올 땐 연락하고 올게. 민망한 상황 안 생기게."

"……자꾸 놀릴 거야?"

"그럼 우리 귀여운 조카 이때 아니면 또 언제 놀리려고."

그렇게 이모는 호호 웃으며 폭풍처럼 왔다가 폭풍처럼 떠났다. 이모가 가고 나서 씻고 옷을 갈아입은 나는 먹던 롤케이크 접시를 가져와 테이블 위에 놓고 거실 소파에 누웠다.

그렇게 멍하니 천장을 올려다보다 집이 조용한 게 마음에 들지 않아 TV를 틀고 핸드폰을 꺼냈다. 네모난 브라운관 속에선 사람들이 요란하게 웃고 떠드는데, 내 손에 든 조그마한 기계는 내내 침묵만 지키고 있었다.

[뭐 해?]

그렇게 물어봤자, 내가 마지막으로 보낸 메시지조차 확인하지 않은 이서윤이 바로 답장할 리는 없겠지.

결국 깜빡거리는 커서를 움직여 썼던 말을 지워 버리고 핸드폰을 내려놨다. 리모컨을 들어 채널을 바꾸는데 여기나 저기나 크리스마스 특선이라고 이미 봤던 것만 틀어 주고 있었다. 대충 아무 채널에 멈춰 소리만 키워 놓은 후 팔로 눈을 가렸다.

지금쯤 서윤이는 뭐 하고 있을까?

누워 있는 자세 때문일까? 하품이 저절로 나왔다. 나는 멍한 의식 속에 부유하는 하나의 생각을 잊은 채 천천히 눈을 감았다.

*

—선배.

익숙한 목소리에 눈이 번쩍 뜨였다.

놀라서 벌떡 일어나 고개를 두리번거리는데, 네가 들은 건 환청이었다고 누군가 비웃는 것처럼 주변은 조용하기만 했다. 다른 인기척 역시 느껴지지 않았고.

하지만 환청이라기엔 목소리가 너무 선명했는데. 나는 아직 반쯤 감긴 눈을 비비며 희끄무레한 시야를 억지로 밝혔다. 그때 익숙한 소리가 다시 들려 그쪽으로 고개를 돌렸다. 동시에 나는 서윤과 눈이 마주쳤다. TV 속에서 환하게 웃고 있는 이서윤과.

"……."

나를 부른다고 생각했는데 TV 속 이서윤이 부른 건 내가 아닌 드라마 여주인공이었다. 아까 아무거나 틀어 놓는다는 게 영화가 아닌 드라마 재방송 채널을 틀어놓은 모양이었다.

그러고 보니 저 드마라에서 서브 남주 역할을 했던 서윤이 여자주인공을 선배라는 호칭으로 불렀었지.

나는 TV 속에서 다른 여자를 선배, 선배 하고 부르는 이서윤을 묘한 눈으로 쳐다봤다. 선배라는 호칭이 특별한 애칭 같은 것도 아닌데 왠지 모르게 기분이 이상했다.

—울지 마요, 선배.

—흑, 흐흑…… 나, 나도 울고 싶지 않은데…….

비가 쏟아지는 공원. 지붕 있는 벤치에 나란히 앉은 두 사람.

두 손에 얼굴을 묻은 채 흐느껴 우는 여주인공과 그런 그녀를 위로하는 서윤을 보고 있자니 저게 무슨 장면인지 대충 감이 왔다. 남주인공과의 불화로 한계에 몰린 여주인공을 서브 남주가 데려와 달래 주는 장면이었지.

아마 빗속을 헤매던 여주인공에게 우산을 씌워 주는 걸로 시작됐을 거다. 우는 거 달래 주고, 맛있는 거 먹여 주고, 뭐가 그렇게 힘드냐 얘기도 들어 주고 위로도 해 주고. 그렇게 해 줄 거 다 해 준 다음 서브 남주가 겨우 내뱉은.

—그렇게 힘들면…… 이제 그만해요.

저 말에.

—그러게, 흑, 이제, 그럴 때인가 봐…….

여주인공이 아련한 얼굴로 저렇게 대답하는 걸 뒤늦게 쫓아온 남주인공이 하필 봐 버려서.

—진심이야?

—재, 재훈 씨!

—그렇게 그만둘 때만 가늠하고 있을 정도였으면 차라리 나한테 말하지 그랬어. 소원이라면 못 들어줄 것도 없는데.

그대로 등 돌려 가는 남주인공을 여주인공이 벌떡 일어나 뒤도 안 돌아보고 쫓아갔다. 서브 남주가 씌워 줬던 우산은 바닥에 내버려 둔 채, 여태 자신을 위로해 준 사람까지 까맣게 잊어버리고서 빗속으로.

—재훈 씨! 기다려요, 재훈 씨!

바로 저 장면 때문에 시청자 게시판이 난리가 났었다. 어장도 정도가 있지 저건 너무 하지 않냐고, 이쯤 되면 매번 똑같은 패턴으로 위로 셔틀 돼 주는 서브 남주도 등신 호구 아니냐고.

당시에 실시간으로 드라마를 봤던 내 감상도 크게 다르지 않았는데……. 지금은 왜 이렇게 기분이 찝찝한 거지?

"아니, 뭐…… 여자 쪽은 몰랐잖아. 쟤가 고백을 했어, 뭘 했어……."

그때는 실컷 욕했던 여주인공을 왜 이제 와 편들고 있는 걸까? 스스로도 이유를 알 수가 없어 비 오는 거리를 터덜터덜 걷는 이서윤 얼굴만 죽어라 노려봤다. 여주인공이야 그렇다 치고 쟤는 대체 우산을 어디다 버리고 온 거람.

"야, 그 우산 네 거였잖아. 우산이라도 주워 오지 그랬어."

그러나 화면 속 이서윤에게 내 목소리가 들릴 리 없었다. 비에 젖어 축 처진 앞머리로 얼굴을 가린 채 서 있는 꼴이 어찌나 안쓰러운지. 드라마 작가 찾아가서 안 그래도 안쓰러운 은성이 저 모양 저 꼴로 만들었어야 했냐고 따지고 싶었다. 결국 남주랑 여주랑 이어 줄 거 자존심이라도 챙겨 주지, 결국 또 울면서 찾아온 여주한테 충동적으로 고백했다가 차이게까지 만들고…….

"……."

잠깐만. 나 이거랑 되게 비슷한 이야기 알 거 같은데.

하하하.

그렇게 여주인공 편을 들고 싶더라니 아무래도 저 배우한테 나 자신을 투영한 모양이었다. 드라마 찍던 당시의 이서윤도 그랬을까? 자기의 실연이 상대한테는 해피엔딩이기 때문에 아무것도 할 수 없었다든가, 뭐 그런.

—재훈 씨, 나 좀 봐요!

—봐서 뭐 하게? 이제 난 꼴도 보기 싫은 거 아니었나?

"근데 쟤는 왜 또 저렇게 이죽거리고 난리야……."

누구는 비에 쫄딱 젖어서 온갖 청승 다 떨고 있는데 쟤는 남주랍시고 거들먹거리고 있는 꼴을 보니 영 정이 안 갔다.

"흥. 몰라, 난 방영할 때도 재 싫었어."

귀염성도 없고, 따박따박 따져 대기나 하고. 돈만 많으면 다야? 돈은 나도 많다 이거야. 너네끼리 잘 살아라 이서윤은 내가 데려갈 거니까.

하나는 아니꼽게 굴고 하나는 울면서 아무 말도 못 하는 꼴이 보기 싫어서 채널을 돌리는데, 갑자기 핸드폰이 엄청난 소리를 내며 진동했다.

"엄마야!"

소스라치게 놀라 비명을 지른 나는 소파 구석에 붙어서 놀란 가슴을 겨우 진정시켰다. 그러면서 소파 위를 더듬어 핸드폰을 찾는데 화면에 서윤의 이름이 뜬 게 보였다. 나는 전화가 끊어질 세라 얼른 통화 버튼을 눌렀다.

"여보세요?"

—선배!

TV로 듣던 것과는 비교도 안 되게 청량한 목소리였다. 나는 내 목소리에서 자다 깬 티가 날까 핸드폰을 멀리 치우고 헛기침을 한 다음 다시 핸드폰을 귀로 가져갔다.

"응, 일 끝났어?"

—제가 잘못…… 네?

수화기 너머에서 뭔가 쏟아 내려던 말이 뚝 하고 끊겼다. 나는 얘가 왜 이러나 싶어 의아한 목소리로 물었다.

"안 끝났어? 촬영 중이야?"

—아, 아뇨, 끝났는데…….

"끝났어? 지금 어딘데?"

—저, 저…….

한참을 삐그덕거리던 목소리가 겨우 말을 이었다.

—저 선배 집 앞이요…….

"……뭐?"

어디라고? 내 집?

머릿속으로 물음표가 오천만 개쯤 떴다. 나는 닫혀 있는 현관문을 멍하니 바라보다가 뒤늦게 서윤의 말을 벼락처럼 이해하고 현관문으로 뛰쳐나갔다.

도어락을 해제하고 문을 열어젖히자 정말로 눈앞에 이서윤이 나타났다. 그 모습이 어찌나 생경한지, 꼭 조금 전 TV 속 화면에서 튀어나온 것 같았다. 코트와 머리카락이 살짝 젖어 있어서 더.

다행히 물에 빠진 생쥐 꼴은 아니었다. 부슬비 같은 것에 젖었는지 속눈썹이 촉촉하게 젖은 정도로 끝이었지만, 한기는 어쩔 수 없었는지 안 그래도 하얀 피부가 안쓰러울 정도로 창백해져 있었다.

그 얼굴은 나를 본 순간 안도인지 서러움인지 모를 표정으로 녹아내렸다. 그제야 정신이 번뜩 든 나는 나도 모르게 외치고 말았다.

"못 온다며!"

소리가 어찌나 컸는지 복도에 메아리가 쳤다. 그 소리를 낸 건 난데 내가 놀라서, 나는 일단 서윤을 현관 안으로 끌어당기고 문을 닫았다.

대체 밖에 얼마나 서 있었는지 손이 차가웠다. 그가 들고 있던 긴 상자를 대충 바닥에 내려놓고 얼어붙은 손을 두 손으로 감싸는데, 장갑은 어쨌냐는 내 타박이 입 밖으로 튀어나가기도 전에 서윤이 서러운 목소리로 토로했다.

"저 진짜 선배 얼굴도 못 보고 쫓겨나는 줄 알고……."

"쫓겨나? 왜?"

그 느닷없는 말에 원래 하려던 말도 잊었다. 내가 어리둥절한 얼굴로 묻자 서윤 역시 덩달아 얼굴에 물음표를 띄웠다.

"화난 거 아니었어요?"

"화?"

무슨 소리야, 하고 묻는 얼굴로 쳐다봤더니 서윤이 도리어 영문을 모르겠다는 얼굴로 눈을 깜빡였다.

"메시지도 확인 안 하고 전화도 안 받았잖아요. 저한테 화나서 그런 줄 알고……."

"뭐?"

메시지? 전화? 저게 다 무슨 말인가 싶어 멍하니 있다가 일단 고개를 흔들었다.

"나 TV 보다가 졸았어. 자느라 못 받았나 봐."

"잤다고요?"

"아니면 네가 연락한 거 확인했겠지. 아무렴 말도 없이 잠수를 탔으려고."

서윤은 믿기지 않는다는 얼굴로 나를 보다가 결국 제 이마를 짚었다.

"아, 전 크리스마스에 바람맞혔다고 선배가 화나서 연락도 안 받는 줄 알고……!"

"뭐라고? 내가 애야?"

기가 막힌 얼굴로 쳐다보자 서윤은 자기가 그렇게 생각할 만하지 않았냐고 말을 늘어놓기 시작했다.

"신나서 크리스마스 얘기하던 사람이 못 간다고 하니까 갑자기 메시지도 단답 되고 말도 없어져 봐요. 오만가지 생각이 다 든다고요."

"아니, 내가 언제 그렇게 신이 나서 크리스마스 얘기를 했다고……."

아닌데, 그 이야기만 하진 않았을 건데…… 나 그렇게 기념일에 집착하는 사람 아닌데…… 생일도 아니고 사귄 지 1년 되는 날도 아니고 성탄절이 뭐라고…….

혼자 머릿속으로 변명하던 나는 순간 정신이 번쩍 들어 서윤의 눈을 보며 변명했다.

"크리스마스가 뭐 별거야? 그냥 휴일이잖아. 못 만나면 다른 날 만나면 되지."

"그럼 지금 나만 혼자 발 동동 구른 거예요?"

"내 탓 아니다? 난 너 못 온다고 해서 존 거야."

잽싸게 책임 소재를 떠넘기자 원망스러운 눈으로 나를 보던 서윤이 결국 한숨을 내쉬었다.

"아무튼 화난 거 아니라니 다행이에요. 문도 안 열어 주는 줄 알고 울 뻔했다니까요?"

"엄살은."

"진짠데."

입술을 삐죽 내미는 꼴이 또 어찌나 귀여운지. 피식 웃은 나는 일단 들어가서 얘기하자고 서윤을 안으로 들였다.

"춥지? 기다려 봐. 난방 틀어 줄게."

나는 서윤의 손이 얼음장이었던 게 신경 쓰여 실내 온도를 올리고 방으로 들어가서 전기담요도 꺼내 왔다. 그걸로는 부족할까 봐 가방에서 충전식 손난로를 찾아 꺼내는데, 입꼬리가 실실 올라가는 게 피부로 느껴졌다. 누가 지금 내 얼굴을 보고 '너 지금 기분 좋은가 봐?' 하고 물어보면 '당연하지!' 하고 대답해 줄 수 있을 것 같았다.

"참나, 결국 이렇게 올 거면서 대체 왜 못 온다고 한 거야?"

거실로 돌아가 챙긴 걸 몽땅 안겨 주자 처음엔 괜찮다고 사양하던 서윤도 이내 웃음을 터뜨렸다.

"저 이러다 땀나겠어요."

"복 받은 거지. 겨울에 땀나기가 어디 쉽니?"

"그런가."

소리 내어 웃는 얼굴을 보고 있자니 마음이 흐뭇하고 뿌듯하고 그랬다. 메시지만 주고받을 땐 그래서 얘랑 분위기를 어떻게 풀지 머리 아프게 고민했는데, 이제 와서는 내가 대체 왜 그렇게 쓸데없는 고민을 했는지 모를 정도로 마냥 좋기만 했다.

"참, 선배. 저 와인 사 왔는데."

"와인? 아, 아까 그 상자?"

나는 현관으로 가서 아까 서윤의 손을 데워 주느라 잠시 내려놓았던 상자를 들고 왔다.

"이건 또 언제 샀어?"

"미리 사 뒀던 거예요. 집에 들러서 가져왔어요."

열어 보니 언젠가 내가 좋아한다고 말했던 빈티지 와인이었다. 원래 난 와인보다는 맥주파지만, 가끔 한 번 당기는 날이 있었다. 마침 그날이 오늘이 될 것 같아 신이 나서 부엌으로 가는데, 손에 충전식 손난로만 쥔 서윤이 내 뒤를 따르며 미안한 목소리를 냈다.

"근데 케이크는 못 샀어요. 픽업 못 할 거 같아서 예약했던 거 취소했더니, 당일에 사려고 하니까 어딜 가도 다 품절이더라고요."

"괜찮아, 케이크 있어. 이모가 주고 간 거."

"이모님이요?"

"응, 부쉬 드 노엘. 너 저녁은 먹었어?"

"아직인데, 선배는……."

"나도 자느라 건너뛰었어. 그럼 저녁부터 먹자. 뭐 만들까? 아님 시킬까? 배달 오는데 시간 좀 걸릴 것 같긴 한데."

나는 냉장고 앞에 서서 서윤의 손을 잡고 흔들며 재잘재잘 떠들었다. 그런 내가 어색했는지 반응을 못 하던 서윤은 내가 흔드는 대로 손을 흔들다가 뒤늦게 웃음을 터뜨렸다.

"왜 이렇게 신났어요?"

"신나지, 얼굴 봤는데. 넌 안 신나?"

싱글벙글 웃으며 말했더니 나를 잠깐 보던 서윤이 느닷없이 내 뺨을 붙잡고 키스를 퍼부었다. 숨이 막혀 그의 어깨를 때려 밀어낸 나는 이내 웃음이 터져 깔깔대며 다시금 덤벼 오는 그를 피했다.

"간지러워."

그 투정 아닌 투정에도 불구하고 내 입술과 뺨에 몇 번이나 입을 맞춘 서윤은 내 목덜미에 이마를 문지르며 안도한 건지 들뜬 건지 모르겠는 목소리로 말했다.

"보고 싶었어요."

어딘지 모르게 열기가 느껴졌다. 나는 서윤을 마주 안은 손으로 그의 등을 문지르며 말했다.

"일단 씻고 나와. 갈아입을 옷 꺼내 줄게."

서윤은 내 이마에 가볍게 입을 맞추고 떨어졌다. 나는 그의 등을 떠밀어 일단 욕실로 들여보냈다. 그리고 갈아입을 옷을 꺼내 욕실 앞에 놓아주었다.

다시 집에 드나들기 시작한 지 얼마 안 된 데다가 그간 바빠서 얼마 못 만난 탓에 옷이 예전만큼 쌓여 있지는 않았다. 시간이 지나면 자연스럽게 다시 예전처럼 되겠지? 문득 집 비밀번호는 절대 가르쳐 주지 말라던 이모의 말이 떠올라 픽 한 번 웃고, 나는 방을 정리한 후 부엌으로 들어가 냉장고를 살폈다. 어차피 시켜도 오래 걸릴 거면 그냥 만들어 먹자고 서윤이 그래서.

다행히 냉장고 안에 음식 재료가 있긴 한데…… 이걸로 뭘 할 수 있을지 내 비루한 요리 지식으로는 도통 떠올릴 수 있는 게 없었다. 끽해 봐야 간장계란밥 정도?

그런데 욕실에서 나온 이서윤의 답은 달랐다.

"파스타 만들어 먹을까요?"

"그게 돼?"

"올리브오일이랑 마늘 있으니까…… 구색은 낼 수 있을 거 같은데."

냉장고를 뒤적이던 그는 어디선가 먹다 남은 파스타 면까지 찾아왔다. 5인분 중에 정확히 절반을 같이 해 먹고 남겨 두었던 2.5인분의 파스타 면. 나는 아예 존재를 잊고 있었던 거였다. 알았다 해도 꺼낼 생각은 못 했겠지…….

슬쩍 눈치 보는 나를 아는지 모르는지 서윤은 냉동실에 얼려 두었던 베이컨과 샐러드 해 먹으려고 사 둔 새싹채소까지 찾아냈다. 그렇게 재료가 하나둘씩 쌓이자 확실히 뭐가 돼도 될 것 같았다.

"대단하다…… 너 꼭 마법 부리는 거 같아."

"겨우 이 정도로요?"

"겨우가 아닌 것 같은데……."

난 베이컨을 봐도 그냥 구워 먹을 생각밖에 못 하는데 얘는 어떻게 파스타에 넣어 먹을 생각을 할까? 내가 맨날 그 밥에 그 반찬만 먹는 게 냉장고에 재료가 부족해서가 아니라 내 레시피 스펙트럼이 극단적으로 좁은 탓이란 걸 새삼 실감했다.

"내가 뭐 도와줄 건 없어?"

"음…… 냄비에 물만 좀 올려 주세요."

내가 서윤이 시킨 일을 하는 동안 그는 채소를 씻고 마늘을 다졌다. 더 도와줄 거 없냐 묻는 말에 서윤은 괜찮다고 고개만 흔들었다. 알아서 뭘 할 수 있는 게 있으면 나서서 했을 텐데, 대체 뭘 해야 하는지 알 수가 없어서 나는 뒤에서 구경만 했다.

"뭘 그렇게 봐요?"

"너 요리하는 거."

"……볼 게 있어요?"

"많지."

가늘고 긴 손가락이 물에 젖어 하얗게 빛나는 모습이나, 어깨를 움직일 때 언뜻 옷깃 사이로 보이는 빗장뼈의 비스듬한 모양새 같은 것들.

드라마만 보는 시청자들은 이런 섬세한 모습을 모를 거다. 묘한 승리감에 나는 홀로 키득거리며 웃었다.

"다 됐어요, 선배."

"아, 응."

파스타가 완성되고 서윤이 그걸 그릇에 담는 동안 나는 오프너로 와인을 땄다. 퐁, 소리와 함께 코르크 마개가 뽑힌 자리로 올라오는 향이 무척 기분 좋았다. 나는 와인잔을 가져와 격식 같은 건 신경 안 쓰고 잔에 가득 와인을 눌러 따랐다.

한 모금 마셔보니 생각보다 도수가 높아서 금방 취할 것 같았지만, 집에서 마시는데 뭐가 문제랴 싶었다. 취하면 그냥 드러누워 자지 뭐.

"근데 진짜 어떻게 온 거야? 일정 밀린다며."

"운이 좋았어요."

챙, 하고 잔을 한 번 부딪힌 후 서윤은 엄청 길게 예정되어 있던 씬이 그냥 한 큐에 끝났다고 설명해 줬다. 그 씬에 등장하는 모든 배우가 각자 몇 번씩 도합 수십 번의 NG를 걱정하고 있었는데 딱 한 번으로 끝나서 다들 얼떨떨했다고.

"단체 씬만 끝나면 개인 컷은 금방 찍거든요. 덕분에 일찍 끝났어요."

"그렇구나……."

될 놈은 된다더니 그게 우리 얘기였나 보다. 나는 신이 나서 와인을 벌컥벌컥 들이켰다.

기분이 좋아서인지 오늘따라 술도 잘 들어갔다. 가득 채운 잔을 어느새 끝장낸 나는 와인을 한 잔 더 따랐다. 이번엔 반만. 아무리 집이라도 남자친구 있는데 너무 취하면 또 그러니까.

"선배는 오늘 별일 없었어요?"

"별일? 없었어."

냉큼 답하고 파스타를 돌돌 만 포크를 입에 넣으려는데 문득 떠오르는 게 있었다. 그러고 보니 아까 이모가 왔다 갔었지. 나는 잠깐 망설이다가 별거 아닌 얘기 하듯 한마디 툭 던졌다.

"아까 이모 왔었다고 했잖아. 이모가 너 보고 싶대."

그 말에 서윤이 잠시 멈칫했다. 역시 이 말은 그냥 안 할 걸 그랬나. 괜히 민망해서 먹던 파스타만 마저 먹는데 서윤이 내가 한 말을 가늠이라도 하듯 날 빤히 쳐다봤다.

부담스러우면 그냥 부담스럽다고 말해 주면 안 되겠니. 바라보는 시선에 오히려 이쪽이 부담스러워지는 기분이었다.

"심각하게 한 얘기는 아니니까……."

"전 좋아요."

"뭐?"

그냥 못 들은 셈 치라는 말이 목구멍 안으로 쏙 들어갔다. 놀라서 쳐다보자 서윤은 날 보며 아무렇지도 않게 방긋 웃었다.

"언제쯤 뵐까요?"

"아니, 뭐…… 날짜까지 정하진 않았고."

나는 의미 없이 베이컨 조각을 쿡쿡 찔러 대다 포크를 내려놓았다. 그리고 와인잔의 날씬한 다리를 만지작거리다 서윤의 눈치를 보며 입을 열었다.

"근데 너, 뭐 그렇게 아무렇지도 않게 말해. 이모가 무슨 말 하려는 줄 알고."

"심각하게 한 얘기 아니라면서요. 그냥 밥 먹자고 말씀하신 거 아니에요?"

"그래도, 얘기가 어떻게 흘러갈지 모르잖아."

"선배가 제일 심각한 것 같은데."

목덜미가 달아오르는 건 아마 술 때문이겠지……? 그렇게 생각하면서도 뭐라고 할 말이 없어 또 와인만 들이켰다. 그런 나를 보며 이서윤은 어쩐지 재미있다는 듯 웃고 있었다.

그 얼굴을 보는데 이유 없이 이모가 했던 말이 생각났다. 결혼 어쩌고 했던 말.

나는 와인잔을 내려놓고 화끈거리는 뺨을 손가락 끝으로 매만졌다. 그러다 충동적으로 입을 열었다.

"심각하게 만나자고 하는 거면 안 만났을 거야?"

서윤은 말없이 나를 바라봤다. 그 시선이 품은 속내를 알 길이 없어 슬쩍 시선을 떨어뜨리는데, 와인잔을 쥔 내 손등 위로 그의 손가락 끝이 스쳤다. 놀라 고개를 들자 서윤이 날 보며 눈을 부드럽게 휘고 있었다.

"저 선배 좋아해요."

"뭐…… 뭐야, 갑자기."

"선배가 가끔 까먹는 것 같아서."

서윤은 테이블 위로 상체를 숙이며 속삭이는 목소리를 냈다.

"저 선배랑 진짜 진지하게 만나고 있거든요. 이모님이랑 진지해지는 걸 피할 이유는 없지 않을까요?"

나는 서윤의 눈을 마주 보다가 일단 손을 빼냈다. 술기운 때문인지 자꾸 뺨이 달아올랐다.

"아니 뭐, 왜 너 혼자 진지하고 그래?"

"선배는 아직 아니에요?"

"……."

"괜찮아요, 저 기다릴 수 있어요. 인내심 있는 편이라."

"네가 왜 날 기다려. 오히려 내가 기다리고 있거든?"

"저요? 저 준비 다 됐는데 절 왜 기다려요?"

"아냐, 넌 아직……."

나는 열이 오르는 두 뺨을 손으로 누르며 말을 완성했다.

"너무 어려."

"……네?"

되묻는 목소리와 마찬가지로, 서윤은 기가 막힌 표정을 지었다.

"제가 뭐가 어려요? 일주일만 있으면 서른이 목전인데. 두 살 어리다고 평생 애 취급하겠네."

"일주일 지나 봐야 서른도 아니잖아. 넌 너무 어려…… 나 스물아홉에 뭐 했더라?"

기억을 되짚는 날 따라 서윤이 팔짱을 끼고 무언가를 고민했다. 나 대신 떠올려 주려는 걸까? 착한 녀석.

"선배, 취했어요?"

"안 취했어."

좀 덥긴 하지만 정신은 멀쩡했다. 약간 들뜬 거야 그냥 기분 때문이고.

그런데 서윤은 별수 없다는 듯이 한숨을 내쉬었다. 나는 그게 불만스러워 살짝 미간을 찌푸렸다. 사람이 안 취했다는데 왜 안 믿는담? 아무렴 내가 와인 두 잔 마시고 취했으려고.

"다 먹었으면 슬슬 치울까요?"

"그럴까…… 우리 케이크 먹자."

먹은 걸 적당히 치운 후 냉장고에서 케이크를 꺼냈다. 서윤이 술은 그만 마시자고 했지만, 내가 우겨서 남은 와인도 들고 거실로 갔다.

"케이크만 먹으면 달잖아, 술이 있어야 해."

"그럴 거면 커피를……."

"술 마신 다음에 무슨 커피를 마셔? 반대면 모를까."

거실 불을 끄고 소파 테이블 위에 상을 차린 다음 영화를 틀었다. 음악이 많이 나오는, 적당히 길지 않은 로맨스 영화였다. 사실 나는 이미 본 거지만 서윤이 아직 안 봤다고 해서 그냥 틀었다. 내용은 조금 별로긴 한데 음악은 마음에 들어서, 귀 호강이나 조금 하려고.

"선배, 진짜 괜찮아요?"

뭘? 하고 물으려는데 서윤의 시선이 내가 들고 있는 와인병에 닿아 있었다. 나는 일부러 잔에 와인을 한가득 부은 다음 생긋 웃었다.

"뭘 그렇게 걱정해? 어차피 너랑 둘이 있는데."

그러자 서윤이 조용해졌다. 나는 그게 마음에 들어서 키득거리며 와인을 홀짝거렸다.

영화가 좀 잔잔한 편이어서인지 중반부쯤 되자 둘 다 말이 없어졌다. 이미 내용을 알고 있는 나는 음악 감상하는 느낌이었지만, 처음 보는 서윤은 내용에 어느 정도 집중한 것 같았다.

어느새 다 마셔 버린 와인잔을 내려놓고 그의 어깨에 머리를 기댔다. 그러자 허리를 조용히 안아 오는 손길이 느껴졌다. 난방을 올린 탓인지 공기가 따뜻하고, 나른하고…… 조금 졸렸다.

기분 좋다.

멍하니 창밖을 바라봤다. 어둑해진 밤하늘에 조명들이 반짝이고 있었다. 마치 크리스마스트리처럼.

문득 이 순간이 그냥 너무 좋다는 생각이 들었다. 낮에 메시지만 주고받을 때는 서윤이 너무 미안해하는 게 신경 쓰여서 막연한 벽이 느껴진다고 생각했는데, 막상 얼굴 보니 그런 건 없고 그냥 다 좋았다. 마음에 걸리는 거 하나 없이.

순간 언젠가 엄마가 했던 말이 떠올랐다.

'넌 같이 있는 게 좋은 사람이랑 만나. 사랑하니까 참아야 하는 사람 말고.'

이런 뜻이었나.

나는 손에 닿는 서윤의 팔을 충동적으로 끌어안았다. 돌아보는 시선이 느껴졌지만, 나는 창밖만 바라보며 입을 열었다.

"아까 혜은이가 연락하더라. 황다빈이 요즘 여기저기 돈 꾸러 다닌대."

뜬금없는 화제에 서윤의 어깨가 약간 경직되는 게 느껴졌다.

나는 고개를 들어 서윤을 보며 물었다.

"너한텐 연락 없었어?"

질문의 의도를 파악하려는 듯 서윤이 잠시 나를 내려다봤다. 나는 피하지 않고 그 시선을 마주 보았다. 그의 말대로 역시 좀 취한 게 맞는 걸까? 스스로가 느끼기에도 지금 내 표정이 조금 멍하다 싶었다.

"빌릴 생각이면 빌려줄 것 같은 사람한테 말하겠죠."

"하긴."

그때 주변이 잠깐 조용해지고 TV에서 잔잔한 음악이 흘러나왔다.

술에 취한 여주인공이 바람피워 헤어진 전남친한테 전화하는 장면이었다. 통화가 연결되고 익숙한 노랫소리가 이어졌다. 이 영화의 OST 중 내가 제일 좋아하는 노래였다. 널 정말 바보같이 사랑했다는 내용의.

"저도, 뭐 듣기는 했어요. 박민준 방송국 그만뒀다더라고요. 좀 요란하게."

잠깐 음악에 집중하느라 그 말을 이해하는 게 조금 늦어졌다.

"요란하게?"

"황다빈이 박민준 일하는 데까지 쳐들어와서 채무 문제로 난리를 쳤다나 봐요."

"대박……."

"좀 웃기죠? 거기 있던 사람들은 박민준이 돈 빌린 줄 알았대요."

"그러게, 좀 웃기네. 어떻게 채권자도 아니고 채무자가 찾아가서 적반하장으로 난동을 부렸대?"

보통 빚진 게 있으면 위축되어서라도 그렇게까진 행동을 못 할 텐데. 아니면 겉으로는 친한 척하면서 속으로는 은근히 서로 깔보고 있었던 건가?

사실 웃기기는 박민준도 마찬가지였다. 아무리 자기 체면 상하는 거 못 견디는 인간이라지만 어떻게 직장을 하루아침에 그만뒀을까. 하기야, 집에 돈도 많으니 아쉬울 것도 없겠지.

애초에 그 인간은 뭐든 필사적으로 할 줄을 몰랐다. 어릴 땐 그게 여유인 줄 알았는데 돌이켜 생각해 보면 그냥 인내심이 없는 거였다.

그땐 왜 그런 사실 하나조차 바로 볼 수가 없었던 걸까.

정말이지 세상에 콩깍지만큼 무서운 게 없다. 생각만 해도 소름이 끼쳐서 내버려 둔 와인을 다시 홀짝거렸다.

"둘 다 꼴좋게 됐네. 아무렴, 자기가 뿌린 업은 자기가 거두는 거지."

툴툴대는 내 말의 어디가 잘못됐던 걸까? 한동안 말없이 날 응시하기만 하던 서윤이 문득 그렇게 물었다.

"아직 신경 쓰여요?"

이걸 지금 진심으로 궁금해서 물어보는 건가?

고개를 들어 서윤의 얼굴을 들여다보자 어쩐지 걱정하는 거 같기도 하고, 떠보는 거 같기도 한 표정을 짓고 있었다. 어느 쪽이든 마음이 복잡해 보여 살짝 미간을 찌푸렸다.

"너 마음 편하게 말해? 아니면 솔직히 말해?"

"선배가 솔직하게 얘기하는 게 제일 마음 편해요."

입에서 저절로 한숨이 나왔다. 나는 와인잔을 테이블 위에 내려놓고 가볍게 팔짱을 꼈다.

“신경은 쓰여. 못 살았으면 좋겠고, 하는 일마다 다 망해서 패가망신했으면 좋겠고, 길 가다가 보도블럭에 발 빠져서 코나 깨졌으면 좋겠어.”

“…….”

“근데 생각날 때나 그렇지, 누가 말 안 하면 생각도 안 나. 생각나서 기분 나쁜 것도 잠깐이고. 아마 그새 잊었나 봐, 내가.”

내 말은 다 끝났는데 서윤은 한참이 지나도 대꾸를 안 했다. 딱히 어떤 대답을 바랐던 건 아니라 조용히 눈을 감고 그에게 기댔다. 그러자 조심스러운 손길이 머리카락을 쓸어 넘겨 주는 게 느껴졌다.

보일러에 전기 담요에 손난로까지 다 갖다 줬는데 그의 손은 서늘한 온도를 품고 있었다. 그러나 지금 이 순간엔 적당히 시원하게 느껴지는 그 온도가 마음에 들어서 살짝 미소만 지었다.

그때 서윤의 목소리가 들려왔다.

“앙갚음 같은 거 하고 싶은 생각 안 들어요?”

나는 눈을 뜨고 정면의 TV를 바라봤다. 그런데 눈에 들어오지를 않아서 다시 그냥 눈을 감았다.

“그럼 또 걔네한테 시간 써야 하잖아. 망했으면 좋겠는데 나는 손 안 대고 그냥 자기들끼리 알아서 망했으면 좋겠어. 못 산다는 소식이나 주워듣고 잠깐 웃고 말게.”

딱 오늘처럼.

내 중얼거림을 들은 걸까? 서윤이 아무 말 없이 내 손을 잡아 줬다. 나는 작게 웃으며 그 손을 깍지껴 맞잡았다.

따뜻하다. 크고, 단단하고, 안심되고.

때때론 농밀한 스킨십보다 그저 이렇게 체온을 맞댈 뿐인 가벼운 접촉이 사람 마음을 더 뜨겁게 녹이는 것 같다.

이런 사실을 알 수 있게 된 일상이 얼마나 다행인지. 나는 눈썹을 늘어뜨리며 부드럽게 미소 지었다.

"너무 도둑놈 심보인가? 복권도 안 사고 로또 당첨 바라는 것 같지."

"그런 정도로 도둑놈이라고 하면 세상에 정직한 사람이 어디 있게요."

나는 말없이 서윤의 손을 가지고 장난을 치다가 몸을 일으켜 그의 어깨를 잡고 단단한 허벅지 위로 올라탔다. 서윤은 의아한 표정을 지으면서도 자연스레 손을 들어 내 허리를 끌어안았다.

"너 아직도 나한테 미안해?"

"……."

불 꺼진 거실인데도 그의 눈이 흔들리는 게 선명하게 보였다. 나는 그의 뺨을 매만지며 조용히 읊조렸다.

"나 너한테 화 안 났어. 네 물건 버린 것도 너한테 화나서 그런 거 아니야. 뭐든 다시 시작하려면 예전 건 정리해야 한다고 생각해서 그런 거지."

"그건…… 그렇게 생각한 건 아니에요."

"근데 왜 섭섭하다는 말도 안 해."

서윤은 아무 말이 없었다. 본인도 부정할 수 없겠지. 그 사실을 알고 난 후부터 가끔 한 번씩 내 눈치를 살피고 있다는 걸.

그때까지 옷장에 처박아 둔 옷을 뒤늦게 꺼내 선물했을 때도, 서윤은 고맙다는 말만 했지 왜 이건 안 버렸냐고는 묻지 않았다. 그렇게 물을 만도 했는데.

그 먼 길을 어떻게 돌아 여기까지 왔는데 더 엇갈리고 싶은 마음은 없었다. 나는 서윤을 가만히 응시하다가 말했다.

"엄마가 나한테 그랬는데, 엄마는 아빠를 사랑하긴 하는데 좋아하진 않는대."

"……사랑하는데 좋아하진 않는다고요?"

"무슨 말인지 잘 모르겠지. 나도 처음엔 그랬는데."

나는 숨을 한 번 들이켜고 말했다.

"이젠 좀 알 거 같기도 해. 나 지금 너랑 있는 게 그냥 너무 좋아. 너 사랑하는 거랑 별개로."

"……."

"그러니까 나한테 너무 미안해하지 마."

잠시 말이 없던 서윤은 곧 두 팔로 나를 끌어안았다. 나는 그를 품에 안은 채 그의 머리카락을 쓰다듬어 주다가 그의 머리에 뺨을 기댔다.

"나 가끔은 걔네 욕도 실컷 하고 싶고 그런데, 네가 자꾸 미안해하니까 은근히 숨기게 돼."

"……얘기해도 돼요. 선배 불편하게 만들려고 죄책감 내보인 거 아니에요. 그냥…… 미안해서."

"응, 알아."

나는 서윤의 머리에 뺨을 가볍게 비비며 조용히 말을 이었다.

"왜 그러는지 아니까, 너무 미안해하지 말고……. 정 미안하거든 그냥 조금만 미안해해."

그 말에 서윤이 고개를 조금 들었다. 나는 웃으며 그의 뺨을 만지작거리다가 그의 이마, 눈꺼풀, 뺨과 콧등에 한 번씩 키스하고 그를 다시 끌어안았다. 코끝으로 나도 모르게 조금 나른한 한숨이 흘러나왔다.

"딱 반년 전까지만 해도 너랑 이렇게 될 줄은 상상도 못 했는데……. 일주일만 있으면 내년이라고 하니까 기대되기도 하고 좀 무섭기도 한 거 있지."

"무서워요?"

"너무 많이 변했잖아, 너랑 나랑. 내년에 또 변하는 거 아닐까 싶어서."

"전 안 변했는데."

서윤은 그렇게 말하며 내 품에서 고개를 빼냈다. 그러고는 내 허리를 끌어당겨 자기 위에 완전히 앉게 했다.

자연스럽게 그의 목을 끌어안았더니 눈높이가 비슷해졌다. 숨결이 닿을 만큼 가까운 거리에서, 서윤이 고개를 기울이며 시선을 마주쳐왔다. 이유는 알 수 없었지만 그냥 그 순간이 어쩐지 아름답게 느껴졌다.

"안 변했어요, 저는. 선배는 상상도 못 했다고 하지만 선배 몫만큼 제가 상상했었고."

그리고 서윤은 부드럽게 웃었다.

"해 좀 바뀐다고 안 변할 거예요, 우리는. 다시 떠 봐야 어제 졌던 그 해잖아요."

그런가. ……그 말대로일지도.

나는 서윤을 마주 보며 웃다가 그의 뺨을 감싸 쥐었다. 그렇게 입술을 겹치는 순간, 어디에선가 자정을 넘기는 종소리가 들린 것 같았다.

*

새벽 서(曙)에 햇빛 윤(昀) 자.

새벽에 태어나서 새벽 서고, 햇빛처럼 따뜻한 사람이 되라고 햇빛 윤 자라고 했다.

'딱 이름처럼 자랐네.'

들었을 때 딱 그 생각이 들어서 그렇게 얘기했다. 어쩌다 이름 한자에 대한 얘기가 나왔는지까지는 기억나지 않지만, 그때 네가 교복을 입고 있었고 아직 아무도 오지 않은 연극부실에 너랑 나 둘뿐이었던 것만은 기억이 났다.

'햇빛 같아, 너.'

그렇게 말했을 때 네 표정이 어땠더라.

*

알람이 울린 것도 아닌데 문득 잠에서 깼다.

눈은 떠졌는데 일어나기는 싫어서 잠시 몸을 뒤척였다. 그런데 몸이 생각대로 잘 움직이지 않았다. 왜인가하고 몸을 내려다봤더니 허리에 단단히 감겨 있는 팔이 보였다.

슬쩍 고개를 들어 잠든 얼굴을 확인했는데 서윤은 눈을 뜰 기미가 보이지 않았다. 나는 무의미한 행동인 걸 알면서도 서윤의 팔을 떼어 내려 애를 쓰다가 맥없이 침대에 드러누웠다. 그래, 안 그래도 피곤해 죽겠는데 조금 남은 힘이라도 보존해야지.

"몇 시지……."

방에 시계가 없어 시간을 확인할 수가 없었다. 대신 날이 밝았는지 아닌지 대략적인 사실만 확인하려 창밖을 바라보는데, 나는 순간 놀라 눈을 크게 떴다. 가냘픈 이슬비가 어느새 함박눈으로 바뀌어 펑펑 쏟아지고 있었던 것이다.

화이트 크리스마스네.

크리스마스에 크게 의미를 부여하지 않았던 것처럼, 크리스마스에 눈이 오는지 마는지에 대해서도 크게 신경 써 본 적이 없었다. 그런데도 눈앞에 펼쳐진 광경은 너무 예쁘고 고와서 눈이 떨어지지가 않았다.

마치 비 온 뒤의 무지개, 사막의 오아시스를 보는 듯한 느낌이랄까. 나는 눈을 깜빡이는 것도 잊고 멍하니 창밖을 바라보았다. 그러다 문득 등 뒤에 있는 서윤에 생각이 미쳤다.

애 깰 때까지 눈이 내리려나?

자는 애를 깨우기는 좀 그렇다는 생각과 그래도 좋은 풍경을 함께 보고 싶다는 마음이 정면으로 충돌했다. 혹시라도 깨우지 않게 조심조심 낑낑대며 몸을 돌리자 곤히 잠들어 있는 얼굴이 눈에 들어왔다.

나는 내 팔을 베고 누워 그 모습을 바라봤다. 어쩐지 예전에도 이랬던 적이 있었던 것 같은데…….

천사 같네.

크리스마스라서 그런가 갑자기 그런 생각이 들었다. 입 밖으로는 절대 꺼내지 말아야지. 이서윤 귀에 들어가면 분명 우쭐대며 놀려 먹을 것이다.

사실 우쭐대는 것 정도는 귀엽게 봐줄 수 있는데 놀려 먹는 건 연장자로서 참아 줄 수가 없었다. 좋다고 하면 고마운 줄 알아야지, 어? 감히 하늘 같은 선배를 놀리고 말이야. 나 때는 상상도 못 한 일이라고.

그렇게 꼰대 같은 생각을 하다가 혼자 키득거리던 나는 조심스럽게 손을 들어 서윤의 콧등을 한번 만져 봤다. 깨지 않게 아주 살짝.

별거 아닌 스킨십이지만 자는 사람 얼굴에 대고 이러고 있으려니 조금 묘한 기분이 들었다. 문득 등골을 스쳐 지나가는 어떤 예감에 나는 서윤의 자는 얼굴에 대고 작은 목소리로 물었다.

"서윤아, 자?"

정말로 자는지 대답이 없었다. 그 순간 내가 언제 이렇게 서윤을 보고 있었는지 기억이 났다. 단둘이 여행 갔던 때였지, 아마. 그때도 이렇게 잠들어 있는 그를 가만히 보고 있었다. 똑같이 새벽에.

문득 당시에 서윤이 했던 말이 생각났다. 언제쯤 자기 이름을 불러 줄 거냐던.

"……."

분명 속이 속이 아니었을 텐데, 어떻게 겉으로 그렇게 멀쩡한 척할 수 있었을까.

생각해 보면 둘 다 참 미련했다. 선까지 넘어 놓고 제대로 욕심 한번 못 내고 그냥 기다리기만 했던 이서윤도 그렇고, 좋아한다는 말까지 들어 놓고도 불안해서 잡아 주지 못했던 자신도 그렇고. 둘 다 정말 지독한 바보 멍청이였다. 이렇게 오래 헤매고 돌아올 길이 아니었는데.

누군가 그런 말을 했었지. 만날 사람은 어떻게든 만나게 되어 있다고. 그게 정말 사실일까? 그때 이서윤이 나를 안지 않았더라면, 내가 이 애 곁에 이렇게 누워 있을 수 있었을까?

아닌 것 같다는 생각밖엔 들지 않았다. 그때 이서윤이 뭐라도 했기 때문에 우리가 함께 있는 거였다. 노력했고, 발버둥 쳤고,

매달렸기 때문에.

그렇게 생각하면 헤매고 헤맨 시간이 아무런 의미도 없지는 않게 느껴졌다. 분명 많이 울기도 울고 아프기도 아팠지만, 그걸로 끝나지 않았으니까. 덕분에 지금은 웃을 수 있게 되었으니까.

그러니 이 애와 함께했던 시간 중 무의미했던 순간은 없었을 것이다. 아니, 없었다. 나는 그렇게 단정 지었다.

"이서윤."

착각인가? 무심코 부른 이름에 눈꺼풀이 살짝 떨린 것 같은데……. 나는 눈을 가늘게 뜨고 그의 얼굴을 살폈다.

"안 자는 거 알아. 눈 떠."

"……."

아무 반응이 없던 서윤은, 잠시 후 슬그머니 한쪽 눈꺼풀을 들어 올렸다. 그럴 줄 알았다고 피식 웃자 서윤이 약간 토라진 듯한 얼굴로 입술을 삐죽 내밀었다.

"뭐야. 안 자는 거 어떻게 알았어요?"

"몰랐는데? 그냥 찍었어."

"아, 성공할 뻔했는데."

서윤이 한숨까지 내쉬며 대놓고 아쉬워했다. 나는 손을 뻗어 얄미운 이서윤의 코를 냉큼 잡아당겼다.

"애 엉큼한 것 좀 봐. 뭐 하러 자는 척을 해?"

"뭐, 또. 자는 사이에 속마음 같은 거 말하려나 했죠. 잘생겼다든가."

"야."

"아님 키스라도 해 주려나 하고."

잔뜩 우는소리만 하던 게 언제였냐는 듯 사람이 이렇게 능글 맞아졌다. 괜히 그를 흘겨보던 나는 마른 뺨을 붙잡고 쪽 소리가 나게끔 입술에 입을 맞췄다. 그러자 서윤이 소리 내어 기분 좋게 웃었다.

"눈 감고 있을 필요 없었네."

따라서 같이 웃는 나를 서윤이 좀 더 가깝게 끌어당겨 품에 안았다.

"그런데 왜 벌써 일어났어요? 아직 날도 안 밝았는데."

"너는?"

"저야, 선배가 뒤척이길래."

그 말에 나는 놀라 눈을 동그랗게 떴다.

"진짜?"

"그냥 잘까 했는데 선배가 깬 것 같아서요."

농담인가 했는데 진짜인 모양이었다. 나는 눈썹을 살짝 늘어뜨렸다.

"내가 깨웠네. 미안."

"선배가 깨운 게 아니라 제가 일어난 거죠. 선배는요?"

서윤이 조심스레 내 머리카락을 쓸어 넘겨 주었다. 나는 가만히 그 손길을 느끼다가 천천히 눈을 감았다.

"눈 내리는 소리가 들려서."

"……눈 내리는 소리요?"

의아함이 물씬 풍기는 목소리였다. 다시 눈을 뜨자 서윤이 누운 채로 고개를 갸웃거리는 게 보였다. 그 모습에 어쩐지 미소가 지어졌다.

"응. 그래서 네 이름이 부르고 싶더라고."

"……."

그 말에 내포된 의미를 알아차렸는지 서윤의 눈매가 부드럽게 휘었다. 그는 고개를 숙여 내 목덜미에 입술을 묻었다. 더운 숨이 조금 간지럽긴 했지만, 따뜻하다는 생각밖엔 들지 않았다. 겨울이니까.

"예쁜 것 같아, 네 이름. 뜻도 그렇고."

"그래요?"

"응. 진작에 불러 줄 걸 그랬지."

작은 웃음소리가 들렸다. 나는 어쩐지 그 소리가 새벽을 밝히는 햇빛 같다는 생각이 들었다.

"앞으로 시간 많잖아요."

그 말이 맞았다. 내내 어두웠던 하늘은 이제 막 새벽과 함께 밝아오는 중이고, 남은 시간 동안 나는 앞으로도 쭉 네 곁에 있을 테니까.

내가 네 이름을 불러 줄 기회는 앞으로도 많이 있겠지.

우리가 새로이 맞이할, 해의 수만큼.